紅襟鳥

车弓 著

作家出版社

在我的老家，有一种脖颈上长着红羽毛、个儿比麻雀大不了多少，唤醒村人“日出而作”的鸟，人们叫它红襟鸟。其学名知更鸟，栖居在欧亚大陆的贫瘠山区。

此鸟泣血司晨，是为唤醒人类对足下的土地担负责任。它叫着叫着，这世界就慢慢地改变了模样……

——题记

序 言

神奇大地的道德承诺

——读长篇小说《红襟鸟》有感

程树榛

一

读罢车弓（张坚军）的长篇小说《红襟鸟》，心头有些沉甸甸的。耳边响起著名诗人艾青《我爱这土地》里的不朽吟唱：为什么我的眼里常含泪水，因为我对这土地爱得深沉。

二十三年前，我有幸在中国作协鲁迅文学院与北京师范大学合办的文艺学·文学创作班当指导老师，在这届学生中，涌现出莫言、余华、刘震云、迟子建、毕淑敏这样一大批活跃在当今文坛的优秀作家。车弓在他们中间，算是比较“沉默”的一位。他的“沉默”在于，中断了将近十年、且已有建树的中短篇小说和报告文学、影视剧本的创作（多部作品在省、全国获奖），把注意力集中到新闻领域和对地域文化的研究中去了。记得那些年中，我约他写稿，他婉言谢绝说在准备写长篇。在我的印象中，车弓为人诚恳、老实，甚至显得有些“木讷”，但不乏机智和才气横溢。他出身农村，当过兵，做过工，还当过教师和机关干部，生活底子丰厚。是那种厚积薄发型的作家。因此我对他一直有所期待。

果然，自2002年始，他接连放飞在心里“憋”得已久的三只“鸟”：一为“报春鸟”（即作家出版社2002年版长篇小说《名利圈》），被业内行家认为是“手掌上的舞蹈”,“改革开放后江浙大地农民企业家崛起、改变命运的报春哨音”。继而洋洋七十余万字，放飞“太阳鸟”（即作家出版社2008年版长篇小说《大商无界》），叙述中国晚清十大商帮转型时期的“宁波帮”商人，引起经济界和文艺界的热议，著名经济学家曹思源和文艺评论家雷达、崔道怡等人著文评论，即：“为何在洋务资本、官僚资本、民间资本激烈竞争的晚清时期，众商帮困惑颓靡，民族经济衰退，而宁波帮商人一枝独秀，形成以金融业为龙头的现代经济雏形？”本质“憨厚”的车弓，继续潜心创作，放飞第三只鸟——在即将出版的长篇小说《红襟鸟》中，对他立足的这片土地，作出历史和现实文化学上的阐释，用西方学者荣格致作家海明威的话讲，即：“在这个世界上，我们每个人都是一块土地。这个人的亡故，就是这块土地的消失。”

至此，他笔下的人物，无论是《名利圈》内的民营企业家吴洁文、企业家江流、金融奇才许慎生、推销员斯奇乃至市委书记谢航的沉浮起落，还是《大商无界》中闯荡上海滩、“赤脚汉不怕穿鞋人”和“在洋人口里夺下一口食”的三个师兄弟毛承章、李业甫、李少鸿及打破祖训“嫁女保庄”的钱庄主黄仲源、富家女黄家贞和贫家女陈秀姑生离死别的坎坷命运，以及《红襟鸟》中“出洋受阻”的张圣朝、兄弟相残的张振宗、张振耀及主人公张永成及继子张建国、儿子张启明、张启东与女主人公李纹、陈小燕波澜壮阔的命运，都有了合理的灵魂归宿。“一方水土养一方人。”他们不同于陈忠实的《白鹿原》，也不同于莫言的《红高粱》和《丰乳肥臀》，是江南这块灵山秀水、特有的地域文化精神和一幅幅风土人情画面，孕育了特有的人物。

二

在中国作家中，不乏寓人物故事于乡土风俗中的小说，车弓的特点是善于把重大的历史事件，与城市地域文化精神糅合在一处，这就使小说中的人物命运，产生社会现实意义。

《红襟鸟》这本书，讲述了一个新四军老战士波澜壮阔的一生。主人公张永成参加革命是被“逼”出来的。他出生在浙东山区一个叫白鹤桥的村子里，当时的生存环境贫困恶劣。作者在卷一《家族前史》中有生动的概括：村口有架大辘轳车，人上山要“转动辘轳轮子摇上来”。路还是有的，“得转三个大弯子，多了五六里行程。”尽管这样，还比“后海相公殿滩涂饿死人强”。太祖父张圣朝觉得这地方“活得没精神”，出洋开西药房，结果被洋医罗瑞德父女“偷”走祖传药方败家。祖父张友香为兑现对大脚女子秀才娘子的承诺——让她“娘家人在荒年有一口饱饭吃”再下南洋，又因“为革命党买枪炮”而惨死他乡。接下来伯父张振宗为“让祖宗在地下睡得安稳”继承祖业，却因为信仰不同“兄弟相残”，杀害他的父亲张振耀。侄儿张永发（张永成哥）为报父仇认敌为友，“借日本人的力量灭了寡情的大伯”，使这个在小山村里轰动一时的“张氏廿四房”家族，终于彻底地败落下来。

故事在卷二《张永成的婚姻生活》才转入正题。在这些看似“轻松”的话题中，作者不慌不忙地讲述了张永成摒弃亲情，枪决“给志愿军造假药、产生恶劣后果”的同胞兄弟张永发，富有人情味地收养侄儿“小东西”（即后来继任他工作岗位的张建国），娶富有“浪漫色彩、把托尔斯泰作品《安娜•卡列尼娜》放在床头阅读”的美姑娘李纹为妻，按人物性格发展脉络，徐徐展开故事情节，把社会变迁的大背景寓入家庭中，埋下一个要继承祖先宏愿、壮志满怀却缺乏科学常识的理想革命者“改天换地”，进行社会与家庭革命的伏笔。

故事在卷三《战士与土地》中全面展开，这是一场多么艰苦卓绝、前无古人，比战争年代更为“酷烈”的硬仗，为改变这块土地面貌，张永成付出了个人和家庭的“幸福”，“围海建塘”增加土地面积，来改变这个县“人均土地不到半亩”“大饥荒时逃荒要饭饿死人”的景况。然而现实却是残酷的，十几年后改革开放，继子张建国（小东西）根据科学决策，在牺牲“六十九条活生生的生命”的纪念碑前，否定了他这代人认为是“政绩”的浩大工程，“开塘引水、废田归渔发展生产，让村人迅速富裕起来”。失望的张永成尽管苦恼，但为了人民的利益服从真理，把“权力”与职务让位于新一代干部……

在小说卷四《兄弟俩的纠结》中，离休后“回村修路”、让“山上与山下一样富裕起来”而“隔海观潮”的张永成，在“儿媳”陈小燕（兵团知青）兑现对另一块土地的承诺中，“逼使”张建国舍弃已经成功的事业而重返内蒙古，报答草原对他“哺育与恩情”；“逼走”下岗的长子张启明“不做窝囊废”，“像鸟儿一样觅食而南下深圳淘金”。同时，又让大学毕业回乡的次子张启东，回村办塑胶厂帮助村民共同富裕……

由于兄弟仨“思维观点的差异”，结局并没有像张永成所憧憬的那般“美满”。在卷五《心在远方》中，白发鹤面、已然暮年的张永成与此时变得与他同心同德的妻子李纹，不但经受了“启明的公司跨国投资炒股破产、为道德承诺赔偿损失”的“金融风暴”，而且还遭受了晚年“失子之痛”——因病从草原回归担任市检察院副检察长的张建国，因患肝癌丧身办案中。就连为家庭亲情和道义而“战”，继任公司董事长的长媳陈小燕也身亡车祸……

然而，时代发展了，这片土地终于变得富庶。在山林里的红襟鸟吟唱声中，这个世界许多旧的东西消亡，变得越来越美好……

三

初读车弓的小说，感觉有些“累”。由于承担重大社会现实，小说开篇就很凝重，就像嚼着一颗青橄榄，但读着读着，滋味就慢慢出来了。直至读完全书，虽然心头沉甸甸的，却觉得回味无穷、爱不释手。车弓的创作手法朴实无华，全书由平凡的事件和细节组合，没有跌宕起伏的故事情节。他把人物“拿到火上烤，滚水烫”，深入到“人的心灵深处去”，“剥了皮、抽了筋地撕裂给人看”。像电影镜头一样地展现在人眼前，使你无法离开他。

这部小说对社会现实的观察，堪称有一定的深度。作者通过一位新四军老战士心灵史诗的叙述，凝聚我国江南地区时代变迁的百年风云，使小说有难能可贵的历史厚重感。战士张永成的一生，为兑现祖先承诺、改变这块土地面貌而战。他是理想主义者，同时又是现实主义者。他身上有着许多历史遗留的“旧式农民”品性，如“传宗接代、封建家长制，工作方法简单粗暴”等陋习，同时又具有革命者“信仰坚定、百战不殆、勇往直前”的气质。他是质朴单纯的，同时又是复杂的，在理想与现实交织的复杂环境中，他“出淤泥而不染”，至死信仰不变，始终是一个大写的人。在他的身上，散发出这个社会值得推崇的道德力量和人文精神，是新时代文学画廊中一个“特殊品格的人”。

车弓通过他的三部长篇小说，试图为一个城市的品质立言。书中时时处处，洋溢着浓郁的风土人情，有着特有的城市地域文化痕迹，如小说中的山（四明山）、小说中的水（三江水），而小说中的人物，身上散发出与中原文化不同的理性之美。我因为组织雅戈尔集团的长篇报告文学，在这个城市短暂地住过一段时间，深切地感受到这片神奇的土地（城市），蓬勃散发出来的道德精神力量。在这些年中，人们似乎一直在追寻：为何同样的山、同样的水、同样的党的政策，在改革开放的三十几年中，这个资源相对短缺、物质并不富裕的沿海城市，改变面貌相比同等城市要快一个节奏？屹立的“东方大港”、“世界上最长的跨海大桥”，活跃在世界各地为民造福的“宁波帮”，几乎在一瞬间就实现了祖先所有的梦想。除了外因条件促使外，城市内在的文化精神无疑起了关键作用。

车弓这部小说的成功之处，不仅留下“随人物逝去的一块土地的魂魄”，主要的是他为崛起的家乡故土，响亮地作出“诚信城市”的道德承诺。在当今物质充盈的状态下，每个人都应该询问自己：活着，为这片土地担负了什么？

2012年11月8日于北京

目 录

卷一

家族前史

1

许多年后的清明节，离休干部张永成身穿四个口袋的干部服，手肘挟着油布伞，领着十几位子孙，沿一条烟雨蒙蒙的山径小道，来到他的出生地——白鹤桥村，眼前浮现出当年被瞎眼祖母赶下山的情景。

那时坐落在山腰上的村庄，有着稀稀落落的数十间尖顶瓦屋，夹杂着上压雪屑、山风卷起稻尾巴的草舍和一条被冰雪封住的石板路，在清晨阳光下闪烁寒光。不时有头戴毡帽的老人和光脚拖木屐的孩子，嘴里呵出丝丝热气，走在雪道上拾牛粪。村口张扬一簇旗帜般树冠的大樟树，树下的积雪被人铲净，狭窄的石板路在此转过一个硬弯，豁开一道山口，使村坊与山下的世界相连……

樟树上原先悬着吊索，树干上系着个大辘轳，由敲更老人阿同爷爷守着。他只有一条胳膊，另一条胳膊让山豹子咬断了。辘轳开口处垂下两条手指粗的麻索，系着一只能装下半石谷的藤筐。山下来了人，在晃动绳索上铃铛的同时，还得哇啦哇啦地抬头朝山上大声喊。阿同爷爷听见，就用粗壮的独臂转动辘轳柄，将坐进藤筐内的人，吱嘎吱嘎地摇上山来。藤筐内只能坐下一个人，或者站一个大人和一个孩子，孩子不能太大，大了就沉，他没力气把两个大人同时摇上山。山下人多时，他要摇好几次。每次摇上山，那人会在他膝下的旧铜盆内丢一枚铜板，也有身上没零钱的，只点头示个意，他也不计较，知道下次会补上。不补上也没关系，他是孤老，敲更吃的是众家饭，不靠这钱过日子。铜板积多，无非让下山的村人捎一双雨靴、添件棉袄或弄些伏贸南货店内的糕食来吃，免得半夜肚饥，走不稳脚步敲不准更。

敲更从村头走到村尾，有三里许地，得转悠半个时辰，他不能耽误大家的事。到了月底，如果铜板还有积余，他就会向村里的老太太们买佛帖，用来每年清明、中秋和过大年时祭祀祖坟烧着用。这样就把得到的铜板，又挨家挨户地还给村里的老太们了。

这辘轳车早先没有，是廿四房第三代长孙张友香乡试中秀才，看上滩涂相公殿一个进山逃荒、名叫杨秋英的大脚姑娘，房族为他娶亲凑银子请木匠造的。以前下山走一条盘山小道，得转三道弯子，路旁长满杜鹃花，约莫五六里路光景。山上与山下喊话能听见，这么一转，半个时辰就没有了。住在这村里的张、黄、李三姓上千口人，世世代代就靠这条盘山小道，走了几百年，谁都没认为浪费时光。但从秀才爷开始，大樟树下有了辘轳车，山道还在，只是走的人少了。

辘轳车修成时，由阿同爷爷的父亲管过一阵子。他祖上是廿四房（那时还叫老三房）的药农，冬日狩猎时父亲被豹子扒了脸，少年的他，一条手臂也被咬掉。当时张家还发达着，在城里和南洋开有西药铺做生意，家里还有一片山林和一百多亩稻田，日子过得红火。谁知天不助人，被法兰西洋医偷走祖传药方，没几年光景就败落了。辘轳车造成留了下来，人们感觉到上下山，坐辘轳比走路方便，还节省时光。老人过世前把这差事传给儿子，说他断了胳膊，能靠它糊一口饭吃哩。只不过原先由廿四房付工钱，后来秀才爷也出洋走了，才由他兼敲更的活计，改成村人们付铜板供养着。

阿同爷爷敲更，是用嘴咬着铜锣绳索敲的，因为他只有一只手……

张永成站在那棵大樟树下，在胸口怦怦地跳个不停，壮实的身子忽然变得佝偻，一张上窄下宽、颧骨高耸的脸上神色凝重，那双骨碌碌转动、平时发出锐亮光辉的小眼睛变得灰暗，眼眶里溢出泪花来。

接着，他双手扶住树身，头伏倒在树干上，呜呜地哭泣起来。

妻子李纹关切地问，你怎么了？

他说我想起阿奶、爸和兄弟了，这樟树上原先系着个辘轳哩……

她走过去，伸手在他脊背上抚摸着，凑近他耳边说：老头儿，你一哭我心里就难受。儿孙们都来了，多高兴的事呀。一屋子大小十七口人，都是廿四房的子孙，比先祖那阵子，兴旺发达多了。您别哭，心里有话就说吧，大家在听着哩！

他抬起那张棱角分明的脸，咧了咧豁牙的大嘴，对着眼前的子孙们说：张家的先人们都是从这儿走出去的，出去了就没有再回头。五十二年前我离开这儿，在外折腾了大半辈子，如今老了，也累了，折腾不起来了，想与你们妈搬回老宅建设新农村，睁大眼睛看着你们在外面折腾。

大家便问：您已经折腾大半辈子，还折腾呀？

他说：是张家的男人，就得折腾出个名堂来，不然就白来这世上一趟。

回乡的事儿，他显然没与妻子商量妥当。李纹感到茫然，摇头说：要折腾你自个儿来折腾，我又没办退休手续，咋跟你来这儿定居呢？

他注视着她，横眉竖眼地说：不行。树高千丈，叶落归根。我俩都是从这儿出去的人。你是我老婆，没你在一起，我的日子就会清汤寡水，没滋没味……

李纹悲哀地问道：难道这一辈子，我永远是你的影子？

他说：只能这样，谁让你嫁给我？这世界是变了哇，以前是山上比山下滩涂富裕，现在倒过来，滩涂比山上发展还要快哩。我俩都对这块土地有过承诺，要让祖先在地下睡得安宁，有责任让老家山村改变面貌。

李纹又问：你真不管孩子们了？

他望着这一大家子人说：孩子长大有自己的路，我九岁从这村子里走出去，又有谁管过我呢？

如今那架辘轳车和茅屋都不见了，也没了阿同爷爷。但在张永成耳旁，仍回响着摇动辘轳时吱嘎吱嘎的声音，眼前晃动着他甩动断臂空袖、颠跛走路的身影。那棵大樟树犹在，主干枯朽了半边，旁枝却更加茂盛，骄傲地向人们诉说着几个世纪的变幻沧桑。现在坳口已炸开崖石，开出一条盘山的沙石路来。村中唯一的改观，就是新砌了许多青砖褐瓦的小屋，代替过去的残旧茅屋。砖墙上还留着用白石灰写的“备战备荒为人民”的口号。

从村口的大樟树下往里走，七转八弯地走过十几座瓦房和夹杂在一起、五花八门的茅屋，就见到门口植有樱桃树的张氏祠堂。祠堂是石屋，依山坡而建，名号鹤鸣堂，坐落在村子东北角。因久无人料理，屋子显得残破，大门缺了半扇，门框是两条大石柱，右侧有耳房，为三间两进、砖木结构的平屋，褐瓦冠顶，墙基砌石坎，天井青石板铺地，内置两口大水缸，依稀保留着当年的风貌。

他把子孙们领进祠堂内，说这儿原先供奉着祖宗的灵位哩，廿四房在道光初年从老三房分出来，传到他已为第五代。说男人为祖先的信诺活着，不论走得多远，都不能忘记担负家族的责任……

他在祠堂里坐下来，清晰地记得五十二年前，瞎眼祖母，人称秀才娘子的阿奶，搬出一把刻有麒麟的木雕祖传太师椅，坐在已经败落、植有两棵樱桃树的祠堂前。在膝盖上夹着鞋藤箱，手里拿着一双正纳着的鞋底，是那样字正腔圆地与他说：蓝了的天，白了的云，只要撞钟山的溪水还在流着，山林里的红襟鸟还在叫着，天下的江山要由穷人坐哩！你已经走出这祖屋，就不能再回头。

他知山林里的红襟鸟，会在黎明时分唧唧咕、唧唧咕地啼叫。才麻雀一点儿大的鸟儿，叫声却十分响亮。一只鸟儿叫起来，众鸟呼应，连成一气，顿时整片林子都喧闹起来。叫着叫着，那轮通红通红的旭日，就从东方升起来……

每当鸟儿们啼叫时，瞎眼祖母就会拍着兄弟俩的屁股说：懒鬼，起床起床。人哎，越睡越懒，得从小养成尽劳尽责的习惯！她唤这鸟为责任鸟。说人的一口饭食、一件寒衣，都是从地上刨出来的，只有像这鸟儿一般地忠诚职守，才能摆脱贫困过上好日子。

那情形，似刀刻斧凿般地镌刻在他的脑子里，几十年来都无法忘怀。

那日上午，才回村的他惊魂未定，颤抖着说：可我，才九岁哪……

秀才娘子说：三岁看到老，八十不变性。人在骨子里的精神无法改变。

一阵刚硬的山风刮过，白日躲到云背后去，天气有些寒冷了。这是民国十六年，也就是公元1927年的初冬，村口田畈上堆着一垛垛的稻草蓬，田野已冷清下来。秀才娘子的心铁硬，不为他的哀求所动。瘪塌着嘴，坐在门口纳鞋底，鸡爪般的枯手上，拿着针线与鞋垫，睁着一双被白内障蒙住的眼睛，望住村口被雷电劈去半边的老樟树，嘴角流下两条涎液，在皱纹密布的脸上，出现似笑非笑刻薄的表情。白日又从云层中露出来，云层压得太厚，日光先从云中露出一小角，后来又透出一块，慢慢全露出脸来，寒风卷起地上的落叶，日光在风中慢慢渗透，使大地显出丝丝缕缕的温暖来。

他不想离开家。一月前，秀才娘子把他与哥哥永发，送去山下远房财主张裕德家放牛。她哀求说：他大伯，好笋抽在篱笆外，子孙得由别人教养。廿四房兄弟相争败落，我不能让秀才爷断绝根脉。

永发屈服命运留下，他却偷逃回来了。没坐阿同爷爷的辘轳车，在上山的小道上转了半夜，天明才到祠堂见瞎眼祖母，跪在门口渴望她改变主意。

脚生着是要走路的，走路就要穿鞋。秀才娘子为这个家族的男人们，在不停地做着鞋。她抬头转动脸庞，让阳光抚摸脸上的皱纹，那皱纹像田野上交叉的阡陌，一条条镌刻在脸上，留下沧桑岁月的痕迹。她的手在颤动，把线头凑近针孔，一次、两次、三次。她的眼睛并不看针，其实就是看，也看不到，她是个瞎子，但她就有这手绝技。她已做了上百双鞋，从他有记忆开始，就看到她纳鞋底。这些鞋分大鞋与小鞋，分别做给祖孙三代人，穿上她做的鞋走天下。

自五十岁那年起，她的眼睛渐渐看不到东西，先是远处，后来连近处也看不到了，可她还在为儿孙们做鞋，靠手指摸索着穿针引线。跪在地上的他站了起来，上前替她把线穿过针孔，这事他自小就会做，喜欢跟在祖母的身边，看着她做鞋，听她讲这家族的故事。不像他的哥哥张永发，天不怕、地不怕地往南山钻，与野角麂和雉鸡交朋友，可以在外数月不回家，却从不会给祖母穿针引线。现在两人的命运一样，都被绝情的祖母赶出了家门。

她打翻他的手，把穿过针孔的线头抽回来，撇嘴濡湿线头重穿。

她的瞎眼窝里，有成串的泪珠渗出来，顺着她秀挺的鼻梁两侧流下。那两片瘪塌的嘴唇又开始蠕动：孩子，好笋是在石缝中憋出来的，记住你爸怎么死的？人活世上，信义为本。不吃得苦中苦，就难为人上人。

他走了，从此在这村庄消失。五十二年来一直向前走，没回过头。

晚上子女们散尽，他和李纹宿在祠堂老屋内，睡下不久，就看见祖母秀才娘子活生生地站在他面前。她还是从前的老模样，穿着蓝布斜襟衫，手里拿着鞋藤箱，两腿弯成罗圈形，用粗糙的手抚摸着他额头说：我的小孙孙，你来了呀，走尽天下的路没有？

他拉住她的手说：我来了，我是廿四房的子孙呀，还在穿着您做的鞋走路。

她张开缺牙的豁嘴笑着接纳他，说：走路好呀，人活着是要走路的。

这晚上他清晰地听到祖宗的召唤，回忆起这个家族逝去的许多往事，在心里讷讷地说：狗日的，日子过得飞快。还没走出一条路来，咋瞬眼间就老了哩？

是呀，他咋就老了哩？

张永成对这个家族的所有记忆，是从他的瞎眼祖母秀才娘子开始的。

当年的秀才爷年轻俊俏，手拿一本书，坐在村口大樟树下的晒帽亭里读。亭是村中一景，传说是李家造的。李家在明代出过天官，是村里古今最大的官儿，在朝野颇有权势，当时读书人为了巴结他，呼哧呼哧爬上山来，脱帽下轿整衣进村。后人造亭说是供游人歇脚休憩，实为张扬祖宗余威。后来李家也败落，人丁骤减，村庄反拓展，亭子就为三姓公用。

三姓房族分工明确，黄氏务农置田亩，是佃户主。撞钟山坳内的几百亩良田，大都为黄氏所有。李氏虽也薄有田产，子孙却专攻读书，但风水已被祖先拔尽，后代再也出不了权高名重的人物。而张家始祖，自称为南宋大将张俊之后，历宋、元、明、清四朝，沦落为走山穿村的郎中，也说不清何时开始经营药业，成为村里唯一外出谋发展的商户。像他这般考取秀才则是例外，用他父亲西药店倌的话说：是祖宗坟地里冒了青烟。

这日春阳柔和，亭子上空蓝天如洗，四旁垂柳依依，亭下田畈和杂草丛中，有一条七转八回的溪涧流过。那柳絮从树上飞下来，被风吹得飘飘飏飏，落在路旁田畈、草丛与溪涧里，到处毛茸茸、白绒绒的一片。落涧的柳絮又随水流动起来，好似无数条毛毛虫爬动。这景致很柔和，很美，也很吸引人。张友香读书倦怠了，掩卷观赏亭外的风景。至晌午，他便觉得有些慵懒，坐在石凳上，把头伏在亭柱上打盹儿。不清楚睡了多久，也不知有没有做梦？反正他一觉醒来时，见身边条凳上又坐着三个人。

一个是脸容清癯的瞎眼老妇，在膝盖上摊着个蜡染布包袱，手里拿着一条认路的青皮竹竿，膝旁蛰伏着一个十二三岁的羸弱少年，脸色枯黄，眼睛却极有神气，正紧盯住他看。还有一个身材苗条的女孩儿，身穿手肘打补丁的青布袄，下身一条玄色灯笼裤，趿一双破口旧布鞋。脚指头从内伸出来，似剥壳嫩笋一般地闪烁出玉石般的光泽来。她的膝盖上，也放一个旧包袱，两只粉嫩纤巧的手，柔软地耷拉在上面。可惜她那颗小小的脑袋侧向亭外，出现在他眼中的，只有一条油光黑亮、扎有红头绳的辫子……

她是天足？他心头有些惊讶，睁大眼睛看着她们，感到眼前这情景，与他梦中出现过的求亲场面暗合。这年他也才二十出头，正是招来手执红绢帕的巧嘴媒婆们说亲的佳龄。但不管她们如何口吐莲花，把远近村坊绝色女子都说遍，他硬是一个也看不上。

也不知何因？自从阿爷张圣朝纳法兰西洋妾，生下他的小姑西妹子，他就觉得女人的天足，比祖母李氏和母亲黄氏的小脚好看。

一会儿，那女孩儿转过头来，把一双明亮、清澈如溪水流动的眼睛，只在他脸上如阳光照耀般地抡了抡，亭外的日光顿时黯淡了下去。这时他真切地看清楚了她的容貌，这是一张神情忧郁、坚毅、略带几分妩媚的瓜子脸，额头光洁宽阔，下巴尖削，挺括玲珑的鼻翼下，有一张如花苞初开的小嘴，左唇上生着一颗红色小痣。他的心颤抖起来，手中的书不知不觉地掉在地上。那少年提醒道：哥，您的书掉了。女孩儿见他如此呆怔着注目自己，把落地的书捡起放回他手里。动作敏捷得如山中的狸猫，使他越发呆了……

他与她们闲谈起来。老妇告诉他：祖孙是后海滩涂人氏，来这儿投亲逃荒。现天气转热，回家准备替佃主插秧去。说从这里到那儿，有三十几里路，还得走一段山道。她说这村子好是好，四周群山环绕，山清水秀，在山坳落下千亩良田来。可惜上下山太难，转来转去得耗上大半个时辰。祖孙大清早从山里启程，半天才摸到这儿。腹中无食，足软无力，得歇歇脚再往山下走。又说这儿路途不方便，就是家中多有田亩，山下富家姑娘也不会嫁来山上。

他摇头问：如果我想娶山下的贫穷女子呢？老妇瞪起瞎眼珠讥讽道：你开玩笑，乱世荒年的，多一个人就多一张口，谁有心思做喜场养穷人？他说：我是考中乡试的秀才，就喜欢贫家会干活的女子。老妇瘪塌着嘴点头，舒展开裙裾下的小脚，嘿嘿地冷笑了起来。

他问她笑什么？她说路是路，桥管桥，别欺侮我是瞎子。你一个功成名就的秀才爷，会娶没饭吃的穷姑娘？他说我没开玩笑。老妇说我也不开玩笑。你这秀才爷如果落在平原，远近村坊的大家闺秀，早狗抢肉骨头似的争着上门了。可惜是在山里，小脚婆姨吃不消上山下山地走路。除非……

他问：除非什么？老妇正色道：在村口安一架辘轳车，把新娘子从山下吊上来。他说我明白了，山下的新娘子，得用辘轳车载上山来。

闲聊中，女孩儿一直用那双明亮的眼睛注视着他，用糯米粒似的细牙，紧咬住嘴唇不说话。直至离开时才瞅个空儿，凑近他耳边说：我家住相公殿下人渡村。老妇的耳朵很灵，问：秋英，你在说什么呀？她把眼睛望住天空回答：阿奶，你听差了，我啥也没说。老妇无奈地摇头：说就说了呗，穷家无秘事。人家喜欢你，自然会打听到地址。她又回头冲他娇媚地一笑，乖巧地搀起祖母的手，张扬着一双天足，脚步黏黏地招呼弟弟一起走出亭去。

就这般惊鸿一瞥，张友香的魂丢了，整个心窝子都被裸露在阳光下、生着玉笋般脚指头的天足占据了。在家放出狠话来：非相公殿杨姓女儿不娶。吵着闹着要在村口大樟树下架辘轳车……

家人被他闹得没办法，拿银子叫来木匠，真把辘轳车给装上了。

张友香兴冲冲地跑到滩涂相亲去时，田畈上的农户们都在忙着播谷。

临行他把相公殿打听了一番，得知这是一块由十几个自然村组成，地域宽广而少出产的贫困盐碱地，因供奉越人图腾瘟神菩萨而得名。历史上是邻近失去土地的佃农和被朝廷贬罚的堕民们，靠晒盐为生、操贱行百业奔波生计的流民栖居处。中心村下人渡，是个集农、盐、渔为业有三百多户人家的老村坊，村口有渡，相传为宋代农民起义英雄方腊逃亡下海的地方。

还没到端午节，院子里的樱桃熟了。他从书房里走出来，摘了满满的一藤箱，独自离开村子下山，踏上连接县城的石板路。临走西妹子问他去哪儿？他什么也没说。提着藤箱走了三十几里地，找到下人渡村。身子在村里转着，嘴上秋英、秋英地喊，果然在一座破旧的茅屋前找到她家。

见他如此张扬，弟弟杨秋生如猿猴般地蹦出门来，一把将他拖入屋内，悄声道：别扯嗓子喊，姐在这儿哩。

他进屋坐下，瞎眼老妇招呼孙女泡上茶来。这茶苦涩异味，他喝一口吐了出来。他见她的脸立马红了。他问这是什么茶？她说是去年晒的葵花叶子。说话间老妇从灶眼洞里摸出几枚铜板交与孙儿，附耳说了些什么。只见他飞快地跑出去，不一会儿提着几条老鼠尾巴粗细的海鲻鱼回来。说还没闹夏潮，渔行里的鱼才只有这么一点儿大。

闲聊一会儿，老妇留下他吃饭。他没客气，坐着等饭吃。饭由番薯干和糙米煮成，是杨秋英用干咸青草烧的，屋内弥漫开很久不散的烟火味。

饭后正坐，老妇问他来干啥？他说是来相亲的。她咧着缺牙的嘴问，你会上山砍柴否？他说不会。又问你会下田插秧否？他还说不会。她沉脸道：你什么都不会，来相哪门子亲？杨家虽在明代贬为堕民，不能参与科仕绅商，可先祖也曾发达过，北宋大将杨继业，是相公殿杨家的先人……

他讷讷地说：我会读书呀，是秀才，遵信诺造好了辘轳车。

老妇讥讽说：信诺，有钱人能讲信诺？自古功名云烟过，戏里演的帝王将相，台上威风，下台还不与平常人一般？得吃喝拉撒。庄户人家稀罕的是家财与田亩。滩涂人多地少，年年闹饥荒。穷人家嫁女儿，承望全家有个倚靠照应。我托人打听过，你白鹤桥张氏廿四房，原先有城里鹤鸣堂的生意。你阿爷下南洋开西药房赔本，已把祖传山林、水田折腾掉大半，以后要靠摸索田活过日子。秋英嫁去你家，你不能上山砍柴，又不会下田插秧，仅凭信诺造架辘轳车有何用？靠啥生儿育女发达家业，对她娘家人承担责任？他说我能承担责任啊。老妇频频摇头，说秀才爷呀，你承担不了。人都有一张嘴，嘴生来要吃饭。遇上乱世荒年，这儿的三亲四戚都会逃荒往山里涌，你家那几亩薄田供奉不起呀……

他无言以对，手捧着装樱桃的藤箱退出门来。

老妇白花花的瞎眼珠朝天翻着，手里嗯嗯嗡嗡地摇着纺车没挽留他。

回程路上，他的心中充满忧伤与惆怅。为家族发达，他已闭门苦读多年。自祖父疯癫后，父亲重择祖坟，让他与弟弟友铭专心攻读圣贤书，自己却进山培植药材，把家族复兴的希望寄托在他俩身上。他算是有出息，好不容易考取秀才，奠定仕途发展的基础。但十年寒窗建立起来的壮志与自信，顷刻之间就被瞎眼老妇几句话残酷瓦解……

姐弟两个送他出村，三人都没说话。他走在前面，边走边取出藤箱里的樱桃，递给身后跟随的姐弟。秋英伸手接了，却没吃，转递给秋生。秋生吃了，发出很大的咀嚼声。她用一双水灵灵的眼睛凝视他的背影，想从这单薄的身子里，找出以后生活倚靠的痕迹。

这时他的心矛盾着哩：如回头屈从，家族的尊严使他觉得顿失脸面。她家看不起读书人，下田插秧、上山砍柴又有啥？这是佃农们干的活。他们没读书不懂礼数，只知埋头干活，春耕夏收饱其肚腹，而自己寒窗十年，面壁苦读，也算是个出类拔萃的男人，却遭到如此蔑视？她说与她孙女儿结婚，就得让娘家三亲四戚在荒年有一口饭吃，他有这能力承担吗？

这般想着，他感到迷茫，可心里又着实放不下她。不明白自己究竟怎么了？眼前老是晃动着她裸露在阳光下，那双像嫩笋一般的天足……

待一藤箱的樱桃空了，路也走出两里远。他还没说话，她却忍不住——再不说就没了机会。她在他递过来的樱桃中，品尝享受着爱情的甜果，在他苍白颤抖的手指里，感召到一种爱的力量，使她有信心接受他的情意，完成她对人生价值的探寻。她想：你是个人，阿奶是个人，我也是一个人。是人就有追求幸福的权利，我不能没尝试过就放手。

她问：你是真心想娶我，还是假意骗我？

他的心猛烈地跳动了几下，慢慢回过头去，见心上人已是一脸泪水，便说：当然真心想娶你。未嫁的她犹豫一下，囫囵吞下一颗饱满的樱桃，在胸中瞬间溢满希望的蜜汁，哭着投进他的怀抱，哽咽说：这还不容易，你秀才都能考出来，难道就学不会上山砍柴、下田插秧这些粗活，对我娘家人承担责任吗？阿奶是穷怕了，每到灾年全家都出去讨饭，想让她后人有口饭吃呀！

他紧握住她的手，郑重地许诺说：我一定学会上山砍柴与下田插秧，让你一辈子过踏实的日子。她追问：你答应阿奶要求，让我娘家人在灾年有饭吃？

他说我能，全答应你。她低头望住自己的大脚又问，你真造了辘轳车，把我吊上山去？他说当然，君子一言，快马一鞭嘛。她说其实我是大脚，能走山路的。他说我说过的话，就一定做到。

他问：你怎么哭了？

她说：我是高兴呀……

这年的重阳节，杨秋英如愿以偿地嫁给张友香。婚礼举行得隆重，新娘子用辘轳车摇上山后，由张氏族人用花轿颠着、抬着，在村庄内长着青苔、狭窄的石板路上，自西至东，敲锣打鼓地转了三圈，由新郎骑着一匹城里租来的西洋种马，接到设有祖宗灵位的祠堂前停轿。

这年秀才娘子才十七岁，红绸袄、红裤头，脸上遮着红盖头，款款地扭着细腰，在众人的嬉笑呐喊声中，让弟弟杨秋生从花轿里背出来，由小姑西妹子扶进祠堂与秀才爷拜堂。西妹子比她大十五岁，是个金发碧眼、身材高挑，皮肤白皙的二毛子。扫兴的是当地民风崇尚缠足，新娘子进门以脚大小论其品质。人群中有稚童喊出声来：大脚、大脚……使来喝喜酒的宾客们，大多轻狂地笑了。这笑声咯咯叽叽，仿佛田畈里一窝叽春的骚蛙儿。

秀才娘子的心，立即咯噔咯噔地急跳起来，呆滞着迈不开脚步，想起西妹子到滩涂订婚时，她就说过自己是大脚。她知道有钱人家的小姐，都缠得三寸金莲，长裙遮膝，走路轻移莲步。而她是讨饭命的出身，自小在田间劳作，缠脚展不开田活。当时西妹子不以为然地掀起裙子说：大脚好，能下田干活。你看我不也是大脚吗？她傻傻地追问：大户人家的女人也下地干活？西妹子扑哧笑道：你以为把你当小姐太太地供养起来，人不干活哪有饭吃？我侄儿答应要让你娘家人过上好日子。你只有拼命干田活，才能支撑起这个家。

可如今出嫁第一天，人们就耻笑她的大脚？

鼓乐停了一会儿重响起来，奏的是当地俚曲《喜临门》。西妹子知她害怕，跳过去在那稚童脑袋上敲个爆栗，又讨好地在他手里塞了几块糖。回头睁圆碧眼，连连冷笑着蔑视众人，笑声渐渐平息了下来。她右手挽起她胳膊，左手在她腰上掐一下说：赤脚汉不怕穿鞋人，你已嫁友香，就是张家的媳妇。她才迈开那双穿着鸳鸯戏水绣花鞋的大脚，踩在红布毯上噔噔噔地向前走去……

这日天晴，张家在祠堂外搭了糙布做的凉棚。天空蔚蓝成一片，挂有缕缕白云，显得天宇高远，气象万千。太公张圣朝眯缝双眼，头戴一顶西洋礼帽，身穿玄色长衫，外套一件玄色马褂，足蹬皂靴，神清气爽地坐在门口太师椅上。他的左边，坐着脸色阴沉的太婆李氏，右边是其貌不扬的公公张仲超，太姨婆小李氏和姨婆黄氏一应长辈分坐两旁。全家人都紧绷着脸，气氛显得有些严谨。

秀才娘子木木地走着，一块绣着杏黄色囍字的红盖头，遮住她青春洋溢的脸庞。她知大家看不见她的表情，但心里觉得别扭着，这种阵势何曾见过呢？她从红盖头的缝隙里，看到全家人一张张似笑非笑、带有讥讽的脸，感觉到这家族显得陌生和亲情的寡淡。

待两人入得祠堂，鼓乐停住了，西妹子上前，把愣怔在人堆的新郎扯过来，说拜堂拜堂，我把新人给接来了，你又磨蹭个啥？张友香这才意识到今晚主角是他，俊俏的双眸活泼泼地闪烁着，盯住祖父母的脸不敢上前。西妹子问他怎么了？他说我、我有些晕。她板下脸：晕你个头？没我去相公殿说合，能有今天？他附她的耳旁小声道：我见阿爷、阿奶好像不对劲……

西妹子顺着他的目光斜睨父亲，见他一副似睡非睡的模样和旁边李氏那张阴冷的脸，不由也有些担心。侄儿这桩婚事由她拍板，原因是她的兄长、他的父亲张仲超不敢做主，非要与张圣朝夫妇商量后才能定夺。她问他为何？说他不是你的儿子吗？张仲超支支吾吾地说：廿四房虽已败落，尚可娶贫家女子进门，只是大脚却有伤家族门楣。白鹤桥张家自老三房始，何朝何代娶过大脚女子上门？西妹子听了生气——她的生母李瑞娜和她都是大脚——没经张圣朝与李氏同意，假传圣旨就把婚事定下来。她恢复常态询问侄儿：你结婚，还是他结婚？张友香说当然我结婚。她说你结婚你喜欢就是，管他俩干啥？有事我给担着。

说着她牵过两人的手拜了天地高堂，又领他俩向众亲友敬酒……

两双大脚劈啪劈啪地响，震得祠堂石坎土墙刮刮发抖。西妹子主持破旧俗婚事新办，里里外外都是她一人忙碌，把父兄家人全撇在一旁，着实使村人开了眼界，说：到底是西妹子，办事比爷儿们还爽脆。

婚宴结束已近三更，西妹子把新娘子交给新郎，说阿侄，现在大脚媳妇归你了，可得好好珍惜呀。喝醉酒的秀才爷，眼珠睁得又亮又大，急着要拉秀才娘子入洞房。又被西妹子一把拉住，在他手里塞上几颗绿色的药丸，说别急嘛，这是你阿爷捎给你的。他问这是啥东西？西妹子说还能是啥？药呗。

他说我又没生病，吃什么药？西妹子咯咯地笑弯腰：鹤鸣堂廿四房的宝贝呀，当年你阿爷就靠这东西，骗走我西洋妈的魂。放心，不会毒死你，他都急着抱重孙子哩……

婚礼结束，西妹子送父亲与继母回屋时，挑明新媳妇秀才娘子是大脚。张圣朝显得不高兴，责怪说我怎么不知道？她说是阿哥的儿子结婚，哥知道不就成了。李氏也不高兴，说是廿四房长孙的婚礼，不该由她擅自做主？又说你是他什么人，这么大的事竟敢瞒着？西妹子不服气，发作说：不为这家，我才不管闲账哩，张家为何败落？就是没个当家的好媳妇。大脚咋了？只要能劳动理家就成。自己在这家是不算什么？却是秀才爷的姑。侄儿四岁上死了亲娘，晚上不肯与姨娘睡，由她一手拉扯成人，感情亲如母子。如今大婚，咋没权利帮他选媳妇呢？何况张家已歇城里的药铺，今后靠耕种田亩过日子，男人不谙田活，得靠女人支撑门楣，管一大家子人吃饭哩。张圣朝觉得她的话有道理，气消了大半，嗫嚅说：家境虽已衰败，却不能坏祖宗的规矩。西妹子说：规矩能当饭吃吗？你娶我西洋阿妈，合不合祖宗的规矩？她与我……还都不是大脚嘛？

这话使张圣朝想起李瑞娜来，心头有些发热。转身观望李氏的脸，见她也低头不说话，便把这事给撂下了。

在廿四房的家族史中，西妹子可算是个异类。她跟华裔父亲回乡时，才只七岁。幼小的她可怜兮兮的，长长的黄头发下，凸现宽宽的脑门儿，一双惊慌失措的碧眼，闪烁着任性的光芒，纤秀的身上穿着一件橘黄色的碎花洋衣。由于船上劳顿，她的头发上打了硬结，衣上尽是一块块奶渍，显得脏兮兮的。张圣朝要她跪下拜见家主婆李氏，她死活不肯，说：她不是我的妈咪，我的妈咪去了法兰西，等她赚到银子，就会来接我回去……

李氏心里不是滋味，一张瘦脸拉成个枣核。在丈夫的甜言蜜语中，终于答应容纳下她，叹息说：罢了，都是你做禽兽的作孽，与小孩儿又有啥关系？只是她留下，以后须听我做规矩。树不剪枝长不成形状，我要把她教养成华族的女子。张圣朝说：这当然，她的西洋娘走了，是我廿四房的女儿，不听你又听谁的？

但西妹子自小任性，不愿听李氏的教诲。刚来时村里孩子喊她是杂种，她开始时没听懂。懂了就与人打得头破血流，光着脚丫，在村里小道上举着拳头喊：我不是杂种，是洋囡囡。人便问她洋囡囡是什么？她说是大清国的爹、法兰西的娘做爱生下她。因此她与别人一样，是个有尊严的人！

次年李氏让她缠足，她喊痛死活不肯。李氏为教化她，硬是把手里的山柴棍打断了一根，也没法让她屈服。李氏便问她，挨打的滋味没缠脚好受，为何宁可挨打，却不愿意缠足？她说她的洋妈不缠足，她也不缠足！那时张圣朝还有雄心筹备再次出洋，把家事交给李氏打理，并不把西妹子的缠足当一回事。与族人聚在村口大樟树下，聊他在南洋的壮举，口里西洋婊子李瑞娜、李瑞娜地喊个亲热，还拉上她展览留下的成果。西妹子已解人意，对人解释说她妈不是婊子。爸爱上妈，是她生得漂亮。众人便问她：比李氏如何？她说没法子比，阿妈是大脚，走起路来一阵风，不像大娘是小脚，连路都不会走，真委屈了爸。心胸狭窄的李氏，不容许她在众人面前维护洋妈，说她骗了你爸，丢下你去法兰西享荣华富贵，你还把她当做亲娘？我对你这么好，你连声妈都不愿喊我？西妹子却死活不肯改口，非说西洋阿妈比李氏好。

李氏坚持逼她缠脚，充满信心打持久战，又打折三根山柴棍。对人说：我就不信孔圣人的祖训，比不得你洋毛子的传统，制不伏你这小倔驴，太阳还从西边出来哩？打到后来，李氏乏了，改用针扎她嘴、用手在她屁股上拧，几乎什么方法都用遍，就是制伏不了她。小小的西妹子够倔，大冷天走在道上，逢人就扒裤头告状，说自己的花屁股，是大娘给打拧的。

后来比她大二十岁的西药店倌张仲超，看着亲娘如此折磨人，会在外面落下个恶名声，问李氏：狗能改得了吃屎，撞钟山的麂子有角吗？李氏说这咋可能？他就笑道：有道是一方水土养一方人，你别勉强西妹子了，打死她，也是爹与西洋姨娘生的杂毛，身上流着洋番人的血。天生一个不守祖训的粗坯丫环，就不必再遵大清国的规矩，把她弄成个躲在闺房内绣花的小姐……

李氏想了好久，觉得此话颇有道理。西妹子是个杂毛，你缠了她的脚，能改得她的洋心肺吗？就如好端端开药房做生意的丈夫，只在南洋折腾几年，就违祖训变成另一个人，可想华人祖训，还没毛子的传统厉害。为此，她赶她下田干农活，想你吃我华族的米饭，就得为我家干活，譬如养个粗使丫环雇佣小长工，不发工钱白用劳力哩。

西妹子这才逃脱缠脚的厄运，勤快地与佃工一起下田干活。至长到十六岁，一双大脚，在村内村外、村前村后欢蹦乱跳，走得地面啪啪地响，成为人所欢迎的大脚洋囡囡。李氏见此又眉头一皱，计上心来，省下家里粗使娘姨的钱，在农闲时又让她增添杂活。想不到这正合西妹子的意，以后就很少见她有正形，上山挑硬山柴，敢与男孩子叫板，家里的灶头活，能与厨娘比试。几年下来，里里外外都是一把好手。除了那双碧蓝的眼睛和满头黄头发外，余都和村里贫苦人家持家干活的女孩儿，没什么两样了。

于是村里又有人赞扬她，说：生女娃还是天足的好，看看人家西妹子，干活抵个后生家，女红一件也没落下。廿四房的大娘算有福气。这话传到李氏耳朵里，觉得心里酸酸的，想自己还真是扫帚柄上熬出精油？成全人才出来。这时西药店倌已接替张圣朝理家，听这话心头很不是滋味。想你们懂屁屎？毬如果爸不开西药房，撞上她西洋妈这扫帚星，廿四房就不会沦落到这地步。

张仲超是唯一不信别人，也缺乏自信的男人。他虽视西妹子是异端，却看在同父异母情分上，不敢过分为难她。自张圣朝从南洋裸身而归，他就觉得这爿天已塌下来，张圣朝想把家业交他打理，他哆嗦许多时日，与瞎子老炳占卦后，才犹豫着接手。在这村里，他把瞎子老炳视作神人，与他看过祖坟的风水依附龙脉，才请塾师为友香与友铭开蒙念书，果然友香不负众望中了秀才。

秀才爷求婚受挫请小姑说合，西妹子径直找兄长说事。开始张仲超拒绝，说大脚不行，有伤观瞻风化。西妹子撩起自己的裤管说：我不也是大脚？家里山林田亩，你三个大男人都不管，得有人侍弄呀。他说不是由你在侍弄吗？西妹子咯咯地笑道：哥哎，你真黑良心，想留我在张家住一辈子？

张仲超拿不定主意，又拿银子和酒壶来找瞎眼老炳。两人重来到坟滩上，老炳眨巴着烂眼，转动着手里的罗盘，横竖量着看一会儿问：友香爷爷的坟地，是谁选的？他说是您选的呀。老炳又问：你的坟呢？他说当然也是您选的。老炳就说不用看了，友香有多大的造化，他的儿子就有多大造化。他说我不问孙子，问那个大脚婆娘。老炳问她端正否？他说这我倒没问，只知她命相属羊。老炳边喝黄酒，边煞有介事地扳手指计算，尽说一些不着边际的浑话，待一壶黄酒喝尽，才慢吞吞地开言道：按说女人没命，生肖不冲就是，你要管的是友香的儿子。女人只是块地，谁下种谁收获，只要能种出粮谷来，大脚小脚还不一样？

他这才让西妹子去说合，想既然生肖不冲，大脚媳妇能干农活，货好且价廉，儿子喜欢，何乐而不为呢？

次日晨起，秀才娘子的腿有些瘸，按规矩洒扫完庭院，去太公太婆屋里请安。由于被人奚落大脚，显得理不壮气不直，在心头流露出不安来。西妹子蓬松着一头金发，从屋旮旯像蛇一般地游过来，贴近她耳边诡秘地问：我侄儿能折腾否？她即刻羞红了脸，她却咯咯地笑起来：没事，能折腾就能拿捏住他，这家以后由你当家哩。说完冲她扮个鬼脸，又像蛇一般地游走了。

秀才娘子心神不宁地叩开房门，见李氏口眼歪斜地躺在床上。她自上年岁后就半边中风，赖在床上不起来。张圣朝猫在太师椅中身体弯曲着吸水烟，一团团烟雾从朝天的鼻孔中喷出来，绕着松木屋梁袅袅起舞。见了孙媳，他的眼睛立马瞪得铜锣大，一眨不眨地盯住她的双脚看。她被他看得不好意思，在脸上浮上两团红晕，机械地移步上前磕头说：太公，太婆，孙媳向您俩老人家请安。这话是瞎眼祖母教她的，说大户人家讲规矩，过门后得孝敬太公太婆。

没想到张圣朝并不注重规矩，随意一摆手道：都一家人了，何必客套？说着目光炯炯地注视她的脚看，说孙儿还真新派，敢与我唱对台戏？躺在床上的李氏身子没动，目光却如利剑似的逼过来。秀才娘子窘得手足无措，没搽脂粉的脸儿涨得通红，进不是，退也不是，想起昨晚上秀才爷说过，太公时疯时好，这家里由太婆做主哩，心里越发慌张。

天足好，张圣朝的目光变得清朗起来：我堂堂中华数千年繁荣，如今内患外侮，国将不国，弊端多为女子缠足，使天下大半人丧失劳力……

她听不懂他的话，急于想离开，说太公太婆没别的事，我去向公婆请安了。他拦住她说别走，我还没说完哩。你不要怕，他们笑你大脚，是他们愚蠢。别人不稀罕，我稀罕。廿四房的男人懦弱，得由女人搀扶着向前走。说着站起身来，摇头晃脑地踱开方步，说女子天足可分三类。一为富家大户思想开窍，学洋人主张女权，不忍心破坏自然之美尽其人道。二为家境贫寒之士，以女伴生养老，为家中田亩计，使女儿能像男人一般下田劳作。三为懵懂之室，为追求嫁个好人家，又不落忍女儿吃苦，始缠后放，即民间村坊嘲笑的半大脚是也。

说到这儿，他的脸色又变得严肃，鹰隼般的眼睛盯住她问：告诉我，你为何没缠足？秀才娘子不知如何作答，目光哀忧地求助太婆。她似乎听懂他的话，又没全听懂，心中越发慌乱。李氏身子稍动一下道：告诉他呀，你属哪一类？

她想了想说：我是贫家女子，爸妈在我七岁那年就没了……那儿的村坊穷，女娃从小下海捞鱼，下田干活，大都不缠足的。

张圣朝若有所思，说：好呀，穷人的孩子早当家嘛。看来友香的选择，自有他的道理。孙媳妇，记住我的话，无论张家以后发生何事，你要用这双没缠过的天足，协助丈夫支撑起家族的这片天。

说完这话，他停住踱步，呼呼地喘着粗气。像冬日秃枝的一截老树，孤独地倚在窗前，瘦削的一张枯脸上，有泪光在眼角晶莹闪烁……

这话使秀才娘子感到肩头沉重，想大有大的难处，原来富贵人家的媳妇，并不是轻松好做的。李氏见她呆怔着，挣扎着下床来，一只手瘫着，另一只手挽住她的肩，五指细细的没血色，身子轻盈得如一片落叶。边推她出门边安抚说：回吧，太公久病卧床，今日高兴，才与你说了这许多话。你是贫家女子，嫁来张家算有福分，但这家族已没有以前富庶。俗话说生意才子年驳年，种田财主万万年。谁都明白这道理，可谁都往这一条窄胡同里挤。

待出得门口，李氏又问：知太公为何喜欢你是大脚吗？她咬住嘴唇摇头表示不知。李氏叹息道：大脚孙媳呀，张家为何败落？不是女人理不得家，是男人们的心不守在田亩上。他都六十多了，心却像三十年前一般年轻。指望子孙继承他的衣钵，悬壶济世走天下哩。她回头望一眼呆立在屋内的太公，紧张的心情松弛下来，不由又小心翼翼地问：他会让秀才爷下南洋去吗？

李氏叹息说：都过去二十几年，西妹子也满三十岁，他就是甲鱼剖腹心不死，把心留在外洋收不回来……

2

廿四房败落，外人传说从友香娶大脚媳妇始，其实根子在张圣朝身上。

白鹤桥张氏的老家底还算殷实。自清初分宗祠传下三房，至今已有十三代，其间多为独户，人丁不兴。至张圣朝这代，有兄弟三人。可惜老二早夭，没留下后代。老太公临终为兴家族发达子孙，按老大房、二房宗祠排列，另立祖屋分出旁支廿四房来。说家虽分开，但房族还在，兄弟合用一个祠堂。

家族发达靠两房齐心协力，老三开发好植药材的山林和家中田亩，老大在城内的中药房就能维持下去。不到万不得已，下代子孙手足相连不要再分开……

老太公逝世后，老三房的张圣乙抽上鸦片先败落，开在城里的药铺缩小规模，只留两间门面维持生计。张圣朝始躲进山林折腾药材，渐渐混出一番光景来，把山地和家中田产翻了一番。但他不甘心一辈子窝在山里，城里祖传的中药铺，也用不了这许多药材，就图谋心思往外走。张圣朝伙同洋医罗瑞德在城里开出西药房，接着又把药铺开到南洋马尼拉去，成了村里唯一赚外洋银钿的二毛子。

这气势，很快把老三房给压了下去。那时候他得意呀，回乡手里提着文明棍，会说“一只元宝混得罗”的毛子话，边在村中溜达，边在人手里丢铜板，逢人就送，不分男女老少。豪爽得像《水浒传》里的梁山好汉。

在城里的西药房也没少招摇，生意做得红火，架子也拿捏得天大。合作没两年，张圣朝就把罗瑞德的独生女李瑞娜引诱上床，气得老毛子在大寒天，站在药房门口的雪地上，穿着毛衣灯笼裤，蹬着大皮靴哇哇地乱叫唤……

可罗瑞德没办法，要与他合作开发中药材哩。这洋毛子脑筋好，对山里叫贝母和皮斛的中药材感兴趣，想糅合到西药丸中发展做他的大生意哩。

张圣朝进城谋生意，始为儿子西药店倌治毛病。张仲超自小身子就弱，小胳膊小腿儿的，身子瘦弱得像片柳叶，只脑袋奇大，小小年纪，额角头就有了皱纹。他还有个毛病——尿床。从小就尿，冬日里每天晒被头，整个屋子都充满尿臊味，弄得全家人都皱眉头。家里人见喝汤药不济事，就喂他吃西药。但西药也吃了几十筒，家中余银一半化他身上。奇怪的是他的病情没好转，药却断不掉了，不吃西药就吃不下饭。长到十八岁，邻家孩子都长得五大三粗，唇间都有了毛茸茸的胡须，可他唇上仍光板一块，夜间还是尿床。

那年冬天，张圣朝带人送一船药材去府城。途中遇到一个洋毛子，由一群乡民追着在江边逃。这洋毛子身材出奇地高大，背却是驼的，穿着一件胸怀敞开的浅灰色洋服，后背开衩像燕子尾翼，两条长腿上蹬着皮靴，身上背着个“棺材盒子”，满头金发飘散着，又是满脸金色的胡子。一边逃，一边向江中的载药船招手。洋爪子瘦长瘦长地舞在空中，一轮轮画圈，动作挺古怪，也很美。

张圣朝吩咐伙计靠岸搭跷板，招呼他上船，然后撑篙离去。张家在南山种植药名叫皮斛和贝母的中药，与山猪的卵子合一处，调制出益精补气、专治男人不育的壮阳药，可就是治不好儿子的病。这事闹得他没脸面子，正想找洋医询问，想不到罗瑞德却飞蛾扑火找上门来。

追赶的乡民，见毛子上了船，站在岸上骂他是护洋犊子。他笑着没理睬他们，让船夫把船稳稳在江中撑住，拿出舱内自酿的荞麦烧酒为罗瑞德压惊，问乡人为何追打他？罗瑞德的头发上都淌着汗，高大魁梧的身上散发出一阵阵的狐臊气，取出一枚悬挂胸前、镌刻耶稣受难像的金饰件，叽里呱啦地洋文夹杂华语，用手比画着自己的遭遇。张圣朝不懂洋文，但还是听懂他的意思：此子是教会医院的医生，全名查理·罗瑞德，到这儿为拯救一个违背父母之命、媒妁之言，欲与情人私奔、按族规处置沉潭的女子。他说华人太不可思议，简直漠视生命。一个鲜活的生命为向传统挑战，被绑上石头沉到潭底去……

他笑道：一方水土一方习俗，你为何要管这种闲事？罗瑞德涨红着脸道：她情人是我的伙计，他们就不肯把女儿嫁他。他说莫非你看中了她？罗瑞德说：这不可能，我是法兰西贵族，她却是低贱的华人。他心里不高兴，想：我若是这村坊的人，也会把毛子沉潭。你法兰西一个毛子国，凭啥说我大清国人低贱？罗瑞德喝过酒，手脚潇洒飞舞起来：我伙计和情人感情很深。她沉潭，他也不想活了。他幸灾乐祸地笑道：不活就不活呗，谁让他是二毛子？这儿的风俗，好女不嫁二毛子。罗瑞德说：不对，二毛子也是人，你想一想，大清国有几亿亩耕地，是个历史悠久的国家，法兰西在欧洲算是大国，才几千万亩，英吉利、德意志、西班牙、葡萄牙、荷兰国则更少，为何都比华人富有？

他吃惊地张大嘴巴说不出话来，想这毛子会算大账，有学问哩。罗瑞德见他不吱声，得意地问：你觉得奇怪吗？他低头承认：我还真没想过这事！罗瑞德微笑地望着他：密斯脱张，这秘密我不能告诉你，你可以回去想，这世间上男人活着，无非追求女人与财富，否则我不会隔海过洋跑到东方来。朋友，你想占有财产变为富人，就不能把身子捆绑在土地上。土地是死的，人是活的，得思谋把你的智慧变成财富。

张圣朝第一次听到这话，感到有些迷茫，也有些突然。他注目打量他，毛子说话时很神气，脸上的黄胡须一抖一颤的，充满着从心底发出来的自豪。他虽没全听懂他的话，却明白他要他为获得财富，离开这片生他养他的土地闯荡天下淘金。这是他的祖宗犹豫千年，却始终不能放手干的事。普天之下，莫非王土。率土之滨，莫非王臣。难道在这块土地上生存千年的祖宗错了吗？

就为这次谈话，两人成为朋友。不可思议的是，罗瑞德用那神奇的白色颗粒，治愈了张仲超尿床不愈的恶疾。他很惊讶，那种小小的白色颗粒，怎会比他祖传的偏方还要厉害？服药只半年，儿子就奇迹般地长大。他的身子虽仍没长个儿，但身上各处，手、脚与颈背，都开始窜动着活老鼠般的肌肉，嗓音也变得粗重，说话带鼻音，发出瓮声瓮气的男儿声调。更使全家高兴的是，他开始对女人有兴趣，下身的那玩意儿，也慢慢地变得粗硕起来。

初涉洋务的张圣朝，很快学会听西洋诊筒和使手术刀，变成城内外闻名的二毛子医生，风头盖过老三房祖传的中药铺。他这才认识到，原来西药与中药一样厉害，可以相互调剂着为人治病。在两人合作的鼎盛时期，城里始开洋荤的达官贵人们，大群大群地过来捧场，把鹤鸣堂的名号传颂得纷纷扬扬。他俩开办西药房时常有争议，究竟是西药厉害，还是中药厉害？夜深人静时两人玩掰手腕的游戏，对峙各不相让。相互争议几年，合作把廿四房在山里种的贝母与皮斛树根磨粉，结合进罗瑞德研制的药丸中，制成一种治疗肾炎的新药君子丸。

发达的张圣朝得意忘形，忘记太公“兄弟之间分房不分情，视骨肉亲情填补不离分”的遗训。坚持卖掉大半种植药材的山林与田亩，与罗瑞德合伙到南洋马尼拉开西药房，终于家道中落，变得像老大张圣乙一般落魄。

那年，洋妾李瑞娜在南洋盗走药方，要与罗瑞德回法兰西去。张圣朝心中虽然留恋，却仍放不下架子，习惯性地把一对棕黄色的眼珠朝天翻着，在四方脸上露出讥讽之色，说走吧，杀猪屠死了，我不会吃带毛猪。你洋毛子在马尼拉玩得转，我华人同样玩得转。李瑞娜临走前也对他有留恋，把女儿西妹子留下，也留下由罗瑞德研制的几十颗成药。她说这药专为男人强身健体、传宗接代使用，你们华人有“留得青山在，不怕没柴烧”的古训，你留下发达家业有用。他摇头说你走了，我与谁用？她讥讽说：我又不是你的正室？你在家里有儿子孙子哩……我们西人没这么多穷讲究，女儿与男儿一样可以继承族产。我把西妹子留给你，有她在，我对你就会有思念。我走后，这儿的药房你继续经营着，玩不转了我再回来，和你的女儿一起玩。狂狷的他当时没意识到这是败家开端。他没挽留她，月盈则亏，水满则溢，挽留也没用。该死的罗瑞德父女为享受更多财富，已把他俩合资的药房掏空转让。

果然没半年，在马尼拉的西药房就赔了个精光。张圣朝无奈带西妹子回村时，身上已无一两银子。至此他才明白，一方水土一方人脉，离开瑞娜父女的照应，就失去在那儿的生意。但他心里并不特别难受。他在家里还有未开发的山林，照样可以种植叫做皮斛与贝母的药材，那是他倚赖的青山，而且当时廿四房在当地城内，还有一家药铺子。他的根扎在这块土地上，三十年的风水轮流转，有失去就会有得到，他还有东山再起的一天。

可惜事不遂愿，这时势转得太快。只短短几年，西洋药房在城里开得满街都是。罗瑞德与李瑞娜是走了，但大批大批的洋医生，在教会医院的幌子下，开出一家家西洋药房来。在瑞娜父女走后头几年，留在城里的鹤鸣堂还保持原有势头，后来却慢慢地垮下来。原先罗瑞德在，城里的达官贵人开洋荤，迷信洋毛子的西药丸，就诊的病人山呼海啸，如今不见蓝眼睛黄头发的洋大夫，改由与自己一般在脑后拖着条老鼠尾巴的中医，虽还用一模一样的药丸，却信不过，认为是冒牌货。为此他改名查理·圣朝，正式成为身穿洋装的二毛子，想独力把药铺经营下去。但在别人眼里，他还是一只土鳖。没法儿，谁让他是黑头发、黄皮肤，与别人一样是东亚病夫？

这使他很悲哀，外族可以轻视华人，华人怎能相互瞧不起呢？

因此，张家兴旺十几年的药铺，如山中春雪一般，无声无息地被时势的阳光融化了。张圣朝在年迈力衰的最后几年中，因犯浑身骨头疼痛的毛病，也似老三房老大张圣乙一样吸食鸦片。这东西民间又叫芙蓉膏，吸上就戒不掉。他把在城里维持生计的西药房交给儿子打理，自己回村专门耕种药田。张仲超不愿改洋名查理·仲超——你改也没用，人家还是信不过。西药房就得洋人开，洋人吃的是洋面包；而他是华人，肚子内装的是五谷杂粮。为示与城里中药铺的区别，外人称他为西药店倌。

盛年的张仲超五短身材，支撑着一个大脑袋，每天庸庸碌碌、拼死累活地支撑祖传的家业，维持着家人的生计。他知自己回天无力，无法承受家族振兴重任，相信算命瞎子老炳的话，迷信风水迁移祖坟阴宅，接连娶妾传后，把希望寄托在后人身上。回乡耕种药田的张圣朝还是心有不甘，询问儿子说：我最不济，也出洋做过大生意。败家是因为轻信洋毛子罗瑞德，你年轻轻地咋墨守成规不思进取？张仲超晃荡着一颗大脑袋，说爹呀，进取要本钱。您这么聪明的人都没作为，我一个尿人又能干啥？张圣朝显得伤心，说老天爷收拾我，怎生了你这样的一个儿子？张仲超嘟哝说：我又没想当您的儿子？老天爷这样安排，我又有啥办法？气得张圣朝拍桌子咆哮：早知你这般窝囊，还不如出生时一泡尿溺死你！

最后给父子俩沉重一击的，是光绪十一年城里闹风潮反洋货。洋人的药房有官家保护没反掉，张家的西药房，因卖洋药被市民砸牌子烧了。张仲超哭天喊地，伏在店铺残骸上痛哭。闻讯赶来的张圣朝，陪同儿子悲号了一会儿，突然挺直当时还显得剽悍的身子，仰起一张皱纹密布的四方脸，弹出一对棕黄色的眼珠，咧嘴哈哈大笑起来：烧了好，烧了干净，老天爷亡我，犯不着你这屃人挖空心思动脑筋。张仲超收泪问：药房没了，以后一大家人咋生计？他回头鄙夷地看看他，佯作轻松地笑道：天无绝人之路，我听到祖宗的声音，要我把兴家的担子交给友香哩。江山代有才人出，只要青山不老，江河长流，谁都阻不住廿四房的兴旺发达。张仲超问我咋办？他说你不用再当西药店倌，跟我回山侍弄田亩过日子吧。

从那时起，张圣朝疯了，像一枝被砍断根的老树一般枯萎下去，常独自坐在村口的那棵大樟树下自言自语：我是败家子呀，家族的种种不幸从我开始。祖宗惩罚我死后下地狱，后代子孙才能兴旺发达。

病急时他会闹事，每日早早地起床，身穿着一套灰色的洋装，手里拿着罗瑞德用过的手术刀，人不似人、鬼不似鬼地穿着一双南洋高筒雨靴，逢人就拦住说有病，要用手术刀开膛破肚。人不相信他，他会在自己身上动刀子，把枯树皮般的胳膊和大腿弄得鲜血淋漓。张仲超没办法，只好把他绑起来锁进祠堂内。这时候他会对着列祖列宗的神主牌哭泣，啰哩啰嗦地说他没守住祖宗的基业，被罗瑞德这洋毛子打败了……

当时张友香十二岁，友铭才七岁，张仲超觉得这条路走不通，想让子孙换条路走，由瞎子老炳看过祖坟风水，请来城里先生设家塾，为兄弟俩授书解惑。张圣朝病好清醒时，对他的举动不以为然，批评说：好好的中华大帝国，硬被满清王朝弄腐败，朝廷养过多少读书人，还不让洋毛子把财富掳掠走？张仲超问他该咋办？他说君子丸方剂被偷走了，老子再弄出个太乙丸来，让下孙带它漂洋过海，把洋毛子弄走的银子赚回来……

张仲超将信将疑地问他，能行吗？他说咋不行？三十年风水轮流转，我就不信这世界上，洋毛子永远占上风！

但太乙丸的药方，他却一直没能研究出来。

那些天，张友香凭着西妹子给的药丸，把新婚妻子折腾得心情烦躁。秀才娘子不甘心，半月后的一天，服侍太婆与公婆吃完早饭，走进西妹子住的东厢房内，厉声问：你到底在捣什么鬼？西妹子佯装不知，反问什么捣什么鬼？她说你就饶了我吧，我连走路都挪不动腿了……

西妹子便咯咯地笑：你不是逞能吗，你是大脚呀？说完亲切地搂住她，附她耳朵神秘地问，你知我洋阿妈，为何喜欢上我爸吗？她摇头说：我咋知道？西妹子伸出俏俏的指头点着她的脑袋，说你不知道，我告诉你呀，洋阿妈把我留下来，就为这药丸儿。临行时她给我说，这世界由男人主宰，男人却由女人控制。你要控制你的男人，最好的方式是让他不离开你。这话我原先不懂，现在懂了。我们做女人的，就只有这点资源。你嫁到这家不能控制住你的男人，就在人世间枉做了一回女人，到头来啥也没有。

一番话，又羞得秀才娘子满脸通红。口中讷讷着，心里倒觉着甜津津的。知她这般做，其实是在帮助她，于是觉得有一种亲近感。便又怯怯地问：好吃的果子都没三遍好嚼，时间长了，他不会厌烦？西妹子攀住她肩膀说：说起来我这人与你有缘，自到相公殿说亲，见你是大脚我就喜欢。这世上男人不强，女人就会活得没滋味，就像我哥虽娶五房妻妾，只折腾出友香与友铭。友铭还是个傻子，友香若没出息，张家就断了指望。侄媳妇呀，延衍家族根脉的责任在你身上，只要你与他折腾出男娃儿来，他的心就不会离开你。

她若有所思地垂下头来，西妹子问她在想什么？她指着在家久病的张圣朝房间，说太公又喊身上痛哩。西妹子泪汪汪地说：爸自作自受，患的是心病。为何没咽气？就等你与友香生娃儿呀。她问太公生这病几年了？西妹子说有七八年了，原先还在山里研制新药，你婚前突然厉害起来。她又问为何会这样？西妹子想了想说：我也闹不清楚，他心气太高，这些年与大娘、我哥怄气，说家族败落至此，没脸见祖宗哩，闹着要为后代子孙谋。

秀才娘子想起嫁来张家所闻，觉悟到做廿四房的女人很复杂，也很简单。女人控制男人是为财富，男人获取女人是为希望，传承振兴家族的希望。做人最终不能在世间带走什么，就像观看一场热热闹闹的大戏，落幕后谁都没拿走什么？却能回味身临其中的过程。

西妹子垂下泪来。她问她为何落泪？西妹子说张家的败落，是她西洋妈和外公的算计，他俩走了，留她在这儿受罪。哭过一会儿后，她道：如今你得到了，名正言顺是这家族的人，可我只开花不结果，啥都没有。她陪西妹子掉一会儿泪，忽然拉住她的手，说你跟我走吧。

西妹子顺从地跟她进祠堂内，问她要干什么？她说跪下吧。那日我落泪伤感，太婆让我跪这儿，说女人心里有信仰，就不会感到寂寞。西妹子问信仰是什么？她说求祖宗保佑我俩帮助男人，把这家给发达起来。

两人跪在祖宗神主牌前盟誓道：列祖列宗，我两个大脚女子对天盟誓，有我俩在，男人就会在家安心田业、振兴房族……

盟誓后，她对西妹子说：现在你也有了。西妹子问我有了什么？她说我能拥有的，就是你拥有的，只要你把这家当做家，就啥都会有。西妹子又问：知道我想要啥吗？她说女人需要有个和睦安稳的家，一个知冷知热的人。西妹子说好吧，以后我会帮你持好这个家。她问：你不嫁人了？西妹子说鬼女子，我都几岁了，嫁谁去？

这夜，秀才娘子对丈夫说：我陪太公婆在祠堂上祭，见太公对祖宗的灵牌嚎哭，心里特难受。他迅即问：他与你说啥了？她说没说啥，只是哭。哭过后双眼亮亮地盯住我看。他问没骂你吗？她说没有，他对我挺喜欢的。他说没骂你就好，你是能持家的大脚媳妇嘛！现在他看谁都不顺眼，爹娶四房侍妾都是小脚，我过世的娘也是小脚，阿爷处世为人，喜欢与众不同……

她说：我知你为何喜欢我了。他问为何？她说还不是振兴家族呗，我是大脚女子，能上山砍柴下田插秧呀！他许久无语，后来握住她手叹息道：娘子呀，你没读过书，不知世道深浅，此话只说对一半。她问另一半是什么？他见她追根究底，伤感地道：阿爷败家，道义上是败者，精神上却是胜者。古书有载：夸父逐日，口渴而亡。亡在逐中，亦为赢者。

她又问何为夸父逐日？他讷讷地讲述廿四房的家事，嗟叹着说：一个家族，只有不停地革新，才能发达兴旺。她还是没听懂，问什么叫革新？他沉思着说：革新就是破坏旧东西，创造新的东西。翻开这个民族的历史，只写着四个字：开拓与固守。开拓因为穷了，想弄点财富回来。富足就固守，守到比外族穷了再出去。如此循环千年，误认为自己是大阿哥，其实这世界上的外夷民族，在近代很快发达起来，早看不起你这穷哥哥了……

这夜他说了很多。说廿四房是从老三房中分离出来的旁支，为何分离？是因为三房子孙联姻，仿佛永远与黄、李两姓纠缠不清。曾太公娶黄氏，叔太公娶李氏；太公娶李氏，其弟有三，又娶黄、黄、李姓。到阿爷张圣朝这代，兄弟分房，老大张圣乙娶黄氏，他娶李氏。所纳洋妾原姓查理，叫着不习惯，又改姓为李。家父张仲超，娶一妻四妾，分别为黄、李、李、黄、李姓。岁月周旋回复，太阳升起又落下，一代人又一代人地，繁衍维系着家族的血缘，花越开越红，果实越结越多，但这个家族与黄、李两族的关系，永远似万花筒一般地旋转，转来转去都在一个支点上。反之，黄、李两姓男子，也多娶张氏女子为妻。如此频繁地房族近亲联姻，子孙就越来越没有兴旺发达的迹象了。

秀才娘子听了半夜，才稍明白丈夫所说含义，说：原来你娶我，是为破坏旧制，我姓杨，与你不是近亲呀。他笑道：这就对了，其实人与家族，都不能被世俗传统捆绑住，我想太爷从老三房分出廿四房来，也是这道理。阿爷失败，不是他无能，而是世道变化太快，但如果一成不变，人活在模式中则更可怕！

她眨着明亮的眼睛，武断地说：你想振兴家族，得听我的。

他惊讶地问：我是读过书的秀才爷呀，咋反要听你的？

她说：没错，你姑来我娘家说亲，阿奶说啥都不答应。你姑没办法，和我上田畈薅秧，身手比我还矫健。阿奶知晓后夸奖说，没想到廿四房的女子，也不都是躲在闺房绣花吃闲饭的。我孙囡嫁去有用武之地，能为男人持家哩……

他窃笑起来：你还没懂我的意思，家族兴旺发达，不是视眼下多少财富能说清楚，它是一条淙淙流淌的溪流，凡水经过处都会留下痕迹，这痕迹叫做精神。阿爷知自己活不长了，想让后代把精神流传下去。

自秀才娘子嫁来张家，病入膏肓的张圣朝，又活了三个月。屈指算来，才八十几天。原本还可以活得长久一些，但他又疯了，自作主张地在身上动刀子，致使病情恶化，早早地离开人世。

他在孙儿婚前已患绝症。这病来得奇怪，浑身疼痛，肚饥难忍，却喉头阻塞吃不下饭食，只每天由儿媳侍弄些菜粥喝。这使他觉得憋屈，说做人吃得下拉得出，才算活成一副人样。如此憋屈地活着，倒不如死了好。

这年张圣朝六十九岁，原先方脸大耳，腰背笔挺，威威猛猛的一条汉子，仅几个月，便被折磨得骨瘦如柴，一张方脸变成酸枣核，腰板佝偻起来，人也矮了三分，振兴家业的雄心却没倒，躺在床上拨拉算盘珠，计算重开西药房得多少费用？说这事办不成，死了口眼也不闭。

张仲超要去天街请医生，说：爸呀，您身子不济了，得歇歇心火。我去请卢郎中瞧瞧，镇上人都说是神医，疑难杂症药到病除。病中的张圣朝仍一副傲骨，把一对棕黄色的眼珠朝天翻着，连连摆手道：别大白天说梦话，药房大先生请土郎中看病？你丢得起人我丢不起，子孙还挂不挂鹤鸣堂店招做生意……

张仲超说：神医难治自身病，请人治病不丢人。您别啥事都逞能，廿四房又没当年气派了？这话触痛张圣朝的神经，脸立马沉下来，双目如炬地盯住他：你说廿四房垮了吗？十年河东，十年河西，只要友香不学你㞞样，家族就有振兴的一日！张仲超知他久病心智疯迷，不敢再与他理论，只在心头嘀咕：人生七十古来稀，爹的心火咋还这么猛？西药房这棋明明输了，却至死不认账？

见他耷拉下大脑袋不吱声，张圣朝明白他在想什么？哀叹道：人要死，天奈何，这病我心里清楚，谁都治不好。你别得意，我是被你气病的，祖宗惩罚我生你这㞞包，收我问罪去哩。张仲超不服气，坐床头埋怨说：明明是您在南洋丢了西药房，咋又往我头上推？他强笑道：自古子承父业，我没做成的事，理该由你继承。我只有一个儿子，不怪你又怪谁呢？张仲超摇头：爸呀，您够固执的，做儿子真累，我活腻了，代替您生病去见祖宗算了……

张圣朝气得哇哇喊叫起来：龟儿子，存心不让我活了吗？我让你替我死吗？男儿生当为人杰，死亦为鬼雄，有魄力你下南洋去死！

张友香违背祖矩，娶大脚媳妇进门，原本认为会把祖父气糊涂，没想到反使张圣朝心中的希望之火，重又复燃起来。他躺在床上冥思苦想好久，觉得洋毛子虽然厉害，但国人如能觉醒，小小蛮国，就如水塘里的几条泥鳅，再狠也掀不起大浪来。匹夫焉能夺志？你夺走财富夺不走人，家业兴盛是世代相袭的事，我死后有儿子，儿子不济还有孙子，孙子又会生重孙子，只要把家族精神流传下去，子子孙孙地就不会穷尽。如此想着，人也神清气爽起来，思谋着活下去，想看个家族重兴的究竟。

一日，又唤儿子至床前，问：药铺被焚时，我放在账桌里的那把手术刀，你带回没有？张仲超说带回来了。张圣朝点头笑道：带回来好，你去拿来。我这病是喉咙长疽生隔，吃中药治不了，得开刀动手术摘除。张仲超吃一惊，问谁动？他说我懂洋医，自己动呀，这种大手术，这地方谁能操刀？张仲超张口结舌说不出话来，想中医药治，西医术疗。老爹莫非病疯了，凭他向罗瑞德学来一鳞半爪的医术，能替年老力衰的自己动大刀？

他见儿子呆怔着不说话，眼珠朝天咕咕地笑了起来，说你不敢吗？我说过你是个㞞人，你就是㞞人嘛！可是我敢，天下事是天下人做出来的。螃蟹美味吗？可是前人不敢吃，因为它模样可怕，有人抢先试吃，结果大家都敢吃了。

张仲超不敢造次，与李氏商量，说爸想自己试验动手术哩。李氏倒开明，说他要试验，就让他试吧，死马当做活马医，治好是他的运气，治不好也少遭些活罪，省得每天躺床上喊身上痛，连鸦片膏子都止不住。

张圣朝自动手术时，把正屋房门都关紧，让李氏守候在门口，屋内只留儿子一人，谁也不许进来。然后他沐浴更衣，端坐那张红木太师椅上做气功。吩咐儿子点燃烧酒消毒器具，一样一样地排放房桌台布上。待一切准备完毕，他让儿子帮助扎针提气止痛，对着镜子拿起手术刀，打开自己的喉腔……

术前他交给儿子一份研发治风湿的方剂，说我死在手术中，你要把这方子开发出来。儿子问何用？他说你没到过南洋，那鬼地方一年中有半年下雨，地气潮湿，总有一日友香会拿它去那儿……

手术动了半个时辰，做到后来，张圣朝手脚抽搐做不下去了，但脑子仍清醒，用手势示意儿子，帮他取出一个核桃般大小的瘤子来……

手术后，张圣朝还吃不下饭食，喉咙间常有污血泛上来，在那张枯树洞一般的嘴里，有腥腥的血沫吐出，缠上层层纱布的脖子，一直没消肿，渗出黑污的血迹来。人躺在床上动弹不得，仍沙哑着嗓子说身上疼痛……

他不愿家人看到这模样，除西妹子和秀才娘子外，谁都不让进他房间。天气开始转冷。黄头发、碧眼珠的西妹子，仿佛知父亲将不久于人世，把一颗心全放在他的身上，逐渐对周围的人冷漠。她身上穿件肥大的旧棉袄，趿着一双裸露天足的绣花拖鞋，拿着嫂子黄氏熬制、掺着皮斛与枸杞子的药粥罐，与秀才娘子去房内，喂父亲喝药粥。

卧床吃药粥前，张圣朝要喝一小盅由儿子特制的，散发着浓香、颜色碧绿的酒，就着煮烂的花生米，由两个女人送到嘴边。他喝这酒时目光迷离，往往要停顿一会儿，待西妹子侧过酒盅，他就吱呀一声喝下，嚼秀才娘子递上来的煮花生，嘴角痉挛着流下涎液，眼珠突出，死死盯住她的脸看。开始秀才娘子没反应过来，西妹子提醒说：阿爷询问你哩，友香吃过这药丸的反应？她始知太公这般是为家族的后代，红着脸不知所措地点头。张圣朝的枯脸上出现笑纹，嗓子里咕嘎咕嘎地响着，继续喝那药酒。那药酒由张仲超调制，里面掺有鹤顶红与鸦片膏，可以麻醉止痛。他交代她俩不准偷喝，说爸的命，在他手里捏着哩，谁都不能试图改变。西妹子责问：为啥非让他喝这毒酒？张仲超告诉她俩说：爸就要死了，我不能眼睁睁地看着他受罪，这是他进天堂的门票，不喝这酒就进不了天堂。

这时，遵父命深夜听房、寂寞难挨的西妹子，已恢复幼时的劣习，疯狂地吞吃着垒墙的壳泥。她无法再扼制自己，每晚用指甲抠墙壁，把壳泥一块块地挖下来，吃不完珍藏在枕头下，次日再吃。她的指甲养得很长，很倔强，像一把把锋利的锐刀，在墙上一抠一个坑，东厢房泥屋内壁上，到处被她挖得见窟窿。黄氏早发现这秘密，私下与丈夫说过多次，张仲超说没事，她又不是才吃这东西。那些日子里，西妹子常独处对着墙壁自言自语，谁也听不懂她说些什么？在白天人多处，她仍作欢颜，脸上洋溢出少女般的天真和快乐。婚后张友香很少见她，在这家族里，只有他明白小姑比家人更多的哀伤。西妹子不轻易到侄儿屋里来，有事传唤侄媳过去，两个大脚婆姨相处得很好，聊天时会说些不着边际的话，反把秀才爷给疏远了……

躺在床上的张圣朝，每天大张着嘴喘粗气，一对棕黄色眼珠骨碌碌地转着，喝下西妹子与孙媳送到嘴边的酒，又吃过药粥，他会安静一会儿，眯缝眼睛打盹儿，好似睡着一般。也只半个时辰，又重睁开眼睛来，目光迷离地望着她俩笑，眼珠飘忽不定，脸上重现痛苦的表情。这时西妹子会不声不响地取出一小撮白色粉末，倒在锡箔纸上擦火石点燃，凑近他的鼻孔。这无疑是他一天中最幸福的时光，瘦削的枯脸顿时灿烂成一朵花。他把鼻翼皱起来，鼻孔张开，像蚂蝗吸血一般，把这褐色的烟雾，拼命地吸进肺腔里去。秀才娘子惊异地问：姑，这是什么？西妹子没回答，泪水却汩汩地流下来。

张圣朝神情古怪地望住她说：是银子呀，世人败家，都从吃银子开始……

临终前，张圣朝让西妹子把张仲超父子俩喊来，问儿子说：家里田亩与山林的账册，在你那儿吗？张仲超说都在哩，我保管得好好的。他说保管好没用，得商量用途。张仲超唤黄氏拿来账册，堆放在床头，嘟哝说友香是读书人，能把心思放在生意上？张圣朝没理他，指着账册对孙子说：你爸说你没心思做生意，你会吗？张友香没回答，拿眼睛注视其父。张圣朝恼了，说男人靠女人调养哩，既然你娶大脚媳妇敢为天下先，就有能力把生意做到外洋去。

张仲超知父亲把发家的希望，转移到儿子身上，心中倒觉得轻松了，望着祖孙俩满脸不屑。形容枯槁的张圣朝说完这话，从被窝内伸出一双青筋脉脉的手，深情地抚摸长孙的头，泪珠像盛开的宝石花一般，一颗颗地从枯树洞般的眼窝内沁出来。友香问：阿爷，你有啥话吩咐吗？他困难地喘息着说：友香呀，人生在世，转眼百年，你是读书明理的秀才爷，知大丈夫处世为人，搏的是一世功名，留给子孙一个念想。我走后，你得把这家撑起来，眼睛不能死盯在祖宗的田亩上，得为世上穷人谋，不要学你爸这孬样，窝家里啥都做不了……

张仲超抢白道：孬人总比败家子好。

张圣朝笑起来，形容很凄惨，说：我虽有许多过错，但知做人的道理：宁鸣而死，不默而生也！

张圣朝死后，眼睛与嘴巴没闭上，李氏唤秀才娘子送行。说也奇怪，他张开的眼睛与嘴，谁侍弄都合不拢，孙媳妇的手才轻轻抚摸几下，就全闭上了。

廿四房又在祠堂内，办了一个不算隆重的丧礼。出殡后张仲超把家人召集在一处，拿账册与钥匙交给秀才娘子，说我是孬人持不了这家，爸的口眼是媳妇给掩上的，我按他的遗愿，把这家交给友香打理。李氏身上穿着孝衣，脸色灰灰的没出声，眼珠却死盯住众人看，全家都没敢吱声。

秀才娘子犹豫着不敢接手，西妹子从兄长那里夺过账册与钥匙，放在她手上道：别怕，爸生前有交代，这家以后由你大脚媳妇主内。李氏毒毒的眼光盯死西妹子，阴森森地说：是孙媳妇协助孙儿当家。西妹子咯咯赔笑道：没错，是我大侄儿当家，爸活着时，账册与钥匙不在您手里吗？李氏说是在我手里，但我为儿子当着家。西妹子说您放心，友香也会有儿子的。

李氏转过身，询问儿子说：你不后悔？张仲超说后悔啥？爸是隔代亲，他说我是孬人哩。李氏说是不是孬人，要看能不能守住祖业。长子代父，你守不住，不想守了，只能交给友香守。张仲超落下泪来，说：娘呀，家里一百多亩水田和山林，都让爸折腾得差不多了，您让我守些啥呢？

李氏吧嗒吧嗒落泪，却振足精神道：一代人有一代人的活法，你既然交出账册与钥匙，以后别再当管事太公。我不信这家里没你，全家人饿肚子……

在张圣朝五七大祭后的一个黎明，张仲超卷起铺盖进山林，说要继承父亲的遗志，不再浑浑噩噩地当孬人，研制强身健体的新药，以后让友香捎着下南洋。自用罗瑞德的洋丸子治好病后，他就有这愿望，可惜家道中落，忙于理家，这愿望没法实现。他背着铺盖行李，粗壮的五短身躯却蜷缩成一团，如皮球般地滚动在山道上，头也不回地从村子里走出来。

天空布满阴霾，浓雾一团团弥漫，预示着这个家族很快遭受不幸……

侍妾黄氏蓬头散发，脸上的麻子与眼泪连成一片，拉着神经兮兮的儿子张友铭，踮着一双小脚追上来，跟在他身后哭喊：你这个挨千刀的，咋说去修行就修行，留下我这孤儿寡母咋过？他双眼直勾勾地盯着友铭看了一会儿，问他学会《三字经》没有？友铭傻乎乎地摇头，说先生说过，我一辈子别想追上阿哥。张仲超学着张圣朝生前模样，双眼朝天，咧咧嘴唇讥讽地道：你是追不上你哥的，你哥是秀才爷啊。接着，他脸无表情地推开她母子，转身又走，口中讷讷自语道：命里只九斗，担不了一石！

黄氏又疯狂地追过来，拉住他的袖子不放。他凶狠地问：麻婆娘，你想干啥呀？她说你走了，友铭咋办？他说我怎知咋办？这世道老天爷安排好，各人自有各人的命。张友香听到两人争吵，把她扯回来劝说道：姨娘，别急，在这家里，有我一口吃的，就不会让您和阿弟饿肚子。黄氏放开丈夫，泪眼蒙眬地望他一会儿，拉住他的手哀求说：秀才爷呀，你与他是同胞手足，以后友铭全靠你了……

张友香郑重地点头，说：这个自然。

张仲超脸色古怪地凝视他三人一会儿，点点头，毫不犹豫地转身又走了。

当晚，西妹子躲在东厢房内，独自冷漠狂野地吞食壳泥。秀才娘子进门时，她脸色灰白，头发蓬乱，嘴角流着长长的唾沫。她问：姑，咋了？她扶住她的肩，碧眼珠发绿地惨笑起来：我恨男人，没一个好东西。她问是不是太公没了，公爹走了，你心里难受？西妹子说：走了好，天下没不散的筵席。这家族的男人全没责任心，只要撂下担子，就快枪追不上地溜了，真轮到友香这书呆子当家了。

秀才娘子感到害怕，抓住她的手臂问：你说秀才爷也会走吗？西妹子愣一下，漠然说：走与留，得看你的本事。没见太公临终的模样吗？如果田里折腾不出粮谷来，他会比这爷儿俩走得更远。

3

张圣朝亡故后三年，秀才爷没动过出洋的念头，不是像张仲超一般自认尿人。他有他的打算，认为出门做生意，基础须要打扎实，否则游子在外，只是无根的浮萍，经不住风浪折腾。秀才娘子也不愿丈夫离家，与许多平庸的女人一样，她的想法非常单纯，只想伴其终生相随到老，与他生一大堆孩子，过平凡朴实的家庭生活。

然而岁月像脱缰的野马一般驰骋，不以人的意志转移。

新婚不久的秀才娘子，没因太公的逝世，对家族前景失去信心，心中满是对未来的憧憬与激情，固执地认为只要田里有出产、庄稼有收成，丈夫就不会离开她。年轻的秀才爷在她与小姑夹攻下，在次年春暖花开时，丢下手里捧着的书，走出书房卷起长衫下了田。这在廿四房的家族史上，是可载入史册的大事。几十年后村人们还津津乐道，说秀才爷因为怕老婆才下田哩。其实西妹子心里清楚：张家的子孙，忠于信诺却性情乖张，就像天空飞翔的鸟儿，不会长久地栖居在一棵树上。侄儿愿意跟她与侄媳下田，是因为婚前的承诺。一旦遇到挫折未能实现，就会以十倍的意志、百倍的付出、千倍的疯狂，去追求兑现一个全新的境界，直至满身疮痍心竭而亡。

春天的田畈上湿漉漉的，满眼的葱绿，夹杂着油菜花的芬芳。张友香在妻子督促下脱掉布鞋，从田塍上踉跄下田，差点儿一个趔趄摔倒，西妹子笑嘻嘻地扶住他问行吗？他推开她的手说不必，能行。回头睃一眼妻子，见她满脸笑纹，心头立时充满欢乐，笑问她俩：君子一言，快马一鞭，我没食言吧？秀才娘子的心里，甜得像结下一串糖葫芦，觉得自己是世上最幸福的女人了。西妹子在旁笑呵呵地望着他俩，黄发碧眼的一张脸，开放成春日里灿烂的一朵鲜花……

张友香边学插禾，边与家人开着玩笑。不时还会文绉绉地吟出一句“落霞与孤鹜齐飞，秋水共长天一色”的诗来。秀才娘子不懂，问啥意思？他边为众人分秧边解释，说这是我华族的文化呀，很有意境，比洋毛子那些情呀爱的，高妙得多哩。西妹子不高兴，想西人虽缺文化，吃的用的，啥比华人差呢？但她没言语，觉得侄儿能从书房走出来，要高兴由他高兴呗！张友香见大家愿听他说话，觉得十年寒窗没白熬，况且下田干活，能活动开手脚，比闷在书房内读书强。

只有杨秋生的脸色，半边晴半边却阴着。他被家姐喊来帮佣，心里有些疙里疙瘩，思忖：同样为人，为何人富人贫？偏就自己落在贫家，是帮佣的命……

红日很快西沉，收工时秀才娘子问咋样？秀才爷反问啥咋样？她说忙了一日，累坏了吗？他说没有哇，有你相伴怎会累呢？她有些同情他，说：也真难为你，这不是读书人干的活，远近村坊还没有秀才爷下田的。他大笑道：以前没有，我下田不是有了吗？你不是说过不下田，怎知“谁知盘中餐，粒粒皆辛苦”呢？西妹子频频点头说好，只要你坚持，祖宗积德兴家有望。

杨秋生远远跟在后面，只在心头冷笑，又想：如果有钱人都下田劳作，穷人无田可种，只会变得更穷。

晚上秀才娘子睡不着，又絮絮叨叨地询问丈夫：是否读书人都能吃苦？张友香回答：我喜欢你，就听你的话。喜得她春情荡漾，把一双大脚搁在他身上，整夜像宝贝疙瘩似的搂紧他，一遍遍重复：你能这样，这辈子我就跟定你永远对你好。他梦呓般地问她，你已嫁我，不跟我还跟谁？她说：女人爱男人有两种，一种身心分离；另一种身心合一。我虽嫁给你，却没卖给你，你不听我的话，我身随你心就不随你，现在我的心也随你了。张友香想想是这回事，说有道理，今后我让你的身心，一辈子都不离开我。

但他只认真了三天，第四日收工时，便哎哟哎哟地喊腰痛，走在田塍路上脚步踉跄，犹如被人抽去脊梁骨，边喊边用眼珠儿瞅着秀才娘子。她知他撒娇拿捏给人看，忍着没理他。西妹子心里觉得不落忍，便问他咋了？他说我腰疼呀，都走不成路了。她用蓝眼珠瞟住秀才娘子说：侄媳妇，你说过好吃果子放放吃，别一次吃个肚圆腹胀呀！他感到有了同盟军，索性身子一歪坐在田塍上，说我真走不动了。秀才娘子有些心慌，上前扶起他道：你累了，明日还读你的书，就这块田，我弟与姑忙几日就完事，不敢再劳你大驾。秀才爷听这话不喊腰痛了，傍着妻子一瘸一拐地回家去。

至晚西妹子过来，询问是否折了腰？他嘴上说没事，我一个大男人，还不如你两个小女子能吃苦？心里却思忖：这下田插秧如此劳累？难怪祖辈做生意不愿种田。自己算是一个见多识广的读书人，一时疏忽中了你俩的圈套，这般下去误了读书不说，还会变成一个目光短浅的下人做不成事业。这般想着，就有些后悔婚前约定，简直是虎扑鼠子，得不偿失。

然而他毕竟承诺过，能失信于人，何况两个女人呢？

这夜两人没在床上快活，她坐在床上，边揉腰边安慰他，说初次下田都这样，累了就歇几天，以后适应就好了。他听着乏，推开她道：我该怎样做，做什么？自己心里明白，不用你教诲。说得她意趣全无，早早脱衣睡觉……

晨起他仍跟她出工，却没了一份好心情，懒洋洋地如霜降后的茄子，低头不说话，好像别人欠他的银子。秀才娘子和西妹子都没理睬他。

天气很好，春阳在天上笑眯眯的，有一大团一大团的棉花云，在蔚蓝色的天空漂浮。张友香坐在田塍上，想着这家族的男人，为何没能把心留在田亩上？是身子骨经不住折腾，还是那日复一日的平凡？他想了好久都没想明白，直到西妹子过来招呼收工，才面对已绿半边的秧田嗟叹道：白云苍狗，世事浮云，劳身在田亩上的人们，世世代代这般煎熬，做人苦呀！

晚间又躺在床上，秀才娘子还坚持为他按摩腰肩，说万事开头难哩，挺过这阵子就好。他听了眼泪在脸上淌下来。她问咋了？他说我的事与你无关，我为自己伤心哩，想想做人真没意思，每天吃了做，做了吃，辛辛苦苦几十年，连梦都没做成，就老死在田亩上。秀才娘子知他想打退堂鼓，说你还想咋样哩？许多人连田都没得种，别说做梦，不挨饿已算交好运。他叹息说：人活着总归有梦呀？没梦的人生是不完整的。她说我不懂你的话，究竟咋办才合你心意？他说我也不知道，怪不得阿爷和爸都不愿待在家里，原来是这般日复一日的无聊……

她担忧地问：你明日还和我下田吗？

他说：下呀，我是读书人，不会违背诺言。

秀才娘子与西妹子初尝胜果，没有就此罢手。家里没男人耕作，女人就不会安心图发展。古往今来就是男耕女织地过日子，她俩要留住他的心，就有必要尝试着作努力。很快到夏收，张友香提出要雇佃工割稻，秀才娘子不答应，问：我没嫁来时，你家十几口人，能不能一年到头都吃白米饭？他说不能，哪有这么好的世道？春吃芋艿，秋配番薯。全村都这样，能吃饱就算不错。

她问你知道为啥吗？他摇头说不知道。她就与他扳着指头算：十五亩水田，打下的两季稻米足够全家吃。为何不够？是因为要付十几个长工的口粮。我与阿弟、小姑婆辛苦一些，把水田包下来自己收种，家里的粮食就会够吃。

他听着觉得有道理，却提出他怕毒日头犯头晕病，不能与她和小姑婆出田。说村里有田人家的主人，在夏日歇伏雇长工出畈的。秀才娘子知他懒，但还是爽快答应，说你不出田可以，却要帮我阿弟晒谷。他问晒谷管何事？她说简单，一只雀儿半箕谷，你只铺开簟席匀开谷，管住麻雀不偷食就行。张友香不再吱声，想反正我只晒谷不下田，就横直由你侍弄，只要家里不缺粮食就成，便顺水推舟道：如此甚好，只是辛苦娘子你了。她说这不是辛苦的事，关系到家族的兴旺发达哩。他没说话，心里却在想：家族的兴旺发达，靠你两个女人能弄出个花样经来？就算每年丰衣足食，全家人都吃上白米饭，我也不能只饱肚子不做梦。没有梦的日子多么寂寞！男人不搏个轰轰烈烈，能在这块土地上留下痕迹？

他辞掉佃工，与杨秋生扎了几十个稻草人，用绳子牵成一排驱赶麻雀，居然也每天忙得不亦乐乎，使秀才娘子、西妹子和家中女眷刮目相看。

那段日子小两口如胶似漆，好得如同一个人。张友香只要不下田，又每晚黏在妻子的肚皮上耕耘。她便取笑他，好吃果子也没三遍好嚼，你如何像一只馋嘴猫似的没个够？他从床头取出药丸来向她扬扬说：我还有姑给的药哩，没见结果，不会停止折腾。她知这是小姑婆使的坏，开花是为结果。丈夫天天黏在她的肚皮上，不是她有魅力，而是这些断命药丸的作用。只开花不结果，家人就放不过她。便沉脸道：你正经事不做，只知花闲工夫？果然他说：不孝有三，无后为大，我咋不正经了？

她无话以对，不管田头忙活多累，极力地满足他。

婚后过去大半年，李氏、黄氏连同西妹子等女眷们，都把眼珠子盯在她的肚子上，轮番上阵接二连三地询问动静，倒把家里的许多田活给疏忽了，仿佛全家人可以不干活不吃饭，只等着她的肚皮鼓起来。秀才娘子心里清楚，她们都想她生娃儿留住秀才爷的心，这样全家人就可以平平安安地过日子。

这使她忧心忡忡，在深夜夫妻私密时，问：我生不出小娃儿咋办？张友香不急，说这咋可能？我俩都是正常的人。直至她逼急，他才无奈叹息道：如果你真不能生娃儿，我只能学爸的办法，纳妾传后。她听了这话心头悲哀，思忖你与我种田干活是假，要我为张家传后是真。你吃药丸不是为讨我喜欢，是要我为你生小娃儿？想到这里，她觉着心口隐隐作痛，但她还是系紧腰间的钥匙，信心百倍地试图改变丈夫，想总有一日，我会成为这幢瓦房的主人。

秀才娘子一生，都在锲而不舍地作着这种努力，觉得凭她的努力，能使丈夫和子孙创造丰衣足食的日子。后来发生那么多事，她还坚信自己能使这家族改变面貌，直至晚年剩下孤家寡人，在凄惶地爬进坟墓的一瞬间，才明白她作的所有努力，对植根在血液中性格疏狂的张氏子孙来说，都是白费精力，她没能力使这家族兴旺发达。

如此挨至秋末，秀才娘子的肚子有了动静，但她没声张，仍和杨秋生与西妹子上山砍柴。柴火挑下来，要走七八里地山路，多一个人就少跑一趟，三人商量约张友香一起去。西妹子与侄儿说：薅秧你发风疹块，割稻怕毒日头晒，砍柴不会也生病吧？他嘻嘻笑问：该是你的主意吧？西妹子说是你娘子的主意。他说是她的主意我就去，她肚子里有我的娃了。

那时秀才爷，还真听妻子的话。想自己没理由不去，一屋子十几口人，冬天要煮饭取暖，没柴火咋熬过去？他毕竟是这家的主人，担负着过日子的责任哩。这般想着，便跟她三人上了山。

可只干大半日，他就手起血泡，累得坐在山石上呼呼喘气，眼珠却骨碌碌地转着，看她三个蹿前蹦后地忙活，心里老大不自在。想这下田薅秧和上山砍柴，说起来容易，做起来还真不容易，祖上世代都在田里山上讨活，好艰辛好劳累好乏味啊！难道这就是他一辈子无法改变的命运吗？

秀才娘子见他手起血泡，让他捆柴爿，说有你陪着说说话，我们干活就不会吃力。砍柴慢，捆柴快，他捆完柴火蹲石坎上，与她三个坐而论道，说孔夫子说万般皆下品，唯有读书高。是因为人读书头脑才清爽，就像站在山顶，看地面上芸芸众生，为一口好饭吃奔忙劳碌感到可笑。秀才娘子不解，问人为一口好饭吃，又有何可笑？他说你没读过书，对世间诸事皆无知，饱学者心乃会变大，如人仅为食亡，就如动物一般卑微。她见他狂傲，反驳说人为食亡卑微，能不食而生吗？就如我四人，腹中无食能上山砍柴？不信你试试，试过就会说世间诸事皆可缺，吃饭最重要。他认真想想，说也有道理，如果大家都不干活，读书人吃的饭，又从何而来呢？这事我没你们想得明白……

他当场认错的态度，使三人都觉得开心。西妹子激将说：你以后啥活都不干，只陪着说说话，我们把你不当男人就是。张友香生气了，说我咋不是男人，会砍柴就是男人了？手里起泡怪不着我，是阿爷和爸逼我从小闭门读书，要我担当家族的重任哩。西妹子说你是男人嘛，爹与哥就不逼我读书，书能当饭吃？你不会干田活，又没能耐上山砍柴，能担当振兴家族的重任？他的脸红了，眼珠直往秀才娘子身上抡，想让她为他辩解，自己并不是窝囊废。但她没有，就势哀哀叹息道：小姑婆说得对，你不会下田栽禾，又不会上山砍柴，比我们女人都不如，阿爷把家业交给你，只怕在九泉下悔着哩！

张友香低头不再说话，想起孔夫子的至理名言：唯女子与小人难养也。

下山时他心里赌着气，为证明自己能耐，专拣大块柴火挑。秀才娘子心疼他，说下山的路比上山难走，还是少挑些好。西妹子却把柴火让给他，说没事，男人得疼女人，让他做回绅士吧。结果挑到半路撒把，柴爿落至崖边，他用手去抓，却立足不稳，秀才娘子上前扶他，不小心翻个跟斗，骨碌碌地滑下坡去……

三人急急下坡，她身下的草地上流成一摊血，肚子里的孩子掉了。

那日天色将黑，墨沉沉的山林里呼呼地灌着风，有幼羚羊在呦呦地叫着。西妹子与杨秋生七手八脚地舍弃柴火扛秀才娘子回去。张友香却悲哀地留在了崖下，嘶裂开嗓门喊：我的儿子——

直至姨娘黄氏召集家人，打着灯笼找到他，他还伏在那摊血污前流泪。黄氏指责说，你傻呀，小娃儿掉了可以再怀，你被野狼叼走，家族便绝了根脉。他说我被野狼叼走，不是有友铭吗？黄氏说独木不成林，廿四房要发达成气候，必要人丁兴旺。他悲哀地说：怀上的孩子都掉了，还能人丁兴旺？黄氏指他的鼻子骂：你呆呀，女人是什么？耕种的地呀，没你的种子，能长出庄稼来吗？

晚间两人躺在床上，他侧身不说话。秀才娘子心头空虚，用手推着他问，我流血伤身子，你怎地不心疼？只想着儿子。他说：我也难受，但比起儿子来，我更为他难受。你已做十八年人，而他还没睁眼看到这世界，阎王爷就留下他。她听这话哭得更伤心，他回身抱住她：你咋又哭了？她问他真这般想？他说我还能咋想？他是我家族的根脉呀。

秀才娘子心里觉得委屈，却没再说什么。这夜竟翻来覆去地睡不着了，不仅为没来到人世的孩子，更为自己难受，觉得他没以前在乎她。但转念又感到欣慰，觉得他还是爱她的。那是她的孩子呀！他的悲伤出自善良，可她有些不满足，希图他能长久地爱她。她知有了孩子，以后他不会只爱她一个人。

这以后她老问他：在你心里，是我重要，还是孩子重要？她知自己这样问很无理，但禁不住还问。每次她问他时，他显出一脸无奈，反问道：你说呢？她不答，说我问你呢？他说都重要，有你有孩子，我就会安心留家里侍弄田亩。这正是秀才娘子所需要的回答，现在世道乱着哩，朝廷已在废科举，这功名对秀才爷来说，已失去进取的意义……

坐过小月子的秀才娘子，仍为维持全家人的生计，忙前忙后地闲不住。这样挨至转年，秀才娘子的肚子还没动静，家里谣言与闲话出现了。以李氏、黄氏为首的内眷形成一股势力，背后嘀咕说：友香娶回大脚女人，坏了廿四房的风水，张家要衰败断后了……

她没理她们，想长长的手，难掩众人的口，由她们去说吧。但后来觉得挺不住，去问小姑婆咋办？西妹子不屑地说：你管她们嚼舌头？只要笼住我侄儿的心，这家由你持着，谁都奈何不得。她说我流了产……西妹子说女人能生到五十岁哩，你才十八岁，能生养还是会生养……

没过多久，这种嘀咕由一泓小小的溪水，变成一条汹涌澎湃的河流，直至两军对垒当面交锋。李氏与黄氏不时遣人或轮流过来，关心她没再隆起的肚子。李氏在冰冷的夜晚，让黄氏搀扶着，手捧送子观音像，赖在她的房里不走，强令孙子与她行房事，说你再不给廿四房添丁，我就死在你俩眼前。

也怪，自那次小产后，她特别厌烦房事，看到丈夫脱衣服，就觉着胸口恶心。现在太婆与婆母，端来送子观音像坐镇于房，她说啥都不干，说你们干脆休了我，让秀才爷另娶生娃儿的女人。李氏拉下脸恶狠狠地回答：会干活把家的女人满天下都是，你没嫁来时全家也没饿过肚皮。我来这儿添了你公爹，友香他娘嫁来有友香，都是有功之妇，没我们生娃儿，廿四房早就绝了根脉。她还想抵挡，问姨婆呢？黄氏的脸色有些发青，但勇敢战斗的姿态不变。李氏说：你不必嘴犟，她生下友铭，虽疯了，但有后代，总比你只开花不结果好。

战斗至此，她只有缴械，可仍不甘心，想造小娃儿是两个人的事，不是她无能，还有秀才爷哩，只要他俩站在一条阵线上，这场战争才能打赢。她还不到二十岁，怎说只开花不结果？由此她把气撒丈夫头上，说我的小娃儿，是你弄丢的，要你赔给我。他听了摇头嘟哝说：唯女子与小人难养，你们吵架，咋把战火蔓延到我的头上？

现在秀才爷不再缠妻子做那事了，西妹子给的药丸已经吃完，他的心像长了一对鸟儿的翅膀，开始从寂静的暗夜里飞出来，如一个游荡的幽灵，在古老的田野上转悠着，时刻准备飞往外面他向往的世界……

这期间他总会做一个相同的梦，梦见年轻的张圣朝西装革履、手持文明棍，风度翩翩地站在他床前，笑眯眯地对他说，孙呀，你活得累吗？累了就跟我走。他说我还真累，不是身累，是心累，是这种日复一日平凡的日子。张圣朝说这就对了，你是廿四房的子孙，最耐不住寂寞。孩子，跟我走吧，外面的世界有的是缤纷的彩虹和动荡的生活。他想拉住张圣朝的手，听他讲那外面的世界，但忽然间他在眼前消失。他只听到留在云彩里的声音：孩子，跟我走呀。

这时梦就醒了，留给他的仍是茫茫暗夜与无穷的企盼。有几次他觉得快抓着祖父的手了，但他没让他一起走，独自骑着彩云飘然离去。那片彩云在他的脑海中存留很久，每次梦醒后，他都会用手支着头久久地回味，想起小时候他带他去城里，看到江边的洋烟厂里，有能使黑夜变成白昼的灯。他问：阿爷，这是什么？他回答，是洋毛子进入天国的长明灯……

在那段不幸的日子里，他也随着家人抱怨妻子，说她仗着一双天足，事事逞能，把大家都得罪了，使他在人前抬不起头来。两人开始为一些莫名其妙的小事，相互埋怨争吵，直至赌气几天不理对方。

有一次，她实在感到憋屈，询问丈夫说：你不是因为我是大脚，能下田干活才喜欢我吗？如今咋也随着家人们起哄？他仔细想想，觉得当时自己确实如此，但不知为何才短短一年多，她在他心里就失去新鲜感，没像婚前这般在乎她了呢？可他不愿在她面前袒露心迹，强词夺理地辩解道：我怎知你的大脚，与我姑的大脚不一样。她不理解，问都是大脚，又有啥不一样？他又想想说：也许是你太能干活，而我什么活都不会干的原因吧？她问小姑婆不是也会干活吗？他摇头说：她是西妹子呀，她的脚长在心里，而你的大脚，却生在身上。她没听懂这话，不明白自己究竟做错了什么？

无奈之中，她厚着脸皮向西妹子讨那药丸。说那东西你还有吗？她问什么那东西？她说就是能使他喜欢我的绿色药丸。西妹子啐她一口，说不知羞，我哪还有？整八十颗全给了他。她与她商量如何添娃儿，西妹子说这家人有男孩儿癖，你争气就生男孩儿，生女娃还被人背后吐唾沫……

两人听说撞钟山观音寺求子灵验，用面粉捏成男娃儿，进山供奉观音像前，每月初一月半上山烧香许愿牵观音。这一切她都虔诚地做着，渴望天如人愿地生出个儿子来，留住丈夫下田薅秧、上山砍柴，真心诚意地和她一起过日子。

如此又过半年，她的肚皮重新鼓了起来。这次她不下田薅秧、也不上山砍柴，立誓要保护好腹中胎儿，留在家里挺直腰杆儿，人前人后骄傲地走……

入冬天气冷了起来，这年秀才娘子没实现承诺，一家人仍吃着番薯干饭。张友香责问她：你说过，辞掉长工全家能吃白米饭？她把他扯到谷仓看，说我算过，今年的粮食够全家吃，可人无远虑，必有近忧，得储备些粮米，还清太婆欠下李家的田债，把十二亩水田要回来，明年的日子就宽余多了。他说水田要回来得耕种，你又忙不过来，雇佃工多麻烦。她胸有成竹地回答：不雇长工雇短工嘛，余下的田还自己种。

他长叹一口气道：我总算明白，你挖空心思地侍弄田亩，想把我拴在这块土地上！她问这样不好吗？他不说话了，深深地低垂下头去。

张友香最终没能熬住平淡的生活，在婚后第四年，像祖父张圣朝一样下了南洋。其时秀才娘子已有振宗，次子振耀还在肚子里怀着。她已把持住这个家，成了廿四房的当家婆。

造成丈夫离家的直接原因，是光绪十七年滩涂上发生的大饥荒……

那年饥荒闹得厉害，瞎眼祖母开始只领来三家人，对秀才爷说：君子一言，快马一鞭，你说过乱世荒年，让秋英娘家人不挨饿，现在我们活不下去了，只得投奔你。张友香知相公殿滩涂虽广阔，可种良田却少。居民大多操贱业百行，晒盐捕鱼、剃头裁缝、接生劁猪、锯木编篾，凭手艺吃饭，家里没有隔夜粮，遇上荒年没承受能力。便点头说对，我说过有我一口吃的，就有他们吃的。不顾全家人反对，安排他们住进祠堂里，当祖宗一般地供奉起来。

声名传出去，年底逃荒的人就多起来，大伙儿携家带口地往山里涌，七转八拐地算起来，还都是杨家亲戚。来了带着铺盖，今天一家、明天又是一家。不走那条蜿蜒在山脊的山路，都乘着辘轳车上山。

阿同爷爷每天飞快地摇着辘轳车，后来手臂肿了不能再摇，人群还是顺着那条蜿蜒的山道进山，在路边留下几具老人和孩子的尸体……

来的人一多，张家口粮就不够吃，张友香把家里值钱的东西，都换成粮食，又把山林里没成熟的番薯、芋艿掘了，在村口支起两口大锅施粥，你一勺、我一瓢地搞分派。这情景连秀才娘子都分不清，跑去问瞎眼祖母，说阿奶，这许多人全是我家亲戚？瞎眼祖母说我眼睛瞎了看不见，他们说亲戚就是亲戚。这事你老公做得对，救人一命，胜造七级浮屠哩。

仓里的储粮空了，张友香拿田契作抵，向村内村外有余粮的人家去借。太婆李氏不能容忍，手执佛珠领婆姨们与他闹，说救人度荒量力而行，押掉田契以后不活了？杨家是外姓人，自家都没吃的，哪有余粮养外人……

秀才娘子听到这话，也劝丈夫别再打肿脸充胖子，张友香说不行，人家投奔我，是奔我说话算数的信用，现在大清国的财富都被洋毛子掠走，仅留下祖宗这点儿精神，再不守住就啥都没有了，不能眼睁睁地看活人饿死在家门口……

那期间住在祠堂里的瞎眼祖母，每天只喝涮锅的汤，说她已是阎罗王嘴里的食，多吃一口，世间就少活个孩子。每天早上，她都跪在李氏房前念佛，感谢张家的救命之恩。但李氏还硬起心肠要赶走他们，对孙儿下逐客令，说你要他们活，我就死！带婆姨们坚持绝食。这下张友香慌神儿了，逼死太婆、姨娘是大逆不道的罪呀！他问秀才娘子咋办？她也没办法，说这家迟早是把持不住了。他没办法，让西妹子进山，找进山炼药的西药店倌商议。

父子二人坐屋子内愁眉不展，粮食肯定弄不来了。张友香问爸呀，我已走投无路……您说做人是信义重要，还是田亩财产重要？

张仲超说：当然信义重要，人活着就为争一口气！

他说为争这口气，这个家要散了呀。张仲超说儿子，先别说丧气话，告诉我家里田契还剩多少？他说全没了，只剩您老人家炼药的一片山林。张仲超沉默好久，才叹息说：天亡我廿四房，不得不亡。你是秀才爷，得对说过的话负责任。没了田契押山林，留下亲人们的命要紧。他问阿奶向我绝食咋办？张仲超摸着光脑袋决绝地说：这好办，她不是最疼你吗？你和振宗也不吃饭，全家饿死算毬，断张家的根。

张友香遵父旨办，李氏无奈，与众婆娘号啕大哭一场，相继进食。

如此挨到开春，这家的资财空了，粥也施不成了，可滩涂上还有饥民往这儿涌，好在已开春，山里各种植物冒出绿芽，才给这一大摊人带来生机。

家里再没有粮食，由杨秋生领着饥民们，在廿四房山林药田里，掘毛笋、红刺根、槐树芽，凡能吃的东西全吃净，落下一片白茫茫大地真干净。

在那些饥饿的晚上，张友香向秀才娘子哭道：我承受不了，无法承受了！她说你实在承受不了，就别再承受，我把他们赶回滩涂去。不，他脸色铁青地摇头，我是读书明理的秀才，人可以饿死，却不能失德，失去财富可赚回来，道德沦丧就万劫难复，我不做张家的罪人……

出年后瞎眼祖母辞世，临终骨瘦如柴却肚胀如鼓，拉住他的手说：恩人哪，好人难当哎！你后悔没有，对亲人承诺意味着什么？他说是后悔，以前我只顾读书，没学会救济苍生的本领。她惨淡地笑着，薄薄的嘴唇上下翕动，喘着细如游丝的残气说：孙女有福气，嫁了你这般一个好人……

次年过重阳节，张友香带杨秋生下南洋时，这个家囊空如洗，只剩下一个空架子。除屋门口两棵樱桃树尚在，家里凡值钱的东西，都已物易其主，十间老屋子空荡荡地，留下几张实木床，有些连床板都没铺……

西妹子孤零零地睡在地板上，睁着一双不甘屈服的蓝眼睛，继续她靠侄儿发家致富的梦魇。原本她想在大饥荒时离家，却被秀才娘子死命留住，说小姑婆，你说过我俩生生死死在一起的，你走了，我上有老、下有小，这家咋办？她抱过她怀中的振宗，吻着他脸蛋说不怕，只要他在，张家就有希望。厢房墙上的斑斑点点更多了，有些地方变成深坑，西妹子没饿着，仍在深夜挖壳泥充饥哩！

秀才爷下决心离家，身上揣着其父西药店倌研制出的太乙丸方剂。

饥荒过后，张友香找同窗好友周铁成，在城里谋到一份洋行帮办的工作。每天“一个铜板温得罗，先生叫做密斯脱”，帮深眼隆鼻的洋人买办做事，赚每月一两二钱的银子补贴家用。这期间，他知道洋毛子发明一种叫“英勤”的机器，每天烧煤喂油，轰隆轰隆地转动轮子，能使黑夜燃亮灯烛，使屋子变得像白天一般明亮。每天晚上，他躲进借租的亭子间里，对着那些花花绿绿的图纸，研究机器能使洋人强大的原因……

他三天两头地跑回家来，花银子在铁匠铺叮叮咚咚地敲打出一架“英勤”来，但无论怎么喂煤喂洋油，那机器还是转不起来。他叫来周铁成共同研究，两人花了很久时间，最后还是不行，气得他一把火烧了图纸，说洋毛子骗人，尽做些伤天害理骗人的缺德事。

那堆废铁丢给铁匠铺。过了一段时间，他又带另一套独轮子的图纸回来，让铁匠们继续叮叮咚咚地敲打……

这次成了，他创举出一种能走山路的独轮车，由秀才娘子和村人们在山野劳作用，砍柴收谷不用肩膀挑。做成这事他很开心，说洋毛子的“英勤”其实没啥花样经，还不是与村口大樟树下祖宗发明的辘轳车一回事？

这辆独轮车在村子里流传很久，后代人叫做秀才车。说是秀才爷上山砍柴挑不动柴担，才弄出个洋驴子代替。

正当他摸索家族发达另辟蹊径时，西药店倌在这年除夕夜，疯疯癫癫地穿着道袍，挺着大脑袋衣锦还家。自张圣朝亡故，父子俩首聚喝酒，重提振兴家族的话题。夜深时他要回房，张仲超阻止说：再喝再喝，都有娃的男人了，还贪恋女人？他说从城里带回“红毛人”图画，临睡前必要研究。他问啥稀罕物儿，搞得如此伤神？张友香拿出那本画有“英勤”的书来，说阿爷有交代，做人宁鸣而死，不默而生。经历这次大饥荒，我想下南洋哩！

张仲超捧起这书，翻看半天不明所以，皱眉道：当今天下，强食弱肉。洋毛子凭机巧横行世界，我华人弱的不是机器，而是没有一副好的体魄。说着，拿出他进山研制的成果，说你阿爷呀，在马尼拉混了十几年，最后药方都让罗瑞德给偷走，弄得子孙没饭吃，如今我复原成太乙丸剂方，你带去南洋承继祖业，可把洋毛子赚走的银子，挣回来以壮国力。

他疑疑惑惑地问：这东西有价值，您老人家咋不去？

西药店倌的大脑袋不住晃悠，叹息说：世间人物，各取其材。爸说我尿人，我就是尿人一个，而你是秀才爷呀，我不成的事你能做成。说着嘴角一咧，在肉泡眼内挤出两颗泪来：悬壶济世，拯救黎民，是我多少年的梦想，可惜我……

张友香的眼前，浮现祖父临终没闭口眼的脸来。他的心动了，说好吧，我带上它去实现祖上的梦想……

那年秀才娘子正怀着振耀，大腹便便地连走路都气喘，听说丈夫要走，心里难受，整天躲屋内缝长衫，泪珠随着针线一串串往下掉，但她强忍着没在他面前流露，反体贴地对他说：秀才爷啊，我知你总有一天离开我，离开这个家。从结婚那天起，我就知道你要走！他说对不起，我不能再面对这样的荒年，看到阿奶和一大帮亲人活活饿死，心里比阿爷临终没闭上口眼还难受。她问：这就是你说的责任吗？他说身为男人，连养家糊口都做不到，有何脸面苟活世上？

秀才爷要走了，李氏和家人仿佛早知道他要走似的，没人挽留他。西妹子躲进东厢房内不见人，临走那晚上，她像鬼魂一般披散金黄色的长发，赤裸双足走出来，在他窗棂前站了一夜，直至银霜耀明天际霞光时，才悄然离去……

这是一个雾去霜白的清晨，粗褂素妆的秀才娘子，扑腾着一双大脚板，肩上背着振宗、腆着大肚子和手负行李的丈夫、兄弟杨秋生一起坐辘轳车下山来。一路上，山林里的红襟鸟都在唧唧咕、唧唧咕地吟唱着，仿佛在唤醒守护这块土地上的人们，承担肩上的责任。

张友香说：天亮了，红襟鸟在叫着哩！

秀才娘子望着晨雾散去的山林说：是在叫着哩，该有个好年成了。

这年年景还是不好，由于春旱缺少种子，地里仍然歉收。至秋日，夏谷亦已吃净，正等田头稀稀疏疏的晚禾成熟。秀才娘子的脚踝因怀孕水肿，皮肤亮晶晶地灿烂，使人产生呵护的幻觉。当年阿同爷爷，还是一个三十出头的壮男人，弃下辘轳车跟随主人，送夫妇俩到陆埠渡口，把行李安置在航船上，才返岸站在秀才娘子身边，脸上同样流露出忧伤……

航船是不通外海的，至港口再转洋轮。洋轮踩波劈浪，跨东海过南洋，大半月后才至异国他乡……

张友香站在船头，依依不舍地向妻子告别。他看到她脸容僵僵的，挥手大声喊道：你心里难受，别憋着，哭出来好受一些。她牵动嘴唇笑一下，也向他招手，说我不哭，你到南洋，记得往家里捎信呀！他忽然觉得心中一酸，满腔热泪夺眶而出，说娘子，你不哭，我倒想哭了，结婚五年，没为你侍弄出好日子，想想真对不住。秀才娘子用糯米粒似的细牙紧咬住嘴唇，低头不再吭声……

船开始离岸，他还向她招着手，杨秋生站在他身后，脸上没有表情……

那藤箱樱桃，鲜红欲滴的樱桃啊，在她眼前铺开那个春暖花开的季节……

航船吱呀吱呀地摇走了，丈夫的身影在眼前渐渐变得模糊。她知航船驶经舜江，要到城里外海码头转换洋轮哩。她没见过洋轮，不知这要在海上漂泊大半个月的庞然大物，究竟是个啥样的东西？能把丈夫的心给带走……

望着远去的航船，她感觉到心头被掏空，变成没腹腔的木雕。她终于抑制不住满腔愤恨，搂紧振宗坐在山石上大放悲声：祖宗呀，这没良心的，抛下孤儿寡母闯了南洋……

振宗也哇哇大哭起来，小手绝望地四处乱抓。

阿同爷爷晃动独臂，笨拙地上前安慰着她：别哭、别哭，秀才爷也没办法。这儿地少人多，养不住人哪！

4

岁月在悄无声息地流逝，张振宗由辘轳车摇上山时，已是民国十八年秋。

还没蓄发的永发与永成兄弟俩，在阿同爷爷的茅屋内吃过糕食，趴在他的硬板床上玩红毛人扑克。阿同爷爷的脑后拖着一条细疏花白的辫子，宣统皇帝下台已多年，村人把辫子剪掉，说不因为民国，就因为做事不脆爽，敲更与摇辘轳车虽不耽误事，但他舍不得剪，说留着存个念想。村里这般年岁的老人也都不剪，成了习惯就改不过来。兄弟俩与阿同爷爷玩扑克，合伙欺负他独臂用牙齿衔牌，输了会在墙洞内掏糕食与他们吃。那洞不知他如何抠成，里面空心，外面却找不出痕迹。他的手指很短很粗，抓出糕食却精细，只有那么一小点儿，像喂鸟一般塞进他俩嘴里。永成弄不清他为何藏有那许多糕食。永发告诉他：大辘轳车是阿爷迎娶阿奶上山造的，没阿爷，他就没村人给的铜板买糕食。他问阿爷为何造辘轳车迎娶阿奶？永发说傻瓜，阿奶是大脚，漂亮呗！

麻索上悬的铃铛响时，阿同爷爷已欠兄弟俩十六张牌，上十张得让他俩吃糕食，前十张已清，还留有六张。听到铃铛声，他转身想出去，却被永发一把拖住，说四舍五入，满了十，得吃梅糕了。梅糕与橘红糕不同，用梅汁制，糕上印有鲜红的梅花。而橘红糕用金橘皮制，颜色却是棕黄色的。阿同爷爷说别急别急，回来继续玩，得把你俩肚内的橘红糕抠出来。说完蹿出茅屋去，手掌拢嘴上对山下喊：客官何人？山下就答：阿同叔，我是振宗呀。他显然吃惊：是南洋贵客呀，大当家您得把身子坐正，免得风大出意外。振宗说啥南洋贵客？我是张家长子，还与以前一样站着上山。

辘轳车便吱嘎吱嘎地转动起来。永发侧耳听到他俩说话，对永成说：莫非是大伯从南洋回来了？他问哪个大伯？永发跳下床，拉着他的手跑出屋去，边跑边说：给我俩邮红毛人扑克的大伯呀。

两人刚跑到辘轳架旁，悬着的藤筐已现出山口。兄弟俩见到筐内站着一个后脑勺留着鸭屁股，身穿雪白的香云纱洋装，颈上围着红领带，脚蹬米黄色皮鞋，手里还捏着文明棍的男人。

几十年后离休的张永成，向子孙们回忆初见大伯的情景，说他是个相貌端庄、戴眼镜的男人。与旅居海外的其他侨商一样，他剪掉了辫子，走路摇摇摆摆的，脚步迈得很大，像一只填饱肚的野鸭子。当时他还不到四十岁，正是人生最好的年头，个儿高大，脸庞白皙，五官适中，鼻梁挺括，一双不大却锐利的眼睛，在金丝镜片后，射出两道明亮绚丽如春日、富有朝气的光芒来。

张振宗见了他俩，俯身用文明棍点着永成的脑袋问：如果我没猜错，你是张家老二？廿四房第五代次子。他躲在永发身后，探出头来看他，想我又没见过你，咋知我是老二？振宗笑着，又用文明棍指永发问：这么说你是永发了？永发说是啊，我是张永发，廿四房的长子，他是我弟永成。

阿同爷爷捆住麻索，过来道：大当家的眼光不错，果然是你的俩侄儿。振宗便笑着把一条洋烟塞他怀里，说都有十几年没孝敬阿叔，这条洋烟您留下抽。阿同爷爷受宠若惊地推辞道：不可以、不可以的呀，我抽旱烟。大当家把我推上台面，我哪配？振宗说应该的，小时候您抱过我哩。

转而振宗又把目光注视在兄弟俩身上，问咋不喊我阿伯呀？永发喊了，永成却不喊，瞪起小小的绿豆眼珠，惶惑地注视着他，想他比阿爸气派哩，阿爸是村里最能干的人，他回来了，阿爸咋办？正想着，振宗拉他过去，抚他脸蛋问：你喊我阿伯呀？他低头不吱声，心里有些害怕。永发说他怕见生人。他笑起来：龙生龙，凤生凤，像你爸小时候一个德性。永发昂头说：我不怕生人。振宗笑道：这么说你像我哩。回头却把永成抱起来，又问你几岁了？永发指着兄弟抢答道：他九岁，我都十二岁了。永成脸上自然起来，斗胆用手去揪他后脑勺的头发，说村子里没见有留鸭尾巴的。振宗大笑起来：鸭尾巴？嘿嘿，鸭尾巴……他迟疑地问：你真是我大伯？他用手托住他举过头顶道：不是你大伯是谁？他两只小手乱舞着喊起来，你是我大伯？阿爸完了。他问怎么会呢？他抽泣道：阿奶说林子里不能并排长两棵大树，如两棵，必有一棵要被飓风刮倒……

振宗脸色骤变，问他说什么？永成把那话重复一遍。振宗若有所思，把他像栽树一般插在地上，仔细打量他，小子像兄弟小时候一样，发痕偏高，一张上窄下宽的脸，颧骨隆起，嘴巴大且唇厚，眼睛小而锐亮，有如两把利剑一般地穿透他的心房。他心中不是滋味，想小赤佬有能耐，预知我兄弟俩的前景哩！

他丢下他俩向老宅祠堂走去时，心中充满着寒意。

这祠堂是太祖建造起来的，一应夯实的石墙，院门不大，却为南洋红木的材料，在地上铺就的青石板上，凿有乾隆年间的印记。张家老三房就在那时，由太祖公买下这村子的田亩山林，从走街串巷的货郎转变为药农的。

这是他在南洋二十年来朝夕思念、梦缠魂绕的地方啊！

二十年前，振宗继承苏门答腊的药铺，原因是那年秀才爷暴卒在南洋。

噩耗传来，秀才娘子带振宗和振耀同去奔丧。路上他俩问：阿爸为何非得出洋？秀才娘子说：他是读书明理的秀才爷呀，那年饥荒后家财尽失，你们阿爷拿太乙丸剂方与他商量，说树活一张皮，人争一口气，你祖上在南洋丢掉一张脸，我是尿人没能耐，你得把它争回来。他说爸呀，您让我读了二十年的书，我读懂内中意思。翻开这民族的历史，只写着开拓和固守四个字，开拓因为穷了，想弄点财富回来，富足就固守，守到比外族穷了再出去。如此循环千年，封自己老大，关进屋子自我疏狂，没想到外族早比你发达起来。你们阿爷问：这就是你考中秀才的学问？他说是的，这民族已被折腾得没留下什么，不能再失去做人的根本，过好过坏，是死是活，也得折腾一回，不能让祖先在九泉底下受憋屈……

那年振宗二十岁，振耀才十八岁。

洋轮在海上漂浮半个月，才到苏门答腊港口。海岸上矗立两排木结构的房子，紧靠着一片茂密的椰树林，树很妖娆茂盛，长得把周边蒲草都挤没了。树上的椰子一串串的，隐没在树叶丛中，在阳光下发出青杏色的幽光，两边是一大片沙滩，绵延至海水礁石的尽头。沙滩上到处竖着巨型太阳伞，有黑红色皮肤的当地商贾（大多是妇女儿童），穿着各种各样色彩鲜艳、宽大蓬松的衣服，一簇簇地席地而坐，在摊位上摆放着怪式怪样的食物饮料、金属和木雕工艺品，吆喝声、讨价还价声此起彼伏，叽叽喳喳地响个不停……

瘦得像竹竿似的舅舅，带着个黑脸僮儿，举着太阳伞在码头迎候他们，说这儿天气太热，尸身怕捂坏溃烂，泡进盐水棺内腌着。秀才娘子说：秀才爷为杨家兑现承诺，才身亡南洋，这最后的事，你得为他做圆满。杨秋生唯唯诺诺地说好，目光却躲闪着她的眼睛。

母子仨在药铺后厅内，见到躺在盐水棺内脸色安详的秀才爷。时店铺已关门，偌大的一所院落，空荡荡地不见人影。秀才娘子对着丈夫尸身，流过一会儿泪，让兄弟俩磕过头，取下头髻上的银钗，插进他嘴里，过一会儿取出，见钗头变黑，脸色立马变了。问杨秋生说，我过来吊唁，怎没见番妹子与番儿子们守灵？杨秋生支吾说：她们看不得大当家败家……为革命党买药买枪炮……说可惜呀，六年被糟蹋几万两银子，大当家花钱如流水，这般下去，会把药铺全败尽……

秀才娘子呆怔半晌，想丈夫离家十八年，前十年不管多艰难，每年都向家里和她娘家人汇银票，后几年渐渐见少，近两年没能再汇，以为他把银子花在番妾和番儿子身上，原来却为革命党人推翻大清王朝。她虽不明白这道理，却相信丈夫的事业是正义的，说他这般，总归有这般做的道理。杨秋生瘦削的脸上肌肉抽搐，两片薄泛泛的嘴唇上下翕动，口吐白沫继续说道：姐呀，这世上的人，都知鸟为食亡，人为财死的道理……可大当家偏不明白，他已疯了，不再帮衬家乡亲人兑现承诺，只一股脑儿地向外人送银子，堕落为朝廷通缉的贼寇。天下那么大，穷人那么多，凭大当家与革命党，能救赈得过来吗？早晚得把药铺折腾净……我做下人的实在看不下去，才另谋出路止住他败家……

这天晚上，在秀才娘子的抽泣声中，杨秋生承认是他用慢药送秀才爷上路的。她责问：血缘亲情是人之大伦，他是你的姐夫呀？他说：硬木扁担压不住千斤担，手腕扳不过粗牛腿。朝廷遣人到这儿查乱党。大当家活着，南洋的三家药铺全得关门遭殃。秀才爷已不是过去的秀才爷，铁心不再回头，歇铺子要拼个鱼死网破，我不得已才出此下策，弃人保店……

秀才娘子又追问番妹子和番儿子们的下落？说他们也是我张家的亲人呀！杨秋生说姐，你傻呀？这年头做人须心狠！药铺是姐夫开出来的，十八年来你在家独守空房，含辛茹苦守护家业养大孩子，难道不为钱财，拱手把药铺让给外人吗？她问他把她们咋样了？杨秋生道：斩草除根，我把她们卖给美利坚人贩子，去美洲做奴隶。她心头变得愤怒，拉下脸来说：兄弟，你太狠了，恩将仇报。早知如此，我后悔当年带你进山讨饭，没丢下你喂恶狼。难道你不知你伯你叔你姑你舅你姨、你堂哥堂弟堂姐堂妹、表哥表弟表姐表妹，还有侄儿侄女外甥和外甥女，如何在灾年丢下讨饭篮？滩涂相公殿杨家一分一厘的土地，从哪儿来的吗？他低头说我知道，他们都是我的亲人，但这是过去，现在不会了，秀才爷心里装的是外人，那些番毛子才是他的亲人哩。她的眼泪又止不住淌下来：早年间爸赌输卖田地抵债，我领你讨饭，有谁？哪个亲人给过我姐弟一分一毫银子？

杨秋生说：那是从前，正因为我苦出身，才看重银子。这世界上只有银子，才是比亲情更重要的东西。

秀才娘子悲愤地大叫起来：天哪，滴水之恩，当涌泉相报。你知道你做下什么吗？秀才爷还不到五十岁，正值壮年呀……

杨秋生脸上表情迅速变化，额头上沁出一颗颗汗珠，一对贼亮的眼珠滴溜溜地转个不停。过一会儿才说：姐，你是明白人，事情都过去了，后悔有何用？当初你嫁张家，不就为过安定的日子？这二十年中，他折腾得全家都不安宁。他是你老公，却拿银子喂外人，自攀上革命党，没为你和家人留下银子，也不再给我杨家人汇银票，我规劝他，他就是执迷不悟，说要把我这不知天下兴亡、匹夫有责的蠢东西，丢进海里喂鱼。我为你和两个外甥，才下狠心……

她愤怒地盯着他问：他走了……这些在南洋的店铺咋办？

他笑道：杀猪屠死了，自然不会吃带毛猪。姐，我早为你而谋划好，为人赚钱不如自己蓄财，这些年我渐渐摸熟生意的门道，没大当家同样可支撑药铺。我想与两外甥共同经营，挣了银子全汇到你这儿，让你成为南洋的豪富，振兴我杨家的门楣……

狗东西……没他，我要钱干什么？秀才娘子胸间一腔悲怆涌将上来，把那口糯米粒般的细牙，咬得咯咯作响。眼前又浮现出二十年前那个风和日丽的黄昏，年轻俊俏的秀才爷，手捧装满樱桃的藤箱，迈开大步走在前面，边走边把鲜红欲滴的樱桃递过来，她又递给身旁的他。他吃了，满口甜汁，心满意足……

当初的穷小子，只为吃上一口饱饭，怂恿她嫁给张家，现在他活出个人样，却杀恩人欲自立门户……为啥，为了眼前的财富？苍天哪，您睁开眼睛……她伏在秀才爷的棺椁上，歇斯底里地大哭起来：秀才爷呀，我知你不为己谋，而为天下人谋，你走了，我一个妇道人家咋能为天下谋……

警署来捕抓杨秋生时，秀才娘子为他饯行。她准备了两杯酒，一杯是鸩酒，一杯是清酒，鸩酒掺了叫鹤顶红的毒药。西药店倌临终时嘱咐说：大脚媳妇，国有国法，家有家规，先人挣点家财不容易，廿四房后代子孙不孝败家，你代我执法。出洋前她捎上这药，知她代表张家祖宗，赴南洋料理丈夫的丧事。令她没想到是，由阿弟饮这杯酒，他用慢药杀死主人，就得饮下这杯执行家法的毒酒。她知从老三房分开的太公张圣朝，就是饮着西药店倌调制的鸩酒了断残生。她不能让兄弟蒙羞狱中，无望地度过余生，何况她不下此毒手，张家的药铺就无法营业，土著部落知她的番儿子们流落美洲，必会疯狂地报复。而这些，她心狠而愚蠢的阿弟，却没有想到……

她让两个儿子坐在身边，让杨秋生坐对面，把两杯酒同时举起来，说：阿弟，姐没颜面看你这般活着，我姐弟俩好聚好散，送你上路吧！

他没多说话，只是双眼湿润地看着她，那目光犹如针芒，锐利而又坚硬，充满怨艾之情，使她终生难忘。然后他脸色平静，眼睑垂下，如丧家之犬般伸出舌头，点头喝下了鸩酒。她的目光随着他的异样，变得散淡且游离。他倒下后，她双眼发直地瞪住两个儿子，也身不由己地疲软下来，昏瘫在地上……

振宗与振耀兄弟俩，目睹着这个血腥的场面，心头不寒而栗。

为天下人而谋的秀才爷呀，最终由次子振耀背着返乡。

临走那晚出奇地热，苏门答腊的大街小巷内，杳无人迹。有下人向秀才娘子禀告，天热是因为雨季就要来临，这儿的雨季与华埠不同，狂风暴雨一下几个月。进了雨季洋轮就难起航了。于是她决定带秀才爷返乡，把药铺交给长子振宗管理，说儿子呀，从小你就是一朵天上漂泊的云，不像弟弟，木讷讷地只知与庄稼地亲近。我知把你独自留在这儿，妈是狠心了一点儿，但妈没办法，父业子承，不能撂下张家的祖业不管呀！

振宗胆怯不敢接手，拉住她的手说，妈，我怕……她问他怕什么？振宗说我怕变成第二个爸。她心头扑扑地跳着，残忍地笑道：你不是从小有志向，敢做为天下人谋的大事吗？你是秀才爷的儿子，立身处世就得像你爸一样，下了决心不再三心二意。他说妈，我才满二十岁呀！她说自古英雄出少年，人生又有几个二十年？他嗫嚅道：可我不想离开阿妈，从小到大，我还没离乡背井地走得这么远？她腮挂珠泪把他搂进怀里，用熟谙田活的双手，抚摸着他的头，凄凉地叹息着问：没听过家乡山林里红襟鸟们的啼叫吗？天下哪有儿子长大不离开娘的？你是个男人，得自己在这世界上觅食吃哪！

次日晨起，秀才娘子和振耀上街，买了一只当地特产橡胶袋，把丈夫尸身装殓返乡，说：秀才爷啊，您在南洋游戏人生十八年，完成了您的信诺，现在该由儿子背您返乡了……

十八岁的振耀在背父亲上船时，突然含泪回头，望着振宗说：哥，你要承继父业为天下了，有事写信告诉我与阿妈。他向他扬扬手，心中陡然涌上一阵酸楚，望着他肩负父亲、走在洋轮跷板上纤弱无助的身影，感到异乡番地的天空倾圮，地堕八方，海水沸溢，压迫得他的胸腔行将开裂，不由哽咽道：兄弟，照顾好妈呀，我俩都好自为之。

振耀也含泪哽咽：哥，你也一样，好自为之啊。

振耀边走边呼唤：大海洋洋，梦断异乡，爸呀，儿子背你返家去。秀才娘子跟在他的身后，颤巍巍地扬手散发着祭奠的银锭。银锭随风飞去，像一只只蝴蝶在碧蓝的海面上翻舞……

振宗的眼眶中，就渐渐地溢满了泪水……

二十年前踌躇满怀的张振宗，接手在苏门答腊的祖传药铺，很想干出一番惊天动地的事业，承父业担负这家族的责任。

短短三年，除苏门答腊的主店外，他又在猫里务开出一家分店来，可想不到正当事业开拓时，却被土著人抢了铺子。那天晚上也特别热，是一种暴雨倾盆前的闷热。开始天空亮得奇怪，后来慢慢地灰暗下来，接着有闪电划过，闷雷在头顶炸响，一场暴雨夹头夹脑地倾注而下，直至夜半雨方渐停，天气也转凉爽。他和下人睡不着，点灯起来弄账，心里还为当月有盈利，能还三江（江苏、江西、浙江）会馆欠银而高兴。随即门被踹开，冲进五个荷枪实弹的蒙脸人，不由分说把账房内的账簿笔砚等一应物品撕烂砸碎，用枪指着他拿出银子来……

他壮起胆问：诸位，冤有头，债有主，为何砸我店铺？

为首一大汉撕下蒙脸布，指着自己满腮黄胡子的脸问：见过我吗？

他见过他，在嘎巴巴拉酋长女儿的婚宴上，那女子原欲嫁与他，后来嫁给一个荷兰人。嘎巴巴拉酋长几次向他伸出橄榄枝，商谋共同经营药铺，却被他严词拒绝。酋长女儿身高不足四英尺，是个脸上坑坑洼洼留下麻斑的残疾人……

那大汉问：明白了吗？

他说：明白了。

大汉笑了，是一种讥讽的笑：那就滚吧！苏门答腊不要你的店铺……

他们抢走值钱的东西，又把店铺搅个稀巴烂，然后把他和值夜的伙计，像两条死狗似的，丢进冰凉的海水里。在海水浸泡中，他才明白父亲为何接二连三地娶番妾取悦酋长，最后内讧惨遭杀身之祸……

是华商吴子铭捎南洋红木的货船，把他从海里捞了上来。醒来后他问为何救他？他说我俩都是华商，我也有过同样的经历。华人在南洋被人看不起，你过去这道坎，以后就会慢慢好起来……他又问能不能过去这道坎？他反问：你知不知道当地酋长，为何领番人砸华商店铺？他摇头说我不知道呀。他叹息道：番毛子恨外族抢他们的财富，却不敢动有枪炮的白人，柿子拣软的欺哪。国家不强盛，子孙在外受欺侮呀。

吴子铭是沪地商人，在货船返乡时把他带回，说：吃一亏，长一智，不是人人都能承担国家和家族的责任。你没能力再下南洋翻本，就留家当个本分的农民过日子吧。他不甘心无功而返，讨要家中余存的田亩与山林，要回去翻本，但振耀无法帮他实现愿望，兄弟俩没敢惊动秀才娘子，约在县城商会朋友处见面。

振耀说：哥呀，家道败落，已没能力发展，你该像爸一样自己站起来。

他说：在南洋创业难呀，如果我能独自面对，回来干什么？

振耀说：对不起，我变卖田地给你翻本，以后妈和这一大家人吃什么、穿什么？他抓住他手臂道：兄弟，帮帮我，给我一条生路，不能让祖传的药铺，毁在我这代人手里。振耀还是拒绝：阿妈说一只手抓不住两条泥鳅，我兄弟有两个摊子，只能守一摊。你真没退路，我这儿还有一摊，种田人失去田地，就啥都没有了。他哀求说：我在南洋娶妻生子，没了药铺全家人会客死他乡。振耀低头道：你把嫂子与侄儿们接回来，两家合一处住，在土疙瘩上刨食把日子过下去。

他拒绝了，硬是没回头，在县城寄居了三个月。秀才娘子让他搬回家住，他没回去，说没脸再见祖宗。秀才娘子无奈，让振耀卖掉祖宅，凑足五十两银子送去，他又在商会筹到些散银，搭洋轮再下南洋。归途中他对天盟誓：一旦混出人样，必实现秀才爷的遗志，先兴天下而后泽家人。

为此他日以继夜地开拓，又使南洋的药铺恢复先前模样。

也仅过了几年，厄运再次来临。他的生意在那年发生瘟疫（洋人称为霍乱）时，被美利坚药商彻底击溃。

这事说起来有些蹊跷，同样是药，中药铺用的是汤剂，而美利坚药商用的是针剂。土著人开始害怕针剂，都用中药铺的汤剂，奇怪的是过去灵验的汤剂，这次却失了效，喝下汤剂的华人和土著人，一群一群地倒在药铺门口，使对街棺材铺的生意骤然兴旺起来。与此同时，美利坚欧·亨药房的针剂，却悄无声息地推广开来。这样原先支持他的华人银号与钱庄，没再同宗相惜延期还贷，封住药铺的账号，再次把他推入失败的深渊……

药铺被当地政府清产查封后，他携妻儿讨了半年饭。在酷热的雨季里，他的发妻，一个娇小的广东女人和一双儿女，染上瘟疫死于非命。妻子病重时已失去大女儿，她哀求他说：不能眼睁睁地看着全家死绝，拍电报邮银救人。他硬起心肠拒绝，说你以为我还有家吗？出洋的子孙如泼出的水，我卖掉祖宅再下南洋，已没了阿妈和兄弟……她问：你就看着我和儿子死吗？他说富贵在天，生死由命，大当家治不了妻儿的病，开药铺作甚？

在妻子离世后的那段时日里，他像一条身陷绝境的恶狼，在华人街纠集地痞流氓哄吓骗拐、抢劫掳掠，成为人所厌弃的无赖与混混。由此他知道自己的堕落，是对千里之外祖宗和亲人们的背叛，但没办法，他得活下去完成秀才爷的宏愿。他心中不止一次渴望，兄弟知他窘况会拔刀相助，可惜没有，在蒙羞求助的信函发出后的半年中，他没得到家里任何讯息，直至三岁的小儿子也身遭不测，才收到二十两银票和秀才娘子做的三双布鞋。

这时他心中已积聚成仇恨，想我为完成家族承诺孤军作战，而母亲和兄弟却熟视无睹？他发疯似的把银票撕碎，跑到海边望娘崖上，痛哭流涕地把它丢进海水里，在崖上声嘶力竭地喊道：我没有家……没阿妈也没有兄弟……

也就是从那一刻起，他的心变得如铁石一般地坚硬。

那年旱季他在码头扛大包，踏上跷板不慎掉落海中，被人捞起送进医院。刚躺下，就听有人在门外喊：张先生，大老板来看你了。他挣扎下床，眼前一黑又晕过去，醒来时见床前坐着一个身穿长衫、方脸大耳的中年人。那人见他迟疑着不相认，抢先笑道：张振宗，原来是你？他这才想起吴子铭，说您是我的恩人，怎会不认？他问他怎会沦落到这地步？他哭着把自身遭遇说了一遍，说我的药铺没了，亲人们全死了。他安慰说别怕，你没有药铺和家，就没了南洋的一切，可你有我哩，我认识令尊张友香，是革命党人的朋友……

他养好病后跟他干，结果结识许多革命党人，明白强国才能富民的道理。吴子铭又帮他把药铺开出来，说中药有中药的功能，西药也有西药的妙处，若把两者结合，就能致力华人强身健体，自立于世界民族之林。

这次他成功了，在吴子铭与革命党人的支持下，重赴苏门答腊开设药铺，联合美利坚药商共图发展。短短几年，不但把本钱捞了回来，而且生意越做越大，先后在猫里务、马尼拉开出多家店铺来。原本他欲留南洋做洋商安度一生，但吴子铭一个电报，把他召回共返乡里，问他是国家利益重，还是家族利益重？深感其恩、与国民革命军瓜葛已深的他回答：当然是国家利益为重。吴子铭说此次南军北上，旨为立邦安境，结束军阀混战的局面。蒋总司令奉行商乃立国之本，你返乡清党立足后，即筹资至上海建立国药局共图发展。他问何故选址上海？吴子铭说：国民党建都南京，扼江浙经济命脉，控中原万里腹地，上海是比南洋还为富庶的金融商业中心。他说多一个人多一份力量，共产党在广州与国民党合作得很好，何故非要清党？吴子铭笑道：道不同，君子不相与谋呀！你是经南洋历练的商人，知天无二日、政失乃商衰的道理……

因此振宗这次返乡，身份已不是商人，是持有北伐军总司令部亲笔签署委任状的特派员。也许他在初见侄儿的瞬间，已在冥冥之中预知兄弟相残的结局，童言无忌，侄儿的预言无疑是正确的，同林两棵大树，风必摧其一。

5

在秀才娘子的晚年，这次母子相见引起心头震荡，不亚于二十年前秀才爷暴毙南洋，携兄弟俩前去奔丧。那时她的心中尚有指望，因为她还有两个儿子，可这次，好似一棵被砍断根脉的老树，躯干汁液全被抽尽，再没年轻时发家的心气。直至在孤家寡人的风烛残年，也无法排解心头的惆怅与忧伤。

振宗荣归故里，下榻在县党部内，手里持有一封蒋总司令写给行政公署的信。内云：此鹤鸣堂南洋父子，几十年如一日，募番洋之银，用于总理追求的事业，系为党国功臣。原本行署要留他多住几宿，他推托处理家事返回山南，下榻后即纠集豪绅，把这些年县内动态变化打听清楚，半月后方回村见母亲与兄弟。

出县城前他和洋妻安娜商议，说此举甚难矣，山南农运滋事者，乃我同胞手足也。安娜是他的再婚妻子，她父亲是个银行家，不知何因在晚年转型，拿印第安人的一张偏方，跑到南洋开药铺。只短短十几年，他的药铺就开遍全世界，成为名副其实的世界药王。事业成功后，他把铺子交给下人打理，自己却回美洲养老去了。听了他的话，安娜说在西方财富之争，不认父子兄弟，你该把属于你的财富拿回来。他迟疑不决地说：华埠世风有异，亲情胜于事业，我想进山规劝阿妈，招纳兄弟回心转意，与政府共举大义。

进山路上他想：此事两难齐全，如果我为兄弟，会失去政府信任做不成事业，但如果为党国，就得把农会缴械抓兄弟入狱。如此同根相煎，阿妈和村人们会如何看，自己还是不是廿四房的子孙？这般想着，就在心里恨起振耀来：以前被自己掌握在手心，遇事傻怔怔的阿弟，怎会被共产党牵着鼻子走？而且还是县农会主席，成为几十万没田地、吃不上饭的穷人头领，他到底想干什么？

他想起小时候两人抓阄，他抓的是算盘，而他却抓了一把小锄头。秀才娘子说：振宗啊，你命中注定经商担大任，而你阿弟只是插秧收谷的农民……

他想农民能济天下成大事，让国家富强起来吗？

振宗回村见到秀才娘子，却没遇见振耀，知他去滩涂发动农民闹减租减息。共产党闹革命，先在穷地方闹起，然后才星火燎原般地发展开来。振耀不在，于他来说只是暂时解脱。次日振宗在祖坟上香后，在家翻阅兄弟的账簿与佃册。秀才娘子见他这样，心里很不高兴，说虽然你俩是兄弟，却各自成家，你怎能管兄弟的事呢？他说兄弟同宗，我找他有事商量哩。她说你有事与我说，回来我可转告他。他摇头道：妈呀，您老了，妇道人家看不清世事的变化，我与您说，您也听不懂哪。秀才娘子如陌生人般地打量着他：振宗，你真认为妈老了呀？他点头说是呀，外面的世界很精彩，也很无奈，男人间的大事，女人弄不明白。

她从他话中听出味来，沉脸说：你俩都是我十月怀胎生的，你如与阿弟过不去，别怪我对你不客气。振宗摇头，觉得母亲偏心，这是家族和兄弟间生命攸关的大事，咋说他与他过不去呢？但他还是忍耐着问：他迎接革命军，怎把家里的山林田亩分给穷人？这些财产有我的一份哩。秀才娘子问：你在南洋有药铺，要山林田亩干什么？他说自古人分三等九级，劳心者治人，劳力者治于人。如果穷人得到田地，不劳身却去劳心，这世界失去平衡，生意人就没了根基。

秀才娘子想了好久，不由哂笑道：大道理我不懂，你阿爸亡命南洋，是为我娘家人有口饱饭吃，现在你阿弟兑现他的承诺，帮穷人闹减租减息，为让大家过太平日子。共产党陈先生说过：器不平而鸣，民不平则反。田亩山林由少数人占有，穷人没饭吃才会造反哩。振宗脸上的表情慢慢凝重起来，说国民政府立国于斯，百废待兴，不能由穷人造反坏了秩序，阿弟要出大事情哩……

如果岁月在此停住，历史能够倒流，那么就没有张氏兄弟相残的悲剧。

可惜没有，兄弟俩当时都没意识到危险的逼近，也许他们都已意识到，却各自为了信仰和集团利益无法解脱。风度不凡的振宗在村里等了兄弟几天，就不再等下去。原因是城里捎信来，解决农运已逼在眉梢，不行动就会愧对历史。从小在城里读过洋书的他，并不畏惧洋人在华埠胡作非为，认为只要国体兴盛，就能和平共处乃至赶走他们。他与同僚们忧虑的是：孔夫子所说的唯女子与小人难养，如果劳力者犯上作乱，必使劳心者获得的天下，战火重起再陷混乱。

振宗没与秀才娘子多说什么，时隔二十年，他觉得血缘关系最近的母亲，已在心灵上感到陌生。但他仍挂怀着振耀，自言自语地说：兄弟，你有没有感觉到这日益逼近的危险呀？下山时他仍乘阿同爷爷的辘轳车，在山下逗留了许久，心头有一种按捺不住的沉重与阵痛……

秀才娘子在他离去后，闻到这股渗透在空气里的血腥味。她思前想后，觉着实在不放心，想把振耀从滩涂叫回家来。这时她已像瞎眼祖母一样失去视力，看不到远处的山峰，近处也模糊成一片，对太阳光芒出现重影，更要命的是她生了烂脚疮，一双大脚走不得路。为此她心急火燎，遣人捎信给振耀，告诉他兄弟带来的革命军，不是渴望获得土地的农民们，日夜盼望的救世主。

但振耀没能回家，这时滩涂上的土地革命已渐入佳境，他没明白国共两党即将爆发的危机，就连陈先生也不知此举风险。振宗和他的同事们在城内纠集乡绅，以送锦旗匾额麻痹他们的斗志，像诱捕山里的野麂子一般，悄悄地设下陷阱。他们不明白这杯在温情下酿成的苦酒，将把这场燎原烈火扑灭。但如果振耀知道，也决计不会回头，廿四房的男人无论浪漫与务实，本质上都是一头倔驴……

这块土地上生存的男人们，都有约定俗成的定力，上了道就不再回头。

经历过风雨的秀才娘子，在过四十岁生日过后吃素念佛。自她在南洋用鸩酒毒杀兄弟杨秋生后，就把此生希望寄托在儿子身上，让佛祖保佑他俩不重蹈覆辙。从南洋归来的前几年，只要一合上眼睛，她就会看见丈夫如生前一般，脸色红润、眉清目秀地站在她面前，说你还我的番儿子来！她说我没杀他们呀。他说你是没杀，是你兄弟害我，扼杀我家族的前程与希望。

这是她一生中亏欠家族的地方，尽管责任不在她，但是她娘家人伤了丈夫根脉。她没弄明白，丈夫出洋是为赚钱，让穷人们过上吃饱饭的日子，咋反被兄弟用慢药弄死掉？这样的梦做多，梦境反复重现，她就感觉自己成了罪人。因此她常神思恍惚，大白天也会看到丈夫脸容清晰、身上血肉模糊地站在她面前。皈依佛门使她负罪感减轻。现在她又开始做这样的梦，梦中丈夫仍然年轻，坚执地向她索要番儿子们。她知振宗独自返村，是来告知与兄弟分道扬镳的信息。她在他身上闻到一股血腥味，这味道与二十年前丈夫在南洋遇害时一样，使她感到心惊肉跳，在身上抽去脊梁骨而失去倚靠。多年来开始平静下来的心头，这时又重新蒙上一片阴霾。

天哪，这可不是好兆头。她绝望地呼喊着，惶惶不可终日。

现在张家已没几剩口人，当年轰轰烈烈的家族，在她嫁来的四十几年中灰飞烟灭。亲人们一个个地离她而去，留下她孤家寡人把握着这家族的命运……

西药店倌在秀才爷出洋没半年，就离开这世界。他是从山里爬回来的，爬到村口被邻家牛倌发现。入冬天亮得慢，山道还黑着，牛倌是个孩子，骑着头老牛，睡眼惺忪地出去吃露水草，牛站在村口不肯走，他才发现落霜的地上躺着个人。一摸鼻孔，竟然还有余热，才大声喊救人。张仲超爬回来的理由很荒谬，躺在红木大床上对家人说，他梦见先父张圣朝喊他，说再不去见他，以后祖坟就没他的名分。为争风水让儿子在南洋大出息，他急吼吼地回家领死，拉住分娩不久的儿媳手说：大脚媳妇，我把这家交给你了，我走后只留下女人与娃儿，你可以卖田地、卖祖屋，但得守住这家，等友香发达回来！

她哭着拉住他的手不放，说：您别急着走，我遣人喊秀才爷回来。

他摇头说：不用……放出去的风筝，牵太紧会扯断线。张家的男人呀，都太孤傲，父子兄弟合不到一处，单飞才成气候……

他又活了三日，第四日躺不住，挣扎着大声呼唤，让她抱次孙过去察面相。她把振耀抱过去，他看后笑道：公应孙呀，会是龙种。友香回来，别忘让他带孙儿到我坟前磕头呀！说完这话他就咽了气儿，那颗硕大的脑袋微微朝上挺起，上面皱纹密布，像结满痂的老南瓜。与张圣朝不同的是，他咽气后口眼全闭上了，嘴角还露着一丝讥讽的笑纹……

公爹死后不久，太婆、姨婆还有小叔子友铭……都仿佛签过约似的，相继先后逝去。

友铭是比秀才爷小六岁的兄弟，两人同时开蒙读塾书。友香书读得好，友铭书读不好。他在其兄出洋前就发了疯癫，有事没事地荡到村口抓牛粪吃。那时张仲超还在世，黄氏把此举告诉他。他也没办法，唉声叹气说是张家的风水，全应在友香的身上了。张仲超亡故后，友铭的病愈发厉害起来，黄氏就找秀才娘子商量冲喜，娶了黄氏族亲，算起来还是他远房堂妹。在秀才娘子的操持下，吹吹打打地成了婚，果然友铭的病有了起色，疯癫也好些，不去村口抓牛粪吃。但只过了两年，就旧病复发，口吐白沫死在媳妇的肚皮上，连个子嗣都没留下……

遗孀小黄氏只有十八岁，黄氏嫌她命薄克夫，怕她守不住身玷污家族声誉，借口家里吃口重，让她择个人家嫁了。

西妹子走了，在秀才爷离家后不久去了城里。走那天她向秀才娘子告别，说晚上做梦，见到生母李瑞娜回来了，她要去找她。她劝她不要走。西妹子咯咯地笑着问：我留在这家里，还有用吗？她说咋会没用？与我做伴呀！她连连摇头道：不行，我见不得这家族衰败。现在家里已没多少田地，如遇荒年，你娘家人过来咋办？她无奈地说：秀才爷走了，我一个妇道人家，没能力兑现承诺。她说不行，你这般不在毁张家信誉吗？她说可我没能耐呀！她正色说：君子一言，快马一鞭。我侄儿说过，张家能丢弃财富，不能放弃信用。

西妹子也乘着吱嘎吱嘎响的辘轳车下山，临走还与阿同爷爷开了个玩笑。她问：我漂亮不漂亮？他点头说漂亮。她说我漂亮你睡我一次吧。阿同爷爷吓坏了，说大小姐，你金枝玉叶，我怎敢有非分之想？她咯咯地笑得弯下腰去，说我和你开玩笑哩！

她走后就没再回来，后来有村人带来消息说，她在城里番妓馆做鸡，外号叫小飞鹰，是专招徕洋客的当红台柱子。

在大樟树下摇辘轳车的阿同爷爷，已经彻底变老。自秀才娘子十七岁嫁过来，他还是个矮墩墩、胖乎乎，晃荡着独臂健步如飞的茁壮身子，如今却变得腰背佝偻，在一张团脸上布满密密麻麻皱褶的衰弱老人……

秀才娘子嫁来这村子已有四十多年，如今头发白了、腰也驼了，却一直固执地期待着家族的振兴。四十多年前丈夫与她说过：这家族只要有精神流传，祖父死了有父亲，父亲死了有儿子，儿子死了有孙子。子子孙孙地永无穷尽……

振宗的回归，促使这个平静二十年的家族，又将掀起一场血雨腥风、亲情疏离的风暴，使秀才娘子这颗火热的心，重新沉入寒冷的冰窖中。

张振耀是条宁折不弯的汉子，与张家历代男人的端庄容貌不同，他脸庞骨骼清奇，两旁颧骨耸起，却脑门儿偏窄，一双炯炯有神、闪烁着希望光辉的小眼睛，始终洋溢着奋斗人生的激情。对县城内国共两党反目，他直至被捕尚没弄清时势咋忽然间急转直下，变得如此残酷与急速？作为县农会主席，他有幸结识这地区的共产党员陈先生，在他的启迪下走上革命道路，历经艰辛迎来这面胜利的旗帜，仿佛一个童稚未脱的少年，站在理想与现实交替、硕果累累的大树下，欲张嘴品尝成熟的甜果，却在一刹那间，吞下一枚由人精心酿制的苦果。

自陈先生传授革命道理后，他觉得自己做着一桩天经地义的大事，而且固执地认为：在南洋参加革命党的兄长，必为兑现父亲的承诺，和他一起共举大义。他不相信同为革命党人的兄弟，怎对他和同伴举起屠刀？天下哪有“煮豆燃豆萁，豆在釜中泣”的道理？何况有总理“革命尚没成功，同志仍须努力”的遗训。

其实这枚苦果，早在秀才娘子的预料中，尚在兄弟俩婴儿时期，她就看出振宗志向高远，却心存贪欲；振耀忠厚善良，却不乏执拗。兄弟俩一个是天上漂泊的云，另一个是栽在地上的树。

振耀年幼时喜欢独处，在春天万物复苏，或秋日繁果满枝的季节里，常会呆呆地坐在家门口，眺望着碧绿的田野，神清气爽的脸上露出满足的笑容，口里讷讷说着话。她问他在说什么？他眨动清亮的眼珠，说与庄稼说着悄悄话哩。她问它们会说话？他说会说话，我听见种子呼唤着发芽、发芽的声音……

还没上十岁，振耀就跟她下田干活，在冬日田畈荒芜、万物萧瑟的季节里，他也会独自坐田塍上，目光傻傻地注视着旷野一动不动，一坐就是大半天。读族塾时，他已把田活摸熟，成为村里的一把好手；而那时振宗虽天生一副好皮囊，却还是个顽童。每日放风筝、玩弹弓、与同村野孩子打架，常头破血流、气喘如牛地回家。不停有邻家孩子，跑到她这儿告状，说欺侮他们。后来他稍长大，更在家里待不住，喜欢下山往城里走，不到十八岁，就三教九流地什么人都往家里领，像模像样地坐在大厅里，一边喝茶，一边纵论天下大事。

兄弟俩同时开蒙，她没见哥哥像模像样读书，但他认的字却比弟弟多得多。先生告诉她说：这兄弟俩，一个聪明，一个愚钝，哥哥长大能干大事，而弟弟只配守在田里。为此她把三房大伯过继老二做嗣子的银子，供老大在城里上了洋学堂。他俩的父亲是秀才爷，她不能让子孙有辱门楣。令她惊异的是从小愚钝、外表木讷、守在身边的次子，二十几年后与共产党人陈先生交上朋友，竟天上地下，纵论古今，有那么多说不完的话。因此她发现他并不愚钝，相比哥哥的精明强悍，只是性格显得内秀。

振耀在秀才娘子五十大寿梳妆时，发现夹杂在青丝内的白发。他按住她的肩膀，小心翼翼地把它们拔下来说：妈，你都有白头发了。他一直孝顺她，母子俩关系处得很好。她祥和地笑着，在心头充满蜜汁，双眼凝视着他嗔怪说：娘都年过半百，哪能没白发，你以为是妖精呀？振耀此时已娶妻生子，有了两个儿子和一个女儿。媳妇黄氏也贤惠听话，虽没与婆母一样是大脚，不能下田插禾和上山砍柴，可她专女红，丈夫、婆母和子女穿的衣服，不再去镇上的裁缝铺定制。

现在这个家族算是安定下来，除在南洋奔生意的振宗外，太公和公爹留下妻妾都已过世。小叔友铭没传下后代来。老三房堂伯友诚鳏居，她让振耀过继过去，母子俩把两房田亩合成一处，对外仍称白鹤桥廿四房。由振耀理家，她闲时看看账簿当起太婆来……

二十年中她惦记着大儿子，振宗在南洋写过几封家书，还回家一趟，后来就少了音讯，但她还是每年做鞋邮去，那纳鞋底时的千针万线，融注着她的一片心意。她在盼望着他归来，同时又怕他回来。男人应在外面出息着，无端返乡只会引起她的不安，但毕竟母子连心，为他不通音讯心烦意乱、心神不宁……

陈先生是个穿长衫、戴眼镜片儿的教书先生，来村里找张振耀，是为这年闹饥荒又饿死了人。好容易挨到春上，乡里有许多佃户租不到田种，他打探到廿四房还有闲田，下乡来当说客。

那天林中的布谷鸟布谷布谷地叫得欢，振耀带伙计在田头忙活。陈先生来这儿时，他刚转掉老三房大伯在城里的中药铺，心情正郁闷着。廿四房的西药房被市民烧掉后，大伯的中药铺又维持四十余年，虽然也不死不活地生意冷落，但店铺开着总比关门好。廿四房在山林里种植的中药材，就是通过铺面卖出去的。他在田畈上找到他，打过招呼就卷起裤腿下田，边帮着薅秧边和他说话。

陈先生问：张家在城里的中药铺，为何开不下去？振耀说：我不是做生意的料子呗。他摇头说：你待人口碑极好，是做大生意的料。我为你算过账，仅前些年赊出的药材，价值上百银元，把这些钱要回来，药房就不会转卖给洋医堂……

振耀想了好久才说：是呀，亏欠太多，生意就不好做。可这些银元，大部分都要不回来的。如小塘陈家村陈才良，家中七口人，阿爷、爹娘和三个孩子，都患贫血症，长年吃药，家里又没钱，我能逼着他付药费吗？他称赞说：你做得对，不是不会做生意，而是你心地善良不坑人。现在的世道乱，你要做个悬壶济世的好郎中，得明白天下为公的理，先诊治国家之病，才能治穷人的病。

振耀问如何治国家之病呢？陈先生说引导民众的向善之心，团结在一处形成力量，真正当家做主人。譬如说你在去年底赈谷，让村里饥民度过灾荒，村人们都夸赞你得民心哩。这国家就是一个大家族，仅少数人吃饱穿暖没用，得共同过上好日子，大家都当主人，群策群力，国家才能富强，如果你身边的人吃不上饭，这大家族能发达兴旺吗？

他问：天下那么多人，咋能团结一处呢？陈先生说：只要每个人提高觉悟，先从身边的事做起，就能翻身当家做主人。

这晚上，陈先生与他喝酒讲了许多大道理，问：我帮你忙春，在你家里吃饭，你不心疼吧？他说您这般的贵客，我请都请不来，咋会计较一顿饭食？陈先生说：你不计较我计较，南山县有许多佃户没田种，荒年就会饿死人。革命的宗旨是天下为公，你愿意匀出田地来，让大家都有口饭吃吗？他点头说：只要对国家有益，我就做，你说吧，我该咋办？陈先生笑道：你先别问我咋办？倒应该我问你，廿四房的几十亩田，是众人合力一起种，还是你独力种收的粮食多？他说当然是众人合种收的粮食多。陈先生说：现在共产党有一种办法，叫二五减租，你愿意把田租给缺田之户，打下粮食均分吗？这样大家都有田种，遇到灾年就不必再赈谷。他又问：天下那么多穷人，仅凭我这样做能行吗？陈先生说：共产党革命的大目标，是为天下穷人有田种，你这儿做好了，别人就会跟上来。大家都这样做，天下田天下人种，国家不就兴旺发达了？

就在那次陈先生告诉他，振宗参加了南方的革命党，马上就要随北伐军打回来。说等革命成功，这天下就是穷人的了。振耀很惊讶，问：你咋知我哥参加革命党？陈先生拿出他写给商会的信函来，说：你看，这是不是南洋大先生的笔迹？

振耀核过笔迹，欣喜地拿给秀才娘子看，说：妈，我哥参加了革命党，很快要随北伐军回家了。秀才娘子泪流满脸，激动地对陈先生说：我明白廿四房的男人爱折腾的原因，当年秀才爷下南洋，是因为他看不得世人受穷，不让洋毛子在这块土地上拿大，为的是国家的富强呀。陈先生说：对，他是秀才爷，读懂了祖宗传下的书，国不畏贫，惧其不公也，天下不公则贫，贫则受强族欺凌……

陈先生走后，他回屋里问：妈，他说得对吗？秀才娘子正收拾碗盏，一双粗硕的手，不停地在蓝布厨围上擦着，双眼流泪说：他说得对，妈是讨饭人家出身，知穷人没饭吃的苦，这世间只有让穷人吃饱饭，余下的事就好办了。只是这事说容易，做起来难，有钱人家谁愿意把碗里的肉，分给穷人吃呀？

振耀问：您愿意把闲田租给佃户种吗？秀才娘子擦着泪道：妈是愿意，这也是你爸的愿望，只是怕你不乐意，这毕竟是张家几代人留下的产业呀！

振耀想了几天，按陈先生的意思，把田租给佃户种。

陈先生是山南最先遭捕的共产党人，自北伐军占领山南，他从地下转到地上，与国民党县党部合署办公。开始两党合作得很好，县党部要人把他当做座上宾，但才三个月，国民党清党开始，他就被当做匪党给抓起来。

消息传到滩涂农会，振耀询问来人：陈先生会不会被砍头？来人说恐怕挨不过，蒋总司令在上海已开杀戒。他想起兄弟振宗是县党部的特派员，从广东跟蒋先生打到这儿来，就想找他评理释放陈先生。但农会干部阻止他去，说你这般去城里，势必飞蛾扑火自投罗网，他们不仅抓陈先生，而是与共产党有关系的人都在抓。他听后觉得有道理，双方阵势已经摆开，必有一场你死我活的厮杀，不会因兄弟的亲情放弃信仰。

这时秀才娘子匆匆地赶来相公殿，说：儿子，你跟我回家去，你兄弟参加的革命党，不是陈先生的革命党。他说知道了，问她是否见到阿哥了？她心中有许多话想说，却不知从何说起，只呆呆地望着他道：振耀呀，你不是他们的对手，你从小就不是你哥对手。我知张家的人做事不会回头，这次你得听妈的，回去躲一躲，等挨过这阵风头再作主张……

振耀说：我不躲，从小到大都是我让着他，现在我不会再让他。

她急了，大脚跺在泥地上噗噗作响，说：他这样，你也咋这样呢？血气方刚的振耀，在陈先生被扣押的大是大非面前，固执得如同扎进青草地的犟牛，说：妈，这事我真依不得你，他们背叛中山先生人权平等的遗志，阿哥已与他们沆瀣一气，我不会向恶势力屈服的。她无法说服他，跪在他面前哀求说：振耀，他们手里有军队呀，你不能再相信你哥……我知你张家的人都是疯子，他会为你走不同的路杀害你，就像妈当年用鸩酒取你舅的生命一样……

振耀含泪扶起她，安慰说：不会的，我不是疯子，我与哥是兄弟，国共两党也是兄弟，孙先生有联俄联共、扶助农工的政策。我不能为自身安危，失去农会兄弟们的利益，我们一定会找到解决问题的方法。她没办法了，只反复唠叨说：我一把屎一把尿拉扯大你俩，现在你们都不听我的话了？你兄弟残杀，我就死在你们眼前，你听妈的话，承让一步好吗？

振耀说：这咋可以呢？原则问题，我一步也不会退让……

秀才娘子悲哀地哭泣起来，知道这个她苦苦守护的家要散了，心头充满对逝去先人们的歉疚。

事情发展出人意料，就在母子俩谈话的晚上，城里传出要枪决陈先生的消息，振耀觉得刻不容缓，集合队伍去营救陈先生。天明时，他遣人强送秀才娘子回村，说妈，不管此次行动是否成功，只要救出陈先生，我就退出农会，不再与阿哥的县党部为敌，留家里安心种田，再不离开您……

秀才娘子并没回村，却跑去县城找振宗，她明白事情已弄僵，只有在政府内握有权柄的他回心转意，才能救振耀的性命。两人虽说同为兑现父亲的承诺产生仇怨，但毕竟是兄弟，都是她十月怀胎生下来、打断骨头还连着筋的兄弟呀！

可惜她又错了，她与振宗分离二十年。二十年悠悠岁月，足够使山中一棵小树枝叶遮天，满目青翠的田畈几经易主，何况人间母子亲情和兄弟恩仇？振宗没答应她的请求，说此事根子在阿弟身上，他组织暴动向政府示威，农会武装就驻扎在城外，双方必要兵戎相见。她讷讷说：你有办法的，一定要想办法拯救你阿弟。我已见过振耀，只要你把陈先生放回去，他们就解散农会不再闹事了。振宗摇头道：妈呀，您把事情想简单了，我放走乱党，我的人头就会落地……

此时振宗还住县党部内，虽仍一身洋装，腰间却已佩上短枪。洋妻安娜听见母子俩争论，穿着条纹花睡衣从内屋转出来，酥软无骨地倚靠在丈夫身上，边用手抚摸着他的脑袋，边操着不熟练的汉语说：密斯脱张，既然你兄弟俩都是为兑现家族的承诺，你就答应妈放他一马吧？振宗挣脱开她，恼火道：我放过他，谁放过我呢？他已铁心干共产党，是县农会主席，不会再认我这兄弟了。

不会的，秀才娘子双膝一软，又跪在长子面前哭泣道：你俩都是我生的儿子，伤了哪一个，都是我心头的肉呀……

6

振耀率领农会武装，在县城北门外与守城部队发生冲突。一方要进城，另一方不让进，双方剑拔弩张起来。开始倒没真打，振耀见对方已有准备，赶紧把队伍撤出来驻扎城郊，威胁城内的顽固派妥协。双方在与北洋军阀的战斗中，原本是一条战壕里的战友，现在冲突，无非对胜利果实分享的交锋。就在双方僵持时，城里也采取了理智的做法，派遣振宗出城，与农会武装代表进行谈判。

兄弟俩在城郊山上一个凉亭里见面，相互指责对方不遵秀才爷的遗训。振宗说：兄弟，你这般为共产党卖命，鼓动农民分田地造反，忘了爸留下的遗训，究竟想干什么呀？振耀说我不想干什么，陈先生讲的耕者有其田的道理，能实现阿爸的遗嘱，当年阿爸客死异乡，为的是让天下百姓有口饱饭吃……

振宗问：你把祖上传下来的山林与田亩分掉，就能让天下穷人有饭吃吗？

振耀说：我不敢说为天下，但天下由祖宗留下的土地集结而成。我只做好眼前的事，让这儿的饥民享有土地，春种粮谷、夏种番薯与芋艿，荒年不至于逃荒要饭，偷盗滋事。众生温饱，社会安定，是为革命党人强国富民的准则。

振宗摇头叹息：为天下是为强天下，只有统一的政权，才能保障民富国强。穷人的贪心不会知足，就像我爸在南洋汇银子给滩涂上的亲人们，结果还是让阿舅给毒杀了。穷人缺乏教育，放纵任之，社会就会失去秩序，他们今日要田地吃饱饭，明日就会要天下，骑到富人头上拉屎……

振耀心想共产党革命劳苦功高，应该与国民党同坐天下的，但这话他已不想与阿哥说了，他在振宗脸上看到得势者的冷漠。他决定退让，说农会的农民都是好人，只是希望在分得的两亩七分地上劳作，自食其力不剥削别人。只要把陈先生放回来，一切都好商量。他甚至天真地提出农会武装撤退的方案……

振宗问：这就是你舍命营救陈先生的目的？他说对，因为共产党讲信用，所说解放民众、均分土地、减租减息的革命道理，为国家指出一条自强自立的道路来。他说阿弟，你错了，这不是小时候我俩玩过家家，你的就是你的，我的就是我的。你玩不过我，坐在地上哭闹，我忍让你，可以把我的名分让与你。现在我俩都成了大人，我能把应得的与你瓜分吗？革命党也一样，蒋总司令打下天下，这天下就是他的，怎会允许与你共产党人分享？振耀说我不会要你的东西，共产党人是为穷人争天下，只有让穷人吃饱饭，才能驱外侮，消内乱，国家才能强盛。振宗摇头道：你还是那么固执！如果政府赏赐万亩良田，你会不会为实现阿爸悬壶济世的愿望，回头与我一起做事呢？振耀坚定地说：不会，地不均，民难富，我不忍心剥削比我贫困的穷人。

振宗冷笑起来：没想到你这有田产的富农，这么快就变成了赤化分子？

兄弟俩谈得并不愉快。黄昏时分振宗要回城复命，两人拱手告辞了。没人知道他俩分手时说了什么？也不知道振耀在与兄弟见面后，为何采取更加激烈的行动。史载振耀领导的这次农民暴动，迅捷而又果断。他在这晚上集中了上万农民，手拿长矛、大刀，甚至是耙地的锄头、铁耙和木棍、竹竿，凡当时农家有的能作战的东西都用上了，从四面八方涌来攻打县城。

城内国民党部要员们，此时已失去理智，匆忙屠杀陈先生和六位共产党人，把人头挂在城墙上示众，企图阻止农会武装的行动，结果适得其反，造成矛盾激化。现在没资料佐证张振宗参与其中扮演什么角色？他只在农民武装围城的那个深夜，带洋妻安娜以谈判代表的身份，穿越农会营地去了省城。

那儿有国民革命军整整一个正规师待命。

次日太阳还没升起时，农会的暴动队伍占领县城，打出浙东工农红军第一师的旗号，以牙还牙地杀害了县党部的十几名官员。

驻扎在省城的正规军于黄昏开到，迅速扑灭还没燎原的星星之火。

振耀带着他的队伍，在转移途中被捕。原本他已接到中共浙东特委的通知，在批评他盲动的同时，指示他率众北上，渡江去江西建立根据地。但这时还不是共产党员的他，却在转移途中擅离队伍，带着三个农会同事，回村向家人告别。

这是一个暴雨倾盆的可怕夏夜，黑漆漆伸手不见五指，天空不断有闷雷炸响。他与同事进山时遇上“鬼打墙”，就是这块他生活三十几年的土地、一条亘古不变流淌的母亲河舜江、几座连绵并不高耸的山丘，竟然转了大半个晚上，天亮雨停后才回到村子。

秀才娘子见到淋得如落汤鸡一般的儿子，啥话都没说，回屋内拿出藏在嫁妆箱内的一捧老娘土说：儿子，快逃。不管你去哪儿，都不能忘记这家和属于你的两亩七分水田。他伏在她怀里痛哭：妈，他们杀了陈先生！她深陷的眼眶内溢满泪珠，说：我知道，你快走，慢了就会走不脱。

但他没有立即离开，他实在舍不下这块土地，忘不了这儿发生的一切。小时候的他，不像振宗活络，会脚底翻天地转过山湾去镇上玩。振宗高兴时给他捎来糖坊的豆酥糖、食坊的麻糍团，总能设法把他手里的铜板骗走；不高兴啥都不捎给他，他也不计较。在春夏秋冬四季，他独自坐在梯田的田塍上，与天上飞翔的鸟儿、水田的鱼蛙和菜地的昆虫做伴，说些悄悄话。稍长大就跟秀才娘子下田，与帮衬家里的佃户交朋友，夏日与他们在撞钟湖里游泳，冬天还一起上山砍柴、狩猎，在雪野里肆无忌惮地奔跑。那日子对他来说是快乐的，他喜欢这儿的一草一木、风土人情，感到自己与这块土地融在一起。

在这危急的关头，他与三位同事们，谁都没有预感到即将来临的危险。在离开母亲的瓦房后，他在村里留恋地踯躅一圈，走进祠堂后的老三房内屋与妻小诀别。次子张永成在几十年后还记得，身材瘦削、脸如枯柴，戴着斗笠、被山雨淋得浑身透湿的父亲，是如何离不开母亲和他兄妹，抱着他们哭个伤心。他说阿爸在妈的房内，足足待了半个时辰，琐琐碎碎地嘱托家事，何日耕田，何时收割，连欠何人几块银洋、几根灯线、几条田绳，都交代得特别仔细……

振耀在这座门墙颓废、历经风雨侵蚀的旧屋里，几次欲走不忍，秀才娘子发现他没走，瞪起瞎眼珠，拿把扫帚过来追打他，他才和妻小依依不舍地分手。气急败坏的秀才娘子在身后骂道：不要忘记你阿爸是秀才，是喝过墨水见过世面的人，男人遇事须当机立断，怎能儿女情长坏了大事？

他和农会同事们在乘坐辘轳车时被捕。领着国民革命军绕过山湾，进村搜捕的不是别人，正是兄长张振宗。他推开惊呆的阿同爷爷，拴住辘轳麻索吊下的藤筐，走到他面前笑道：阿弟，我知你还没走，现在你走不成了。妈说过你是一只离不开田亩的土拨鼠，离不开这村子、这块土地……

振耀什么话都没说，只用褐灰色的眼珠，鄙夷地看了兄长一眼，点了点头，就跟前来抓获他的国民革命军，大步流星地离开村子。

身后的阿同爷爷用独臂疯狂地摇动辘轳轮子，眼睛直勾勾地盯着押他下山的队伍流泪，嘴里念叨道：只差一步，差一步呀……

秀才娘子阻止儿媳悬梁后，迈动一双大脚、拄着瞎子棒，步行二十多里地，又进城找振宗。出村前，她叮嘱两个孙儿管住儿媳，说不管你们阿爸最后怎样，活着的人得继续活下去。小黄氏抽泣着问：孩子们没阿爸怎样活？她瞪起瞎眼珠道：天无绝人之路。孩子们有爸，是有爸的活法；没爸是没爸的活法。我就不信朗朗乾坤，没一条张家后人的活路。小黄氏说雪梅咋办？她只有三岁。她说你寻短见，她能活得好吗？这蓝的天，白的云，总有一天轮到穷人做主人，你就是熬，也得给我熬下去。

振耀被捕后，秀才娘子住进媳妇房内，小黄氏几次欲自尽，都被她阻止了。此时她的眼睛虽然模糊，仅能仰面眺望刺眼的太阳，但耳朵极为灵敏，只要一有风吹草动，立即迈动大脚阻止，就像一条嗅觉灵敏的猎犬，捍卫这个行将解体的家庭。她阻止儿媳轻生方法极简单，用一双在田间劳碌的大手抽她耳刮子，抽醒后婆媳相对而泣。她说哭吧，哭出来就好，天还没塌下来，你着啥急？这条路要走，也是我比你先走。小黄氏紧抱住雪梅道：他俩是兄弟，兄弟啊！秀才娘子蠕动薄泛泛的嘴唇道，是呀，是兄弟，我生下他俩的身子，却管不住他们的心……

农会已被解散，村人们害怕起来，悄悄地退还租地。秀才娘子处理的方法也简单，点火烧毁田契。她说张家人都被抓了，我孤儿寡母要田契何用？陈先生说过天下田归天下人，我儿子做主分了，就是你们的田亩。众人都说老太太是新思想，可我们拿着田契不放心，廿四房大伯当着特派员的官儿哩。她说他当官也是我儿子呀，不认兄弟还得认我这妈，忠孝节义是张家的祖训，敢来收缴田契？我打断他的腿不认这儿子。这年冬天，她蹽开大脚走东家、串西家，安慰亏欠租金的村人们，说家族内讧，不牵累他人，这个家还由她做主哩。

在那些寒冷的黄昏，她常眨动着一双瞎眼，坐在祠堂门口沉思，一张枯脸上沟壑纵横的皱纹条条展开，或凝固、或蠕动在宽阔的额头上，仿佛在诉说着一个家族的不幸。这时在她的耳边，清晰地回响起张圣朝临终声嘶力竭的喊声：祖宗呀，我是张家的败家子，廿四房种种不幸，自当我开始……

家里最后的佣工被辞退，小黄氏病恹恹地躺在床上，除喝南瓜粥和汤药外，啥都不吃了。永发兄弟俩在祖母进城的日子里，自己生火做饭吃，从田野上抓来蚂蚱，采来野菜下饭。在喂过雪梅后，两人对坐在石门槛上，边吃饭边数落脑勺后留着鸭尾巴的伯父不是。永发说：我没想到大伯会是蛇蝎心肠的小人。永成说从那次他乘阿同爷爷的辘轳车上山，就知他是比阿爸厉害的狠角色。兄弟俩争执大伯究竟有没有人性？永成说他给棒棒糖吃，你吃了，我可没吃。永发反驳道，他对你亲哩，走下藤筐抱你举过头顶，说是廿四房的根。永成摇头说不对，你喊他大伯，我没喊，就知他与爸不是一条心。永发很奇怪，问他为何不喊他？永成说阿奶告诉过我，一山容不下二虎，他与阿爸都是老虎，同村就容不下。永发想一会儿道：爸原本可以走掉，回村是放不下我俩，才让带部队过来的恶大伯抓走了。永成问：你说他会把爸怎样？永发摇头说：我也不知道，反正凶多吉少……

振宗搬出县党部，另在城东租了宅院，农会解散后有人丢炸弹信，扬言要报复，他觉得不安全才换地方。那日秀才娘子拄着瞎眼棒，进城找到他，扬手抽了他两个耳光。他捂住脸斜睨着安娜，喘息着问：阿妈，您为啥打我？秀才娘子嘿嘿冷笑道：我得抽醒你这把兄弟弄进监牢去的逆子。他讷讷后退着辩解说：咋是我哩？是他把自个儿送进去的。她说你不算计，他能犯贱蹲监呀？他说既然您老人家如此说，当年咋用鸩酒了结阿舅的性命？

秀才娘子听了这话，把一口糯米粒似的细牙咬得格格作响，脸上出现母狼护犊的神色，用瞎子棒追着振宗打，说我是瞎子，尚能看清时局，你是亮眼人，咋看不清这世道呢？我送你舅上路，是为他伤天害理，不辨忠良；你弟做的是为穷人生计的善事，国民政府得天下，怎能反害做善事的忠良呢？

振宗疲惫地坐在太师椅上，目光望住窗户上的纸花，想这事我做得有些过了，阿弟搞农会是为滩涂百姓的衣食生计，但不这样做会丢失大局，上峰能信任我去上海开药局，实现父亲悬壶济世的宏愿吗？他说不错，我俩是兄弟，但国民政府有法律，不允许反对政府胡闹，我不能因为他沉陷而沉陷，难道您想同时失去两个儿子吗？

狗屁，歪理……秀才娘子一阵晕眩，倒在客厅里，朦胧中她见到年轻的秀才爷，在瞎眼祖母饿死后，坐在床前整夜地流泪。她劝说他已尽责任，不必过分悲伤。他哀叹说人之大哀，莫过于眼见亲人饿死家门而无力拯救……

她醒来时，听到振宗在身旁抽泣，欲挣扎着站起来。他扶住她问：阿妈，您究竟要我如何做呢？她瞪起瞎眼珠说：廿四房的子孙，轮不到别人教养，我有能力养大你俩，就有资格调教做人！振宗痛苦地闭上眼睛，离开她复在房内踱步，心头翻滚起南洋家破人亡的惨剧，讷讷道：阿妈，您知我在南洋吃了多少苦？妻儿死了、药铺丢了，我讨过饭、扛过包，九死一生才挣回一条命，为的是爸传下一把济世的药壶。那时我曾回乡要过银子，可您和阿弟都无力解救我……

她冷冷问：你知我为何不给银子吗？

他愤慨地喊道：不知道，我永远不知道，这世间上的亲情，值多少银子？

她轻蔑地叹息道：因为那时我把你当做一个人——这世间的强者！吃过苦中苦，方为人上人。现在我明白了，你是比阿弟更怯懦的弱者。说完这话，她愤然出门去，振宗追上来喊：妈……她瞪起瞎眼珠，扬着瞎子棒指向天空说：老天爷呀，您都看到了，我已没有了两个儿子。

这年立冬，张永成目睹父亲受刑。这个残酷的镜头，贯穿了后来成为这块土地主人的他的整个人生，乃至影响了他一生的行为举止。

张振耀行刑的地点，选在他组织农会的相公殿——秀才娘子的娘家。在他关进监狱不改其志、欲一竿子插到黑时，这儿的农会骨干又多次组织暴动，绑架派遣的乡保干部，下海游弋不服政府管教。富有心机的振宗，建议县党部在这儿设刑场杀鸡给猴看。

天气已冷了，北风一阵紧如一阵，整个滩涂被严霜封住，盐民在盐井口遮上厚厚的草包，寥廓荒凉得像一座座矗立的坟丘，仿佛在哀悼呼号人世的不公。

行刑实施“点天灯”，这是当地一种原始的刑罚。动刑那日，下人渡村的晒谷场上或站或坐着上千人，大都是老人与孩子，赶庙会似的拥挤。这些人都不是自愿来的，由警察局和保长、甲长一家一户解押过来，附近村坊的青壮年闻讯下海赶潮去了，由老幼妇孺凑数救场。

秀才娘子领着全家人赶过来。她瘦削的肩上背着孙女雪梅，一只手搀住引路的永发，另一只手扶着病恹恹的小黄氏。她是小脚，走路不利索，永成又跌跌撞撞地牵着她的衣角。全家人在路上呼天号地，哭着、喊着苍天……

待到了刑场，小黄氏还止不住哭泣，秀才娘子却收住泪水，说振耀家的，别号，你我都睁大眼睛，看他兄弟如何骨肉相残？不知好歹的永发，这时傻乎乎地问：阿奶，您的眼睛能看清了？她说我是瞎了，却什么都能看清，阿奶的心中有杆秤哩。永成惊异地仰脸望她，见她被白内障蒙住的眼珠中，透出两道黑白相间的光芒来，透心透肺地罩住眼前的一切。他相信她能看清，真的能看清！

振耀与他的三个农会同事，被背向绑在一段大木桩上，脚下堆成浇上洋油的柴垛，四周站满荷枪实弹的兵丁。振宗身穿纺绸棉长衫，头发梳得油光锃亮，一手拿着文明棍，另一只手上有引火的油把，在柴垛旁一圈圈地转着轴儿。他的脸上什么表情也没有，但秀才娘子还是感觉到，长子那拿着油把的手在颤抖……

祖宗呀，你们睁大眼睛，看看廿四房的子孙骨肉相残。她在心里号叫着，浑身冒出汗来，此时她的眼睛变得明亮起来，看到振耀狭窄的额头和高耸的颧骨，他睁大一双褐灰色的眼睛，质问这世界是否公道？少年的他也会用这眼神望她，多半在施舍穷人粮米时，他问他们为何挨饿？她说是祖上卖掉了田地。又问祖上为何卖田地？她说男人失去对家庭的责任。又说妈从小与你舅讨饭，就因为外公交不了租谷养不活家人。他说我懂了，做男人要负起养家糊口的责任。她进城后曾入狱劝说他，能否答应政府的条件？说刺猬惜生，尚能蜷缩身子，你死了，妈与两个孙子咋过？他听后惨淡地笑了，说忠孝两难齐全，我若以刺猬惜生，就会愧对死去的陈先生和几十万农民兄弟，愧对在这块土地上存活过的祖宗……

午时三刻时，振宗面孔煞黑地把手里点燃的火把举起来，向观看的人群扬了扬，又在柴垛外转了一圈，转身走向振耀，费劲地说：兄弟，为了党国利益，我别无选择。你还有什么话说吗？振耀两眼朝天，脸上呈现出古怪的笑容，问：你认为此后国民党可稳坐天下吗？振宗说没错，蒋总司令是真命天子……他不坐天下，国家就没法结束战乱，商人不能行商济天下……

振耀嘴角一咧，哈哈大笑起来，瘦削的脸庞在冬日的阳光下，泛出寒冷的白光，那表情是极端的鄙夷与蔑视。他问他笑什么？他说这世上能有真命天子？小皇帝宣统都下台十六年了……振宗执油把的手颤抖起来，讷讷说没真命天子，难道轮到穷鬼坐江山，重演苏门答腊阿舅毒杀爸的悲剧？

笑容在振耀的脸上凝固，眼中流下泪来，说烧吧，兄弟，如果你真兑现爸的承诺，我死而无憾。自南洋相别，我等了你二十年，陈先生告诉我，你参加了革命党，总以为我俩走的同一条道，可惜我错了，你的国民政府不是我要的政府，你的三民主义也不是百姓想要的三民主义。如今你我兄弟团聚，没想到会是这种结局。

振宗挥舞点燃的油把，看着手上的火光一蹿一跳的，他的手在颤抖，身子也在颤抖，这颤抖传到心里，全身跟着震悚起来，眼前不由浮现出兄弟俩小时候在稻田里抓蚂蚱的情景。两人一边跑，一边跳跃着，口里唱着：踢踢板板，走到南山，南山有座大石佛。穿过那田塍时，振耀被绊倒了，他过去搀扶，拍打他身上的泥土。振耀问南山真有度人行善的大石佛吗？他说不知道，求过石佛年景就好，阿妈不用全年劳作接济穷人，除夕夜能吃到与阿爸团圆的汤圆了……

振宗忽然后悔，对动刑的兄弟充满愧疚之情，说阿弟，对不起，为了主义，我俩各为其主。振耀说没什么对不起，你变得这样，我活着比死了还难受。

振耀脚下的柴火被点燃，有股呛人的烟味扩散开来，火势汹汹在风中蔓延，黑烟包裹住四个革命者的躯体，汇成一处飙升苍穹。振宗心头的火把，也随即被点燃，有泪水在眼中溢出，眼前浮现若干年前的一幕：远隔重洋的苏门答腊码头，十八岁的少年肩负着秀才爷的尸身，声声呼唤着，一步步地踏上洋轮的跷板……

人群开始骚动，小黄氏目睹这惨景，哇哇哭喊起来，永发与永成连同雪梅，异口同声地尖起嗓子喊阿爸。火把，是长子点燃次子受刑的火把！秀才娘子的胸中，燃烧起冲天大火，在心头灼烈地痛将起来。她咬紧牙关说：都别哭，把仇恨记在心……话没说完，身子却傍着永发，扑通一声栽倒地上。

在送儿子尸身回村的路上，秀才娘子挣扎着睁开了眼睛。她知道自己瞎了，却分明看到寥廓的滩涂上，重现出四十几年前的一幕。那时候光绪皇帝还坐着龙廷哩，天下却已经乱起来，年轻的秀才爷用一藤箱鲜红欲滴、诱人的樱桃，引领妙龄的她和兄弟杨秋生，走在这条通往温饱和光明的驿道上……

在张永成的记忆中，秀才娘子经历过这场大悲剧后，硬朗的身子一下枯萎，大半月没下床。她没再像往常一样，在红襟鸟的啼叫声中，扑腾着一双大脚，唤醒他俩起床。兄弟俩在那段死气沉沉的日子里，猫在床上睡懒觉。有时永成会习惯性地醒来，见永发仍如死猪般地睡着，推醒他说：哥，阿奶会死吗？永发用手揉着惺忪的眼睛，说不会，阿奶还没找寡情的大伯算账哩！

小黄氏不再寻短见，神情却有些呆滞，整天紧绷着脸孔。她一反常态，大清早地起床，烧好汤水端进去，一汤勺、一汤勺地喂秀才娘子吃。婆媳俩每日嘀咕着相同的话题，她说阿奶，给找个郎中治治吧？全家还仰仗您过日子哩。她问她嫁张家后悔吗？她摇头说不后悔。她说：你不后悔我后悔哩，把肠子都悔青了。如果当年我不引诱秀才爷到相公殿相亲，如果我送他出门时不馋那箱樱桃，如果我能留住他的心阻止他出洋，如果我撤回南洋的药铺留畜生在身边，如果我不惦记娘家人的苦日子让振耀闹农会，张家就不会变成这样子？她眨巴着瞎眼珠，抖动干瘪的嘴唇，说一阵、哭一阵，胸脯起伏，喘息连连，一迭声地咳嗽，吐出带血丝的浓痰来。小黄氏跟着她哭泣，劝慰说事儿过去了，后悔没用呀。她振作起精神来，叹息说：你不懂张家的男人，我十七岁嫁过来，守在这家四十多年，亲眼看到男人们一个个地离女人孩子而去……

两人哭过一会儿，小黄氏问要不喊他大伯回村，商量这家人咋办？秀才娘子凄凉地摇头说不用，畜生能说人话吗？小黄氏不敢吱声，觉得全家已走到绝路上，就又哀伤地哭泣起来。这时秀才娘子反倒镇静下来，擦干眼泪安慰她，说没见雪地上野角麂生下的犊子，畏畏缩缩地离不开娘，春风一吹就会满山坡跑，母麂子都追不上它哩。我失去了两个儿子，你还有俩儿子哩！

那些天的晚上，兄弟俩见母亲黑灯暗火地搂紧妹妹雪梅，坐床上对着墙上父亲的遗像，用手一下一下地撕碎蜡染布的床单。后来她把床单撕成条，编成一个花圈戴在头上，放下熟睡的女儿，赤脚在冰冷的石板地上手舞足蹈，嘴里还嚷着：雪地里的麂犊子哟，春风一吹满山坡跑、跑、跑啊……

兄弟俩把这异常告诉祖母，说阿奶呀，阿妈疯了，撕碎床单戴头上跳舞哩。秀才娘子瞪大瞎眼珠，眼眶里溢出泪花来，叹息说她还年轻哩，在娘家是娇惯的小姐……又说振耀呀，你咋这么狠心，丢下老婆孩子走了？他俩抱住她的头颈，也跟着哭起来，说我们是没爸的孩子了？秀才娘子用手抚摸着两人的脑袋，说是没爸的孩子了呀！她开始断断续续地诉说这个家族的故事……

她不停地说，说了很多，问他俩听懂没有？两人说听懂了，她咧嘴笑起来，说这家像冬天的衰草一般枯萎了，可根还在，到春天会发起来哩！

她的眼睛已彻底看不清东西，振耀活着时，眼前还有蒙眬的红色闪动，外面罩有一圈模糊的白光；现在白光没有了，红色还在，断断续续、蒙蒙眬眬地，像在眼前飞舞着许多只蝴蝶。这些蝴蝶在她眼前飞呀飞的，直至整个世界在她眼中变得黑暗起来。兄弟俩知她已看不见，问：阿奶，您病好了，眼睛看不见东西咋办呢？她说我看不见，你俩能看清，这家族就有希望。又说她祖母变成瞎子时，才四十出头，她已快六十岁，做人该知足了！

病愈后，秀才娘子又坐在祠堂门口，盘膝顶着一只鞋藤盘，把里面的杂布、碎布整理成片，用糨糊一层层粘住，然后剪成大脚小脚的形状，用麻线一针一线地缝纳。她知道只要这些鞋还在做着，张氏的根脉就不会断，儿子死了有孙子，孙子长大成人，还会有重孙子，他们仍需要她纳鞋底做新鞋……

天还冷着，山峦上有银白色的积雪，暗夜里都会泛出白皑皑的光亮。每日清晨，山林中的红襟鸟就会准时吟唱起来。秀才娘子喜欢听这鸟叫的声音，说不明白这种雀儿般大小的鸟，咋会坚韧持久地发出如此清脆悦耳的声音？她又恢复在黎明时唤醒兄弟俩起床的习惯，说人如果能像这鸟儿一样，尽劳尽责，这世界就会改变模样！

冬天即将过去，山头上的积雪在一块块地缩小，此时张家已没多少田亩可种，也不必再备春耕了。病愈的秀才娘子搬来一张藤椅，坐在旭日初升的霞光下，蜷缩着瘦削的身子，用枯瘦如柴的双手重新做鞋，人活着得穿鞋走路呀……

为延续这家族的血缘亲情，她必须行动了，全家就剩下她是主事的人。出了正月，她便动员小黄氏带雪梅嫁人。小黄氏不肯走，说二先生没了，您还是我婆母呀。她惨然笑道：古人说房中无郎难留娘，你能伺候我一辈子？小黄氏说我愿意就行。她说你愿意我不愿意，你才三十出头，不能让你这辈子拴在死人的坟头。小黄氏哀哀地问：我走后，你咋办？她说雪地上的麂犊子会长大，我有俩孙子哩！

小黄氏伤心地哭泣起来，她问她哭什么？小黄氏说我放得下您，放不下两个儿子哩。秀才娘子张开缺门牙的豁嘴，嘿嘿地笑道：贤德媳妇，你带不走他们，牛死不恋槽，人活不改姓，兄弟俩是我张家的种呀。小黄氏怯生生地问她拿他俩咋办？她说：老话说禾稻自家割，子孙别家养。好笋都抽在篱笆外。你已管不了他们，就像我管不了他兄弟俩一样……

小黄氏又哭了几日，总算想通，说她愿意再嫁，只把雪梅带走。

秀才娘子为媳妇选的新人，是她远房侄子。人品老实，以前在张家做过短工，年过四十未娶，与小黄氏算是相识。见小黄氏犹豫着不肯下山，她问她是否丢不下兄弟俩？小黄氏说是我身上掉下的肉呀。她说你笨哩，大伯能让他俩改姓吗？

小黄氏走时，她交给她七亩田契做陪嫁。这是家族最后的田产，小黄氏不肯要，她说你不要，我保得住吗？你得为我养孙女儿哩。小黄氏抱紧雪梅又哭个伤心，说您是我亲娘哪，我走后您咋办？她说我得守着这空祠堂哩。

又隔几日，她带着俩孙子乘辘轳车下山，送去大房张裕德家当小长工。

临走她问他俩，离开这儿好不好？永发说好，阿妈都走了，我留下做甚？永成没吱声，想不明白为何赶走他？她问永成呢？他哭泣起来，她帮他抹去眼泪，说男子汉大丈夫的……世间许多事，哭最没用。他说：我想跟着阿奶过日子哩。她苦涩地笑问：你知道阿奶能活多久吗？他摇头说不知道。她说是不知道呀，阿奶也不知道，鸟长大得自己飞，所以你俩得离开阿奶……

她牵着孙儿的两双小手，似瞎老鹰护着两只雏鹰，在张裕德的堂房内坐下，说大阿爷，我又来找你了。廿四房的地你收了，人也得留下。张裕德问：收地可种植庄稼，收人又能干啥呢？她眨巴着瞎眼睛道：我听秀才爷说过，山上白鹤桥的老三房，最先是从您平原的大房分出来的，后来又分出廿四房来，现在房族不幸，留下两个没爸的孙子，我妇道人家教养不了，领来过继给您教养。张裕德笑道：廿四房不是还有振宗吗？她摇头说：不提那畜生，他娶洋妾会有洋儿子。这两个小猢狲，头上戴着逆党后人的帽子，畜生不敢要他们的……

张裕德打量兄弟俩一会儿，叹息道：我掰指头算过，白鹤桥廿四房，从老三房分出来只传五代哩，就如大厦倾倒在劫难逃，可叹天地无常、人世艰辛哪！

秀才娘子连连叫嚷：粪口，您是粪口呀。山坡上的衰草地，在冬天枯萎了，挨到春天，就会蓬勃地发展开来。这时世呀，您明眼人该比我瞎子看得清楚，只要青山不倒，绿水长流，廿四房的子孙，总有出头露脸的一天！

张裕德一手捋着山羊胡子点头，一手分别抚摸兄弟俩的脑袋，呵呵笑将起来：贤弟媳，你真聪明，要我学着母鸡孵小鸡哩！难道不怕我把他俩交给他大伯？她说：不会，您收了廿四房的地，萝卜青菜得搭着卖哩。萝卜青菜交出去，地也就没了，他大伯当着政府的特派员哩。

张裕德又笑着问：你知我这人抠，不养白吃饭的小猢狲。

她说：抠好呀，这世道我算是想明白，严父才出孝子哩。您欺压得越凶，他大伯越高兴，两个小猢狲也就越有出息。

7

振宗把阿弟送上断头台，却没忘记为他做鞋的亲娘。虽在他坎坷南洋时，家里没汇过多少银子，但每年都会寄上两双圆口布鞋，二十年从没间断。在他回广东参加国民革命军后，苏门答腊也会转来充满乡情的两双布鞋。这就是亲情，洋妻安娜不能给，这世界上没血缘关系的人都给不了。

他也病了，每天冷汗淋漓，口干舌燥，眼前不断出现振耀临终时两道冰冷的目光，仿佛利剑般刺痛他的心头。整个冬季他都病歪在床上，什么事也不想干。这期间吴子铭来看过他，说国药局的文案已批了，要去海外筹资哩。他说我会把苏门答腊药铺转掉，帮你在上海办国药局。吴子铭说这敢情好，只是你这病？他叹息说是心病，没啥大碍。吴子铭要与他共去南洋，说事宜快不宜迟。他说再等一阵子，时势还没平静哩。他没再催他，独自去了海外……

天气刚转暖和，振宗的病好了，吴子铭又催他去上海，在由人转交的信中说：雁过留声，人过留名，商人不能留恋政局太久。他知局面已稳定，便与安娜合计如何重展手脚？说你爸答应过，哪儿没战火，就往哪儿搁资本。处理完公务，他穿着一身杏黄色的丝绸长衫，手上挽着洋媳妇，还带着一个执匣子炮的勤务兵，返乡来探望秀才娘子。

这次没骑马，也没有坐轿，坐着从上海开来的洋车，从城内开到山口。安娜已可看出明显身孕，他携她从洋车下来，俯身在路旁采下一朵野花，戴在她金黄蓬松的长发上，然后摇响辘轳车麻索上的铃铛，张开喉咙喊起来。

阿同爷爷从辘轳柄上的分量判断，知上山的藤筐内坐着两个人。想这藤筐，两个人坐不下，须一个人站着，另一个人也站着，手拉住麻索，才不致藤筐摇晃。他把辘轳摇到半山时，忽然心起歹念，想套住辘轳柄，拿柴刀斩断麻索……阿同爷爷复姓尉迟，是堕民，从小没娘，跟父亲进山做药农，被张家赐姓认做亲人。起这歹念时，他眼前出现张圣朝晚年的落魄景状，不由在心头打个哆嗦，想这张家败落至此，尚能发达的只有振宗，灭他太公不会饶恕我。就这一哆嗦，藤筐露出地面，振宗把一个黄头发、有身孕的洋女人扶出筐来……

已是民国十九年开春，山道上的映山红开得嫣红，如一团团滚动的火焰，铺开在贫瘠的山坡地上，散发出芬芳与活力，向人们预示春天到来。

两人在祠堂门口坐下，振宗从公文包内取出一沓佛帖，说：妈，为兑现爸的承诺，我要去上海行商济天下了，特来向您告别。秀才娘子坐在门口石凳上，一针一线纳着鞋底，默不吱声。他知她还在为兄弟的事生气，又说：我知您不想认儿子，可我是从您肚子里出来的，还是廿四房的子孙呀。接着他拉过安娜说：妈，您看她的肚子……安娜夸张地扭扭身子，掀起裙裾露出隆起的肚皮。她放下手中活计，眨动多皱的眼皮说：我的眼睛瞎了呀。他上前端详她一会儿，问真瞎了？她微笑着把目光迎住刺眼的阳光，说你能对着日光看吗？他说不能。她说我能，所以我的眼睛瞎了……

两人都沉默了。过一会儿，她问他回来干啥？他说来给祖宗上坟，都有二十一年，我没给先人磕过头上过香哩。她撇嘴冷笑着问：你有祖宗吗？他没回答，见安娜站着气喘，端过藤椅让她坐下，又指着她的肚皮问：妈，您老人家到底看到没有？她问看到啥？他说她的肚子大了呀，廿四房又添人丁了。

秀才娘子把膝上的鞋藤盘收起，放在石凳上，哆嗦着身子站起来，伸出一双鸡爪般的枯手摸索着说：我说过我的眼睛瞎了，看不清东西哩。他把她的手抓过来，放在安娜的肚皮上，说您摸摸他，会动哩。她摸着她的肚子，眯缝瞎眼皮似睡着一般。他问她摸到没有？说他会用脚蹬人。她摸着摸着，终于在脸上绽开菊花瓣来，哆嗦嘴唇说：秀才爷呀，张家又多一个传宗接代的儿子。继而点头对他说，肚尖腹挺，能生男娃儿……

振宗知她接纳他，会心地笑了，说待安娜把孩子生下来，您老人家给取个名吧？她脸上抽搐，顿时热泪汹涌，他问为何又流泪？她说我想起两个孙子来，小小年纪成了孤儿。他拉长脸，问是不是我后代也成孤儿，您心头才舒坦？秀才娘子冷笑道：乱世荒年，谁都保不定谁变孤儿。他叫起来：阿妈，您在诅咒我死吗？她摇头：你也是我儿子，他是我洋孙孙呗。他说我带安娜祭祖烧灶香。她说去吧，坟地就在屋后撞钟山，你是张家第四代长子呀！

振宗夫妇在祖坟前流连很久，给太公、祖父、父亲上过香后，又特地为兄弟振耀上了香。他的新坟坐落在秀才爷旁边，四周已长满荒草。他站在振耀坟前，胸脯起伏，泪水滂沱，说：兄弟，对不住。以后我拥有的，会加倍偿还你儿子。

上过祖坟后，振宗又携妻回来。秀才娘子已在祠堂置下酒菜，席上都用石膏点浆的豆腐菜，满满当当一桌。振宗已多年没吃她烧的菜，与安娜愉快地享受着。秀才娘子竖起耳朵，眨巴瞎眼皮问：你知这村坊做的豆腐，为何都是方形？他没明白她为何问这些，说不知道呀。她额头上布满风云，说这东西柔软，做方形才成型，做人也一样的道理，内软塌得在外刚着，你为陈先生杀害阿弟，说明你的道理，不如他的道理得人心，只好下手毁掉这份亲情！

他说：阿妈，事到如今，您说这话还有啥意思？

她摇头说：是没啥意思，这舜江水顺源而下，源头不洁，下游自然肮脏。

振宗知她在心里还念着兄弟，感到不是味儿。秀才娘子洞察到他的变化，倒在脸上露出笑来，说其实张家的男人外表刚着，内心都柔软，所以没大出息。如今你想要出息，却由阿弟的一条命垫着，今儿你给他上过香没有？上了，他嗫嚅着点头，神志恍惚起来，见祠堂内祭灯晃动，墙上闪现出许多兄弟的头影来。这些头影大都面目狰狞，龇牙咧嘴，有的还在额头、眼里、口里淌着鲜血，像一把把锐利的刀子，刺向他的胸膛……

秀才娘子咧开缺门牙的豁嘴笑问：你的心还柔软吗？你兄弟因为柔软，才被你点了天灯死于非命。

振宗忽然感到害怕，没回答她的话，转脸问安娜：你看到墙上晃动的人头吗？安娜使劲眨动一双碧眼看着砖墙说：没有呀，我什么也没有看见。秀才娘子冷笑道：你看不见的，心里没鬼的人，看不见鬼。他什么都能看见哩，说吧，振宗，你还要什么？我都给你。他说我想要回那片属于我的山林和鹤鸣堂名下的水田，拿去上海办药局做本钱。她问不要别的吗？他说还有房契、您和侄儿，都接去享福。秀才娘子莞尔一笑，对着砖墙问：振耀，你肯吗？

这时祠堂内明明没人，但他还是明确无误地听到兄弟的声音：我不给！她问：你咋又不说话了？他的额头上冒出汗珠来，说我要回属于我的名分。她说我知你要，你千里迢迢从南洋回来，不就为这片山林与几十亩的水田吗？他讷讷地道：我只想证明我是廿四房的继承者，履行对这个家族的责任。她长叹一口气道：可惜你晚来了一步，这地契、房契和你两个侄儿，振耀行刑后我已转送给外族了。太公说过：子孙有能耐，不需祖宗留下田亩，如没能耐，再多的财富都会荡光花净。就像你与振耀兄弟相残、骨肉肢分。

听了这话，振宗委屈地大喊道：阿妈，您总护着阿弟，眼中从没有过我。秀才娘子轻摇着头道：儿子，做娘的一碗水端平，你今天走不了。自我埋振耀那日，就在坟旁备下你的墓穴。你兄弟从小就掐，在黄泉路上掐个清楚……

说着她脸色平静地站起来，指着他面前的酒杯说：知你阿舅如何死的吗？我在你酒里下了祖上研制的鹤顶红，廿四房的规矩，子孙内讧败家自行了断！他问：你要用结果娘舅的方法结果我？她说是的，我没能力教你做人，却能让你不再祸害人。他镇静下来，怏怏问：你不怕我这支绝脉？她说我摸过安娜的肚子，能给你传下二毛子的杂种哩。

振宗忽然得意地大笑起来，砖墙上兄弟的头影随之笑声消失，留下的仍是几十年前被西妹子抠得千疮百孔的壳灰墙。她问：你笑什么？他摇头道：我笑阿妈总翻老皇历，这鸩酒我没喝，我在路上已想到了，不再重蹈娘舅的覆辙。我要完成阿爸悬壶济世的理想，怎能轻易了结生命呢？

秀才娘子怔了怔，随即也跟着笑起来。笑过后她问：笑话？张家已败落，哪有银子办大事？他手指着妻子说：安娜，你告诉我妈，你爸是干啥的？安娜娇滴滴地道：我爹地是美利坚的银行家，出钱帮助密斯脱张开发中药材。说中药与西药，同是治疗人类疾病的瑰宝……

振宗离开桌子，跪在神龛前哭泣，说：阿妈，你不知道，这世界在变化着，洋人有好人，也有坏人，为发展爸传我的药铺，我在南洋吃尽人世之苦，制裁振耀不得已而为之。妈说我内心柔软，我却知它坚硬如铁，为让华人抬头为人，我不能死，死后去见祖宗，他们问我药房怎样，我如何回答呢？

秀才娘子胸中熄灭的希望之火复燃，时光又仿佛回到四十年前，她挺着大肚子在渡口送别丈夫。他说对不起，娘子，男人活着总归有梦，我为祖宗的家业闯荡南洋，留你在家里吃苦。她尽管心中一万个不情愿，却说你去吧，家中有我哩，我是大脚婆娘，会养好我们的儿子，儿子养大，承继祖宗的家业哩。

她不再想什么，双手哆嗦地从鞋藤箱内取出四明钱庄的银票来。说拿去吧，这是你弟二十年中从土地里扒拉出来的钱。他知自己没能耐，就把这银子储着，只是没来得及交与你，就……他接过银票，心头重燃起兄弟被点天灯的烈焰，火借风势，狂暴、炽烈，如无数条毒蛇的舌信，残酷地吞噬他和农会同事们的身体。他双眼湿润，浑身像发疟疾一般哆嗦起来，讷讷说：原谅我，兄弟……

墙上复现的振耀头影说：不会原谅，你为你的梦，毁了我的梦。

他把银票仍还给秀才娘子，说：我不配拿兄弟的东西！

他走了，像二十年前下南洋那般走出家门，从此没再回头。村口的辘轳车还在转着，阿同爷爷的独臂逐渐失去活力，却像山中老藤一般持久坚韧。

岁月在秀才娘子自言自语的寂寞中消逝，平静得如一泓死水。十五年后的一个酷夏，人都被热得昏昏沉沉。盘桓突兀在地面的大樟树老根上，躺着一条守更的老狗，昏昏欲睡地在嘴角流着涎液。

已是抗战时期，日本人占了这儿，村庄没啥改变，主人却换了一茬。对面山头挂上了一面膏药旗，这是日本兵筑的一个碉堡。里面驻有一个班的和平军，每天缩在龟壳内不出来，鸡鸭鱼肉都由保长送，算是在维护村子的安稳。那架辘轳车还在，绳索变成了钢索。摇车的阿同爷爷已不在人世，小茅屋改由别人守着，上山下山的村人，仍在竹篮里掷零钱。房族出不了份子钱，已没人再敲更，每至晚上，村子里寂静得如一潭死水，只有那撞钟山下的撞钟潭，还在暗夜中叮咚叮咚地响着，使人感觉到这古老的村坊中，不仅拥有山坳中千亩良田和上万亩的山林，还有几百户张、李、黄三姓人家喘息的人气儿。

秀才娘子仍坐在祠堂门口纳鞋底。她已做成很多鞋，有的捎了出去，有的没能捎出去，没捎出去就存着。她所惦念的两个孙儿，在七年前烧了张裕德的牛棚后失踪，她为他俩做的鞋没了去处，但她仍做着，做着就有希望。

那年张裕德呼哧呼哧地喘着粗气进村，席地坐在她的对面说：老妹子，你给我的两只小猢狲都跑了。她嘿嘿地笑问：都跑了吗？他说都跑了呀，还烧了我的牛棚。她点头说跑了好，你得赔我人。他叫起来：还赔人？白吃我八年的谷子，算我饲畜两头恶狼。她问是狼吗？他说是狼。她说狼咋会吃谷子？狼要吃肉的。张裕德说是在吃肉呀，兄弟俩烧我的牛棚，剜去我心头的一块肉呀……

奇怪这年夏天，她纳鞋底的针常会折断，换上一根，又断一根，接连断了十几根。麻线也不顺畅，不是断，是扯不过去，上过蜡也没能扯过去。掐指算算，这年离她嫁来山上快六十年了，怪不得牙齿脱净，头发全白了，腰背佝偻，人也矮了三寸。过去在门口挂鞋藤箱不用踮脚，现在踮起脚还够不上，得垫一条小矮凳，身子骨扛不住四季变更的寒暑了。

要出事哪，要出大事哩！她闭着眼、瘪陷着嘴痛苦地对自己说。

果然半月后，身穿纺绸衫、头戴软毡帽的长孙张永发，领着两个日本宪兵回村见她。这是秀才娘子在逝去的十五年中，唯一接触有直系血缘的亲人。那年烧了张裕德的牛棚后，永发没与永成一起上山，却去上海找寡情的大伯，兄弟俩就此分道扬镳。他没像当年振宗一样，衣锦还乡乘村口转动六十年的辘轳车上山，却兜了三个弯儿，从对面山头碉堡底下绕道，转到山腰上来。

秀才娘子坐在祠堂门口，纳凉吹过道风，手里仍纳着鞋底干活。她身上穿着秀才爷从南洋邮来的玄色香云纱衫裤，年轻时嫌太艳没舍得穿，压在藤箱底里，近年却穿上了。她那张皱纹密布的老脸上，如樟树皮一般坑坑洼洼，手脚也不灵便，颤巍巍地移动一双与身体不成比例的天足。

张永发来到她面前，瓮声瓮气地问：阿奶，您还在做鞋哪？她吃了一惊，伸出鸡爪似的枯手，抚摸着他的身体。只十五年，昔日的懵懂孩子，如今长成一个结实的青皮后生，容长脸，长手，长腿，长身子，果然是她梦中见的那模样，不过身上没系着一把短枪……

她问是你吗？永发，咋十几年没见，忽然冒出来？他说十五年前，您送我兄弟下山时，也每天做着鞋哩。她问他回来干啥？他在她的身旁快乐地笑着，说我得告诉结果了……她没听明白，又问：你在说啥呀？永发嘿嘿地憨笑道：阿奶呀，您说过：恶有恶报，善有善报，时候一到，一切全报……您老人家以后不必再为恶大伯做鞋了……

她想起在上海待不下去，已回县城开药房的长子振宗来，急切地问：你把畜生怎么啦？永发自豪地在她面前走动，胸腔内呼吸出成熟男人的气息：我说过君子报仇，十年不晚，我用了十五年，只多了五年……她嘟哝说：啥十五年？他是你的亲大伯呀……他说他没能耐做生意，帮自卫队办药厂，我邀皇军灭了他，把药房给接过来，现在我是鹤鸣堂的主人！

秀才娘子明白了，心头涌上大悲哀来。她颤巍巍地站起来，牵动两片薄嘴唇，鸡爪似的双手舞动着，问安娜和你的杂毛兄弟呢？他摘下礼帽复坐在她身旁，说全被我赶走了……不知去向……你？她腹中的一腔苦水，翻江倒海地涌将上来，这感觉和她赴南洋处置秀才爷丧事晕船一样，无边的黑暗、无边的迷茫、无边的眩晕。她双手乱舞一会儿，转而俯身呕吐起来。畜生，你也是畜生……

她呕吐净，满脸通红浑身颤抖，手指向他，嘴角牵动着昏晕过去……

他也急了：阿奶，您不是说过冤有头，债有主，三十年的风水轮流转吗？您咋了，咋了呢？他上前抱住她，不知所措……

她在他怀中醒过来，感觉到一种男子汉的力量，始知昔日像嫩秧子一般的长孙，如今变得强壮有力，这曾是她的希冀，多少次在梦中出现，如同春天的香椿树，呼啦啦地蹿高哩。秀才爷呀，他是长成一棵大树了，却变成一棵歪脖子树……她心中悲号着，伤心欲裂。她愤怒地推开他，呼呼喘着气道：你走吧，我没你这孙子……你走啊……永发戴上毡帽，无奈地垂手问：您真不认我，不要我这鹤鸣堂的新主人了？她站起来，蹬着天足愤怒地道：我要你永世不得见我！

他没再说话，耷拉脑袋站立一会儿，像当年伯父回村一样，默默地离开她。出村时，他在道上跪下来，对着埋有祖宗尸骨的撞钟山磕了九个头，心里纳闷着哩，让他报仇的祖母，为何在他夺回属于廿四房的财产时，表现得如此失控与愤恨？那两个日本宪兵，在他磕头后竖起大拇指：张的，你祖母大大的好。他回头瞪圆眼睛哭道：狗屁，她都不要我了，呜呜……我变成水塘里没根底的浮萍……

一路上，他都在流泪哭泣，眼前不断出现戴着金丝眼镜、脸色灰白的伯父，被日本宪兵押出来时，看到他竖起眉毛颤抖着问：是你助纣为虐……把他们领来的？他点头说是的，您没忘我爸咋死的吗？他的目光黯淡下去，翕动嘴唇讷讷说：该了结的，是该了结了……他双眼无神地瞪他一会儿，咬破衬衣领子，鲜血顺着嘴角流下来……

这年秋后，狠下了一场豪雨，天空雷电交加，把村口大樟树劈去半边。接着又刮台风，很疾很猛，祠堂屋顶瓦片被掀翻，后屋墙基塌陷……

其实张振宗早想自行了断，张家在上海的开拓并不顺利。他是个外表强悍、内心脆弱的男人，他的悬壶济世的理想，早在日本兵侵华的战火中毁灭，只留下镜花水月般的幻觉。这时他已刻骨铭心地怀念着兄弟振耀，并忏悔当年自己的行为，认为他说的话有道理。

初到上海，百废待兴，那时的天空是明亮温暖的。安娜在仁和教会医院，生下一个八斤半的胖女婴。她生下来就有稀疏的金发，瞪起那双碧蓝的眼睛，胖胖的小手舞动，那神情活脱脱像小姑婆西妹子。他没因瞎眼母亲预测生男孩儿传宗接代而懊恼，反在心头泛涌着幸福之情，想多美丽标致的洋囡囡啊！安娜也与他一般兴奋，脸上洋溢着女人的成就感，双手柔顺地环抱住他，说密斯脱张，我会为你生一大堆这样的女儿。他说好，我们就生一大堆漂亮的女儿。

国药局的筹办也顺利，待他转让完苏门答腊的药铺，安娜父亲的贷款也就到了。拿着这些钱，吴子铭和他每天跑南京，在各部门打通关节。当时政府的经费很紧张，元老汪精卫在武汉也成立一个政府，两个政府相互骂人，都不办实事。骂到后来，把吴子铭挂钩的蒋总司令骂到老家退隐。他和吴子铭又跑回来见他，蒋总司令仗义写了一封信，要他俩找青帮大佬杜月笙帮忙。又回上海拜谒杜公馆，在租界内盘下一处日本人的房产，把国药局招牌给挂了出来。

竖起招兵旗，自有吃粮人。吴子铭和他都没预料到，事情进展如此顺利，由于安娜的关系，各国领事和工商界洋老板们都支持这事，说医药健身乃强国富民之术，踊跃地出人出钱。没几年国药局就在上海滩上开出几家店铺，还把生意沿着运河、长江，做到南京、京津和汉口、长沙等城市去……

吴子铭和他都高兴，分工由吴子铭当董事长，安娜当监事，他当总经理，另设九名出资人为董事。每月开过董事会，先在德国人开的新石门饭店吃西餐，然后到青帮合伙开的百乐门舞厅跳舞热身……

侄子张永发从老家逃出来，到虹口总店投奔他时，已在十九路军抵抗日本人撤出上海后。双方虽已停火，政局仍然不稳，药局的生意始现颓状，并日渐衰落了下来。

那天黄昏下着雨，已过梅季，下的是阵雨，天上还打过几声响雷，他处理完杂务，把门窗关了，准备回闸北美利坚教堂旁安娜和孩子们的家。安娜已有三个女儿，西方女人喜欢接二连三地生养，趁着年轻把孩子生完，中年不再受拖累。他的大女儿安妮和二女儿索非娅、三女儿苏利娅，都只相差一岁，被安娜称为三个小矮人。这时跑堂进来告诉他，乡下来了客人。他问哪里乡下？跑堂说是个年轻人，山南白鹤桥村的。他一拍脑门儿，说快请。

张永发衣衫精湿地被带进来。他身形单薄，脸容清秀，两道剑眉，一张大嘴，目光呆滞，一副茫然无措的模样，一看就知是张家廿四房的种。令人诧异的是，他腋下掖着一双布鞋，高绾起裤管光脚出现在他的面前。

他疑疑惑惑地问：你是永发吗？他说对呀，我就是永发，您的侄子呀。

他胸中即刻有满腔酸水涌上，心口怦怦直跳，这家族的亲人，居然还认他是大伯？他打量着他的模样，又问：你阿弟永成呢？

他支支吾吾地说阿弟太小，不敢出远门，在山里给人当养子哩。他问八年前我杀了你爸，来找我报仇是吗？他摇着头说：不管杀没杀我爸？您还是我大伯，我的亲人哪，我没地方去，只能投奔您。他望着他的脚责怪道：外面下着雨哩，你咋不穿鞋？他扭头望望窗外，说鞋是阿奶一针一线缝的，我惜她劳苦，不敢损坏……他的双眼潮湿了，又说：以后她不知我在哪里？都没处送鞋了……

这话似电击般打动他，那家族的丝丝亲情，突然在心中复苏。他想起同样为他做鞋的瞎眼母亲，胸口涌动对这家族的愧疚。白色的砖墙上，又出现张振耀被烈火焚烧的头像，翕动的双唇似乎在说：我死了，你得履行这家族的责任……

他说好吧，既然你投奔我，就留下吧！永发在总店当了一名伙计，干活很是勤快，与文静木讷的外表不相称的是，他动作机敏，心灵手巧得很，常常你一句话没说完，他就懂了，尤其对祖传药剂配方，师傅一教就懂，仿佛骨子里就是做药铺的人。没一年，柜台报告升他做药师。他问可靠吗？经理说可靠。他笑着摇头，继而点头，对可靠二字不置可否。这时他已从侄儿的目光中，找到一种冷漠与倔强的东西，那东西换个名字，叫做仇恨。但他还是升他为药师，才二十出头的年轻药师……

很快，战争全面爆发。该死的日本人，占领东北、京津和大半个中国，又在上海挑事端发动淞沪会战，南京政府指示国军抵抗，当时董事会中出现两种意见：吴子铭主张撤离，因为打仗是军人的事，商人在于做好生意，而且他已有准备，把投资的药厂分散去了内地；张振宗却力主留守，说倾巢之下安有完卵？遂支持国军固守上海，对警备区派来的军需官杨定益说：只要部队能坚持，我这儿就是后方，要物有物，要钱有钱。董事会开了两周，吴子铭带着支持他的董事们，离开了上海，临走依依难舍，握住他的手说：兄弟，国难当头，好自为之。他点头说：您也好自为之吧。

战斗持续了三个月，国军被打败了，撤离上海。杨定益又邀他去内地发展，他仍不去，说产业铺在黄浦江畔，就是死也要死在上海了。这时他发现侄儿失踪，柜台说他运伤员跟部队走了。他要柜台去寻找，却没有找到。两年后侄儿回来了，穿着一身旧军装，带回抗日队伍需要药品的指令。从此他俩秘密联系，把药品送到抗日队伍中去。但时势变化令人难以预料，已控制局势的山本大佐，获知国药局与抗日队伍有联络，带宪兵队一举摧毁总店，并让樱花株式会社接管店铺，推出一种叫仁丹的东洋药。而被他视作心腹的张永发，再次神秘失踪……

他执壶济世、做江南药王的美梦，像肥皂泡一般破灭了，国药局处处受日本人掣肘。他在上海待不下去了，给吴子铭拍过几份电报，他邀他去重庆发展，说现在差不多都成日本人的天下，只有后方还是安定的。他没去，携着妻女经美利坚领事馆斡旋，回家乡山南办制药厂。

为此他恨死了日本人，认为倭难不去，国药难兴。

但他没想到侄儿张永发，这时已在樱花株式会社做推销，并与职员樱桃小丸子交好，尾随他回到山南，为夺回祖业给他致命的一击……

又过了六年，该是解放前夕了，这年冬天又是出奇的寒冷，太阳挂在村口的老樟树上，冷飕飕地闪烁着阴冷的白光。大清早秀才娘子就揣上鞋藤箱，坐在祠堂门口的石凳上，她仍瘪塌着嘴唇，眨动瞎眼皮，费劲地用两只鸡爪般的手，对着针眼穿麻线。现在由她做鞋的，只有次孙张永成了。轰轰烈烈的廿四房子孙，在时代大潮的轰鸣鼓荡中，都逐个离她远去……

太阳升起时，天空显得豁亮，阳光把这块土地照得温暖起来，田畈上冒出丝丝热气，秀才娘子一边扯线，一边讷讷地说着瞎话：变天了，要变天喽。蓝了的天，白了的云，天下的江山要由穷人坐哩！

自那年雷电把村口的老樟树劈去半枝，祠堂墙基塌陷后，她一直讷讷自语地说着这话。这年秀才娘子有八十三岁了，她已记不清自己的年龄，年轮在祠堂门口挂的干蒜串上打着结哩。她已活得不耐烦，但老天爷硬没召她归去……

战斗还在残酷地进行着。这时有一支小米加步枪的队伍，在飘扬的八一军旗指引下，由北边解放区出发，渡长江打回南方来。廿四房次孙张永成，是这支队伍中的营长，手下管着三四百号人，心急火燎地领着队伍往南方赶……

也就一刹那的工夫，他被巨大的爆炸声惊醒，气浪把他推出有三四丈远。他发现自己的身子，被教导员陈乾康紧抱着掩埋在沙土中。你怎么啦？两人从沙土中爬出来时他问。我……打了个盹儿，梦见阿奶……他精神恍惚地坐在地上说，她要死了……我再也见不到她了……

他拉他起来，拍打他身上的沙土，说你行呀，伙计，行军还打瞌睡？他捂脸哭出声来：阿奶是我在这世上最亲的人，我答应让她过好日子的，如今没待我孝顺，她就要死了。他安慰说不会，梦不是现实。他脚步踉跄地从弹坑边站了起来，边走边悲伤地自语，我信这梦，阿奶等不到我回去这天了……

步兵团长秦大泉骑着白马过来，身后跟着他的警卫班，全副武装地骑在马上。见他俩不在队列中，跳下马问：咋没入列？陈乾康说：张营长梦见为他做了二十九年鞋的阿奶……要死了。秦大泉嘿嘿地笑骂道：狗日的，你不做梦娶媳妇，咒她老人家死？张永成固执地说，阿奶真要死了，她都八十三岁……

胡扯！秦大泉打断他的话，革命军人信马列不信梦，如果梦能成真，前几天我还梦到冲进南京总统府，活捉蒋光头哩！快促队伍跟上，发扬铁军精神，铁脚板跑过汽车轮子！

张永成的梦境是真实的。就在他梦后的那个黄昏，老态龙钟的秀才娘子，在收拾鞋藤箱时，突然听到秀才爷的呼唤：娘子、娘子……她惊诧地回头，清晰地看到身穿长衫的他那潇洒英俊的脸庞。她问是你在唤我吗？他说不是我还会有谁？我俩都分开四十一年了，你就没想我吗？她说我倒在想你，可我没法儿找到你呀？他说那好，你跟我走吧。

他向她频频招着手，她没再犹豫，放下鞋藤箱顺从地跟他走去。

岁月仿佛回到六十六年前，那是一条凸凹不平的滩涂路，两旁栽着稀疏的杨树林，树上有成对的鸟儿在鸣叫。张友香身穿着藏青色纺绸长衫，脑后垂着一条乌黑油亮的辫子，脚步沉稳地走在前面，用他颀长的手指，递过鲜红圆润的樱桃来。她蹽开大脚跟住他走，用手接过樱桃递给身旁的杨秋生，在心里甜津津的，浑身洋溢着难以名状的快乐。

难道这世界又回到从前？她希图抓住属于她的瞬间欢乐，小心翼翼地问：我跟你去哪儿呀？他回答：不要问，去了就明白。他的声音还是那么年轻，那么悦耳动听，那么富有诱惑力。

几天后，一个上山的砍柴人，在廿四房秀才爷的阴宅前，发现了她的尸体。她侧脸卧在墓碑上，身子蜷缩成受惊的婴儿模样，枯瘦的脸上，一条条皱纹舒展开来，绽出菊花瓣似的笑容……

半年过去，在山林里的红襟鸟唧唧咕、唧唧咕的啼叫声中，有两匹战马从远处绝尘而来，从马上跳下两个荷枪实弹的军人。其中一个军官模样的人，挑头脚步轻健地向前走去，边走边拨开朽枝枯草，另一个年轻人紧跟着他，来到撞钟山廿四房荒芜残颓的祖坟前。

找到了，不会错，是这儿哩。他招呼身后的战士。

那战士一蹦一跳地，怀抱着十二双新布鞋向他奔来。这些布鞋是两人在老宅藤箱内找到的，藤箱放在祠堂正中的神主牌下，一双双用麻线捆住，上面系有一条8字形的红丝线，叠放得整整齐齐……

两人把布鞋一双一双地展开，捧在手里小心擦拭过，然后分开放周正，一双双地陈列在刻有乡试秀才张友香、德配妻子杨秋英名字的坟前。

天开始亮了，旭日从山坳里露出脸来，霞光在地平线上扑腾扑腾地跳，一大团一大团的春雾，从山旮旯内升腾上来，徘徊在林子里，上升到天空缓缓地飘散，大地变得明晃晃、亮堂堂起来。

林子中的红襟鸟们，唧唧咕、唧唧咕地吟唱成一片……

年轻的解放军营长张永成缓缓举起右手，五指并拢，紧贴帽檐，向他的祖宗——埋葬在撞钟山麓的十几座坟茔，敬了个庄严的军礼。他眨动泪花蒙蒙的小眼睛，咧一咧大嘴道：先人，这片土地上的战争已经结束，我会让您们在地下睡得安宁！

接着，他盘腿坐在坟前，扬起那颗黝黑的脑袋，脸色平静地对着高低不一的峰峦，学着林子里的鸟儿们，唧唧咕、唧唧咕地啼叫了起来。

那战士问：首长，这是什么鸟呀，叫得如此动听？

他说是红襟鸟呀，我阿奶说它是责任鸟。为唤醒黎明，它都忠诚地啼叫了上千年……你没见它们胸前的羽毛上，渗透出来的一滴滴鲜血吗？

卷二

张永成的婚姻生活

8

历史在张永成转业回地方工作时，定格为一个沉重的拐角，使他为延续家族精神的意志，融入时代大潮，并演化为一场轰轰烈烈的悲喜剧。1952 年的初春，刚担任公安局长的张永成，在县军管会办公室内，签发执行哥哥张永发的死刑。他的老上级、山南县长秦大泉拍着他的肩膀说：这是组织对你的考察，相信你能打赢这场特殊的战争！

他目光躲闪着说：他是我唯一的亲人呀，能不能……

秦大泉的脸色严肃起来，把剪着短发、棱角分明的脑袋，摇得像拨浪鼓一般，丢一沓照片在他的办公桌上，闷声说：亲不亲，阶级分。你自己看吧，这是因延误治疗而死去的志愿军战士……

他看过照片，脑袋立即涨痛起来，习惯性地脱下军帽伸手抓头发。那头发如一根根钢针般地竖立，直直地能刺疼他的手指。

十七年哪，十七年前的一个冬夜，牛倌张永发与主人张裕德豪赌，输净兄弟俩劳作一年的工钱，又冷又饿地走在雪道上。他说：其实最后那局，你不该输。永发问为何？他说他在屋顶装了镜子，偷看你的牌哩。你为何不早说？孬种。永发愤怒地骂着。兄弟俩即从原路折回去，他劝说道：哥，我俩斗不过他。他说树活一张皮，人争一口气哩，不能任人欺负窝囊做填肚鸭。两人没找到张裕德，放火烧掉了他家的牛棚……

兄弟俩自那次相别，没再见过面。那年他刚满十五岁，逃进山里替人当猎户，知阿哥去上海找寡情的大伯复仇。

他手中的笔重似千钧，颤抖着签不下字，说：他生产假药，证据确凿吗？秦大泉恨得牙帮痒痒的，说证据不确凿，我会核发枪决令？他又问：我能不能见见他？他注视他一会儿说：去吧，你是共产党培养的干部，相信你的党性和立场。

张永成在走出县政府的一瞬间，觉得头顶的太阳碎裂成一张芝麻饼，散乱的光线照得目眩。他的头又剧烈地痛将起来，感到太阳穴上有一条筋在嘣嘣地跳，他非常熟悉这种感觉，在部队每逢大战恶战来临，该死的脑袋就会涨痛。但他很快镇静情绪，带上通讯员王安，跨马向白鹤桥村驰去。自参加抗日自卫队后的十余年中，他经历过大大小小无数场战斗，白刀子进红刀子出的事儿见多了，没想到今日竟要向胞兄下手。

狗日的，他口里愤愤骂着，挥动鞭子抽打马儿跑得飞快，往事像电影似的出现在他眼前：那是一段没有希望的日子，兄弟俩饱尝艰辛相依为命，过着饱一顿饥一顿的生活。冬夜寒冷，两人偎依在稻草堆内取暖，希冀改变由于家族变故而变得严酷的人生。永发问：阿弟，有朝一日我俩有出头之日，你最想做什么？他说我饿，先吃饱饭，然后……永发问然后干啥呢？他说阿奶告诉过我，男人须娶妻生子，延续祖宗根脉。永发连声冷笑道：你窝囊，男儿生当为人杰。阿奶说过君子报仇，十年不晚。我要先杀寡情的大伯，把属于廿四房的财产夺回来，然后出洋开药铺光宗耀祖，做出一番轰轰烈烈的大事业来。

那时，他佩服他是一条汉子。想：阿哥真了不起，能学祖上和阿爷做大事业哩！自从父亲被寡情的大伯点天灯后，兄弟俩同时被瞎眼祖母逐出家门，窝在大房张裕德的牛棚里，过着牛一样的日子。这般具有雄心壮志的事，他连想都没敢想，可阿哥想了，他是这家族的长子嘛……

兄弟俩在置有祖宗神主牌的祠堂里见面，这儿现在是村民兵大队部。张永发身穿长衫，颀长单薄的身子，被手指粗的麻绳捆绑着，白皙的脸上胡子拉碴，在一双眉角上翘、眉目俊俏的眼睛里，发出困兽犹斗般惊慌不安和狂放不羁的目光。见到他，他的身子莫名地哆嗦了一下，但很快镇静下来。他生就一张五官端正的脸，比他粗疏实诚的弟弟，生得白皙也英俊得多。

他在他身边盘腿坐下，开门见山地说：阿哥，政府让我签名执行你。他问签了吗？他说我不明白，你为何走到这一步？他摇头道：我不想解释，共产党有大义灭亲的规矩，其实我解释也没用，我不是你的同路人，解放的炮声摧毁我继承祖业、成为江南药王的梦。

他问阿奶怎么死的？他讷讷地说：被我气死的呀！那时我年轻不懂事，为夺回家族的财产，借用日本人的力量灭了大伯。他嗟叹道：其实人是复杂的，我查过日伪和国民党的档案，知你后来悔过自新，一直在接济穷人。共产党济世为民，没想到你会成为革命的绊脚石？张永发的眉毛竖起来，灵活的眼珠左右转动，显出桀骜不驯的光来，但随即低下头去，掩饰内心的恐慌和绝望，干笑着说：我知你当公安局长在办我的案，你执行吧！骨肉相残，兄弟仇杀，在这家族中不是第一次，也不会是最后一次。

张永成站起来，说可惜那些浴血奋战的战友，没倒在美国鬼子的炮火下，却死在你的假药中。张永发脸上表情迅速变化，嗫嗫说我没想到后果如此严重？兄弟，对不起，这事我做得浑！你知我从小缺心眼儿，如今又干浑事……

他说事到如今，你让我咋办？

他恢复常态道：杀人偿命，自古如此。我不怕死，每个人都有这一天，这些年夜里，我经常听到祖宗的传唤，知自己在人世活不长了，只是有些遗憾。张永成问遗憾什么？他神色恓惶地叹息道：每个人都有自己的活法，我从小想继承阿爷，做个悬壶济世的商人。我破坏抗日统一阵线，政府说是汉奸我认，阿奶都不认我是张家长孙，我就是浑嘛！这些年为保住祖宗的基业，我好事坏事都做过，说我思想反动与政府为敌，这有冤枉。假药是伙计开发的新药品，事先我没审查，出了事怨不得伙计，只能由我吃枪子儿，但我确实没想故意破坏。

他说共产党政府执政为民，不冤枉一个好人，也不会放过坏人。你有冤情拿出证据来，我为你争取延期受刑。他沮丧地垂下头，说这世上没后悔药吃，前线死了人，后方就得有人承担！

两人沉默一会儿。他抬头问：兄弟，你来探望我，带来酒食没有？他说没有。他笑道：没有你让人去买呀，我都是将死的人了，兄弟相聚一场，总得喝一杯。阿奶不在了，你送我上路，在黄泉路上不至于成为饿鬼……

他让王安去店铺买回酒食，为兄弟松开绑。两人盘腿坐在石凳上，持盏吃喝起来。他问阿哥，你有啥嘱托吗？他说其实我早罪有应得，阿伯的事总在梦中缠绕着我！兄弟，你告诉我，共产党真能让穷人过好日子？他说当然，爸和陈先生不就是共产党嘛？他说这话我信，否则日本人和国民党，不会被共产党打败。我想嘱托你做一件事……他望着他充血的脸问啥事？他叹息道：你不知道吧？我老婆是日本人，当年我为打败大伯才娶她，我儿子小东西才三岁……不想让你嫂子带走他。他点头说：知道了，我会像亲生儿子一样对待他。

夜已熬尽，晨光熹微，兄弟俩听到窗外红襟鸟们的啼叫声，不约而同地回想起被瞎眼祖母叫早的情景，不由相对流下泪来。张永发一把抓过瓶内余酒饮尽，摇晃着站起来问：你知此鸟为何集体司晨？他说为尽责任呀，阿奶称它们为责任鸟哩。对，一群尽劳尽责的鸟呀！他若有所思，说当年我为偷懒不早起，进山林撒上谷子，使它们不啼晨，结果徒劳而归。此鸟泣血司晨，是为相互提醒觅食，一年四季永不停歇。可惜呀，兄弟，这辈子我算尽劳，却没看清脚下的路尽责……

说完这话，他抱住他号啕大哭起来……

张永成看到兄弟一头栽倒在草地上，胸口有种欲吐的感觉，他回头瞪一眼秦大泉，见他脸上依然平静，战场上这种事见多了，死个人不算什么？可他是他的亲人哪。他什么话也没说，翻身跳上通讯员王安牵来的白马，在悲愤与激昂中扬鞭策马驰去……

回城路上，他神志恍惚心不在焉，思索是否留在地方工作？他已经三十出头，必须对人生道路作出选择。他是秦大泉从部队挖来的干部，刚解放福建沿海移防过来，就被他一眼相中，拍着他肩膀道：狗日的张营长，记得你是山南人，跟我回地方工作吧？他说我的阿奶死了，找不到阿妈与妹子。他嘎嘎地笑道：战争使我们失去，建设会让一切重新回来！

办转业手续时，新团长舍不得，说我俩一起干了十年，咋随老秦走了呢？朝鲜战火正酣，需要我俩上前线哩。他说那是我的家乡啊。他说理解，但地方没部队干痛快，想回来随时找我。他说好呀，我不适应，重回部队当职业兵。

但在那个黄昏，他遇上后来成为妻子的李追娣，打消重返部队的念头。一路上，秦大泉仍做挽留他的工作，说我异乡人都爱上这块土地，你咋不想留下帮我哩？两人在经过天街镇时分手，秦大泉说无论你留下或不留下，都给我回个准讯。他问我留下干啥呢？他说你不想干公安局长，就当天街镇长吧？这个镇情况复杂，“土改”发动不起来，山里还窝藏着小股土匪，常出山闹事。

那日李追娣和胡月正在溪涧洗涤军衣，那时军用衣被由地方承制，洗净晾干后再送去部队。大概那个黄昏很美，绚丽的晚霞，流动的溪水，满畈的坡田，有农夫牵着牛背着犁，在田埂上走过。两个年轻女子被晚霞映红的脸庞上，挂着甜美的微笑，高绾起裤管裸着嫩笋般的脚丫，双手如游鱼般在水中濯动。溪水九曲十八弯，婉转地流淌着，在霞光中折射出碎银子般的光辉来。她俩把衣被抛进溪水，看着浪花荡开，又抽回来，浪花复归平静，绽开圈圈涟漪，然后置于卵石上用榆木棒槌捶打，浸湿的衣被中飞溅出颗颗水珠，喷洒得两人的衣服都湿淋淋的，在脸上也挂满亮晶晶的水珠……

张永成和王安挎枪骑马，从溪涧上方的山道经过。

他发现目标，睁大一双小而锐亮的眼睛跳下马来。在廿四房子孙中，唯他长着独特的小眼睛，不仅眼眶小，而且眼珠也小，却精光四射，使人望而生畏。王安随即下马问：首长，有情况？这时他的目光已咬定李追娣，仿佛上苍有所启示，他心跳加剧，浑身血液沸腾起来。听到王安询问，他用手抚摸着马鬃，心不在焉地回答：马饿了一天，该让它啃啃青草了……

山道两旁长满肥嫩的鲜草，草丛中闪烁着五彩缤纷的花蕊。王安牵过他和自己的马，让它们啃草去了。他赤红着脸、胸脯起伏地站着。目光有些迷离，有些怅惘，又有些依恋，定格在这条洒满花香、淙淙流淌的溪涧上，紧张得不知手足如何安放？

溪涧上不断有年轻女人咯咯的笑声传过来，把这乡村的黄昏，妆扮得分外妖娆。她与她也在笑，笑声混杂在潺潺流水和众多女子们的笑声里，显得格外清脆悦耳。他很快把她们巡视一遍，那对锐亮略带灰色的绿豆眼珠，最后还是毫不犹豫地回到她身边，像两道带钩的鞭子，抽打在稚嫩如花朵般的俏脸上。

李追娣仿佛觉察到了，在他两道灼热顽强的目光中低垂下头。她的笑容僵住了，美丽的鹅蛋脸上泛起两团红霞来。几分钟后，她与胡月匆匆拧干濯洗的军衣，装进堆满衣被的大竹篮里，用肩扛了，手提着鞋子，赤脚踩着鹅卵石上，像梅花鹿似的蹦跳着躲开猎人的枪口，飞也似的奔逃而去。

他不甘心地追踪着目标，丢下啃草的马儿与王安而不顾。

肩扛大竹篮落荒而逃的她，心里慌兮兮的，心有不甘地姗姗回头，感觉到这男人的目光，黏黏稠稠地黏在身上，像锥子般地钻进她的心里去。她顿时心慌意乱，脚步不稳绊了一跤，肩上大竹篮摔掉，洗好的衣被倒了出来。胡月放下挎的竹篮，边帮她收拾边问：你咋了？她低头说没咋？我被石头崴了脚。说着试图站起来，踮脚跳跃一下又摔倒在地，在脸上露出痛苦的表情……

他见状从几丈高的岩崖上跳下来，一双粗壮有力的大手抱住她。她显然吓坏了，偎在他怀里赤红着脸不敢动弹，瞪起那双隐藏在长睫毛下的丹凤眼，晶亮的双眸凝视在这张黝黑粗糙男人的脸上，心头怦怦狂跳着不知所措。

王安飞快地绕弯儿跑过来，口里又喊营长，他还没改变在部队时的称呼。而这时他那两颗带有褐灰色的小眼珠，正露骨、饥渴地黏住在她似剥壳煮鸡蛋般细润的脸上，进行疯狂的扫荡与掠夺，在心头泛起朵朵爱的浪花……

胡月与王安不知所措地站在他俩身旁。头顶山道上那两匹白马，正优雅地啃吃着青草，像视而不见的绅士。太阳已经落下山去，有血红色的晚霞在山头闪亮。白云一朵接着一朵在天空中浮动，碧绿青翠的山林中，所有植物都在春日暖融融、湿漉漉的空气里，呼啦啦地向上生长，发出生命哔剥哔剥律动的声音。情急的他心中虽知不妥，却搂紧她不松手，喘着粗气问：你叫什么名字？她开始在他怀中挣扎，柔软的手指试图推开他，却被他搂得铁紧，怎么用劲都没推开。

她的脸由赤红变成苍白，带着哭腔问：你要干啥哩？他斩钉截铁地回答：我要娶你当老婆！她心慌意乱不知所措，抽手一巴掌打在他脸上：流氓……

他伤心地手指自己的鼻子问：你说我是流氓？

这下她清醒了，口齿伶俐地喊道：流氓，臭流氓……

他摇着头，神色黯然地放开她，与王安回山道牵上马，离开她走了……

天黑透时，张永成回城找秦大泉，他已把李追娣的情况了解清楚，决定通过组织采取行动。砰砰砰地敲开门，闯进他家里坐下，双手抱头、两膝并拢，漆黑着脸垂下眼睑不说话。秦大泉在他面前转圈骂道：狗日的，你说话呀？他到这儿工作后，把老家的小脚婆娘接过来，住在城东三墩桥公房内。那儿先前是粤商会馆，解放后主人走了，屋子空置起来，胡美英带一双小儿女安下家来。

他仍低头不言，他以为他闹着情绪哩，无奈地说：我这儿庙小，你不愿留下帮我明说。地区公署向我要个警卫营长，编制留在部队里，这位置对你合适，过几天去报到吧？他摇头说我哪儿都不去。他满脸狐疑地问：想通了？他闷闷地回答：我还是留在天街当镇长吧！说完这话，他又不做声了，眼前出现在碧波荡漾的溪水里，高绾裤管，卷起衣袖舞动着纤纤玉手的身影，不由在心头赞美道：这手、这脚，多白、多嫩，像在天空飞翔的白鸽……

他显出不耐烦来，说你啥时候变成闷葫芦呀？他把早就写成的结婚报告丢桌上：部队规定二八九营，我早够条件，请组织审查，我要娶供销社李追娣做老婆。秦大泉注目他一会儿，脸色豁然开朗，一拳擂在他的胸膛上：好家伙，我以为你给面子哩，原来看上这地方的丫头片子？好啊，美英，沏茶。咱革命者安居才乐业嘛，明儿我就让四眼督办此事。随即两人都坐下来，秦大泉沉吟说：伙计，担子不轻哟，天街镇可不是个省事的去处，你兄弟的根扎得很深哪……

他仍闷着头问：我在部队打仗行吗？他说行啊，你是我的营长嘛！他说打仗行工作也行，这世上就怕人负责任，我能负责任就能做好工作，相信我会像打仗一样，完成组织交代的任务。

曾有同事惋惜他俩的婚姻，说她是一朵鲜花插在牛粪上。也有人换个角度说：如果鲜花没有牛粪营养，就开不长久……

李追娣在婚后改名为李纹，仍在床头放着托尔斯泰的小说《安娜·卡列尼娜》，尽管她后来成为六个孩子的母亲，但胸中那份浪漫之火，却从未熄灭过。

晚年的她仍是一个美妇人，岁月仿佛在身上凝固，延续着女人原始的梦想。五十多年后她在老干部画院举办个展。逼真地画出侨商黄长元年轻时的形象。七十六岁高龄的他正在当地投资公路，因兄弟飞机出事回乡安葬，滞留沿海时参观画展，欲出价六十万元人民币买下。但她没同意，问六十万元，能买走人的一颗心吗？她在统战部官员簇拥下，坚持人生最美丽的操守，把画作无偿赠送，却坚持不见面。说水流过去，不会留有昨天的痕迹。他尊重她的意见，把昨天留在心里，不在脸上流露出来……

她曾在地下党员陈乾康办的天街小学堂读书，毕业后还想再读，却被做账房先生的父亲阻止。深山出俊鸟，乱世年头女孩儿漂亮不是福音，李家只此独女，说啥也不让她继续上学了。这年她满十五岁，对外面的世界充满向往，父亲不让她上学，她就闭门绝食，那时母亲杨金香还在城里当铺做保姆，乞求已是中学生的少爷黄长元，规劝女儿待家里等待机会。

两人曾是校友，在她小学三年级时就互有好感。那次上学的道上，两个男生拦路抢她剪的窗花，这窗花现在乡下也有女孩儿剪，称作民间艺术。当时陈乾康是作为美术作业布置的，内容除八仙过海、杨门女将、花草珍兽传统题材外，还有逐驱东洋、戚家军抗倭等抗日宣传品。她手艺出众，常得到学校的夸奖。黄长元帮她把窗花夺回来，纸被揉碎了，她蹲在路边哭泣，他安慰她说别哭、别哭。她还哭哩，他转身采来一朵野花戴她头上说：女子俏，戴花笑，笑一笑，十年少。她终于含泪笑了，跑去溪涧洗净泪痕，说长元哥，你真好。

暑期他在她家陪伴她，说过许多好听的话，答应毕业后带她去县城工作，在父亲开办的当铺里学生意，说你得等我呀，以后的世界是我们的。在他复回城上学的日子里，她变得敏感而爱打扮，把原本不多的几件旧衣裳，一忽儿穿上、一忽儿脱下地折腾，躺在床上也不睡，坐在竹椅上又哭又笑，整个人儿像着魔一般。情窦初开的她在那时做着美丽的梦，梦见风流倜傥的当铺少掌柜，手里捧着一束鲜花，白皙的脸上浮着笑容，单腿屈膝跪在她面前，说嫁给我吧！每想到这儿，她的脸便如火烧火燎一般……

那时节，他会常带些书过来，《安娜·卡列尼娜》就是送她的礼物。

局势在次年秋天发生变化，在秦大泉和张永成们的南下部队，以摧枯拉朽的速度解放东南全境时，黄家席卷当铺里的金银珠宝、田契细软逃往香港。临走黄长元回了一趟天街，把心上人约出来说话。两人坐在江边河埠石上沉醉很久，他那双汗津津的手，始终握着她手不放，她问：长元哥，你叫我出来干啥呢？他问她，愿意一辈子跟着他吗？她说家里太闷，只要让我参加工作，我就和你在一起。他退缩了，推说家里有事，匆匆地与她分手道别……

多年后已为人妻人母的她，才知他跟父母去了香港，并娶妻生子为人夫为人父。那次他走后，她在心头怅惘很久，呆呆地站在雾气笼罩的夜幕中，看着朦胧月光下波光粼粼的河水，不明白与这倾慕已久的男孩儿间，究竟发生了什么事？

秦大泉待他离去，钻进被窝内就要办事，胡美英把儿子抱去隔床，回头问：你很久不理我，为何今夜想起我来了？他用手抓着头皮，说这事工作忙容易忘哩。她讥讽说我还不知你这人，听人说媳妇来劲了？他嘿嘿地笑道：这狗日的，终于解决老大难。胡美英说我可警告你，不准欺侮人家良家女子。

次日早起，秦大泉去政府上班，见王安坐在河边槐树桩上打盹儿，走过去问：小伙子，我早撤了步兵哨，你在这儿干啥呀？王安说张营长住招待所听回音哩。他摇头笑道：都打了十几年仗，也算是个老战士，还这么沉不住气？说着大步流星地离开他，在路上想：老张为一个女人，这么认真值得吗……

县供销社主任陈乾康，占着老商会巷子三间旧宅办公，在墙上挂着马、恩、列、斯和毛主席、朱总司令的画像。与两人不同的是，他父亲是山南名医，叔父就是与张家有世交的陈先生。他在抗战时期以教书为掩护做地下工作，解放战争后，组织才派他北上引领解放大军南下。

秦大泉坐在办公室里，吸溜吸溜地喝着本地产的四明新茶，说四眼，我无事不登三宝殿呀。陈乾康推着鼻梁上的金丝眼镜道：有话就说，你我之间不用客套。他嘿嘿地笑着说：狗日的老张看中天街供销社的李追娣，你想办法弄来给他当老婆吧，革命成功后咱俩都有热炕头睡，不能留他打光棍……

陈乾康感到有些突然，想：老张这个老粗，眼界不低哎，对象搞到我供销社的美姑娘来了？便说婚姻得看缘分，不是一厢情愿就能谈成。屁话屁话，秦大泉拍着他的肩膀嚷道，这事咱男人得主动是吗？就像攻克敌人的堡垒一样，没问题拿下，有问题解决问题同样拿下。陈乾康答应试试。秦大泉像指挥员下达命令，说我给你一个月的时间，你理解执行，不理解也要执行。

李追娣在天街供销社做临时工，是解放大军南下的炮声和“土改”分田地的锣鼓声，唤醒她蕴藏在躯体内的激情，投身于革命洪流中。陈乾康从县城赶回来，向妻子胡月了解情况，胡月说不成，她有意中人。他问是谁？她说我也不清楚。他又试探着问：小李同志有没有可能接受老张？她说好像不大可能，这丫头有主见，不轻易改变主意。陈乾康说是秦县长布置的任务，委托她探明敌情转告他。

过几日，胡月留李追娣在宿舍过夜，躺在床上说悄悄话：那个黑哥哥要和你处对象，乐意不乐意呀？她问是谁呀？她说：就是那天抱你的那个人，都要留在天街当镇长哩。她急从床上坐起来，转动着一对漆黑的大眼珠说：他当镇长与我有啥关系？没见过他这般粗鲁的，大白天的欺侮人？她认真地问她，真不想与他谈？她连连摇头说：不谈，不谈，我不喜欢这个人！

多年后离休在家养兔子，研究新四军战史的陈乾康，身上带着两副眼镜，侍弄兔子时戴近视镜，读书看报戴老花眼镜。他晚年不像张永成那般过得严肃，整天乐呵呵的与人开些不荤不素的玩笑，还与村里年轻人玩儿把小麻将。张家后来成为作家的智云找到他问：是你做大媒人让妈嫁给爸？他摇头说我没这能耐，最后由你妈自个儿决定的。她问什么原因？他说为你的堂哥小东西吧？

当年求婚受阻的张永成，在心里着实不好受，思前想后地想不出办法，只得又到三墩桥宿舍找秦大泉聊天。结果两人越谈越投机，秦大泉索性赶走胡美英，留他同床共眠，谈了一夜的女人与爱情。

他说，你狗日的英雄难过美人关，我也是……为淑贞差点儿当不成县长哩。他问咋回事？他说他刚下地方时，结识一个叫淑贞的高中女生，要与留在老家的小脚女人胡美英离婚，说那婚姻由父母包办没感情基础。这事被胡美英发觉，右手提着十斤大枣，左手挽着男伢儿大傻，肩上还背着女伢儿二妞，踮着小脚从老家赶了过来。他问：她与你来吵架？他说没有呀，她啥都没与我说，径直去找了淑贞，说大妹子呀，大泉在俺老家是人尖儿，村里当兵出去十七个，至今只三人还活着，两人回村种地，留他一人在这儿当官哩。

我不在你照料他，我很感激，他喜欢你，我可以把他让给你，但有一桩事，我得先问问清楚。她问什么事？她褪下裤子，指着小肚子上的疤痕说，干革命的男人不管家业，你嫁给他，能否像我一样独守十年空房，送别双亲，难产自个儿用剪刀剖肚子取出婴儿……

他问淑贞听了这话退缩了？他垂泪说没有，淑贞说她也能。但我退缩了，我不能……我留下美英这粗婆娘和我的一双儿女。

他称赞说：老秦……你是个男人啊！

他叹息道：人心都是肉做的。我讲这故事与你听，是要帮你打赢这一仗！婚姻与打仗一样，你喜欢她不能硬来，得讲究个战略战术，先投入感情搞亲情攻势。我让四眼给你打个前站，使她真认为你好，心甘情愿地成为俘虏……

他闷声不响地听着，心里想着如何展开亲情攻势。他问他听懂没有？他说懂了呀。他说懂了你就投入战斗，蒋介石八百万军队都被我们赶到台湾去了，还愁征服不了参加革命的女战士？

9

张永成去天街上任前，带王安看望兄弟的遗孀，他得完成他的嘱托哩。两人在一条七拐八弯的弄堂内，找了好久，才在一幢西式洋楼前停下。他让王安留屋外，敲响那扇油漆剥落挂有铜环的厚木门。

一个披散头发、脸色苍白、身穿条纹睡衣的少妇打开门，屋内的光线很昏暗，家具衣物杂乱地堆放一处，靠窗有一床待客用的榻榻米，上面置放着药品与书籍，显出女主人的慵懒和欲搬家的意志。他在她的指引下，在榻榻米上坐下来，说嫂子，我就是永成呀。少妇脸容哀忧地点头，望着他那张黑脸说：我猜到了，他不会丢下小东西……

接着两人都沉默着，面对面地坐了许久。后来她说，他的事在报纸上登了，是你签字枪决他的。说他是台湾国民党特务，不是实情，假药是伙计试制的，不是故意破坏……说着她抽泣起来，瘦削的肩膀一抽一抽的，显得挺委屈。

这时他才看到她身后的一把西洋椅上，蜷缩着一个头颅奇大、身子瘦小，瞪圆一双幽深猫眼的孩子，知这就是兄长所说的小东西。讪讪地安慰说：世间的冤死鬼不只他一个，阿奶没了，妈与妹子没找到，他是我唯一的亲人了。她坚持说他不是汉奸，为抗日同盟送过钱和药，与日本宪兵队合作，是为保全药铺没有办法。他问有证据吗？她说有呀，国民政府光复山南，是汉奸们都枪毙了，他却把药铺保留下来。解放大军进城前，他们买了船票让他去台湾，他不走，说要偿还欠下这块土地的债……

两人说话时，小东西一直吱溜着那双猫眼，竖起耳朵在听着。少妇把他拉过来抱在怀里，又问：他都死了，你还来干什么？他说我想把小东西接过去，跟我住。她说我知道你会这样做，已把药铺移交给政府改造，准备渡海回国去。他知她是日本女人，在心里开骂道：当年老子在山里打游击，最残酷的莫非与你同胞拼刺刀？至今下腹还留下一条疤痕哩！

她平静地看着他，说你收他做继子吧？他失去父亲很寂寞。他点头，从她的怀中把侄子拉过来问：你想给我当儿子吗？小东西没回答，一双猫眼骨碌碌地转动着，瘦弱的身子拼命挣扎。少妇复把他拉回怀里，搂紧他，脸上的泪又无声地落了下来。他问她叫啥名字？她说樱桃小丸子。他说你放心吧，他是我亲侄子，会像自己的儿子一样对待。说着，他仍把小东西拉过来，这次他没反抗，却目光专注地盯住他腰间的匣子枪。他问他喜欢这玩意儿？他点头，抬起大脑袋睁圆猫眼凝视着他，目光中充满仇怨。

她冷冷地问：你不怕他长大，为他爸报仇？

他说我不怕，阿奶告诉过我，结束仇冤最好的办法，是喜欢这个人。

他在他怀里不安分起来。他问他想干啥？他说要枪！他问要枪又干啥？他说要为爸报仇。他大笑起来，说你才一粒芝麻绿豆大的人，就想干这事？笑完，他沉脸盯住她那张五官精致的脸问：是你教的吗？她说用不着我教，这家里发生的事，他都清楚。你不怕复仇，就带上他走吧，他爸会在九泉下向你磕头……

他抱着他，走出这座充满腐烂味的小楼屋。对王安说：我有儿子了。

在路上，小东西忽然趴在肩头咬住他的脖颈，此时他正和王安在马上并驾齐驱，兴致勃勃地聊着山南县开展的“土改”运动。剧痛使他怪叫起来：狗日的，你咬我？扭头见他像狗啃肉骨头似的，小脸儿兴奋得通红。他一手拉扯马缰，一手扯住他的头发。口里骂着：狗崽子——

王安下马，费了好大劲才扯开他。

回镇上后，小东西拒绝与他一起吃饭，也不理人，孤寂地坐在房间内，双手抱着膝盖流泪，一双在阳光下眯缝的眼睛内，透出一种亮亮的幽光。他的眼珠又大又亮，圆滚滚的，如六月稻田里的田螺，眯缝起来却只剩下两条细线，像猫一般，能在夜间黑暗中辨认物体……

这时王安发现他在后院空地上拔青草吃，每当天黑下来，小东西就变成一只机灵的猫，从窗户上跳出来，飞快地奔向那里，然后蹲在草地上，拔青草一把一把地往嘴里塞。他把这发现报告他，说他不吃饭，吃草。他听后没惊讶，说他属牛，吃草好，牛不吃草又吃什么呢？

这习惯一直保留在建国以后的生活中。在他长大成人的漫长岁月里，凡遇上不顺心的事，这个长成一米八十二、瘦高个儿的男人，与谁都不说话，自驾着他心爱的桑塔纳轿车，去郊外一把把地拔地上的青草吃……

如此过了半个月，他虽不说话，却开始吃饭了。他吃相粗暴，涨红着脸，脖子伸得老长，瞪圆猫眼觑视着碗中的菜，下筷迅猛急促，他发现他还是个左撇子，会用左手灵巧地使用筷子。他又在心里骂道：狗崽子，你可以与我有仇，不能与饭食有仇呀？不吃饭，吃草，能长成壮男人向我报仇吗？

一个月后，他驯化了他，但小东西仍不喊爸，说爸是他用驳壳枪崩掉的。

张永成在天街上任当镇长，立志要改变这块留有祖先痕迹的土地。

这儿是山南县连系撞钟山麓的一个商埠，传说古代大舜曾在山脚下植稼，启迪农耕，开化的时间比城内还早哩。淙淙的撞钟山泉从北面流下来，到这儿贯汇成河，流入古老的舜江中，自唐代始，南来北去的山珍河鲜都在埠头转运，形成繁华的市集。这儿还是一块革命根据地，大革命时期就闹农运，抗战开始，在上海的淞沪部队，有许多在党的抗日政策感召下，由城市转移到大山打游击，建立起地方政权。

这原本都是好事，然而问题出现了。秦大泉是南下干部，本地干部中有许多革命资历老的，并不服从他的领导，加上所属村庄各各分散，山里的土匪没剿清，分散隐藏在村子里，有些还带有枪支弹药，分散为民、集中为伍，与打倒的地主富农勾结一起，对党的“土改”政策阳奉阴违、明顶暗抗。山民们胆小怕事，常常是工作队进村一副脸孔，出村又是一副脸孔，把许多事相互推诿搪塞着。这样，土地改革和互助组的工作就很难开展，拖了整个县的后腿。

上任伊始，张永成召集村干部开会汇报工作。那时天气已转热，山里的水蜜桃成熟了，他花转业费买来一大筐，分给众人吃。大伙儿都蛮高兴的，边吃桃子边张家长李家短地说事，就是不谈工作，说到后来，却相互排起资历来。副镇长老陈说：永成呀，算起来我与你爸是平辈，大革命时，我还劝他保存实力不要打县城，他不听我的话才出事……十五岙村支书老丁，也是抗战初期参加自卫队的老战士，接过老陈的话头，愤愤不平地说：我们辛辛苦苦打下江山，迎来解放，秦大侉子当县长，带来一帮北蛮子坐享其成摘桃子。说着说着，会议主题就跑调，众人骂起北方老根据地的南下干部来，说他们如何如何不懂这儿的乡风习俗，瞎胡闹，又如何如何地作风蛮横，不把当地干部放在眼里等等。张永成开始还耐心地听着，后来实在听不下去了，想：带部队打仗，步调一致才能获得胜利，下级不服从上级指挥能行吗？就黑着脸出去，让王安抱小东西进来，众人都吃一惊，问这是谁呀？他说我儿子呀。接着说：你们都说半日了，今晚我留大家吃饭，索性把工作谈透……大家先跟我去看个地方。

当下散会，走了七八里地的山路，把大伙儿带到廿四房的祖坟前。

年轻的镇长脸色庄严，缓缓举起右手，五指并拢，向他的祖宗——埋葬在撞钟山坳的十几座坟茔，立正敬了个军礼。然后他眨动小眼睛，咧开大嘴对众人说：这里面躺着的，都是我的亲人，有革命的功臣，也有历史的罪人，刚才大家说了，你们的亲人也一样，为了今日的胜利，先人们已经付出了惨重的代价……

众人不知他想干什么？都呆呆观望着。他从王安手里抱过小东西来，指着那座新坟说：你说，这里面躺着的是谁？叔侄俩前几日已来过，他告诉他：廿四房张家，只留下你与我两个人了。小东西恶狠狠地盯着他，说是我的亲阿爸，你用驳壳枪崩了他，我没地方可去，才给你当了儿子。

众人皆惊，看着叔侄俩交头接耳地议论起来。

他的脸孔变得严肃起来，嗓音哽咽着指着小东西说：这块土地上的战争已经结束，张氏廿四房一个偌大的家族，只留下我与他两个人。他的亲爸、我兄弟，是我签发文件给毙掉的。他不是功臣，是罪人……刚才大家汇报工作时，起劲地论资排辈倚老卖老，我听着觉得脸红，你们资格老，有我的阿爷和爸老吗？你们都是我的乡邻，是这场战争的幸存者，比起死去的先人们，资格算得上什么？革命队伍中，讲究下级服从上级的组织纪律性。不错，秦县长是南下干部，也许他不够尊重大家，工作方法有些问题，可他是党组织派来的人，在努力为这块土地上的人们谋幸福，我们有何理由不服从他的指挥？今天我把话说到这份上，大伙回去想一想，战争结束了，革命的道路还很漫长，我们是当革命的功臣，还是成为历史的罪人？我当镇长为大伙办事，交人先交一份心，谁不服从组织闹分裂，与人民政府离心离德，不管你资格多老，贡献多大，我兄弟就是下场！

一番话，说得众人面面相觑、噤若寒蝉，下午会议继续开，没人再倚老摆功，实事求是地把问题摆到桌面上，商量如何执行县委指示，做好本职工作。

如此众皆齐心，把干部的关系理顺了，工作就深入了下去。过了夏收，山里的土匪出来骚扰抢粮，胆小的佃农把田谷退回去，影响“土改”政策的落实。这时县里已布置搞审干肃反，张永成在公安局调来一个侦察班，又把镇上的积极分子，凑成一个武装民兵连，匆匆训练了半个月，就带队伍进山剿匪。

山上的土匪有十几股，时分时合地出来活动。张永成把队伍驻扎在十五岙，根据土匪行动规律的变化，也分散成十几个小组，保护山民的利益。这次村支书老丁很配合，领着他一家家访贫问苦，顺藤摸瓜在土匪家属中展开亲情教育，在外放出风声说：只要他们缴械投诚，不涉及命案，过去的罪恶可以既往不咎。这样就有一部分土匪，三三两两地投诚回来。

令他没想到的是南山的匪首愣天彪，竟是胞兄张永发的把兄弟。趁他进山时，带人转到天街上，从镇政府抢走小东西做抵押。王安直奔山里向他报告消息，张永成火起来，责问他手中的枪是干啥用的？王安很委屈，说愣天彪装扮成工作队干部的模样，根本看不出是土匪。他认识小东西哩，只吹了一声口哨，他就像小狗一般地蹿进他的怀里……

但愣天彪却一直没见踪影，连抱去的小东西也毫无消息。

张永成查阅敌伪档案，摸清愣天彪的情况，知他与日本人和国民党都有联络，是个根基很深且有命案的土匪头目，决定消灭他。王安担心小东西的安全，提醒说：您的儿子在他手里哩。他说：狗日的威胁我哩，我不会因小东西放过他，估计他不敢害他，祸害了他，就没了向我叫板的资本。

接连打了几仗，追到愣天彪的根据地四窗岩，张永成指挥侦察班和民兵们，把屹立在山巅的岩洞包围起来。战斗只进行半小时，岩洞里伸出一件白褂来，愣天彪一手抱着小东西，一手持驳壳枪指着他的大脑袋，一步一步地挪出洞口，要张永成与他对话。他问他，想说些啥？他说算你狠，把亲兄弟都毙了。老子三十几个弟兄，都死在你手里，今儿把这百十斤交给你，放我走，我与你侄儿永远不在这儿出现……

张永成打量他怀里的小东西，见他不屈服地高昂着大脑袋，双眼像猫儿一般地眯缝着，脸上出现蔑视的神色。狗日的他不怕死哩，小小年纪够勇敢的。他点头问：如果我不放过你哩？愣天彪说：我死，得大侄儿陪着哩！张永成讥讽地大笑起来：愣天彪呀愣天彪，你这土匪也当得窝囊，临死拉个孩子当垫背？男子汉大丈夫，做事没个担待，让世人看不起你啊……

随着他的笑声，王安手里的枪响了。愣天彪还没明白怎么回事？就栽倒在岩石上。小东西挣脱开他怀抱，像燕子一般地向继父飞过来……

他沉脸问：你不怕死？

他摇头说不怕，我亲爸也是你用驳壳枪崩掉的。

这枪，是在愣天彪叫板时，张永成示意王安打的，说我一笑，你就瞄准他的秃脑瓜子开枪！

剿灭这股土匪，其他土匪大都投诚，只留下一些散匪，掀不起浪头来。张永成的威名，也在附近山村里传开了。

如此忙了半年，张永成全身心扑在工作上，直到天街镇的各项工作有个起色，才又想起李追娣来，噔噔噔地跑去县政府，询问秦大泉说：你不是让四眼帮我发起亲情攻势吗，咋不见动静？秦大泉一拍脑门儿，你看我这人，糊涂着哩，事情一多，就把这事给忘干净了。他没说话，坐在他的办公室里不动，一双锐亮的小眼珠，紧盯住他的四方脸看。

秦大泉觉得抱歉，解释说你忙我也在忙着，处理完手头的事马上找老陈。

他说你不用找了，他是我的教导员，我直接找他去。

于是张永成去供销社找陈乾康，说四眼，我在镇上的工作安定了，老秦说搞对象与打仗一样，得沟通感情搞亲情攻势哩，我想了想，觉得还得把这个光荣任务交给你。

他宰了一只鹅招待他吃饭，两人坐在贮藏室内喝酒。陈乾康说：老张，这事你还真急不得。他说我咋能不急？阿奶都托梦向我要重孙子哩！陈乾康摇头说：不是说每临大战有静气吗？你急躁我就没招，新社会讲男女平等，你我都是国家干部，总不能像地主老财一般仗势欺人？他说我喜欢她，你怎说欺侮她呢？陈乾康说你是喜欢她，可人家没说喜欢你呀。他说四眼，小看你的搭档了吧？过去打仗，哪一次我没把主力放迂回上取胜？这事硬来是不行，咱不能以权势压人对吧？因此，得由你配合着来个智取。

陈乾康来了兴趣，问咋智取？他说现在情况复杂，我接来侄儿小东西，根本管不住。不妨将计就计，你领去让她先熟悉着当妈，培养母子感情，我顺水推舟娶她做老婆……

你脑袋发昏呀，他大叫起来，让大姑娘家养孩子？

他点头说对，兵法有云，欲擒先纵。没女人不喜欢孩子，何况我侦察过，李家就她一个女儿，她爸妈想男娃儿都想疯了。说着，他从军用挎包里取出一件碎红花格的小棉袄来，说天气转凉，你帮我把这棉衣送给她，我明日就把小东西给送过来。陈乾康看了看小棉袄道：真漂亮，我这儿有几百个职工哩，索性你当镇长的一并给解决了。他连连摇头说：狗日的你打土豪呀？我是拿供给制的干部，不像你已转为工薪制，身上没有钱的……

陈乾康很是动了一番脑子，决定利用手中权势，帮他发动亲情攻势。

这年秋天，李追娣被转为正式员工，每日穿着新棉袄，蹦蹦跳跳地去上班。这是她一生中最快乐的时光，她会在清晨早早起床，对镜打扮梳妆，喝过煨在火缸里的番茄汤，提着母亲为她准备的芋艿咸菜煮的饭食出门。那时李传忠在公私合营中退职还家，杨金香也没再去当保姆，一家人团聚，逢人就说人民政府好，女儿成了公家人，日子如倒吃甘蔗老来甜……

李追娣上班要走三四里山路，路上她似一头小鹿般蹦跳着，有时还会悄悄地唱几句正月里来是新春，大红灯笼挂家门之类的小曲。她边走边唱，一双眼角很长、鲜活的大眼睛骨碌碌地转着，看树上的鸟儿鸣叫，看路间浓郁的树阴，看远处青翠碧绿的一架架大山，一切都觉得新奇有趣，感到生活在眼前展开有着锦绣前程的康庄大道。

她还是提前半小时来到社里，用这时间打扫卫生与冲开水。天街供销社有十几个职员，几乎都是老革命，就数她资历浅，大伙儿都关心她。她在这个大都是男性的环境里，有权利撒娇犯错误，也有权利拥有一块小小的梦想天地，自由地挥洒青春，做一个骄傲的公主。

在李追娣穿上花棉袄的半个月后，陈乾康夫妇领着小东西来到李家。

那天，夫妇俩特地给他洗干净身子，让他穿上一身小小的军装，在头上戴上军帽，打扮得像个小战士。小东西从土匪窝出来后，已在陈家过了些日子，习惯吃食堂饭与人们相处。临行前他问去哪儿？胡月哄说去祖母家，因此见到杨金香，他竟毫无陌生感地喊了声阿妈，如见亲人似的钻进她怀里。胡月说他是战友的遗孤，想在李家寄养一段时期，问行不行？杨金香说行呀，我在家没事闲得慌，正好有个伴儿。李追娣听到声音，从内屋蹦出来，见到领导与同事先是一愣，待弄清情由，很快拉住小东西的手说：喊姨。小东西扑闪着晶莹的猫眼，注视她一会儿，摇头说不喊姨，叫你姐吧？她一怔，继而开心地大笑起来：好、好，叫姐。回头冲杨金香喊道，妈，我有阿弟了呀。杨金香还把小东西拉回来，搂进怀里道：我祈求多年观音菩萨，老天爷开眼，总算给送来个儿子。

陈乾康夫妇见状都高兴，胡月想起张永成的嘱咐，拉起小东西的手说：不对，你该喊阿奶。小东西依偎在杨金香怀里固执地说：我就喊阿妈，她是我阿妈嘛！杨金香眼中的泪流下来，连声说：好，就喊妈……你是我儿子呀……

李追娣很是享受做姐的喜悦，下班回来就领小东西逛夜市。天街上的夜市没什么，只是几家卖糖果烟酒、日用品的杂货铺，还有就是间隔其内的糕饼点心店，主要卖馄饨、包子、米面和年糕，她俩却玩得欢天喜地、津津有味，不为吃的，而是感受那种气氛。

原本张永成欲采取行动，但他接到了新任务，驻防部队和军分区签署命令，抽调他担任解放一江山岛的军粮运输队队长。这时国内武装斗争基本结束，退往台湾的国民党部队，占据着沿海许多岛屿，为守住这些海岛，蒋介石向美国买了几百架飞机，狂轰滥炸阻止解放军前进。他这一生中，受过三次枪伤，一次在抗战时，与日本兵拼刺刀刺伤肚皮；另一次在山东，被国民党部队的美式机枪扫到脚踝；还有一次就在这次运粮中。晚年他喜欢趴着睡觉，原因是背上留下的那块梅花形的疤痕，会在下雨天痛得他龇牙咧嘴，彻夜难眠。

运送军粮用民船装卸，张永成调动民工，把征集来的粮食灌装成包，载在几十条船上，每条船用十几个人把守，组织成浩浩荡荡的船队开往前线。这是几万解放大军承载生命的口粮，为不出意外，船上民工手里都持有武器。

粮船行驶在舜江上，这儿古代是海上丝绸之路的起航点，现在却是战争储运的大动脉。美国军用飞机便盯住这条江，用炮弹炸、用机枪扫。张永成和他的民工储运队在枪林弹雨中，组织船队缓缓前进，每天只能行四五十里水路，出海至舟山本岛，足足要走三四天……

一日傍晚，霞光如火焰般通红，在远方山尖上燃烧，云霞的组合很艺术，忽而奔马、忽而丛林、忽而山川，时动时静，煞是好看。已是冬日，气候有些冷了，船队白日走怕有损失，选择晚间走，众人早早吃过晚饭便上路。还没跑出码头多远，飞机就来轰炸，只见天空密密麻麻地，如鸟儿般地挂满机翼，那机枪扫射下来的子弹十分密集。张永成指挥船队躲藏到江边芦苇丛去，却已来不及了，装在船上的粮袋，经机枪一扫，袋皮便破，稻米顺着破口哗哗地流泻出来。

快——他指挥着民工，身子扑倒在粮袋上，用手去堵缺口。这时一颗炮弹落下来，在粮船上炸开，鲜血很快地渗透他的棉军衣，如一朵灿烂的血花开放，在脊背上殷红成一片……

负伤后他被送进地区医院内，度过两个月思念心上人的日子。眼前不时地出现李追娣的倩影：青春洋溢的她，穿着他送的大红碎格花棉袄，蹦蹦跳跳地去上班。每当这时，他在嘴里呼哧呼哧地喘着粗气，心头怦怦地跳着，想象着与她搂抱相亲的快乐时刻……在一阵狂热的激情过后，他拿起床边抽屉里的记事本，在上面一笔一画地写着她的名字，直到写满整页，把纸撕下，放进贴身口袋里。周而复始，记事本很快撕完，口袋也装不下了，他又让王安买来新本子，把口袋里的碎纸用麻线装订起来，放进行李箱内。他想：我一定要得到她，无论她到天涯在海角，我也要采下这花朵儿，整成张家的媳妇……

陈乾康夫妇来探望他，战友聚在病房里说话。他问亲情攻势实施得咋样？小东西在李家过得好吗？他俩说都好，好着哩，小东西都和她们变成一家人了。他问我啥时才能见她？陈乾康说性急和尚吃不得热粥，你还是再等等吧。他说饱汉不知饿汉饥，我已经等不及了，每日躺在这儿，与部队关禁闭一样，没劲。胡月安慰说：快了，老陈帮忙帮到底，待安排她爸落实工作后，再与你采取统一行动。他焦急与无奈地问：你俩究竟要我等到啥时候呢？

陈乾康无语。胡月用手指点着他额头道：你呀，只懂打仗，不懂女人。女人都怕死缠烂打，你有老陈一半能耐就成。陈乾康说胡月，你尽豁边，我有啥能耐呢？她嗤嗤笑道：当年你还不是隔日写一封情书给我，闹得工作队人尽皆知既成事实。张永成嘟哝说：这事我可做不来，没老陈这般酸，也没这笔头上的能耐。陈乾康说肏蛋，那丫头鬼机灵，知我们设套儿算计，迟早黄掉。胡月惋惜地说：这招不灵，只能打持久战了。不过倒有一桩好事……

他问啥好事？她说她都向我坦白了，那男人逃去海外不通音讯……

这时李追娣仿佛已有察觉，她在与小东西的接触中知道些端倪。察觉后，她并没声张，倒觉得新奇，这人咋这样呢？在心里进行着激烈的思想斗争。

她虽拒绝他的追求，却没忘记溪边的艳遇。在十九岁少女的胸中，正鼓荡着青春的激情，不时有爱情的浪花泛起。这浪花开始停留在当铺少爷黄长元身上，幻想有朝一日他会长衫革履、头发油光地出现在她的面前。自参加工作后，这种幻想日渐淡化，她埋怨他的寡情哩。其实女人有时喜欢粗鲁的追求者，男人的强悍恰好能满足她对未来的向往。现在胡月常在她面前，有意无意地夸赞年轻的镇长，说他如何有战斗经验，一举剿灭土匪，连秦县长都是他在孟良崮战役中，从死尸堆里背回来的。她装作漫不经心地问：他打过大仗哪？她说当然，他与秦县长、老陈都是从枪林弹雨中钻出来的人。她脸上平静，心里却想：如果他有秦县长威武，陈主任这般文雅，在我心中也就英雄起来，可惜……

见她低头无语，胡月追问道：丫头，你在想啥呀？她说他长得黑不溜秋的，咋看都不像个你说的英雄模样。胡月说英雄不都是俊男人呀，三国时的猛张飞，也就是个黑男人嘛，就凭他当公安局长大义灭亲这一条，谁都赶不上。她顿时脸色煞白，双手遮脸喊道：别说这事，我晕血，听着都害怕……

但在她心里，却渐渐牵挂起来。邂逅过黄长元和风细雨的爱情后，李追娣变得像个敏感的思想家，在考虑婚姻时，自觉和不自觉地糅入政治的因素。黄长元英俊柔情，却弃她而去，她知新社会并不适合他生存，但真要告别那段感情，又觉得有些舍不得，她没忘记他哩。她拒绝胡月的介绍，多少出自少女的矜持，原本也不坚定，他虽粗鲁，却是一个坚定的革命者哩，是她感到陌生、有着灿烂前程的男人。拒绝后甚至隐隐地感到惋惜，以为与他不会再有联系，但从小东西寄养和胡月有意无意的提及中，她知他与她之间并没有断。这样两个男人摆在眼前，她的情感天平随着黄长元的缺席，渐渐地出现了倾斜……

这期间每有闲暇，她总精力充沛地领着小东西到处逛，领略当姐姐的快乐。聪明的小东西在认为有妈和姐的日子里，不再感到孤独，为怕再次失去亲情，他封闭住自己的记忆，小心翼翼地不向她母女透露来历，但他还是不小心，透露出鹤鸣堂的药铺，使她联想起黑脸的转业营长和那声脆响的枪声……

一个连同胞兄弟都一枪崩掉的男人，能对自己的妻子好吗？

春节临近，供销社早早放假，姐弟俩白天也在天街上玩了，令小东西流连忘返的，是撑起油布阳伞的牙医摊。陈乾康打成右派后也干过这营生。这儿的牙医与别处不同，在膝前摆个麦芽糖盘，病人镶上假牙后，取锤敲下一块糖让他嚼，看能否黏下假牙？小东西赖在摊前不肯走，牙医就敲下半块糖做试验。说试试你的牙口？他鼓腮嚼着，结果把半颗蛀牙黏下来。牙医兴奋起来，说蛀牙内有馋虫哩，还敲糖让他嚼，小东西乐意这试验，每次赖在摊前拽不开……

这年除夕，陈乾康约上伤愈出院的张永成到李家喝酒。至此，李追娣尚不知那件新棉袄由他赠送，每天宝贝疙瘩似的穿身上，她也只有这衣服可以炫耀。李传忠已进城内酱油店帮工，早想与女儿的领导喝几盅哩，可惜陈乾康一再推托没时间，如今见他邀年轻镇长同来，心里特别高兴。杨金香也似乎意识到什么，询问咋招待？他说都是工作同志嘛，有啥吃啥，把家里的好东西拿出来就是。她摇头说傻老倌，真以为人家冲你来吗？李传忠觉得奇怪，不冲我又冲谁？她向女儿房间努努嘴道：自小东西来我家，我就知你要当外公了。他将信将疑地摇头：不会吧，工作同志提倡晚婚，阿追过年也才二十岁。

两人进门时，李追娣坐在屋角与小东西取线绷（一种江南少女玩的指头游戏）。在见到他的瞬间，她的脸就红了，眼前浮上那个湿漉漉的黄昏，悄声问小东西：他是谁？小东西显然乱了分寸，脱口而出：姐，他坏……用驳壳枪崩了我亲阿爸……

李追娣眼前掠过他小小年纪被土匪愣天彪绑架做人质的惨景，明白于她于他都是一场保卫亲情的战斗。在这人生的关键时刻，她显得镇定且有风度。回屋向陈乾康笑着打个招呼，拿上灶橱里剩余的鸡蛋，去街上换来一斤肉馅，又帮杨金香杀掉那只下蛋的母鸡，在后院拔来几枝黄芽菜，为他俩煲鸡汤喝。杨金香问：客厅坐的那黑脸汉子是谁呀？她说你管他是谁？与主任一起来的，就是领导呗。杨金香沉脸警告说：你给我听好，我不会让你这没心没肺的傻囡，没过门就当后妈！她反问说：你咋知他是小东西的后爸？杨金香说你以为我傻呀？天上不会平白无故地掉下元宝来。

乡村的规矩，设席请客倌吃饭，女人与孩子不上餐桌，除夕夜也一样。杨金香与女儿各怀心事，无滋无味地在灶间和小东西吃年夜饭。小东西见继父突然出现，竟紧张得没心思吃饭，匆匆扒拉几口，就从门后拿过扫帚柄，去外边骑竹马。他已觉察到命运的变故，出门时还观察母女俩的神色，脸上出现依恋的笑容。

这晚，战友俩在李家喝个高兴，东牵西扯地，说了许多工作上的事。酒过六七巡，三人都有醉意，陈乾康在张永成示意下，向李传忠提出求婚，在称赞李追娣漂亮、勤劳、贤惠的同时，巧妙地说她已转为正式员工，成为一辈子吃皇粮的公家人。如果……李传忠听出弦外之音，但他不明杨金香与女儿的意图，婉转地说两位领导培养阿囡，我很感激，只是孩子尚小，怕是没这福分……

话音刚落，李追娣就从厨房里转出来，说陈主任，如果你没喝醉，春节过后，我不来供销社上班了。陈乾康问为何？她说我的工作岗位，是群众推荐、组织审查同意的，与其他没关系，如果领导有附加条件，我还不干哩！

陈乾康无以为答，只讷讷地说：醉了，我醉了呀……

两人搀扶着回镇政府，在路上饮山泉水解渴，指责对方把事办砸了。他说四眼呀，你的功夫早废了，这分明是一场无准备之仗嘛？陈乾康说你还是男子汉哩，打了败仗就埋怨？怪不得胡月说你没能耐，此事我安排得滴水不漏，咋你一上阵就砸锅呢？张永成手挠着头皮道：我没能耐，小东西能在李家住那么久，肯定哪个环节出了毛病？对，战前准备不足……小东西都管她喊姐哩……

次日清晨，两人还在酣睡（陈乾康酒醉没归家），王安就在外面敲门。他披衣开门问咋了？王安支吾说首长，他们……张永成酒劲尚没过去，摆手斥道：去、去，大年初一，别瞎捣乱。王安手指会议室，说李家把小东西给送回来了。啥呀？他大吃一惊，瞪起那对褐黄色的小眼珠，凶狠地盯着还赖床上的陈乾康，狗日的，果然是你耍我？陈乾康也吃惊，边穿衣边嘟哝说：小东西已在李家住三个月，感情培养得差不多了，咋说回来就回来了哩？

两人走进会议室，见小东西趴在八仙桌上，双眼紧闭侧卧着，母女俩身子笔挺地坐在他身旁。他注意到李追娣脱下那件碎花格的新棉袄，换上打补丁的旧棉衣，一双眼梢冗长的丹凤眼中，露出与外表不相容的蔑视来。那位未来的岳母娘，才年过四十，白皙的瓜子脸上阴霾密布，一双酷似女儿的丹凤眼，眼角呈有明显的皱纹，坚挺的鼻梁犹如鹰嘴，没肉的下巴线条刚毅，使他不由自主地想起祖母秀才娘子，晚年容貌与此无异。陈乾康酒已全醒，问：小李同志，咋都来了哩？杨金香冷冷地说：我母女来把儿子交还你，阿追当不成他后妈。他说不是这样，张镇长原意是……她说陈主任，您不必解释，李家贫寒，攀不上当官的人家，如果阿囡工作不合适，出年就不来上班了。

李追娣已为昨晚口无遮拦后悔，其实她不想离开供销社，之所以这般说，是因为那话伤了她自尊心。此时推搡杨金香手肘说：妈，这事与陈主任没关系，新社会提倡婚姻自主，张镇长喜欢我，我很荣幸，但我不喜欢他，不想当小东西的继母。张永成镇静下来，问能告诉我为啥吗？她说你叔侄是亲人哪，听他咋说的？说罢推着小东西道：你别假装睡，告诉姐，他咋把你当亲人的？小东西一骨碌从桌上爬起来，指着他鼻子说：他是坏人，用驳壳枪崩了我爸……

张永成苦笑道：我是崩了你爸，可我把你当儿子呀。

小东西双手紧搂住李追娣的脖子，说姐呀，你答应过我，不当我妈，是我姐呀！她回搂住他流泪，说姐知道，姐对你好，他六亲不认，姐认你亲人哩。

张永成气冲脑门儿，上前霸道地扯开小东西，抓过她的手，竖起两条剑眉，瞪起那对精光四射的小眼珠，问：李追娣，你真认为我是六亲不认、无情无义的粗人？她瞪着那双美丽的丹凤眼，勇敢地迎住他的目光说：你崩了他爸，又不尽责当他爸，使他小小年纪身陷土匪窝，差点儿丢掉性命，欺负一个失去父母的孩子，算啥英雄好汉，是个男人吗？

他愣一愣，心头那根家族亲情疏离的神经被触痛，浑身颤抖地咆哮起来：滚，都给我滚。我知我黑我丑，我没亲情，不是个东西！九岁爹死娘改嫁，连阿奶都抛开我，二十多年没人疼过我……小东西见他大发雷霆，急往杨金香怀里钻。他一把拉住他，说你得留下，你是张家的骨血，我叔侄……不，是父子，打断骨头连着筋的亲人，生生死死在一起……

气氛有些紧张，陈乾康不好再说什么，知趣地掩护母女俩撤退。出门时李追娣尚姗姗回头，目光留恋在小东西身上。恼怒的张永成，似困兽般在屋内窜动，冲陈乾康和母女俩的背影吼叫：李追娣，你狗日的等着，总有一天，我会让你喜欢我……

众皆散去，张永成把火气发泄在小东西身上，见他端坐不动，命令他回房间睡觉。他眨动双眼说：大白天睡啥觉？他蛮横地说：刚才你不睡觉了吗？从今儿起你没阿妈，只有阿爸，我要你做啥，你就得做啥。小东西提醒说：你又不是我亲阿爸，爸让你用驳壳枪崩了哩。他见制伏不了他，强行把他弄到床上，说外面下雪了，不睡觉谁侍候你呢？他说妈和姐都为你不要我了，你伺候我呀。他与他说不明白，欲想丢下他离开，手背却又被他咬住。他火了，拿起墙上挂的皮带抽打他，说都是你这狗东西，好端端地把事儿给搅黄了。

小东西并没躲避，只用双手掩住在夜里能看清东西的猫眼，以大人的口吻嘲讽道：知我为何咬你吗？是你傻，姐不喜欢你，是你不拿我当亲人待，她对我可好哩，说过要和我永远在一起的……他心里一咯噔，即收住皮带问：我咋又傻呢？他含泪道：她说你没照顾好我，是不负责任的男人……我亲爸追妈时，每天都往她家跑，妈是爸跪破膝头求来的，你没他的本事哩。他惊异地问：那时你没出生，咋知他追你阿妈？他见他在听他的话，心里高兴了，扑闪着那双灵活的猫眼珠想着说：对呀，那时还没有我，咋知道的呢？哦……是阿妈告诉我的，说女人只要男人真心对她好，就能嫁给他……

他心有所动，沮丧地伸展双手，对着窗外越下越大的雪花喊道：天哪，我无情吗？小东西在他身后奚落说：你能用驳壳枪崩我爸，就是无情！

那日小东西流畅地与他对话，口气里带着明显的嘲讽。没人知道新年才满四岁的小东西，怎会有此心机懂得那许多人情世故？在以后近半个世纪的岁月中，长大成人的小东西历经沧桑，是张永成和李追娣共同把他变成有人情味和责任心的丈夫与父亲。张永成明白：这个没完全融入他情感世界的继子，是这世界上最能理解他的亲人……

10

李追娣嫁给张永成，已在“五一”国际劳动节后，那时年轻的镇长因工作需要，调到县财税局任主持工作的副局长。原本两人还可早些结婚，但春节过后，县里布置“审干肃反”运动，镇上各项工作热火朝天地开展起来，张永成白天下村，晚上开会，事一多，只得把这事又耽搁了……

他接手时，前镇长已把土地分下户，随着“审干肃反”运动的展开，问题就流露了出来。许多地主富农仰仗宗族势力，谎报面积藏匿耕地，村干部们明明知道，却碍于亲情面子放任由之，说同族同宗的，大伙儿在一个屋檐下过日子，事情不能做得太绝。愣天彪残匪肃清后，就有农会干部向张永成反映，说地主、富农的地是分了，却分得不公平、不彻底。如里岙族长胡六铨，还有两块田，作为族产没有分；镇上张裕德之子张锡安，在里山鹿亭还有七亩好地，作为祖坟宅地瞒报；还说村干部中，有窝藏私心的，把好田分给亲属、孬田分给贫家，干扰影响党在农村政策的落实。张永成下村调查，发现这现象还很普遍……

他又把村干部们召集起来，组成大大小小十几个工作队，由镇里干部带着下村。为示公平和不照顾面子，采用隔村隔姓、对口检查和互换干部的办法，挨村核实户籍丈量土地，整顿纠偏。

他在重点村开会动员说：共产党执政为民，讲的是办事公正公平，国民党八百万军队，为何会被我们小米加步枪的部队打败？就因为天下的财富，都集中在蒋、宋、孔、陈四大家族手里。土地是农民生存的根本，你把地分偏了，分得不公平，农民们就会对政府不信任，不与我们同心同德地建设社会主义。这次“审干肃反”的重点，就是要打破宗族亲情面子，把土地分得公平。

有人在会上提出来，当村干部不像你吃官饭，没一点儿私心谁跑这腿？

他说共产党村干部，又不是国民党的保长、甲长，想图谋不劳动拿好处，农民就革命让你滚球蛋。你不愿干有人干，觉悟高的贫下中农有的是，我摘掉你的官帽，重选群众拥护的村干部就是。

他果然不顾镇上其他干部反对，接连撤换几个后进村的干部。这一来，众人就有些怕他，县里布置的审干肃反工作，也就很快地深入下去。

杨金香的胞弟杨金山，原是花石岙村的农民，十年前在城里酱油店当学徒，为救一个女学生杀了日本兵，逃到山东聊城做长工。解放后回乡参加“土改”，因回来迟了没分到好田，托人找张永成。他了解情况后，从村干部的自留地中，划出一块田分给他。村干部们不高兴，背后嘀咕告他的状，秦大泉把意见转给他，他自掏腰包买酒请人吃饭。席间做思想工作说：共产党政府讲民主，告我状没关系，谁让我当镇长哩？有则改之，无则加勉嘛。你当村干部得学会吃亏，干部没私心，群众就拥护你，反则群众不拥护，你的村干部也当不成了。

杨金山不知他在追求外甥女，知道后起私心想揩面子得些好处，又跑来镇上与他说：村里还留有公田，您帮忙帮到底，多给我要几分。张永成立马变脸，说我这镇长不是为李家当的。早知你与李家有亲，连那块地都换不成。杨金山把这话传给杨金香，要她帮他说情，说找个有权的女婿，家族也跟着沾沾光。没想杨金香也公正，夸赞说：没想到他长得黑不溜秋的，办事却公道，共产党的镇长比国民党要强。你别贪心不知足，让群众戳他的脊梁骨骂哩！

待到十几个村分地的事落实，张永成又组织春耕互助生产，调剂耕牛犁田。他参加革命前就是牛倌，熟悉一头牛每天能耕多少田，直接跑去田头指挥村干部合理配置，没多久就落实种植面积，把全镇的秧田都给插上了……

正当他干得顺手时，县里发生了一桩大事。带税警队去后海落实税收的刘局长，遭到海匪王八妹武装抗税，负伤中了流弹。这时山上的土匪已肃清，海里却仍不安静，近海许多岛屿上，活跃着大小不一的惯匪。王八妹是个女的，出身散匪世家，盘踞着只有五户渔民的七姐妹山，能双手开枪、弹无虚发，是海匪中较为强悍的一股。

刘局长被打残后，财税局没人主事，影响县里的工作。秦大泉想起张永成来，在政府会议上拍板说：狗日的干得不错嘛，把他弄上来搞税务。下乡检查工作时，他找他谈话：老刘上不了班，我没合适的干部调，你跟我去县里吧？张永成说：我在这儿干得好好的，为何要跟你走？缺干部你找组织部呀，找我干啥？秦大泉道：伙计，你给我头脑清醒些，现在搞经济建设，财税局是全县的钱袋，比镇上的工作重要呀。没待他同意，他就咬牙切齿地骂道：他奶奶的王八妹，居然敢断我的右臂，我给你一个武装排，一月内拿下这狗女人。

他有些犹豫，问：我走了，李追娣咋办？

秦大泉笑道：啥时候学会向组织讨价还价？我还真想过你俩的事——夫唱妇随呗。去组织部弄个指标，与你一起调去局里上班。

张永成安下心来，上任没半月，就指挥着侦察排，果断地把王八妹在七姐妹山的老巢给抄了。王八妹下海逃生，后在上海崇明岛重操旧业，没多久被抓获归案，判了个无期徒刑，在青海监狱里度过余生。

两人的恋情，在小东西重返李家时已呈转机。大年初一遭受继父暴力的他，于风雪交加的次日失踪，张永成与王安遍寻无踪，只好又找回李家来。

此时李家还在争吵，父女俩指责杨金香送还小东西。李传忠说：你知我喜欢男娃儿，你生养不出我没怨言，人家送上门，你却把他还回去？她说我还不是为阿追？人家要你女儿当后娘哩。李追娣说：我的事与小东西没关系，他是我弟呀。她说这咋可能？你不嫁他，他就不会给李家当儿子，真以为有天上掉元宝的好事？李传忠责怪母女俩自毁前程，说我看这桩婚姻就蛮好，老公又不是屋里的摆设，老点丑点啥关系？只要疼女人，晚上焐热被窝就是好老公。杨金香听这话就生气，蹦着半小脚跳起来道：他连亲兄弟都用枪崩，会疼我阿囡？我还指望倚靠女婿养老哩，摊上这不会疼人的黑汉子，下半辈子又靠谁？李追娣用双手掩耳朵嚷道：不要吵，都烦死了，我能把握自己的前途。我不喜欢他，却离不开小东西，他没爹没妈咋过日子？杨金香冷笑道：说到底还是你自个儿贱，如花如玉一个嫩女子，没结婚就当人的后妈……

张永成与王安突然来访，全家人都有些惊慌。杨金香询问丈夫咋办？李传忠胆小，说我咋知道？人家是镇长，还不是你把事情给弄糟了。李追娣白了他俩一眼，说新社会讲道理，镇长能把人给吃了？气呼呼地打开门，见两人骑在马上满脸焦虑，目光游移不定。她问他又来干什么？张永成的眼中依稀有泪，结结巴巴地说不清楚，我儿子，不，是继子……你儿子……她纠正说：不是我儿子，是阿弟。他说对，你妈的儿子不见了，到处找不到他哩！

待弄清两人来此目的，全家人跟着焦急起来。这么冷的天，他会去哪儿呢？杨金香寻思说：他爱逛集，会不会在街上玩？李传忠摇头：傻婆娘，大年初二逛啥集？也不开店门。李追娣转动一对漆黑晶亮的眼珠想一会儿，镇静地说，我知道他在哪儿。张永成在门口没下马，听这话一把将她提上马鞍，说快走，外面冷，孩子会冻坏的……

马儿在风雪中载着他俩疾驰，李追娣在马蹄的颠簸中，回想起溪涧的那次拥抱，心中忽然震撼，感受到一股成熟男性的力量，牢固地攫住她的魂灵，把余留在感情角落中黄长元的温存荡涤个干净。她想：他在爱着小东西哩，如果不爱，就不会这般焦急。原来男人心头的爱，如此简单，当机立断且不顾别人感受，却又如此宽厚深沉……

三人在张家祖坟前找到小东西，只见风雪迷茫中，他挺着个大脑袋，蜷缩起身子，双膝并拢，两手抱住膝盖，瞪圆一双大而幽深的猫眼，坐在生父张永发坟前。她下马疯狂地扑过去，把他搂进怀里问：阿弟，你在想什么？

小东西扑闪着明亮的猫眼问：姐，你还要我吗？她含泪点头道：姐说过，永远不会离开你。他沮丧地问：我改喊你妈，你会不会不理我？他只喝酒不吃饭……她瞟了张永成一眼，问宝宝吃饭没有？他说吃了，是冷饭。说完，他抬起红肿的小手，理她被寒风吹散的发辫，说姐，你的辫梢散了。她说姐会把它扎好，你乖，跟我回家好吗？他挣扎着离开她，踉跄着向继父走了几步，突然又跑回来，扑进她怀抱大哭起来：姐，我没妈了，你是我的阿妈呀……

风雪小了一些，气温并无回升，张永成的脸上湿漉漉的，心中充满对亲人们的愧疚。倔强的继子没在他皮带下屈服，却在她一声阿弟的呼唤中，使这个世界变得温暖起来。他俩都是需要人呵护的弱者，却在亲情链环中变得不可思议的强大，这使他感到一个男人的屈辱与羞耻。

回去路上，王安与小东西骑在一匹马上，他还与她骑一匹马，两人都没说话，却感觉到彼此的心都跳动得厉害。行至岙口时她问他，今晚还到我家喝酒吗？他说不了，你爸妈不欢迎我哩。

她指着前面马背上的小东西问：我带他回家去，好吗？

他讷讷道：对不起，其实事情原本不应该这样……

两人结婚时，地里的油菜花已金黄成一片，天气转暖，田野上飘散着一阵阵植物焕发的芬芳。陈乾康夫妇弄来两辆自行车，送改名为李纹的新娘子和小东西进城。李纹在与丈夫登记时，改掉父母给取的名字。张永成问她为何？她说招娣、追娣的多土气，现在我是政府干部，该有自己的名字。他问当干部与名字有啥关系？她说我是乡下女子，不能让城里人看不起我。他眨巴着小眼睛打量她，觉得她小小年纪，居然心中还蛮有主见的。

新婚的李纹脸如朝花，心中却充满哀伤。她身上穿着由丈夫军装改窄的新衣，在口袋里插一支金星牌钢笔，这是同事们凑钱送她的礼物。大家说：小李同志，你想我们了，拿这笔写封信，就当我们又见面了。她说好的，我会想你们的。遗憾的是在以后漫长的岁月中，她仿佛一直马不停蹄地忙碌着，没用它给前同事们写过信，直至晚年有了时间，这些人中有很多已不在人世。

原本杨金香不想让小东西参加婚礼，但他死活不让，拉住她的手说：阿妈，你为我才与他结婚。我不在身边，他欺侮你咋办？李纹说妈是大人，懂得保护自己。他哭闹起来，说你答应不丢下我的，咋骗人哩？

她无奈，只好把他给捎上了。

新房安排在三墩桥宿舍里，秦大泉已与胡美英分手。离婚由胡美英提出来，因为毕业后教书的陈淑贞，肚子里有了秦家的孩子。这事摊开来，不但她教不成书，还会连累到丈夫，恰巧在老家的大伯，患偏头疼种不了庄稼，会把“土改”分到的六亩好地给荒掉。她不忍心，跑去县中学与淑贞谈了一次话，说我把老秦让给你，不是让你占便宜，是我想回老家了。这县长夫人不好当，也不是我这般人能当的，我走后，你得把他服侍好，不能由着小姐脾气，使他还感觉到我的好。淑贞哭着问：你咋办？她说我没文化，老秦怕丢人不让我工作，每日没事做挺无聊的，还是回家种地心里头踏实。她离开时，把大傻、二妞都带回老家。

张永成与陈乾康得知消息，冲到这儿把老战友给揍了一顿，指他鼻子骂陈世美。秦大泉没还手，擦着脸上的鼻血，问两人解气没有？他俩说气是解了，但你的形象毁了。他说形象没事，靠在工作中树立起来，你俩解气就行。我下午还有一个会议，帮我把伤口处理一下，晚上我领淑贞与你俩喝酒，以后她就是嫂子，人家是知识分子，不能对她动粗。

婚后秦大泉图方便，搬去县中宿舍居住，把这儿的房子腾出来，由陈乾康撮合让给张永成做婚房。夫妇俩帮助新娘子，把两张行军床合到一处，铺上被褥和床单，又拿扫帚、抹布，屋内屋外地擦上一遍，去家具店添置一张餐桌和一套餐具。待一切收拾就绪，陈乾康坐在新铺的床上，抽着劳动牌纸烟说：多好，这是县太爷住的地方，现在摊上你这小丫头住了……

她有些泄气，想原来县太爷住这般的屋子，还睡行军床？比父亲做账房的酱油店老板都不如。陈乾康见她呆怔着，知她在想些什么，说：共产党人讲艰苦朴素的革命传统，我与你胡月姐结婚时，都没办喜酒哩，两人在供销社仓库搭块门板，就把事给解决了。

李纹点头说：谢谢主任与胡月姐，离开供销社，我觉得很舍不得哩。胡月跳过来，拍着她肩膀说：树活一张皮，人活一口气，你是社里培养的干部，到县上工作得争气，不要辜负大家对你的希望。

她说：你们放心，我一定会把工作做好。

这晚上客人告辞后，小东西留下来。原本张永成要王安送他回去，李纹不同意，说路这么远，天又黑，他一个人蛮孤单的，还是留下吧。他问她是否介意？她说介意啥？他是我的儿子呀。他见两人已建立母子感情，询问道：你真为他才嫁给我？她说我也闹不清究竟是为什么。他再问：你真不喜欢我？她想了想说：有一点点，但我嫁你还真为了小东西，他不能小小年纪，就没了亲人。

这话，使张永成感到失落，如果此话当真，他就太失败了。

两人躺在床上都没睡意，他问她在想什么？她眨动长睫毛下一双明亮的丹凤眼道：我以前觉得领导挺神圣，没想到秦县长闹房如此随意，讲起歪话来，一套接着一套。他笑起来，说打仗时，我们比这粗的歪话都讲，不讲没得劲。她问：你也会讲歪话？他说我嘴笨，与老秦的性格不一样。她问你真的喜欢我？他说当然喜欢。她再问喜欢我啥呢？他想了想说：因为你漂亮呀！她在心里叹了一口气，说漂亮能当饭吃吗？我说过结婚为小东西，你对我好，对他也得好，小时候爸在城里当账房先生，阿妈给人当保姆，家里只留下我，我五岁就能洗衣做饭，说多寂寞有多寂寞，有时连死的心思都有了……

她的话，使他想起九岁时，被瞎眼祖母赶出家门的情景，又何尝不感到寂寞呢？他怔怔地想了一会儿，热切地拥抱住她酥软滚烫的胴体，身子簌簌发抖。她感觉到他的变化，问咋了？他流泪说：我想起阿奶来了，她说好笋抽在篱笆外，叫我出去不再回头哩。她问：那你回来干啥？他松开她的身子，仿佛感觉到祖母秀才娘子就在身边，心中升腾起豪情来，说回乡是为履行男人的责任……我对先人有过承诺，要让这块土地上的穷人在荒年吃饱饭。她问能做到吗？他回答：共产党与人民政府，没有办不到的事。她在他鼓动下，也兴奋起来，说我与你一起实现这目标。他说好呀，我俩一起努力，到小东西这代人，就不会再有灾荒与饥饿。她又哭泣起来，他问她哭啥呢？她说你这人，让人亲近不起来，现在我已有些弄懂你了。他追问道：弄懂我啥呢？她说爸说过，好男人得有责任感。

那晚夫妇讷讷说着话，却没忘行房事，偏巧后半夜下起大雨，大地饱受天空恩赐，小小的新房在风雨涤荡下，发出咯吱咯吱的响声。身体强壮的他在对妻子实施第二次袭击时，发现在阴暗的墙壁上，映照出祖母秀才娘子的身影，这位年事已高的祖先，用哆嗦的双手，抚摸着他背上的伤疤说：我的小孙孙，你不能贪图眼前享乐，忘记家族的责任呀！他突然有些慌乱，她问又咋了？他说没啥。可当他再次振足心力时，在屋檐打闹的一对硕鼠，尖叫着从梁上掉下来……

他下床点燃油灯，见睡在隔屋的小东西，双手抱膝挺着个大脑袋，怔怔地坐在门槛上，一双幽深的猫眼在暗处熠熠闪光。她迅疾从床上跳起，披头散发，满面红光地扑过去搂住他：你怎么了？他握紧小拳头，在继父面前扬扬说：不准你欺侮阿妈。他呆住了，她流泪说：宝宝别闹，妈没事，与你阿爸闹着玩哩！他用仇恨的目光盯着继父：他不是我爸，是他用驳壳枪崩了我的亲阿爸！

张永成的脸，顷刻之间就黑了下来……

小东西睡下后，他余兴未尽，想与她继续那事，她拦住说：别……我已没了兴致。他问为他吗？她说不是，我想起小时候的孤独来。过一会儿，她扳过他身子，说你答应我对他好的，你一定要做到。他太可怜，我们不能再在他心里留下伤疤。他没再吱声，想我答应你，谁答应我呢？我心里和他一样留着伤疤哩……

为不影响两人世界的温馨，她在婚后的第二天，便送继子回娘家。

路上她还想着自己的童年，在父母离她进城谋生时，寂寞地扳着指头过日子。母亲杨金香只在肚子大了回家，生下孩子就又走了，让她用碎米汤喂养阿妹。开始家里尚有生黄胖病的祖母，躺床上管她不抱奶娃去河埠头，说有冤死鬼讨替代，见小孩儿会往水里拖。母亲只在生下阿弟后，才在家里住了半年，阿弟也只活了半年，死前像病猫一般哼哼着，闻讯归来的父亲与母亲相搂大哭，她上前试图安慰，却被母亲粗暴地推开，说都是你，命里克阿弟，如今剩下你一个，省心了？没过多久，祖母也没了，家里真剩下她一人，那年，她记得她五岁了……

出门时，小东西睁圆猫眼注视她，认真地问：是他不要我，还是你不要我？她说是我，真的是我。他的目光中充满悲哀，说你从来就是我姐，没当过妈。妈不会不要我。她听了这话很伤感，同时也自责。她真的很想当他的妈，她嫁给他不就为他吗？可为取悦丈夫享受爱情，却自私地让真诚的他离开她。

一路上，她都在向他道歉：对不起，是妈不好，我还只能当姐，当不成妈呀。但以后，我一定会当好妈的……

11

李纹婚后试图了解和改变丈夫，并为此作出种种努力，却收效甚微，原因是张永成紧闭心灵的窗户，像一个坚固的城堡，没通行证难入其内。但李纹是固执的，这种固执几乎坚持了一辈子——两人既然结成夫妻，他就是她的亲人，她得了解关心他，与他衣食住行、油盐酱醋地过日子，浪漫的她对物质可以迁就，精神却追求完美，觉得不能与一个身心陌生的男人共居一室。

她想：既然你爱我，就得爱我全部，包括生活习惯和心灵沟通，我不了解你，怎能夫唱妇随、心心相印地过日子呢？

在一个初夏的周末，她提出要去滩涂看海。说我是本地人，海离得那么近，却没见过海。张永成感到不解，打量着她问，海有啥好看的？她拿出床头高尔基的《海燕》朗诵与他听。黄长元离开后，她向陈乾康借书看，这书就是从他那儿借来的。他说是写得不错哩。她问那你带我去吗？他说这是书上写的，其实海并不那么好看。她见他不响应，便扭动腰肢撒娇说：我不管，就要你陪我去嘛！

他答应陪她去，心里却奇怪，想她年轻轻的，竟有这许多怪念头？其实她并没要什么，只想与他共度一个愉快的周末呀。

李纹在局里做统计是个闲差，每天没多少事可做，把时间和精力，大都投入到丈夫身上。当时干部实行供给制，伙食集体开小灶。她怕他吃不好，做了菜带到单位里。他不领情，反责怪她搞特殊化，说别人会批评我脱离群众。她负气把做的菜让大家分享，他还是不满意，说有这时间和精力，用到工作上多好。那时机关没工作服，他每天穿旧军装上班。她用私蓄做了一件列宁装，还有两件蓝格子衬衣，让他轮换着穿。他又不乐意，批评她搞小资情调。说干革命工作与穿衣服没关系，共产党靠小米加步枪，打败现代装备的国民党坐天下。老秦是县长，也穿军装上班的。她说佛靠金装，人靠衣装，你当领导要有个派头。他摇头，说共产党人讲艰苦朴素的精神，不能丢掉革命的传统。现在，她有了一个属于自己的窠，会在下班后不停地擦洗、不停地摆放、不停地收拾，精心布置这个小天地。他在新婚初期包容了这种行为，想女人咋会这样繁琐？但随着平凡的日子一天天过去，这种包容心逐渐失去，两人常为一些琐事吵架……

这日下着小雨，两人在相公殿车站下车，眼前出现的是一个个废弃的盐井、一架架古老残缺的风车、一块块长着咸青草的荒地。村庄夹杂在盐井、风车和荒地中，沿着拦海的塘堤展开，如残花败柳地招摇在风雨中。一条条泥泞的道路，似烂死的蟒蛇一般，缠绕在破旧的草舍和磷固土砖的瓦屋间，向世人展示和诉说着这块土地的贫穷和凄凉。

看到这些，他俩的心里都有些沉重，但李纹仍兴致不减，想这地方虽然贫穷，但古朴苍劲的风貌、宽广辽阔的土地，与托尔斯泰书中描述的18世纪俄罗斯庄园，有着异曲同工之美。

路上海风有些阴冷，他脱下列宁装披在她身上。她的心中瞬间有些感动，却扭动腰肢躲闪道：你干啥呀？他说我怕你着凉哩。她白他一眼，说你把我当花瓶供呀？挣脱开身把衣服掀落在地。他捡起来责怪说：你这人咋这样？她说你心疼了吧？他拍打着上面的污迹道：我是心疼，好端端的一件新衣被你弄脏了。她说我以为你心疼我哩？原来是心疼衣服。他没心思拌嘴，丢下她大步流星地离开。哎，路滑。等等我……她叫了起来。

他没回头，说看海趁早，晚了赶不回城，明天还上班哩……她顿时意趣全无，心里想着他不在乎我哩。气急败坏地追上来，嘟哝责怪说：你真是个牛人，出来玩也耍牛脾气。这下他回过头来了，问她在唠叨啥？她一扬头，说我骂你是一条牛哩！他没生气，倒咧嘴笑起来，说我就是为劳动人民耕田的一条牛嘛！

这时天边掠过几道闪电，又响过一阵雷，继而雨点大了起来。他干脆不走了，躲进路边盐棚里避雨。她问他咋不走了？他说这么大的雨，还看啥海？她钻在他的腋窝下坚持道：亏你是枪林弹雨中出来的人，竟然怕雨？我就喜欢看雨中的海嘛。他漆黑着脸想：这丫头吃饱了撑的，雨中的海有啥好看？

她见他沉默无语，推着他的手肘问：哑巴了，不愿意陪我是吗？他脸上浮现出不耐烦的神色，心不在焉地自语：应该是阵雨，还没到大潮汛的季节哩？她没注意他的变化，仍扭动腰肢撒娇，说我要你陪我上堤去嘛！

张永成不再回答，心里在想着秦大泉通报的灾情报告。如果雨下大，堤坝决口就会淹灭塘内的农田。相公殿不属山南县管，但毕竟是一块当年祖先奋斗过的土地呀。他的眼前出现张振耀在这儿受刑的惨剧，似乎有许多火把在雨中炫亮，秀才娘子携着张家的先人们自天而降，口中叫道：看到吗？相公殿的海，又将泛滥成灾，人们血泪横流、尸横遍野……

他用手揉着眼睛，终于不耐烦地推开黏在身上的她，说海就在前面，要去你自己上堤看！她不明就里，惊讶地问：你不去？他说我不想看了。她失望地睁大眼梢细长的丹凤眼，神情专注地观望他一会儿，心头的热情顷刻间消失殆尽。

但她还是对雨中的大海充满向往，从他手里夺过那件列宁装披在身上，发狂似的冲出去，在瓢泼大雨中深一脚、浅一脚地跑向塘堤……

这条当年夫妻看海的泥泞路，在五十多年后，由于建造一条世界上最长的跨海大桥，变成宽敞整洁、植着白杨树的高速公路。在阳光下驰骋着一辆辆闪着耀眼弧光的新型轿车，在沉重载货的大卡车队中穿插而过，显出这块土地振兴的繁华与喧嚣来。世界在这一刹那间，发生了翻天覆地的变化。年迈的张永成和王安由下代人陪同着，驾车来到海边。此时的他俩，已有充裕的时间欣赏大海，但没了当年那种改天换地的激情和体能。两人站在海边观赏潮起潮落。他问：五十多年前，我和小李同志到这儿看海，你陪来没有？

他想了好久，说记不得了，好像是没有……

张永成坐在塘堤上，面对着一望无垠的大海叹息说：我和老太婆之间的沟通，就从那次开始的。那时我不懂得女人，现在懂了……可惜老了……

李纹自那次后，这辈子很少再有时间看海。日复一日平凡的日子，五十多年的悠悠岁月，足够填平一个女人理想的深坑，使她那份对大海的浪漫情怀犹如花朵一般枯萎，再也没有闲情逸趣欣赏这种激荡生命本体的源泉。

那日她淋着瓢泼大雨，在祖先历经千年、聚集百万民工围堵起来海塘上，欣赏在雨中显得狂躁不安、声嘶力竭鼓荡的大海。她在后来回忆海面壮观时说：奇特诡谲的大海，是把人的梦境揉碎，又重新组合的地方。我在这儿被震撼得上天入地、死去活来，最后竟不明白自己变成什么。

又说：原来世间还有一种让人忘记生死、置身域外的壮丽景观。

她很快原谅丈夫没陪她看海，独自在堤上手舞足蹈、欢欣雀跃，享受着心灵的激动与震撼。她不会忘记那次从堤坝下来时，浑身淋个透湿，像一只羽毛粘黏的落汤鸡。尽管这样，她心头的激情仍没平息，她要告诉丈夫她的发现、她的激动、她的向往。但她没能找到他，刚才在堤坝上没感觉到寒意，这时她却冷得牙齿打颤，她在盐棚边找了许久，他如泥牛入海似的消失了……

她误了回去的班车，留宿在相公殿镇的小旅舍里。天气突然变凉，木板床上没有棉被，她蜷缩起身子，搂着有霉味的床单没睡意，在心里痛骂丈夫，想这东西，怎丢下我不管呢？

次日晨张永成回来了，不知他如何找到这儿。其时雨过天晴，李纹在房间里晾衣服。他打着呵欠坐在床上，问她睡得还好吗？她问他去了哪儿？他说帮合作社农民加固海塘，干了整整一夜。她问：你又不在这儿当干部？他说难道这儿不是共产党的管辖的地盘？他问海好看吗？她说好看呀，在暴风雨的催动下，汹涌的波涛一忽儿涌起、一忽儿陷下去，整个海似一块巨大的丝绸，在风雨中呻吟挣扎着向前推进。他沉思道：知我为何没陪你看海吗？她说不知道呀。他的脸严肃起来，说其实我怕见海……我第一次见到海，在阿爸闹农会执刑时，他与同事脚下泼油的柴垛被点燃，我看到他的灵魂从火光里跳出来，奔逃呼号，然而海水是冷漠的，他没有逃脱死亡的厄运……

她听这话后诧异地想：这么强盛的男人，心中竟然也有畏惧的东西？这域大海对她是希望的萌生，而于他却是历史的逃避。她问：后来你没再到过这儿？他说来过，那年部队北撤，国民党军堵在塘上，双方展开激战，我看到战友们在敌方机枪扫射中，像割麦子般成排成排地倒下去……

他说：后来我们越过封锁线上船，我看到海水的颜色，变得殷红殷红的，像一块大红绸布，充满着浓烈的血腥味。那次，我在船上吐得一塌糊涂……

她被他的回忆震撼，稚嫩的脸上挂满泪珠，想原来在自己眼中景象万千的大海，而在他的眼中，却隐藏着如此沉重的缅怀。难道这种表面的瑰丽和奇谲，却由血肉泪水的代价换来？她的心里顿时充满着哀伤，小心翼翼地问：所以海在你的眼中，与我看到的不一样？他说是呀，一次次的野蛮与屠杀，使我充满憎恨和恐惧……接着他问：你在责怪我不陪你看海吗？

她紧搂住他壮实的胳膊道：我错怪你了……

回程时雨停了，两人在经过秀才娘子的娘家下人渡村时，被一群求乞的孩子围住。其中一个年岁略大的女孩儿，裸露上身，穿一条肥硕、与年龄不相称的对襟裤，伸出肮脏的小手求乞道：工作同志行行好，我已三天没吃饭了。他走过去抱起她问：你爸妈呢？女孩儿说没爸妈，去年刮台风，海潮冲毁塘堤死了……

他指着她身边的乞儿们问：他们呢？

一片齐崭崭的童声震撼两人的耳膜：我们都是没爸没妈的孤儿。

他的脸色变得铁青，脸上的肌肉痉挛抽动，双眼血红地盯着妻子问：听到吗？这就是你想看的大海。她呆呆地看着孩子们，感到昨天向丈夫撒娇，显得多么可笑。她的心情在刹那间变得沉重，步履艰难地向他们走过去……

这是一块比她家乡还要贫困的土地，这是一群生活在底层、命运比她与小东西的童年还要凄惨的弃儿，他们是那么沉重、麻木地活着。她眼中流着泪，颤抖着手从口袋内摸出零钱散发给他们，现在她心中浪漫柔软的角落，被现实中的沉重所挤压，变得与丈夫一样忧郁起来，但孩子们却没领她的情，手里麻木地拿着钱，相互交换过眼色，仍可怜巴巴地傻望着她……

她问他们怎么了？那女孩儿把钱丢在地上说：这是啥？我们不要，要吃的东西……她心中忽然升起大悲哀来，想这地方的乞儿，居然穷得连钱都不认识？赶紧取出备做中餐的大饼分给他们，乞儿们这才欢欣雀跃着跑开了……

坐在回程的班车上，两人都懒得说话。直至家门口，李纹耐不住，问：你在责怪我吗？我……他转过脸注目她，一双小眼睛内泪光晶莹，她伸手抹去他眼角的泪水说：对不起，我不该缠你去看海，我不知道，那地方竟穷成这样……

他沉重地叹息道：我打了这许多年仗，就为孩子们有一口饱饭吃，没想到解放三年了，阿奶的娘家还是这样……

婚后平静的生活，只维持小半年。这年秋末李传忠的病厉害起来，杨金香捎信来说，你爸只一个女儿，他要死了，你得回来尽责任。她与丈夫商量请假回家，他说恐怕不行，全县税收动员，干部必须在岗位上。她说你是副局长，对局里工作负责，我一个统计，有那么重要吗？他说革命工作没有贵贱之分，你调局里时，老秦与我约法三章，头一条就是遵守纪律。以前部队打大仗前，战士都得点名坚守岗位。可现在没打仗呀？李纹又在心里骂他牛人，想我爸都病成这样了，你工作忙离不开，不能让我也不回去！

过几日，她找到秦大泉，说我阿爸都快死了，老张不让我回家。他问是他要你找我吗？她说不是，我自己来的。说着就抹开眼泪，说爸没儿子，我是独女，得尽孝心。秦大泉最见不得女人哭，说好吧，特殊情况特殊处理嘛。趴桌上写了一张条给她，说我准你的假，处理好家事就回来……

得到请假条，她心里难免有些小得意，想老张同志呀，你没法拦我吧？共产党也讲人情味。恰巧这晚是周末，她心情不错，煮好饭烧成两个菜，看看时辰尚早，在后山采来一大捧野花，哼着歌把屋内的脸盆、洗衣桶整理出来，插上花，又像日本女人一般趴地上擦地板，想在离家时，留给丈夫一个温馨的环境。

婚后张永成仍保留单身的习惯，并不顾及妻子的感受，下班归来脱去鞋袜，坐在红木椅上抠脚丫。椅子是原主人留下的，喷上政府机关用的油漆，他很欣赏，说以前我爸在祠堂老屋里做账，也用这种椅子。见她没把饭菜摆上桌，就坐下抠开脚丫子，他的脚长年患脚气，脚皮脱了一层又一层，在脚趾缝里湿漉漉地发痒。这一抠，就有许多碎皮屑落在地上，把李纹精心打扫过的地面给弄脏了。

她特反感这行为，常絮叨数落他不讲卫生，但他就是改不过来。

没多时她端上饭菜来，他一边低头抠脚丫，一边抓过一块南瓜往嘴里塞。哎……她惊叫起来，打他的手背，他抬头说忙了一天，我饿了呀。她拉他到洗脸盆前，说老张同志，洗手洗手……他问干吗洗手？她指着他的脚皱眉说：你的脚……好大一股味哩？说着把那盆南瓜倒进泔桶。他心疼地扑过去，捞起南瓜又往嘴里送，还咂吧着嘴说：多好的粮食呀，在山里打游击时连雪地上的牲口粪都吃。她问以前啥时候？他说不管啥时候，是人都得珍惜粮食。

吃过饭，她把秦大泉批的假条拿出来，说我明儿就回去。他没反应，把假条置案几上，进房内和衣躺下。这些时日他累乏了，总有处理不完的公务，忙得像旋转的陀螺，晚上合上眼睛，就会看见祖母秀才娘子领着振耀、振宗和廿四房的男人们，从遥远的天边飞来，询问他担负祖先的责任没有？他盼望向她倾诉，排解心中的孤独和沉重。他把干这事叫做“说话儿”……

他已几天没与她说话儿，不时在床上弄出声响，以此召唤收拾屋子的妻子。李纹明白他想干什么？却磨蹭着没响应，反在心头窃笑：这是干啥呢，我不过离开几天，就急得像火燎屁股的猴子，是没断奶的孩子呀？

这状况，在以后两人情感世界中多次重现，浪漫的她追求情调，而身健如牛的丈夫却图形式。直至晚年精力衰退，他还对此事乐此不疲，而她却已经厌烦。两人为分床睡的事争吵，最后竟可怜地让儿女参与调解。年迈的他坐在藤椅上悲哀地说：你妈推托责任，不愿照顾我哩。她冷笑道：都大半辈子，还不让人有份安静的心境，有没有正事做？他嗟叹说我寂寞呀，这世上除了祖先，没人与我说说话……

那晚见她没响应，他起身返回外屋，发现她在侍弄插在脸盆、洗衣桶里的野花，皱眉问你又搞啥名堂？她说我插花呀，营造让你快乐的环境。他说你不回房说话儿，我能有快乐吗？她把头摇得像拨浪鼓，说我不……不嘛！说着摘墙上的毛巾丢给他，你脏，去洗澡。他说哪有男人每天洗那玩意儿？她说你不洗，我睡外屋。他沉下脸，说你敢？原本她已准备与他说话儿，见他这般蛮横就不乐意，想这说话儿，是双方自愿的事，为何非由着你？他见她不听指挥，心里就生气：他奶奶的部队几百号人，开炮放枪都由我说了算，不洗澡咋了？在山里打鬼子、钻山洞、睡地铺，哪有这番穷讲究？这般想着，欲动粗把她拖进房去，说我要与你说话儿，就得说话儿，强行按她在床上……

李纹心头的火蹿起来，想新社会男女平等，我是你老婆不假，但没与你签卖身契，凭啥动粗不尊重我？便挣扎着喊道：疯狗狗——他喘着粗气说，我俩是登过记的合法夫妻，我就不信治不了你？啪的一声脆响，她扬手一巴掌打在他的脸上，抽回手时她愣住了，想这是我第二次打他了？见他没动静，就用手遮掩着扯下的内衣跑出来，坐在红木椅上委屈地哭起来：欺侮人哪？我不与你过了……边哭着边还翻箱倒柜地整理东西，真做出要立即回娘家的模样来。

他没动静，却在心里愤怒着。一年半前在溪涧旁挨耳光，挨得心甘情愿，那时她还没嫁，他是她的奴隶；可现在她成为他妻子，他变成她的主人，这耳光就挨得不甘心。从小到大，没人抽过他耳光，如今被她连抽两次？听她在外屋弄出声响，他又怕她黑灯暗火地离去，热血沸腾地蹿出来，命令道：你给我回房去。她说：我偏不！他把话题引回请假的事上，说你以为脸蛋生得漂亮，就可以不守纪律？局机关正在思想整风，大家都批你是小资……

她不理他，只是觉得心里委屈，边哭边整理着野花。他见她不说话，心里更生气，把她精心收拾的花，从脸盆和洗衣桶中取出来，丢门口垃圾堆里。这下她不再沉默，扑过来把花护进怀里哭喊道：你干啥哩，你要干啥呀？他说我要把你头脑中的资产阶级思想，从无产阶级的屋子里清扫出去。她说花没惹你，咋与它们过不去？他说你惹我了呀！复从她怀里夺过花，丢地上用脚踩着，说凡是反动的东西，你不打，它就不倒！

她看着这些被踩躏的花，一屁股坐地上大哭起来，说我知小东西不和你亲近的原因……你果真是一段没感情的木头……

次日，李纹没向局里打招呼，就逃回娘家。秦大泉批了半个月假期，原本她想过几天就返城的，但临走与丈夫怄气，心里就想着治他，让他过过没她照顾的日子。而且这时她的妊娠反应强烈，见不得荤腥，一吃东西就吐。又因为父亲的病情不稳定，就把日子给耽搁了。

李传忠的病，医生诊断下不了结论，只是感到右下腹疼痛，痛起来在额上沁出一颗颗的汗珠，痛过后浑身无力，躺床上喘气动弹不得。他已辞去陈乾康介绍的工作。自除夕夜那次喝多酒，去埠头汲水晕倒，他就觉得不对劲，以前可不是这样的，喝醉也不会眩晕。出年后，杨金香劝他在家歇着，不要再出去工作，他不听，仍坚持去城里上班，说能做就多做几年，帮女儿抚养小东西哩。结果又晕倒几次，至女儿结婚才歇息下来。也怪，这病开始不痛不痒，只脸孔蜡黄蜡黄的，浑身没力气，症状与当年死去的母亲一样。

他的病，母女俩开始都没当回事。那次李纹送小东西回家，杨金香还挺高兴的，责怪女儿说：我说你带儿子不行，你逞强，这不，没两天就送回来了？李纹说不是我不行，是宝宝不习惯与他住，见到他就会想起他用驳壳枪崩亲阿爸的事。杨金香拉住小东西的手问：宝宝与阿公阿婆在一起，就不会想这事对吗？他摇头说不对，不是我要想，是我忘不了这事。

他回来后，李传忠有了伴，把他叫到床前解闷儿，他喜欢听故事，他就讲故事与他听，祖孙俩玩得挺投机的。有一次，他拿出床头一本宣传土地改革的书，指着里面一口大棺材问：这是谁睡的？那书的原意是埋葬封建剥削制度，但他偏说地主老财睡的棺材是阿公睡的。童言无忌，李传忠听了心慌，把杨金香唤到床前道：外孙说我要死了哩。她指责小东西，说这明明是地主老财睡的棺材，你咋说阿公睡的哩？他一反常态地歪头坚持道：我说是阿公睡的，就是阿公睡的嘛。她生气，打了他一巴掌，他不哭也不闹，离开他俩走了。

杨金香开始没当回事，以为他自个儿出去玩哩，可天黑没见他回来，便在心头焦急起来，借个灯笼四处找，好久没找到，坐在门口号哭，小东西呀小东西地叫唤。后来还是李传忠提醒，说他常去河埠头玩。她又点亮灯笼找去，果然在桥洞内找到他……

小东西的猫眼，在黑夜里发挥了作用，清晰地看到李家死去的三女一男，共四个孩子集中这儿与他玩耍。她找到他时，他正手拿一根竹梢咯咯地笑，她问他笑啥？他说正与招娣、根娣、幼娣和土根在一起钓鱼哩。杨金香很惊讶，这些都是她死去娃儿的名字，可她从没向他提起过。便问：你果真与他们玩儿？他说是呀，他们说阿公也要来这儿哩。杨金香胸口扑扑地跳将起来，搂紧他问：这么说你阿公真要离开我们了？他说没错，阿公就要死了，我俩搬去城里与牛人一起过日子。她问牛人是谁呀？他说就是你喊的永成呀。

果然李传忠的病，自那次后就厉害了起来。

李纹回家后妊娠反应强烈，却顾不上看医生，母女俩把心思全用在李传忠的身上，请郎中、抓药、服侍、喂饲……忙得不亦乐乎。这时还秋热着，他身上凡挨床垫的部位都生了褥疮，每日得翻身擦洗两次……

假期给拖延了，杨金香要她去镇上给女婿打个电话，她赌气不打，想：我爸就是你爸呀，病得这么厉害，你咋连个电话都不来问候？

空闲时她猫在家里，与继子说话解闷儿，这期间脱离管理的小东西，常会在半夜里疯快地跑出去，采来许多马胡子草，他把这草在屋门口储存起来，越堆越高，待到有窗口高了，杨金香问女儿咋回事？她也不知道，叫来小东西问。他耷拉着大脑袋、咬住嘴唇不说话，她拿过他的手来看，发现这双小手被勒出一条条血痕，已红肿起来。她问他想干啥？他哭着说阿公没钱抓药，我想编草席卖钱哩。李纹想起为父亲治病，家里已花光能变钱的东西。不由搂紧他说：小东西呀，你能这样孝顺，妈真高兴，只是你太小，编不来草席。阿公看病的钱，妈会想办法，你不要再出去拔草了，外面黑乎乎的多危险呀。他摇头说不怕，我的眼睛在晚上能看清东西……

杨金香闻知此言，躲在房间内哭着骂女儿，说他才四岁，还晓得知恩图报，你都结婚了，咋不向老公弄钱救你阿爸呢？她说对不起，阿妈，他也没有钱。杨金香说女婿顶半子，没钱可以借嘛，难道眼睁睁地看着你爸走吗？

李纹带小东西回城弄钱，却不好意思向丈夫伸手，知他是供给制干部，每月不发工资，况且父亲治病花他的钱，欠下人情没法还。她知供销社已实行工薪制，进城后先找陈乾康商量。他听了她的话，不提钱的事，却问她超假几天了？她说差不多有半个月了。他又问老张没和你通电话吗？她说没有呀。这一说，陈乾康焦急起来，在屋子里转着圈子，数落张永成薄情，关键时刻不把关，回头手指着她道：小李同志，你还真是个孩子，这事你不能赌气，现在也不是赌气的时候，全县干部都在整风，得立即回家说清楚情况。你是我供销社出去的干部，我得对你负责，触犯行政纪律是要挨处分的呀！她嘟哝说我这是特殊情况嘛。陈乾康的脸沉下来：你是有特殊情况，但干部的岗位没特殊情况，这事在战争年代，就是逃兵！接着，他叹了口气道：你问我借钱，我可以借给你，但这样就对老张不尊重，其实他身上还是有钱的，仅转业费就百十元哩，你俩既然结成夫妻，他的钱就是你的钱呀……

一番话，使她不再赌气，带着小东西回家来了。

张永成下班，见门口地板已擦过，就知妻子回来了，走到她身边问：你还知道回来？李纹说你又没与我离婚，我咋不能回来？他说你无故旷工，局里正在追查责任。她说我有秦县长的假条。他咆哮起来：他当局长，还是我当局长？老刘生病我主持工作，连自己的老婆都管不住，能管别人吗？她愣住了，泪水慢慢模糊双眼，有气无力地说：我爸都快断气了……他脸色严峻地说：这是两回事！我向镇里打电话询问过情况，你是国家干部，不是一个农民……

她问我该咋办？他说还能咋办，先治爸的病呗！小东西蜷缩在墙角听他俩争吵，这时插话说：阿公治病要花很多钱的。他惊疑地问：你咋也回来了？我要上班，你妈要给阿公治病，谁照顾你呀？她赌气反击道：他是你的儿子，我没时间，只能交还你管。他注目她一会儿，蹲下身对继子说：小东西呀，不是爸不想与你住一起，是实在没时间管你。他从他怀里钻出来，立场坚定地站回继母身边，说妈，我才不要他管哩，我们回去吧。他呵斥道：你搞什么搞？我说过他留下会影响工作，咋不长脑子，又给送回来？

李纹心酸地叹息道：我不影响你当局长，但我要钱替爸治病。

这晚李纹留宿在家，安置小东西睡下后，夫妻俩简单洗漱后上了床。床上的他显得有些焦急，双手游弋在她身上。她推开他的手问：如果我俩有自己的孩子，还会对小东西好吗？他问：你说呢？她说我已经有了，可我很害怕。他问怕什么？她说小东西在与我疏远哩。他说不能因为他，没自己的孩子呀。她哭泣起来：阿妈说甘蔗没两头甜，要我辞掉工作生孩子过日子哩。他问：你同意了？她说我不会同意的，没工作你更会欺侮我。

天明李纹要回去，扭捏着向丈夫要钱，说陈主任知你有转业残疾金哩。他手抓着头皮道：这四眼，泄露军事机密。她说我向你借吧，以后还你。他犹豫一会儿道：行，你写个借条吧。她心里不悦，却立即写借条给他。他磨蹭好一会儿，才从房间拿出一个油纸包来，一张张地蘸口水数着。这动作使她看不起他，她虽没钱，却不会如此吝啬。他数完钱交与她说：钱你拿走，但有个条件，必须回局工作。她说我爸在家里躺着哩？他摇头说：局里在整风，超假违纪我保不住你。她说我是你老婆，就不能通融通融？他说工作只有上下级的关系，没有老婆。

她愣住了，想这是他借钱为父亲治病的条件？他这般吝啬，能算一个负责任的男人吗？正当她犹豫时，小东西像条猎犬似的冲上来，从他手中夺过钱喊道：阿妈，快逃呀！她没弄明白怎么回事，就飞快地跟他出门，他像老鹰捕小鸡一般，追上来抓住她们，得意地笑道：就凭你俩，能跑过我从部队锻炼出来的飞毛腿吗？她镇定下来，扬起手中的钱问：这钱，是不是我上班的条件？他说是的，你又不是医生，待家里能治好爸的病？比起革命工作来，家事再大也是小事。她的脸孔瞬间变得通红，愤怒地喊道：如果仅为这……这钱我还不借了！

他蠕动嘴唇，还想说些什么，突然哎呀一声喊起来。她低头，见小东西咬住了他的手背……狗东西，你又咬我？他蹦跳着把他打翻在地。她扑了过去，见继子的头撞在门槛上，躺在地上双目紧闭，口里含着一块模糊的血肉，额头上汩汩流出鲜血来……

她惊愕地问：你疯了，咋打他？

他也呆住了，讷讷道：我打他了吗……

12

不久李传忠过世，李纹因违反局里的纪律，挺着肚子带杨金香和小东西，被贬进里山贝母园下放锻炼，改造头脑中的非无产阶级思想。这儿原是西药店倌研制太乙丸的地方，现在由药农集体开垦，他们大都是当地山民，解放后由供销社组织起来，挂了一块国有药场的牌子。

三人还由大樟树下的辘轳车摇上山去，阿同爷爷早过世，辘轳车已换过两茬主人，现在的替代者，是在战场负伤的瘸脚老兵阿阮。三人坐在两只藤筐内，李纹搂着小东西坐一车，杨金香带行李又坐了一车。岁月在这架吱嘎吱嘎响着的辘轳车前，仿佛是凝固的。小东西坐上藤筐时，显得特别兴奋，对继母说：牛人告诉过我，太公、阿爷和生我的亲阿爸，上下山都坐这大辘轳车的。李纹问：现在宝宝也坐大辘轳车，是否想起他们了？他说对呀，我看见他们围在我身边，与我说着话哩。冥冥之中，李纹也仿佛听到肚子里的启明，随同小东西与祖先们嗲声嗲气地说话呢……

这时，李纹特别渴望为廿四房增添子孙。这想法原先只是张永成的意愿，有了孩子就有拖累，她毕竟年轻，仅小东西还照顾不过来，但现在她却觉得没有孩子，在丈夫面前缺乏安全感。家族的亲情靠血缘关系凝固，她与他联结的纽带是孩子，如果她不生孩子，两人就无法心灵相通，相伴终生。

那日张永成离开后，她还陪在小东西病床前哭泣，心头充满愧疚与忧伤。

见继父走远，他却陡然睁开那双猫眼，炯炯有神地盯住她的脸笑。她问他醒了？他立即撒娇似的抱住她的脖子说：阿妈，我帮你打赢了他。她回抱住他，说你真把我吓坏了。他快活地笑道：我不是吓你，是吓他。她问：你是在吓他？是呀，他歪着与年龄不相称的大脑袋，说我试他还要不要我？她说他是你阿爸，咋会不要你？他转动着活泼乌黑的眼珠说：那他咋不让我留在你身边呢？她很惊讶，问：我俩说的话，你都知道呀？他说当然，他不要我，你却要我，我咬他，是恨他说话不算数，见我不听话，就不要我了……

在李传忠最后的日子里，李纹看到平时柔顺的父亲一反常态，历数母亲的种种不是。他沙哑着嗓子喊：阿香，你啥都好，就没留下儿子，我到阴间地狱也不会放过你。这时杨金香已哭成个泪人儿，但他仍没原谅她，说我命里有过儿子，是你没养住，现在要死了，连个钻棺材底的人都没有。劳累一辈子的他，临终能说上话的只有小东西。他拉住小东西的手，一次次地询问，以后能记住阿公吗？他说会记住。他叹息说我没亲外孙，你就是我外孙，只要你能记住，我这辈子值了！

他劝慰她说：阿追，你不要任性。其实人这辈子啥都留不下，只有由血缘传下来的子孙，才是家族发达的根本。你已嫁他张家，得恪守妇道留下骨血，不要像我一样，李家在你这代绝种……

李纹在父亲过世后，平静地接受丈夫的安排，进山改造小资思想。原本陈乾康还想找秦大泉说情，她说不用，我愿意下乡锻炼。经历过父亲死亡的她突然长大，虽然还想担负社会责任，但明白了社会由家庭组成，维护家庭是女人的天职。在藤筐内与小东西相搂上山的一瞬间，她也与他一样，清晰地看到先人们在欢欣鼓舞地迎候他们的到来。她为肚子里的骨血，原谅接纳丈夫的粗鲁，明白她将成为这家族中的一员，成为孩子的母亲。这世间上的女孩儿，能向父亲或情人撒娇索取，而母亲不行，只有付出没有索取。

山里的日子过得平静，李纹与杨金香都喜欢这种生活。小东西仿佛天生与土地有缘，在祖先开垦出来的贝母园内，过得非常开心，一反过去忧郁的状态，不再独自蜷缩在田埂或屋角里，像大人般地托着大脑袋沉思。他显出异常的活跃来，每天蹦蹦跳跳地穿梭在药农中间，和他们一起下种、薅草和培土，听他们讲故事。在这儿他的猫眼发挥作用，能在漆黑的晚上领着继母、外祖母和药农们，巧妙地穿越黑暗行走在山道上。在继父不回家的那些晚上，他会坐在简陋的铺子上，给母女俩讲白天听来的故事。说山里的野角麂，原是天上的仙女变的，因羡慕人间的生活，才受惩罚下凡变成现在的模样。同样他说药农种植的贝母，是仙女下凡播下的种子，这些种子经千百年的造化，变成入药的仙丹。杨金香听他讲这些故事，会对女儿发出赞叹：你看他有多聪明，长大一定比他爸能干。

现在他的个子长高了一些，看起来脑袋没那么大了。有几次在灯光下，杨金香一边纳着鞋底，一边端详他，发现他还是个英俊的小男人。他的额头宽阔，鼻梁高挺，一双略带忧郁幽深的猫眼炯炯有神。小脸儿显得有些窄，但下巴坚毅有力，呈现出成熟男人的气质来。她对女儿说，你这个儿子，长大是个俊男人哩。李纹在心里得意地笑着，嘴上却说：廿四房的种，说不定以后会变得咋样？他继父又黑又粗，多丑呀……杨金香说不会，一娘生九子，九子有九相。有人见过鹤鸣堂的老板，比他阿弟英俊多哩。李纹显出高兴来，说这般就好，张家不只出粗黑汉子，还有俊男人哩。她还真把他当成亲生儿子了。

小东西在启明没出生前，喜欢与继母挤一张床上睡。他会在夜深人静时，抚摸着她隆起的肚子询问：如果新宝宝出生，阿妈是否只喜欢他，不喜欢我了？她说怎么会呢？我原先是你姐，姐不会生孩子，现在是你妈了，妈要生孩子的呀。他又问她：阿妈以后会有几个宝宝？她摇头说不知道。他抓过她的手来，说你有十个指头，一定会生下十个宝宝。我算一个，还有九个哩。她嗔怪说：那还不把妈给累死？他咯咯地笑起来，说谁让你是阿妈呢？当妈就会有很多很多的孩子，他们都是我的弟妹，我是他们的大阿哥喽！

周六继父回家，他就自觉地去杨金香床上睡。李纹看出他注视继父的目光中，虽仍带有阴冷，却比以前和顺多了。

张永成在妻子进山后，几乎每个周末都回来，从小失去亲人的他，在这时尝到家庭的和美与温暖。每次回到家，岳母已准备好热气腾腾的饭菜，这晚的菜肴，显得比平时丰盛得多。现在李纹只拿下放补贴，比在局里工资要少，家里平常不见荤腥，这日却特殊，杨金香会让摇辘轳车的阿阮，托下山的村人从天街捎来鱼肉，把早年在城内当保姆的才华施展出来，慰劳女婿烧成满满的一桌子菜。这架辘轳车成为全家和山外联系的工具，阿阮从本村出去当兵，知道张家许多陈谷子烂芝麻的故事，把这些都断断续续地讲给杨金香听，她回来又告诉女儿，使她知道这个家族的许多往事……

现在岳母超越女儿，为家族血缘延衍与女婿结成同盟。两人窃窃私语地谋划着，一门心思要把她肚子里的孩子给折腾出来。

张永成不再以艰苦朴素精神要求她，不再缠着她在晚上说话儿，与她接触时小心翼翼，生怕动了胎气。周一大清早他要去局里上班，嘱咐岳母不让她干重活。李纹常没好气地问：你让我改造小资思想，不吃苦耐劳咋改造呢？他眯缝着一双小眼睛嘿嘿地傻笑：阿姆说女人怀了孕，就是母鸡懒孵，你得好好保养哩。她问：你是为我还是为孩子？他说都为，没你咋会有孩子哩？

杨金香对这个在县里当干部的女婿，在生活上显出特有的关怀。知他喜欢喝几口，便踮着缠过的半小脚，走东家串西家地讨来酒酵自酿米酒。说男人不喝酒，犹如女人不会生孩子。这些变化，使李纹稍有嫉妒，她到底是他的妈，还是她的妈？却感到由衷的温暖，她抢白说：他下放我进山当药农，你还把他当做贵客？有这般呵护女婿压抑女儿的吗？杨金香诡秘地用手指天笑问：人活世上，天为大对吗？她说对呀。她点头说：夫字天出头，夫比天还大哩。这屋子里包括你肚里的宝室，都姓张呀。她问这又咋样？她说你笨哩，他有了亲骨肉，才把你当做他家族的人。你爸至死视我为仇敌，就为我没留下李家的种来。

张永成回家也不歇着，喜欢帮助侍弄药田。他是个性格孤僻的男人，在这方面却无师自通，没多久就与药农们混个透熟，在田头一起说笑着劳作，情绪比在机关工作时放松多了。小东西就像一条尾巴似的跟在他身后，把他的举动都汇报给继母听。这时他不喊他爸，也不叫牛人了，直呼其名地叫永成。一有风吹草动，就飞快地跑回家来，偎在继母的怀里说长道短……

张永成情绪好时，会在一大早叫醒继子，带他一起来到林子里，这时候药农们还没上工哩，四周一片静寂，父子俩坐在晨曦微明中，观赏着红襟鸟们在枝头上跳来跳去，脖子一伸一缩地，唧唧咕唧唧咕地喧哗起来……

他告诉他自己的童年，告诉这家族的历史，说张家的先人们死后，就会变成这种泣血司晨的鸟儿。开始小东西会眨动着睫毛长长的猫眼问：我的亲阿爸，是不是也变成这鸟儿？他没回答，只站起来默默地离开他。次数一多，小东西就不敢再追问，他掌握一个规律，继父不愿听他提起亲阿爸……

叔侄俩在这块祖先开垦过的山坡地上，常会不约而同地听到祖先们的声音。张永成问：小东西，你听到了什么？他扑闪着幽深明亮的猫眼，小狗一般地竖起耳朵，辨别山峦里此起彼落的风声中，传来那种古老苍凉的声音。他并不立即回答，反问说：永成，你听到什么？他说你没规矩，不能叫我永成，该喊阿爸。他狡黠地笑道：不是我喊你，是阿爷的声音……阿爷喊你爸吗？他也仔细地辨听着问：你听听还有谁在喊？他说他们不喊我小东西，叫建国。他高兴了，拍他的大脑袋说不错，是在喊建国，你听听几个人在喊？他又竖起耳朵听一会儿，说有一个老太太的声音特别亲切。他兴奋地点头道：她是我阿奶、你的太太呀。就是她，听到鸟叫就把我兄弟俩拖出被窝……他疑惑地问：我没见过她，她咋知我名字呢？他说因为你是廿四房第六代长子。他问长子是啥？他说长子就是对这个家族担负责任的人！

天大亮后，小东西回屋，把继父的话讲给继母听，李纹说没错，你是张家第六代长子，与你爸是打断骨头连着筋的叔侄。他想一会儿又问：阿妈，你会不会听到这喊声？她说不会。他又问：那妈是廿四房的几代子？她说阿妈不姓张，阿妈肚子里的宝宝才姓张哩。他和你同辈，如果男孩儿，是第六代次子，和你共同担负家族的责任。如妈生的是女娃，也姓张，长大出嫁做别姓的媳妇。小东西托着大脑袋，扑闪猫眼注视继母好久，又问责任是啥东西？她说责任就是上代先人没来得及完成，需要子孙兑现的承诺。他想一会儿还问：我的先人们承诺了啥？她说很简单，让这块土地上的人们，在荒年有一口饱饭吃。他说我明白了。一定是永成不听话，做不好这事，让我去完成它。她笑起来，说宝宝真聪明。

在山地那些寒冷的晚上，满脸迷茫的张永成常会从睡梦中醒来，像一头麋鹿一般在房间内转圈。有时他干脆面对丛山，跪在潮湿的地面上，口中讷讷说道：我会的，阿奶，我会为你，生一大堆儿子，完成祖先的嘱托。这时候他的眼眶内，就会溢满泪水。妻子怀孕，岳母不让近身，他显得沮丧和烦恼。李纹在幽暗中注视着他的行动，心里充满矛盾和酸楚，她同情这个强壮的男人，开始理解他的爱意。每当看到村里同龄女子，怀抱牙牙学语的孩童，心中也在渴望有自己的骨肉，但她仍对丈夫充满苦涩和怨艾，不甘心为延续家族血缘，成为他的泄欲工具。想他这不是爱我，是为满足他的欲望。每每因他苦恼溢出同情心的她，同时又生出女人与生俱来的许多悲哀来，难道古今中外的女人，只能靠生养孩子维持与男人的爱情吗？在屋内情感挣扎的丈夫，这时已学会抽烟，转圈转累转乏了，站在窗前一支接着一支地抽，抽到后来竟猛烈地咳嗽起来。她挺着大肚子，走过来偎依在他身旁询问：你感到这样有意思吗？他说阿奶的眼睛，都死盯进我骨髓里去了，不让我靠近你，可是我不能够呀！他叫了起来，我抑制不了胸中对你的渴望……她心中未免得意，想：你都离不开我，才资产阶级哩……

待李纹生下启明，杨金香不再把山下捎来鱼肉，留给女婿独自享用。她通过熟练的烹饪，把它们无声无息、不留痕迹地巧妙转移到哺乳的女儿身上，只给女婿煮芋艿与番薯当下酒菜。在李纹产后未满双月时，她听到女婿在深夜里，像狼一般嗥叫，心中也如滚油沸胸般焦急，在外屋为他支起一张行军床来，不让他再进女儿的房间。她安排小东西守候在门口，嘱咐一旦有战斗警报，马上捅墙壁向她报告。忠于职守的小东西，使睡在行军床上的继父，浑身欲火焚烧难以忍受，继续在深夜里像一头牡牛，狂躁地在房内转圈踱步。

在幽暗中观察女婿行为的杨金香，在心里悄悄地笑了：男人呀男人，只要你心里爱着这片土地，你这辈子就得为她下种，永远心神不宁疲惫不堪，直至精疲力竭直至年迈力衰……

此时的李纹，少女时期的幻想逐渐消失，那本搁在床头、托尔斯泰的《安娜·卡列尼娜》，已很久没看。她对丈夫虽没了陌生感，却也失去崇敬感，渐渐感觉到他就是一个平常的男人。从小充满理想、追求自我发展的独立个性，使她对自身的前途充满忧虑。想我舍弃对黄长元的感情与你结婚，就为了进步，做一个对社会有贡献的人，不能窝在山沟里一辈子呀。下放锻炼三年，生下启明和智云，当局长的丈夫仿佛已把她遗忘，只字不提回城工作之事。杨金香几次催促女儿，说你已有一对儿女，该问他何时回城了？她心里虽然也想，嘴上却赌气地说：我在这儿不是蛮好吗？杨金香点头说是蛮好，只是钱不好，比机关上班要差十多元哩，生活也不方便，老让阿阮在天街捎下饭菜。再说小东西也该找个学校念书了，窝在这儿会荒废学业。于是，她逮个机会，询问回家过周末的丈夫：是不是改造得差不多了？说小东西都到上学的年龄了。

张永成这才经局党委讨论同意后，把一家人重新搬回城里去。

这次不是陈乾康夫妇用自行车载她和小东西进城。那时才两个人，现在是一家子。全家乘辘轳车下山后，由张永成调用一条镇上的税警船，载着全家五口人，风风光光地走水路离开撞钟山。

当时税警船还是用木桨摇的，搞大公社时才改用烧柴油的汽艇。水波荡漾，桨声欸乃，李纹怀抱刚满周岁的女儿智云，紧挨着搂紧启明看风景的杨金香坐在船头。小东西晕船，上船后扑闪着那双猫眼，趴在船帮上呕吐，她俩把他弄到船舱里靠着，这时竟睡着了。

李纹的肚子里又有了，她为此感到震惊，咋动不动就怀上呢？按这样的速度，还真如小东西所言，以后她将拥有十个孩子。现在她的心情，已与三年前进山时不同，有了一对儿女的她，不仅感到累乏，而且忧心忡忡，心里头觉得不踏实。如果在局机关挺着个大肚子上班，说多不方便就有多不方便。这忧虑在她回城前就产生了，询问杨金香咋办？说我真害怕呀。她问她怕什么？她说我不能再为张家添孩子，否则这辈子就毁了。她笑着安慰说：你老公说过革命的目的就为了孩子，女人不生孩子又干啥呢？她说我要像男人一样工作哩，担负起社会的责任来。她说别紧张，你要工作就工作，进城后我会帮你持这个家。她说你能帮我持家，不能替我生孩子呀？她笑骂道：傻阿囡，咋说傻话？妈啥都能帮你，就是不能替你生孩子。她低头不吱声，心里却想着：我肯定不能再要孩子了，真像小东西所说的十个孩子，每年都大肚子，还咋能上班工作？

杨金香说，其实你老公还不错，至少比你爸强，回城后你得对他好一些，不要再吵架了，夫妻间的事靠自己揣摩，外人说不清楚。她有气无力地问：你说他比我爸强，无非改了供给制拿公家的铁工资，这些年来，他又操过多少孩子的心呢？她摇头说：话不能这样讲，男人得在外面有一份事业。他这人呀，就是脾气倔，是个闷罐子，有话都烂在肚子里，其实心地还善良。夫妻吵架不仅有男人的原因，女人也得有所担待，男人怕的不是媳妇硬，而是软，你要懂得摸索着收服他，使他明白他对这个家对你有多重要。有件事，我一直都没告诉你……

她问啥事呀？杨金香笑了笑问，你知我们进山头三个月，他穿烂了几双鞋？她说不知道呀。她又问她，去年全年他又穿烂几双鞋？她摇头说不知道。她说你的心粗呀，这几年他穿的，都是我做的鞋，我都清楚地记着哩，进山前三月他穿烂了三双，一个月一双，去年全年也才三双，你知道为啥吗？

她摇头说我还是不明白……没管过他脚上穿的鞋。

杨金香说其实女人管男人，不管他在外面做啥事，只需管住两头：上头他吃啥，下头他穿啥？倔女婿患脚气病不能穿胶鞋，你连他一年穿几双鞋心里都是浑的，咋持这个家呢？以后张家添丁，我当阿婆的替你管一大家子人吃饭与穿鞋。这就叫持家，是做当家女人的职责。我的倔女婿呀，别看他粗粗拉拉，其实心细着哩，进山前三个月他走路回家，上山下山都穿着鞋，后来嫌我灯下纳鞋底辛苦，自前年春起光脚走路，至辘轳车前才洗脚换鞋，下山也这样。两年了……无论刮风下雨这样走过来，你说他心里有没有这个家？

李纹吃了一惊，结婚三年多，她从没注意丈夫脚上的鞋，在心里自责起来，问：他冬天也赤脚进山？杨金香说是呀，你没见他那双脚，粗糙得像老树皮一样。有一次，他脚底开裂，走路都拐了，我提醒以后还得穿鞋进山，知他咋说吗？他流泪喊我妈，说阿奶死后，我是第一个为他做鞋的女人。阿囡，结婚三年多，你都没为他做过一双鞋？除了生孩子，还能为他做些啥呢？你既然嫁他，就得和他生儿育女地过日子，以后别耍小孩子脾气，平平安安地把日子过下去……

心情复杂的李纹，凝视着滔滔逝去的江水，一双睫毛长长的丹凤眼中亮晶晶的，有透明的泪珠在滚动。想：我就是不甘心融入平庸嘛，难道女人结婚后，就没有爱情、没有事业，只能做鞋生孩子、油米酱醋盐地过日子吗？

杨金香见她呆怔着不吱声，知她心里在想些什么。就又问道：记得你爸临终时咋数落我的吗？我为他做过三周年祭日，想想也没亏待他，虽没为李家传宗接代，但他身上的衣、脚上的鞋，又有哪样不是我料理的？阿囡呀，我们做女人的，就是男人身上的衣、脚底的鞋，活着就得伺候他们开心，这是千百年来老天爷给定下的理！你要埋怨，只能怪自己前生不修，投胎成为个女儿身……

她搂紧怀中的智云，悄悄抽泣起来，心里埋怨着命运的不公，但她还是不甘心，为何女人不能像男人一样，顶天立地承担起改造这世界的责任来？

这时船过堰坝，有几个壮汉推动辘轳车，哼唷哼唷地喊着，船头先是昂起，船身倾斜，接着船头低沉下去，船尾却高高翘了起来，哗啦一声水响，船就过了堰坝。小东西惊醒过来，爬出舱趴在她肩上问：阿妈，到哪儿了？

她的心头充满伤感，心不在焉地说：快进城了……

从白鹤桥村到县城，其实还挺方便，走陆路二十一里，水路转天街镇不到十五里哩，只是被一架大山挡住，进出山得转一个大弯子。

小东西憧憬说：妈，我长大修一条大马路，山上就与山下连在一起了。

李纹说：好呀，妈等宝宝修大马路，让这儿的乡下汉，都变作城里人。

13

李纹再次进城，恍惚有隔世之感。财税局机关新造了大楼，还是西式洋房。在天井花坛边，一溜儿地排满自行车，她记得以前员工没有骑车上班的，看来还真如丈夫所说，鸟枪换了火炮。再次怀孕的她依旧美丽，但脸蛋有些憔悴，在心里可怜着自己哩，她还这么年轻，即将是三个孩子的母亲，连同小东西，她拥有四个孩子。使她惊讶的是大街上，涌动着穿布拉吉的俏丽女子，她知她们并不比自己年轻，只是由于未婚，便在身上显现出女孩儿们的风韵来……

她的眼前涌上大海的潮汛来，那种后浪压过前浪、前浪无奈地被挤压的壮观，在心里询问自己：我老了吗？才没哩，正是做事业的年龄呀，可孩子，我的孩子……在我以后的生活中，还能有与她们一样的青春与笑容吗？她决心与这些女孩儿竞争，在工作中做出成绩来让大家看，她不是纯粹的家庭妇女，是为社会作贡献的新时代女性。

报到后，张永成认真地与她谈了一次话。说小李同志，在家我是你老公，上班就是局长，三年前我没演好这角色，现在我很想做好，你愿意配合吗？她问局里安排她做啥工作？他说你以前在供销社做过财务，原本安排你到直属税务所去，党委其他同志也同意，但我考虑到你怀孕，还留你在机关搞收发做后勤。她摇头拒绝，说自己不想搞特殊化，小东西已上学，阿大与阿二由妈领着，能全身心地投入工作。他问能行吗？她说我与妈商量好，她会帮我持家过日子。

李纹到直属所报到时，好似饥鸟觅食似的扑了进去，三年下放劳动，寂寞使她迫切向往新的生活。所长老姚还没接到通知，打电话请示说：张局长，你老婆已到我办公室……电话那头沉默一会儿回答：好吧，上岗只有战士，没有老婆，你得给我严加管理。老姚放下话筒时伸伸舌头，他是旧政府留用人员，心想怪不得共产党得民心，原来不徇私情。征求她意见说，我这儿人少，一个萝卜一个坑哩。她说没关系，我是来工作的，就做萝卜填你这坑。老姚说好，所里缺分税员，你先熟悉情况再说。

他领她到另一间办公室，交代大学生小许带她开展工作。

直属所也在局大楼办公，除所长老姚外，连她才三人，一个是上了年纪的统计员，另一个就是小许。当分税员的工作辛苦，每天要到各商铺跑。李纹上班当天就与小许去酿造厂，处理登记纳税的事。小许是个戴眼镜的白脸书生，家庭出身不好，人生得单薄，相貌却英俊，与美少妇的她，像一双金童玉女般地走在街上，很惹人注目。两人一边走，一边说着话。他说：听说你是局长夫人，派你来直属所监督我们的吧？她摇头道：没这任务，我在山里改造思想，都种了三年的贝母。他问贝母是什么？她说是一种中药材，可治咳嗽。他惊讶地打量她说：你了不起，年轻轻已有革命的资本，我到这儿也才半年多一些。她说你懂业务，就是我的老师呀。他有些忸怩，说不好意思，我在大学学的金融，分配到这儿是没牛，才用马耕田。她听了吃吃笑起来，说真有趣。那年我上小学，老师陈乾康也是个四眼，说他没读过师范，当老师是没牛才用马耕田，你俩相貌、连说话腔调都一样。小许高兴起来，说他是老革命，我与他相像？就是小革命了……

税务工作很忙碌，分税员白天在街上转，回来要轧账，有时还会忙到深夜。小许坐在她对桌，两人常一边工作，一边聊天，他说先前传说局长夫人要来这儿，大家都紧张，特别是姚所长。她问他咋会紧张呢？小许摆出好为人师的架势，说这儿是官场，怕你取代他呗。她开心地笑起来，指自己鼻子问：你说是我吗？他说：没想到你这么平易近人，没心机。她收敛住笑容：没心机不好吗？他说好是好，在机关工作，不能没一点儿心机，心机太重，又活得累人。张局长就太严肃，每天一副天降大任于斯人的模样，人见了都害怕。她漫不经心地问：你都怕他？他说是呀，其实没必要这样，大家都是同事，乐乐呵呵地工作多好呀。她沉重地叹口气道：他不是不会笑，是心头压着一份责任，没心情笑呀。

这段时期，李纹虽然工作忙碌，却觉得很开心。在山里都待腻了，忽然感受到城里的生活，处处觉得新鲜，何况她生性活泼开朗，做事大大咧咧不思后果，虽已成为母亲，记忆却还定格在少女时代。想她初来乍到，做不好本职工作就是失职，对不起组织对她的信任，因此工作格外认真。她对小许印象也不错，小伙子工作努力，说话坦诚，还看过许多文艺作品，说起典型人物来，分析得头头是道、条理清晰。她这辈子就是个长不大的文艺青年，在山里好几年没书看，觉得心头都荒芜了，他帮她在图书馆办了借书卡，推荐《钢铁是怎样炼成的》与她看。这样她就有事情干，下班后要看一会儿书，读到引人入胜处，就忘了回家，在办公室里眼泪一把、鼻涕一把地动情。

这样时间一长，局里对她就有议论，说她大咧咧的没心肺，其实骨子里是个资产阶级小姐。张永成听到风声，心头又灼痛起来，但他并没声张，只悄悄派遣保卫科王安监视，说：我老婆的小资思想又抬头了。

李纹不知丈夫反感，只一味地沉湎在任性中。经历过进山锻炼，她更觉得外面的世界精彩，看到城里女孩儿打扮得花枝招展，悄悄地模仿起来，剪掉在山里养长的辫子，改成齐耳短发的解放头，又用私蓄买了几件像样的衣服。现在她不敢再给丈夫打扮，就想着把自己捯饬得符合潮流。结婚时，她穿过用丈夫军装改窄的外衣，当时认为时髦，穿着兴奋，进山后还把它压进箱底里，放上樟脑丸舍不得穿，可现在不同了，街上女孩儿很少有穿军装的，她不敢穿露出大腿的布拉吉，却也置上花格子长裙，穿着招摇过市地上班。

她虽已怀孕，身子却没显出来，同事们注意到她这变化，老姚夸她有气质，小许虽称赞她有眼光，却说不够新潮。她问咋样才算新潮？他说女人的身体，天生比男人有曲线美，如果该露的地方再露一些，我在这里就坐不住了。她上去擂他一拳道：臭美的你？我都是孩子的妈了，又不是小女孩儿。小许说女人有了孩子，身材才更完美哩，那些在街头蹦跶的小女孩儿算啥？她听这话受到鼓励，想女人上班就得穿着光鲜，让大家看了心情舒坦。她并没觉察到小许的挑衅，反感到心头美滋滋的，觉得自己融洽在集体中，得到同事们的承认和好评。

那时，县里驻有苏联专家，晚上机关会堂流行舞会，秦大泉几次携陈淑贞参加，在政府圈内引起不小反响。李纹动员丈夫也陪她见世面，他不愿去，提醒她注意小资思想抬头。她不高兴，说秦县长都去了哩。他说那是工作需要，他是县长，你算啥？她说局里也有人去的，老姚比你大十几岁，还去。他用鼻子哼一声，说人都有自己的活法，一个旧政府留用人员，瞎神气个啥？她原本已不想凑这热闹，但这日小许过生日，所里为他祝贺，老姚就带大家去舞厅，说税务人员得接触社会，结识朋友有利于工作。她拗不过，也跟着去了。

这晚上玩得开心，在音乐和灯光的映衬下，李纹很快成为舞会的中心。

她不会跳舞，小许手把手地教她，在舞池内频频亮相，引起阵阵掌声，使她的虚荣心得到极大的满足：深山出俊鸟，我这山姑，不比城里的姑娘差吧？

回家已是深夜，见丈夫和衣躺在床上，她问他咋了？他一个鲤鱼打挺坐起身道：我说过在单位我是局长，家里就是老公，现在妇女解放，你出头露面可以，但弄出太大的动静，会影响工作和家庭声誉。她分辩说：我也是为工作嘛，姚所长要税务人员多结识朋友，打开局面。他的脸耷拉下来，说共产党的天下是打出来的，不是靠跳舞就打开局面。她说你不乐意，我以后不去就是。他说你是干部家属，做事行为得掂量分寸，有个自觉抵御资产阶级思想的问题。

听这话，她心头不舒服：干部家属怎么了？不就参加个公共活动，就会被资产阶级思想侵蚀？这以后她晚上很少出门，但后来还是熬不住，又身不由己地去玩了几次，想我都大肚子，生小娃儿更不能玩了。每次回来张永成都生气，他不再与她正面交锋，只沉脸不理她，不是把搪瓷脸盆摔破，就是把碗盏砸了。杨金香看出女婿的不满来，提醒女儿不要过分，说树大招风呀，女人在外面太出挑，就会惹出是非来。她辩解说：我这不是为开展工作嘛！她说你工作忙是好事，但不能把女婿抛家里寂寞。又说结婚的女人没老公罩着，会招外人嚼舌头。她说都新社会了，我又不是他裤腰带上的物什，他走哪儿我得留哪儿，寂寞可以伴你说说话呀？她说我一个死老婆子，他有啥话与我说的？她说他寂寞，你把阿大、阿二放屋里去，就不再寂寞了。她长叹一口气道：你是孩子的妈了，咋还这么不懂事？男人不管当多大的官、年长多少，都是长不大的孩子，需要女人哄着、围着他转，你得在家多陪陪他，家里安定，你的工作也好做了。她认真想了半天，坚决地说：妈，你的话我明白，但我做不到，我在山里改造了三年，人都待古板了，这社会发展多快，不适应就会被淘汰。老张同志有事业，我也有事业。政府给了我工资，不是只让我在家陪他当保姆的。

杨金香不再吱声，心里责怪着女儿：傻阿囡，女人这辈子，千年修得同枕眠，你不懂得拿捏住老公，苦头有你吃的……

对妻子身上发生的变化，张永成十分忧虑。据王安报告，知她除虚荣心外，并没有出格的举动，说明本质还是好的，但人是会变化的，事物的变化开始只出现萌芽状态，后来才变得不可抑制。他知她嫁他，并不是真心喜欢他，只是为了小东西，现在虽说增加两个孩子，可她的心并没有放在孩子身上。他把这种变化，看成是一场战斗，错误地把小许当成竞争对手。他了解妻子虽为人母，却思想单纯不明世故，这种单纯于他来说是好事，对别人也不是坏事，它会让一个女人，犹如一块白布染上洗之不净的污垢。他同样明白，自己是个能够奉献社会，却在情感上需要索取的男人，他不能失去她，喜欢她就得一辈子掌握她，否则这场人生的战役，就意味着彻底的失败。

和许多转业老兵一样，回地方工作他总感到寂寞，不像在部队那般目标明确、轰轰烈烈。自九岁离家，他独自经历过许多坎坷，没品尝过人间至亲真爱。为此他特别需要有她的爱，盼望这份爱能够天长地久，但他却疏忽了外表单纯的妻子，内心深处有着和他一样的执拗和对爱的憧憬，不免影响了两人情感世界的沟通。

李纹没把母亲的提醒和丈夫的不满当回事，仍然我行我素坚持自己的行为，想我都有了三个孩子，与人交往怎么了？为人不做亏心事，半夜敲门心不惊，我又没做啥出格的事，何怕别人背后嚼舌根？丈夫真爱自己，就会包容这种行为，如果不能包容，这份爱又有什么意义呢？

月底盘账，她与小许又加班至深夜。回家的路上，小许提出：反正晚了，如果你老公不介意，我俩在夜摊吃碗馄饨吧？李纹肚子是有些饿了，原本不想多耽搁，但小许说你老公……这话刺激了她：不就是一碗馄饨吗，又耽误不了多少时间？为何要在同事心目中，造成自己是老公影子的印象。便说是你请客还是我请客？小许说当然我请客啰。她吃吃地笑着说：你辅导我做业务，是我的老师，咋能让你破费呢？说着就从口袋掏钱，小许拦住她：别、别，就两碗馄饨，值得计较吗？我是男人呀。她收回钱，坐下与他吃馄饨。

正好张永成在政府开完夜会，好意来接妻子回家。政府大院离局机关不远，他隔窗望见两人手把手挨近，已在心头犯了嘀咕，现在又见两人又说又笑地坐下吃夜宵，就更不是滋味了。想你这疯丫头果然不检点，与我都有了孩子，还兴风作浪地不过太平日子？但他碍于局长面子没声张，回家闭灯呆坐着生闷气……

李纹回来时，家人已睡下，见丈夫还瞎灯暗火地坐床上抽烟，赔笑问：这么晚了，你咋不睡觉？他问她在干啥？她说我加班哩。加班？他冷笑一声，你在加班吗？想：编，你就编吧。李纹向来反对丈夫在房内吸烟，上前夺下他的烟说，干吗又抽烟？弄得满房间都是烟雾。他端坐不动，讷讷说我从小没爹娘管，轮得着你管吗？她说你是我老公，我不管谁管呢？他额上的青筋暴裂起来：你还知道我是你老公？她整理着被弄乱的床单，说你在家里摆啥局长架子？不是我老公又是啥？他忽然觉得她面目可憎，一个耳光把她打翻在地，咆哮道：深更半夜不回家，我还是你老公吗？她一下蒙了，趴在地上责问道：你凭啥打人？他复点上烟，说你贱呀，放着好好的革命干部不爱，偏爱地主崽儿四眼小许？

她哭喊着问：我与小许怎么了？他恶狠狠地说：你心里明白……李纹心里惊讶，想你堂堂男子汉，心灵咋如此脆弱？我不就与他吃了一碗馄饨，你就承受不了，这以后的日子咋过？她问：你跟踪我？他说你不要脸，我还要脸哩！

我不要脸吗？我是不要脸呀……她委屈地哭过一会儿，瞪大两颗黑葡萄似的眼珠，愤怒地向他宣布：我明晚上还与他吃馄饨，不，上馆子去吃大餐，你信不？

他愣一下，说：你敢如此作践自己，老子就让他在局里待不下去！

次日下班时，李纹想起昨晚的宣言来，就磨蹭在办公室里没走。她想：我若不趁着年轻，调教好丈夫，年纪一大就更把握不住了。小许见她坐着发怔，关切地过来问：小李同志，你都一天没说话了，不高兴呀？她闷闷地说：我不高兴关你啥事？小许觉得奇怪，想她这人咋这样？昨天还是云开日出，今儿怎就乌云密布了？笨拙地上前安慰道：是不是我得罪你了？她眼里噙着泪，说：你没得罪我，是我自个儿得罪了自己。

他果然邀请她吃饭，说你来所里工作三个月了，我还没请你吃过饭哩，今儿你心情不好，我们去饭馆吃饭吧？她没吱声，他问她想吃什么？她负气说：吃饭可以，须由我做东，人都说东福园的酱鸭子好吃哩，今儿我俩也去尝尝吧？

两人就到东福园，找了个靠窗的桌子坐下。昨夜这一巴掌挨得不甘心，李纹赌气要惹恼丈夫，想我嫁给你，又不是你的奴隶，你当局长咋了，难道我连吃饭的自由都没有吗？她迅即点上三个菜，一个当然是酱鸭子，还有一盘蒸泥鳅，外加一道蘑菇炒鲜藕。原本她还想再点，被小许拦住了，说只两个人，吃不完的。点完菜，她还要了两壶热黄酒，分杯斟上，学丈夫的样子，把其中一杯推在小许面前，说喝吧，你当师傅带我入门，我还没谢过你哩。

小许见她如此，心头直犯嘀咕，想她这人，平时蛮节俭的，咋拉我在这儿喝开酒了？为工作，还是为家事呢？她一口饮尽杯中酒，见他没动，催促道：你也喝呀，别婆婆妈妈的不像个男人。他赶紧把酒喝下，疑惑地问：小李同志，你咋了？她酡红着脸笑起来，说你是男人，不知女人做工作有多难？我不想留这儿干了。他问为啥哩？她说不为啥呀，就为我是个女人。他说你不喜欢这工作吧？她泪眼模糊，说我喜欢有啥用呢？别人不要我喜欢，我就没权利喜欢……

这时王安的身影在门口闪了闪，小许没注意，李纹却看到了，在心头更加绝望，想老张同志呀，你到底不放心我啥呢？我肚子里还怀着你的孩子哩，这回我算是与你豁上了，再孬，我也是一个独立的人呀，你有什么权利，阻止我的自由？这般想着，她破罐子破摔，放开与小许交杯换盏地吃喝起来……

待张永成赶来这儿时，李纹已有六七分醉意，见到他的身影，她哈哈地笑着，故意做出醉意倚靠在小许身上，言不达意地问：你说这保尔，为何不娶冬妮娅……小许愣了一下，啥保尔？她说就是和冬妮娅相好的保尔呀……小许惶恐地看着她，终于在她的眼睛里发现异常，扭头看到窗外张永成寒冷的目光，不由在心头害怕起来，夺下她的酒杯说：别喝了，算我求你，我的姑奶奶呀，你放过我吧……说着，就想逃离现场，连说对不起，小李同志，我有事先走一步……

你别、别丢下我呀……她拉住他，醉眼蒙眬地斜睨着窗外的丈夫气歪的脸，假戏真做地说：四眼，你给我坐下，好好喝……我都不怕，你怕啥呢？小许吓坏了，俊脸刷白，挣脱开她的手说：别这样……

张永成见状冲进来，一拳把他打翻在地，拉过妻子说：别在外面丢人现眼，跟我回家去。她哈哈地笑过一阵，沉下脸竖起两道柳眉责问道：凭啥打人？四眼，你也是个男人，给我站起来，还手揍他……

小许从地上爬起来，战战兢兢地扶正眼镜说：我不敢……张局长，不是我，是她请我喝酒的……她转脸呵斥道：你这个㞞包，我俩又没干啥事……他凭啥打你呀？他没理她，却弯腰赔礼道：对不起，是我、我错了……他抬手又揍了他两个耳光，喝道：狗日的，还不快滚……再胡说八道，老子毙了你！

他赶紧用手捂住脸，唯唯后退着出门，一溜烟地跑了……

他拉她回家去，一路上她都在借酒发泄，说你毙他呀，他喜欢我了咋地？你敢毙他，我俩一块儿死……他啥话都没说，只拉着她穿街过巷飞快地跑着，回家把她摔到岳母面前，说看看你的阿囡，变成啥模样？这是在机关工作，不是在烟花巷卖笑做婊子。杨金香先拉长脸看他闹，这时听他污辱女儿，立即像母老虎一般扑过来抓他的脸。他惊慌失措地问：阿姆，您咋了？她指着内屋已睡下的孩子们问：你敢说，他们不是你的种？他双手护住脸正想分辩，小东西闻声冲出来，一头撞向继父，他怒气冲冲地一脚把他踢开……

杨金香勇敢地脱鞋抽他脸，说：你毁我阿囡的名誉，我拿老命与你拼了！启明、智云在床上吓得大哭起来，全家乱成一团……

李纹见状痛苦地哭喊道：都停手，我是婊子，明日就和他离婚。

杨金香愣住了，回头看到她身下的一摊血，惊叫起来：孩子掉了！

小东西在继母住院期间，与阿婆轮流守候在她身边。出事后继父搬去办公室住，家里没大人，杨金香要回家烧饭，他就陪在她的床前。

有一次他悄悄询问继母：阿妈，啥叫离婚？她的脸涨得通红，心头充满悲愤和羞耻，眼泪不由自主地流下来。他问：您咋又哭了哩？她捧住他的脸认真地问：如果阿妈真与你爸离婚，你跟谁？小东西扑闪着幽深的猫眼说：我肯定跟你，可我不知道什么叫离婚？她说：离婚就是两个住在一起的男女，重新分开过。他又问我会与阿妈离婚吗？傻瓜……她含泪笑了，你是我儿子，怎会与我分开呢？他说这就好，只要不离开我，您与谁离，我都无所谓。接着他补充说，永成真和您离婚，就与他离，省得他再打您……

她把他紧搂入怀，感伤地道：小东西呀，以后不许你这样说，不管妈离不离婚？他都是你的继父，是打断骨头连着筋的亲人啊！

经历过这桩事，李纹变得成熟了，出院后她不想再回所里工作，与母亲商量要离婚重回乡下去。原本对女婿有好感的杨金香，这事上却坚定地站在女儿这边，现在全局上下舆论单边倒，谴责她见异思迁失了张局长面子。杨金香不同意离婚，规劝道：傻阿囡，离婚于他没啥，你的损失就大了。她问我损失啥呀？她说你咋不长脑子？你已不是黄花大姑娘了。她说政府的法律结婚自由，离婚也自由。她摇头道：法律是一回事，实际又是一回事。你想过没有？你俩离婚小东西咋办？启明与智云又咋办？婚姻好比一个大水缸，里面能装苦水，也能装蜜糖，你的心有多大，这水就有多深，如果把它打碎，就啥都装不成了。她说装不成就不装了呗。我把孩子们养大不就行了？

她听了这话，伤心地哭泣起来，说人生没后悔药吃。你咋这样傻呢？孩子眼前你能养，以后长大读书、工作、结婚……家里没个男人，能承担得了吗？

李纹心头委屈，还是坚持上了班。小许已被下放锻炼，这事是她连累他，她觉得很对不住，找老姚说清楚情况。老姚说：你不必解释，他向张局长写了保证书，说以后不再发生这种事了。她悲愤地说：可我与他没啥呀？老姚说：谁都知道你们没事，张局长也知道，可就是咽不下这口气。

她问：我该咋办呀？他说：清官难断家务事，夫妻间的事谁能说明白？你权当没发生这事，把张局长请回家住，时间一长，就烟消云散啥都没了。

李纹没离婚，也不请丈夫回家住，只顺其自然地等待着。如此过了一段时间，张永成熬不过，悄悄搬回家来住，两人都当什么事都没发生过，只是感情上比以前淡薄多了……

这年小东西满八岁了，在镇机关小学插班。他虽然个儿比同龄人高，行动却显得木讷，加上平时不合群的性格，在课堂上老师提问，常回答得文不对题，使同学们认为他是白痴。县城孩子有欺生的习惯，见他木讷呆板，便嘲笑捉弄他，这使他感到自卑，常逃学把书包藏在公园假山里，独自在那儿坐一整天，看到同学们放学，又像没事人一样地跟着回家来。母女俩开始都没察觉到这事。直至老师家访，才想起他的神情怏怏的，落落寡欢，显得不正常。有一天，李纹在他上学时悄悄跟在背后，发觉他在公园草地上捉蚱蜢玩……

他自幼就喜欢小动物，在山里住了几年，更变本加厉地与它们亲近。这习惯保留到他去内蒙古兵团，在草原上顺利地与各种动物沟通，直至后来官至海城市副检察长时还这样，他临终前还有个职务，是市动物保护协会主任。

李纹没时间也没能力做规矩，就让母亲管教他。杨金香把他捆在屋背后的茅厕内，说你祖上是秀才爷，读过很多的书，咋到你这代就不读书了呢？他瞪大一双猫眼，委屈地说他们欺生打我呀。她想了想，说你阿爸是打仗出来的，不怕来硬的，只怕欺软的，你不也生着一双手吗？这一点拨，小东西立马醒悟，想对呀，我也生着一双手呀，这双手是干啥的呢？自此有同学欺侮他，人众他忍着，人少时用头撞人回击，很快便有个铁头建国的绰号。老师与家长们，又分期分批家访告状来了。张永成恼怒起来，抛开母女俩的亲情保护伞，采取强有力的镇压措施，使可怜的小东西每天伤痕累累……

至冬天，李纹又怀孕了，这次她吐得厉害，杨金香觉得奇怪，咋生第三胎了，反应还这么强烈？李纹的心情又变坏了，常莫名其妙地作践自己，为子女教育的事与丈夫吵架。多年后，建国回忆那时期的家庭暴力，说：有一次我打了同学晓民，爸的教育方法是双手倒提起我，从三墩桥上摔下去，怀有身孕的阿妈见此情景，寒冬腊月天的跟着从桥上跳下……待爸把我俩从水中捞起时，我都快冻僵了，他俩进行一场我这辈子刻骨铭心的对话——

他问：你为他陪葬呀？她冷漠地说：不是我，是腹中的阿三、你的孩子和他一起葬身河底，这样你会觉得开心吗？

他显得很愤怒，说：在这家里，我连教育孩子的权利都没有吗？

她寸步不让地回应说：这要看你如何教育？他们是孩子却也是个人，是人就该受到尊重……

两年后，山南县开始“反右”整风，这时直属税务所已单独建制，划归镇政府管理。小许下放回来，胡子拉碴的变了形，被人称为老许，因李纹还在所里，他被调回局税政科工作。

县机关“反右”领导小组由秦大泉任组长。这场斗争的结果，他把两个得力部下，陈乾康变成右派下放劳改，而张永成也险些弄成思想右倾，从财税局长的岗位，交流至基层公社任党委书记。他在后来史无前例的“文化大革命”中，以沿海县党内头号走资派的身份，在“五七干校”劳动改造，向同样是走资派的张永成叹息说：我党内部整人的运动，其实在肃反和“反右”斗争中已经形成。他回应道：你现在后悔了吗？他说是的，我后悔了却无意义。

当年他与部下谈话时，情绪非常激昂，说共产党革命能成功？是把支持我们的人团结得多多的，把反对我们的人打击得少少的。这不，两次土地革命，蒋介石依靠几十万人的地主和资本家，而我们伟大的毛主席，却团结四亿人口的农民共同奋斗，所以我们成功了，老蒋只能逃到台湾去……

接着，他的讲话更充满挑战性，指着他俩道：你供销系统从业人员多，按比例给六个右派指标，财税局干部少一些，给两个指标。张永成心里感觉不对劲，只沉默着没说话。陈乾康却没能忍住，说这事怎能定指标？供销系统经济改造全县最好，咋反多划右派？秦大泉的脸拉下来，说大鸣大放大辩论大字报，就数供销系统闹得凶，都是些什么人哪，旧商会留用人员、资本家，变着法儿向党进攻？四眼呀，你头脑里革命警惕性松了啊。他据理力争，说大鸣大放是县委的号召，提意见是公民合法权益。看看、看看，他指着他的鼻子：你这革命立场站到哪儿去了？去年放口子，让牛鬼蛇神跳出来；而今年收袋子，谁反党就让谁付出代价！

陈乾康的脸色变得煞白，仍是不服，嗫嚅说：我不能让执行县委指示的部下，付出不该付的代价。他拍桌子道：这是党的指示，你理解执行，不理解也得执行，咱俩张果老骑驴——走着瞧。

两人从县长办公室出来时，张永成黑着脸走在前面，陈乾康追上来：老伙计，往常你这门大炮，炮火可比我猛烈，今天你咋一声不吭？他问他有没有兴趣喝两杯？他说好呀，是很久没喝了，小李同志还好吗？他说好呀，她又生了一个女娃，等你给取名字哩。他笑起来，说启明、智云，不都是我给取的名嘛。

这日，两人喝了一坛子家酿黄酒，其间张永成要打电话请秦大泉，被陈乾康阻止，说今儿他来，我就走。他问：四眼，我转业下来第一桩事，签发执行兄弟死刑，换作你干不干？他说我没遇上，但我想，大概不会吧！他笑道：这就是工农干部与知识分子差别呀？他问你是工农干部吗？他说我在打游击时学过几个字，不是工农干部是啥？他取笑说：就你阿爷出洋开药店，阿爸干革命前当判山，兄弟在城内开鹤鸣堂药房，能是工农的成分吗？老秦算是彻底的工农干部，他这茬干部在县以上领导层不占多数，其实共产党革命，最初由知识分子发动，如我阿叔、你阿爸和中央、省里许多领导同志，都出身于知识分子家庭……

他问：你知在老秦办公室里，我为何不吱声吗？他说是呀，这使我奇怪，记得打仗时，你常抱起战士的机枪往前冲，我拦都拦不住，咋现在变得唯唯诺诺了？他叹息道：打仗阵线分明，敌人就是敌人，朋友就是朋友，如今却有许多事扯不清楚哩……他又问：记得当年老秦与我俩说过的话吗？说共产党执政要让天下百姓吃饱饭，你当财税局长，难道不明白全县税收来自何处？他说我当然知道，你供销系统“三反”基础好，是功臣嘛。他说这就对了，我与县委的分歧，就在发展以国营企业为主体的工商业上，就如你廿四房解放前做药铺开垦药材，就是很好的副业收入呀，职工提意见，目的要帮助执政党发展经济，我能昧着良心把他们打成右派吗？

这晚两人都喝醉了，站在三墩桥上唱《解放军进行曲》：向前向前，我们的队伍向太阳……相搂着躺倒在石阶上。夜深时，李纹带着杨金香和小东西，直拖横抱地，才把他俩弄进屋里去……

县委给财税局两个右派指标，张永成每日躲在办公室内抽烟，煞费心机。半个月后，他向秦大泉上交了一个指标。这个右派是自愿的，名叫王天义，地主家庭出身，对党的“土改”政策不满，平时经常发牢骚。在“反右”斗争前，上蹿下跳，活动频繁，恶毒地向党组织提了许多意见。临到革命干部和工人阶级反击，他看过报纸后主动投案，找他说：局里要划右派，我报个名。反正逃不掉，提前向组织报到，争取从宽处理。他见他如此仗义，就有些同情他，说划成右派后没工资，要下放到农村去改造劳动。他叹息道：是福不用等，是祸逃不过，天劫难逃，我想躲也躲不掉。于是局党委就上报发文件，反正他自己愿意，批倒批臭后处理回乡便是。还有一个名额，却使局领导难定，在党委会上相互推诿，大家知四眼老许因李纹的事，与局长有过节儿，便想把这任务交给他完成。

这使张永成感到为难，在主观愿望上，他并不想把老许弄成右派，这事一码归一码，与评右派不搭界。但他又怕别人说，他与他妻子还有勾搭，公开护着显然有失身份，为此他找老许谈话，希图说服他当右派。

老许经历那次风波后，变得邪门，仗着有业务能力，也犟头倔脑地不听话，可此时，他正与阿玉搞对象哩。她是公私合营山货店主的女儿，还在读高中，小姑娘蹦蹦跳跳的，骑着一辆凤凰牌自行车，放学后就找他，用颀长的双腿架住车身，在局门口不加掩饰地尖声喊：四眼老许，四眼儿呀……他听到这声音，就会满脸笑容地从办公室里出来，噌噌噌地跑下楼，站在她面前笑嘻嘻地说：你来了？我还没下班哩。那女生长得漂亮，瞟着一双媚眼，听完他话满不在乎地腰肢一扭，拉他坐在自行车后座上，娇嗔地说：向领导请个假吧？今晚我妈炖了猪蹄筋，叫你到家吃饭哩。他抬头向楼上看一眼，就只看一眼，身子便如被磁石吸住似的，黏在车上乖乖地跟她走了。

平心而论，老许除不听话和提前下班陪对象外，工作却还认真，现在他在局里担任核算员，每张财务报表，计算都在小数点两位后，精确到一分一厘。为提前下班的事，他曾找他谈过话，他也表示虚心接受，却屡教不改，因为那女孩儿长得实在漂亮……

此事在局党委研究后，张永成回家旧事重提。李纹问他啥意思？他说没啥意思，就是想问问你，对他还有没有感情？李纹火了，说你说的是人话吗？我现在都三个孩子，难道还怕你老婆被勾引走？他解释说不是这意思，是他同情他。她赌气道，啥同情？你们做这种事原本就缺德……

他还约老许在东福园吃饭，两人喝了一坛女儿红黄酒。这酒要封存十八年才启坛，是有钱人家嫁女儿办喜宴用的，主人在女儿出生时酿酒灌坛，埋酒窖封存，待女儿出嫁才取出来。酒装进去时为清黄色，开坛时就变成棕黄色，封存越久，酒量越少，浓度却增加，散发出一股浓郁的清香。

那晚是他掏钱请客，好端端的没事，要把人弄成右派，不请客能成？两人酒喝得越多，话也就越多，老许没王天义的气派，待弄清真相后低头哭了。他说哭顶个屁用，你是不是个男人？老许说你们要打我做右派，还不准我哭？他蛮横地说：你是男人就不能哭，老陈还当着供销社主任哩，被定为右派笑笑地离去，一滴泪水都没流。他说我哪能与领导比？摘下眼镜，用镜盒内的绒巾擦拭着哀求道，我能理解领导苦衷，不是不愿当右派，只是我还没结婚，阿玉知道不会再嫁我，领导一定要划右派，是不是待婚后生米煮成熟饭。他说这事急，等不到那时候。老许便不再吱声，只顾低头喝闷酒，直到把那坛女儿红喝净，他才摇摇晃晃地站起来说：天雨君行早，反正躲不过，我就学王天义当回男人吧。

这时张永成酒劲上来，脑子里忽然冒出一个主意。他天生就有这种小聪明，在以后的政治生涯中屡屡逢凶化吉，成为他晚年自豪的资本。陈乾康划右派下放后，他在家得意地对李纹说：老陈，嘿嘿……还是知识分子哩，脑子真不如我灵光，把自个儿都弄成右派，我如果不想办这事，就有办法推翻领导的意图。他这种小聪明，往往产生在酒后似醒非醒间。他的一生，没其他嗜好，就喜欢喝酒，而且专喝这地区的黄酒，一般不轻易醉，喝多也是文醉，不会拳打脚踢地闹事；醉了就钻进桌底睡觉。如没人喊醒，会沉睡一天一夜，醒来先喝茶，然后再喝酒，这喝法叫回笼酒，不需什么佐酒菜。晚年的他讲究养身之道，酒量骤减，不再这般喝了。他说财税局有十六个干部，按指标为十分之一，四舍五入，王天义已认右派，只留下十五个人。按理五是要入的，却划不成整个右派。说你不必哭了，我给你定个“边右”，保住公职还上班，阿玉就不会离开你。

他问“边右”是啥名堂？他解释说：老秦作报告时讲，我们的同志要警惕呀，有人虽没划成右派，但工作消沉、出言不慎，到了右派边缘，一不小心就会滑下去。老许还不放心，说划成“边右”，能领工资不下放吗？他说还是自己的同志嘛，只要你以后说话谨慎，不再陷进去就行。老许这才高兴起来，说如果这样，“边右”帽子我戴，以后说话一定谨慎……

老许在定下“边右”后，思前想后觉得不对劲，感到这般承当也太亏，又跑去直属税务所找李纹，想通过她向丈夫说情，把这事给缩回来。

李纹当时又是大腹便便，准备生第三个女儿——阿四智林。他在下班路上拦住她，望着她傻傻地笑。她也愣了愣，这男人的容貌没啥变化，还如她初识时那般身板单薄，在脸上挂着一副简单的笑容。见他唐突找来，她感到意外，讪讪地问他有事吗？他嗫嚅说对不起，我来给你添麻烦。接着结结巴巴地诉说：我该咋说呢？以前请你吃夜宵，是我不对，张局长是局里的领导，我对不起你……她说你有话快说，我还要去贸易市场买菜哩。这个，是这样的……他显得越发紧张，在平滑的额头上冒出汗珠子，简单地说：我反悔了，不想当"边右"，这会成为我政治上的污点，请张局长把上报名单撤回来，换成更合适的人选。啥"边右"？李纹显得不耐烦，说你们男人之间的事和我无关。转身欲走，他拉住她，双膝一软跪在路旁。李纹心头一紧，撇撇嘴角，脸上露出鄙视之色来，想：男人的膝盖，咋能变得这么不值钱哩？

两年前，张永成与妻子和好后，曾得意地向秦大泉报告战果，说冷战结束了。秦大泉口里嚼着食堂饭，说了两个字：差劲——他说我咋又差劲了？按预定目标打持久战攻下山头哩。他放下饭碗摇头：论打仗，你不是我对手，敌方反击咋办呢？他说继续战斗呀！他笑起来，说狗屁，你得插上军旗巩固阵地呀，对付女人最好的办法，就是在占领区内，不惜代价地留下胜利者的印记。他问啥印记？他说：孩子呀！只有不断耕种，就有收获……

这想法得到岳母的支持，由供给制过渡为工薪制的他采用经济措施，交出三十元钱由岳母持家，交换条件是敦促妻子让他插上更多的军旗，来延泽家族的精神。李纹知晓母婿合谋，把她作为交易后非常愤怒，责问咋把她当生育工具？杨金香不愠不火地问：你知你俩为何吵架吗？她说还不是他小心眼儿呗。她说不对，女人由孩子决定家庭地位，你要使他心眼儿变大，就得为他多生孩子……

李纹在丈夫和母亲的围剿中，违心地充当廿四房的生育孵化器，随着阿大启明和阿二智云、阿三智枫的出生，她少女时代对事业的憧憬，仿佛像挂在天边的云彩，在平凡和忙碌的家庭琐事中逐渐远去。这期间她的床头，不见了托翁的《安娜·卡列尼娜》，代之而起的，是充满腥臊味的尿片和奶瓶。

老许的乞求，虽使李纹不屑——男儿膝下有黄金，他咋能当众跪地求她呢？但她却同情他，如果没她与他共吃夜宵，他会沦落到今日这地步吗？

当晚在床上，她与丈夫进行一场激烈的战斗。她皱起鼻翼，用那双传神的丹凤眼，鄙夷地望着他那张黑脸说：你这人下流呀！他说我不赌不嫖，咋为下流？她用鼻子哼一声道：老许请我吃过一次馄饨，你就把人整成“边右”？他讷讷问：他找过你了？她说他找我又咋的，你做得不对嘛。他跳起来咬牙切齿地说：这个四眼，也太不够朋友，老天爷错把男人的玩意儿，安在他身上了！她问他还是不是人？他说我不是人是啥？她说是人，就不能恶作剧假公济私，拿别人的前途开玩笑。他愤怒地把床边的一盏台灯打翻了，歇斯底里道：时至今日，你还包庇他？究竟与他啥关系？你给我滚……滚出这革命者的家庭……

这晚上空气很沉闷，她默默地挺着肚子走出门去，委屈地蜷缩在三墩桥洞内哭泣，忠实的小东西也从屋里走出来，陪伴在她身旁，问咋了？她说没咋的，是阿妈的心情很糟，想出来透个气。他说：是牛人又打你？她摇头说没打我，是你爸人品不好，竟为我与人吃了一碗馄饨，就把人家弄成右派。小东西问啥是右派？她说右派就是站在政府对立面的敌人，不能为人民服务当干部了。

说着，她搂着他哭了，说真后悔当初嫁与他。他点头说：我知道，你说过为了我才嫁给他。她凝视着他，说小东西呀，你还太小，许多事都不明白，你阿公临终时说过，女人可以包容男人的无能，却不能原谅他昧了良心。他又问良心是什么？她悲哀地望着星空道：良心就是老天爷能看透的人性呀。

待杨金香抱着阿二智云、阿三智枫，带着阿大启明，踮着半小脚找到她俩时，小东西和李纹身上的衣衫，已被初冬的露珠濡湿……

杨金香弄清原委，劝说女儿为肚子里的孩子，不要再与丈夫怄气，说你真是猫拖咸鲞——多管闲账，好端端的一个家庭，才安定下来，又为别人的事闹翻了？李纹不甘心，说我也不想吵，这事他做得不公正，人不能昧着良心做事呀……

这次张永成接受教训，没与妻子打持久战。他知她怀孕了，晚上发过脾气，次日就向她道歉，婉转地批评她不能垂帘听政，干涉局党委正常工作。说我不与你吵，你怀着孩子哩，阿姆嘱咐要我让着你，不能动了胎气。他开始执行秦大泉的指示，能忍则忍，只要军旗还插在占领区内，她就无法脱离他的控制。

但李纹还是感到气愤，找局党委副书记老石，说你们不能把老许弄成“边右”。老石奇怪地问：老许都同意做“边右”，与你啥关系？她支支吾吾地说：老张这人思想封建，就因为我与他吃过一碗馄饨，他妒忌报复他。你们要定就定我……她拍着隆起的肚子说，我生了三个孩子，眼看这份工作也做不成了？不怕当右派！老石听了这话笑起来，说小李同志呀，你幼稚哩，认为右派想当就能当的？你又没言论，怎划你做“边右”呢？她问老许可有言论？当然，他丢出一沓材料放在桌子上：没张局长保护，他连公职都保不住呀。她这才没话可说，回家虽仍不理丈夫，心里却安稳得多了，认为不是自己害的老许。

此后，张永成几次找秦大泉，想把老许的“边右”给缩回来，弄得秦大泉烦起来，指着他的鼻子开骂：你浑呀，泼出去的水能收回来，以为党的“反右”斗争在玩儿？要不把你也整成“边右”，看你还咋为人民服务？他嗫嚅着说：我是不能顶替他，当右派就没法工作了，你说过要让这里的穷人吃饱饭，我们才开始工作哩……

这年底，李纹在县医院生下了智林。智林出生时，身子像一只剥去皮的老鼠，只有四斤九两，比启明和智云、智枫少了一斤多，因奶水不足，常在夜里啼哭。她身子虽小，啼哭声却很响亮，这使白天繁忙的张永成，心情显得格外烦躁，埋怨说：烦死了，还让不让人睡觉？我明天还要工作哩。李纹反唇相讥道：我说不要生，你非要生，她要哭，我有啥办法呢？他问：不是说好交给阿姆管吗？她说妈也要睡觉呀，再说夜里得喂奶……

他睡不着，躺在床上寻思：狗日的，插军旗需要代价哩！又站在窗口抽烟，腾腾的烟雾，呛得母女俩连连咳嗽，已有四个孩子的李纹，一反婚前的浪漫文静，像母老虎一般扑过去，夺下他手上的烟，吼叫道：你想熏死孩子呀？

他一愣，即举手投降了，赔笑道：好、好，我不抽……睡觉行了吧？

隔几天，杨金香买来几罐奶粉，抱过去冲奶瓶喂智林，她不喝还啼哭。杨金香没办法了，又踮着半小脚，买来红纸让小东西写上：天皇皇、地王王，我家有个夜叫郎，过路君子读一遍，一觉睡到大天亮，贴到街口巷子里，说能治孩子的夜啼症。结果也不灵，智林还啼哭，弄得杨金香也恼了，骂她是断命的讨债鬼，非把人给折腾死，埋怨女儿在前世亏欠了她，现在她转生索还前孽哩……

在那些母女俩精疲力竭的晚上，小东西会把哭得奄奄一息的智林抱过来，妹妹乖、妹妹乖地叫着，用指头蘸奶液放进她嘴里，智林果然渐渐止住哭声。

卷三

战士与土地

14

张永成生命中最辉煌的时期，是在幸福公社党委书记的任上。幸福公社地处沿海县北部，自五代古越国始，就建有许多大大小小的盐场，为越盐主要产地。国民政府管辖时，单独设立过盐业特区，由于产业结构和土质的变化，盐井大多废弃，造成几万盐民农不农、盐不盐的自流状态。解放后重划行政区域，归沿海县管理，演变为农盐渔三者并重的区域，那时公社划分很大，相当后来几个乡镇的建制。祖母秀才娘子的娘家相公殿下人渡村，属于公社中心地段，后来建国上任当县长助理，才又分立开来，变成县级经济开发区。

放牛娃出身的他，身上流着的是廿四房祖先不安分的血液，那种认死理的性格，限制他革命理想的发挥。青年时代揣枪东跑西颠，钻树林、睡山洞，在青山绿水间，神出鬼没地打击日本侵略者与国民党反动派的岁月，又使他生就一条劳碌命，如山林里泣血司晨的红襟鸟一般，喜欢从天亮到天黑整天飞翔着觅食，没时间思考和享受生活。从部队下来后，他不适应坐在办公室开会、看报的日子。说共产党啥都好，就是不让人干活，坐班都闲得骨头痛。还说工作的四十多年间，至少有一半的时间，消耗在无所事事中，人咋能这样活着哩？

发生在 1957 年山南县“反右”斗争的结果，使这个地区的干部轮换与调动。秦大泉带着张永成等一大批干部，从山南交流到沿海县工作。当时干部们都恋栈不愿动，毕竟是一块熟悉的土地呀，在这儿洒下过心血和汗水，却恰恰遂了张永成夫妇心愿。当他把这消息告诉妻子时，李纹也兴奋起来，说是好事呀，我早在机关待腻了。他问她怕不怕艰苦？她转动着活泼泼的大眼珠道：你不怕我又怕啥？人不趁着年轻干事业，到老了就会后悔。

临走前夕，县委欲举行欢送会，动员组织市民集会，表达大家对开辟这地区工作的干部的敬意。没想到别出心裁的秦大泉，半夜里通知大家，一大早打背包在县中操场集合，包了一辆专车，神不知、鬼不觉地就撤离出阵地。

路上他问张永成：你知我为何这样做吗？他说革命者无功不受禄，保持艰苦朴素的革命传统呀。他的眼眶有些湿润，说你说得对，无功不受禄，窝囊呀，我这县长干了八年，没把这块土地改造成米粮川和桃花源。老子从部队下来时，风风光光，调来老陈和你，想甩开膀子大干一番事业，现在损兵折将，把四眼弄成右派，只留下你和我。新县委组织人摆功欢送，你说我能担当得了？他心里同样伤感，却劝慰说：你不能这样想，我们多少做出一些成绩。比如……他摇头说：狗屁，离目标差得远哩，我俩都是四十岁的人了，还能为党干几年？

途中两人交谈，张永成问秦大泉：我俩同去沿海，你想让我干啥？他说你还干老行当，当财税局长呗，只要有税利，就可以搞基本建设。他说我不想干了。他圆睁豹眼说：狗日的你还摆谱，啥时候学会挑岗位的？革命不是请客吃饭，不是做文章，咱当兵出身的人，党叫干啥就干啥哩。他说这道理我懂，党指挥枪杆子嘛！但是老首长呀，打仗决策靠参谋，冲锋得靠连队，我这人不适合留机关，想下基层做个冲锋陷阵的连长，替老百姓干些实事……

你真这样想？他赞叹道，还称得上是一条汉子，那个美姣娘能跟你转吗？伙计呀，过去咱是单身，现在有家室，不能光顾前线，还得考虑后方稳定。

秦大泉到沿海任县委书记，第二天就召集干部开大会。在台上念了一大串统计数字后，丢开秘书为他写的讲稿，腾的一下跳起来，一条腿立地，另一条腿踏在椅子上，卷起衣袖说：大家都知道，共产党为人民谋利益，我老秦是当兵坯子的出身，在“三野”也算得上一条汉子，在山南县干了八年，没让老百姓过上楼上楼下、电灯电话的日子，组织需要调来这儿当书记。从统计的数字看，这地方比山南县人多田少还穷，今天我向大伙儿发个毒誓，不把这儿的生产搞上来、百姓有口饱饭吃，我这把骨头就埋在这儿。你们跟着我干，没把管辖的这方土地折腾出一个名堂，谁都别想离任调走！

这番话说完，台下一片掌声。他愣了一下挥手道：鼓掌算屌蛋？有种的每个单位立一份责任书，明天交到县委来；没种不愿干的，马上写辞职报告，我批准回家哄老婆养娃儿去。狗日的散会……

张永成在这次会上，被宣布担任幸福公社党委书记。

会后他重回山南县城，动员妻子和全家跟他去那儿落户。当着岳母和孩子们的面，他抱起她托住腋窝，高举过头顶喊道：小李同志，你说过要到后海滩涂干一番事业的，现在你的理想实现了……生下智林才三个月的李纹，望着丈夫兴奋的模样，心头同样春潮涌动，流下了热泪。自“反右”斗争后，她与丈夫一样，在心灵受到震撼，做梦都想从机关的是非旋涡中解脱出来。同为解脱，她与他想的却不一样，她已有四个孩子，不想继续成为张家的生育工具。她想：不管我干什么，都得与你分开过，这样对你我都有好处……

杨金香没能理解他俩的想法，惊讶地问：永成，你是不是犯了错误要下放？他放下妻子凝视着岳母说：没有呀，我为党忠心耿耿地工作，咋会犯错误？她问：没有，为何要从城里搬到乡下去？他笑着说这是组织的决定。她还是不信，说你以为家庭是一只篮子，可以由着你性子提来提去？小东西要读书，阿大、阿二要进幼儿园，阿三、阿四寄养找奶娘，不是说搬就能搬的……

现在杨金香掌握全家经济大权，说话腰背铁硬，说你既把这个家交给我管理，我就得负责任。张永成询问妻子：咋不说话呢？她说我同意与你先走，等在那儿安定好，再把家搬过去。杨金香见夫妇俩难得合拍的模样，心头更加生气，想他俩婚后磕磕碰碰地不和谐，一直拿我当砝码哩，如今女婿这般一抱一举，没心没肺的女儿顷刻瓦解。遂沉脸责问女儿道：他疯了，是不是你也疯了？她把手搭在她的肩上，柔声说：妈呀，别急，只要有您在，我家就有好日子过。

她狐疑地问：乡下啥都不方便，咋会有好日子过呢？李纹已决心与丈夫同心同德，改变这块土地的面貌，闪烁着那双眼角冗长的丹凤眼，盯住丈夫的脸道：家和万事兴呀，只要我俩都把心思用在工作上，日子就能过好……

尽管李纹已有四个孩子，因辛劳而显得脸色憔悴，但她完美的身段，还如当姑娘时那般楚楚动人，容长的鹅蛋脸肤色细腻，那双经过岁月磨炼、炯炯有神的丹凤眼，仍像当年那样摄魂夺魄引人注目。

跟随张永成重回相公殿滩涂察看的她，心头涌动着改变人生的想法，再次鼓动他带她欣赏大海，问：你知我为何答应跟你来这儿吗？他心中洋溢起六年前下着豪雨，带她来这儿看海的情景，说我当然知道，这是我爸革命闹二五减租的地方呀。她说不，是我眼前晃动那些不识钱的乞儿们……她的眼中饱含泪花，说当初嫁给你，你说过会让我成为一个战士，可这些年来，我却一直生活在平庸中。他望着她由于憧憬而变得灿若春花的脸，不免心酸，讷讷说：对不起，其实这些年，我的心情也糟透了，没想到战争结束后，共产党人奋斗的步履如此艰难。

她心中冒出一个大胆的念头，既然他没改变初衷，她为何不能趁机尝试不依赖丈夫独立的人生呢？这念头使她激动，却又使她犹豫，她能丢下需要她伴随的丈夫和四个尚幼待哺的孩子吗？

岁月又仿佛回到从前，两人踯躅在高耸的海塘上，看脚下的大海潮起潮落、波涛汹涌，在胸中重新燃起往昔的激情。只见浩瀚平坦的滩涂上，有几个以靠海为生的渔佬，正在潮水中光着身子，在阴冷的海水中运动拉网，抖动着手中的网索，把原先沉进潮水的网兜收拢，摘下留在网眼和竹筒中的鱼虾，丢进拴在身后的圈笼里……

李纹呆呆地看着，那双明亮的丹凤眼中，又渐渐地溢上泪水来。他发现她的变化，问咋又哭了？她掏出手帕擦拭泪水，颤动双唇道：天冷，他们都没穿衣服呀？他告诉她，靠海人下海都不穿衣服，冬天捞寒潮也这样。她问他：这在你眼里显得平常是吗？他说是呀，因为他们是男人。她说男人也是人呀，这季节城里人还穿着夹袄哩。他解释说海水的腐蚀性太强，新衣服浸泡一个月，就会变得千疮百孔不经搓洗，你看他们的手，每个指头不都是伤痕累累？长年海水侵蚀与鱼、虾的蜇咬，使他们手指的关节变了形……

她问：世世代代都这样？

他说：是的，世世代代都这样呀。

她伤心地哭着，他不知如何安慰她。自县委决定担任幸福公社书记那一刻起，他仿佛是一个久别队伍的老兵，重新回到炮火纷飞的战场上，找回那份激动人心久违的感觉，他知她也需要这份感觉……

日光西斜的时候，晚霞在蔚蓝色的海面上跳动，嫣红姹紫的异常美丽，退潮的滩涂露出海面，呈现出一片古朴和苍凉。渔佬们从海水中上来了，果然是赤身裸体，露出像海豹一样棕黑色的皮肤，在夕阳下闪烁着荧光。她心中的想法逐渐变得清晰，说回去吧，我知道该咋办了。

李纹在最短的时间内，作出了命运的抉择。她不能失去这机会，人生短短几十年，女人真能做事业的只有十几年。为此，她雷厉风行地回去山南，迅速办妥调动手续。她知这决定，必使全家人舍弃已获得的稳定生活，去追寻祖先的足痕和岁月的动荡，但她已经决定，人下了决心，就不能三心二意。

满腹牢骚的杨金香，对他俩的行为表示愤怒，说我算摊上你们这对只知生不知养的夫妻了。她没因她的反对而动摇，说妈，原谅女儿不孝吧，我知这样做对不起您，但我没办法，我有我的人生呀。杨金香没能力阻止她的行为，赌气把贴身衣裳整理进藤箱，丢下孩子们逃回天街老宅去。临走向她抛下一句话：早知要去那苦地方，我跟你俩进城干啥？还不如待在山里种贝母哩。

李纹面对这突然变故，显得异常冷静，询问继子和子女们：阿婆待你们好不好？四人都说好呀。又问你们愿与阿婆在一起，还是跟阿妈走？启明说无所谓，智云与智枫却说要跟阿婆，智林不会说话，瞪起小眼睛看着她，小东西嘴里咬着手指甲，思考良久才说：我需要这家，不想离开阿婆，也不想离开妈……

她止住心头发酸，俯身向他面授机宜道：妈走后，这家不能散，你是家里老大，我派遣你当特派员，负责把阿婆请回来，待我安定下来，再接你们过去。他问阿婆不肯回来咋办？她拍着他肩膀笑道：你认为阿婆真舍得丢下你们，她是与阿妈怄气哩？你把阿四放奶妈处，领阿大、阿二、阿三去李家，阿婆不回来，你们也不回来，告诉她说你们不会离开她。他说：可我们不想离开妈呀。她说有阿婆就有家，有家就有你们的爸和妈。

果然，杨金香在女儿走后第三天，就在小东西和众外孙的簇拥下，踌躇满志地返回三墩桥宿舍。当晚她主持召开家庭会议，问大家说：爸妈都不要你们了，咋办？阿大、阿二、阿三，在小东西的授意下，齐口同声地回答：跟着阿婆过日子。她泪眼婆娑地说：阿婆老了，只能管你们一阵子，管不了一辈子呀？

四张小嘴齐口同声地说：阿婆不会老，会活到一百岁哩。

她听着扑哧笑出声来：一百岁？不就成了老妖婆……

李纹离开直属税务所，却没去幸福公社报到。幸福公社其实不幸福，为何取名幸福？按当地后人的说法，是不幸福的人们对生活的憧憬，如果真获得幸福，就会向往痛苦，如眼下城里人时尚攀岩探险，在极端环境中寻求刺激一样。任性的她怕丈夫反悔，没和他再商量，擅自求见县委秦大泉书记。

初来乍到的秦大泉，由于操劳而神色憔悴，正为安排干部的事烦心哩。作为战场指挥员，每逢大战来临，所考虑的不是胜负的结局，而是决定操作的人选。在初见她的一瞬间，他感到时光的倒流——走进办公室的美少妇李纹，在再次决定人生命运的时刻，显得容光焕发年轻靓丽。她穿着一身合体的列宁装，剪着齐耳短头，乌黑的头发上夹个红发夹，像一朵绚丽的山花，脚步轻捷一跳一跃地，出现在他的面前。

他握住她绵软的小手，亲切地问候道：小李同志，没想到你会来找我。她侧着头调皮地反问：我不能来吗？他说欢迎，是不是老张又欺侮你了？没有，她平静地回答，老张现在没时间欺侮我了。他说狗日的，他把军旗插满阵地，都有了四个接班人……

她说：我向您要求一件事。他摊开双手道：快说，凡我能做到的，一定帮你办。她像一个战士似的，立正站在他面前：我想独立开展工作，只要不与老张在一起就行。他问为啥？她说很简单，我才二十六岁，就有四个孩子，已经为老张牺牲许多，不想年轻轻地圈死在家庭中……

秦大泉用手指敲着桌面，沉思许久没回答。在中学任教的妻子，这时才为他插上一面军旗，连同随发妻生活的大傻与二妞，他也是三个孩子的父亲……她见他犹豫，担忧地问：你不会不同意吧？他说我同意，你是第一个提出不要照顾夫妻关系的干部呀，咱不玩插军旗的游戏了，农村生产力解放，妇女冲出家庭羁绊是重要因素，县委感谢你能带这个头！

张永成得知妻子另立山头，心里非常生气，却因为自己的承诺，不好反悔。他想起婚前实施过迂回战术，决定先下手为强，来个釜底抽薪，通过当地组织，旋风般地把在山南的家，搬到幸福公社驻地——相公殿。他对岳母说，只要阿姆和孩子们与我在一起，小李同志迟早会回到我身边。杨金香尽管心里不愿意，为报复女儿的任性，顺从地围着他的指挥棒转。

站在海边迎接岳母和子女的张永成，像孩子似的与妻子赌气：你不愿与我在一起，我把家搬来守株待兔，看你能在外面坚持多久？

这时已参加企业培训班的李纹，知丈夫抢先搬家到滩涂，虽七桶上、八桶下地不放心，心中却主意牢靠，想是该让你尝尝担负家庭责任的滋味了！棉花加工厂是新建单位，隶属于县供销社，秦大泉在山南与陈乾康发展农村经济有分歧，到沿海却大张旗鼓地搞起来，他让县社副主任章颂任厂长，李纹当副厂长，协助他管财务。李纹只身报到时，那儿还是一块荒芜的坟滩，章颂拖着一条战争中负伤的瘸腿，一瘸一拐地，指挥两辆推土机平整土地，沿边插着十几面迎风飘展的红旗，几只觅不到食的枯鸟，蹲在旗杆上，不时地啼叫几声……

她从长途汽车站下车，七转八拐地走了几里田塍路，有些气喘地站在路边喊：哎——章厂长，我来报到了……

章颂眯缝起眼睛注视她一会儿，狐疑地问：你是李副厂长？

她说：是呀，是呀……我就是李纹……

他还站在原处，向她招手道：下来吧，帮我指挥推土机。她双手合拢嘴上问：我的行李背包放哪里呀？他说先放在田埂上吧，等会儿收工再说……

傍晚收工时，他吩咐她在工棚内帮助煮饭，自己出门去买菜。李纹见工棚狭小，架了三张床，旁边已没空处，便追上来问，晚上我睡哪儿呀？他回头向她诡秘地一笑说，我把你吊梁上晾起来。她嘟哝说我又不是衣服，能晾起来？他没再理她，一瘸一拐地走了，她赌气地把行李丢在他的床上……

晚饭只有四个人吃，章颂、她和两个推土机手，他向他俩介绍：过几天我要去省机械公司洽谈设备，这儿的活，先由李副厂长领你们干。副厂长？两人都笑起来。年轻人说，我还以为是改造思想的大学生哩。那年长者回应道：哪有这么年轻的大学生，恐怕还没中学毕业吧？章颂一拍筷子：吃饭吃饭，人家李副厂长有丈夫家庭和孩子的人，别癞蛤蟆总想吃天鹅肉，瞎猜想……

吃过晚饭，天就黑下来，工地上有一闪一闪的磷火在游动，她问章颂：这是啥呀？他说是鬼火，你怕不怕？她摇头说不怕。他点上蜡烛道：伙计们，白天辛苦，早睡早养息，明日还要赶早干活哩。说着把她的行李提手上，说走吧。她问去哪儿？他说你还真想睡在这儿？放心，没人把你给弄丢……

她跟他走出工棚，外面天黑得看不清路。他提行李与马灯走在前面，她背着背包跟在后面，约莫走了两里地光景，见到三两灯光，又领她拐进一条暗巷，再行百十丈远，来到一座泥墙剥落的庵堂前。路上两人都没说话，直至进屋，在一张旧尼姑榻上把行李放下，章颂才从案桌抽屉内取出蜡烛点上，吹熄马灯道：秦书记号召艰苦创业，厂里还没建宿舍，你在这儿将就住吧？她说我没意见，只是……他问啥？她支吾道：我是女人，解溲……他打量她一会儿说：你不是自带痰盂吗？晚上对付一下，这庵堂内没人住，我走后，你闩上门很安全的。她说不仅晚上，白天也要，我都憋大半天了，以后女职工报到，咋上工地干活呢？他点头说明白明白，都说雌马上不了战场，还真有这许多的麻烦。

这天晚上，李纹没睡好，心里尽想着家事，婚后她没离开过家。这里尽管简陋，却充满温馨。她担心搬去滩涂的杨金香、小东西和儿女们，她们住哪里？房间够大吗？是否习惯随丈夫生活？令人可恼的是，这屋子没到立夏就有蚊子，虽不叮人，却嗯嗯嗡嗡地叫着烦人。她平素觉就少，有一丁点儿声音就睡不着，加上初来乍到有些兴奋，也有些失望，在床上辗转反侧，竟一晚上没合上眼睛。

次日再至工地时，见章颂已把工棚的一角用布幔遮住，在里面放了一只尿桶。这下行了吧？他指着屋角落问：我的姑奶奶呀，这可是你的专利。她打量一会儿，瞪起眼睛问：我行了，你们咋办？我们，嘿嘿……他望望屋外的旷野，诡秘地笑道，没你们那么多的麻烦……

不行，她拉下脸来，组织上要求艰苦办厂，但得讲文明。

张永成初到滩涂，面对着亩产不高、刚改造过来几千亩的棉田与更多泛着白色盐花的盐碱地，还有那一口口枯竭和未枯竭的盐井，心情十分激动，眼前又梦幻地出现祖母秀才娘子和父亲张振耀，从撞钟山麓林子里红襟鸟唧唧咕唧唧咕的喧哗声中，脚步沉稳地向他走来……

两人来到他的身边，俯身用脸贴住土地亲吻着，然后抬起头，在脸上充盈着喜悦的表情说：嗬、嗬，我孙子管辖这一大片土地唷！他说阿奶、阿爸，这不是我家的土地，是政府的地呀！一样一样，在现实中显得面目清晰的秀才娘子和张振耀，齐口同声地称赞道：我们知道在这儿生存的家族和子孙，只有土地使用权，不拥有产权，你是共产党的官儿，在管理着这块土地哩，廿四房在你手里，才算是真正地发达起来。

他的心头便像春潮涌动，一浪高过一浪地喜悦起来，想：我跟共产党革命多年，不就期盼让农民获得土地吗？这个愿望我的阿奶和阿爸，几代人没能实现，如今到我手里，能按自个儿的想法，该咋折腾就咋折腾……

他一激动就要喝酒。上任的头个月，这位胸怀雄心的党委书记几乎每天都下生产队检查工作，赤脚下田与社员一起劳动，晚上就住在农（盐）民家里，与随行的公社、大队干部们，拉开桌子一起喝酒。当然还喝女儿红，不过是他自费。那时酒便宜，只两毛七分一斤，他每月六十二元钱工资，只交岳母三十元贴补家用，余下就自己花费，除了饭钱，足够喝酒了。几十年后老态龙钟的他，看到乡镇干部日日聚餐，提出一个口号“我不喝是我的错，我喝醉不埋单是你错”，令他心理极不平衡。对此，他表示出极大的愤慨，说狗日的，钱再多也不能这样喝，会把国家喝穷！是呀，乡镇干部的年收入，富裕地区也只四五万元，有的老婆还没有工作，孩子多，超生指标还罚款，开支却跟着富起来的企业家水涨船高，一幢幢小洋楼拔地而起，要他们像他一样自掏酒钱，能负担得住吗？但当时张永成们，确实自己埋单，在那个特殊的年代，他宁可全家挨饿，也要保持清廉的形象。为了实现事业的辉煌，这酒不可以不喝，喝酒是为鼓劲，年轻的党委书记拼劲十足开怀豪饮，直至与那些公社、大队干部喝得天昏地暗，神五神六地言不由衷。

奇怪的是每次酒喝多后，他的脑袋反倒清醒，清醒后再谈工作——得促使大家干活哩。不干活，能使这块土地富裕起来吗？也有别的干部抢着付酒钱，毕竟他是书记嘛！他见有人掏口袋，瞪起眼珠子嚷道：你算老几，老子是行政二十一级，你付得起酒钱，叫全村男人都来喝，喝死你。那干部赶紧缩回去，于是又由他爽快埋单，他不是任人宰割的猪猡，是家里烧缸灶、见客充阔佬的豪侠。

一伙人喝醉了，讨论公社发展规划。他与同事们的规划极其单纯，就是沿海县在解放前的一千多年中，祖先围海造田，共构筑过九条海塘；现在解放了，他打算建十塘和十一塘乃至十二塘，为后代子孙增加几十万亩耕地。他的理论也简单：共产党人得办实事，工人打铁需要矿石，矿石是从地下采的；农民翻身需要种地，而土地是要人开垦的。幸福公社要使社员们放开肚子吃饱饭，最简单的办法就是围海造田，增加耕地的面积。

王安跟他来这儿任武装部干事，附带照顾他的生活起居。一个月前，李纹不愿跟他到这儿落户，使他觉得没面子，跑去找秦大泉，嚷道：老首长呀，你糊涂了，要办工厂，啥将不能点，啥兵不能调，咋让雌马上战场呢？秦大泉双眼炯炯地打量他一会儿，虎起脸问：老婆是你私有财产吗？他说当然不是，但是我老婆呀。他说不对，小李同志说与你统一思想，同意她由家庭走向社会。他狡黠地笑道：那是我打迂回战布下的迷魂阵，否则她又要与我打阵地战哩，你说过后方不稳，就不能在前线打胜仗。秦大泉训斥道：你这个同志呀，头脑中有封建思想，不尊重妇女。狗日的，你都插了四面军旗，还插？要给劳动妇女有自我发展的空间。他听了龇牙咧嘴地笑着不说话，他拉下脸问：你笑啥？他说上梁不正下梁歪呗，你不是把小陈老师捆身边插军旗吗？这叫革命生产两不耽误。老张，这是你说的话吗？秦大泉跳将起来，我把淑贞留在身边，因为她是县中的教师，这儿是她的战场哩，你说战士能离开岗位吗？他无力地辩解说：我那儿也是战场啊！

秦大泉想了想说：我把王安还给你，这孩子跟你七八年，是棵好苗子，下去培养培养，说不定还真能成个气候。

从县城回来，他有些垂头丧气，想想也是，自己答应她独立工作，说过的话能收回吗？当然不能喽。但他带来忠诚的王安，这小子在渡江战役中，能把身子扑在他身上挡炮弹片，有他在一起，就能放心地在工作之余喝酒。那些天喝醉酒的他，晚上由他用公社食堂的三轮车拉回来。这车已成他私人坐骑，他不会驾车，就由他帮他折腾。酒后的他显得兴奋，紧搂着他厚实的腰板，在路上旁若无人地扯开嗓子吼：

向前向前，我们的队伍向太阳，
脚踏着祖国的大地，
肩负着民族的希望。
……

他这辈子只会唱这首歌，唱其他歌都跑调，唱到兴奋处，他捅王安的腰：狗日的，你咋不唱？他说对不起，首长，天黑看不清路，唱歌分散注意力。真没劲，他嘟哝道：等有条件，公社买一辆师长坐的吉普车，不，不能是吉普，应该是轿车……嘿嘿，咱开到县城去，邀老秦狗日的喝庆功酒哩……

有一次，他喝得酩酊大醉，唱着说着，伏在王安背上失态地哭起来。王安非常吃惊，回头问首长，咋了？他抹一把泪水道：小子，你给我听着，讨老婆不能图脸瓜子漂亮，要讲人实在，能让咱革命军人占领阵地插军旗的。

他知他想妻子了，安慰说：嫂子等我们建设好了，会过来和你团聚。他的头摇得像拨浪鼓，又老调重弹说：我九岁没爸妈，阿奶赶我出家门，没人疼我……我没亲人，你别丢下我……呜呜，狗日的，这辈子我只耗定你了……

15

建厂初期，章颂见李纹是女同志，只让她负责后勤服务工作，当时基建造厂房，他分配她进料、配货，还干些买菜烧饭的杂活。时间一长，她就有了意见，这不是让我到这儿当管家婆来了吗？她先雇用两个炊事员，解决工地百十号人的吃饭问题；然后带着仓库保管员老赵找他，问：章厂长，秦书记派我到这儿来，只配做煮饭婆和记账员吗？

他一愣，说你不是我的副厂长吗？那好，她指着老赵说，以后仓库搬到工地来，由老赵管理，炊事员我也找下了……他问你呢？她说我是副厂长，负责基建呀，你放心去省里县里跑设备跑资金，这儿由我指挥。章颂脸上尴尬地笑着，心里却不放心，狐疑地打量着她问：我的姑奶奶，这活儿重呀，男工都倒下好几个，你能行吗？她摇晃着秀美的小脑袋说：我看你也是老封建，看不起女同志，毛主席说过：时代不同了，男女都一样。我到这儿是来工作的，不当阔太太，眼下工程催得紧，你不抓紧跑，根本就来不及。他将信将疑地点头，说：你先试着，待落实设备资金，我俩再交换岗位……

章颂去省城前，先转县里汇报工作，秦大泉问：老张的老婆，那个漂亮丫头还行吗？他伸出大拇指夸奖道：很要强，是个人物哩……秦大泉微笑道：县里正考察女干部，你帮我留心，说不定培养个人才出来。他问：她与老张感情如何？说她报到三个月，都没回过家。秦大泉恍然大悟地跳起来：怪不得狗日的老张，过来向我要人，原来你在犯官僚主义。人家结婚七年，都有四个孩子了，咋能三个月不让她回趟家？他很惊讶，拍着脑袋说：我还真犯官僚主义哩！

张永成自作聪明地把家搬来滩涂，原以为时间一长，妻子必会向他服软，夫妻组织家庭，总有内外之分，主内是女人的本分。如今见她没回头的意思，想当时信口开河，像风筝一般把她放了出去，如今心里着实后悔，又不好意思当面认输，只得强忍着等候时机。

为保障有足够的时间与精力处理工作，他索性把家事全交给岳母管理，一、二、三、四地立了个条例，说：阿姆，小李同志不要这家了，只能拜托您老人家，我在外面忙工作，您得把家管理起来。杨金香使性子问：过去我给财主家当保姆有工钱，你要我管理，发不发工资？他眨巴着小眼睛，打量她一会儿，说：发呀，我每月三十元，让小李同志也交三十元，全家吃过用过，余下就是您的养老钱。杨金香心里掐算，除阿四每月铁定十元寄养费，这家人还有五十元生活费哩，便说你这猢狲脑筋转得快，你月收入六十二元，阿囡只四十一元，交三十元那不吃不喝了呀？他赔笑道：阿姆，一个家分成两处，她是交不出三十元，若合一处不就有四十一元，够付您的养老钱了吧？她顿时语塞，毕竟身在女婿家，女儿不在，当妈的有责任持家，要养老钱也只能向女儿算，以后就不再提钱的事了。

杨金香真后悔没坚持自己的主张，把家搬来这穷地方，现在张家除智林寄养外，小东西转幸福小学念书，启明没幼儿园读，与阿二、阿三全由她料理，每天转得如陀螺一般。以前住在县城，出门就是市场，买个东西也方便，与邻舍隔壁住熟了，有空能聊个闲天，抱孩子出门，放心地托人照料，家里也不必上锁。如今住在公社大院内，周围没有邻居，出门买菜要走三四里地，怀里抱着阿三，手里牵着阿大与阿二，还得闭门上锁，遇上下雨天道路泥泞，她是放开的半小脚，根本就出不得门，小东西放学回来帮她抱阿三，她又得上灶头烧菜做饭……

心情烦躁的杨金香，在那些孤寂无依的晚上，开始向早出晚归的女婿数落女儿的种种不是，说她不守妇道逃避家庭的责任。他幸灾乐祸地问：她独立工作您不是也同意吗？她说我不同意管啥用？你俩是拴不到一起的牛，能听我的话吗？张永成跳起来：阿姆，停住……您说我俩是拴不到一起的牛？她点头说：能拴在一起，她能离开你吗？张永成发狠道：好吧，我偏要拴给您看看？

那段时期，杨金香会在深夜独自垂泪，整理放在藤箱内的旧衣裳，自言自语地要回老家当孤老，有时还叫李传忠的名字，埋怨这死鬼走得早，留下她吃下代人的苦头。她脚上缠有裹脚布，解下挂在床头，如果女婿房间没动静，便试着悬梁，说要去阴间陪死鬼丈夫……

她故意把声响弄得很大，又蹬足又拍膝盖，一把眼泪一把鼻涕的。张永成开始很紧张，听到声响就蹿进房劝慰，后来发觉她只是威胁他，并不真寻死，只装做没听见，故意打呼噜。已懂事的小东西，这时会从隔床爬过来，抹去她脸上的泪安慰说：阿婆别哭，爸妈不给养老钱，我长大赚钱交给您。她收住泪，问他不讨老婆养孩子了？他信誓旦旦地表白：我永远与阿婆在一起。启明和智云，爬过来模仿小东西说同样的话，连智枫也趁机凑热闹，在她怀里奶声奶气地说：我也要把钱交给阿婆……

都是一张油嘴哩！杨金香要的就是这效果，卷起缠脚布扑哧笑了，含泪骂道，鬼娃子，别拍马屁，都是与你爸妈一样的货，等你们长大，阿婆早成为阎罗王口里的食……

这时期，她也常做梦，梦见的不是李家和杨家的祖先，而是廿四房第四代次子张振耀。他在她的梦魇中，显得步履坚定，挺起胸膛匆匆赶路。她问他咋一直行路？他回答说：我没办法呀，身处暗夜，不行路怎见曙光？这样的梦连续着做，她觉得奇怪，把梦境说给女婿听，说我在梦中见到你爸了。他不相信地问，你又没见过我阿爸，咋会梦见他？她说我是千真万确地梦到他了。他来了兴趣，问：你说说他长得咋样？她回忆梦境后说，中等个儿，高颧骨，小眼睛，宽下巴，有些像你，又不全像你。他问像谁？她说脸盘儿像小东西，眼睛像你……但比你还大还亮。他听后呵呵地乐起来，如此说来，你还真见到我阿爸了。小东西在旁眯眬着猫眼，摇头说：阿爷的眼睛不会像我，他在晚上看不到东西，所以要不停地赶路。张永成说不对，他不是在赶路，在催我生男娃儿，延衍家族血缘哩。杨金香冷笑道：还生娃儿？门儿都没有，你老婆都三个月没见踪影了……

张永成的心头，剜心裂肺地痛将起来。屈指一算，可不，妻子已与他分开三个多月？只二十几里地，竟一次没回过家？次日上班，他放下架子与她通电话，拨了许多次，好不容易才拨通。她听到他的声音，沉默好一会儿才问：孩子们好吗？他生气道：都三个多月了，你就不问问我好吗？她叹息说：这段时间实在太忙，等过一阵子，我就回家。他说你还有家吗？她笑起来：我没家，你不是有家吗？妈与你闹了吧？他说狗日的，你设下陷阱，让阿姆来治我呀？她说：我哪有这胆量？你忙工作，我也在忙工作呀……

这年中秋节，李纹像啥事都没发生过一般，转了两班车，又走五六里路回家。她带来两斤核桃给母亲补身子，杨金香使性子：你把家都忘了，我死了也不会穿孝衣，还给我带核桃来干啥？她说妈，对不起，我忘记全家也不敢忘了您。这世上老公可以再嫁，儿女可以再生，可妈只有一个呀！杨金香这才破涕为笑，说鬼丫头，拍马屁哩。她也给孩子们带来礼物，是甜嘴的藕酥糖和玩的积木，还给小东西买来一套《西游记》的小人书，唯独没给丈夫捎一件礼物。

晚间夫妻俩睡在一处，他问我的礼物呢？她说人都给你送来了，还要啥礼物？他听了这话，猴急地要与她说话儿。她却推开他，说今晚不行，明天吧。他问为何？她拿出一张纸来，说镇上有个叫张怡安的老中医，在研究计划生育，为我排了行房的时间……他跳将起来：你真狠心，说分开就分开，这么长时间不回家，还弄出个禁期糊弄我，不想过日子了是吗？她说怎么会呢？张医生说妇女生育没药物控制，却能计算月经周期抑制怀孕，一个月中有许多日子是安全的。

他心头很是不畅，说你就那么绝情，不想为廿四房传承子嗣？她说不是，我只想年轻多做些事，你没忘记那些在海水里赤身裸体的渔佬吗？我得让他们穿上衣服哩，棉花厂开办事多，你给我三年时间好吗？他沉默了，三年，这就是兑现祖先承诺的代价？但毕竟人到中年，他比以前沉得住气了，想想吵也没意思，还有明天哩，坐床上一支接一支地抽烟。天快亮时李纹拉亮灯，见满地都是烟蒂，见此情形她落泪了，从被窝内伸出两条手臂来，轻箍住他的腰问：很难受是吗？他说是难受，胸中有口气没地儿出哩。她说来吧，已过时辰，不会那么巧吧？他丢掉烟蒂，像战士听到号角，雄狮一般扑将上来……

她在他身下甜蜜地呻吟着，说：以后你听我的，我就让你快乐……

次日两人立约，他同意让她离家工作三年，她与他保持正常联系，李纹隔周回家一次，另一周末，由他根据工作探望她。张永成还欲得寸进尺，说碰上禁期咋办呢？她说没办法，君子一言，快马一鞭，只能遵约不说话儿，否则我就不回家来。他没办法，只得依从她……

但当时工厂和农村，百废待兴，干部没形成休息周日的习惯。夫妻立约后，往往相互失信，时间一长，此约犹如空文，两人终因误会，致使风波再起。

那周是李纹约定回家的日子，却打电话来说有事难归。张永成白天窝办公室内，看生产队送来的规划，晚上喝过闷酒后，倒在床上呼呼大睡，至后半夜醒来，又像以前在贝母园那样，似一头健牛拖磨盘似的在房内转圈。这时他看到窗眼儿缝中，小东西一双阴冷幽深的眼睛，那么绝情、那么嘲讽地注视着他，心里更感到毛刺刺地不自在。他又后悔答应妻子的约定，把这个家彻底地丢给了他。他又想起秦大泉插军旗的教诲来，想这狗日的聪明着哩，都把老婆黏在身边了。这时他特别想再要个男孩儿，他已有一男三女，如果再添个儿子，就能功德圆满地向祖宗有个交代。

他相信只有孩子，才能使妻子放弃前约，重新回到他身边……

杨金香听到小东西汇报，过来询问女婿，说她没回家来，脚生在你身上，不会去她那儿吗？他说这样，我不就失约了吗？她嘲笑说：你孬哩，天下哪有这样的夫妻？见面还立契约？他垂头丧气地说：我是孬哩，战争年代没打过败仗，现在却被你阿囡打败了。她说还不都是你惯的，这事落在孩子外公身上，我打都被他打死了……

过几日又是周末，天空飘着雪花，地面已经结冰，他主持开完党委会，没打通电话，就心急火燎地赶往她那儿。临走听到有人对王安说，你看书记这副猴急的模样，大雪天还朝那儿奔，八成是不放心年轻的老婆哩？王安说书记夫妻感情好嘛，你眼红是吗？那人嘿嘿笑道：你没结过婚，咋知夫妻感情？如果我与这么漂亮的老婆分居，也会觉着不放心。他心里不自在起来，觉得妻子屡屡失约，难道仅为避孕不想要孩子？是否有意识地回避他呢？

从相公殿到长河棉花厂，有二十几里地，没直通车，且他为省钱，每次都步行与妻子团聚。天色转黑，雪花却没停住，他如往常一般，赤脚走在寒冷的雪地上，一路上想着婚后诸多不顺心的事，心头充满烦躁。到目的地已夜深，孤寂的小镇上万籁静寂，闪烁着三两盏灯火，他在河埠头破冰洗干净脚，穿上岳母为他做的布鞋。现在杨金香在物质需求上，部分代替瞎眼祖母的功能，使他享受到家庭的温馨，他在洗脚时，看到墨沉沉的冰面上，又泛上秀才娘子的身影。年轻壮实的她扑腾着一双大脚，急促而又沉稳地朝他走来，手里提着一只年代经久的红藤箱，取出两枚红蛋递给他。他问：阿奶，你送这个干啥呀？她说：敦促你媳妇开怀哩，她吃下这红蛋，张家就会多一个儿子……

李纹开完事故排查会归家，见丈夫坐在屋内煤球炉旁，就着虾干喝热黄酒，旁边还挂着一件被碎雪濡湿的棉军衣，便问：这么个下雪天，你咋还来了？也不打个电话来，我为你准备点吃的。他望着她嘿嘿地笑着，说你上周没回家，可把我给憋坏了。她没心情搭理他，这段时期工作不顺利，前些天一个女工，手被试验的机器轧了，心情正烦躁着哩。

喝过热黄酒后，张永成身上开始暖和，情绪也高涨起来。讪讪地问：你都多长时间没与我说话儿？我都受不了……她冷冷地回答：没和我结婚时，你是咋憋住的？他说那不一样，在部队行军、打仗忙得一塌糊涂，哪有时间想这事？她问：你现在不是也忙吗，搞经济建设又不比打仗轻松？他连连摇头说不一样，现在和平环境，时间安排主动……

可惜这晚又在禁期内，她固执地不让他近身，他被逼急了，又像疯狗一般咬人，说你还是不是我老婆？我已忍够也受够了。她找出协议说：你一个大男人，说过的话咋能忘呢？他拉下脸说：我尊重你的意愿，你尊重过我没有？不想与我过了趁早，这样不明不白地过着，反惹得我难受，工作也没法干好。她说你饶了我吧，你只一下，我得挺十个月肚子，我已有了阿大、阿二和阿三、阿四，如果再有阿五，就再难工作了。工作工作？他撕碎协议，把纸片扔她脸上，说不是因为廿四房人丁单薄，我还不娶你哩！结婚八年，才一个儿子哩。她问不是还有小东西吗？他说他是兄弟的儿子，我可只有启明……

两人争执好一会儿，他泄气地坐在床上，胸中仍欲火难忍，指着她的鼻子气急败坏地说：小李同志，你够狠！战争和工作都没把我打垮，在你面前我垮了。是你毁了我，使我活得不像个男人。说着，竟像孩子般双手抱头哭泣起来，她无法安慰他，只好拉他到床上……

这时外面仍下着雪，她眼里流着泪，任凭强壮的丈夫，在身上恣意而坚执地耕耘着这个家族的希望。那个美丽的春日黄昏在远去，黑脸的退役营长见她崴了脚，从几丈高的山崖上跳下来，搂住她柔软腰肢的浪漫往事，经过近十年岁月的发酵，变成男女间传宗接代单纯的交易……

完事后，她心有不甘地问：你娶我，就为让我生儿育女？

他愣一下，说：我是爱你，但我必须延续祖宗的根脉，使这家族发达兴旺起来呀。她心中涌上无尽的悲哀来，想这就是他的承诺？一个她所敬慕的战士说的话吗？他不是为爱与我结合，是为了他的祖先，头脑里根深蒂固的封建思想哩！但她没再争辩，只是在心中感到委屈：都过去八年，江山好改，本性难移哪！

四十年后，智云询问母亲当时的想法，年迈的她坐在沙发椅上，口里吮吸着苏打片泡的饮料，闪烁着那双到老还炯炯有神的丹凤眼说：没有一个女人不想要孩子，但那时我头脑中的子女，都一个个像天使般长有翅膀，忽视他们除了翅膀，还在屁股上塞有尿布……

智云问：你不要孩子，可以采取措施呀？

她说傻丫头，那时哪有节育工具？后来医院可做手术了，我检查身体不能做，你爸去做了，下面发炎肿痛了一个月……

次日雪停，天空却没出现太阳，李纹睡眼惺忪地去加班，在工地上显得精神萎靡，像一条泄气的小母狗。章颂见了奇怪地问，小李同志，你咋了？她说我的头好晕。他说头晕就好好休息，今天是星期日，老张来了，得陪陪他。她噙着眼泪没说话，觉得心头十分憋屈。

她整天打不起精神来，坐在办公室里精神萎靡。下班时章颂招呼民工收拾工场，她在旁边呆呆地看着。他问下班了，咋不回去？她眼中溢出泪花来，自言自语地说：下班真没意思，整天上班该多好……他问她是不是病了？她说我心里乱着哩，能在这儿坐一会儿吗？他说行呀，看你心神不宁的，有啥心事？她想了想说：我想请教你一个家庭问题？他招呼民工收场，与她走进工棚说：问吧。她说是不是男人结婚后，没女人过不了日子？他惊异地看着她问，你与老张碰到问题了？她低头说真没意思，早知婚姻这样子，我就不结婚了。他说不是每个男人都一样，像我是包办婚姻，结婚十年没回过几趟家，这是感情问题，与工作没有关系。她注视他一会儿又问：我来这儿大半年，没见过嫂子，你俩咋了……他叹息说幸福的家庭有许多相似之处，不幸的家庭各有各的不幸。她惊异地问：你读过《安娜·卡列尼娜》？他说算是读过吧！只是现实离小说太遥远……对不起，你先坐一会儿，我去做饭，等会儿你把老张约过来喝几盅，我帮你疏通疏通。李纹摇头说不了，他这人多疑……

这时，留在庵堂内的张永成，正狂躁地转圈踱步，等候妻子回来做饭，想我两星期才与你相聚一次，你不能推说加班不回来陪我。你工作忙，我就不忙吗？为你撂下一大堆事哩！这般想着，就赌气把屋内的空酒瓶摔碎了，摔后他发现了问题，上次留下十二瓶黄酒，昨晚才喝两瓶，应该留下十瓶，怎只留八瓶呢？他停住转圈，翻箱倒柜地找了好久，却没找到那两瓶酒，不免心生疑窦，想她不喝酒，这酒到哪儿去了呢？

章颂做完饭，见李纹还坐着没动。问：你咋没去喊老张呢？说着从床后拿出两瓶酒来，说我知他爱喝两口，这儿有上好的女儿红哩。她脸上的泪水无声地流下来。问：你能不能告诉我，女人怎样才能使老公不喜欢？他拿毛巾替她抹去泪水，说别哭呀，这世上哪有十全十美的婚姻，都在凑合着过呗。她固执地追问：是不是你也在凑合着？他摇头说我与你不一样，她没文化，带不出来工作。我心里也很矛盾，按说没有爱的婚姻是不道德的，不爱她就该离开；可丢下她又不忍心，都十年了，我俩已有一个女儿，她又照顾着我父母，我都说不上该咋处理这桩婚姻。她担忧地问：你不会丢下她母女俩不管吗？他说这不可能，我的良心交代不过去。她比我大两岁，有四十了，谁愿意再娶她……

两人正俯身坐着说话，窗口张永成的头影闪烁一下，看到桌上放着的两瓶黄酒，也听到他俩的对话。除安娜·卡列尼娜没弄清楚外，余全听明白了。想：怪不得她对我越来越冷漠，原来有了新的说话伴儿？

谁？章颂迅速站起，大声吆喝着转出门来，额头却被重重地挨了一拳。谁撒泼打人？他身子摇晃一下，收住瘸脚立身站住，正想还手，看见张永成脸色漆黑地站在他的面前……

你打我？他惊愕地手指着自己鼻子询问：这可是我管辖的厂区！

他虎起脸道：我就打你狗日的！勾引我老婆，叫她出来，我带她回去。

他摇头再问：我，你说的是我？回头看到李纹在勾头哭泣，心中明白了，一个箭步冲过去，把头重重地撞在他的胸口上。张永成没防备他突然袭击，踉跄一下也立住了，口里嚷着：你敢还手？老子是正规军出身，对付你这游击队，可绰绰有余。说着，又冲上来，手脚并用地与他扭打成一团。

别打了！她大喊一声，双手捂住脸，从屋内冲了出来。眼前闪现出几年前丈夫揍四眼小许的情景，心里犹如吃下一只苍蝇般的恶心。

两人都停住手，吃惊地望着她。张永成手指着章颂问：我要你解释，下班不回家，与这狗日的在干啥？她的自尊心受到伤害，浑身颤抖着说不出话来，愤怒地指责道：你……简直是一只疯狗……

这晚上，李纹蜷缩在阴冷的床上，胸口一阵阵绞痛，他坐在对床的木凳上，几次试图想与她说话，都被她冰冷的沉默吓退。后来又冷又饿的他，索性一不做二不休地摔房内的东西，每摔一件，都要骂一句狗日的，你金×呀，老子打过日本鬼子，打过蒋匪帮，又怕过谁？她仍然不理睬他，想这是你的光荣历史，我承认你也敬仰你是个战士，但这些，与我俩的婚姻，又有啥关系呢？他急了，站在房间内吼起来：你再不搭理我，我找狗日的老章拼命去，崩他娘的……

这话他也与小许说过，现在她已失去感觉。他被她的蔑视所激怒，开始狂野地抽着烟，又转圈数落陈芝麻烂谷子的往事，说我知道你不愿与我过……以前在山南与四眼小许……现在又与老章勾搭上……

她终于抬起头来，无奈地叹息道：真丢死人了……

他见她开口说话了，心头的火气平息了些，无话找话地问她，上周回家有十二瓶黄酒，咋少了两瓶？她冷笑着钻进床底下，移出一个小酒瓮砸在地上，咬牙切齿地说，我为你这不知好歹的东西，泡了疗伤的田七片……他望着撒落满地的田七，在背上与膝间的伤口，竟隐隐地痛将起来。他咋忘了这事哩？婚后的每个冬天，她都为他泡一缸子药酒，他的枪伤受寒后会疼痛，她关注爱抚着他哩。他醒悟过来，想想自己确实过分，不能如此对待她，决定立即向章颂道歉，顺手从床下抄起两瓶酒，开门向黑暗中冲去。

这时候她的心，已浸泡在冰水里，想我咋会嫁给这样一个男人？她歇斯底里地冲他背影喊道：我是个人，不是你口袋里的东西，必须受到起码的尊重！

他没回头，在工棚找到章颂，赔礼说：老章，对不起……误会了……

章颂赌气问：你这正规军不与我游击队干了？

他指着桌上的两瓶酒，说：不干了，咱兄弟来个酒后吐真言。说着又从军大衣口袋里，取出两瓶酒，也放在桌子上：我俩一对一，干了它狗日的。

那晚他没回庵堂去，躺在工棚内的硬板床上，整夜打呼噜，吵得章颂没法睡。次日章颂醒来，发现他已经离开，看着叠成四方形刀切豆腐块似的被子，自言自语地说：这个老张，酒量也真好。

他藏在床底下待客用的六瓶女儿红黄酒，全没了……

那天晚上，李纹整整想了一夜，不明白他为何会是这样？觉得这样的日子没法儿过，过下去会毁掉自己，也会毁掉丈夫，思前想后，决心要与他离婚。

清晨他离开后，她上班向章颂赔礼说：对不起，昨晚的事……

他说：没啥，没啥，老张是个狠角色，我俩喝了大半夜的酒哩！

几天后，李纹写成离婚报告给丈夫寄去，说婚姻不是限制人身自由的囚笼，我也不是你的私有财产，如果你真爱我，就得尊重我的人格。我说过你给我三年时间干事业，你答应了却没做到，我不能与一个不守信诺的人共同生活。如果你还爱我，求你还我可怜的自由吧。信寄走后她有些后悔，想离婚后我有了自由，他也自由了，孩子们咋办呢？两处分开不放心，都要过来他不会同意，凭她这点儿工资，也没能力扶养他们成人。这般想着，她有些愤怒，在心里埋怨起小东西来，如果不为他，她就不会嫁与他这样的男人。结婚八年，她图他啥呢？

张永成回幸福公社的路上，也在后悔自己的行为。他与章颂，游击队肯定打不过正规军，两人干一架，章颂没啥损失，倒显出他的无聊与小肚鸡肠来，可他就是忍不住。狗日的，我已在这块占领的阵地上，插了四面军旗哩。他自言自语地念叨着，他能和我竞争吗？那日有潮汛警报，回来后他就投入工作，带领王安和武装民兵连巡视海塘，把该加固的地方，全用石灰粉标出来，运来沙包、乱石压塘坝，很快把这事忘在脑后了。

忙碌一天，谁也没发现他的额角上有被拳头击伤的痕迹，直至晚上回家，杨金香发现伤痕，询问咋回事？他说是走路不小心摔的。她责怪这么大人了，咋会连走路都摔跤？在旁的小东西却皱起眉头，在继父回屋后提醒道：阿婆，这伤痕不是跤摔的。她问那是啥？他说打架打的呗，一定是他欺侮阿妈了。她摇头说你阿妈没这么大力气？也不会打架。他眨动着明亮的猫眼冷笑道：妈是没这么大力气，可别人有呀……他被人用拳头揍了！她问他咋知道？他说创口的形状不一样，我知拳头落下的伤痕。杨金香这才发觉不对劲，心里焦急起来，说这可咋办呢？小东西说公社有电话，我去问妈咋回事？

他很快接通继母的电话，发觉她的声音有点儿颤抖，便如大人一般地询问：你告诉我呀，到底咋回事？我和阿婆都急死了。她说没事，告诉你阿婆我没事。他说肯定是他在欺侮你，告诉我，我帮你出气……没有，真没有，她哽咽着止住道，小东西呀，你说妈做出对不起你和弟妹的事来，咋办呢？他不再说话，在猫眼中出现一团的迷茫……

潮汛过后，张永成收到妻子的离婚报告，显得束手无策，整晚躲在房间内抽烟。现在他不像刚来时这般喝酒，公社已把基础队伍组织好，准备真刀真枪实干了，这块土地面积是大，可耕地却不多，需要调整干部队伍和产业结构。不是说火车跑得快，全靠车头带吗？他经过大半年准备，在生产队建立民兵组织，拉出一支上万人的队伍来，成立武装民兵营，由他任教导员统辖全局，准备招之即来、来之能战、战之能胜，向这块沉寂千年的土地宣战，跑步进入共产主义哩。

冬日天黑得快，往常吃过晚饭，如果没公务，他会头一挨枕头就打呼噜，杨金香自女儿回过家后，觉得是非平息了，不再与他吵，这个家又像以前在三墩桥时一般稳定下来。这些天的晚上，忽然没了呼噜声，杨金香就不放心，从他额头的伤口中，敏感到夫妻感情又出现问题，派遣小东西暗中观察继父的动静。

小东西趴窗台上，用唾沫润湿窗纸偷看，见他叉开双腿坐床上，嘴叼着烟，一手拿着张纸，另一只手疯狂地揪自个儿的头发，脸色憔悴，满脸是泪，桌上的烟缸里丢满烟蒂。他咋了？小东西自懂事始，头脑中的继父总是霸道强悍，使人望而生畏，而眼下竟如此虚弱、不堪一击？他爬下窗台，嘭嘭嘭地敲门入房，抹去他脸上的泪问：永成，你咋了？他还像杨金香一样直呼其名。

他没注意他的称呼，把手里的离婚报告置桌上，说你妈要和我分开过哩。他注目凝视一会儿问：你很难受吗？他说是难受，这次她真要和我分开了。他扑闪着一双猫眼，幸灾乐祸地笑了，说别难受呀，咱男子汉大丈夫，只要干好革命工作就成。你狗日的，他跳起来呵斥道：你以为这是玩儿？我与她分开过，你们这些狗东西咋办呢？他镇静地回答：不是还有阿婆吗？他哀叹着问：如果我俩分开了，你阿婆还会留在这儿吗？小东西在心内笑了起来，逗他说：没关系，阿婆去哪儿，我与阿大、阿二、阿三、阿四就跟她去哪儿，反正你与妈都忙工作，又没时间管我们。他听了这话，一手抓住他的衣领，另一只手指他的大脑袋说：狗日的欠揍，你以为你是啥？姓张，不姓李也不姓杨。我离婚，倒霉蛋就是你们！小东西这才感觉不对劲，却说那我改姓李或杨不就行了呗。他一巴掌打在他屁股上，说把这报告拿给你阿婆看……

小东西飞快地溜回来，把离婚报告拿给杨金香，说阿婆，不得了，阿妈都不要我们了。杨金香不识字，找女婿问明情况，啥话都没说，趴床上流了一宿的泪，嗫嗫说：咋会是这样？这天真要塌哩。

晨起后，她让小东西去学校告假，带上阿大、阿二、阿三，搭车转了两圈大弯子，来到棉花厂向女儿兴师问罪。

李纹由小东西在工地上叫回，见到杨金香脸色铁青地坐在床上，一把鼻涕、一把眼泪地哭泣起来：没良心的傻阿囡，你把我当啥了？自你爸过世，我到这家里就没安耽过，一把屎一把尿地，帮你拉扯这些小猢狲，还不是为全家和和睦睦地过日子？你以为你俩分开，就可以逃脱家庭责任吗？我告诉你，你逃不了，还是孩子们的妈……他娶后妈照样过日子，吃亏的是这些小猢狲……不是没亲妈，就是没了亲爸，你要离婚，我把他们全留这儿，回老家再也不管了……呜呜……我是天生孤老的命呀，看你独手独脚地咋工作？

李纹回抱住她，也委屈地大哭起来，说：妈，我是被他逼得没法子呀，以前两人在局里，他限制我与男同志接触，使我没法儿工作，现在分开另过，又来单位闹事。我是个女人，可我还是个革命干部，要做工作对社会负责任……我没别的想法，就是不想要太多的孩子，像男人一样地做些事，他不尊重我的感情，我难与他生活下去了呀。杨金香惊惑地望着她，手摸着她额头说：阿追，你已快三十岁，咋还头脑发热？你与我弄弄灵清，自盘古开天地、三皇五帝传到今，男人在外做事，女人养孩子天经地义。啥叫不尊重感情？这些小猢狲们是从石板缝里蹦出来的？啥对社会负责任，我问你对家庭负责任没有？你不对小猢狲们负责任，他们长大能为政府负责任吗？

李纹挣脱开她的怀抱，说你当年还不是把我丢家里，进城当保姆吗？杨金香听了嗷嗷叫起来，说这不是天报应吗？李家留下你这没尾巴货，连老公都哄不住。你以为还是黄花大闺女？这些小猢狲离开亲爸妈，就会在人前抬不起头来，一辈子倒霉……她说他娶我，不是爱我，是为给张家生孩子。她说你是他的老婆，不为他生孩子，还与别人生孩子呀？这是你的命……

四个孩子哭喊着跪在她面前，齐声喊道：阿妈呀，我们不要你离婚……

她的眼前，又浮现出那个湿漉漉的春日黄昏，淙淙流淌的溪水促成她这段并不美妙的婚姻，那时他在她的眼里，虽然陌生却是崇高的，她曾幻想着像他一样，成为一个为国家为社会有贡献的战士，可是命运却使她陷入传统女人的琐事中，短短八年，接二连三生下四个孩子，变得像一头被关进铁笼的小兽，任凭怎么挣扎，都逃不掉命运的安排，从一个身心自由的姑娘，蜕变成为人妻为人母的平凡女人。难道这就是一个有着梦想的女人全部人生？

杨金香成功地粉碎女儿的“阴谋”，于次日傍晚率领孩子们凯旋回到滩涂。张永成正在家里等她，地上扔满没吸尽的烟蒂，见到她与儿女们，焦急地扑过来问：阿姆，回来了？她说是回来了，难道你要我待在那儿不回来吗？不是、不是……他连连摇头，说我知道阿姆，肯定有办法保全这个家。杨金香苦笑着说：这家，你自己保，保得住千年万年；我保，却只能一次两次。

李纹在孩子们回去后，在晚上咬着被子哭过几次，想着这辈子命中注定，要跟着这男人生儿育女地过了，心中实在不甘心，便千方百计地思忖他的优点，试图说服自己的选择没错。但无论咋想，还是觉得爱不起来。她并不因为他这次打架要分开，这是面上的事，两个男人打过后，当夜就和好了。她悲哀的是他不尊重她，变着法儿使她沦落为家族生儿育女的工具。

为此，她心头充满苍凉与无奈，觉得这辈子没有事业、没有感情、没有信任和自由，只能成为这个粗野丈夫的影子。

冬至来临时，天空又飘起了雪花，这年的冬天比往年早，且更加寒冷，相公殿滩涂的塘坝、土沟、田野、土坎，凡是能容水的地方，都结上一层厚厚的冰凌。为事业、为家族，两头都要兼顾的张永成，又一头扎入繁忙的工作中。小东西很快忘记家庭面临分离的危险，领着弟妹们，在屋后那条冰河上滑冰与走动，小小的身子，灵巧得如一只只飞翔的乳燕……

李纹调休回家，没再与丈夫提离婚的事，却要求让小东西转学到她身边去。他问她为何？她说你不是不放心我吗？有他在身边陪伴，你就可以放心了。他说我不是不放心，只是脾气控制不住，工作一忙也就忘了。她说你是忘了，我可没忘，你不尊重我，我就没法放开工作。他说我尊重你呀，但祖宗放不过我，晚上合上眼睛，就梦见先人们向我讨要男娃子……

她没与他争辩，只是心头厌恶，想你还是共产党干部，思想咋这么封建？男孩儿是人，女孩儿就不是人吗？无理取闹，却为延续祖宗的香火？她又觉得女人的悲哀，把一生中最好的年华，不但献给男人和家庭，还要献给祖宗。经过这次风波，她看到表面强悍的丈夫，内心脆弱的一面，他并不像她想象的那么强大，在她面前的种种任性，说明他内心的孤独和软弱。

晚间，她又把让小东西转学的想法告诉母亲，杨金香说没错，女人身边，是得有个至亲骨肉相伴，说话做事就有底气。继而老调重弹道：阿追，你从小就要强，其实不必这样，永成是个倔人，在这儿工作不易，群众都说他是清官、好官哩，你抽空多陪陪他，不要有事没事就提离婚。妈是过来人，知道夫妻感情靠子嗣维系着，他要再生个儿子，你得给他生呀，这是做女人的本分。她问启明不就是他的根吗？她叹息说：傻阿囡，独木不成林呀……做人一辈子，该给这块土地留下一些念想，我都梦见他爸耀老板向我要孙子哩。

小东西转学后，李纹另支一张床，让他睡一间屋子里。她心中是有小九九的，母子俩相居一室，蛮横的丈夫周末过来，就没法无理取闹。在那些冰冷的寒夜里，那间借居旧庵堂的木屋内，飘散着劣质烟草的气味，心情暴躁的张永成故态复萌，又像暴怒的狮子一般在房内来回窜动，眼看着美丽的猎物横陈眼前无从下手，心中如火焰焚烧一般灼痛。心思缜密的李纹假寐床上，在心里得意地窃笑：我让你横？总不能当着继子的面，强逼我生娃儿吧？小东西的转学，不仅能使小心眼儿的丈夫放心，而且也使自己放心，至少在没完成工程前，不能再怀上孩子。

但睡在同屋的小东西，这时却渐省人事，在心头很不是滋味。他蜷缩起身子，脑子中出现许多奇怪的念头，这场继父与继母爆发的战争，他在情感上维护着继母，她为他才嫁来张家，理智上却倾向继父，他开始明白：家族血缘关系的维系，靠的是人丁兴旺和几代人的努力。但年轻的继母，却为了工作拒绝再生孩子……他不知道自己究竟应该站在哪一边？

墙上的挂钟滴答滴答地响着，夜就在静谧中悄悄溜走。张永成在屋内转了几圈后，突然把继子从床上拎起来，提着他走向门口。她扑过来揪住他问：你干啥，干啥呀？他说他不是挺能的吗？我要他离开这里。她嚷道：你疯了吗？外面那么冷。他说我疯，也是你把我逼疯的呀……

这时候小东西突然觉醒，勇敢地从他手掌下挺直身子说：妈……我和工地的章叔叔睡一屋去。她觉得愧疚，扑过来搂住他说：小东西呀，妈对不起你，拿你做挡箭牌，真的很对不起呀！他从继父的手掌下挣脱出来，对她跪下说：

阿妈，你就依了爸吧，我都做过阿爷要孙子的梦，也想添个小弟弟呀……

张永成在燥热的梦魇中，听到继子清晰地喊他爸，原先对他的厌恶和戒备顷刻冰释，激动地抱住他问：你在喊爸，真喊我爸？小东西说：你就是我的爸嘛！他放开他，眼泪顺着脸颊流下来，讷讷地说：我有两个儿子哩……

他埋进他俩的怀里哽咽道：我长大了，你们以后不能再叫我小东西。他和她都点头说：当然，我们的建国已经长大，不再是小东西了……

这年五一节，棉花厂一期工程开工，剪过彩后，章颂宣布放假半个月，补全施工期的休息日。当着一百多号干部与工人的面，他拉起李纹的手说：同志们，工厂能提前半年开工，我们得感谢李副厂长，是她抛家弃子奋斗在第一线，才使我们有一个跃进的速度……

这天晚上，李纹像男人一般豪爽地喝酒，和大家搂在一起唱《咱们工人有力量》，心中再次涌起革命的豪情。但她明白，也许这是她一生中最后一次——她的肚子里又有了张家的孩子。自那晚小东西喊爸以后，她已把自己当做廿四房的女人，她为这种改变感到神奇，想以后我不能与大家尽力干了，我有老公、有孩子、有家庭，得对他们担负责任呀……

遗憾的是，她这次休假回家，丈夫带武装民兵营搞训练去了。他回来时，她已度完假日，他在情绪激昂中几次要强行房事，都被她断然拒绝，说你得对肚里的娃儿负责。他知她又怀孕了，乖乖地背上被子睡到值班室去了。

李纹这才身心放松，转而却在心头沮丧起来，思忖丈夫的爱，为何非得与性联系一起？难道这就是强壮男人的本能？如果没性，两人躺在床上，卿卿我我地说些话，该有多好呀。

这时，她觉得丈夫其实很可怜，除了工作，没有其他爱好与娱乐。

16

三年自然灾害袭来时，张永成和同事们都没思想准备，那时县委的口号是：以粮为纲，大办钢铁。他担任党委书记头一年，粮食产量尽管跟着别人虚报，实际也获得丰收。全公社有十几万亩的滩涂出产小海鲜。他把渔民组织起来捕捞，卖到城内换来粮食。初享胜果的他头脑有些发热，组织生产大队和小队办食堂，垒起炼钢铁的小高炉，让大家放开肚皮吃饱饭。在县委工作会议上表态说：五年超过小日本，十年赶上英、美、德。秦大泉私下里拍他肩膀说，狗日的，你有种，像个当兵的人。他说我没种，还能跟着你干？好、好，他大笑道，如果真这样，我们这代人算对得起大胡子马克思了。他补充说不仅老外，还有你秦家我张家的祖宗。秦大泉说对，我们中国人的祖宗。

局势很快急转直下，当县城内的米价涨到一元多钱一斤时，相公殿滩涂上已连野菜与树皮都找不到了。灾害在这儿显著的特点是浮肿病，全公社十万余人口，这年有三成人都得病。这病现在几乎绝迹，医学上也很少有人研究，可当时却使成千上万的人丧失生命。张永成无奈去县政府求援，为灾情焦头烂额的秦大泉，正瞪着一双布满血丝的眼睛，在办公室内暴跳如雷。见到他问：兄弟，你也挺不住了？他说是的，滩涂上在死人哩！他冷笑着说：你找我，我找谁呢？你狗日的守不住阵地，老子就枪毙你。他愣一下，啪一下立正敬礼说：人在阵地在，血战到底。他沉重地点头道：共产党人应该有担当，我让你管辖一块地方，就是给你一块阵地。你丢了阵地，就是天王老子，我也把你送上法庭……

他问我该咋办？他说没办法，全县都闹饥荒，组织生产自救。

他的小酒喝不下去了，其实就是有再大的酒瘾，也再难对着这些倒下的弟兄们端起杯子，况且他的家人，同样被饿得鼻青脸肿。

这年启明八岁了，在幸福小学上二年级。学校早停课，他带着三个妹妹，大清早就趴在门口的盐碱地上，伸出舌头舔食盐霜。杨金香的半小脚，已肿成两条蒲瓜，找不到脚踝上的筋脉，每天坐在床上气喘得紧。全家人白天都找吃的，晚上蜷缩在床头，相互用手指抠肛门中拉不出来的粪蛋。

他没时间再顾小家，带着王安动员公社所有的劳力，砸锅卖铁，换钱采购粮食。滩涂上人众地缺，出产的盐和捕捞的小海鲜当不得粮食吃，况且人一挨饿，也晒不成盐，更不要说下海捕鱼……

临近年底，困兽犹斗的他，组织二十车皮食盐运到湖南，换来十车皮谷糠和麸皮，缓解盐场两万盐工无米之炊急难后，又千里迢迢带王安跳上火车，找在武汉钢铁厂任书记的尤明解难。尤明也没办法，这年头谁都不富裕，可好歹他是个领导，叫秘书在食堂门口张贴一张告示：每人每天节约一两米，救济革命老区。好不容易在职工中凑了两千斤粮票，还有上千元的钱。

他临走时，他让他喝口酒，说：小钢炮呀，这些粮票与钱，你带回去，算工人兄弟对老区人民的一点儿心意。小钢炮是他当年在抗日自卫队时的外号，他把粮票收下，钱又还给他，说：老首长，酒我就不喝了，喝不下，这钱你能不能换成粮票？他不明白，说钱不能用吗？他解释说：我们那儿就是有钱，也换不到粮食了。他的眉头皱起来，浑身颤抖着说：解放都十一年，咋会搞成这样呢？他说：我也不知道。他摇头道：老弟，这不是我们革命的初衷呀。说着从抽屉里又翻出十斤粮票，说这是我最后的私蓄，就算我为家乡的亲人们做点儿贡献吧！

尤明是十几年前，在雪地上把他救活过来，发枪领他走上革命道路的指路人，后来在“文化大革命”中跳楼自杀了。从部队奉命北撤离开，到自杀的二十年中，尤明都没回家乡看过。他出身地主家庭，父亲曾是国民党省党部的参议员，参加革命是为反对封建婚姻。“土改”时，其父按政策该枪毙，因他抗战时为共产党办过事，家人捎信让他回家，争取政府从宽处理，他硬起心肠没回去，随着解放大军打到福建去了。最后由妻子在他平反后，捧着他的骨灰盒回到山南，实现他晚年归乡定居的愿望；家里尚有因他出走而终身未嫁的发妻，在他坟上培上一抔土……

张永成捧着两千斤粮票和钱物回来，对个人来说，不是个小数，可对整个公社无疑杯水车薪，但尤明实在尽了心力，除了这些，他又能给家乡的父老乡亲们啥呢？他让文书登记后，把粮票和财物都分发给最困难的群众。

公社书记面对着上万人的死亡出去化缘，只带回这些无济于事的援助，对着每日企盼着救世主的乡亲们，他感觉到自己的无能和无奈。他到这儿工作已有三年，除了喝酒时的豪言壮语，几乎没有实质性的政绩，而豪言壮语不是粮食，拯救不了人们的生命。他变得沉默、自觉渺小与郁郁寡欢，可全公社患浮肿病的人数，还在激增……

冬日的一个上午，他在公社值班，忽然感到头晕与下肢沉重，褪下裤腿，发现小腿以下部分，竟晶莹透亮地水肿了。这是浮肿病确诊的信号，从下肢到腰际，然后发展到全身，最后是脑袋肿胀，离见先人和列祖列宗的时间就不远了。

狗日的，我要死了，我也会死的……他在心内发出悲叹，仿佛看到张家的祖先，在一个光明和温暖的地方招手，死了也好，没这许多烦恼，这般想着，脑袋重重地垂下去……恍惚中，他突然被人抽了个耳光，祖母秀才娘子出现在眼前，说廿四房的男人，上了路没再回头，你就这么容易被打败？是屄包呀……

他振足精神说：我不是屄包，不会倒下的，活着有希望，狗日的死了，就啥屎蛋屌毛都留不下。

昏迷在电话机旁的他，被王安送到卫生所检查，医生把他扣下住院。他挣扎着说：共产党人不会趴下，我是公社书记，我的战场在办公室。王安拉住他手说：公社是集体班子，共产党也不是你的私人党，你当书记就能不听指挥？他愣了愣，眨巴着锐亮的小眼睛问：伙计，你这话啥意思？王安严肃地说，病魔并不因为你是书记而撤退，莫副书记已替代你值班了。

他让他办了住院手续，在接下去的日子里，他每天躺在床上，听人汇报灾情。他随身携带一册硬封面笔记本，在上面记录××生产队生浮肿病死亡的名单。他一生中留下十几册笔记。这些本子源于他十年前背脊负伤时，成页成页写下李追娣的名字，那是因为爱情呀，在当年热血贲张、年轻退役营长身上鼓胀的，是满满的爱情浆果，启示他热情满怀地奔向生命的美好前程。他在这块土地奋斗过，像战士一样地战斗了，整整十年，做着敢于担当责任的工作；而现在他记录的，却是辖下子民的死亡名单。每写下一个人的名字，他的心就会颤抖一下，永恒地刻下一个悲哀的记号……

爱情与死亡，浓缩在十几册小小的笔记本上，几乎涵盖着他的整个人生，乃至在临终昏迷时，他仍伸出一只青筋爆裂的手，干涩的嘴唇嚅动着吐出三个字：笔记本……李纹拿出笔记本走到他床前，问：你还有啥交代的吗？他说狗日的，我要死了，在本上写上战士张永成的名字……

那一年，全公社有近两万人得浮肿病，每天都有棺材甚至草席裹着尸首，从贫困如洗的旧瓦屋或茅屋里抬出来。在那些棺材与草席的后面，却跟着一大串长长的送葬队伍，虽是荒年，人们对丧事仍不马虎。在一幅幅水流东海永不归、日落西山看不见的白幡后面，饿慌了的人们物伤其类，大放悲声，以对生命无奈的哭号，向老天爷愤怒地责问与抗争。他在笔记本中留下的，只是死亡名单的一部分，大都是生产队干部，其实这年死者远远超过这份记录，仅在次年派出所户籍簿上注销的就有上万人。他记录着这名单，自己也在与病魔作搏斗，坚持不喝称作营养餐的流汁，让王安送给更需要的贫困户，每餐用温开水，吞吃一小块和着水草的番薯饼……

副书记老莫是喝过点儿墨水的人，把这事向县委作了汇报。秦大泉不相信，说牛壮的坯子，也会得这病？是不是不敢担当责任了？老莫说不是，公社的灾情很严重，张书记真累病了。秦大泉还是不相信，寻思说：狗日的，莫非馋酒了？老莫告诉他，身体越壮，越不经饿，拯救的唯一办法，是让他吃顿好饭。秦大泉当机立断地说：战场上不能没指挥员，你守住阵地，我会让他赶紧站起来！

隔日，他带上几个馒头，外加一瓶白酒来到滩涂，让王安把公社大院守更的一条老狗宰了，说要给他治病。王安说不行，这狗是张书记的命根子。他说人都要死了，留狗干啥？王安说它守更立过功，你把它杀了，他会找你拼命。秦大泉沉脸说：废话，他不是也立过功吗？我不能让日本鬼子和国民党用枪炮都没消灭的一个战士，倒下在我管辖的这块土地上。

秦大泉是个有能力的干部，在转业到地方的十几年中，根据部队带兵的经验，建立了一支干部队伍，把每个干部安排在合适的岗位上。开始他当县长，书记是个摆设；后来他提升书记，县长就成了摆设，县里干部习惯听他的。党、政、工、团，他才不管你干啥，反正你是干部，就得听我的，不听我，对不起，让你啥都干不成，当做摆设走人。他的从政经验是：把自己的队伍搞得壮壮的，把别人的部下搞得空空的。说干革命，是为执行路线，路线正确，没人有人、没枪有枪；路线错误，有人失人、有枪就会失枪。

那天晚上，他与张永成喝着白酒，吃着狗肉谈得很晚，说狗日的，你就是死猪崩硬屎，也得给我站起来！幸福公社是重灾区，得给我挺住呀，我们三个从部队转业，老陈弄成右派，你再倒下我可咋办？他问：四眼不是你让他当右派吗？他说他狗日的不听话，唱对台戏哩，我让他尝尝失去权力的滋味。他叹息道：他倒无官一身轻，比我俩都活得滋润，前些日子还送一袋番薯到家里，给阿大阿二阿三几个吃，我丈母娘都差点儿跪下喊他爸……

秦大泉勾下头，动情地说：可他心里苦呀，你想想，一个叱咤风云的战士，忽然不能干事，心里能好受吗？他想翻案，翻得了吗？共产党定的都是铁案。暂时困难算屌蛋？随着时间推移会过去，共产党人不信邪，野火烧不尽，春风吹又生，只要保住革命队伍，我们又能站立起来，奔共产主义的前程哩！他来了精气神儿，问：你的意思是……他挥手道：现在打防御战呀，我需要能坚守阵地的战士，你狗日的出不了院，我只能拉马耕地，让这狗娘养的顶你个屌……

他问：你把他的问题解决了？他说还没哩，现在谁弄到粮食，谁就是好汉，他的那点儿破事，由我当书记的给担承着……

这晚喝的白酒，是秦大泉托人从医院弄来的食用酒精。喝到半夜，两人都醉了，秦大泉口吐白沫抽羊痫风，抱住他哭起来：老张，不知你们当地抗日游击战是咋打的？狗日的在山东打鬼子，我指挥一个连冲上去，被小日本机枪压住，接连冲了七次，回头一数人，一百多号兵只留下了十几个，残酷呀残酷，我们今天坐的江山，他奶奶的全都是用生命和鲜血给换来的呀！

他沉吟说：游击战也难呀，天天钻山洞、睡地铺、兜圈子，从 1941 年入伍至部队北撤，我没吃过一餐纯粹的白米饭，没睡过一晚脱衣服的囫囵觉……

他说都难是吗？老张，这人活着，要有拼命精神，咱共产党员都由特殊材料构成，人中的精华啊，活着干，死了算屌，绝不能半途而废当屃蛋，就是到阎王殿，也扯上阎罗大王，认我干出个共产主义来！说完这话，他不抽羊痫风了，和他抱在一起流泪狂笑，在那简陋的棚屋里，飘出一阵跑调的歌声：

军队与老百姓呀！咱们是一家人。嘿嘿……咱们是一家人哪……

他走后的第三天，奇迹发生了，生浮肿病卧床不起的张永成，自吃过狗肉、喝下白酒后，身上的肿莫名其妙地消退了。

几日后，陈乾康与胡月夫妻俩，带着几千公斤的番薯干与芋艿枝，赶到滩涂向公社党委报到。他问他：这些东西从哪里弄来的？他说还不是你廿四房原先那片山地，今年我感觉到形势不妙，就没种贝母，全种了番薯与芋艿。你这儿急，我把山里兄弟们的隔夜粮，都折腾调过来了……

张永成很奇怪，问：狗日的四眼，神了，你咋知会闹饥荒？

他沉吟道：这天下大势，物极必反。我这右派没别的能耐但能掐会算，可惜我没管辖的地盘，只能提供杯水车薪喽。伙计呀，眼前要改变幸福公社的灾情，只能组织生产自救一条路，我问你一句话：这地方的人心，尚能战否？

他说：能战，我这粗人没别的本事，就能组织队伍打硬仗。

他冷笑着问：饥荒这么严重，你的基本队伍就没散？

他说：我有一个饼子掐成两半使，群众吃一半，我和干部吃一半。你说这队伍能散吗？他点头道：没散就能战啊。随后，他跟他走访了几个渔村，提出组织青壮年捞寒潮，用小海鲜向上海工人换取粮食的方案。他看过后问：衰军兴战，兵家大忌，这不是孤注一掷吗？他说是孤注一掷，但活人不能让尿给憋死呀！

滩涂上的北风刮得紧，霜花满地，由于刚下过寒雨，农家的屋檐下挂满冰溜。这冰溜沿海的孩子称冰葫芦，折下来放在嘴里吮，类似盐水冰棍儿，成为挨饿孩子们的美食。那日他俩还有副书记老莫，组织了七千多人的青壮年队伍，浩浩荡荡地下海捞寒潮，张永成在下海前作广播动员说：

共产党政府是为人民谋利益的，我们都是党员和积极分子，是马是驴，得拉出去溜溜了，春节前不把寒潮捞回来，我撤书记队长的职。各生产队给我做统计，从今儿开始饿死十个人，我抓书记坐牢；饿死二十个人，我奶奶的把书记给毙掉。谁让你们是共产党干部？捞回的寒潮，公社一条小鱼、一只小虾都不留，全拉到上海由四眼去换粮食，一斤鱼虾半斤米，返回让群众过个年。

说完这话，他横着眼睛看陈乾康，悄声问：四眼，你有话要说吗？陈乾康像个老农民似的，裹紧开花的旧军大衣，冷漠地蜷缩在他的身边，打成右派短短三四年，当年那意气风发的军人姿态荡然无存，只有从眼镜片中透出的那两道光芒，还是那样明亮犀利。他提醒道：老张，注意哪，换回米分到户，这不是号召搞资本主义吗？他的两条黑眉毛竖起来，一双小眼睛瞪个滚圆：狗屁资本主义，不饿死人就是社会主义了。我这书记，还没你右派分子有脑子？他干涩地苦笑道：我这右派帽子，还不是老秦给整的……

七千多青壮年，被他俩赶下海去，张永成下身穿着短裤，上面披着棉袄，也要跟着下海，却被胡月拉住说：你病刚好，找死呀？他笑着回头望陈乾康，见他坐在堤坝上，把脑袋缩进军大衣中不动，便说：伙计，你咋不下海？他摇头道：我身子骨吃不消了，畏寒哩。他突然大喝一声：教导员——陈乾康迅即站起来，啪的一下立正：到！他嘿嘿一笑道：入列……

他摘掉眼镜，脱下军大衣，把衣物放在妻子怀里，跟着他亦步亦趋地向寒冷的海水中走去。他回头冲他狡黠地一笑道：我知你会跟着我下海。他尴尬地笑着，抬头望望墨沉沉的天空说：老天爷作证，我这右派，也有一副战士的骨头啊！

两人在冰冷的海水里，牙齿咯咯发抖地和大家一起抛网设桩捕捞。

捞寒潮是靠海人特殊的生存方式，原因是天大寒时，海里的鱼虾都会回游到滩涂越冬，是近海渔佬的冬汛旺季。张永成晚年回忆饥荒时说：战士死亡有两种状态，在拼搏中倒下为强者，固守中待毙则是弱者；决定二者命运的，则是一念之差。生命中出现诸多奇迹，都靠信念的坚定，才能最后超越……

这年冬天，小东西伴随继母共度饥荒，开始两人每天能节约半斤米，因为李纹是国企职工有定粮，县委在关键时刻，保障了工人阶级的利益。她让继子把这米换成杂粮，周末当交通员送回家。现在丈夫为拯救滩涂的饥民，已没能力顾及家了，她得尽做母亲的责任。

周末黄昏，饥肠辘辘的启明与妹妹智云、智枫、智林，会像豆芽菜似的偎依在那座大泥屋门口，望眼欲穿地望住那条通往城里的泥泞道，盼望已长成瘦高竹竿的堂兄，拖着疲惫的脚步出现。智林已由杨金香接回来扶养，这年头每家粮食都不宽余，张家就是付再多的钱，奶妈也不干了。送回时一周岁半的她还白白胖胖的，这时与哥姐一样，变成皮包骨头的瘦猴儿。

小东西与弟妹们，在那块泛起盐花的泥场上见面，每次弟妹们问候一句相同的话：阿哥，你咋才来呀？他的猫眼浮上泪花，说对不起，哥实在走不动……弟妹们又问：你也饿吗？他说哥与阿妈，一天才吃四两米……

双腿浮肿的杨金香，在这时发明抗饥饿疗法。她撕掉一条棉絮，让四个饿急的孩子，在口里含着盐水嚼棉花团，说你们只有这样嚼着，才不会饿死。智云说我咋越嚼越饿？她说那是你的脑子笨呀，边嚼边想着好吃的东西，就抗饿，以前闹饥荒，我和你们阿公，都是这样才活下来的……

见了小东西，她踉跄着下床，兴奋地把他身上的杂粮卸下来，然后挪动浮肿的双脚，在灶头把它们用火焙熟，分一些给饿急的孩子们。这是一周中全家人最欢乐的盛宴。接着，她哆嗦着双手，把余下部分放在自己的枕下储存，在以后的几天中，她让四个孩子排队围绕床前，一颗一粒地数着分发给他们，分完又藏起来。现在倔女婿不在家吃饭，回家角角落落地翻找可吃的东西，虽然他也饿得脸色发青，但找到粮食自己却不吃而拿去送给别家挨不住饿的孩子。她数落说，你这书记当得窝囊。过去在荒年，保长拿别家的粮食喂自家的孩子，你倒好，自家娃儿都挨饿，还送人情照顾别家？他说：阿姆，我没办法，当的是共产党的官儿，不能让刚到人世的孩子，没睁开眼睛就饿死呀。她说共产党的官儿，也有吃五谷杂粮的肚子呀。他不屑与她争论，还把家里的粮食，拿去送给别家的孩子。她数落他几次，不再数落，却把小东西送回的杂粮，藏得极严密。

大饥荒开始时，滩涂上人心浮动，再次怀孕的李纹，建议全家搬往她工作的长河镇。那儿虽也闹饥荒，却比这儿要好一些，何况她享有供应粮，但张永成没同意，说家是一块阵地，家人就是驻守的兵，不能临阵脱逃影响士气。杨金香也不同意走，说我们走了，倔女婿咋办呢？别看他外面吆五喝六，其实还是个孩子，连生活都不会自理，我不能在这时候撂下他。她觉得惊诧，说他这么大人，还要你照料？她说男人是女人头上一片天，你不在我得守着，他要是塌陷下来，这家就没了……

这时，杨金香敏锐地感觉到，她生命中经历过的大饥荒，已不可避免地降临人间。为保住孩子们的小性命，她踮着一双缠过又放开的半小脚，爬上胜山娘娘庙，求来一面保佑全家人的令旗，许愿说只要菩萨助我渡过难关，我就是下辈子当牛做马，也要为娘娘塑金身造殿宇。接着，她回天街向兄弟杨金山求援，说他那块自留地，还是倔女婿给分的哩！

杨金山和瘫痪的老娘住一起，家徒四壁只有一间茅屋，这辈子最大的愿望，就是住上夏天凉快、冬日暖和的瓦房。母子俩把每年节余的粮食，囤积了起来，准备换成砖瓦和木料，选新屋哩。

杨金香知道他这个秘密，向兄弟乞求说：阿弟，你的小外孙们，现在都要饿死了，借些粮食给姐救个急吧？杨金山说没有粮食，这年头谁家还有余粮？她指屋里木床下的谷柜说：你有的，我知你藏了四百多斤陈谷，要砌屋哩！他摇头道：阿姐，你别动这脑筋，我四十多岁还打单身，就为没一间遮挡风雨的瓦屋呀！她解开衣襟，掏出李家屋契交给他，说我把老屋交你了，快把陈谷运去后海，那儿每天都在死人哪……

他还犹豫着不松口，她蹦着一双半小脚跳起来说：我问你，是人命要紧，还是你的瓦屋要紧？他说姐呀，我外甥女婿当着八品官，咋会连我小外孙的嘴都糊不上？她说他是共产党，不是国民党的官儿，全公社都在挨饿，能光顾小家不顾大家吗？杨金山沉默一会儿，终于说：陈谷你拿去，屋契我也不要，我杨家怎沾你李家的光。她说李家断了后，三间瓦屋都空着哩。他问：我把它占了，你以后住哪儿呀？她说：我指望保住小猢狲们的性命以后养老哩。

她把这些陈谷运到滩涂，张永成却要分给公社收养的孤儿们。陈谷共有三担六筐，待人挑到最后一筐时，她领着阿大、阿二、阿三、阿四，齐崭崭地向女婿跪下了，含泪说：倔女婿呀，看在这些饿急了的小猢狲分上，给我留下一筐，只一筐……他见她如此，也漆黑着脸向她跪下，说妈，我的亲妈，原谅我好吗？我是孩子们的爸，也是这些孤儿们的爸呀。她愣了愣问：你喊我亲妈？他哽咽着点头：我与小李同志结婚后，您早就是我的亲妈，也是这些孤儿们的亲阿奶呀！

拿走吧……杨金香号啕大哭，双手掩脸奔进房内，整夜抽泣不止。

张永成还是留下半筐谷，换来一箩筐的番薯干和玉米粉。尽管这时家里已缺粮食，但她还是每晚为女婿留碗杂米饭，这饭隔水蒸熟，留锅内谁也不准动。母婿俩的感情，现在彻底改善。身心疲惫的他每晚归家，在孩子们眼馋的目光中，眼角湿润地吞吃着这碗饭，眼前幻化出祖母秀才娘子的身影来。开始他不愿独自享受，说你们不吃，我也不吃。杨金香冷笑着问：你以为我仅煮给你吃？他问还有谁？她说我为这些失去父母的孤儿们呀！

他忍住热泪，吞吃下这碗杂米饭，在心灵的煎熬中，叩问自己：苍天哪，我该咋办？怎样才能阻止灾情饿死人……

家里实在没吃的了，他也东跑西颠地再没时间回家，杨金香取消了他的待遇。这时他发现她的小腿肚，已肿得青褐透明，一双半小脚解开裹脚布，拖着她的旧鞋蹒跚移动，全家仅靠李纹省下来每周五斤半杂粮过日子……

每次小东西当交通员回程，出门时杨金香会悄悄递上三块番薯片。他说不饿，不肯拿。她摇晃着身子说：现在阿婆最不愿你倒下，家里就靠着这杂粮活命哩。他含泪接过，出门又把番薯片，塞给身后喊着阿哥、瘦猴儿似的弟妹们。自己伏在河埠头，饮满一肚皮的凉水，踉跄着脚步离开。

杨金香在近一年半的时间内，每天只吃一碗熬糊糊的刷锅水，全身瘦得只剩下骨架，两条腿却肿胀成水晶葫芦，一掐一个印，但她却如一条坚韧的老牛，奇迹般地存活下来……

她迷信哩，说是妈祖菩萨显圣，保佑全家过了难关。

李纹在怀智群时，被诊断出黄疸肝炎，医生劝她把孩子做掉，说这孩子不易活，你已有四个，流了吧？她说这事得让我想想。晚上回至宿舍，她搂住继子就哭，口里嚷着：小东西呀小东西，我该咋办？他莫名其妙，问她咋了？她说医生说了，荒年怀孩子不好，要我做掉哩。他眨巴着那双幽深的猫眼，问她答应没。她说还没哩，我想为张家再生个孩子，都没敢与你阿爸商量。他问孩子在你肚里，为何要与他商量？她说我有感觉，这次像是你的弟弟。他沉默了，知道继父与阿婆，做梦都想为他添个弟弟。她问你咋不说话？他说：我也希望有个弟弟。她说我明白了，不能扼杀这个家族的希望。

黄疸肝炎是传染病，厂里安排李纹住疗养院。这时已停课，疗养院建在小学的教室内，她开始不想去，住院隔离吃食堂，就没了定粮米，不能换成杂粮让家人度饥荒。便又与继子商量：他们要我住疗养院，咋办？他一侧头说住疗养院好呀，有白面馒头吃，隔壁阿姨的老公，也生肝炎住疗养院。她说我吃上白面馒头，就没米换杂粮了，你与阿婆、阿大、阿二、阿三、阿四都会饿死呀？他想了想道：先喂饱肚子里小阿弟，不能让他没出生就吃苦头，我们另想办法吧。她焦急起来，连说不行，他是我孩子，你们也是我的孩子呀，不能让你阿婆和弟妹们饿死，要不这样，我把里面的馒头节省下来，你捎去给他们吃？他皱眉问，我拿走馒头，你咋办？她说我饭量小呀，一天一个就够，你把余下的拿回家去。

疗养院果然供应白面馒头，早餐一个，中、晚餐各两个。这馒头现在不稀罕，用黑乎乎的标准粉做成，可对饥肠辘辘的人们来说，无疑是天上飞来的圣物。李纹入院前与继子商议好，每天节约三个半馒头，由他配合弄出来送回家去。

每天下午约两点，小东西伏在教室窗槛上喊：李纹——他不直接喊阿妈，这儿住有许多母亲，童音易使大家混淆。听到这声音，她即从窗口探出头来，哀忧的丹凤眼瞅准他，就只那么一闪，那颗憔悴的脑袋缩回去，紧接着小东西的节日来临了，那三个半含着继母体温的馒头，从窗口如飞镖一般射了出来，他立即如足球守门员一般扑上去，把馒头紧捂在怀里，然后掉头就跑。

自继母住院后，他不再干别的，来回四十余里当专职交通员。饿急的他，有时会在路上把半个馒头取出来，放在鼻子底下闻闻，一分为二掰开，反复比较，把那稍大的半块，撮起嘴唇亲亲，咽口水咬上一小口，再把两个半块，弄成一般大小留下来，脚步轻快地走在沙石道上，认为自己是这世界上最幸福的人。

走着走着，累乏了，他会唱《听妈妈讲那过去的事情》，待唱到“冬天的风雪，狼一样嗥叫，妈妈却穿着破烂的单衣裳。她去给地主缝一件狐皮长袍，又冷又饿跌倒在雪地上”时，他哭了，此时也是冬天，他身上穿着继父军装改成的单衣。

黄昏时，外面冷着，风声呼呼的，如果没下雨，启明领着阿二、阿三与阿四，在屋边那块大泥地上，像一群游弋的小鱼，灰黑着脸等待着他的到来。

他终于出现在面前，弟妹们立即口里喊着阿哥，像四只展翅的鸟儿一样扑腾上来。他从怀里掏出那两小块馒头，掰开均匀地递给每人一小块，还有三个馒头，交给躺在床上的杨金香。这馒头谁都不能动了，要留到次日，半个给小东西路上吃，另外两个半捣碎和上玉米粉煮糊糊。这是全家人的口粮呀，没了每周三斤杂粮补充，吃得精致了，但数量明显减少，杨金香更得精打细算……

次日早餐，是全家最为欢乐的时刻，孩子们围聚一起享受这人间美食。有一次智枫吃完，亮亮的眼睛盯住小东西神往地说：阿妈生病真好。他拉下脸问：你想让妈病下去？她说是呀，我每天能吃馒头糊糊。他问启明和阿二、阿三是否也这般想？大家都低头不吱声。杨金香听着孩子们的话落泪了，他搂住她也流泪，说妈已瘦成一把骨头，她的肚子，也没以前生启明和阿二、阿三、阿四时那般大了。杨金香用鸡爪般的手，抚摸着他的一头乱发道：阿婆知道，你妈在用身上的血，哺育你们兄妹哪，她如果倒下，这家……也就没了……

启明和阿二、阿三、阿四，跟着她俩号啕大哭起来……

这年冬天，小东西认识了一个叫闪电的女孩儿，这绰号是他自作主张取的，她真名叫陈小燕。那日，他接过继母抛出来的三个半馒头，正欲离去，突然从屋角斜缝中划过一道闪电，没待他看清楚就被击中胸脯，仰面朝天地倒在地上。她抢走他手中的一个馒头，一溜烟地转过墙角跑了，躺在地上的他，只看到她一翘一翘两只羊角辫的背影。婊子养的……他被激怒了，骂着脏话跳起来追去，他要夺回他与弟妹们的成果，而且要追回男孩子的尊严。

他沿着坑坑洼洼的石板路，追了半里路，还没追上，闪电跑得很有节奏，一蹿一跃，速度奇快，似一头驰骋在草原上的灵巧小鹿。

转过几条弄堂，她停在一间低矮的砖屋前，门是竹门，吱嘎一声脆响，即隐身屋内。他站在门口往里张望，见昏暗的内室里，只一张床，躺着一个头缠着白毛巾的女人，闪电把手中的馒头置床桌上，女人没看馒头，却把哀忧的目光定格在他身上。他气喘吁吁地望着她俩，没想到他这年级长跑选手，竟落败在翘着两只羊角辫的干瘦女孩儿身上。女人用手支撑住床沿坐起来，沉脸责问哪来的馒头？闪电的目光，犹犹豫豫地移向他。这时他才看清楚她的脸：清秀、蜡黄，眉梢弯成月亮形的一双眼睛目光非常清澈。见他不说话，她无奈地用嘴向他努了努，女人问抢的？她点头，目光注视足尖，女人挣扎下床，一巴掌打在她的脸上，骂道：贱骨头，饿了就抢，咋会有你这样的孩子？一缕鲜血顺着她嘴角流下来，她没分辨，走到床前，抱起被窝中似瘦猴般的男孩儿，怯怯地拿起馒头要喂他。她打落她手中的馒头，她的目光变得黯淡，说你没奶，阿弟快饿死了。女人把馒头拾起交还给他，问：这是你的馒头？他点头，把那馒头掰开，分一半交给闪电，转身不回头地跑了……

这晚上，他双手托腮，坐在公社大泥屋门槛上深思，那女孩儿纤秀清丽的面庞，不时地在眼前浮现。想她是为阿弟，才做这事，她有没有吃的呢？如果没有，咋能活下去？她为何跑得那么快？闪电，天上的闪电哪……他自言自语地说。

次日他从继母处拿到馒头，用那双猫眼滴溜溜地转着，到处找她。他等了一会儿，估计她不会来了，犹犹豫豫地顺昨日的路，来到她家门口，心疼地放下一个馒头，转身就跑，他不敢进那旧砖屋，怕那女人又打她。但她在他回家的路上等着，把馒头交还于他，说我注意你好久，知你每天从这条路上经过。他惊异地看着她，觉得那双眉角上翘的弯月眼，比昨天还亮还清澈，像两泓透明的泉水。他说你拿着吧，我还有。她低下头，抽动薄薄的嘴唇道：不需要了，我弟昨晚死了。妈早说过他活不长，可我就是不相信，对不起，昨天我都急晕了。他说没关系，不就一个馒头。她目光专注地看他一会儿，咽着口水说：一个馒头？你倒大方，我和阿妈……都多少天没吃过细粮了。

说完这话，她转身就走，他突然有一种与她亲近的愿望，可她没再回头，那飞扬着一翘一翘两只羊角辫的瘦削背影，在他心中留下无限遐想……

李纹在次年春末，产下阿五智群，可惜不是男孩儿，还是女孩儿，与三个姐姐不同的是，她生下时只有三斤，比阿四智枫还轻了八两，啼哭的声音如猫叫一般，病中的李纹连一滴奶水都没有，只能喂她喝胡月送来的红糖水。在廿四房第六代女子中，智群无疑是个最聪明美丽的孩子，可她终生孱弱，成年时身高一百六十五公分，体重还不足五十公斤，是个标准的骨感美人儿……

至此，李纹觉得完成了任务，不想再为张家生育孩子。

17

张永成在国家“暂时困难”后，因纵容饥民抢种子粮，被县委免去公社书记职务，在家度过两年的赋闲时光。

那时沿海已划成新县域，山南县有一半划到沿海，沿海也划了一半给山南，幸福公社没动，还属沿海。划县因为种植的关系，山南种植水稻，沿海却以种植棉花为主。新县域划分后，沿海多为平原，地界南接山南，北壤大海，这海是个喇叭形的港湾，由于钱塘江潮水的原因，被冲积成一大片滩涂。这地方古代称为句章，史书记载为我国最早与夷洋通商的港口，在海运史上占有重要位置。

转眼到了 1961 年春天，严冬虽已挨过去，但春荒却使幸福公社的子民，有近两万人出去讨饭。那时张永成的职责，是和文书小戴一起，每天坐在办公室里开介绍信，这点他与陈乾康有同识，与其让人待在家里饿死，不如让大家出去找条活路。陈乾康重被县委起用，降职当供销社副主任，仍戴右派帽子，边工作边改造思想。他支持他这放人活命的做法，但毕竟走出去的人少，留下的人多，就是出去，在饥荒年头，又有什么人间天堂让饿急了的人们有口饱饭吃？

就在这时，海边四灶浦码头上，停泊了一艘运粮船。

船是帆船，船头挂着一面庄严的国旗，连船帆都用猪血染过，血红鲜艳。船舱叠放一袋袋沉甸甸的麻包，里面装的是县政府组织生产自救，从广东弄来做种子的谷子。那天事情发生时，张永成正坐在办公室内，与陈乾康、老莫、王安等人，商量捞春潮应市的事。得到通讯员武彬的报告，说县里停泊在码头的运粮船被饥民围住了。张永成当即让王安打电话，喊武装民兵营长带队伍过来，顺手抓起挂在墙上的一杆枪，和陈乾康、老莫心急火燎地赶赴现场。

是红帆船，火红的帆，在阳光下鲜艳夺目地招摇，码头上已聚集几千饥民，犹如山洪暴发时的激流，正蜂拥到粮船，那架势已是谁都阻挡不住。他询问陈乾康咋办？陈乾康吸着烟，摇头说：这种事，我下放右派有啥办法？你是书记，看着办吧。他又望望老莫，老莫低下了头。他沉脸骂一句：狗娘养的，我还真没见过共产党的百姓，抢政府的粮食哩！说着，提起手中的枪欲冲上去。

陈乾康在旁冷冷地问：你想镇压群众吗？

他说我受够了，镇压自己……行吗？

他挤开人群，跳进粮船上阻止大家上船，可尽管他声嘶力竭地喊叫，喧嚣的人声淹灭他的嗓音，他爬上帆桅，举起手中那杆枪，朝天砰地放了一枪……

人群瞬间静寂下来，许多已被撕开口的粮包，有白花花的谷粒渗出来。孩子和妇女们疯狂地抓谷子往嘴里塞。有人喊：开枪了，政府向灾民开枪了。他狰狞扭曲着脸，又朝天放一枪，身子攀在帆桅上喊道：我是公社书记，这是县里恢复生产的粮种。谁抢谁犯法，要蹲大牢的。有饥民回应道：犯法是死，饿死也是死。反正死路一条，牢中还管牢饭吃哩。

人群又似决堤的洪水般地往船上涌，眼看就顶不住，他从帆桅上跳下来，把枪对准冲上来的人流吼道：谁敢往前一步，老子崩谁！

这招管用，人群又都愣住，真开枪？子弹可不长眼睛。

正当众人愣神的一刹那间，他对同样愣怔住的战士们说：你们手中的枪，是烧火棍呀？谁敢上前就开枪。护粮船上的战士们，即学着他的模样，哗啦啦地拉开枪栓，把子弹顶上膛。饥饿的人们，没待他和战士们有喘息机会，不约而同地向粮船跪下了……

码头上哭声连天，老人、孩子、衣衫褴褛脸容枯槁的汉子、妇女们都齐崭崭地跪在船前。有个年近七旬的老太，举着饿成瘦猴儿似的孩子，扯开嗓门哭喊道：张书记，我孙子都七天没沾米，政府慈悲为怀，救救孩子吧，菩萨会保佑你们长命百岁……

面对着这一片黑压压跪地的百姓，张永成的心头震撼，胸中如滚油的汤锅般沸腾，想：我能对着他们开枪吗？真开枪，不就成了镇压群众的混账孱蛋？随即他的双膝软下来，跪倒在船板上泪流满脸。

他在心中悲哀地喊道：土地……我为之奋斗的这块土地呀！

就在他犹豫的一瞬间，滚滚的人流越过阻止的干部们涌入船舱……

出事后，张永成觉得此举该有人担当，让老莫、王安把他捆绑起来，送去县政府听取发落，说：狗日的，没把他们折腾坐牢，倒把自己给赔进去。陈乾康愁眉苦脸地看着他，摇头啥话都没说。

秦大泉见他自缚上门，拿起办公桌上的玻璃烟缸，劈头盖脸地砸了过来。他没躲避，烟缸砸在额头上流出血来，烟灰与烟蒂也扬了一身，但仍身板笔挺地站着，没用手去擦额头上的血，一双小而锐亮的眼睛，仍和以前一样，闪烁出固执和桀骜不驯的光芒来。

秦大泉砰一声拍响桌子，圆睁豹眼，咧开大嘴骂道：狗日的，你肩膀上搁几个脑袋，敢抢县里组织生产自救的种子粮？九十多万百姓，明年不活了？他低下头嘟哝着说：对不起，我制止不力，犯了法。几万公斤的粮种，说丢就丢了？秦大泉抽着烟，怒气未息，咆哮道：你奶奶的，要把我头上的乌纱帽给捋掉？这是阶级敌人反攻倒算、做梦都想干的事。明天你就回公社办移交，县委把你的书记给撤了！

他问：你不让我坐牢了？他冷冷地斜睨着他，恶狠狠地说：狗日的，拿镜子照照脸，配吃现成牢饭吗？好好回家反思，我得弄钱去买粮种哩……

经过这次挫折，张永成搬家至长河镇，总算和妻子儿女团聚。李纹认为这下他该老实了，不会再在外面胡折腾，心里还暗暗地高兴哩，心想：都没日没夜地干了十年，让他安静安静也好……

如此只安静一个月，张永成就觉得无法忍受，想方设法地要折腾出一些事来做，说：老秦不让我搞社会革命，我把小东西和阿大、阿二、阿三、阿四、阿五，训练成接班人，搞家庭革命哩。

这想法得到李纹赞成，说好呀，孩子大了应该教育，你是他们的阿爸嘛。他高兴起来，嘿嘿笑道：我训练有我的做法，你不能干涉拖后腿呀。李纹惊异道：你教育孩子是好事，我咋会拖后腿呢？张永成说：那好，我俩该立个条约，免得节外生枝、制造矛盾。李纹说立条约好呀，想都没想，就在他的条约上签下字。

此时，她正全力投入轧花脱籽工程中，这项技术看起来简单，当时却要苏联专家的帮助。“暂时困难”时中苏论战，老大哥生气撂挑子不干撤回专家。章颂招来几个省技工学校的学生，让她组织技术组攻关。现在的李纹，不再是十年前任性的美姑娘，自经历过“暂时困难”和生下阿五智群后，年纪轻轻成为六个孩子的母亲，已明白对家庭和孩子们的责任。虽然还罗曼蒂克、秉性不改，却对固执如牛的丈夫多了几分理解，知道他经历过这次挫折，内心痛苦却不灰心失望，仍燃烧着改变这块土地面貌的激情，这精神本身就值得她敬佩和学习。

张永成率先把目标对准兄弟俩，问他们长大想不想接革命的班？两人都说想。他说：想就得跟我学本领。他开始向他俩讲瞎眼祖母和红襟鸟的故事，说在老家山林里有一种鸟，会在拂晓时泣血司晨，千百年来尽劳尽责，唤醒人们对脚下的土地担负责任。他说：每当鸟们啼叫起来时，祖母就把兄弟俩拖出被窝，说小时候养成懒惰习惯，长大就会变成一个对社会、家庭有害的人。他还说自己虽有许多缺陷，却分分秒秒不敢懈怠，努力做担负责任的男人。为把兄弟俩训练成有用的人才，他要按祖母对待他的方式，培养兄弟俩的体能和意志……

可没想到这场战火蔓延开来，首先得罪了把外孙们视如己出的岳母。杨金香年轻时在城里当过保姆，脑子里有重男轻女的思想，从小就对小东西与启明分外溺爱，现在女婿进行家庭革命，要把他俩送回到旧社会去，心里就老大不落忍，想：这不是把孩子往绝路上逼吗？

这年建国已十四岁，是小学六年级学生，大大的脑袋，颀长干瘪的身子，一双在白天眯缝、晚间睁大发光的眼睛，有事没事总爱坐在角落里思考，显出一副懒洋洋疲沓沓、对啥都满不在乎的模样。启明也已十岁，读三年级，长得脸黄肌瘦、身子像豆芽菜一般羸弱，他自小身体不好，没满周岁就断奶，被杨金香喂饲外国奶粉，造成习惯性拉肚子和牙齿龃缺的后果。与堂兄不同的是，他的脑子和嘴巴都灵活，且好为人师表，每天叽叽咕咕地与阿二、阿三、阿四甚至与未满周岁的阿五逗乐争吵，获得当大阿哥的快乐。

一大早，杨金莲母女俩尚没起床，张永成就把兄弟俩从被窝内拖出来，带去学校操场跑步。这样就把生活顺序打乱了，平时由杨金香早起烧泡饭，然后是李纹梳妆漱洗，等吃早餐时才喊醒孩子们。建国知逃不脱厄运，咬牙瞪圆一双猫眼死劲跟着跑。启明惨了，挣扎跑两圈跑不动了，哭着赖地上翻白眼装死。他挥手让建国继续跑，自己站住喊启明起来。启明不起来，他喊一、二、三，还没动静，即把蒲扇般的巴掌，准确地揍在他的屁股上。启明挨揍，杀猪般地哭喊起来，越喊，他揍得越凶，说：狗东西，没吃过苦哩，就想做男人？启明在三十年后回忆说：我这人吃亏，就吃在从小不会告饶，对家庭如此，对社会也如此，只硬着头皮顶，结果越输越惨。

建国转一圈跑回来，见继父还揍启明，知兄弟不会告饶，便设计解围，驻足用仇恨的目光盯住继父的脸喊：法西斯——

张永成放下启明，一对锐亮的小眼珠盯住他，你再说一遍？他还喊法西斯……一边喊一边跑。他追上去抓住他说：看你狂？狂……即把拳头雨点般地砸他身上，他说我又没不跑，你咋也打我？他冷笑道：你跑，能跑过我吗？啥时候我追不上你，你就是男人了……

几天训练下来，两个小男人被揍得鼻青脸肿，可怜的启明在上课时，挪动屁股不敢落座，老师问他咋了？他扒开裤子，向同学们展示说：这是我亲阿爸打的。老师把他领回家，张永成嘿嘿地赔笑着，并不作解释。待老师一走，又把巴掌拍在他的屁股上，警告说：你再告状？老子揍死你！启明问：你是我亲阿爸吗？他说是呀，我就是你亲老子。启明说虎毒尚不食子，你咋往死里揍我呢？他说：对了，虎毒是不食子，但儿子也必须是条虎。我九岁放牛，从小吃苦才变成虎，你行吗？启明哭道：放牛哪有读书辛苦？你买一头牛来，我每天放给你看……

狗日的……你敢顶嘴？他狠狠骂着，扯下腰间的皮带，狠抽他的屁股。这下启明，又像杀猪般地号叫起来……

见此情景，杨金香不再沉默，踮着半小脚跑过来，一头撞在他身上。他瞪起小眼珠问：阿姆，您咋了？她气呼呼地说：老猢狲，你想把两只小猢狲折腾死，就先弄死我吧。他问是您儿子，还是我的儿子？她说他俩姓张，当然是你的儿子。他笑起来，说我的儿子我教养，战争年代平时少根筋，战场上就会丢条命。随即他抛开她，扯住皮带又问：战争年代，为何那许多战士牺牲了，我还活着呢？坐在旁边的小东西反问：你说为啥？他斜睨他一眼说，因为我锻炼成飞毛腿，冲锋陷阵比子弹跑得还快！小东西嘟哝道：现在又不打仗，跑那么快干吗？不打仗是吗？他眨巴着小眼睛，冲过去拧住他的胳膊：狗东西，你还知道抓小辫子哩？和平建设时期，比打仗更需要有好的体魄，大饥荒饿死多少人？我都差点儿去见了阎王，强壮是男人革命和工作的本钱呀！

杨金香无奈，泪汪汪地望着他问：这么说……你还打呀？

他点头说：还打，棍棒底下出孝子，狗东西不听话我就打。

白天这般折腾，晚上杨金香就多了事儿，一边垂泪，一边用蘸白酒的药棉，为两个外孙清洗伤口。启明痛得哇哇大哭，小东西却坚强地忍受着。她问他为何不哭？他圆睁猫眼、咬牙切齿地道：我长大要成为壮男人打败他。启明眨着眼睛想一会儿说：我和阿哥联合打败他……

她叫起来：傻孩子，他是你们的阿爸呀，天底下哪有儿子打老子的？

小东西说：我俩都没爸了，只有男人，长大要让他看到厉害。

张家的家庭革命，进行得还算顺利。斗志旺盛的张永成，领着孩子们夏天游泳，在烈日下暴晒；冬天跑步，在寒风里训练队列。把两个小男人折腾得精疲力竭，像两条竹竿似的枯瘦下来，身子骨却变得壮实。三个月后，他让他俩当教员，带上阿二、阿三、阿四们跑步、游泳进行训练，自己只在旁边监督。奇怪的是他不打女儿，只望着她们嘿嘿地笑，说丫头片子哩，还凑合。遇上她们撒娇不配合，直接拍小东西和启明的屁股，骂他俩是尿蛋带尿兵，没管理才能……

十年后，县体委组织民兵武装泅渡冬泳比赛，女子冠军是张家老四——智林。她英姿飒爽地荷枪站在领奖台上，发表获奖感言说：我头次下水才五岁，害怕得脚骨发抖，是阿爸把我丢下水去，说你得试一试，才知好玩不好玩。结果喝了一肚子水，才敢在江河里扑腾……

现在家庭生活秩序，已被彻底颠覆。往年冬初，杨金香从店铺买来棉絮，让弹花匠和着旧棉絮弹松，做成绵软的新被子，又用余下的花絮做新棉袄，面布是旧的，花絮却是新的，安排得科学且有层次，每年新做一件棉衣，由小东西穿后传给启明，他穿不上又传给阿二、阿三、阿四直至阿五。说是新三年、旧三年，缝缝补补又三年。张永成对妻子埋怨说：阿姆是老脑筋，把张家的娃子，都捂酥了骨头，老话说男娃儿冻大，女孩子饿大，我小时候给大房财东家放牛，一年四季都是件空壳单褂，寒冬腊月也没冻死人。李纹不无担忧地问：真不会冻病？他说你放心，我的儿女，我心里有数，都是牛狗的骨坯，哪能轻易冻馁饿坏？

李纹不阻拦，杨金香就拦不住，看着站在寒风中牙齿冻得打颤、穿着单衣的外孙、外孙女们，跟他练队列，心疼地提醒说：永成呀，今年我已翻好新棉袄，不穿浪费了。冻坏身子看医生要用钞票的……要不今年算了，明年再练过？他说：阿姆，我让你别管就别管，山中的野角鹿没毛，雪地里还不是满山跑？

杨金香爱干净，从小教育孩子们起床要洗脸、刷牙，吃饭要洗手，睡觉前洗脚。这习惯得到李纹的支持，说城里孩子与农村最大不同是讲卫生，养成爱干净的习惯，就不易得病。张永成很快颠覆这观念，把孩子们集中一处问：老虎刷牙不？小东西拒绝回答这简单的问题，启明与妹妹们却齐口同声地说：老虎不刷牙。又问老虎吃肉，牙齿坚固吗？大家又说坚固。他笑道：老虎牙齿坚固，不靠刷牙靠锻炼，得每天咬硬东西。说着，拿出一把盐炒豆，咯嘣咯嘣地示范吃。说人这一辈子呀，其实可用的时间有限，生活越简洁，越能节约时间办成大事。

他在孩子们面前，施展出自己强身的绝招。不管多冷的天，都带他们洗冷水澡，早上也用冷水擦脸，说解放前的穷人，没钱买补药，冷浴防百病哩。现在的人太享受，毛病就找上门来了……

如此恶搞几个月，年底启明病了，症状是感冒发烧。杨金香要送医院，却被张永成拦住，说不行，训练革命接班人不能半途而废。仍把他从热被窝里拖出来，领着在霜满旷野的田塍上跑步，结果晕倒在田畈上，查出急性肺炎来。杨金香见锻炼惹出祸事，与女婿大吵一架，待启明出院，夹个包袱带他回天街老宅去。说你的儿子你不爱惜，我代他祖宗爱惜哩！李家老屋已被杨金山拆除，把木料与砖瓦运去盖新屋，算是对那四百斤的陈谷的补偿。她带启明住在众家祠堂内，每天求山上的天王菩萨保佑。张永成想把儿子要回来，她死活不肯，说是他这脉的根，有个三长两短愧对先人哩。

这年启明旷课日久，没参加期末考试，杨金香走后，家里没人烧饭，张永成带孩子们嚼炒米、吃生菜。说小时候放牛，不但萝卜蔬菜，连兽肉都生吃，参加抗日自卫队后也常常这样……

他问他们：老虎吃熟食吗？兔子吃熟食吗？公鸡吃熟食吗？都不吃熟食，所以健康，只有猪偷懒吃煮熟的糠，是世上最傻也最不健康的动物。

李纹在母亲带走启明后，曾试图向丈夫反击。但这时期她工作特忙，没时间吵架，又要在儿女面前，顾全他的面子。她反击的方式极为简单，坚持不与他同床，懒得与他说话儿，要他把启明接回来。说训练孩子欲速则不达，得慢慢来。他便问她，这个家我是家长，还是阿姆是家长？她说你是家长。他说我是家长我做主呀，共产党人做啥事，都讲认真，不能半途而废。

果然没到春节，启明就吵着要回来，经过父亲的调教，平素懒惰的他，没锻炼反感到难受。这下他得意了，索性把小东西、启明和阿二、阿三、阿四编成一个步兵班，每天清晨，领着他们一二一、一二一地在学校操场训练。

经过这番折腾以后，张家的孩子们，寒冬腊月都不用穿棉袄了。

如此强化训练一年半，总算把孩子们训练出来，离开他也能自觉锻炼。

至春上，张永成心里不安分起来，进山找陈乾康商量，说：四眼，狗日的老秦关我禁闭，我受不了，你得给我寻些事做。他问他，这一年多在干啥？他说我有五个子女，连继子算有六个，加上我就是个步兵班，搞不成社会革命，搞家庭革命培养接班人哩。陈乾康说这不是蛮好吗？他摇头说不行，我这人是劳禄命，没事干闲得慌。他问他愿否做脚踏实地的小事？他说只要有事做就好。他理解地点头道：和平年代要因地制宜发展生产，否则遇到大饥荒就㞞了，长河镇是麻乡，前几天有个采购员来找我，说要利用传统产业编织麻袋外销。你与他联络一下，能否组织家庭副业纺麻线？既培养孩子们热爱劳动的精神，又可贴补家用。

陈乾康自张永成离开书记岗位后，也被撤销职务回老家种贝母。

张永成觉得这主意不错，即用私蓄置了两辆纺麻车。他闲居在家只有十八元生活费，原以为此举会遭家人反对，没想得到杨金香的夸奖。她说：倔女婿呀，这纺麻车我会用，以前我在财东家当保姆，闲下来也纺麻线的。现在物价涨了许多，凭你两口子的工资过得紧巴，有钱吃好一点儿，训练跑步不用再打小猢狲的屁股。他对这话心存疑惑，想我在部队练飞毛腿，也没人用大鱼大肉供养，不就练成了吗？可他没表异议，商量说：我置纺车为培养孩子们热爱劳动的精神，使他们长大能对社会多贡献。她说好呀，这事交给我管理，会让他们都热爱劳动。他问她咋管理？她说我先教会他们纺线，然后人休车不休地比赛，白天我与阿四纺；夜里分成两组，小东西与阿三一组，纺两个钟点，启明与阿二再一组，也纺两个钟点，其余时间做作业，不就都锻炼成劳动精神了吗？他又问比赛要奖品，用啥奖励他们呢？她说：你不是让他们练牙齿吗？小猢狲们正长身体，正餐吃不饱，我买蚕豆炒了做奖品，保证他们能喜欢。

他笑道：政府号召生产自救，没想到阿姆思想先进，还蛮有办法哩！杨金香说你别给我戴高帽子，我不管政府管家事，保障你倔女婿每天有小酒喝、有香烟抽，小猢狲们不挨饿，你别批评我老顽固就是。他问：您把他们都安排了，我干啥哩？她疑惑地打量着他：你还打算闲下去？男人要管国家大事，家庭碎米细账，该是女人管的事。

听她这一说，他的心情烦躁起来，想这禁闭，关到何时才是头呢？在那些响着纺车声的晚上，他站在窗前一颗接着一颗地抽烟。这时他抽的纸烟，档次已经降低，才七分钱一盒的大红鹰。烟壳反倒漂亮，画面上是展翅飞翔的一只雄鹰。他抽完烟，把烟壳也让岳母做奖品，给小东西和启明叠成三角飞叉玩儿。这举动给两个小男人留下难以泯灭的记忆。四十几年后，启明捧着父亲的骨灰盒归葬祖坟，一路上脑子中都被这奖品占据。他颤抖着手，在他的骨灰盒上面，置放一张珍藏烟纸叠成的三角飞叉，说爸，永别了，整整半个世纪的缅怀。

张永成又在家没事干，说这样赋闲下去，我撞死在门口石坎上算了，李纹鼓动他找秦大泉。他不愿去，说老秦这人守信用，肯定是哪个环节出了问题。于是他又找陈乾康，两人坐着下了半天象棋。他帮他分析说：两军对阵，敌强我弱，是主动出击，还是坐而待毙呢？他说当然主动出击。陈乾康点头道：这就对了嘛。共产党的哲学是斗争哲学，你是人民内部矛盾，得掌握战斗的主动权。让老秦知道你是他食之寡味、欲弃不能的一盘菜。

他说我明白了，得闹出点儿动静来，让县委注意到我。见他觉悟的模样，陈乾康从裤袋里掏出一方手帕，取下眼镜片擦着说：老张，你还有这际遇，我这一落伍就跟不上队了，你要珍惜呀……

张永成回到家里，一边琢磨陈乾康的话，一边思忖自己能做些什么。眼下，“暂时困难”虽已过去，社会上秩序还有点儿乱。民间有落后的小曲唱道：共产党好，公社食堂吃不饱，共产党亲，灾年粮食无库存。听到这些言论，他跑去与人辩论。今天到这一家，明天又进另一家，结果都以他胜利告终。那些人找李纹告状，说你老公已撤职，咋还这般拎不清？她听后也不分辩，反在心头窃喜，想他有事可做，不会在家里闹了。她不敢向丈夫传话，因为了解脾气，如果他知道有人背后埋汰他，会气势汹汹上门问罪，把人家中的缸缸罐罐砸个粉碎。

为尽一个共产党员的责任，他做成一块小黑板，请小东西在上面写上：共产党好，领导人民得解放，共产党亲，为天下穷人谋利益，针锋相对地与落后势力作斗争。每天早上起床，他领着自觉就范的子女们跑步，就着咸白菜喝完两大碗稀饭，就举上这块土黑板，身后跟着一帮因贫穷失学的孩子，排队唱着共产党好，共产党就是好的歌，雄赳赳、气昂昂地在街上来回走动。

中医张怡安是非党人士，见他这举动觉得不妥，在街上拉住他用手摸额头。他不解地问：你摸我额头干啥？他说你是不是有病？他听了火冒三丈，一个耳光甩在他脸上骂道：你这个臭知识分子才有病。秦大泉不准我革命，你也不准我革命？说着眼眶竟有些红。张怡安抚着被打痛的脸分辩道，谁不准革命了？你好歹也当过公社书记，哪有这样革命的？群众思想落后，有个教育过程；你举着黑板，喊喊口号就能转变他们吗？他拉住他胳膊问：那你说我该咋办？他说沿海有史以来地少人多，大饥荒饿死人，是土地耕种面积不足呀。共产党干部得为群众办实事，让百姓们吃饱饭才是硬道理……

这道理他懂，沿海县人平均耕地不足半亩，能解决的办法就是围海造田，增加土地的面积。他立即口授继子起草《沿海滩涂诸公社生产自救方案》，阐述造成饥荒的原因和出路，小东西写不出生僻字时，他给他吃爆栗（在后脑肘用手指弹打）。三个晚上下来，可怜的小东西挨了十几下，在脑袋上鼓起个大包……

完成任务后，他向继母要钱，说：作文本子写光了，我咋做作业？李纹当即给他买了一本作文本，说：你爸靠你的文化出山哩！

张永成赋闲后，陈乾康隔两三个月就来探望他，也不带胡月同来，说是山里贝母园离不开人，只身提些芋艿与番薯，进门放到墙角边，坐下与他先喝茶聊天，然后再一起喝酒。

只要他一进门，杨金香就自觉挎个竹篮出去买菜，然后择菜洗净进厨房炒。在女婿的客人中，她待他最为热情，对李纹和外孙们说，陈主任是天下难得的好男人。这时陈乾康已患肺痨，她怕传染给孩子们，为他另备有一套专用碗筷，对全家人称作客碗和客筷。他俩喝酒时，她就用公筷把好菜挟到他碗里，说吃，你吃……老张整天封着丫脸，只有你来才有好脸色看。陈乾康笑道：阿姆言重，你女婿生就一张不会笑的脸，我来也没好脸色让你看。她说不一样的，现在也只有你与他才能对上话了。

待他吃完，她小心翼翼地把碗筷用开水烫过，放进碗橱里待下次再用。

张永成不满岳母的做法，说吃得邋遢，做得菩萨。我们在部队时，谁的碗筷一样吃，也没见谁得病。杨金香反驳说：有病防着总比不防好，小猢狲们肺嫩，一旦传染就来不及了。李纹支持她的做法，说：老张，你咋喜欢管阿姆的闲事？小姨梅香就是得肺痨死的。他摇头说：老陈脸重且精明，这般做会使他觉得生分。李纹说：生分不生分，在于人的心，不在于形式。

吃过饭后两人便又下棋，陈乾康晚年闲的没趣，肺痨又没根治，除研究新四军资料外，在天街上摆牙摊和棋摊混日子。那时他和胡月都落实政策吃穿不愁，下棋赌钱无非找个乐趣。他这辈子不害人，也不想被别人害，却总有人伤害他，最大的兴趣，就是与人下棋。只有在棋盘上，他才享受到赢者的自尊和快乐。

递交上万言书后，张永成静下心来，等待县委重新起用他。现在妻子晚上主动与他说话儿。孩子们在岳母管理下轮流纺麻，而且书也读得不错。他像变了一个人似的，在家看儿女们读过的语文与历史课本，里面有许多字不认识，用铅笔做上记号，让小东西放学回来教他。晚上是全家最为安宁的时候，杨金香洗净碗筷，拧亮煤油灯，怀里揣着阿五智群，坐在餐桌旁监督孩子们纺麻，手里还纳着鞋底。她要纳的鞋子多了，旧布头不够，发动孩子们放学路上捡破烂。在没轮到纺麻的晚上，小东西会教继父坐在电灯下认字。现在居民们都装上电灯了，这东西比煤油灯亮，只是每月要收五毛钱的电费，杨金香就有些心疼。令张永成费解的是，继子有着渊博的历史知识，说起古代的事来头头是道。他问这些东西书上没有，你咋知道的？他说我看课外书呀。他惊异地打量着他，感觉到他的长大，在这颗与身子不相称的硕大脑袋里，竟装着像陈乾康一般的学问哩。

李纹有时会在很晚才回家，厂里常有各种各样的会议。遇到没开会时，她也帮母亲做针线，或辅导没轮上纺麻的阿二、阿三或阿四做作业。做作业也有奖品，阿三、阿四读书没男孩子灵光，数不了个儿，阿二的识数能力也差。她把杨金香炒的蚕豆分成堆，让她们数个做零嘴，数着数着阿四就哭了，因为她最多只能获得七八颗，而姐姐们面前已有了一大堆。

如果日子这般过下去，留给全家的是一幅多么温馨的画面呀。

这年冬天四灶浦的围海造田工程启动，县委成立以农林、水利口为主的围海造田指挥部，由秦大泉兼任总指挥，下设办公室，他任副总指挥兼主任。

接到通知那天，张永成激动地流下泪水，屈指一算，在家赋闲已有两年余，赶紧让岳母炒几个菜，坐在灶间独酌。李纹得知讯息也高兴，下班和孩子们简单地吃过饭，各行其事。他从傍晚喝至深夜，把窖藏的一瓮十斤的陈年女儿红全喝了，奇怪的是竟没上过一次厕所。喝醉后，他摇摇晃晃地站起来，口里讷讷地骂道：狗日的老秦，您终于要我干活了。这次老子出山，就是累死，也要把几代人耕种的土地，全向老天爷要过来，让后代子孙不再挨饿。

然后又跳又唱，翻来覆去地唱《我是一个兵》，越唱越跑调，唱着唱着就哭了，泪流满脸抱头大哭。全家人都被他吵得睡不着，李纹起床问他咋了？他说英雄不问出身，我是个战士，在哪里摔倒，就要从那儿爬起来！她说这话你说过多少遍，还说？他说对，还说！牛皮不是吹的，泰山不是垒的，我有能力和信心为这块土地而战。说完倒在她的怀里，没多久，就发出雷鸣般的鼾声。

她安置他躺下，将他冒出酒气的鞋拧出水来。她知丈夫喝多酒，能从脚底排泄出来，望着他如婴儿般蜷缩的身体、黑脸上露出的笑靥，抚摩着他强壮的胳膊，不由潸然泪下。想：他又要上前线哩！

张永成上任前那天，恰好是他四十三岁生日，杨金香为女婿准备了面条，李纹也不知从何处弄来一瓶香油，还割来两斤肉，买了一只鸭子和一条鱼。现在全家人搞副业，每月能补贴十多元钱哩，母女俩都很满足。张永成提出要把纺车处理掉，李纹很惊讶，问：你不是想培养孩子们热爱劳动的观念，咋又变卦了？他说：我复出了，拿全工资，钱多会助长孩子们的资产阶级思想。她没与他争辩，只留着纺车没处理。

这晚上，夫妻原本有许多话要说，张永成却失踪了。李纹下班，看到孩子们已围坐在餐桌前，想把自己打扮端正，举行一个非正式的告别晚会，翻箱倒柜地找出那件结婚时穿过、后来压在箱底、由丈夫军装改窄的嫁衣换上。此时她正怀着阿六；显胖，嫁衣紧绷绷的不合身，站在镜子前照了好久，眼眶竟有些湿润，杨金香问她咋了，她说是风吹迷了眼。这天杨金香也没再纺麻线，施展厨艺烧成满桌子的菜，这时凄凉地晾在桌上。她已为他专用、印有部队番号的旧搪瓷杯里，用开水温上了黄酒，旁边还有他爱吃的盐炒豆。一家人眼巴巴地等着开饭，却不见他的踪影。

见孩子们流着馋涎，李纹失望地拣些主菜留着，说别等了，先吃吧……

他回家时，孩子们已睡下，母女俩却还守着残菜等着。李纹开门，见他裤腿上沾有泥巴，便明白这么回事。他进门后也愣了愣，手指着脚上沾满泥的布鞋说：阿姆，我没换鞋，把您做的新鞋给弄脏了。她说：鞋弄脏可以洗，全家人都等你吃寿面哩。他拍一下脑袋，才望着妻子抱歉地道：对不起，我忘了……与老莫、王安去了相公殿海塘。说罢，他走进厨房，拿起桌上的长寿面，风扫残云地吞落在肚子里。

吃过寿面后，他打了个饱嗝，望一眼她母女道：还是阿姆知道心疼我……说完，疲惫地伏在桌子上打盹儿。

李纹双眼噙满泪水，对杨金香说：他睡了，您也睡吧。

杨金香摇头哀叹道：阿囡呀，你老公的心，已不在这家里了。

18

沿海县的历史在翻过新的一页时，发生了一桩令人扼腕嗟叹的大事件。

二十年后，当李纹知道继子建国向丈夫宣战，否定围海造田的历史功绩，无奈地对他说：小东西呀，妈知道你做得对，围海造田的盐碱地种不成庄稼，空置着没有意义。但你想过没有？一个男人在当时的条件下，为增加这个县的耕地面积，自力更生，艰苦奋斗，不顾社会环境、不顾家庭孩子，倾注半辈子的心血和精力，认为是造福子孙后代的崇高事业，忽然间由于历史变迁和科学的原因而否定。他的心中能好受吗？

他眨动着那双幽深的猫眼，瘦高的身子像煮熟的大对虾般地蜷缩在沙发上，光洁的额头由于思考，涌动着波浪般的皱纹，讷讷地解释说：可这是科学呀，县委组织课题组，花了近两年时间，对滩涂生态资源作了调查，发现有三分之二的耕地，出现盐碱化近乎荒芜，如不及时纠正，就会影响全县的经济发展……

李纹摇着头：这事别人做，他能理解；你做，打死他也不理解，这是他的政绩，半辈子的心血呀！建国说：科学需要理智，而不是情感。李纹沉吟半晌道：我理解你的心情，但事物转化有个过程，中央关于真理问题的讨论才开始哩，这世间的人呀，不管活着的还是死去的，最终拗不过历史。张家有传统，只要你手里握有真理，只管大胆地往前走，但需照顾你爸的情绪，这已是他离休前最后一班岗，你别逼他，他会疯掉的。

张永成与继子发生冲突前，曾用赋闲时他教他的数学常识算过一笔账。解放时，这儿人均耕地不到半亩，现在人口增加百分之七十，人均耕地面积仍维持在半亩。增长的百分之七十人口，靠增加的百分之七十土地养活哩。这道简单的算术题，是他与同事们用肩膀、扁担、箩筐，以血肉之躯一筐筐、一担担地挑出来的。

建国在继母面前跪下来，流泪说：对不起，妈……我知上代人执著追求所付出的代价，我不会忘记我家怎样在艰苦的环境中，日复一日地过着日子。

也不会忘记我读高中时没助学金，您向爸讨不到钱，在县医院卖血，帮我与弟弟缴纳学杂费。我的弟妹晚上纺麻、编金丝草帽，而我上学路上挑酱油、后来拉人力车，发展副业养活自己。就因为这些，我才千里迢迢地从内蒙古回归故乡，因为我对这块土地，有过与爸一样的承诺。是这段沉重的历史，把我们这代人送进今天，所以我别无选择……

李纹的脸色茫然而又凄凉，面对着跪地的继子，俯身抚摸他硕大的脑袋，悲哀地喊叫起来：小东西呀，我俩在那个特殊的年代，把你与六个弟妹抚养成人。这块土地寄托着我们这代人的希望，你咋一点儿幻想也不留给我们呀……

建国担任县长助理已两年余，与导师共同组成工作组，调查了沿海县在十几年中集中资源、兴师动众围成的三十万亩盐碱地。在调查中他非常矛盾，因为这不仅是继父个人的行为，代表当时以秦大泉为首，后来由各届革委会主任包括现任县委书记韦建民参与，被全县人民视作荣耀、代表那个年代主流精神的物质产品。然而结论是残酷的，这里面涉及到土地淡化的基本规律，也就是由海涂转化的耕地，有个淡化改造的过程。沿海历史上围成的二十几万亩的土地，经过两宋后历经千年的沉淀，才成为今天丰美肥沃的土壤，而现代这种宏大规模的围海造田，却在短短十几年中，做下祖宗上千年才能完成的事情。更令他吃惊的是改造盐碱地，主要由淡水冲涤，而县境内淡水资源稀缺，无法保障短期内把这些咸碱地淡化为耕地。由于缺乏科学评估，盲目的围海造田工程，促使浅海鱼类养殖资源遭到破坏，造成近海渔业资源枯竭的贫困。

建国在向县委常委会递交方案前，几次想找继父谈一谈，都被他断然拒绝，说没必要吧？全县展开真理问题的讨论，否定是建立在被否定的基础上。我俩于私是父子，于公都是党的干部，只要对得起这块土地，对沿海经济建设发展有利，你没必要与我商量……

他哀忧地说：可您是我的爸呀……

他摇头说：党内只有同志，没有爸，我俩的关系是平等的。否定是时代进步的标志，我不怕被人否定，就怕没人否定我。

如今细考起来，沿海围海造田颇有历史年头，相传北宋淳化年间，有县令叫方承熙的书生，见其县户簿本上登记人丁十八万七千余，耕地却只有十五万余亩。当时亩产粮食没现在高，每亩只能得一石余的谷，不到人丁一年的口粮。他为让百姓安居乐业，聚集民工万人首围海塘。如今沿海版图上有十二条海塘，至张永成上任时已有九条，是人们历经千年、用汗水与鲜血拼搏出来的成果。

张永成与同事们围筑的三条海塘，只是沿海人民世代拼搏的一个历史链环。围海造田指挥部始建时，只有他和老莫、王安三个人，设施简陋，晚上连睡觉的地方都没有，更不要说建筑海塘的钱和设施了。

他打了个要人要钱要物的报告给县委，秦大泉没批，原因是他也没钱。那日他闯进办公室说：老秦，你学会办事了，给我开空头支票当光杆儿司令？他愁眉苦脸地摊开双手说：我这不是与你一样焦急吗？说完，指着桌上厚厚一沓文件，你看看，经济形势刚好转，就送来这么多报告，我哪有这许多人钱物呀？他取出任命书，放在他的桌上说：那好吧，我不为难你，可你得把文件改一改。他惊愕地问：你反悔了？咱当兵的人说话做事，可是一言九鼎呀。他摇头道：我不会反悔，这上面有六个副总指挥，你只要注明由我主持工作，人钱物我自己想办法。他高兴起来，双眼放光地跳过来，拍着他的肩膀说：狗日的，这才像句人话嘛！

他决定先组织队伍，说政治路线确定后，干部就是决定的因素。老莫与王安都担忧，说不开工资，谁愿意到穷滩涂上受罪？他说别怕，我有县委的红头文件哩，先在幸福公社招人。

三人来到公社大院，张永成老远就喊：吴伟……吴伟……吴伟是他的继任者，毕业于省党校干训班，现任幸福公社党委书记。当年他离开时，吴伟就嘲笑他不会当官，说没文化的军队是愚蠢的军队，他的失败，在于只知低头拉车，不抬头看路。听到他的喊声，他从办公室里慢吞吞出来，脸上笑嘻嘻的，手里还拿着一只保温杯，说号啥号啥，谁又在撒野？这时他胖了许多，才一米七的个儿，体重却超过二百斤，原本挺英俊的小伙子，在这儿只待了两年多，就变成一尊穿中山装的弥勒佛……

他打量着吴伟，几乎不敢相认，老莫跟在身后，说这就是吴书记。吴伟也愣住了，说这不是张书记吗？他说我不是书记了，是张副总指挥。他说知道知道，我看到县委文件了。他上前拍拍吴伟的肩膀，说几年不见，你咋就胖了哩？他嘿嘿笑着说：你留下的基础好，工作顺利，人就胖了起来。他听这话大惑：我把全公社差不多一半人，每人发一只竹篮，打发出去讨饭了，你咋还说基础好，这不明摆着讽刺我吗？便说抱歉，我留下的是一副穷摊子。吴伟说伟大领袖毛主席说过：穷则思变，要干，要革命。我这儿就因为是全县最穷，秦书记才每年划十万担返销粮过来，你说我能不心宽体胖吗？他在肚子里骂娘：秦大泉你这狗日的，老子不就因为一船粮种，你罚我在家待了两年多，如今你划十万担救济粮，喂肥一个胖子书记出来？

这般想着，他的脸色就难看起来，让王安拿出文件来，说：我这副总指挥，可是无事不登三宝殿，来你这儿调人建指挥部。吴伟说好呀，不过县委办公室还没通知我。他的脸耷拉下来，说：我代表县委调人，难道要老秦亲自来与你说吗？吴伟连说不敢，不知你要谁？张永成说：你把武装民兵营拉出来，交给老莫指挥。他问谁付工钱，县里还是公社？他拍着胸脯说：当然是县里。他说工钱由你付，人可以带走，我省粮食哩。说着又哈哈地笑起来，眼睛眯成了两条细缝。

回工地的路上，老莫与王安担心地问：一千多人支付工钱？指挥部才七个人头指标，哪有这许多钱呀？他说我这不唱空城计嘛！过去国民党发饷，搜刮民脂民膏，共产党走群众路线，从群众中来，还到群众中去嘛。王安理解了他的用意，老莫却没弄懂，还在扳着指头犯愁，说每人每天两斤大米，十天都三万多斤，一个月就要十多万斤，哪有这许多大米呀？他说你笨呀，羊毛出在羊身上，指挥部只发大米，工分由生产队记，没见老吴养得那么胖，不宰他都快走不动了，我让县里划拨返销粮，武装建塘部队嘛，岂不两全其美？老莫说吴胖子肯定不干。他说我当书记有多困难，都没拿过返销粮，大塘建在这儿，得益的是幸福公社。这儿群众基础好，社员有思想觉悟，一定能理解！

把人召集来，住宿成了问题，需要搭建几十座屋顶盖油毛毡的工棚，张永成又带王安，去部队后勤部求援。两人找到军需处长老郑，张永成问：战友呀，你听说过两年多前，沿海县饿急的灾民，抢政府粮种的事吗？老郑说：咋没有哇，那年老秦为那事，还向部队借过粮哩。他摇头苦笑道：狗日的，好事不出门，坏事还传千里，那人就是我呀！老郑擂他一拳：原来是你这坏种？你从部队出去，咋干这伤风败俗的事？

他沉重地叹口气问：还记得部队北撤那会儿的事吗？那次阻击排被敌军机枪封住海面，我和你带着伤员弹尽粮绝、走投无路地疾奔在海塘下……老郑的脸严肃起来，说咋不记得呢？是那些好心的渔民，冒着生命危险驱船靠岸，才把我们从枪林弹雨中解救出来。他说你知那片海域叫啥吗？他说年岁久远，记不得了。他说你不记得我记得，那地名叫相公殿，那条江是四灶浦江，当年饥民就在这地方哄抢种子粮，你说我能向他们开枪吗？他的脸色凝重起来，说是不能……共产党的枪，能向老百姓开吗？伙计，你还在那儿工作……他说对呀，我担任围海建塘的副总指挥，为子孙后代不做这缺德事，不是过来找你了吗？

他知道了他的用意，说老排长，我明白了，你在地方工作不容易，有事招呼说吧。他从口袋中摸出一张清单，说我需要建筑材料和一千张军用床，还有一个整团回收的军大衣和棉被。他问他带钱没有？他说兄弟呀，有钱我还会来找你吗？只能借了，待大塘修成有了效益，再向部队作回报……

说完，他向他敬了个军礼，说伙计，就算我这老兵求你了。

老郑思索一会儿，说好吧，我向首长汇报，这事有难度，但会尽力解决。

围海造塘的大战役安排在冬季，因为农闲时志愿者与义工容易集中，沉寂多年的相公殿滩涂，又开始人声鼎沸地热闹起来。秦大泉见他进展神速，召集二十二个公社、机关、学校、企事业单位开动员会，组成的三十几支大军，声势浩大地开进这儿来，最多时一年竟达十余万人。

那时，绵延几十公里的海涂上，处处都是愚公移山的战场。小东西建国在当年学农日记中，记下工地上的劳动场面：

在凛冽刺骨的寒风中，无数面红旗迎风招展，高音喇叭播送着革命歌曲，在一片白茫茫、寒苍苍的滩涂上，无数活动的黑点，构成一幅巨大的改天换地的劳动风景画。我们参加了挑泥垒坝的劳动，赤脚卷起裤腿，挑着一副竹筐，把滩涂上掘起的淤泥堆到大坝上去。没挑几担，额头上就冒出了汗珠，每个人都是一件旧棉袄，里面浑身汗湿，外头却寒风凛冽；赤脚踩在冰冷的泥涂上，脚指头上传来一阵阵钻心的疼痛，没多久四肢便麻木了，踩在涂泥上像走在棉花絮上一样，可你不能停，一停下来身上的汗水收紧，便感到彻骨的寒冷。于是你只得不停地挑着泥担，喝醉酒似的东摇西晃地奔走，来保持身上的体温。

没几天，我的脸上便生了冻疮，脚后跟开裂流出鲜血来。白天劳动中是麻木的，晚上钻心地痛。后来我的皮肤过敏了，浑身上下奇痒难受，每天打葡萄糖酸钙止痒。晚上躺在蒲草铺成的简易茅棚里，寒风一阵阵钻进来，便冷得发抖，只得把身子缩成一团，冷得连梦都做不成。不出一星期，我们这些男生、女生全垮了。工程指挥部派手扶拖拉机和卡车，分批把我们送回学校去。

在这里我没见到阿爸，只见到他的助理兼保卫科长王安。那天我已接到通知准备返校，他和班主任魏老师一起找到我，说要把我和无线电兴趣组的同学们留下来，我问留下干啥？他说：你阿爸要你们办件事哩。我问啥事？他说你知道的，小时候你在老家贝母园待过，山林里有一种叫红襟鸟的鸟儿，会在天亮时司晨，唧唧咕、唧唧咕地啼叫哩。我又问干啥呢？王叔叔指着工地那些高声喇叭道：你爸想把这啼叫声接进喇叭里，唤醒大家按时出工哩！我知道阿爸的用意，他是想让前来施工的十余万干部和义工们，按着他指挥棒的节奏转哩。

我问他阿爸在哪儿？他说他也不知道，现在是工程会战最紧张的时候，他天蒙蒙亮出门，要到深夜才回工棚，哪儿工程紧，他就出现在哪儿，是工地上最忙碌的人呀……

我又在工地留了一星期，在王叔叔引领下，与魏老师及兴趣小组的同学们一起，把那鸟儿的吟唱声，安进各支大军的广播室了。魏老师是物理教师，这事是他指导着我们做的，我没回老家的贝母园去，那鸟儿的声音，是我学着叫的。魏老师的老家也有这鸟儿，王叔叔也听过这啼叫声，他俩都说我学得像哩，像极了，但我知道，阿爸比我学得更像，我俩都是从故乡的一架架大山里出来的，山林里有许多这鸟，阿爸说它们是责任鸟哩！

待到完成任务，我与魏老师、同学们要回校，次日天还没亮，听到安在各个工棚喇叭中的红襟鸟们，唧唧咕、唧唧咕地喧哗起来，随即，我看到了一支支的出工队伍，我的心头是激动的，感觉到自己和阿爸的心，开始连接在一起了。我很想见一次阿爸，把我的心情告诉他，但没有，护送我们返校的手扶拖拉机已经来了，王叔叔站车上兴奋地招手，说成功了成功了，张总指挥的计划成功了……

我想阿爸要做的事，总能取得成功，因为他就是山林里一只红襟鸟啊！

张永成全年驻守在工地上，把工程作为战役来完成，说这是他回地方工作后，人生最重要的一场大会战。每年春、夏、秋三季，是相对清闲的时光，他带工程队做管理和维护，负责测绘、护养塘基与采购石料、钢筋水泥的准备工作，到寒风起时，秦大泉就会调集各支建塘大军亲临现场，他除协调指挥外，派遣工程队分片分段地担任工地现场服务。这支核心队伍有千把人，由幸福公社的武装民兵营组成，他仍兼教导员，除工程管理与维护外，还搞军训，成为围海建塘的一支主力队伍。

沿海县在以后十几年中围成三条塘，每条都长达三四十公里，最长的一条十三塘有四十二公里。越往外围，土地扩张的面积越大，塘基也就需要夯得结实，用的土料与石方也就越多。整个工程使用了几亿方石料和上亿吨水泥。这些石料都是从山南和附近诸县开采的，沿海当时的县水泥厂，使用的是德国进口设备。全盛时期，那里有三千多干部和员工……

这些土料、石方连同砌塘基需要的钢筋水泥，早早由王安与附近县、市的企业联系采购，用机帆船和车队运过来，堆积在被张永成称为弹药库和军粮储备处的堆场上。这类堆场在工地上有一百多处，分布在预测圈定的塘基各个地段，平时由王安领工程队巡逻守护，在冬季才移交给各路大军管理使用。

晚年的张永成，曾向子女讲述他向土地爷要人要钱要物的情景：狗日的，老秦坐在办公室内骂我，你把县里的财政经费，都折腾空了，财税局向我告状，说遇到灾年，老百姓喝西北风呀？我说我当过财税局长，知这把戏。把建县府大楼和各局楼堂馆所的财务预算拿来，摔办公桌上。他不拨我钱，我到省委和中央告他，看你的楼堂馆所重要，还是我的海塘重要？他表扬我有长进，学会做特务。我为他配合我，赔笑道：老首长，还不是你给逼的？他听这话笑起来：狗日的你成熟了。我又问人呢？说让专家测算过，十多亿土方要聚十多万人哪，人你别愁，这地方最多就是人，保准给你调集十万大军……

果然在入冬时，秦大泉召集基层书记们动员，像鹫鹰一般蹲在椅子上，双眼炯炯放光地说：我这武装部政委，宣布今冬取消民兵集训，全跟我围海造塘，由生产队记工分。你们，他手指着来开会的干部，一个都不能少，谁狗日的当逃兵、充㞞蛋……我撤谁的职！

张永成坐在老宅那把旧藤椅上，手捧着旧军用搪瓷杯，嘿嘿地笑着：谁说我有勇无谋，那叫擒贼先擒王，揪住老秦不放，就啥都有了。

他说那次我陪他走在新围成的塘坝上，问感觉咋样？他一拳砸在我的脊背上骂道：狗日的，这才是我俩想要的生活。老伙计，现在你主宰这块土地了吧？我说应该是我俩……他说我是山东侉子，你小子得了便宜还卖乖？

在那段日子里，张永成把自己埋进工程里，每天与民工们一起挑泥、垒石、夯基。他有个嗜好，喜欢在肩上背着军用挎包，包内装着一把盐炒豆，还有军用水壶和一个塑料杯。水壶内装的不是水，而是女儿红黄酒，一水壶恰好两斤半。每当余暇时，他把壶中的酒，倒进塑料杯中，手抓一把盐炒豆，就地坐下，一边与人聊天，一边就着盐炒豆，津津有味地吃喝起来。这些盐炒豆和黄酒，都是王安替他准备的，指挥部初创时没像样的食堂，领导干部到各工程队和当地农民家吃派饭，而且他这人，是工作狂，一忙碌吃饭就没了时间表。

他喜欢吃嘎嘣脆的燥豆，一辈子都这样，直至晚年牙口不行了，才把豆用瓦罐焐着吃。海边潮湿，盐炒豆易变味，王安不知从何处弄来两只英文商标的大饼干箱，把豆用油纸包严实置入箱内，放在他床头，嘱咐取豆后盖严实。张永成经常顾不上吃饭，下工地就吃喝盐炒豆和军用水壶内的黄酒。时间一长，工程队的小伙子和姑娘们，知他身上带有枪伤，阴雨天有浑身酸痛的毛病，称他为带瓶（病）书记（兼工程党委书记）和带豆（头）指挥……

张永成中意这两个称呼，说我就是带瓶书记和带豆指挥嘛！他与大伙儿的关系也很融洽，每逢休息天，都要带着老莫和王安，到工棚视察民情，人还站在棚外，声音先传进来：带瓶书记和带豆指挥来看望大家了……

工棚内，立即敲打起洗脸盆和木床板呼应，爆发出一阵欢呼声。

如果天下雨不出工，他向他们讲战争年代艰苦朴素的故事，与他所熟悉的省、地、县领导人的轶事，也说谁谁谁晚节不保，贪图享受娶了俩老婆，谁谁谁的家属、儿女损毁父辈声誉，搞特权胡作非为这类大家都爱听的浑话。使人感觉他不像这儿的官，是和他们一样的义工。

19

李纹在生下小儿子启东后，发现丈夫逐渐脱离开家庭亲情的轨道，这使追求真爱的她，觉得受到欺骗，但这仅是直觉，真相如何？她不得而知，只是感到两人间有了隔阂，不免心生怨艾。

张永成走马上任后，曾想把家搬回滩涂去，理由是让子女得到更多的锻炼。李纹的再次怀孕，粉碎了他的想法，她说我有感觉，这次应该是个儿子。他说你又在骗我，我已不再关心这事了。她问你对我厌烦了，是吗？他说咋会呢？我都四十多，你才三十，老牛啃嫩草，咋能厌烦你？她说那你不做梦，瞎眼阿奶不向你讨重孙子了？他说还做梦哩，但我已想清楚这事，战士只能融入战斗集体中，才能享受人生、兑现对祖先的承诺，共产党革命不是靠一代人，而需要几代人、几十代人前赴后继才能完成哩。

李纹知受过挫折的丈夫，更懂得担负社会责任，不再像以前这般缠她，心里还觉得高兴哩。张氏先人自太公始，几代人不断折腾，尽管有过收获，最终还是失去了，为何？是生不逢时，没有奋斗的环境。现在丈夫算是有了奔头，在为这块土地的兴盛而战斗哩。但她仍不同意搬家，这事杨金香说得对，家不是一只竹篮，可以随意挎着走。孩子们都在这儿上学，小东西考上县城里的中学，转学不像当年那样方便，更重要的是，她有了一块自我奋斗的事业，可以不依赖丈夫独立工作和生活，这是她夫妻间责任的底线。张永成虽心里嘀咕，却没再坚持，想也好，我在前线打仗，总得留个安定的后方。

见夫妻俩各有自己的算盘，富有经验的杨金香有所担心，说年轻夫妻长久分离，必会出现问题。李纹显得很自信，说妈，你把他看成什么人了？她说我不过给你提个醒，这事靠你自己把握哩，别人说不清楚。她没把她的警告当做一回事，自信有着六个子女的丈夫，这辈子会永远维护这个家。

遗憾的是，她的想法是错误的，工地上的日子，寂寞而又漫长，使要追回赋闲损失、有了奋斗目标的张永成，很快就把家给忘记了，一年四季再难得回家一次。他和王安，同住在新搭的工棚里。这屋子约有十平方米，除两张行军床和简单的生活用品外，还堆放着几把洋镐、铁锹和畚箕之类的工具。不同的是，屋内置有两大筐干石灰，筐上放有一副象棋和一副军棋，余再无长物。

干石灰筐开始是没有的，在头一年的梅雨季节，他身上陈伤发作，躺在床上辗转反侧地整夜难眠。王安束手无策，问他咋办？他让他拿扁担揍他，他不忍，伺候做按摩，做着做着，王安会打瞌睡。他喊醒他，说你干吗摸呀摸的？重一点儿，用拳头捶我呀。王安就用拳头捶，捶再重他还不解瘾，又让王安手抓住屋顶钢条，站在他身上踩，说我这人贱，你把对地主老财的仇恨，统统发泄在我身上，这腰背才会舒服。如此每晚重复，可怜的王安要待他熟睡后方才躺下，半夜他哼哼时，又得像战士听到冲锋号一样，蹦起来为他再按摩……

这般王安就支持不住，听渔民说干石灰能去潮，让人给弄来两筐，放置在他的床头。他表扬说：马克思说无产者只有解放全人类，才能最后解放自己，你挺机灵嘛，这么快就解放了自己。那象棋与军棋，是两人夜深人静时的玩物，棋有两副，棋盘只有一个，是杉木板做成，正面是象棋格子，反面却是军棋。王安不会下，他也没兴趣下全盘，只和他下翻翻棋，翻开比大小，尽管这样，王安还是输，输了他刮他的鼻子，戴报纸叠成的高帽子。赢棋的他，每次都显得兴奋，找回与陈乾康输棋的失落感，在屋内抽着香烟，手舞足蹈地数落：我说你笨，你就是笨嘛，这棋咋又输哩？王安也不分辩，想：我是为你高兴，才让你赢的呀。

两人这种相濡以沫的和谐局面，因四眼老许带妻子阿玉过来后被打破。

指挥部在运转初期，缺少干部，张永成想拉陈乾康夫妇入伙，但陈乾康肺痨发作，胡月领他到处求医，秦大泉也不乐意，说你没人了，拉个右派做靠背？上次种子粮船出问题，就这狗日的与你在一起……至此他才知那事，牵涉到陈乾康，很想解释一下，被秦大泉阻止，说我不会让他再把你拖下水……老许是自己找上门来的，自半年前由他转交万言书，老许总变着法儿接近他。张永成问：你在公社当文书，不是干得蛮好吗？他说不好，我是学金融的大学生，每天代写领导的讲话稿，学非所用。他嘿嘿笑道：你一个“边右”，保住公职亦不错，还挑肥拣瘦选工作？老许说：士为知己者死，我帮您完成指标，才弄成“边右”的呀。要不在局里，起码是个股长。他同情老许，去组织部把他弄过来，当办公室副主任兼财务。

他过来不久，阿玉也跟着过来。她还是老样子，笑脸灿烂如花，没心没肺地踩着一辆捎着行李的凤凰车，停在指挥部办公楼外四眼、四眼地喊。老许立马像吃了鸡血似的涨红脸，噔噔噔地跑下楼去接她。

办公楼还刚划归过来，设在十塘出水闸口，是一幢四间屋面二层的石屋，旁边还有座烽火台。这儿原供奉着天王菩萨，不属佛道序列，是古越国地方神灵，相传是个悬壶授道的神医，俗称为相公。上千年过去，殿寝早废，只留下一个地名。这儿的石屋和烽火台，是明代胡宗宪抗倭时驻兵的卫所，后改为胡公祠，内有胡宗宪和戚继光的神像。解放后修水库，这儿成为堆放物资的仓库。指挥部搬过来后，新砌两间披屋，旁边都是棚屋，把工程核心部门材料科、运输科和办公室的人员集中到这儿，形成一个指挥中心。

老许咯噔咯噔地跑下楼去，说：你咋不与我商量，就自作主张来了？阿玉把肩上背的药箱塞进他怀里，又扯车后座行李包，说：我还不是金贵你？怕你吃不了这儿的苦，才过来伺候你呀？

阿玉报到后，在偏屋挂出卫生所牌子，指挥部少有女同志，住宿成了问题。老许安排她去出纳小胡家里住，每天两人骑五六里远的自行车上下班。有时下雨，她就与老许凑合住工棚里。

张永成初见阿玉，心里就有好感，觉得她跟随丈夫到这儿，思想觉悟高，不像自己妻子，不愿随他同甘苦。见她风风火火地扯出卫生所牌子，笑语盈盈上蹿下跳，像只喜鹊似的忙碌，老远望着她嘿嘿地笑。

那几天，连续阴雨出不得工，他的腰背痛得厉害，王安请阿玉过去诊治。她看到他背上的伤疤，用手小心翼翼地抚摸着哭了，眼泪流到他脊背上，他问咋了？她说没咋地，我就是忍不住。他心中有所触动，翻过身来说：你走吧，不看了。她惊异地望着他问：我为你刚敷上白药粉，咋不看了呢？他整理衣服跳下床，脸色显得严肃，说出去吧，我让你别看就别看了。她心里感到委屈，却还是顺从地走出工棚，想他这是咋了，我又没咋的他？

阿玉在卫校是优等生，针灸技术在市里获过奖，特点是又准又快。她给老许讲过扎针的窍门。说人的痛感集中在皮肤表面，针扎进去越快，病人越不痛。

那晚张永成又让王安按摩，他问他，咋把阿玉赶走了？她能用针灸疗你的伤哩。他说我这人受不了女人哭。次日王安把这话转告给阿玉，她才恍然大悟，说原来是这样。这么大面积的伤疤，能活下来不容易，谁见了心里都会难受。以后只要见他在工棚，不论白天黑夜，阿玉就主动上门，背着药箱入内替他针灸、拔火罐。他俩的屋子乱，她帮着给收拾整理干净……

如此治疗一段时期，他身上的陈伤，有减轻却没能断根，发作起来就会喊她去针灸。时间一长，他和王安都没把她当外人，阿玉也把这屋子当成工作室。

张永成出山工作，不知不觉快两年，只在中秋和次年清明回过家，而且都是携带公务，来去匆匆，连妻子做产生孩子，都没见到他的面。因他许久没汇来工资，致使家庭经济迅速恶化，李纹的心头，开始烦躁起来，想他对脚下的土地担负责任是对的，男人心中应该有份事业，但对家庭，也同样负有义务呀！

李纹生下小儿子启东后，张家连同小东西已有子女七人。这年春天，杨金香的胞弟杨金山，因患小脑性高血压，双腿残疾，携老外婆搬过来合住，全家十一口人，挤在两间一披的旧庵堂内，平时吃喝拉撒，加上杨金山的医疗费用和子女书杂学费，经济状况捉襟见肘。李纹每月只有四十一元工资，而丈夫除工资外还有补助，都快有七十元。他去指挥部头几个月，仍交家里三十元钱，后来减少到二十元、十五元，最后干脆拒交。李纹以前把家庭经济大权，交给杨金香掌管，只要钱够花就行，是不管开支的甩手派。现在丈夫没交工资，家里虽还有纺麻线的收入，却无济于事，不能保障基本生活。每至月中，杨金香就哭哭啼啼地向她要钱。病中的杨金山也凑热闹，挣扎着不肯就医，说外甥女婿一家，都是黑良心，饥荒时在他家挑走谷子，困难过去不给他治病。她拿不出钱来，家里就面临断米断炊……

为此，她向丈夫打电话求援，说家里的日子过不下去了，你得担负家长的责任。张永成轻描淡写地说：现在想起我是家长了？你不是不服从指挥，不跟我来滩涂吗？李纹心里生气，说我不愿跟你来滩涂，你搞经济封锁啊？他问：你没处理掉纺麻车，小东西和阿大阿二阿三，不是都能搞副业挣钱吗？她说人口增了，钱根本就不够花。他说不够花自个儿想办法，战争年代……她知他又想说什么，生气地撂下电话，请假去滩涂索要工资。想：这家是我俩共同的家，你是孩子们的父亲，得担负扶养他们的责任，你躲避着我不回家，不汇工资来，我就上门讨，全家老少十二口人哩，不能喝西北风过日子……

她知他这次，肯定干疯了，一疯就忘家忘了自己，想起这没良心的，竟连春节都不回家过，心里就隐隐生痛。大年夜杨金香准备了菜，说她想倔女婿了，要犒劳犒劳他，她打电话催他回家，他开始答应了，后来却让人打电话转告，说工地上的光棍们没回家，得与他们一起过年。杨金香生气了，说光棍重要还是家里的亲人重要？你老公真不要这个家了。她又摇电话过去，却没人接听。全家寂寞地等至深夜，才在四周邻居的鞭炮声中，流泪送大年吃团圆饭。

清明节傍晚，他倒是回来了，她原本有许多话要说，但见他神色疲倦，吃过晚饭倒头便睡，次日晨起，又仿佛没睡醒的样子，就把嘴边的话缩回去。他在家只待了一天，也没与岳母说些啥，只是两颗小眼珠放光，专注地盯住躺在摇篮里的阿六，脚踩着篮档轻轻摇晃，边摇边与他说着话。待她下班回来，他已经走了，她当即追问：妈，他交工资没有？杨金香摇头说：没有呀，你舅和阿婆躺在后屋，他连门都没进去一下。她负气说：你咋不向他要钱啊？杨金香眼睛潮潮地道：他心里有你、有这个家，我不用讨；没你、没这家，我讨也没用呀！

李纹晚年向子女们诉苦，说你们爸没尽过家庭责任，他最喜欢阿六启东，那两年中回过两次家，也只抱过两次嘛！他摇头辩解，说不对，两年七百三十天，咋会只回两次家？她说那时你还有家吗？日历本还在，我都做着记号哩……

她知他的心，果真像杨金香所说，已经离她远去。

男人在夫妻感情和家庭生活中，有一个从奴隶到将军的过程，她没把他驯化为奴隶，他就成为将军了。为何会这样？李纹百思不得其解，年轻时尽管两人也有摩擦，他把她当一回事，最后总由她占上风。那时，虽然他也独往独来、任性固执，可她感觉他是爱她的，无论她咋样，他都离不开她。而现在，他的心不在她身上了。她后悔把风筝放出去，却把手里的线扯断了……

李纹到指挥部时，天已黑下来，张永成与王安都不在，阿玉却在里面洗衣服，用煤油炉烧咸菜年糕。看到李纹，她立即猜到她是谁，故作惊讶地喊叫起来：人都传闻嫂子漂亮，果真像下凡的仙女一般。她惊愕地问：你是谁？她说我是阿玉呀。她显然想与她套近乎，绘声绘色地说：张总指挥没提起过我吗？我是这儿的保健医生，他身上陈伤，是我用针灸治好的，那伤疤真可怕，每次看见我都落泪。她瞪起一双眼梢冗长的丹凤眼，仔细地打量着她，在心里冷笑起来：真是个十三点，首次见面就说这些，你是他什么人呀？心里如此想着，脸上却不动声色：没见大腿上的伤口吧？还吓人哩。阿玉显然不解其意，仍手舞足蹈地说：见了见了，比背上的伤疤小，却伤得更深。张总指挥说，弹片都嵌进骨头里了……她心里愤怒起来，想人都说我缺心眼儿，这货色比我还缺心眼儿哩，明知我是他老婆，却偏与我说这些，他的身子是你随便看的吗？便在心里责怪丈夫，咋变得这般不上档次，与这样的货色走近？

说话间，张永成回来了，身后跟着王安和老许，阿玉立即像一只燕子似的扑向他们，快乐地叫喊着：张总指挥，你看谁来了？张永成望见坐在床上，穿着一件洗得泛青的列宁装，脚蹬一双白色塑料鞋，身材秀挺、神色宁静的妻子，讪讪地问：你咋来了？她赌气说：别人能来，我咋不能来？他望望身边的阿玉，咧嘴笑道：你说阿玉吗？我介绍一下，她是四眼的老婆……

待吃过饭，老许和阿玉离去，王安收拾被铺也要走，她拉住说对不起，要不你仍睡这儿？我打地铺。王安说这哪成？久别胜新婚，嫂子还没来过这儿哩！

人走尽后，他责怪道：为何不打个招呼就来了？她没好气地问：以前你来棉花厂，打过招呼吗？他绷紧着脸没回答，原本晚上安排与王安、老许商量安全管理，工地上有一百多个石匠开石方，有人砸伤手，吵着要指挥部赔偿哩。

只一会儿，阿玉转回来，手里捧着一床棉被，说嫂子，男人的床脏，我给你拿来新被子。她说谢谢，我不睡别人的被絮。她说没关系的，还刚洗过哩。她说我真不用别人的东西。她还想说些啥，被张永成一把推出门去：我都够心烦的，别再给我添乱。她在外嘟哝道：你这人，吃石头长大的呀？

他闩住门，道歉说：对不起，这儿乱糟糟的。李纹冷笑道：不错嘛，我以为你会在外面寂寞，想不到还活得蛮滋润的。他知她不高兴，嘟哝说：你胡说些啥呀？每天忙工作都来不及……李纹单刀直入道：我来这儿，是问你还要不要这个家？他拿脸盆倒水洗脚，眼珠子瞪着地面讷讷说：我咋不要家？我没说过不要这家了呀……她没再理他，把被套拆开来，连同他的换下脏衣服收拾在一起，丢进塑料桶去井边洗。这儿都是咸水，淡水得择地打深井，才能汲取，宝贵着哩。她在井边磨蹭了许久，想：既然是还要这个家，我俩都好说。可待她回至工棚，灯亮着，丈夫却已和衣躺下，嘴上流出涎水，还打着呼噜哩……

这使她心头极为伤感，以前那个每晚缠她说话儿，在身前脚后黏着她诉说心头寂寞，不准她与别的男人接触交往的丈夫，到哪儿去了呢？

这晚上，李纹没睡好，不仅因为陌生的床铺不习惯，主要还是心头有事。邻床丈夫的鼾声此起彼伏，连地板都被震动，她虽不相信他与阿玉有事，但阿玉轻浮的举止和丈夫对自己的疏远，却使她感到一阵阵揪心……

她来这儿，目的是向丈夫索要工资，没想到没待她开口，他就睡着了，心里虽不自在，但也觉得没啥，想：睡着了也不要紧，明日休假，你醒来还得与我说话呀，这事，躲得初一躲不过十五，夫妻总有交谈的时候。如此一忽儿想东，一忽儿想西，竟又失眠了。

她已失眠很长时间，自生下启东后，夜里要喂奶，睡在隔屋的杨金山，又常起夜，闹出动静来，家中老的老、小的小，杂事繁冗，心里有事就睡不好觉。有时刚睡着，一会儿就惊醒，醒了再睡不着，睁眼到天明，白天就显得没精神。启东一周岁半了，还没断奶，做女人有些事怪，她生阿四、阿五时没奶，生下阿六奶水倒旺起来，索性把欠下阿四阿五的奶水，全喂饲给启东……

次日大清早，李纹被唧唧咕唧唧咕的红襟鸟的喧哗声叫醒，她惊讶地打开窗户，没见有鸟儿，却发现屋旁那杆电线柱上的高音喇叭，在鸟叫的间隙中，发出轻微的吱吱声，想丈夫是干疯了，用这方法司晨，敦促人们起床干活哩，她一时间有些激动，又有些伤感，心中犹如倒翻五味瓶般说不出滋味来。回身欲洗漱，发觉胸前已湿漉漉地汪上一摊奶渍，奶也涨得难受，思忖起此时该喂奶的启东，正由杨金香喂饲糊糊哩，见丈夫已床空人去，在当桌子的石灰筐棋盘上，压着一张字条：去二号工地检查。她看看表，还不到六点，又见墙角煤油炉灶上，有阿玉昨夜留下的咸菜年糕，皱着眉头弄热吃过一些，不由信步走出工棚来。望见阳光下辽阔无垠的滩涂上，插着许多鲜艳的红旗，那幢石屋和住人的一排排工棚，如火柴盒般地相互偎依着，突兀起伏，连成一气，远处还有不少泥墩形状的库房与石场。那退潮后无数条湍流，像蚯蚓一样爬满泥涂，淙淙流淌着，在初升的旭日下，闪烁出五颜六色的光辉……

与婚后那次看海一样，她心中莫名其妙地激奋起来，这是真正的战场哩！她开始羡慕阿玉，她与她同为女人，却没孩子的拖累，可以像男人一般，奋斗在前沿阵地，而她只能留守后方了。她明白搞工业建设，也同样为国家奉献，但毕竟与前线有着本质的区别。

这日她留在工棚里，又角角落落地打扫，洗刷忙碌了大半天，却一直没见丈夫的踪影，已生育六个孩子的李纹，仍保留年轻时爱整洁的习惯，不允许她生活的环境中，有一丝一毫尘埃。下午她有些不耐烦了，走进隔壁医务室找阿玉问：老张他们，星期天也上班呀？阿玉摇头说：这儿只休息雨天，没星期天。她问雨天他们干啥呢？阿玉嘟起小嘴，说不干啥，有时会在工棚里甩扑克。不过，她补充说，张总指挥不喜欢甩扑克，只和王助理下象棋与军棋……

阿玉显然已没昨晚的那种热情，说话和举动，懒洋洋地显出冷漠来。李纹没与她多说话，问清农贸集市的方向，借她的自行车，踩了约莫七八里路，买回些小鱼与小虾，原本她还想买些蔬菜，但这里的蔬菜比海鲜还贵。回来后，她把鱼虾在煤油炉上焙熟，又煮成一锅米饭，专等丈夫回来吃团圆饭。想：你不交钱，于我不仁，我却不能不义，是你的老婆，就得为你服务，虽只一天，却是一腔的情义啊！

直到晚上七时多，张永成才赤脚绾着裤腿，由同样打扮的老莫、王安、老许一伙人簇拥着进门，每人手里提着一兜杂蟹，进门向她嚷道：快，喊阿玉来，今晚为你改善伙食，喝个痛快。她问叫阿玉干啥？他说煮蟹她最内行。于是喊来阿玉，她一边煮，一边一惊一乍地与这些男人们开着玩笑。他用她打来的井水，擦过身子，即又和老莫他们谈论工作……

一忽儿蟹煮成，装了满满一脸盆，这脸盆是洗脸和洗脚用的，虽然收拾干净，她仍觉得不妥，阻止说不行，这是脸盆。阿玉说没关系，臭男人臭男人，不脏咋会臭呢？他们一直都这样。众人在翻转当桌子的石灰箩筐前坐下，王安从墙角摸出一塑料桶米酒来，倒在阿玉递上的大瓷碗内，张永成挥一下手，说狗日的，海龙王都没这般的福气，大家开吃！虽然说这饭算是接风，可谁都没与她客套，用手抓起杂蟹，大口喝起酒来，阿玉又恢复昨晚的热情，向她递过一双竹筷来，说嫂子，别理他们，他们吃他们的，我俩吃我俩的。

李纹心不在焉地点着头，知丈夫的心思，果然不在她身上，在心头充满怨艾和惆怅。见她没动筷子，阿玉说嫂子，你吃呀，我们为你才改善的伙食。她说我肚子胀，吃不下。心里却在想：还我们哩？仿佛这屋里只有她是外人，他们都是一伙儿的，她没能跟他来这儿，他们就接纳了阿玉，把她给淘汰了。这就像一辆凭票入座的列车，你误了点，车就开走了，待你登上另一辆车，客人已换了一茬人，与前一列车的乘客迥然不同。

张永成也注意到她的异常，说小李同志，我们谈工作哩，你随便吃。她点点头，感到受排斥，眼中有泪涌上来，强忍住站起来，拿来她煮的小鱼和小虾，也放在桌面上，打了一碗米饭，噙着泪水咽下去……

商量好工作，又是深夜，他终于搂住她要说话儿了。她问：你工作那么忙，还有心情办这事吗？他涎着脸皮道：这是两码事，你来了就记得，不来也就过去了，谁让你老公当副总指挥？每天忙呗！李纹意趣全无，正想真与他办事，他却又没了兴致，敷衍着努力一会儿，就又震天动地打起呼噜来，这使她感到做妻子的失败与悲哀，他曾经那么喜欢与她说话儿，离别这么长时间，竟然对她鼓胀饱满的身子熟视无睹？她在黑暗中睁大着眼睛，悄无声息地哭了……

哭过一会儿，她想起此行目的，鼓足勇气推醒他问：老张同志，你已三个月没交工资，家里都揭不开锅了。他揉着眼睛问：阿姆与孩子们不是也有收入吗？她说钱不够才向你要哩，我已向厂里借了一百元。他紧张起来，说这可不是小数目，我赋闲时，家里不也就这些钱过日子吗？她从挎包内摸索出账簿来，说钱都记在这本上，你自个儿看吧？他翻一翻就放下，摇头说不对呀，这儿贫困人家，每月才不到十元钱生活费，我不在，全家得艰苦朴素地过日子呀。她解释说居民不像农民，能自种谷子，菜园子有菜可割，还自养鸡鸭哩，现在全家有十二口人，没八九十元钱过不了日子。他问咋十二口？她说：娘舅与老外婆不也是人吗？他沉默一会儿，说不行，中央都提倡防止修正主义，孩子们大了，得自力更生，不能把社会主义的工资，留家里复辟资本主义……

这晚上两人都没睡好，各自想着心事。心烦意乱的他，又起床站在窗前抽烟，她爱面子，害怕邻居听到，也不敢大声吵嚷，只伏在床上小声地饮泣着，后来竟也睡着了……

次日天蒙蒙亮，窗外高音喇叭中的红襟鸟声，又唧唧咕唧唧咕地啼叫起来，张永成听到这声音，仿佛听到战斗警报，一骨碌地爬起来，她拉住他，说不管啥理由，你都得把工资交给我。他挣扎开身，说工资我花了。她追问花在何处？他说是男人该花的地方。说着一把推开她，夺门而去，李纹眼里的泪水，也跟着夺眶而出，正呆呆地不知所措，却见阿玉肩背药箱的身影，在门口闪了闪，脸上露出幸灾乐祸的笑容。

她想：年轻而又风骚的阿玉，陪伴他出工去哩。

李纹没讨到钱，强忍着不在路上哭泣，心里却比哭泣更难受。她站在机耕路上招手，搭上一辆运石头的手扶拖拉机回去。此时她的性情，已没初嫁时那样浪漫与幼稚，为维护家庭子女起码的生存条件，变得像一头饿急的母狮子一般愤怒，豁出命来啥都敢做……

她强压住心头的愤怒，回家后又等了一个月，见他还是没把工资寄来，径直跑到县政府，向秦大泉告状，再次提出与丈夫离婚。

秦大泉询问她，为何闹到这般地步？她说没爱情的婚姻是不道德的，我已苟且十二年，都拥有七个孩子，法律载明夫妻有抚养儿女的义务，可他不寄工资回家，逃避对家庭的责任。秦大泉无奈地摇着头，在办公室里踱方步，接连抽过几根烟后说：小李同志，婚姻是个人的事，作为组织，我不反对你离婚，也不支持你为钱离婚。你俩的婚姻，应该有基础的，出现问题只是性格差异。这样吧，老张刚去开发事业，工作关系还没理顺，容我与他谈一次，你给我时间好吗？

她点头说：好的，我可以等，但不会放弃我的权益。

李纹告状时，心头虽然愤怒，却还没到非离婚不可的地步，提出离婚，无非威胁丈夫就范，索要他扶养孩子们的责任。在以后几个月中，见机关管理科每月有三十元钱汇来，只当丈夫已回心转意，也就不计前嫌，想你不与我说话儿，对我失去兴趣就原谅你了，结婚十多年，生育六个子女的夫妻，很少能卿卿我我地黏糊在一起的，只要你肯担负家庭的责任，就还是我的丈夫和孩子们的父亲，但陈乾康夫妇的来访，却使她对无情的丈夫产生绝望。

自张永成出山工作后，夫妇俩常过来看望他们。陈乾康的肺痨基本稳定，只是说话气还喘得厉害，以前张永成在时，他单独来，现在是两人一起来，还带些番薯与芋艿过来，留下吃饭，时不时地帮衬张家一些钱。这时他已久病成良医，带中草药为杨金山治病，渐渐和他交成朋友，说这病基本靠养，山里空气好，养病有基础。果然杨金山听他的话，没多久由李纹雇船，捎着老外婆回了山里。张永成还是没回来，杨金香已察觉出女婿不尽心，向女儿抱怨说：你看看，你老公还没人家陈主任有情义哩，男人忙事业是好事，但不能丢下家庭不管……

转眼又至中秋节，李纹想起丈夫来，却不好意思妥协，让杨金香在厂里打电话。指挥部王安接了，说发了潮汛，他去工地了。杨金香说是中秋节哩，孩子们都盼他回家，去年他回来了，今年再回家好不好？王安说好呀，等会儿我转告他。打过电话后，全家又都翘首等待，但他没有回来，倒在傍晚时分，陈乾康夫妇出现在门口，捎来两盒天街供销社自产的月饼。

不知何因？这对夫妇一直没有孩子，李纹曾想把自己的孩子，过继给他俩一个，张永成也同意，可陈乾康没接受，说我戴着右派的帽子哩，孩子过继给我，不是自断前程吗？多年后，他的右派平反了，李纹还想把其中一个孩子，过继给他俩，这次张永成没同意，说四眼夫妇，仅补发工资就几万元，想谋财产呀？你心里有他们，教育孩子尽责任，老来照料就是了……

当下胡月叽叽喳喳地说：老陈知老张是工作狂，一压上担子就忘了家。我俩在山里也寂寞，来陪你和阿姆过中秋节。李纹问，咋知丈夫没回家来？陈乾康嘿嘿地笑道：他牛脾气呗，以前打仗也这样，一忙碌就啥都会忘记，得别人主动与他沟通。她埋怨说：他心里早没这家了，我都不知咋与他沟通。胡月询问他汇来工资没有？她说工资倒是汇来了，还是机关管理科的户头。陈乾康的脸色变了，喘着粗气说：这么说他还着犯糊涂哩，公家这坑永远填不满……她问咋回事？胡月说那钱，是老秦怕你离婚，才自个儿垫补汇的呀……

李纹觉得脑子里嗡的一声，顿觉站在脚下的这块土地坍陷了：丢脸呀，这一大家子人，原来还是秦书记给养着？一个男人对亲人都不愿负责任，还能算个男人吗？他欺骗了她，忽视她和孩子们的存在，他当年所谓爱她，只是贪图她年轻美貌。生性浪漫的她自结婚起，就想做个自尊自立的女人，婚后第一次看海，使她明白对这片土地的责任，知这辈子跟他无福可享，为此她克制物质欲望，寻找精神上的追求，与他携手走向崇高，但忽然有人告诉她，这是个错觉，丈夫并不重视她的存在，放弃了对家庭的责任，不爱她和孩子们了……

忍耐已久的她终于爆发，决心再次与他分道扬镳，她能忍受贫困，却不能容忍丈夫的背叛。这次她真要与他离婚了，虽然他俩已生育六个孩子。这年的中秋节，也过得没滋没味，待陈乾康夫妇走后，她给丈夫寄去的协议书中说：婚姻是男女共同维护的契约，我累了，知你为完成祖先承诺，而放弃对家庭的责任，既然你已不愿意再付出，我俩的婚姻到此终止。我愿意单独哺养孩子，不会与一个不负责任的男人，苟且生活在一起……

她决绝地对杨金香说：阿妈，这次我主意拿定，你做工作也没用，不会再回头了。杨金香望着她愤怒的脸，终于啥也没说，眼中的泪却如老家的撞钟山泉，汩汩地流了下来，她知倔强的女儿，不会因她的劝阻改变主意。

李纹决定独立承担家庭责任，又向章颂借了九十元钱，退还给秦大泉，附言说多谢秦书记，虽然我只是个女人，缺乏独立生存的能力，却不会依靠别人的怜悯活着，我会与老张协调好子女的抚养权，自力更生地度过婚姻危机。

随即，她旋风般动员全家发展副业，回击丈夫的经济封锁。当时隶属火箭公社的长河镇，后来建成沿海繁华的百业街，历史上向有加工小商品的传统，除家庭麻坊外，还有用咸青草编织营销海外的洋帽，有地方名人竹枝词赞曰：十里长街无闲女，家家都有织帽人。“暂时困难”后，公社支持发展副业，还引进长毛兔和山羊的养殖。她对母亲说：他已经不要我们，我们得养活自己。杨金香还不相信这家庭真会解体，说你搞副业我支持，前些年那么困难都过去了，这家没倔女婿照样能活，只是离婚，你要再想想，离了婚小东西与阿大、阿二、阿三……还姓张呀！她说：不管孩子姓啥，只争我当妈的一口气。没他的工资，我们一样能活出个人样来。

她迅速对家庭成员的分工，作了调整，保留纺麻车，白天让母亲和娘舅纺，晚上自个儿加班，杨金山的病治疗后得到缓解，一条腿却残废了，不能回乡耕田劳作，还留在外甥女家里捧药罐子，直到年底，才随陈乾康离去。同时开辟养长毛兔与编织草帽两项副业，先在屋角围个篱笆，养了十只长毛兔，分配启明放学后割兔草。这兔是洋种，长得疯快，三个月可剪一次毛，卖给供销社一次就有十几元钱。又让阿二和阿三学编金丝草帽，她意外地发现，姐妹俩读书不是很专心，学手工活却快，没半个月就编织出一个形状来，这草帽由镇上草帽站收购，漂白加工后运去国外，每顶可得两元钱，姐妹俩每月各能编一顶半。留下阿四、阿五照顾尚幼的启东。阿四刚开学，阿五智群从小身子弱，每天像小兔子拔萝卜一样，把启东从摇篮里拖出来，用布条缠在身上，背去外面与邻家孩子玩，待阿四放学后再交班……

这年，小东西已在县城读中学，她没派活，却联系上副食品商店，由他自谋生路当挑夫。星期六小东西去县酿造厂批发部，买两甏酱油走十五六里的路，从县城挑回来；星期一换下空甏，再挑回去，其中就有一元五角钱的差价，如果挑黄酒，则有一元八角钱。这活使他在学校食堂，能像贵族一般吃上每月两元六角钱的包桌菜。直至启明上初中，她照样画瓢，也让他挑酱油和黄酒。后来“文化大革命”发动，学校不上课了，兄弟俩换成拉人力车，在搬运公司租车，把棉花厂轧的花籽袋，拉到县机榨油厂去榨油，每拉一趟挣一元四毛钱……

经她这般一调理，全家变成一个经济实体，每月有二十几元钱的收入，日子虽仍过得清苦，却慢慢地脱离了困境。

张永成不相信，妻子会与他离婚。他也认真考虑过这事，男人要做成一件事，有得必有失，既然自己决定心无旁骛地开拓事业，把这辈子交给这块贫穷的土地，就不能带给家人们幸福，婚姻就会变成枷锁，没必要拖累妻子和家人。但这念头很快被打消，因为他还是那么珍惜她，想与她白发到老度过一生。

这种珍惜，婚前因为她容貌美丽，婚后却是利益的联系。随着时间推移，双方由于孩子，已逐渐转化为亲情。他承认自己忽视妻子的感情，却不想丢弃这份亲情，除了她与孩子们，这世界上还有谁与他骨肉、血脉相连呢？但战争年代的独身生活，养成他桀骜不驯、独往独来的个性；工作的挫折，又使他明白成功需要舍弃包括亲情，为实现目标不顾一切。他想：战争年代为何能打胜仗？就因为那时的战士们，没有负担；不像现在这样怕这怕那，头脑中有家庭利益的小九九。这个家没有我，同样能体面地生活，而滩涂上那些穷孩子们，不改变土地面貌，就无法生存。这般想着，他对妻子家人就没了歉意，认为人是从艰苦环境中逼出来的，兵置之死地而后生嘛，就像当年瞎眼阿奶逼自己离开身边一样。又想妻子和家人，现在对他不理解，以后就会理解。自尊固执的他，到老也没承认：他爱他们，却想逃避责任，没尽到丈夫与父亲的义务。

秦大泉在李纹告状后，来工地找他喝酒，说：狗日的，你军阀作风，小李同志向我告状，要与你离婚哩。他不以为然地笑道：开啥玩笑哩，我都在这块阵地上插下六面军旗，还离啥婚？他将信将疑地问：不会吗？他说当然不会，在部队我能带五百多战士，在家还管不好老婆与孩子们吗？他摇头说吹牛？你就吹牛吧，我早知你的后院会起火哩！他说你当领导管大事，咋管我碎米细账的家事呢？他虎起脸，说在前线打仗，需要有后勤的保障，你狗日的后院不稳，咋能在前线作战？接着，他追问工资咋一回事？张永成犹豫一会儿，拿出口袋内一沓收据丢给他，问围海建塘，财政给多少钱？他说我都记着哩，有三百多万元了吧？他漆黑着脸摇头道：我俩最好别提这事，还是喝酒吧，免得伤了战友的和气。

秦大泉意识到钱的去处，问：是不是自个儿掏腰包，垫支了工程？他苦笑道：我俩都是当过兵的人，如果在战场上，双方交锋接上火，我能带领部队撤回来吗？秦大泉说当然不能呀，狗日的只能冲上去，拿下敌方阵地砸他个稀巴烂。他心情沉重地展开这沓收据，全是黄沙、石头和外来技工工资的工单，问：这些都是吗？他说是呀，不仅我，这儿每个人，老莫、王安、老许……办公室、工程处的一百多号人，都在垫着钱哪！

秦大泉听了心头颤动，哆嗦着嘴唇问：咋会是这样？

他说：因为我们是战士呀，人在阵地在，上了前线不能退回来……

他点头说：好样的，你给我顶住，我动员机关干部捐钱，给你炮火支援！

秦大泉回去，果然发动大家捐钱，却没完成预定目标。只好拿自己的工资垫补张家，他得安定后方，因为这种事，不是每个党员干部能做到的。

收到离婚协议，张永成特想回家安抚妻子，却因为工程进度硬扛着没回去。

他没忘记半年前妻子来工地吵架哩，也没忘记没向家里汇去工资的事实，他不是一个轻易改变主意的人，但在那些天的晚上，他还是失眠了。以往每天在工地劳作，他头一挨枕头就能熟睡，有时嘴里还与同事们商量工作，说着说着就打起呼噜，这本领他在战争年代已经形成，能在行军道上边走路边睡觉，还能在耳边响着炮弹炸裂呼啸声的战壕中，熟视无睹进行体力休整，做到战斗与休息两不耽误。但这次不行了，他真是夜不成眠，妻子倔强的身影，一直在眼前闪烁着——他后来发展成整夜不眠的老年失眠症，就是在那时留下的后遗症。他突然觉得害怕，失去她和这个家，他还能不能坚持完成这项使命？

他开始认真地考虑她的挑衅，难道没她、没这家，他就尿蛋活不下去了吗？他知自己不能同时担负两种责任，既然不能给予与付出，那么最好的办法，就是选择离开，这念头在他赋闲时曾产生过，但很快被打消掉。他对她应该负有责任，虽然并没海誓山盟，但他说过会让她喜欢上他，这就是诺言，一个男人对女人的承诺。十三年了，他和她都生育了六个孩子，能让她独自品尝这杯苦酒吗？这于他不道德，对她也不公平呀，但他从小没有认错的习惯，工作如此、家庭也如此，过去如此、现在也如此，他是个不会低头认输的男人……

转眼又到冬季，这是一年中最为忙碌的时节，秦大泉以县委名义，组织的十二路围海建塘大军，由他具体组织与指挥哩。他仍抱着侥幸心理，认为家庭的事最大是小事，国家的事最小也是大事，以为李纹还会像以前一样，吵过闹过撒完气，就会顾全大局不离开他。这时他已有一年的工资投入了工程，为表示歉意，特支了三十元钱寄过去，想用落实经济政策的办法，安抚起火的后院。他怕在这关键时刻，心气高傲的妻子突然又杀过来，影响工程与人心。

李纹没杀过来，却把钱退了回来，还附上一句话：你说过男人做事不能回头，把钱用到你该用的地方去吧！

两个月后，冬季会战告一段落，各支队伍撤回去过年了。他安排老莫与王安值班，自己回去处理家事，在路上他也似乎下了决心，想狗日的，长痛不如短痛，该结束的还是应该结束。这工程没十年八年完成不了，战士的身心该留在战场上，既然没能力顾及家庭，倒不如一了百了……

除此之外，他别无选择！他没直接回家，先约章颂在酒馆喝酒，喝着喝着他哭了。章颂问他为何哭？他说我从小没人疼，九岁离家独自生活，结婚十二年，都有了六个孩子，却又要打单身了。章颂吃了一惊，问怎么会呢？他拿出离婚协议来，说你的部下没错，这世界上任何女人，都不会接受我这般的男人。他看了协议笑起来，说婚姻呀，没你打石头仗那样简单。你俩不缺钱，只是缺乏沟通……

他苦笑着问：你小子，想让我投降吗？

章颂说：夫妻之间的事，没有谁对谁错，适当时你向她认个错吧。

夜深酒醉还家，他把门拍个山响，大声喊着：小李同志，你开门呀！他身上带有钥匙，不是酒醉糊涂——壮年的他，酒后头脑比平时还清晰哩！他是想让她改主意接纳他，维护作为丈夫和父亲的尊严。

但倔强的李纹坚持逐客，杨金香几次欲过去开门，都被她死死拦住，说妈呀，这次我非让他认错不可，看他的心肠，到底有多硬？她担忧地问：如果他不回头呢？她流泪道：我宁愿不要老公，也要维护家庭的权益……

小东西与启明这些孩子都醒了，看到她这副咬牙切齿决绝的模样，谁都不敢吱声。他没敲开门，在窗前坐下抽了七根烟，不回头地离开了……

没人知道李纹在他走后，睡了还是没睡？次日上班时，她在窗下捡起七个烟蒂，珍藏在他结婚时送她的皮夹子内，痛苦地想：他选择过了，这七个烟蒂，代表小东西和六个子女哩，唯独没……

20

桑塔纳的轿车寂静无声地行驶在浩渺的滩涂上。

这是改革开放后第六个春天了，呈现在张永成和继子眼前的这块土地，虽然比过去变得更加辽阔，却仍然缺少绿色的生机，间杂其内的村庄，磷固砖叠垒的瓦屋，比过去多出几幢来，但还有不少茅棚和草屋。被围成的三十多万亩滩涂，只有少量被改造成棉田，大都仍是冒出盐花的盐碱地。近海塘基边，零零散散地长满一窝一窝的咸青草，尽管春天来临，道路两旁的泡桐树枝，绽出一个个嫩芽，道路两边，却仍是白茫茫的大片盐碱地，面对蔚蓝色的天空，裸露出大地斑驳苍凉的胸膛……

上车前张永成对继子说：既然县委已经决定，我与你去现场办移交吧？这是一场新的战斗哩，指挥员必须对这块土地作出承诺。建国点头笑道：好的，爸啊，我会作出我们这一代人的承诺。

桑塔纳轿车不时碰到上访的群众，他知他们的愿望是要求废田兴渔，现在土地分到户了，种植规划却控制在政府手里，为了尽快富裕起来，他们成群结队地往县里跑，向主管农业的县长讨个说法。父子俩在车上不断在争论，是否下车显示决策者的身份。张永成说：好汉做事好汉担，我没理由回避群众嘛。建国却摇头说不行，这是一个历史的硬痂，二十年前由县委集体决策，你只是一个执行者，能独立承担责任吗？他说老秦已经不在了，责任主要由我来负，让他们恨我、揍我、打我吧，也不能在共产党的脸上抹黑。建国冷笑起来：爸，您认为共产党是你的私家党吗？您负不起这责任来……

这话二十多年前，曾出自部下王安之口，当时他得浮肿病躺下，他为说服他接受治疗才这般说，其意他明白，党是人民的，你不在岗位，必有人接替你的工作，功过是非，自有后人评说。如今听建国也这般说，他的眼泪不由自主地落下来，那张看不出实际年龄的黑脸上，又出现当年赋闲在家、无可奈何的表情来。他万没想到在临近离休的晚年，会被他养大的继子，逼进事业的死角，否定他引以为豪的围海建塘政绩工程……

这是一次历史的抉择，谁都回避不了既成的事实。

五年前，风度翩翩的张建国，在中国人民大学行政管理系毕业面临分配，回家征求继父母的意见。任职沿海副县长的张永成，还在围海建塘工地上劳作，这是粉碎“四人帮”的第二年，县里拨乱反正初见成效。他等了好几天，他才穿着一身不入时的旧军装，背搭竹斗笠，脚上穿一双裂开口子的解放鞋回来。这时家也刚搬至县城，李纹为照顾丈夫调动回城，担任县食品厂副厂长。张永成进门脱下鞋，换上岳母纳的布鞋。建国专注地打量着他，觉得继父似乎比以前胖一些，虽仍不显肚子，还如年轻时那般矫健匀称，头发却稀疏不少，出现了绺绺白发，一张上窄下宽的黑脸上，脸色憔悴，额头爬满蚯蚓般的皱纹，那对褐黄色的小眼珠，也没以前那般灵活，却仍发出两道锐亮的光，显出世事变迁的沧桑感来。

他说：阿爸，我在等你哪。

他点点头说：我知道，你会来找我，你是这块土地出去的人嘛。

次日清晨，父子俩到县中操场赛跑，张永成自负地说：小东西呀，虽然我已不是以前的飞毛腿，但你还嫩哩，得跟着我继续跑一程。他笑了笑，说：我在内蒙古草原待了八年，跑得似骏马一般快哩，都能追上您了……

父子两人在操场上，兜了约五公里的圈子，建国在三公里处就能追上，却没发力，继续跟随在他的身后，这是他处世为人小小的狡猾，知继父不喜欢太张扬。张永成终于喘着粗气，停止脚步，建国却还向前跑着，他喊：狗东西……停！跑太快了，会摔跤的……

他停住脚步，在霞光中努力睁大一双猫眼，故作惊异地望着他。他走过去，拍了拍他的肩膀，说：你长大了，够意思！

比赛测试后，张永成就把他留下来，先在县农业办公室任办事员，两年后，又送省委党校干部研修班学习，回来担任县政府办公室副主任，一年后升任为县长助理。他对李纹说：狗东西还不错哩，能挑大梁！

与二十年前张永成复出递交的方案一样，县长助理张建国开闸引水、发展海涂水产品养殖的报告，前部分是理论，后面却涉及实际。经过深入调研的他，针对继父的历史功绩尖锐指出：

在近两年的调查中，我发现由原县委书记秦大泉和现任副县长张永成发动的围海造田工程，在农村经济发展科学决策上，存在着与现实脱节的谬误。资料查明：三条海塘围成的三十万亩滩涂，十年来能够由水资源淡化成棉田的仅占三万六千亩，占总围涂土地面积的百分之十二。其中九千亩开辟为盐田和发展养殖业外（占总数不到百分之三），余皆荒芜为至少三十年中没有任何经济价值的盐碱地，对现有可利用的海涂经济资源造成严重的破坏……

为此我邀中国人民大学经济研究所作出分析：滩涂淡化改成良田，须有合理的科学测算，与县域拥有淡水资源相关。沿海水系由十一条河流和七个湖泊构成，年拥有淡水为七亿立方，仅为三十万亩农田灌溉和九十万人口饮用水所用。如果人为采取改造盐碱地，势必造成淡水资源匮乏，形成地域性生态失调。

为围成三十万亩的土地，前三年、后六年，全县共动用民工为三千六百万工，耗尽县财政经费（不含党员干部的奉献）为五千一百万元，连同人工合理工资和物资，耗去国家财物可达六亿元。即使十年内种出粮食，按亩产六百斤计，折合米价每斤一元二角，也很难挽回损失。改革重要的是转换思路，如果开发搞海涂养殖，可为滩涂十万农民，年增加近亿元的经济收入……

整个报告读完，张永成的血压骤然升高，晕倒在会场上。在昏迷中他看到秀才娘子年轻的身影，裙裾飘飘地站在绚丽的云彩中说：我的小孙孙呀，廿四房的传统，就是一代人否定一代人，一代人吞噬一代人，你是一棵树，而他是一片云，一片云啊。他问：阿奶，咋会这样？云彩里的声音高亢激昂：因为你俩都对这块土地作出承诺，就像当年你们的祖先一样，这就是代价！

建国冲过来抱住继父，颤声说：爸呀，我不是故意的……我把报告提交县常委会前，曾想听听您的意见，可是您拒绝了……

张永成在送医院的路上，忽然睁开眼睛，那一对锐亮、鳄鱼般呆滞的眼珠子盯住继子，在脸上呈现出半个世纪的沧桑感来。他问：爸，您醒了？他疲惫地咧开嘴角，说小东西，你干得不错……彻底把我打倒了……

他言不由衷地道：我错了，对不起您呀……

他嘿嘿笑道：你没错，你妈说大海后浪推前浪，前浪摔死在沙滩上。

在张永成的脑海里，挥之不去地萦绕着那年中秋节的海啸，这是他这一生中留下最顽固的沉痛，时时呈现在眼前且铭刻心中。

那时沿海县委班子，在建国、启明参与的红卫兵和四眼老许反戈一击的机关兵团联合冲击下，已处于瘫痪状态。强悍的秦大泉虽还在书记岗位上，却没了以前那样令行禁止、指挥全县六万名共产党员的磅礴气势，失去掌控这个区域政治、经济、文化局面的权力。这场史无前例的“文化大革命”，令人们至今回想起来，亦心有余悸。也恰恰在这时候，大海发怒了……

据老人们说，这块滩涂由龙王九子敖广管辖。敖广是条睡龙，沉睡在杭州湾喇叭口，只有八月中秋时才醒来，发现龙宫中的美酒都被父王喝光，美女都被兄弟糟蹋，美器都被虾兵蟹将占有，勃然大怒兴风作浪，把大海兜底翻过来，形成杭州湾旷古未有的大潮汐……

狂野的暴雨，下了三天三夜，台风把驻扎在工地一万多名民工的简易工棚，如唐代杜工部诗中茅屋掀上九重天般摧毁殆尽。张永成率领老莫、王安两员爱将，指挥民工疏散到沿塘民居听候调遣，带工程队、民兵营在时已扩建为三层楼屋的指挥部大院安寨立营，日夜值班巡查守护塘堤。

历史上两岸的海堤，多有在中秋大潮汐中被摧毁的。自古文人对钱江潮留下无数赞美的绝唱，却没人把海潮对两岸塘堤的危害详尽描述，文人们天生的弱点，就是对自然美的钟情，而缺乏社会悲悯情怀。

暴雨、狂风、海潮，对这一年新筑的堤坝，进行排山倒海、摧枯拉朽般的打击。张永成在测量员报告水位，突破塘坝警戒线时，就对部属下令布置，王安所辖的一百多名安全员，日夜强行军穿梭风雨，传达他誓死捍卫大塘的命令。他无疑是优秀与神勇的，在最短的时间内，组织起七十二支突击队，对自己两年多的心血与成果进行破釜沉舟的誓死捍卫。几千人在风雨中集结，广播喇叭传达了他果断的命令：人在塘在，人亡塘毁！

与此同时，接到他紧急报告的秦大泉，胸前挂着走资派的木牌，果断地在县委办公室召集各部、局、办、委负责人会议，作出坚决支援大塘的战斗动员。他已经没有几年前，在县人民大会堂作报告时的风采—— 一脚踏住地面，另一只脚踩在椅子上，脸上傲气凛人，双目炯炯地气使颐指发号施令，而是悲怆激昂、声嘶力竭地喊叫说：我虽然被打倒，有许多错误要向党交代，但围海建塘，县委认为是正确的。现在那儿情况紧急，人命关天，你们必须利用手中尚存的权力，对建塘指挥部作出最有力的支持……

约半小时后，几十路大军在风雨中浩浩荡荡地向滩涂进发。这时前线的战斗已非常残酷，张永成与战友们一次又一次地用血肉之躯，冒着狂风骤雨，用无数石块、沙包包括钢板，对冲决的堤坝进行亡羊补牢式的填补。排成几公里长的车队，在交通局长的铁腕指挥下，源源不断地向大堤供应沙包、石块乃至铸铁和钢板……

世界上没有一个作家，即使亲历也无法面对这种酷烈场面，作出笔走龙蛇的详尽描述。张永成和他的同伴们，在为捍卫一种神圣而奋战，就像《山海经》里描述的精卫填海，神鸟不断地衔草石投入大海，不断地在风雨中折翅，不断地继续飞翔，不断地悲啼死亡，在希望中毁灭，在希望中新生。

战斗到最后关头，供给却被切断。张永成用那部由通讯排加长线路的战备手摇电话，不断向在后方调兵遣将的秦大泉呼救，对着那个旧话筒，声嘶力竭地叫喊：沙石、水泥、钢板……我要五千方石头……秦大泉的电话却无人接听，他丢掉话筒骂了声：狗日的，关键时刻掉链子？我死你也得死……

可他不知道，这时批斗秦大泉的红卫兵，全拥进他办公室里，连走廊里都挤满了人。上千个红卫兵，把县委办公大楼包围得水泄不通。揪斗他的造反司令问他：要革命，还是要物质刺激？他铁青着脸不吱声，张永成的求援电话再次响起时，他冷不防一个鹞子转身，飞快地拿起话筒喊叫：狗日的，没石头，你就是石头……海水淹进城，老子毙了你……

护塘的场面已乱。在前线濒于崩溃时，后方运输物资的车队，在关键时刻失去指挥，交通局长倒在暴雨中；采石场的工程部，这时也没有储存的沙石可拉；支援塘堤的十几路由党员志愿者组成的队伍，被暴风雨和蜂拥而入的海水阻挡在路途中……

人啊，主宰世界万物的人，在肆虐狂暴的自然灾难面前，显得渺小又可笑。

而这时，大堤裂口已经有十几处，主堤坝被冲溃一个大洞，无情的海水如千军万马般奔涌而入，县城积水已达行人的膝盖，几十万亩良田将受海水侵蚀，后果不堪设想。张永成求援无门，在指挥部设在前线的工棚内，困兽犹斗。他愤怒地摔碎了那个战备话筒，疯狂地揪着自己的头发，像蒙上眼睛的犍牛一般转着圈，在耳边回响着秦大泉最后的指令：没石头，你就是石头……

年底两人关在“五七干校”牛棚内旧事重提，天在下着雪，他俩都像刺猬一般蜷缩身子，头发与胡子老长，一根根像钢针般竖起，边用铁锹掀土边耳语。

他指责道：你说能像我一样挚爱这块土地，可你见死不救，是罪人……

秦大泉一边抽烟一边咳嗽，天实在冷，他有支气管炎，冬天就会咳嗽。高大的身子瘦骨伶仃，咳起来头微微颤动，身体哆嗦，用青筋爆裂的大手掩住嘴，仿佛怕惊醒别人似的。

他不耐烦地提醒：你说话呀？别狗日的变成闷葫芦呀。

秦大泉残酷地笑着，整张脸像扇骨一般，绽起一条条粗糙的皱纹，没正面回答这事，只叹息说：伙计，你不该进来，你的岗位在相公殿滩涂。那儿是你的家，也是我俩最后的归宿，你咋也进来了？他垂头说：我也犯路线错误，腐化堕落，睡四眼老许的老婆……他连声咳嗽起来：你这不是自毁长城吗？

他讷讷道：我斗不过四眼，他把我出卖了，塘毁了，我肏他老婆出气哩。

他叹息说：愚蠢呀，淑贞也一样，没能顶住这股潮流，其实在台湾当兵的叔，她都没见过面，战士从岗位上撤下来，就是逃兵，懂吗？逃兵……记住，今后无论我遇上啥，若你能出去……一定要坚守住岗位。围海建塘是我俩……不，这茬干部为这块土地，干得最有意义的一桩实事……

那天，张永成丢掉话筒时，浑身热血贲张，在心头荡漾开一股久违的激情，这情景，在战争年代多次有过，每当这时，他一把抓起战士手中的机枪，似猛虎般呐喊着扑上去。他说子弹长眼睛，不往冲在前面的人身上钻！

裂开口子的危塘，海水在呼呼地往内灌……

他在风雨中呐喊一声：有种的，跟我下水。说着冲上残堤，带头跳入旋涡汹涌的大海中……

老莫看了看他，也跳下去，接着是王安……突击队员们一个个往下跳……

几千人的民工，在与天斗其乐无穷、与地斗其乐无穷、与人斗其乐无穷的理念熏陶下，跟着如下饺子般地跳进海水中，唱响一首旷古未有、用人的生命与热血取代石块、沙袋、钢板的护塘进行曲……

桑塔纳轿车，停靠在相公殿十二塘时，建国陪同脸色漆黑的继父，从车内走了出来。他在跨出车门时，脚步踉跄了一下，建国扶住了他。他回头叹息说，这块土地经历那么多的磨难，可你还想折腾她哩？他笑着没回答，刚才在车内炯炯发光的一双猫眼，现在阳光下眯拢起来，合成两条细缝，出现同情、嘲讽和复杂的神色……

他觉察到他的不屑，说狗日的，你在嘲笑我？他摇头说不敢。他说我从你的眼神中，看出你对我的讥讽。他说阿爸，难道你不知道？我的眼睛从小就是这样，暗夜里能睁开，阳光下就会眯拢起来。他讥笑道：不就是一双猫眼呗，现在你晚上还能看到东西吗？他摇头说不能了。他说是呀，童年的观察，才是最真实的，以后年龄大了，会受到许多东西的干扰，就如眼下你可以否定我，却无法否定我们在那个年代的精神，这是我们这代人留给后人的谢幕宣言……

他说阿爸，嘲笑人需要资本哩，我没资格嘲笑你，今天我们脚下这片土地，是父辈留下的起飞跑道，没有你们的过去，哪有我们的今天呢？历史是由一代一代人，摸索着走过来的。他大笑起来，笑声中透出不屑与无奈，说你呀，从省党校培训回来两年多，搞克格勃，一直在调查我，调查这块土地？他说是呀，我在这块土地上长大，为信守承诺舍弃美丽的草原，总在思考为何我父子俩，同样的承诺，却发生理念与现实的冲突？难道这是上苍安排发生在家族中的悲剧？

他沉默一阵，苦涩地点头道：是呀，为了兑现对这片土地的承诺，你舅太公杨秋生杀害太祖父张友香，我伯父张振宗把我爸振耀点了天灯，而我签署枪决你亲阿爸的文件，现在轮到你在我离休时，残酷地夺走我晚年的奢望。建国低下头嗫嗫说：我也不想这般做，但历史，就在这一代代人的矛盾纠葛中发展的。

他忽然凄凉地笑了起来，说男人做事，下了决心就不能三心二意，我俩的承诺没矛盾，实践却有冲突。他苦笑道：是冲突，可我在别人眼中，变成一个当代版农夫与蛇的故事。他说你不是蛇，是叮在这代人身上吸血成长的蚂蟥呀……

那次张永成从医院出来，命令继子回家陪他。进屋刚坐下，他就黑着脸，蹿过来，抡起一拳砸在他脸上。他踉跄跌坐在沙发上问：爸，你咋打我？他愤怒地问：狗东西，知道你在常委会上说了啥吗？他分辩道：我说的是有科学根据的真话。他鄙夷地问：真话吗？知道向我宣战意味什么？狗日的，我还没大度到忘记“五七干校”时的屈辱，你与四眼老许都好得要穿一条裤子。他说我没有呀。李纹在旁提醒道：小东西，你讲科学阿妈支持，可不能回到整人的老路上去，我们这代人被阶级斗争四个字害惨了……

他捂着被打痛的脸，瞪大幽深的猫眼，蜷缩着身子解释说：老许犯的是政治错误，但在狱中有悔过的表现，他研究土地开发没错。张永成说男人做事须有担当，我把这事，与你在那时的表现结合起来，能让你身败名裂办不了事哩。他摇头说：您不会，因为我不是为自己，是为您和这片土地负责。他嚷道：大道理我懂，但我不会在原则问题上让步。

李纹问清情由后，劝阻道：老张，你是一个有气度的男人，不能向小辈撒气，没忘记我俩看海时的浪花吗？每朵浪花只能呈现美丽的瞬间。如果建国的方案能实现目标，个人功败又算得上啥？我廿四房一代人否定一代人的努力，不就为了这块贫瘠的土地吗？

他颓然伏倒在餐桌上，双手掩脸哭泣起来。建国安慰说：爸，其实我心里也很痛苦，有时候真不希望您是我爸。他抬起头来：你把老许这狗日的从班子中撤出，我忘不了这段历史，能原谅你的无知，却不会谅解他的背叛……

两人在县府办副主任王安陪同下，沉默地走过横列在眼前魁梧的大塘，塘堤雄伟，似长龙般盘踞蜿蜒，把大海与这片土地，分隔成两个世界。塘的尽头，有围海建塘指挥部建造的烈士陵园，苍凉地屹立在浩瀚无垠的滩涂上，竖立起一块巨大的历史纪念碑。

张永成的眼前，又凸现出当年的情景：几千民工似一道道人墙，阻挡住狂虐无情的海浪冲击，但血肉之躯所含有的分子结构，与沙子、石头、钢板却有本质区别，结果大堤没有保住，汹涌而至的波涛吞噬了六十四条活生生的生命……

当那些头缠白纱的年轻女子和步履蹒跚的母亲，在暴风雨过后，站在被海水荡涤得七零八落的残坝上，对着茫茫大海啼哭呼唤亡灵时，作为副总指挥的他，似一段木桩呆立在塘坝边，流尽一个男人体内的全部泪水，心似刀捅斧劈般沉痛。战争的残酷，尚能留下殉葬者的躯体，这场浩劫，却使人尸迹无寻。

小李子是与他朝夕相处，报到一年半、刚满二十岁的通讯员。小伙子每天笑口常开，干活甚为勤快，还懂得在分外照料他。在那些寒冷的冬日，他工作至深夜，他留在他身边熬稀饭、温黄酒，还为他端洗脚水。在炎热的夏日，他会把这支队伍中的好人好事编撰成稿，站在烈日下手打快板，口唱莲花落，为肩挑海泥和抬石块的民工们做宣传。灾难前，他活蹦乱跳地向他请假，说家里为他物色了一个姑娘，也姓李，只有十八岁，长得如田野上的一束嫩葱，说想请假拍订婚照。为了工程进度，没准假，他看得出他很郁闷，却没向他说什么，只把对那姑娘的思念，默默藏在心头。在海啸中，他学着他的样子跳下海去，用单薄的身体去堵决口，结果他活下来，他却永远地离开人世……

那姑娘也随着婆婆，一位比实际年龄苍老得多的母亲，随众到滩涂探望，两人都没说啥话，只每天沉默地站在塘坝上，眺望大海整整痛哭了半个月……

他知那姑娘，在与大海说着悄悄话哩。说在大海波浪深处，看到他手打竹板、口唱莲花落笑嘻嘻地向她们走来；说要与他在海浪深处，拍一张人类不能拍到的订婚照；说她这辈子要等他回来结婚，两人虽没订婚，她已是他的妻子。那日傍晚，他跪在姑娘与失去儿子的母亲面前，劝阻她俩别再哭了，说抽我耳光吧，我有罪哩，是我使你们失去亲人。那位母亲悲哀地说：生死由命，这咋能怨你？靠海人世世代代都这样过来，为有一块能长出庄稼的土地，我失去父亲、丈夫和儿子，要怨，只能怨我娘儿俩是天生的穷命。

张永成把继任者建国，拉至烈士纪念碑前，举起右手庄严地敬了个军礼，回身一字一句地叮嘱说：小东西啊，我老了，思想跟不上形势，可以把岗位交给你，但时代千变万变，共产党执政为民，让大家共同富裕的政策不会变。你得向我保证，你面对的是一百万人口拥有的五十万亩土地，你可以否定一个时代的狂热，却不能抹杀她的精神，得让这块土地上的人们，共同过上幸福的日子。

这是张永成回地方工作后，敬过的平生第三个军礼。第一次是在祖宗坟前，答应会完成先人的承诺，让他们在地下睡得安宁。第二次也在祖宗坟前，他当镇长教育村干部们，步调一致才能得胜利。现在是第三次，在祖母秀才娘子娘家相公殿滩涂烈士碑前，把实现这一目标的任务，交给他的继任者……

完成这一仪式后，他仍漆黑着脸询问继子：你知这步跨出去，没有回头路吗？建国愣一会儿，沉重地反问道：爸，您知我四岁那年失踪，在亲爸坟前想些啥吗？他说你想复仇呗，长大一枪崩掉我！不，他摇头：我看见他从坟墓中走出来，抚摸着我的头说，儿子呀，他是毙了我，不能说他赢了，人都为这块土地活着，不要仇恨别人，得自己活出个模样来。这话，我在心头埋藏了三十多年……

他在心底里笑了起来，说狗日的，那时你就想踩着我的肩膀，爬上这人生的舞台？建国说：您放心，我会用一生的行动，兑现祖先的承诺！他盯住他的眼睛叹息道：这块土地上的人们，企盼了多少年，其实他们的要求很简单，只是度个温饱和平安。建国说：我明白，不会对不起牺牲的六十四条生命……

三人站在烈士塔前的石阶上，任海风凉爽地吹着，远处古老的风车，还在吱嘎吱嘎地转动着，眼前仍呈现出一片白茫茫的盐碱地。

祖先呀，建国在心头呼喊着，我能不能完成你们的遗愿，使这块土地上的人们，永远过上幸福的日子呢？

21

张永成在大海风平浪静的半月后，被造反派治安大队用手铐铐走了。跳进海水中的他，被人救起时已昏迷不醒，咬紧牙关水米不进，浑身冰冷地躺在指挥部前线工棚内。是好心风骚的救护队长阿玉，在王安等人众目睽睽的注视下，脱净衣服钻进他的湿被窝内，用温软女性的胴体，硬把他从死神手里夺回来……

事后阿玉对大家说：这是她在当时的条件下，唯一能为他做的事。

十年前年轻的财税局长，用他酒醉时瞬间的灵感，保住她丈夫的公职，使她建立家庭和拥有两个孩子的母亲，有幸成为工地的专职医生，在这儿度过一生中最快乐的时光。她说相比于他，丈夫老许就不是个男人，为自己翻案当上造反派头头，在大堤塌陷时见死不救，整县委“唯生产力论”的黑材料，栽赃于人置他于死地。她为报答他，啥都能贡献，而她当时能做到的，却只是献出自己的身体……

她把他从冰凉的海水中救护上来后，攀着王安的肩膀，一路上歇斯底里地喊叫：大堤坍陷了，啥都没了，他会去坐牢、会死，我啥都不要，只要他活着。他安慰说：你放心，张总指挥会活过来，他在战争年代的枪林弹雨都挺了过来。她摇头哭道：你不是医生，不知道的……哪有一个生命，能在海水中不吃不喝地浸泡二十四个小时？况且他遍身都是枪伤，你们为啥没早找到他？王安和担架队员们都哭了——从失踪到现在，他们已在暗夜中，寻找了近二十个小时……

没想到次日黎明，突然复活的工程副总指挥，不知从何处获得的能量，在这块丰腴的土地上，像发情的公牛一般死死地抱住了她。她理所当然地呼喊起来，喊声中充满惊喜：快来人呀，他活了！刚醒过来的他，死命地捂住她的嘴，说阿玉，别喊。她问你要干吗？他说我想要你。阿玉泪流满脸地说不……要吧……两人相互搂抱得铁紧，完成他此生唯一的一次情感出轨。

二十几年后，在张永成七十寿诞时，浪漫刻薄、富有小资情调的李纹，考验丈夫是否对她忠贞，与女儿们合谋一次小小的试探。她说你们阿爸，年轻时也曾风流过，如今老了没了能力，但还贼心不死。女儿们说妈，爸不会吧，他都守了您一辈子……她说是男人都会，你们的爸不是圣人。当下把喝醉酒的他，送进刚时兴的卡拉OK厅，买通一位风骚的小姐实施性骚扰。年迈的他经受住这次考验，不但无所作为，还在酒醒后，开骂妻子无聊透顶……

李纹旧事重提说：当年你与阿玉……他的脸耷拉下来，说你这人咋这样呀？这事已过去二十几年，都当阿奶、阿婆的人了，还不依不饶？她问：是我不依不饶，还是你仍在思念着她？人家现在都当了院长，你想要也得不到了。他似做错事的孩子般地低头讷讷道：我当初只想报复四眼，他毁我的塘，我让他做王八。她沉脸说不对，难道女人是你政治斗争天平上的玩物吗？他告饶说：我的姑奶奶，饶了我吧？我这辈子就只有这么一次……

张永成在处理完决堤事故后，被铐上手铐，由老许派来的治安队员们带走。临走时，阿玉冲上去又抓又打，说你们不能带走他，他是被我老公陷害的，不是走资派呀。治安队员们说对不起，我们只是执行任务。他笑着劝说道：阿玉，别闹，你不懂政治，是我把自己弄进去的。你是受害者，不要再受我的牵累，好好守着家庭和孩子过日子吧。

她拉住他，说你走可以，但要与我说清一件事。他问啥事？她说：你与我做那事，是不是因为爱我？他笑着反问：你说呢？她说我要与这忘恩负义的东西离婚，名正言顺地嫁给你。他说不是，我只是一时……她又问：你喜欢过我没有？他低头艰难地说：没有。阿玉不再阻拦，在指挥部大院墙角落里蜷缩起身子，伤心地哭泣了好久。

张永成临走，带走装酒的军用水壶和余下的盐炒豆，还坚持要带走一件纪念品。说我在这儿那么久，总得有个东西做念想吧？治安队员们同意了，他返回工棚，拣了挑过的竹筐与一根扁担。他们哂笑着问他，带这玩意儿干啥？他叹息着说了这辈子最具哲理的一句话：历史就如一片云霞，该留的东西没留住，不该留的却留下了。然后他撤转身，用戴铐的手扶住肩头的扁担，挑上箩筐，与随他一起进干校的王安，跟着他们走了。

一路上，王安垂头丧气地不吱声，他却兴高采烈地问他咋了？王安的眼睛有些湿润，走在他身后呼吸急促。他说伙计，渡江战役你把身子扑我身上，咋想的呀？他回忆着说：啥也没想。他嘿嘿地笑道：不是你没想，是来不及想。他又问你跟我几年了？他说整十八年。他问后悔了吗？他想了想说：没有呀。他说那你垂头丧气干啥呢？他嚅动着嘴答不上来。他的脸色变得严肃，说你跟我这许多年没泄气，咋今天泄气哩？王安嗫嚅说：这次我们打了败仗呀。他抬头大笑起来：我打败了吗？狗日的，我咋会被打败呢？王安同志，你把胸脯挺起来，失败是成功的阿妈哩，只要我们还立足在这块土地上，谁都打不败我们……

接着，他转身问身后的治安队员：四眼把我弄进干校，有海泥挑吗？他俩不解：啥四眼？他说就是机关造反大队的许司令呀，过去是我的部下，这狗日的我没教育好他，如今成了造反司令，我睡了他老婆，去干校，要他陪我挑海泥继续教育他哩。治安队员没回答，想这人，也真逗！

灾难后，滩涂的天空仍是美丽的。红日西沉，天空湛蓝如洗，白云如一匹又一匹马儿似的在苍穹驰骋。盛年的张永成，又一次负罪走在沙石路上，和他当年的祖先一样，心中迷茫却脚步沉稳。

快到干校时，他又莫名其妙地对治安队员说：伙计，还是打仗好啊，我在你们这年龄时，已是通讯排长，绰号叫小钢炮哩。他俩问他说啥呢？他悲哀地笑道：那时呀，我知道敌人在哪里，可现在却不知枪瞄准的方向，不明白自己在干些啥？他俩都笑起来：你犯了罪，我们送你到这儿改造思想嘛。他也笑了，骨碌碌地转动着一对小眼珠，打量着干校红墙宽瓦的苏式建筑物，忽然回头扬起那张黑脸，在额头上绽起皱纹，干裂的嘴唇牵动着，定定地注目他们一会儿又问：你俩今年几岁了？两人相互看看，又不明白他问这话的意思。他说如果我没猜错，还不到二十岁吧，你们明白历史吗？历史就是男人对这块土地的承诺……

桑塔纳轿车驶进当年的“五七干校”，现今挂了县党校分部的牌子。这儿原先是中心盐场的场部，解放前叫盐业公所，后来抑盐重农，房子空闲过一段时期，“文化大革命”中由四眼老许相中，拉着造反派工总司、农总司和红三司的三位司令视察后，抽调人员建立民兵指挥部，把死不悔改的走资派们，从机关大院内押出来，实行无产阶级专政的斗、批、改……

当年张永成和王安，就是顺着坑坑洼洼的机耕路，由治安队员们押解到这儿。如今机耕路不见了，代替它的是一条宽阔的柏油路，两边还植上矗天的白杨树，在秋天黄昏的朦胧中，显出树干的挺拔与枝叶的葱郁来……

吃过晚饭，建国由一位同学邀请，参与党校学员们的篮球比赛。同学现在担任副校长，曾在中学时与他同是校队主力，到这儿后根据自己的爱好，建成灯光球场组织学员们比赛，把课余生活搞得很活跃。张永成在几位教师陪同下，观摩了一会儿，见继子龙腾虎跃地活跃在球场上，抢球十分凶狠，那得球欣喜和失球懊恼的神情，都活生生地出现在脸上，他那双猫眼在灯光下，竟然也眯拢起来，蒙蒙眬眬地显出惹人怜爱的忧郁神色。

还是个孩子哩！他摇着头，自言自语地离开球场，独自踯躅在林阴道上。

建国在“文化大革命”初期，也跟着造反派瞎胡闹一阵，大串联跑了许多地方，后来却因受他的株连，被清退出红卫兵队伍，回家拉人力车挣生活费。在他从干校出来养病时，他也回校复课闹革命。结果课没有复成，向启明的同学陈小燕荒唐示爱，被关进了学习班。出来后他很害怕，拉着他的手哭道：爸，是不是我的政治前途完了？他问：你才几岁？他说过年就二十岁了。他羡慕地说：还正是青春年少啊，只要你不把自己打倒，就会有站起来的一天。

那时他够消沉的，都不知脚下路在何方了。是他帮助他树立人生的信念，现在小子长大成人，翅膀硬了，竟否定他的过去，树立起自己的权威来。秋天的柿子树上结满红色的果实，在路灯下如一盏盏小灯笼般晶莹透亮，把这几幢苏式建筑物，衬托出喜庆的风光来。风儿那么柔顺地吹着，使人觉得心旷神怡，身上充满舒适的凉爽感。狗日的，他一边走一边骂着，我呀，算是喂大一只得志便猖狂的中山狼啊！

他找到了一棵树，是一棵槐树哩，当年他与秦大泉最后一次喝酒，就在这棵树下的盐仓内。被造反派修理得奄奄一息的他，在白天放风时又遇见他，他问他咋样？他摇头说不咋样，都快被整死了。他问他有啥要求？他想了想说：有没有办法弄到酒？多冷的天，狗日的就想喝口酒。他说咋会没酒呢？我的两个狗崽子与造反派熟。他说好，你送一号房间来，现在我最馋酒了……

他果然弄到酒，却没去他那儿，由王安把他偷运到这儿，盐库由王安看守着，他还是他忠实的部下哩。他在马灯下，仔细打量这位顶头上司，见他原本高大魁梧的身架，这时已瘦骨伶仃被折磨得不成人形，脸色枯灰、哆嗦着身子蜷缩在盐包上，仿佛觉着很冷似的。他仍不停咳嗽，吐出腥红带血的浓痰来……

见面后，两人很久没说话，只抽烟喝酒。在袅袅飘散的烟雾中，这位身经百战、斗志昂扬的山东侉子，情绪低落得如一条被阉割的老狗，耷拉着眼皮昏昏欲睡。随着瓶内的黄酒减少，他的脸色渐渐酡红了起来，耷拉的眼皮也开始活泛，他终于看到那对暗红色的瞳仁中，呈现出与以前一样两道逼人的光彩来……

他抓住时机问：我们就这样被打败了吗？

他凄凉地笑着，说毕竟有六十四条人命呀，你、我都是罪人。

他说：我就是不甘心，你说过人摔倒不可怕，可怕的是摔倒后爬不起来。如果让我重新站立，我还会干他个天翻地覆……

他振奋起来，说：是啊，在战士的词典里，永远找不到失败两个字。

随即，他仿佛很疲倦似的，眼皮重新耷拉下来，身子又慢慢地萎缩起来……

张永成的脑子中，出现一个奇怪的念头，想这个受人崇敬的男人，其实并不威风。以前的威风，在于他的职务，如今他的容貌和动作，与老解放区普通老农民没有两样。秦大泉见他不吱声，嗫嚅说我俩在工作上有过矛盾，凭良心说我对你咋样？他点头说不错，我俩有共同的革命目标。秦大泉说是不错呀，我有许多问题，可能过不去这关了，你狗日的如果还是战士，就得给我站起来，在哪儿摔倒，就从哪儿爬起来。他问他是不是真认输了？秦大泉挪动着被打得伤痕累累的身子，咂一口酒，品味着摇头道：我这人主观、固执、盲目，如今想想有些事，还真做得愧疚啊，抛弃发妻……把老陈整成右派……让你赋闲靠边……可惜历史翻过去了，不再回来。老伙计，如果能出去，你最想做啥呢？他说还做个战士吧。他说我不行了，人老了心态就变老，没了奋斗精神，只想回乡当农民，对家门口二亩七分自留地负责任……

那晚两人又喝醉，相拥大哭。秦大泉反复背诵一首诗：为人进出的门紧锁着 // 为狗爬出的洞敞开着 // 一个声音高叫着 // 爬出来呵，给你自由……这是他这生中听到他唯一朗诵的诗。两人都是新四军老战士，只不过他开始就在正规部队；而他在抗战时，是游击战士，北撤后才与他相聚在一起。

他惊讶地看着他，说老秦，你行呀，看不出你还会作诗？他告诉他，这是叶挺军长的诗，听过后记在心里了。后来两人都喝不动了，秦大泉目光迟钝，摇摇晃晃地站了起来，被打伤的脸上渗出血痕，反复地吟诵这首诗的最后两句：我渴望自由 // 但我也深知道 // 人的躯体哪能由狗的洞子爬出……

这年冬天，秦大泉由于死不改悔走资本主义道路的罪行，被造反派打断两根肋骨后去世。几年后，他被平反了，省革委会负责人说他是一名优秀的、可以信赖的共产党员。

那次两人分开时，把对灾难中死亡农民兄弟的追忆，变成杯中的酒一饮而尽。他记得他俩最后的对话是：慢喝，兄弟，酒精伤肝呀，人不能自己把自己打倒……他说不怕，"暂时困难"那年，我已是酒精肝了，我不会把自己打倒的。他说记住我的话呀，出去再为老百姓办些实事，完成咱俩共同的承诺。他答应说我会的，不再与他们闹了，但要我批斗你的资产阶级路线，我做不到……

四眼老许把张永成弄进干校后，曾以负责人的身份，像模像样地推着鼻梁上的玳瑁眼镜，找他谈过几次话，说：老张，我俩算是老朋友了，记得当年你要把我弄成"边右"，我不愿意，你说是为保护我，叫我以后少说话多做事，我做到了，孔子说过成大事者，须克己复礼也。你知道这十年中，我心头是啥滋味吗？我时时刻刻地靠近组织，揣摸你们的一举一动，规范自己的言论举止，生怕有一丁点儿惹恼你们，再招来灭顶之灾。我活得人不像人、鬼不像鬼，今天总算熬出一个人样来，但我还是得感激你，你是我的恩人嘛！我这样说，你能理解吗？

他眨着小眼睛想了一会儿，故作惊讶地问：有这回事吗？我咋不记得呢？老许说有这回事，太有这回事了。如果我被打成真的右派，会像你的战友老陈一样，咸鱼翻不了身，只能待在山里种贝母了。他说我连肠子都悔青了，如果知你还会发达，当初就该一锤子买卖，定为铁杆右派，让你也咸鱼翻不了身……

老许谦恭地笑着，说时局变了哇，你再想定我右派也不可能了，倒是你，现在的命运，在我手里攥着哩。这沿海屁股一摊大的地方，撞见谁，都可追溯到祖宗三代，真正不是冤家不聚头，我工作十二年，在你手下有六年。我俩是千年修来同船渡，还蛮有缘分的哩。他问你把我关进干校，不会是公报私仇吧？他叫起来：咋能呢？我请你来，是为揭发山东侉子秦大泉的罪行，批判县委唯生产力论的黑幕呀。他的脸沉了下来，上前摘下他的眼镜欣赏一会儿，嘿嘿地笑着，说你也是县委培养的干部哩，在我手下工作过，还不清楚老秦这狗日的走没走资本主义道路吗？他说：我不清楚才问你呢？他把他的玳瑁眼镜，砸碎在地上，口里喊着四眼，仰天哈哈大笑起来。老许嚷道：你摔我的眼镜干啥呀？他说你是四眼，都看不清楚，我不戴眼镜，就更不清楚了。

老许受到捉弄，恼羞成怒地拍桌子喊道：张永成——你不要赏脸不要脸，把自己与秦大泉捆绑在一起。你以为你是啥呢？张氏廿四房的孝子贤孙，围海建塘的黑总指挥，执行县委错误路线，使六十四名阶级兄弟丧失生命。造反派要真与你算账，枪毙十次都死有余辜。他说那你还啰嗦啥？就直接枪毙我吧？老许很快平静下来，说别激动呀，老张，其实你是个好人，犯错误因为秦大泉背后指使。你以前在工作上，还是蛮照顾我的，我俩没有私怨。他摇头否认说不对，我俩有私怨哩。他说：那责任也在以秦大泉为首的旧县委，这是一条自上而下、又粗又长的黑线哪，你得站出来，揭开这黑幕，组织的大门始终向你敞开着……

张永成嘿嘿地冷笑着，脸上出现讥讽的神色：四眼呀四眼，我说你这喝足墨水的人，咋会绵软得这般没出息呀？他问：我咋没出息呢？他嘲笑说：我都把你的老婆睡了，你咋还硬不起来，还算不算是个男人？

老许的脸涨得通红，抹一把额头上的汗，挥手让陪审人员出去，进行个别谈话。他埋怨说：老张你咋搞的嘛？我这不为保护你吗？咋不领情，还冬瓜牵进豆棚里，引到阿玉身上？他说：我是睡了她嘛，都与你结下梁子了。他的脸色变得尴尬，说：你糊涂呀，好好，今天不谈她的事，我俩说秦大泉的生活作风问题，他抛弃糟糠之妻，与台湾女特务狼狈为奸，性质已转化为敌我矛盾……

张永成跳了起来：狗屁，我了解小陈老师，她与台湾的阿叔没有联系。

老许拿出抽屉内的矿石收音机：你别包庇她，铁证如山抵赖不掉的……

此后他每天写交代材料，只写睡阿玉腐化堕落的事，只字不提县委唯生产力论的罪行，气得老许暴跳如雷，却也奈何不了他……

四十几年后，张永成去世，廿四房第六代次子张启明几经周折，遵行父亲遗愿与梅子结婚。在整理遗物时她问他，爸在干校交代与阿玉偷情，是否确有其事？他摇头说：不会吧，爸是个极有攻击力的男人，一旦明白对立面是谁，那人就成为他的攻击目标。而且他还是个偏执的人，不轻易设定目标，设定后持之以恒锲而不舍，终生战斗不疲。拿他的话说：你要我吃不下饭，我就让你拉不出屎来。

此事在干校传开来，主持革委会工作的军代表邢深特恼火，把老许叫去骂道：你看你都干了些啥？把复杂的阶级斗争，搞成了生活问题。老许说我也不想这样搞，可老张这人是疯子，认定生活问题就是生活问题。邢深说生活问题也有个性质，你老婆是红五类，还可诈唬诈唬，告他诱奸罪，偏偏她出身工商业主黑六类，且一口咬定不是强奸……这事你有责任，咋只革别人的命，不革家庭的命，连自己的老婆都管不住？

被羞辱的老许挨批评后，终于咽不下这口气，想：该死的张黑炭（他给他起的绰号），你吃了秤砣石头呀？我不把你抓进来，你侮辱我老婆；把你抓进来，又这般闹腾丢我脸面。思考再三，决定像对付秦大泉一样，指挥下属搞逼、供、讯，用拳头与刑罚，摧毁他的身体和意志。

如此延续两个多月，至冬季，张永成被打折腿骨无法下床。他索性连交代材料也不写了，开始还每天对着窗口喊，后来他喊不动了，只在床上躺着，一对锐亮的小眼珠骨碌碌地转着，露出狼一般凶残的霸气，痛骂老许说：我肏你四眼十八代的祖宗，有本事放我出去，我为民除害，毙了你这狗日的。

建国受李纹指派，潜入干校打探他的情况，回来告诉她说：阿妈，不行了，他再在那儿待下去，会像秦书记一样被他们整死。现在棉花厂也有人造反，把章颂打倒了，给定了两条罪名：一为对抗运动，执行资产阶级路线，另一条是抛弃贫农妻子，现代陈世美。厂里已停工闹革命，人际关系不错的李纹，被免去副厂长，改任总务，上班也无事可做，管理食堂卖饭菜票。

李纹与杨金香商量，问咋办？说这场运动得人人过关，我虽然与他划清界线，可他还是孩子们的父亲，保他家庭必受牵连，不保他就会没命。杨金香听后，蹦着一双半小脚跳起来，责问道：他还是你老公吗？她说法律上没与我离婚呀，当然还是我的老公。她两道凤尾眉倒竖起来，说你还认他是老公，就得把他弄回家来，不管孩子们受不受影响，先保住性命，有爸的孩子总比没爸的好。李纹当即召集家庭会议，问：你们阿爸会被人整死，我要把他弄回家来，你们要前途还是要阿爸？全家人除启明还在犹豫外，都说要阿爸。

李纹知启明与建国的处境一样，在学校里因为父亲问题的株连，被红卫兵组织留队察看，每天写思想汇报划清界限哩。便望着儿子问：是不是你不要爸了？他说我也要呀……但他背叛了阿妈，有一个叫阿玉的女人……把他弄回家里来，是不是合适？

李纹轻蔑地冷笑道：你恨他，我比你还恨哩，但不管他多可恨，没离婚就是我老公、你们的爸，就是天打五雷轰，全家人入狱，也得留下他一条命来。

李纹开始执行救援方案，先去找县革委会邢深主任，临走她在卫生所打了两张证明。一张是丈夫枪伤需要治疗的诊断书，另一张是他绝育手术的证明书。

电话通报进去，邢主任传下话说不见。李纹买了两包飞马牌香烟，沟通门卫，在大院门口找个地方，把丈夫在部队获得的三枚军功章，用一块红布垫着，着地坐下摊开在膝前。有进出门的干部站下来，问干啥？她说不想干啥，只把这东西交给邢主任换条人命。人又问为何非交与他？她说这年头，旧东西不值钱，没打过仗的人不稀罕这玩意儿，邢主任是军人，相信他会稀罕……

有人又把话传进去，邢深就派秘书出来，让她去见他。

他严肃地端坐在办公桌后，问她为何这样做？她把两张医务证明和军功章放在桌上，说她也不想这样做，丈夫因这三枚军功章，身上留有三处枪伤和绝育后遗症，需要保外就医。他没看军功章，倒对绝育证发生兴趣。问：你说老张已不能正常过夫妻生活？她点头道：我家六个孩子，连同婚前领养的侄儿共七个，他去指挥部报到前，我俩商量不再要孩子，我不能做手术，他把手术给做了，没想到落下后遗症，都三年没与我同房了。他听了啥话都没说，让她把军功章包起来走人，她问老张咋办呢？他说这事我管不了，你有本事把他弄出来，等挨过这阵再说吧……

杨金莲母女俩到干校探望，张永成的一条腿已被打断，且肋骨折裂胸膜发炎，高烧不退气息奄奄。李纹见丈夫的惨状，愤怒地找到四眼老许，要求转院治疗。老许先是避而不见，让人捎信打官腔，说张局长是我的大恩人，虽然他污辱阿玉，可我大人有大量，不计较他的过失，已让医疗室为他治疗了，不会再发生秦大泉这样的事，家属尽管可以放心。她不信他的话，一改往日文静的性格，怀揣一把剪刀闯进他的机要室，像母狮般咆哮起来：告诉你，四眼……今天你要不把老张交还给我，我就死在你面前。说着，拿出剪刀真要扎自己的喉咙。

他见她这般，失声喊起来：别、别这样……我俩好歹也算同事一场，有着深厚的革命友谊。她说时过境迁，啥友谊哩，现在你上台他下台，还狗屁同事？他微笑着，伸食指置嘴上，示意她别嚷嚷。说我俩都是错误路线的受害者，应该站在同一条战壕上。她说我与他是夫妻，生有六个孩子，咋会是受害者呢？他说：我算过，你与他结婚十五年，闹离婚三次，都分居三年了，难道你就不恨他？她说没离婚就是我老公，为啥要恨他？他摇头说：没他这般小心眼儿的男人，我与你吃一次馄饨，就被打成“边右”，现在又报复睡我的老婆。她讥讽地问：就因为这些，你想整死他？他阴冷地笑道：难道他还欠我少吗？她咬紧细米般的牙齿，在脸上出现鄙夷的神色，渐渐在一双明亮的丹凤眼中溢满泪水，目光仇恨而又迷离。她一字一眼地说：我不管你像不像男人，但他是我的男人。今天你不把他交还我，我做鬼也不会放过你……

老许说不可能，邢主任打电话让我复查案子，没让我放人，只要我当着审干组长，就不会轻易放过他。她问你凭啥？他说就凭他口无遮盖多管闲事，替那山东侉子翻案，说是被我逼害致死，出去要拿枪毙掉我……

她见他主意牢靠，胸中迅速改变策略，想这世间上，该走的路很多，既然她已豁上，正面交锋行不通，就侧面佯攻换条路走，把他稳住再说。她好歹是转业营长的妻子，对部队打仗战略战术门儿清，说好吧，既然你这样说，我就把老公交给你了，一旦有好歹，我找你算账……

几天后的一个暗夜，李纹与杨金香劫狱得手，像拖一条死狗般把丈夫从干校内偷运出来，挣扎在送往长河镇的沙石路上。

这次作战由李纹亲自指挥，临战前把建国和启明都调往前线，动员说：你们的阿爸说过，打仗与玩象棋、军棋一样，输赢在于守住主帅。家庭是一个战斗集体，没了主帅就会破碎，现在你们爸沦陷敌手，必须把他夺回来。建国和启明按行动计划，把突破四眼老许防线的主战场，放在森严壁垒的治安队员身上。恰巧那天值夜班的队员，是建国以前的红卫兵战友，他找个理由叙旧，约在警卫室喝酒。母女俩由启明引领潜入禁区，把奄奄一息的张永成偷了出来。

那晚脑子还尚清醒的他，临出门时忽然犯糊涂，说我不走，这儿是我的战斗岗位。李纹又爱又恨、左右开弓地揍了他两个耳光，问秦书记给你啥岗位？他流泪说他死了，不会再给我岗位。她说他死了，我可活着，你想撂下我当寡妇吗？他说你已分居不要我了，还凭啥打我？她恶狠狠地问：我俩办过手续吗？没办手续，你还是我老公，是孩子们的爸。他将信将疑地看着她，眨动着那双布满血丝的小眼睛道：我还有岗位哩，是围海建塘副总指挥。她说这就对了嘛！你不保存自己，能消灭敌人吗？陈主任让我转告你，你下象棋赢不了他，因为只知进不知退，说这阵势只要是清醒的革命者，先得设法活下去……

他脸上掠过一阵惊喜，问是老陈叫你们来的吗？她说不仅他，我和孩子们，还有滩涂上那些讨饭的苦孩子，都离不开你哩。他苦笑着说：可我，在这儿刚和老许开辟战场，出去就失去阵地没了对手。她流泪说：你和我战斗呀？我俩都斗了十五年，我还没与你斗够哩……

他听了这话，挣扎下床，说：狗日的，我走，四十年前阿奶就与我说过：君子报仇，十年不晚。待老子养好伤，领着队伍再杀回来……

李纹肩负死狗般沉重的丈夫，由杨金香搀扶着行进在积雪的滩涂上。

雪后初霁，天色幽暗，路面上的积雪却闪烁着莹光。李纹几次摔倒，又几次爬起来，挣扎着向前挪动……

启明送她们出来后，又转回去，与建国共同稳住治安队员喝酒，那两个队员对兄弟俩说：你们的阿爸不错，是硬骨头哩。不怕打，也抗打，不像秦侉子，长得人高马大的，只用皮带抽打几次就扛不住，哪像与日本鬼子、国民党反动派打仗出来的战士？他俩与两人扯着学校复课闹革命的事，假意委托他俩照顾他，说不管咋样，他都是阿爸哩。他们说这没问题，你家老头扛打，以后我俩只收拾他皮肉吃苦，别再让他再断腿、断肋骨就是……

一路上，杨金香都在埋怨红卫兵，说咋能打人哩？她把造反派都当做红卫兵，也埋怨两个外孙，说是她喂大的恶狼，闹腾啥狗屁的红卫兵，把老子的命都快革没了……李纹解释说：这怪不得他们，孩子大了，没书读没工作，不弄些事情出来，心里也憋屈得难受呀……

路上张永成打瞌睡犯迷糊，像瘟鸡般垂头提不起精神来。杨金香脱下小脚上的布鞋，用裹脚布踩在雪地上走，噼里啪啦地在他脸上抽鞋底巴掌，疲惫不堪的李纹心疼了，问：阿妈，回家了您咋还打他？她说我恨他害你吃了许多苦头。女人找老公，不怕孬人怕浑人，他就是一个大浑人啊。她说想不到您老人家还是个现世报的小人，当年他得意时，我要与他分开过您护着，现在他变成这副样子，您狠打起落水狗来？您恨他，抽一次也就解气，咋还老抽？她问：你心疼了是吗？她说：我背着他，气喘得挪不开腿，还咋心疼？杨金香笑道：傻囡呀傻囡，你不是要与他离婚吗，咋还如此在乎他？这么寒冷的天，我不抽他鞋底巴掌，怕他永远醒不过来哩！她的心头涌上苦涩来，说您光袜子在雪地上走，不冷吗？杨金香咕咕地窃笑起来，说我缠了裹脚布，不脱鞋反走不利索哩。李纹抽泣着说：那您就替我多抽几巴掌解恨，待他醒来，就再捞不着抽了……

黎明时分，天空出现鱼肚白，两人走得气喘。杨金香又说傻囡呀，我看你走不动了，我又没力气背他，放下来歇歇吧，这儿是倔女婿当过书记的地方，我有熟人，去弄副担架抬着他走。她把他放在雪地上，身体如散了架似的疲惫，脑子里却异常兴奋：是呀，他在这儿当过三年书记，走后许多年，还有人往家里送来锦旗，说他是个负责任的清官，老百姓把他看做神一般，这就是他的政绩和人气啊。望着东方涌动的朝霞，她的心头又升腾起两人婚后看海的情景：豪雨中的大海，浪花汹涌翻腾，忽如万马驰骋呼啸向前、忽如白云苍狗悠闲徜徉，后浪推着前浪，前浪在呈现美丽浪花的瞬间，湮灭消逝在莽莽苍苍的沙滩上……

她想：也许这就是人生，代代传承、生生不息、激荡鼓噪的人生。

杨金香还真弄来一副担架，带着两个农民，吭哧吭哧地踮着半小脚跑过来。这时建国和启明也都赶上来。大家看着满身伤痕、昏迷不醒的张永成，心里都有些难受。李纹说别呆看着……等老许发觉就走不成了。

她让大家把他弄到担架上，由众人簇拥着飞快地离开……

桑塔纳轿车最后一站，到了山东沂蒙境内，停在埋有秦大泉尸骨的坟山下。他的墓坐落在山腰上，山坡很荒凉，只有石块与草，树很少，又矮小，间或有一片小小的庄稼地，却因干旱缺水，龟裂成板块状……

张永成领继子上山，山路曲曲弯弯，杂草丛生，野荆棘横生遮住路面。他问：你知我为何领你来这儿吗？建国点头说我明白，当年你和秦伯伯、陈伯伯一起从部队转业，曾向家乡的这块土地作出承诺，要让大家吃饱饭过上好日子。他纠正说不是一块儿转业，是老陈先留下，去部队找老秦出任军管会主任。老秦开始也不愿意，说打完仗后，要回去管家门口的二亩七分地。老陈使出撒手锏，说共产党只有解放全人类，才能最后解放自己。他就留下来，又到部队找上我。我们都是战场上死里逃生的人，你知我身上有三处枪伤；老陈坐过国民党的老虎凳；老秦身上两处枪伤，右手臂取出弹片举不起来，不适合留在部队里。

两人站在山坡上，张永成望着这块同样贫瘠的土地，用手捶打着脑袋哽咽：时间过得真快，我们这代人过去了，但这片土地依旧贫困，我对不起老秦，也对不起十几万以命相搏，向大海争夺土地的农民兄弟。建国笨拙地安慰说：爸，您这样哭着，我的心里难受，请相信我，会成为家乡这块土地的新主人。

张永成告诉继子秦大泉临终前的情况，说四眼老许多次想找谈话，都被他严词拒绝。说狗日的啥级别，有资格与我谈话？我好歹还是个县处级，他一个漏网右派算老几，啥屌蛋货色？这时他的全身已肿胀起来，不能下床走路，一双原本滚圆、凸突的豹眼眯缝成两条细线，处于半昏迷状态。来人把话传过来，老许听了也冒火，说革命者不讲级别，这山东侉子死到临头还冥顽不化？真是死不悔改的走资派啊。但他还是去探望他，坐在床前摘掉那副玳瑁眼镜，拿出一片小方格手帕擦拭泪。嘟哝着说：老秦，对不起，性格决定命运，我虽是你的对立面，却尊重你的人品。你其实可以反戈一击，和我一样曲线求存以待来日。处在昏迷中的秦大泉，听到这话陡然睁开眼睛，那么有神、那么犀利、那么坚定地盯住他的脸，失血的嘴唇上下翕动着。他吓了一跳，颤抖着问：老秦，你有啥话要说吗？但他终于啥话也没说出来，目光慢慢地暗淡下去，嘴唇仍在上下翕动，在嘴角上缓缓地渗出两道血痕来……

火化后，秦大泉的骨灰搁在殡仪馆，干校通知让家属领回去。这时陈淑贞正戴高帽子游街，造反派要她交代与台湾军统局联系的罪行，她与秦大泉生有两个女儿，大女儿十五岁，小女儿才六岁，躲在学校宿舍里似惊弓之鸟，不敢出头认领。干校又通知他山东的发妻，胡美英得知消息，立即拖着大傻、二妞两个，千里迢迢地赶过来，捧着他的骨灰盒，坐火车让他魂归故乡。在途中，胡美英自个儿站着，却为他买了一张坐票，和一对儿女围着那盒子哭灵。说孩子他爹，金窝银窝，不如自家屋里草窝，树高千丈叶落归根，别再留念这红尘俗世……她嘴上念叨，心里却在骂他：你狗日的负情男人，活着不是我的人，死了谁都别想抢走你。

回家后，她在村后山坡上整理出一块地，把他与公婆埋在一处。

几年后，张永成复出仍任围海建塘副总指挥，还多了一顶县生产指挥小组副组长的帽子。他与陈乾康一同到这儿看望他，见墓碑刻着：亡夫秦大泉之墓，后面署有妻胡美英率子大傻、女二妞敬立的文字。他问胡美英：小陈老师来过吗？她说来过，她想把他抢回去，这次俺没让，俺不能再让！他说对了，你是不能再让。她询问他俩，她母女在那边还好吗？他说还好的，那些与台湾军统局联系的谣言，是小陈老师受不住折磨瞎编的。胡美英脸上浮出不屑来，淡淡地叹了口气道：她不比俺呀，俺是粗人哩，她的身子骨娇贵，经不住折腾的，俺至今没弄清，那冤家，为何会喜欢豆芽菜一样的女人？

两人说这话时，陈乾康坐在坟前，阴沉着脸抽烟，那副眼镜片的玻璃上，有雾气在萦绕。他问：四眼，好歹战友一场，来了不与老秦说会儿话？他丢掉烟蒂叹息着问：你让我说些啥呢？他说你想说啥就说啥。他犹豫一会儿说：我只想过来看看他，啥也不想说。他说他都死了，你还记仇哩！

待胡美英离去，陈乾康才泪流满脸地站起来，用脚踢着坟碑喊道：秦大泉，你狗日的，老张说我记仇，我是记着仇哩！我们仨说好，共同使这块土地富庶起来，按功领赏喝庆功酒的，你咋先走了呢？你他妈的是逃兵呀。你走了，我与老张还活着，我俩找谁喝酒？又找谁说心里话呢？

说完，他俩悲怆地相搂在一处，趴在墓碑上大哭起来。

张永成和建国爬上山腰时，见坟前已等候着两个四眼——陈乾康坐着抽烟，老许却跪在墓碑前。张永成的火气上来了，那对褐黄色的小眼珠骨碌碌转着，锐亮地盯住继子询问：是你安排的？建国说：我与陈伯伯、许叔叔商量好，让他们在这儿等我们的。张永成身子摇晃着，黑脸上的肌肉颤抖起来，用手先指着继子，继而又指向陈乾康吼叫道：他浑，你也浑吗？咋弄来这货色丢人现眼……

陈乾康丢掉烟蒂站起来，拍打沾在屁股上的尘土，推一下架在鼻梁上的玳瑁眼镜，回头望望跪在墓碑前的老许，慢悠悠地问：老张呀，孟良崮战役，我们整个营差不多拼光，老秦和你、我，咋处理俘虏的？他没理他，蹿过去抓住老许的衣领，提起他身子哇哇叫道：狗屎哪，我肏你姥姥八辈子祖宗，你咋没死在监狱里呢？老许没反抗，身子如筛糠般颤抖，讷讷分辩说：我是想死哩，是阿玉让我活着的，活着才能续还秦书记和您的人情哪。

他放开他，呼呼地喘着粗气问：如果那年海啸，你不集中人批唯生产力论，海水能冲塌塘坝，能丢掉六十四条人命吗？你不光对不起我和老秦，你还对不起那些活生生的义工……老许干瘪的秃脑壳上，沁出一颗颗的汗珠来，说我是错了呀，但我会站起来，用行动弥补过失，您说过男人得为一张丫脸，挺直腰板做人呀。

他恶狠狠地望着他：你还能挺直腰板吗？他说我能，这次我的膝盖不会再弯曲了。他摇着头，推开他，让继子跪在墓碑前，说老秦呀，我把儿子给你带来了，他会完成你、我和老陈的承诺。老许畏畏缩缩地凑上来说：还有我哩，秦书记，我保证这次归队后，永不背叛！他又愤怒地踢开他，狗屁，你算老几，也配跪这儿？老许又爬过来，复跪在坟前，回头道：不是说解放军优待俘虏吗？他翻翻白眼，说这得看战斗需要。老许知接纳他了，和建国重在坟前跪下来……

一行人留宿在村子里。秦大泉的儿子大傻，出去当兵留部队，去年已升为团职作训处长，家里挂有他的许多军功章。二妞也早嫁人，只留胡美英住“土改”分的三间瓦屋内。她拿出珍藏的大枣和核桃给众人吃，说穷乡僻壤的，没好东西待客，将就着吃一点儿吧。老许伸手抓枣子，被张永成止住，说你也配，没忘当年秦书记咋死的？胡美英看看他，复把枣子放在老许手里，说菩萨不打许愿人，都已经过去了，还提他做甚？

时值残秋，天已有些凉。张永成没睡着，起身来到屋外，见陈乾康坐在门口石凳上吸烟，走过去挨着他坐下来，从他兜里掏出烟来，也点上，问：你这修党史的主任，咋和老许坐一条板凳上了？

他意味深长笑了笑，问：你记得老秦说过的话吗？我们共产党革命能够成功，在于把支持我们的人团结得多多的，反对我们的人减到少少的。老张呀，你我都老了哇，你能把小东西选拔到领导岗位上，就没度量宽待一个俘虏兵吗？你的小东西哪，要拨乱反正做成大事业，有多少工作要做哩，和我们当年一样，需要人才啊！他都三顾茅庐，请我出山，可我没能力帮助他，诸葛亮还七擒孟获、招降姜维哩，你这共产党的副县长，咋还不及封建官吏明察事理呢？

回程的路上，张永成不说话，打开随身带的半导体，把耳塞置双耳上，调整好频道听新闻。他文化程度不高，看报纸吃力，喜欢在工作余暇时听收音机。

建国累了，搭在车椅上睡觉，醒来见继父还在听新闻，便推着他的手臂说：阿爸，我想起一件事来了。他拔掉耳塞问啥事？建国狡黠地笑道：记得您从干校出来后，阿妈常买肉给您补身子吗？他回忆着说：不是你们都不上课，在家搞副业挣钱吗？他摇头：其实那还是您的钱，那时您和陈伯伯、胡月阿姨、老莫都躲山里种贝母，后来王安叔叔也来了，说要听中央的声音，让我给装收音机……他说是呀，你先装矿石，竖天线信号还不好，又改装什么来复式晶体管，还为狗日的老陈，整出一台超外差来，大家都围着听哩……

建国如孩子般笑了起来，说爸，其实您那时太抠门儿，不向妈交工资，对我们也苛刻。我从初中住校一直念到高一，八个学期只吃过六个月的包桌菜，余都自带咸菜、背米到学校……他说这不为培养艰苦朴素的精神吗？没我这样，能有你的今天吗？建国点头说：所以我伙同阿妈报复，骗走您身上仅存的几十元钱，当时晶体三极管成品五元，处理品才九角，我用的全是处理品，连陈伯伯、老莫、王叔叔也一样……

狗东西，他也笑起来，怪不得那东西，要用手拍着才能听，原来是你搞鬼。

张永成很快办完离休手续，政府要为他开个欢送会，他拒绝了——当年秦大泉带他撤出山南，同样没开欢送会。临行时，他还有些不放心，转道去了继子的办公室视察工作。

建国的作风与继父不同，没把开发办公室设到滩涂相公殿去，因为那儿留有他太多的痕迹，这痕迹一时难以去掉。他向机关管理科要了三间房子，就亮出牌子。他是个实用主义者，哪儿方便，就选择哪儿。留在这儿，与领导交流工作比较便捷，这世界上条条大道通着罗马，他所要做的，是拣最近的一条道走。

张永成在他的办公室内，坐了半天，查看实施计划和文件，觉得尚满意。他问他，为何不把指挥中心搬到相公殿去？建国眯缝起那双猫眼，狡黠地反问道：为何非搬去那里呢？他的脸色有些难看，说我领你转一圈，白瞎吗？共产党的干部做工作，得联系群众。他说这话我都记在心里，联系群众也联系在心里嘛。他摇头说：阳奉阴违是你们这茬干部的惯用伎俩，过去部队打仗，指挥员不在前线，会犯官僚主义。你可是在烈士纪念碑前，向我有过保证的……

他见他生气，从抽屉里拿出一张表格来，说阿爸，您在那儿当书记前，村民人均生产总值为年二十一元二角，您在前线指挥干了二十年，向我办移交时为九十三元六角七分，翻了四倍多。他问：以后你呢？他说只要给我四年时间，对，四年……我会在您的基础上，再翻上四倍……甚至五倍、六倍。他骨碌碌地转动着那对锐亮的小眼珠，狐疑地摇头说：吹，你就吹吧。小东西呀，那可是一块我俩有过承诺的土地，你的太爷、爷爷和我，包括你亲阿爸，都在睁大眼睛看着你哩……

建国的猫眼亮晶晶地闪烁着，说您老人家放心，不是我有能耐，是我有幸碰上好年头，现在是经济发展最好时期，四年后您来检查工作，就会看到与今天不同的滩涂。

他沉思一会儿，忽然拍着他的肩膀道：小东西呀，你从小就想战胜我，现在我把责任交给你，可你仍没能打倒我，你知为啥吗？建国说我没想打倒您，我的事业就是您的继续，展示这些数字无非是为说明……他嘿嘿地笑道：别急嘛，我的话还没说完哩，人不是别人能够打倒的，是自己打倒自己，我虽然退下来了，还是个战士呀，会用余生告诉你，啥才是真正的共产党员！

建国不解，犹豫地问：阿爸，您这话啥意思呢？

他打量着他道：没啥意思，这个战场已经不需要我了，我得拼出一个新的战场来。他问他想干啥？他咧嘴笑起来，说你没想到吧？一代人有一代人的活法，我这人闲不住，早在几年前就与你陈伯伯商量好，退下来回老宅种贝母哩，隔海听潮监督你。他说你可以留下帮我啊，他把头摇得如拨浪鼓：你妈说过，人有距离才看得清，我已帮不上你，留下反碍手碍脚地遭你厌哩。

他问：妈没退休，咋能和您回老宅当农民？他自嘲道：出来这么多年，我不就是个农民呗！你妈比我有文化，但骨子里也是个农民哪，这些年被我同化了，我是她的男人，她能舍得离开我？

建国在心里叹息了一会儿，明白继父下了决心，就不会改变，提出要用桑塔纳送他返乡，热闹一番。他沉下脸询问：这车是你的私车吗？他愣一下，说不是。张永成道：我这人哪，向来公是公、私是私分得清楚，卸任了咋能使用公车呢？他想起幼时父子俩在贝母地里等待黎明，山林里的红襟鸟们争先恐后喧哗的情景，以及在滩涂学农时，王安叔叔奉命让他和魏老师、物理兴趣小组在滩涂工棚拉线装高音喇叭，录制此鸟吟唱声的往事，不由蹲下身子，伸长脖子唧唧咕、唧唧咕地啼叫起来……

他用这举动告诉继父，自己也是一只尽劳尽责、泣血司晨的红襟鸟！张永成愣了愣，随即满意地笑了，黑脸上出现赞许的神色，问：你把这声音，保留在滩涂高音喇叭中吗？建国摇头说不了，我要装进干部的心里……

心里……张永成不解，嘀咕说：心里还能装声音？建国拿出一张单子，说我已与电信部门合作，设计成电话铃声连线到每个村，早晨六点，准时点名通话，与村干部们联系工作哩。

张永成再无话可说，迈着军人的步伐，雄赳赳、气昂昂地离去……

卷四

兄弟俩的“纠结”

22

在张启明转业回乡的第三年夏末，陈小燕领儿子张继红寻根返回故里。此举打乱张永成夫妇俩平静的离退休生活，仿佛已经静谧下来的湖面，再次荡漾起情感的涟漪，直至翻腾起惊天骇浪，把全家卷进改革年代的大潮中……

天气还很炎热，赤日悬空高照，田野上没有风，夫妇俩正戴着草帽在贝母园里劳作。开始张永成打个大赤膊，李纹拿背心让他穿上，说你晒坏，倒霉蛋是我哩。他顶撞说：我晒坏关你何事？她说你是一家之主嘛，病了我得伺候你呀。离休后张永成变了性儿，喜欢拣好话听，她掌握他的特点，遇上任性的事，会不失时机地恭维几句，把他伺候得服服帖帖。杨金香把这夫妻共处的艺术，叫做抚顺风毛，说驯服狼狗，最好的法儿是抚顺毛，调理舒服了，它就听你使唤。

夫妇俩相互调侃着，边说话边除草，夏日的草长得疯快，没几日就蔓延田畈，把刚培植的贝母苗给遮住。这是一块斜坡地，就在祖宗开发的药田旁，这样的地现在已不多了，20 世纪 70 年代村里造大寨田，把坡上的林木砍了，造成的田有些能用，有些不能用。为何？撞钟潭里的水不够呀，溪涧见了底，地就还荒着，成为城里人捡鹅卵石装饰景致的地处。

正午时分，陈小燕风摆杨柳似的扭着细腰身，手拿一把遮阳伞，牵着儿子的手，一脚高一脚低地摸进山来。两人已在路旁的溪涧里洗过脸，她把自己与他都收拾干净，才指着山坳上那块地说：去，喊阿爷、阿奶……

小继红歪着脑袋问：我不认识他俩，凭啥喊爷爷、奶奶？她拍一下他的大脑袋道：叫你喊就喊，哪有这许多废话？他就战战兢兢地，走到张永成身边，脆着嗓子喊了一声：阿爷——

天空万里无云，小继红站在炽热的阳光下，穿着印有阿童木图像的蓝背心，赤裸着手臂，一条肥大的短裤遮住他的小屁股，两只脚丫套进塑料凉鞋内。与张家传统的孩子一般，他的身子纤瘦，脑袋却大，一双酷似建国的眼睛，大而忧郁微微眯拢，在瞳仁中显出幽深的光来。张永成拉住他的手问：你喊我啥呀？他再喊道：阿爷……您是阿爷嘛……

他的黑脸上开出花来：乖小囡，你是谁，我不认识你呀？继红一愣，手指着站在柿子树下的陈小燕，嘟哝说我也不认识你哩，是阿妈让喊的。李纹见状走过来，也蹲下身逗他：你喊阿爷，喊我啥呀？他说阿奶呗……您是阿奶。她抬头望见了陈小燕，问那是谁呀？他嘟哝说：我的阿妈呀！

李纹心头一阵激动，把他搂紧在怀里：告诉我，你妈是谁？他说阿妈就是阿妈呀。用指头点住她额角，用蒙语嘀咕：傻阿奶，连阿妈都不知道？李纹向丈夫笑道：乖乖，他说日本话哩。张永成也笑起来：还日本话，是蒙语吧？

见此情形，陈小燕举着阳伞款款走上前来，对夫妇俩说：爸、妈，不认识我了？张永成即收敛起笑容干活，仿佛此事与他无关，交给妻子处理。李纹招呼说：咋不认识呢？你是燕子嘛，我俩在逗孩子玩哩。陈小燕认真地说：他就是继红呀，蒙语叫巴图，我把他带来交还给张家……

李纹一愣，注视着她的脸问：燕子呀，你都走了十几年，这次回来，就不走了吧？陈小燕说对不起，爸、妈，我已是草原上的人，只是继红该上学了，我把他安定好再回去……

张永成忽然抬头，嗓音沙哑地问：建国知道你来这儿吗？

陈小燕想了想说：我想他应该尊重我的选择。

小东西呀，他坐在地上哀叹说，你是国家干部，一颗心怎能有两块土地？

两年多前，张永成装修好做仓库的旧祠堂，缠着妻子提前退休，带杨金香回村定居。这时他的人生目标变得单纯，出去五十二年，总算折腾出一方土地、一番事业，现在回来，该为乡亲们做点事情了。他用多年积蓄的工资，请来省地质测绘队，领着他们在村前村后、山上山下测量一遍，然后向村支部报到，学着秦大泉模样，一脚踏地上，一脚踩住椅子，把党证拍到桌子上，说我副县长的岗位退了，党员却没退，向你们要份差事做。

支书张岩峰，是个比他小十来岁的中年人，看这气势，扑哧笑了，说村邻村坊的，转弯抹角地都是亲，廿四房辈分高，是村里人爷辈，您领大家干就是了。他问他啥辈？掐指算了一下，张永成虽才是他堂兄，却已是支部一班人的叔伯与爷辈。张岩峰忙说快坐……坐下……长者为尊，以后就由您领着我们奔小康。他见众人尊重他，心头激情荡漾开来，说我离开这儿时说过，要使祖宅的村庄，楼上楼下、电灯电话地富裕起来，狗日的，现在我回来了，大家愿干，就跟着我实干吧。众人都点头说好，要干就实干，不干有头无尾的屄事！

张永成把测量方案拿出来，还拍到桌子上，说若要富，先修路，得先把路开出来。又说战争年代打仗死人，和平建设不会死人，却得付出精力，豁出命来折腾。众人见他这气势，想老虎下崽滚崖洞，尼姑生孩居庵堂，只要领头没私心，跟他折腾就折腾吧，反正山旮里能折腾的，也只有分到各家、能让人吃饱肚子的一千五百亩稻田和上万亩山林，就异口同声地赞成。说谁窝私心使坏，让他后代子孙缺胳膊少腿，生下儿子没屁眼！

待看过方案，众人都傻眼。只有十几里的盘山路，工程造价一百二十多万元。这数字对封闭在山里，望着山下发财、自己发呆的支部成员来说，无疑是天文数字，张岩峰只得说研究研究，就宣布散会。

这一研究，就一个多月过去，迟迟不敢开支委会议决。张永成在村委会坐了几天，见大家遇到他，都如老鼠躲猫一般。便发脾气在走廊上开骂，说狗日的我没想到，山麂子觅食还不避枪子儿，人咋会变成草鸡下软塌蛋？逼着张岩峰召开党员大会，说你这人哪，面塌塌的不会办事，火车跑得快，全靠车头带。干事先得定班子，你不行，让开道，由我名正言顺当书记。

张岩峰同意了，隔日召开党员大会选举，九个支委只到四个，五十九个党员却上了半数。张永成主持会议说：组织原则少数服从多数，我们丢豆选书记。我二十八岁在部队当营长，不信连个村官都当不了？

果然被选为书记，张岩峰向他办移交，他拉住他的手说：你这人，咋一点儿血性都没有，真想撂担子当逃兵呀？丢了位置跟我跑腿交学费，看我这书记咋当的，待路修成后，仍把这位置交还你。他问留下做啥呢？他说造路需要钱哪，你帮我集资呗，敲铜锣在村里转，让大家把攥着的闲钱拿出来。张岩峰没信心，说拿出来也不够个零头。他嘿嘿笑道：我知是零头，表示个意思嘛，不足的部分，我自会想办法，不需你操心。

此后，他置一辆自行车放山下，每日清晨，待山林里的红襟鸟一叫，就起床唤李纹一起下山，由她骑车载他跑钱。现在夫妇俩都不戴手表，看日照时辰办事，阴雨天没太阳，由张永成估摸计算，说过去山里打游击就这样，哪有手表，照样把时间估摸得蛮准的。李纹按他算的悄悄看过手表，还真差不离。路上她埋怨他说，都工作三十几年，连骑自行车都没学会，要我这老太婆充当司机？他赔笑道：廿四房的先人不会骑车，在村口造大辘轳哩！我会骑车，要你干啥呢？

这般说着笑着，两人就到山南县城，专跑县计委、农经委、交通局和扶贫办这些衙门，几天跑一个单位，点名找一把手。进门坐下，张永成就从随身带的军用挎包中，掏出好烟与笔记本，开门见山地讨要工程费，说过去革命老区，支援共产党打天下，现在时势太平了，得由政府反哺支援搞建设。也有的一把手，借故不愿见，他就坐在办公室软泡硬磨，见不到人就骂娘，说狗日的，喝水还不忘掘井人哩，老子跟三野大军解放这地方，打下财政基础，没想到后代子孙忘本出屃蛋，惹老子火起来，一张状纸告去省纪委，查他吃喝玩乐、搞楼堂馆所费用的来龙去脉！这般一骂，一把手们大都招架不住，只得出来见他。也有见了不支持的，他就逼着他说理由，敲章写在纸上，说要交给组织部，考察时做材料，伺机秋后算账哩……

他的挎包里装有两种香烟，好烟递给别人抽，劣烟他抽，好烟劣烟都自个儿掏钱买，说是无偿为村民们当长工。

也磨了有半年多，这些部门三转四回，盖了大大小小五六十颗章，果然特批一百万元下来。这下他得意了，召开全村党员大会，宣布鹤南公路动工。众人又问：还有二十万元的缺口咋办？他虎起脸，指下面一群人开骂：你们废物呀？村里缺钱不缺人，正劳力就有五百多，组织工程队打石头开工，记下人力投资款不就成了吗？

如此上下折腾两年，这条路真还建成了，在山坡拐上几道弯，把白鹤桥与附近几个村联系在一起，上山下山的路，就显得平坦多了……

路修通后，他坚辞书记的职务，张岩峰和支委们都想挽留，说大阿哥，您不能撂下我们不管呀，建设社会主义新农村，路还远着哩。他说管事与当书记是两码事，路有多远，我陪你们走多远，只是书记这官得还给你们，我老霸着，你们就没有主人翁意识了。张岩峰说：村支书不是大官，好赖也是个小官，你已返乡，权当是领兵打仗，再带我们一程吧？他连连摇头道：我说不当了就不当，你以为我贪图当官才返乡？奶奶的我县太爷都干过，在乎这村官？众人又问他在乎啥？他说我放牛娃出身，从小就对土地亲，有一块侍弄的地，就死而无憾了。

村干部们无奈，只好尊重他的意愿，放夫妇俩进里山药田种贝母。

其实半年前，陈小燕已回了山南，由启明联系三墩桥市场经销蒙药。她在张家住了一星期，见建国没有回来，就告辞夫妇俩要回去，说我不等了，在内蒙古还有许多事哩。临行前，李纹对她说：你放心，他对你会有个说法。她说我不担心他，倒担忧启明哩，我与他只有友谊，没有爱情……李纹叹息说：我明白，可他觉得亏欠你，十八年前，是他改变了你的人生哩。陈小燕摇头说：这咋能怪他呢？当时我们还都是孩子啊！

她离开后，继红有些孤单，常默坐在门口向北眺望。李纹问他在想啥？他扑闪着那双酷似建国的猫眼，说在想阿妈。她知他心里寂寞，把儿子们幼时看过的小人书，整理出来交给他，继红没兴趣，说吉库什阿爸，从来不看书。她问他干啥呢？他说喝酒、唱歌、拉马头琴……

李纹打电话，建国常不接，接通也说工作忙走不开。提起母子俩的事，他说得想想。她问继红咋办？他说他是张家的孙子，您先带着好吗？她把这话转达给丈夫，说小东西想做陈世美哩！张永成抱怨说：这世上没有无缘无故的爱，也没有无缘无故的恨，都是你给宠坏的，啥情呀爱呀把俩儿子都弄成小资，三十好几的人还打光棍，拖累下代吃苦头，都是那安啥啥娜给害的……

说着从床头翻出李纹到老还奉作圣典的《安娜·卡列尼娜》，丢在她面前说：现在你知道资产阶级爱情的后果了吧？

李纹最不屑丈夫挖旧疮疤，当年青春年少的她嫁与他，不就为家族血缘亲情？为此她把守护下代人的爱情作为晚年的使命，不允许丈夫肆意糟践。她一把从他手里夺过书，沉下脸反击：咋又把这事赖我身上？别有事没事往这书上靠，托尔斯泰得罪你了？这事涉及人的道德，与爱情根本不搭边。建国与启明是我的儿子，也是你儿子，这辈子你管过多少家里的事？连阿二结婚都没去，还无产阶级哩？马克思、毛泽东说过不要爱情、不要婚姻家庭没有？建国、启明、燕子三角恋又咋的？白送张家一个孙子，你不要我给养着……

张永成见她动怒，骨碌碌地转着小眼珠，坐在祖先留下的那把旧藤椅上，不再吱声。经过岁月的无情敲打，离休后夫妇感情日趋平和，李纹在大事情上随和，却对子女婚姻，表现出一副神圣不可侵犯的模样。他知这是她的底线，自岳母和她把他从干校背回，他就明白，这辈子已离不开她了……

张家已有三个女儿出嫁，阿五智群从省中医学院毕业，分配在县人民医院工作，处了同院的一个医生也准备结婚。小儿子启东考上北京海运大学，向李纹寄来女朋友的照片，唯建国与启明还是单身。这事张永成急，李纹更急，可就是拿兄弟俩没有办法。

阿二智云结婚时，张永成已担任副县长，李纹也调回县城工作，全家好不容易安定下来，住进城北七房池公房内。智云十六岁支农，没跑远，就在离相公殿不远的四塘头乡。知青返城时，她想回来，说“文化大革命”，把这代人给祸害了。李纹为她寻找工作，遭到丈夫的阻拦，说他的职务是人民给的，不能为儿女谋私利。惹得智云火起来，说啥公利私利？我还留下当农民不走了，不信混不出个日子来。她是村植棉能手、铁姑娘队队长，自告奋勇担任妇女主任，不久就被乡政府招干进计生办。这时同学曾根生从部队转业，分配在乡武装部，见她风风火火地干得欢快，上门示爱，智云连想都没想，就答应与他结婚。全家文化程度数她低，只小学毕业，没想到十几年后成为作家，出版了好几本文艺作品。

得知她结婚的消息，李纹从县城赶过去，问她需要些啥？智云直言问爸妈有钱吗？有钱预支些，说小曾想盖房子，你俩退休后可与我们住一起。她把这意思告诉丈夫。张永成考虑良久，郑重其事地说：智云是最先成家的孩子，应该传给她艰苦朴素的精神，而不是财富。她知他吝啬，说她向你借钱，又不是讨嫁妆？他机警地笑道：你傻呀，女儿借父母钱能还？她说你真抠门儿。他说榜样的力量是无穷的，我把好智云的关，以后子女们就不好再开口。但李纹还是拿几十元私蓄给女儿，说家里实在没钱，你置点衣妆吧。智云问：钱是爸给的，还是您给的？她问这有区别吗？她说有区别，他的钱我要，您的钱我不要。她问为何？她说他有补发工资，您又没有。她担忧地问，不建房子，小曾能与你结婚吗？她搂住她的肩膀道：傻阿妈，结婚找爱人又不是为房子，过几天打结婚证，搬去住他宿舍就成了。她说女人这辈子就一次大事，你得办个婚宴哪。她愣一下说：知道了，届时您与爸都过来，为我长脸呀！

智云把请柬发过来，满心希望他俩能参加婚礼。她让他一起去，他说不行，我有个会议。她无奈，带智群与启东参加，智云在人少处问：爸咋没来？她说他有会议来不了。智云笑道：我知他不会来，等会儿新郎官敬茶，您不要付礼金。她问为何？她说这儿习俗，女家不付礼金得贴陪嫁……

婚宴结束回来，李纹见丈夫坐在沙发上看报，悄问杨金香道：他没去开会？她说没有呀，今天礼拜天，都看一整天报纸了。她不高兴，责问丈夫说：你咋不参加阿二的婚礼？他嘿嘿赔笑说：你触霉头了吧？我知那鬼地方，老丈人见女婿得贴陪嫁。她叹息道：你呀，真是一毛不拔的铁公鸡。他涨红脸道：钱多人就变坏，我做下规矩，家里七个子女，谁婚娶我都不出钱。

果然阿三智枫、阿四智林姐妹俩结婚，张家没出一元钱的嫁妆。

知陈小燕带继红返家，启明感到自己的追求重现曙光，在过去的十几年中，他一直在弥补当年由于幼稚，对她造成的伤害。他不明白这个长着弯月眼，笑起来脸上呈现一对酒窝，高高瘦瘦、胸脯扁平、身材像细竹竿似的女孩儿，为何对他精神上，产生如此巨大的影响？

他与她是初中同学，在班级里两人都长高个儿，却瘦，坐在教室后排座位上。寄宿在校的学生吃包桌菜，每天一毛钱，扣去星期天，每月向学校交两元六毛，围坐一起用餐。经济困难的同学，往往自带咸菜，只在食堂蒸饭，她吃不起包桌菜，也很少蒸饭。用餐时，启明看不到她，他是靠跟堂兄挑酱油才取得吃包桌菜的资格。他拿了饭匀了菜重返教室，见她伏在座位上，边看书边取兜里的番薯片吃，桌角还有一碟咸菜，便凑上去问：这东西好吃吗？她没理睬他。这个年龄段的女孩儿与男孩儿，相互间都不说话。他把饭盒放桌上，拿番薯片放嘴里嚼，果然味道还不错，要与她交换着吃。她也没吱声，他吃了她的，她却不吃他的，只目光无奈地注视着他。他吃光她这顿饭的番薯片，她却不吃他的饭菜。次日他还想恶作剧，她恼怒了，说你想饿死我呀！他说又不是啥好东西，值得你珍惜？她说这些对你来说，是不算好东西，可我要吃一星期呀，下周才换芋艿干吃。他听后愕然，强拨一半饭菜给她，这次她吃了，狼吞虎咽，以后两人就交换着吃。

时间一长，他俩成为朋友，也相互交换作业做，考试时，她还悄悄地塞小字条给他哩。这种友谊，到堂兄建国偷窥，引发她尖叫出事而终止。

那是一个天色朦胧的清晨，学校洗漱房窗外的柳叶上挂满露珠，这是梅雨季节的初兆。建国穿着短裤背心，在肩上搭一条毛巾，手端塑料脸盆，长腿长胳膊地晃荡着一颗大脑袋，浑身精瘦地打着呵欠从宿舍出来。这年他刚满二十岁，正是渴望得到异性爱抚的年龄，何况他身上流淌着廿四房祖先滚烫的热血。屋内的灯光，有些玄暗，穿着花裤头和短衬衣的陈小燕，正伏在水龙头下洗头。原本两人啥事也不会发生，但那天水龙头出水太急，喷湿了她的衬衣，因天色尚早，灯光玄暗，她干脆脱下擦身子。也就在那一瞬间，站在门口的建国，清晰地看到那对如花蕾般绽放的双乳间，闪烁一颗暗红色的观音痣。

他的猫眼，在那瞬间陡然睁开了，叫喊一声闪电，冲上去搂住她……

有相书说胸怀大痣的女人，能成大事，这话果然应验陈小燕身上。成年后的她，并没李纹那种充满活力的美，她的脸型有点儿特殊，脸盘狭小、五官也都小，眼睛往上呈月牙形，平时不笑也像笑的模样，笑起来就会眯成两条细缝。此脸相古人谓之桃花，拿现代人的说法，是性感。她身材单薄，腰肢细得像柳条，柔柔地呈现出一种遭人怜爱、渴求帮助的病态美，在以后事业中绽放出魅力，使那个时代踌躇满志的男人们，多半怜香惜玉拔刀相助。

当年建国忘情地丢下脸盆上前搂住她时，并不知她后来的魅力。那时她还身量未足，十分纤弱。他内心激动，是因为看到她双乳间的那颗观音痣。

她显然被吓坏了，挣扎着大声尖叫起来：抓流氓——

仅仅是一瞬间，热血沸腾的他手足无措，心中饱满鼓噪的幻觉，瞬息即逝，哀声乞求道：别喊，闪电，是我！她看清楚了他，明白是饥荒时施舍过白面馒头、心中思念的英俊少年。

可惜迟了，启明忽如神兵天降出现在两人面前，一拳把堂兄打翻在地。她心头哆嗦一下，套上濡湿的衬衣，双手掩胸飞快地逃出去……

这事本来就这样过去了，遗憾的是，启明向学校告发了堂兄。建国被当做流氓关进学习班，承认这事与陈小燕无关，说只是我的原因。工宣队问啥原因？他说我爱她。大家便哂笑，说是傻子哩，黄书看太多，把人都看傻了，明明犯流氓，还说是爱情？可怜的陈小燕也没能幸免，被扣上作风问题的帽子，清除出校文宣队，演不成《白毛女》中喜儿的B角了……

她为此痛哭一场，后悔那声尖叫对自己带来的厄运，想被他抱了就抱了呗，咋就伤害他？也伤害了自己，她也没埋怨启明，想他是为保护她才告的状。这时，她的家庭状况已很不堪，被打成右派下放农村的父亲，在“文化大革命”初期，已畏罪自杀，母亲虽脱离关系，仍为出身盐业主的成分，被清扫出教师队伍，在家门口摆烟酒摊过日子。这些她原本反戈一击、划清了界线，现在却为这事毁了。回家闲住的她，发现那小摊儿根本没生意，所谓她的生活费用，全靠母亲晚上迎送客人获取。这使她像吃了一只屎苍蝇般恶心，却无力改变现状，作为教育不好的子女，她无法使母女俩的生活，重新回到正常的轨道上……

张家的命运，在运动后期开始转变，年底中央发出抓革命、促生产的通知，县革委会主任邢深想起是解决老干部问题的时候了，主动打电话询问。

张永成已在老宅贝母园躲过风头，回家由中医调理着，张怡安赞叹说：老张，你这身子骨底子不错呀。他问是不是当年赋闲时，一巴掌把你打痛了？他笑道：你的军阀作风，还真得红卫兵给治治，奇怪干校咋没把你整死呢？他说他们整不死我，我也不想死，大胡子马克思没点名，敢去向阎王爷报到吗？他曾坚持重回滩涂守住岗位，说生命不止，战斗不休，老子不当逃兵，活一天就得干一天。李纹讥讽说：你歇歇吧，造反派正批判你唯生产力论哩，不会思念阿玉了吧？他连说粪口，她算屎蛋？我是想念那条没筑成的海塘哩！她嗟叹道：你呀，真正死不悔改。他说再这般折腾下去，来一次“暂时困难”，老百姓喂肚子的粮食都没有，毛主席他老人家，就会坐不稳金銮殿。

这时期，造反派常来取证，惹得他又烦恼起来，蹦着跳着在门口叫骂：狗日的，你们不是爷带孙子造反吗？真把老子惹恼，拼几个够本，自个儿撞死向马克思报到去。李纹和杨金香都害怕起来，想把他再弄进山里去，他说瞎操心啥？我跟共产党革命二十几年，连保存自己消灭敌人还不懂？李纹说：那你喊着嚷着找死干啥？他嘿嘿地笑起来，说我这不是火力侦察，窥探方向主动出击嘛。小东西给我装的收音机里，在说抓革命、促生产，形势要变了哩！

形势很快变了，省里开了一个几千人的大会，号召工人、农民要革命生产两不误，动员红卫兵一颗红心、两种准备，上山下乡闹革命。陈乾康闻讯后，跑来张家，说老张，又该轮到你上台了。他摇头说：也没那么容易，我是与老秦绑一起的铁杆走资派哪。陈乾康笑道：如果我没猜错，这是这场错误战役的余音，上面在试图收口了。

果然入秋后，邢深遣人喊他上班，说革命需要他结合进领导班子。他不愿意，说狗日的，造反派都把老秦整死了，我还上个屌班？他知他在闹情绪，亲自开吉普车来请他，坐下问：老张，你原先是九团的吧？他翻着白眼说：是呀，老秦是团长，我是三营营长。他说当时我在炮二团，当副连长。他说：我说哩，咋没听说过你，原来你是炮兵……说着让杨金香备菜要喝酒，邢深说酒不必喝了，看在战友的分上，你得出来帮助我工作。他摇头说不行，你没给我恢复名誉，我是不会出来的。他说好吧，我代表革委会向你作个检讨，找机会开会给念一下。

此后，邢深隔三岔五地开着吉普车过来，商量工作。两人边喝酒边说事。他说四塘头村进了海潮，把棉田淹了。他说那不是天灾是人祸，大队革领小组长是个流氓，领民兵搞武斗，心思没在搞生产上。他又说机榨油厂都停工大半年，城里居民买不到油了。他说那还是人祸，老厂长被打倒，革委会只会喊口号抓革命，不懂得生产管理……

这般喝着说着，张永成就去上了班，被任命为生产指挥小组副组长。

那年冬末，来了两个部队战友。一个叫李平，是内蒙古生产建设兵团二团的团长。另一个曹明德，也是团长，属二十八军，两人都到这儿带兵……

与两人喝过酒后，张永成回家就骂人：他姥姥的还是部队培养人，小李子是我二连的副排长，曹明德我还不认识哩，听他说淮海战役时，才是八连的机枪班长。李纹撇嘴说：人家进步快，你妒忌了？他摇头叹息道：谈不上妒忌，心头不舒服是有一点儿。她问他咋不舒服？他说老邢没老秦有意思，生产小组每天坐办公室开会，活得窝囊。这时李纹已把心思转移到儿子身上，想他俩这般混着不是个办法，得安排出路，便趁机向丈夫提出来：孩子大了，这样泡下去会出事。他说路得自己走，我从小放牛，谁给安排？她说现在不是过去，要不让你战友带兄弟俩走吧？他心里赞成，问这般做是否以权谋私？她说这哪是谋私？毛主席说过部队是革命大熔炉，最能培养人的地方。他高兴起来，说这话我爱听，老人家从井冈山起家，枪杆子里出政权，英明呀，天下大乱，却留下部队这块净地。

夫妻俩商量儿子的前程，李纹想让建国去兵团，说他成熟能照顾自己，启明才十六岁，生活不会自理。张永成的小眼珠滴溜溜转动着，瞪住她看，她问：我说错了吗？他说你没说错，却有私心。她说建国为燕子的事，进过学习班哪。他说啥狗屁学习班，不就抱个女娃？他是我俩的继子，好事该先想着他，兵团生活艰苦，趁机让启明锻煤炼锻炼嘛。

李纹征询继子意见，建国却想去兵团，提出带陈小燕一起走，说出事后，她的日子比我还难过，已在这儿待不下去。她把他的想法告诉丈夫，张永成却不同意，说兵团也有政审条件，不是杂烩羹，阿狗阿猫都往里面挤。但他答应帮助运作，说谁让这没出息的狗东西，与这种人搞对象呢？

23

自帮助陈小燕建立山南营销点后，启明坚持每周给她写一封信，说他读初中时就喜欢上她，十八年过去初衷未变。她回过一封信，说她是有孩子的母亲，不能再接受他的爱。他责问说：爱有界限吗？为何她只爱建国与吉库什，而不能接受纯洁真爱的他，是不是他没有他俩优秀？

如此狂热地坚持半年，陈小燕感到承受不了，主动撤退回内蒙古……

陈小燕在丈夫吉库什车祸身亡后，生活过得异常艰难。留守在内蒙古兵团的知青们知她是当地人，把她找去到山南推销蒙药和学习贝母栽培技术，准备筹资建蒙药经销公司。当年团部卫生队副队长郭晓明说：没爱上草原的人都回去了，爱上草原的人留了下来，我们要让他们看一看谁是诚守信诺的硬汉？

她没弄明白的是，具有猎狗般灵敏嗅觉的启明，如何得知吉库什死因和她的行踪，跑来三墩桥销售点与她见面？他道歉说当年告密，是他的幼稚与妒忌，愿意弥补对她的伤害；又说得知吉库什辞世，他转业回海城工作，是想与她重续旧缘；还说过去十几年中，他一直爱着她，只是时空隔绝无缘相聚，现今时局太平了，他想寻求世间真爱。她拒绝他的追求，说她俩只是同学关系，没真正爱过他，如果说产生情感纠葛，也因为他堂兄建国。启明固执地说：你骗我，我知你爱我，你为何总是把机会留给他而不给我呢？

陈小燕被他的狂热弄得异常疲惫，吃饭不香、睡觉失眠，眼前总翻腾起那个雾蒙蒙湿漉漉的清晨。她想再这般折腾下去，自己非趴下不可，就又思念起建国和继红来，这种血缘关系的爱，于她没负担，不必那般沉重……

当年建国犯错后，也不断给她写信倾诉衷肠，这些信，有时由启明转交，有时又由智云跑来送，使她知道他的情况。可恨又可爱的建国，在近半年的学习班中，受尽人格的欺凌与侮辱，他没有责怪兄弟，也认为自己是流氓，对她犯下了不可饶恕的罪孽。他说那时，头顶的天空一片灰暗，惩罚自己拔吃园子里的青草，充满着迷茫与疑惑，不知前进的方向，好在继母捎上一套《毛泽东选集》和一本黑格尔的《哲学笔记》，才帮他度过那种艰难的岁月。

他说黑格尔的书是禁书，但《哲学笔记》，却因为毛主席说过充满历史辩证法而破例。他把两本书合起来读，知道人世间除了男女情爱，还有一种充满理性光辉的东西，这就是信念和理想；说在那些寂寞的晚上，他总是逃离不了世俗的欲望，思念她，干一些男人在暗夜里干的事；说这事于她是无辜的，出卖他的启明也是无辜的，是自己的灵魂充满着罪恶……

她把这些信揣在怀里，常在深夜里独自品尝，脸红耳赤，胸膛咚咚直跳，嘴里还骂他是流氓，心里却承认他的真诚和坦率。

在那些日子里，启明也常来探望她，帮她解决生计困难，带些麻丝让她纺，她家没纺麻车，她趁邻居的空当见缝插针地凑合。他串门时，会絮絮叨叨地说在学校里发生的事，谁与谁好了，谁又与谁吵架，谁的阿爸进去了，谁的阿爸出来工作了。她厌恶听这些事，尤其在那声尖叫后，在使建国进学习班的同时，又让她蒙受羞辱，在心里责怪他多是非哩。她对他的好感，仅保留在初中的记忆里，仿佛他是个永远长不大的小男人。

她说我尖叫没意识，当时我真蒙了，不知他是你哥。他说我哥也不能耍流氓，进学习班罪有应得。她说不对，他爱我就不是流氓，公共场合脱衣服是我错，不该由他负责任。有几次，她竟要扯他去学校说清情况，说这事我也该负责任哩。却被他死死拦住，说他傻你也傻呀？说清情况你就成了女流氓。

她苦恼地问：那我该咋办呢？总不能亏欠他一辈子！

陈小燕在回内蒙古前，带继红找过建国，他已经十岁了，该上学接受教育，可草原上缺乏条件。她返山南开拓蒙药市场，正是吉库什临终前的愿望，想伺机把儿子交还张家，接受当地好的教育，长大能有出息。

建国的开发办公室，已搬到继父工作过的相公殿滩涂，公社被撤销了，由县委发文设立开发区，还是十几个村的规模，只不过形成街道，有百十家的店铺。由于试点示范海涂养殖，人气渐渐旺起来，沿村都在拆草屋建瓦房，乒乒乓乓地变成一块大工地。以前李纹看海住的那家旅社，被装修成三星级的大酒店，有百十间标准房，供南来北往谈生意的客商居住。开发区机关也借住这儿办公，与供销贸易公司两块牌子，一套班子。当年围海建塘的指挥部旧址，被改造成海涂水产品养殖场，隶属于公司管理。

陈小燕看到墙上挂着垂下红缨坠子的洞箫，就知道他还在爱着她。这东西是自杀的父亲留给她的遗物，她从小就听他在小学草坪上吹奏，记得歌名是《听妈妈讲那过去的事情》。办公室内没有其他饰物，除坐卧两用的沙发和一张办公桌外，就是两口倚墙而立、装满各种书籍的书柜。只短短三年，他的事业获得成功，按县委经济实体改制的步骤，由他担任开发区主任兼公司经理，领导重获土地的农民，翻身做主成为真正的主人。她在心里笑了笑，想他这官当得没官气，还和以前一样，生活简洁，作风朴实，但他能兑现当年的承诺，接受她和她的孩子吗？她知道逝去的岁月无法倒流，自己也不是当年的燕子了。这世界最可怕的是，人活着可以创造未来，却无法改变过去，在经历过他和吉库什的爱情后，她知道这份爱的责任和沉重。

小继红伏在她的怀中，瞪大眼睛打量着这个陌生的环境，在脸上露出惊讶的神色。江南的春天，不像内蒙古草原一样冰封千里，山峰上积压着一层厚厚的积雪，这时在酒店外移植的草坪上，嘉木葱郁，已是桃红柳绿的一片，有小鸟在枝头呢喃，一切都在阳光下蓬蓬勃勃地生长着……

从进门始，建国一直注视着继红，孩子的容貌，酷似他小时候的模样，长胳膊长腿的，挺着个大脑袋，那双幽深的大眼睛黑白分明，像两汪深邃的泉眼。她也在注视着他，他还是原先模样，脸容深沉、目光专注，只是在光亮的额头上，未老先衰地爬出蚯蚓般的皱纹来。他还只有三十六岁，工作和生活都累着哩！她在心里轻声说着，后悔没打招呼，就领着孩子来找他。

过了一会儿，他悲哀地说：你阿妈死了，是肝癌，我去探望她，她说这辈子，最对不起的人是你……她一直酗酒，熬了许多年，没能再熬下去，她在这世上，已没有别的亲人！她说我知道，她不仅思念我，还有爸，她对不起他啊，我也在思念她，可我在这儿，已经没有一个家了。

她在他面前，没有拘束，抽动双肩哭泣起来，脑海中浮现出他去内蒙古两年后的那晚上，不知廉耻的母亲把她堵在屋里，指着喝得醉醺醺的校革委副主任，恳求说：阿囡，这老不死的讨厌我了，只依我这一次，爸就能平反，你是独女，工作也有着落，不必支边再去内蒙古。她说：我与他约好在一起的，不会像你一样，没羞没臊地赖活着。她恼了，拿扫把柄打她，她没躲避，说打死我，也不会听你的。她跪地哀求说，你丧尽天良的爸，丢下我母女俩走了，我这妇道人家，有啥办法能帮你找到工作？你都闲了两年多了……

她在她的哀求声中，勇敢地走进那房间，用剪刀刺伤了那畜生，然后，在乡邻鄙夷的目光中，像建国一样带着那把剪刀，勇敢地住进学习班。

半月后，她在李纹帮助下离开这儿，临走看到被人押着剪成阴阳头、胸前挂着破鞋牌子的母亲，与破坏上山下乡的那个畜生一起游街……

那年她十九岁，当街发下毒誓：走了，就不是这儿的人，不再回来。

陈小燕带继红找来，使身心沉浸在工作中的建国，感到茫然和无奈。在见到她母子的一瞬间，他感到自己的眼睛发生错觉，眼前的陈小燕和继红都穿着红黄相间的蒙古族服装，脸庞红扑扑的，身体也都俏丽壮实。小男孩儿已齐他腰际，一双忧郁幽深的眼睛，闪烁着令人捉摸不定的光。

他问他是谁？她说你的儿子呀。他又问吉库什呢？她低头说：发生了一场车祸……他死了。他的心仿佛被重锤击打似的，停跳了几分钟，又目光专注地盯住小继红的那双眼睛，心头勾起对内蒙古草原的无尽回忆……

他奇怪，小时候夜间能识物的猫眼，从麻池转移到东乌牧场后，忽然变得模糊，当地的风沙，使他睁不开眼睛；晚上又为遍野洁白，失去了视力。他开始认为，这境况到春天就会恢复，可直到次年夏，满畈绿盈，草都长得淹没羊群，在畜牧排放牧的他，虽然白天能看清东西了，晚上却同样视线模糊，连羊群中的母羊与羔羊都分不清，至此，他知他的眼睛毁了……

那年，陈小燕没能随他去兵团，却固执地留下李团长的通讯地址。三年后，她决绝地了断母女关系，在知青办和居委会开了介绍信，怀揣着他写给她的信和张永成的推介函，扒火车到呼市，揣着干粮搭牧民的送奶车，寻找到锡盟草原来。这时李平已调走，新团长不敢接收她，她赖着不走，遣送回去，在途中又脱逃归来，说是为赎还对他的亏欠，就是打断脚骨也要把身子留下来。团首长犟不过，让她在卫生队当了护士。

她在第一个假日，就到畜牧排找他。他知她为他，才来到这儿，心里很感动，向排长吉库什请假，领她到牧民舍弃的旧毡房内约会。这儿环境幽静，旁边草甸子中，留有一座石砌的敖包，是蒙族青年男女谈情说爱的地方，战友们有女知青过来，都悄悄地往这儿领。

时已残秋，敖包埋在衰草里，显得有些苍凉。陈小燕没顾及环境，从挎包内拿出他写的一沓信，劈头就问：为何后来不给我写信了？这几年我靠这信活着哩。他翻看着这些信，悲哀地摇头说：我的眼睛毁了，晚上看不到东西了。她说我的眼睛，晚上也看不到东西，这有啥关系呢？他脸上涌动无尽的伤悲，说不一样，我原先晚上能看清东西，如今看不清了。她满腔的热情消退，问这比你爱我还重要吗？他说是的，爱需要勇气，我的眼睛不能穿越黑暗，就失去了勇气。她说我千里迢迢地过来，就为与你在一起呀。他沉默一会儿，问：你知在学校的那个清晨，我为何……她想了想说：你神经呗？他问屋里黑吗？她说黑呀，天还没亮哩。他说：可我清晰地看到了，你胸间那颗暗红色的观音痣……

她的脸庞红了，说你真流氓，看那东西？他叹息道：我这人没别的本领，就这点比别人强。自看到那颗痣，你的身影就像钉子般，镶嵌进我脑子里。她心头颤抖了一下，问：你白天能看清楚东西吗？他眯缝着猫眼说能，如果白天也看不清，我不就成了个废人吗？她钻进他怀里，抬头仰望着他，讷讷问：你还想看到它吗？他的喉结上下滚动，呼吸紧张，在额头上沁出细密的汗珠，艰难地说不出话来。她见他如此，脸色潮红，呼吸也急促起来，慢慢褪下身上的衣服，露出羊脂般洁白的胴体，流泪说：从小到大，没人注意过我，连自己都不知身上的那颗痣，你却记住了。他点头说，我记住的东西，就永远忘不了。她嘤嘤哭泣道：你说过，不离开我的……你晚上看不清，白天我让你看个够……

缺乏家庭温情的陈小燕，在次年初夏，把自己的身子献给了他。办完那事，她依偎在他怀里不肯离去，固执地问：在学校洗漱房……你是不是早想做这事？他的身子颤抖起来，说其实我早爱上了你。她问啥时候？他说在大饥荒那年，你抢走我的馒头，跑得像一道闪电。她说这不稀罕，爸是体育教师，我是小学长跑能手嘛。他说我爸也领我锻炼，可咋追不上你呢？她狡黠地笑问：你追上，就会忘记我对吗？他想了想说对呀，我追上就会忘记你，从那天起，我心里对你作出承诺。她问啥承诺？他的脸庞变得严肃，说我许过愿，要让你天天吃上白面馒头哩。她叹息道：你们男人真奇怪，什么事都想得复杂，其实女人并不需要承诺。他问那需要啥呀？她说是温暖，相互不亏欠。

两人面对面地坐着，眼前浮动着逝去的岁月。小继红一声不吭地偎在她的怀里，静静地听着他俩对话，那双瞳仁漆黑的大眼睛里，充满着期待。他想：他与自己小时候一样，多么渴望得到一份人间亲情哟！他的眼前出现茫茫的雪野中，他与吉库什提着推上子弹的猎枪，站在蒙古包外对峙的一幕：

他问：吉库什排长，你能给她幸福，使这块土地改变模样吗？

他回答：我向祖先起誓，我会给燕子幸福，她不会再离开草原。

他无言地放下猎枪，转身离去，不远的山岩边，有一辆解放牌的拖拉机在等待他。这时他已被推荐上工农兵大学生，去了北京读书，得知她与他结婚的消息，千里迢迢赶回来，就为问这句话，现在他放心了，心甘情愿地把燕子交给他。

母子俩坐在办公室里，他问：你还与当年一样，不想离开那块土地？

她说是的，我不会离开吉库什的，继红是你的儿子，我想把他交还给你。

他无奈地站立起来，目光注视着墙上那支洞箫，讷讷地道：燕子，给我一些时间想想，好吗？最近我确实很忙……

领着儿子离开建国的路上，陈小燕想起亡夫吉库什来。是那场冲天的大火，改变了她的婚姻和命运，现在为了继红的前程，让她再次改变人生轨迹吗？

那天晚上，她为吉库什输完液，回宿舍前还给畜牧排打电话，她要告诉他，吉库什的腰伤没大碍。可电话没人接，这很正常，建国的工作是流动的。已经是冬天，大雪沉重地封锁住了草地，畜牧排虽就地休整，但东乌牧场冬季气候恶劣，一旦有骤风刮起，成群的牛羊只会顶着风走，这样人跟着畜群迁徙，要到风雪停住才安营扎寨。她在搁下电话时，无奈地叹了一口气，知有西伯利亚的强寒风袭击，他必定随畜群在迁移途中。已在这儿工作两年的她，参加过团部运输羊粪的劳动，马车在旷无人烟的雪地上，无声地挪动着，前面除了雪原还是雪原，人坐在车上，尽管穿着厚厚的军大衣，但还是挡不住钻入骨髓的寒意，冻得牙齿格格发抖，浑身抽筋般阵阵疼痛。冷得实在受不了时，女战士们都跳下车，随马车步行，刚猛的冷风迎面吹来，雪沫溅在脸上，似一条条鞭子抽打……

她担忧和挂念着心上人，躺在床上难以入眠。自来到草原后，她把自己的命运，自然地与建国联系在一起，他是她在这里唯一的亲人……

大火在后半夜突然蔓延，她与同事们都睡沉了。火势起来时，听到外面有嘈杂声，她睁开眼睛，见身上的棉被都被烧着，肩膀与大腿上感到灼痛，脸上也热辣辣的有刺痛感。快，救火。她听到有人在喊，大概是卫生队的郝医助，平时是个嘻嘻哈哈的老兵，她跳起来，看到木屋子内的军大衣、挎包、以及放在床前的急救包都被烧燃了。她没找到水，傻乎乎地拿着起夜的尿盆，往火上浇，只听滋的一声，火苗蹿起老高，立即把她的手给烫了。这时，她看见摔伤腰而住院的吉库什，像一头豹子般蹿进来，拿着扫把往火上扑，她和另一位护士，也学着他的样子，拿起门后的洋锹、扫帚扑打火苗……

谁也弄不清这场大火如何发生，事故源头又在何处。后来的排查，撤除了团长、副团长、参谋长以及后勤处长、工程科长一应人员的职务。原因也似乎弄清楚了，不是人祸，乃是天灾。东二团的营房全由木建筑构成，坐落在向阳的森林茂密处，这儿原是蒙民草场所在，因山坡下有泉眼涌出，自搭蒙古包，形成一个小小的村落。东二团把团部建在这儿，基建的木房子，由各连队知青分期分批，出公差施工完成，整个顺序没有问题。令人没想到的是，山丘牧场地下，蕴藏着一个巨大的煤矿，不时有天然沼气泛出地表，碰到火星，就自然地燃烧了起来。建筑三年的几十幢连排木屋，连同牧民的几十座蒙古包，与向阳山坡上的森林、灌木丛，仅一夜之间就被烧个精光。

她跟着吉库什扑火，但火势哪里止得住。直到见同事们都撤退，他们想出去时，门已坍陷封住，吉库什在一根火梁掉下时，勇敢地扑在她的身上……

开始，她的意识尚清醒，耳旁还响着外面的哭声和呼喊声，有水泵龙头的喷水声，哗哗地在屋顶扫射。后来她的记忆，逐渐变得模糊，觉得在吉库什身下的自己，如同在锅里蒸煮的一只鸭子，胸口胀闷，口渴得难受。蒙眬中，她觉得有人拖着他俩往外爬，她的身体是僵硬的，他的身体也是僵硬的。两个僵硬的人体，在烈焰的包围中，一寸一寸地向外挪动……

醒来时，已天大亮，她躺在蒙古包内，身边还有一个浑身缠满绷带的人，两人都在输液，她感到口渴，说我要喝水。有个戴眼镜的医生和女护士进来，给她端来一大缸的茶水。那医生说她没大碍了，说完，又用蒙语嘱咐女护士几句。她问：我在哪儿呀？女护士边喂她喝水边说，这儿是临时急救中心。你从现场送来，已昏迷两个小时，郝医助为你检查过，除肩上皮肤烧伤和腿骨扭伤外，没其他事。她问隔床躺着的是谁？她说是吉库什排长，估计醒不过来了，活着，也会落下残疾。她的眼睛红了……

过一会儿她又说：他为救护你才负伤，是蒙民中的英雄！没他就没有你……

路上继红问她：那人真是我的亲阿爸？她说是的，是你亲爸哩。继红眨着长长睫毛的眼睛，说：他与吉库什阿爸，一点儿也不像……

母子俩离开后，建国独自静坐了一会儿。他没想到失去联系多年的陈小燕，会在这时候找上门来，还带来他的儿子继红。这些年，他一直在思念着他们，当然也包括战友吉库什。但思念是一回事，相认又是另一回事，他觉得心头很乱，打电话与宋英约会。

两人是省党校研修班的同学，建国在农业办公室当了两年科员，被继父选拔去省党校深造，意外地结识比他小十一岁的宋英。当年秦大泉在干校惨死，陈淑贞为把秦大泉的两个女儿培育成人，再嫁省经委的宋一程，现在大女儿秦奋在省教委工作，小女儿宋英从金融学校毕业，杀回到沿海女承父业，说秦家的后代不是孬种，老子在哪里跌倒，女儿就得在哪儿站起来。宋英先在农业银行信贷部工作，后被送去省党校，回来担任副行长。在两人相处的日子里，每当遇到困难，她会用电影《列宁在一九一八》中的台词鼓励他：面包会有的，粮食会有的，一切都会有的。这使他觉得亲切，当年在草原上，他也这样与吉库什相互鼓励。

三年前，建国开塘引水搞水产养殖，尽管有曲折，还是取得成功。当时沿海改革处于破旧立新的攻坚时刻，几万名分到土地的农民，在政府开发办的指引下，倾家荡产地集资建立供销贸易公司。老许通过陈乾康夫妇，沟通外贸与供销系统的销售渠道，改政府机构为企业化运作。此举他开始犹豫，因为组织部门经过考察，欲提升他任副县长，政企分开把公司交给别人做。但宋英反对，说改革开放政府只做服务工作，要使农民真正富裕起来，得真枪实弹地上前线。为坚定他的决心，她请来张永成和陈乾康夫妇，把利弊关系摆到桌面上，分析利弊。

他以为老人们会反对，没想到继父思想开通，一锤定音，说共产党人干革命不是为当官，而为百姓谋利益，只要对百姓有利，干啥都成。

有这句话垫底，他兼任总经理，一头扎进滩涂搞经营。在村干部们期待和信任的目光中，一村一户地作出承诺。说改革总有一个人、一个村试吃螃蟹。事成你们得益，不成我与大家一起赔。大伙儿听了很感动，还没哪名政府官员是把自身利益和开发项目捆绑在一起的。

在那些创业的日子里，宋英都陪着他转，说没想到你真把自己给搭进去。他说还不是你在帮我吗？没你，我下不了决心。她说你有能耐呀，一套套的经济理论，我都觉得差了档次。他说这没啥，我只是在别人忙阶级斗争时，读了马克思的《资本论》。接着他问她：我是总经理，当和尚必要念经，你为何这般不离不弃地，跟我吃苦头？她撇嘴说：还不是和你一样，想成为这块土地的主人！

但开春后的一场寒潮，把刚放养下去的鳗苗冻死大半，至夏，歉收亏净成本。这下集资的农民们不干了，聚在公司门口，吵着要退还本金。尽管他苦口婆心地解释：鳗苗这玩意儿，在日本称作软黄金，是一种经济价值很高的水产品，困难只是暂时的，前景充满光明。但大家就是不相信，说我们只看眼前，不相信将来。只要眼前吃好、穿好，能像城里人一样，拆掉草舍棚住瓦房，就心满意足……他没办法，找来宋英问咋办？宋英说：如果你有继父的魄力，亏损就赔！他说咋赔？拿公司的全部资产赔也不够，况且我们还得往前走。她冷冷道：亏你还读过《资本论》哩，管理着这片土地，土地是什么？资本！公司由县政府发的文件，沿海有的是银行，你用土地向农行抵押贷款呀……

果然，次年鳗苗市价直线上蹿，公司打了个漂亮的翻身仗，县委领导见改革初见成效，划相公殿几个中心村设立行政开发区，由他当主任，享受副处级。为此他感激宋英，早想请她吃饭，表示个谢意，没想到陈小燕领继红找上门来。

打完电话后，他感到疲倦，泡上一杯茶，边喝边处理公务，心思却不集中了。他爱陈小燕，知她也爱他，但这已是过去的事了。过去是什么？死亡。人生的一切，都为向前走，走着就有希望，停下就没了希望……

那年他和吉库什，在雪地上手持猎枪僵持很久。这是一场心灵和肉体的博弈，他没勇气向他开枪，知他也不会向他开枪，两人曾是一条战壕里的战友，且生死相交共同生活了五年。

……东二团迁徙至锡盟草原时，他和邵军在暴风雪中迁移畜群，误入死亡峡谷，连续两天两夜，找不到归路。在雪地上挪动失去知觉的双脚，浑身冻僵准备光荣时，吉库什出现在他们面前，凶狠地用尖刀宰掉心爱的坐骑，重燃生命之火维持热量。那夜，他们在峡谷中等待黎明，他问如果真光荣了，你最想干啥？他从大衣口袋里，掏出写上地址没内容的信，说你把它交给一位叫陈小燕的护士。他把那信翻过来、折回去地看，说你混蛋，我不会让一个异乡的女人伤心，你该把自己完整地交还她……

他说我都冻僵了……还能活下去吗？他说能，牧民们遇到险情，会像吉祥鸟一样吟唱着，呼唤黎明日出，只要太阳出来，身上就暖和了。说着，他头颈一伸一伸地，撮起嘴唇唧唧咕、唧唧咕地啼叫起来，这使他想起小时候，在贝母园山林里的红襟鸟，当时继父也让他学着叫哩，说这是由祖先变成的尽劳尽责、泣血司晨的神鸟……

吉库什见没回应，回头说：愣着干吗？跟着我吟唱呀！他和邵军，就跟着他唧唧咕、唧唧咕地啼叫起来……

他放下枪时，吉库什跑过来，说对不起，兄弟，这是她的选择。由于那场大火，他那张还算英俊的马脸被烧坏，瞎掉一只眼睛，腿也跛了，变成一个名副其实的丑人。

那天他告别吉库什后，没有离开，半路又折了回来。他实在不想舍弃心中的燕子，虽然事情发展到这一步，但还是舍不得她，一定要听到她的解释。他孤独地留在两人作为洞房的蒙古包边，吹了一整夜的洞箫。这儿是他俩约会的地方，她扯开衣服，让他观看那颗观音痣；那支洞箫，是她送的定情之物，她说除了它，她已失去家庭和属于她的过去……

天快亮时，陈小燕掀起蒙古包帘子，泪流满脸地走出来，说别吹了，我听懂你的意思，知道你还在爱着我哩。他冲上去搂住她，说：没想到事情会变成这样。她哽咽道：对不起，为你离开草原，我只能选择留在这儿。他固执地问：可你说过我俩在一起的呀？泪水顺着她的脸庞汩汩流下，她用手指着隆起的肚子说：可是事情，发生了变化，权当他……没把我从大火中救出来……

他还想说些什么，看见吉库什提着马头琴，摇摇晃晃地走过来，坐在牵马桩上拉响琴声。这时候朝霞从东边山谷浮上来，旭日的霞光刺破天空，与无边的绿野组合成一体，只听他用蒙语唱道：

为什么草原上的草儿转眼绿了，
因为有严寒冬天的雪水滋养。
为什么草原上的草儿瞬间黄了，
因为在盛夏烈日下结出果实。

陈小燕听到歌声，灵巧地转身跳将过去，依偎在他的身边伴唱：

美丽的吉祥鸟啊，带给我们幸福和希望，
多情的吉祥鸟啊，留给我们财富和牛羊。
……

他默默地离开他俩，次日搭团部通讯车进城，乘火车回北京读他的圣贤书。他没忘记她胸间的那颗观音痣，但她已不再属于他，不需要他为她承担责任，她是他战友吉库什的，属于草原和她的新家。

他与宋英成为志同道合的朋友，不仅因为她是秦大泉女儿，而在于她身上那种奋发向上的朝气。三十好几的他，蔫不拉唧的不爱说话，却希望身边有个生机勃勃的女伴，与她在一起，他觉得温暖与安全，生命也因此充满活力。

去年初春，公司由于农行低息贷款，闯过难关，充满喜悦的农民兄弟再次抛本，把希望种植在改造的盐碱地上。他请来众多专家共谋发展，与他们在凛冽寒风中，穿着高统雨靴踩在咸水中，测试水温保持网箱的温度。尽管水塘上覆盖着保暖的塑料薄膜，但寒潮来临时，午夜水温还会降至零摄氏度，对稚弱的鳗苗们形成威胁，只有在温暖的太阳升起时，才给塘中的小生命注入鲜氧与活力。

宋英也跟着他来滩涂，穿一身红色的呢绒短大褂，系着一条红丝巾，脚蹬棕红色的高统皮靴，由助手小周，开着一辆新置的红色越野吉普车，跟在他的桑塔纳后面，一个村、一块塘地转悠。后来她干脆不使唤车过来，只坐在他的车里，捎上两盒饭，一盒给他吃，一盒自己吃。他责怪说：你多小资呀，下乡自带饭盒，不吃派饭？她推搡着他反驳道：还小资哩？我六岁阿爸被打倒，过的是没爸妈吃冷饭菜的日子，现在条件好转不补还，岂不亏了？他说你补还人生，不怕我享受惯了黏住你？她咯咯地笑着说：你与我爸、张叔一样都是工作狂，哪有心思黏女人呀？这年，宋英才二十五岁，长得白白嫩嫩、娇弱苗条，生性却大大咧咧的如生父秦大泉。他说我没让你捎饭，你自作多情哩，农家的大锅饭吃着多香，非黏我吃盒饭。她嘟起嘴来不高兴，说给脸不赏脸，你多抠的人？我为你省下三毛钱下乡补贴哩。他觉得对不起她，老调重弹说：我是总经理，检查工作没办法，你坐办公室里有福不享，非跟我在乡下穷折腾啥？她捶他一拳，叫喊起来：你还讲理不讲理呀？不是你向农行贷款，我能跟你来吃这苦头？

两人在滩涂转了两个月，直到气候转暖，水温提高鳗苗成活，在箱中游来游去地抢食吃。她才恋恋不舍地回银行上班。他开玩笑说：你这拖油瓶一走，我就轻松了。她猛扑上前，扯住他叫道：张建国——你说啥哩？他猛然想起她的身世，纠正说：我不是这意思，是说身边没人唠叨，心情会放松一些。她的小拳头已经雨点般擂在他身上，嚷道：我揍你这没良心的狗东西……

秋后公司的水产品销售很好，除与签订合同的日商与韩商外，国内市场也打开缺口，先与上海一家公司签了联销合约，后来又发展到邻近省、市，在超市供应海产品。打出了一个新的品牌叫：马大嫂海产品营销公司。庆功会上建国让陈乾康、胡月、老许坐上席，说这次我们沾了革命老区的光，没你们的关系，马大嫂要走市场难啊。陈乾康笑着提醒说：贤侄，你还少请一个人。他问谁呀？他说还有谁？老秦那个幺蛾子闺女嘛。他的脸立即红了。

两人约在近郊一家咖啡馆见面，她笑问：事业做顺了，不请我吃大餐？他赔笑说这儿的牛排做得不错哩，尝过下次你肯定还来。她说其实我也想找你，我查过公司账面，你有全额还款的能力，咋只还百分之三十？他说我的姑奶奶，你这行长还干克格勃？她收敛住笑容说：请原谅我有知情权，你该告诉我，又在折腾啥花样？他说无工不富，想发展水产品加工业。她思索一会儿道：其实企业得明晰产权，政府计划经济占主导地位的时代已经过去了，随即是农村私营企业的兴起。他说我已找严雄，发动大家注册私营公司，大河有水小河满嘛。

饭后，他约她看电影，她说国产片没啥意思，有兴趣到鄙人的闺房坐坐，我有几张经典音碟，陪我听听如何？

他便跟她去了宿舍，一间三十平方米的小屋，被她布置得温馨别致，装饰也现代，壁上贴玫红色的墙纸，地上铺的是俄罗斯风格的羊毛毯，小巧的床桌上，放着一架西门子电唱机。她把唱片放进去，房间内顿时洋溢起莫扎特轻松诙谐的小夜曲来……

她问他好听吗？他说好听呀。她嫣然一笑，从衣柜里取出一瓶洋酒来，熟练地开瓶注入玻璃杯中，说刚才你抠，不请我喝酒，现在我请你开洋荤。他惊异地问：你会喝酒呀？她点头，说郑板桥有竹枝词云：小娘子，叶底花，无事出来吃盏茶。他说是吃茶不是喝酒。她说时代变了，现在女孩子喝酒不喝茶。附带问一声，你会抽烟吗？他摇头说不会。她叹息道：你还真是好孩子。说着点燃细细长长的摩尔烟含嘴上，深深吸一口说：其实今晚我早想抽了……

他说：我能问你一个私密问题吗？她优雅地吐着烟圈道：你说，他说你为何还没有男朋友？她苦笑着反问：我说我爱你，信吗？他无言以对，她问：我漂亮吗？他说漂亮呀，在党校你就是校花嘛。她摇头说，也许这就是女人的悲哀，漂亮没思想，男人抢着娶；漂亮有思想，男人躲都来不及哩。我倒想把自已嫁出去，可有人会娶我吗？哎，你记得那位打篮球的中锋吗？他说记得，是省委梁副书记的儿子。她说正是此人，写过上百封情书与我，我也打算以身相许，但就为我回沿海发展，他离开了我。他有些愤怒：咋能这样？她掐灭烟头道：明白吗？这就是男人德性，女人不能拥有自己的事业……

她从抽屉内拿出一大沓情书来，说这玩意儿我还保管着，有空拿出来看看，蛮有意思。他问那人现在做啥？她说鬼知道，分开了，我管他干啥？他又问他结婚没有？她手指着他鼻子，取笑道：你无聊吧？莫非你已爱上我！

他没回答。心里想着陈小燕与小继红的事。她把头倚靠在他肩上，一双穿着玫红色丝袜、娇小秀气的脚抛掉绣花拖鞋，身子如猫咪一般弯曲蜷缩到沙发上，温婉地说：我累了，真想找个男人的肩膀靠一靠……

他含糊其辞地说：你是应该有个家了。他忽然觉得有些眩晕，心在胸腔中噗噗地跳个激烈，这感觉于他已久违，还是十年前与陈小燕依偎相拥中有过。她见他这般模样，柔声说：我这儿有热水……你去洗洗吧……

他呼吸急促，脸色酡红，双脚不由自主地向卫生间挪去……

待宋英也洗完澡，身缠浴巾青春洋溢地出来时，建国已完成男人关于责任的思考，衣冠整齐地肃立在沙发旁。她惊诧地问：你怎么了？他说没啥哩，我想回去。她笑起来，说还真是个夫子。他也笑了，脸上表情古怪，说对不起，我没权利对你这样……

她踹他一脚，愤怒地冲他喊道：滚吧——趁我的意志还没瓦解。

24

早在十四年前，启明就决定偿还欠陈小燕的情债，现在他已具备偿还的能力，他写了半年情书，没得到她的音讯，不由在心里焦急起来。他知她为何在那场大火后离开堂兄，也知建国正热恋着宋英，这信息是李纹告诉他的，说你也三十出头，该找个女朋友了，你爸正等着抱孙子哩。他回应说长幼有序，要结婚，也该先轮到阿哥。她笑道：自己的事不急，倒急别人的，建国已有了女朋友。他问是谁？她说宋英呀，那丫头不错，你爸挺喜欢她的。他手抓抓头皮，嘿嘿地笑起来，说是不错，两家是世交嘛……

十七岁那年，由父母决定兄弟俩的命运时，他心有不甘，却还是服从了他们的意志。那日父亲把兄弟俩叫在一起，先谈建国去部队，让革命后代在大熔炉内百炼成钢。建国说我是狗崽子，怎能炼成钢呢？张永成跳将起来，说狗日的，养你这么多年，还不承认我是你阿爸？他低头不说话，心里想着陈小燕，希望得到继母支持。李纹理解他的用意，说建国爱着燕子，想与她去兵团哩。启明想我也爱燕子哩，却没勇气说出口。张永成那双锐亮的小眼睛，盯住继子的脸打量一会儿，将信将疑地问：你真愿意为一个女人，丢掉自己的前程。建国说我爱她，就愿意。张永成说好，我满足你的要求，让启明去部队。启明听了这话跳起来，说我也要去兵团哪。李纹问他为何？他说我也爱着燕子哩。张永成嘎嘎地大笑起来，说豆芽菜般的一个娃儿，你懂得啥是爱吗？

结果兄弟俩抓阄，才决定去向。后来启明知是母亲袒护堂兄欺骗他，却已成为事实，无法改变。半个月后，建国办妥手续要走了，陈小燕却因政审没能通过，他约他去向她告别，两人缠绵着不肯分开。他心里觉得奇怪：为何堂兄要流氓，她还爱上他；他保护了她，她反疏远他呢？

这问题，他到部队很久才弄明白，当时他并不懂爱情真正的含义。

启明转业前，是连职参谋，在部队表现不错，参加对越自卫反击战回来，留在了作训处，是参谋长眼中的红人。本来他还可以干下去，但他得知吉库什亡故，陈小燕母子生活艰难，立马以肩上伤口为由，转业回地方。这时军转干部，进机关工作已有困难，李纹向丈夫提出来，说你还在位置上，为儿子通通路吧。张永成不愿意，说你知我不徇私情，十年前我已说过，人生的道路由子女自己选择，不能躺在父母的功劳簿上要待遇。她说他都快三十岁，连个女朋友都没有，得帮助他成家立业哩。他摇头说：建国不也没结婚吗？难道能管他俩一辈子？

为此李纹找继子想办法，说他是你的兄弟，你爸不帮他，你该帮他呀。他说爸办不了的事，我能办吗？她说我不管，你俩都是我儿子哩。他想了想说：县水利局缺个人事科长，局长是我党校的同学，我疏通好，您再向爸说。果然那局长同意安排，打电话让启明送档案过去。李纹告诉丈夫，说你不给解决，他还有兄弟哩。张永成立马跳了起来，打电话训斥继子：你才当几天助理，就夺我的权？水利局由我分管，没我点头，谁敢进去？这样建国也就缩了回去。她没办法，只好对儿子明言，说委曲才能求全，你想在地方奔前程，就求他一次吧？他思考良久，问弟弟妹妹回城，又上大学又进工厂，有没有爸给安排的？她泄气地说：那倒没有，都是自己给折腾的。启明说那我也不要，不争馒头还争口气哩。

在家休闲了一段时间后，李纹带他去见陆勤，他过去也是丈夫的部下，与她也算同事，现任教育局长。她带上两斤桂圆肉，领他去他家，还把他在《解放军报》上发表的文章拿给他，他看过说不错，要他过几天去报到。母子俩走出陆家时欢天喜地，李纹趁机教训儿子道：你在部队干得不错，回来要继承革命传统，地方讲人情世故，不能由着性子瞎折腾。他嗯呀嗯呀地应对着，回家却变卦，说不行，老革命要我自闯前程，这还不是吃他的面子吗？

他转业后称父亲为老革命，张永成明知这称呼含着讥讽却也高兴，说我就是个老革命嘛！李纹劝说无效，始知儿大不由娘。何况从小到大，他就是个表面温顺，内心孤独乖张、自作主张的孩子，只好由他的性子去折腾了。

他在市铸造厂当保卫干部，已有两年余，这是一份他自找的工作，说是干部，其实只是管职工考勤的保安。这个厂有三千多职工和几百名退休人员，仅处级以上干部就有一百多名，企业负担重，正酝酿由外商投资转为股份制。除了考勤，他还值班看摄像，摄像机是从国外进口的，很高级，但就是管不住厂里的铜材、线材被内贼偷走。保卫处长几乎每天被厂长喊去训话，说都是国有资产哪，这处长咋当的？材料偷光了，怎么抓革命、促生产哩？厂长是解放前夕参加革命的干部，已快要离休，准备退下前往机械局挪一级，工资待遇就比较保险。因此他期待着厂子顺利转制，认为改革后管理工作会正常一些。

十年前，启明在部队第一个探亲假，就跑去看望陈小燕，在类似部队营房的土屋内，找到身穿肥大男式军装的她。她告诉他，她结婚有了孩子。他问孩子是谁的？她低头哭着不说话。他急了，指着她的脸问：陈小燕——你还是不是我日夜惦念的老同学？我探亲假没回家探望爸妈，专程跑这儿来，你让我见到这样的生活？我哥呢，他答应照顾好你的呀？她说他由兵团推荐，去了北京读大学。他望着她肚子若有所悟：这是他的孩子？她摇头说：这事与他没关系……

她领着他，去见脸上留着疤痕、瞎了一只眼睛又瘸着腿的丈夫，说他叫吉库什，原是兵团的畜牧排长，因为孩子的事被除名。他与他交谈起来，他脸上浮着比哭还难看的笑容，从铜壶内洒出奶茶，请他入座。他抓住她的手臂问：为何是他，而不是我哥？她艰难地笑着，眼泪却顺着脸颊流下来……

这晚上，他与吉库什喝了许多酒，明白一个简单的事实：陈小燕为让堂兄能上大学，嫁与吉库什隐瞒孩子的事实！而吉库什回赠的，竟是原本属于他而由于体残无法践行、全团唯一的推荐名额。

饭后吉库什拉响马头琴，为他献唱了一首歌。

这是一个美丽凄凉的爱情故事。草原上一位艺人在王府演唱时，爱上王爷的女儿且有了私情。王爷发现后，为保全王府名节，把他剜去双眼赶出去。王爷的女儿怀上他的孩子，逃出王府四处寻找他，被狼群吞噬尸骨无存。瞎眼艺人心中光明尚存，为怀念她辗转草原，传唱生命与爱情……

启明找到三墩桥农贸市场时，陈小燕母子俩已离开。房主拿出留给他的一封信，信中写道：谢谢老同学，邀我重返故乡的美意，但我们都是成年人，不玩中学生的游戏，相信我会处理好自己的感情。

由此，启明知她去沿海找过建国了，而他却拒绝了她母子……

他当即向厂里请假，买了火车票，去草原寻找陈小燕。他不能让母子再回到以前的那种生活中去，这样对堂兄是谴责，对他是负疚，对家庭是遗憾，对吉库什是侮辱，而对她母子，则是彻头彻尾的不公平！

海城有到包头的列车，途中需要三十个小时。启明在那儿下车后，再乘十六个小时的长途汽车，才到达吉库什的家乡锡盟东乌旗。他知那个接壤中蒙边境的地方，那儿美丽原始苍凉，连电都没通哩！

那次他从东二团的团部，乘军车专程到北京找堂兄，把他从教室里约出来，在校园的草坪上痛痛快快地干了一架。他没还手，任他把拳头砸在身上、脸上，后来他鼻孔流血倒在地上，他还不解气，又用脚踢了几下，他的身体蜷缩成一只煮熟的大虾，脸上的表情仍是那般漠然。他终于没往死里整他，只喘息着问：为何把她给丢了？他没回答她离开他的原因，但他知道，他打他，是因为他没有照顾好她，她是他同班的同学，而且他也爱着她哩。

他在他的宿舍里，看到挂在床头的那支洞箫。此物已陈旧，有一条红丝带系在无音节的孔上，他知这是陈小燕父亲的遗物。他把它挂在床头，说明他还没有忘掉她。兄弟俩吃过晚饭，坐在似银月光铺洒的草坪上时，方在心头平静下来。建国始才向他解释，说离开她，是因为想要继承父亲的志愿，报答家乡那块土地。他冷笑道：女人不是商品，如果你还是条汉子，能牺牲心爱的女人演出现代版的昭君出塞？他没吱声，兄弟俩就这样默默地坐了好久，后来他摇摇晃晃地站起来说：阿哥，从小到大，你夺走爸妈对我与弟妹们的爱，我都承让了，但这次我不会再承让，我要把燕子重新夺回来……

启明在牧场没找到陈小燕，雇了一辆摩托车四处寻找。牧场上人居四散，分布在山脚下的草甸子，又几乎都是一个模样，几十里地见不到一个蒙古包。他带有她的通讯地址，问过几个牧人都说不知道，这时在江南已是初夏，但这儿的草儿才冒出嫩芽，牧民们驱赶着羊群，用骆驼车拉着蒙古包迁徙，选择牛羊们啃青的草地。正午赤日当空，炙热异常，晚上气温却骤降至零下，一阵阵刺骨的寒风继续荡涤草原，仿佛要把人赶回到冬天去似的。他来时没带冬衣，夜里被冻得牙齿格格响，他雇的摩托车手脱下滑雪衣给他，说兄弟，你这般瞎转悠不是个办法，她是留蒙知青，我还是带你到东二团旧址去吧。

他俩果然在遗留的知青中，打探到陈小燕在丈夫死后，独力开垦他留下的一块草甸子。说孤儿出身的吉库什，十年前因为孩子，被戴上破坏上山下乡的帽子，一直带着母子俩流浪，前些年才被一位采药的老人，收留定居下来。出车祸因为他是独眼，运蔬菜进城看不清穿越马路的孕妇，被撞到铁栅栏上……

启明唏嘘不已，又花了一天时间，终于找到那块隐藏在山背后的草甸子，可惜陈小燕进城送奶去了。自从建国处回来，她辞去蒙药公司推销员的职务，又回到旗畜牧场，做挤奶工和送奶员。

那位长着酒糟鼻子、身子奇小的老人接待了他。这儿的环境不错，有一个约莫十几亩大小的塘洼子，水不多，浅浅的，由山上的雪水融汇而成，形成大大小小珍珠般的水坑。洼地有几百亩，坐落在塘洼子周围，别地方的草地枯萎了，这儿却还茂盛着。老人不懂汉语，由摩托车手翻译给他听，告诉他这地方叫诺明，译成汉语是花儿的意思，夏天水盛，百花盛开，到冬天塘洼就枯竭了。

三人说话时，小继红在旁边，静静地听着，他懂蒙语，也懂汉语。那挺着一个大脑袋、眨动着幽深猫眼的模样，像极小时候的建国，他决定带他回去，这是张家第七代长子哩。父母企盼孙子多年，堂兄不认他认，因为他是他的亲人，可当他把意图告诉老人，小继红在次日清晨失踪了。

他离开时，老人态度冷漠。他决定进城寻找陈小燕，不能让母子俩再留在这儿了，他有责任，让她俩过上一种安定舒适的生活。即使她不爱他，他也应该为小继红的未来，当机立断，结束这出由时代造成的悲剧……

启明始终没弄明白，他与堂兄怎会同时爱上陈小燕？他承认自己有点儿贱，也有些下流，怎能为一个被堂兄爱着、结过婚、比他还大一岁的女人神魂颠倒，而且在十多年岁月中思念如始，心神不定，陷入其内不能自拔？

启明从东乌牧场出来后，半途又命令让摩托车手折回去。摩托车手不解其意，问：女主人又不在，回去干吗？他嘿嘿地笑道：你没当过兵，不知兵不厌诈的道理。老人家怕我带走孩子，把他藏了起来。他说：我可不做缺德事，拐卖妇女儿童，犯罪呀？他不无得意地大笑起来，说我要成为他爸，就得计赚，只要儿子返乡，他阿妈就得乖乖地跟我回家……

两人杀回去，果见继红偎在老人怀里，玩他送的玩具汽车哩。他把电池装反了车子动不了，嘴上嘟嘟嘟地嚷着，用手推着炕上行驶。启明把电池重装回来，告诉他正负极的原理，继红高兴了，问他咋又回来了？他说是来接他回去读书的。他说你又不是我亲爸，吉库什阿爸告诉过我，只有亲阿爸，才会培养我读书出息。他说我是你亲爸的兄弟，是他让我接你回家的。这次老人动摇了，帮他动员小继红，说你妈决定让你回去，他知这事，是你的阿叔哩。小继红说可我没见过他。启明问见过亲阿爸吗？他说见过。启明拿出与建国合照来，指着他问：是他吗？他点点头说：是他……

路上他告诉他：他回阿妈的家乡读书，是吉库什阿爸临终的意愿。

在张氏第六代子孙中，启明和启东都在容貌上继承了母亲的特点。他长得文静秀气，皮肤嫩白，鹅蛋形的容长脸上，长着一双灵活的大眼睛，显示出女性的温柔。小时候他厌恶男人女相，常在烈日下暴晒，企图让皮肤变得像父亲一样黝黑粗犷，失望的是他无法改变那种天生文弱的肤色。

在刚入伍的三年中，启明每星期给母亲写信，告诉她工作学习的情况。说他们在这岛上，经常有台湾的水鬼上岸拜访，他在坑道口站岗，身边会有各种各样的信号弹升空。说连队生活很枯燥，唯一的娱乐就是周末组织演唱会，各自哼家乡的小调，也有全连人合一处怪声跑调地唱语录歌。他说最开心的事，是在海滩上巡逻，对岸不但在气球上载肥皂、火柴过来，还有大奶子的美女照哩，说捡到这东西，有腐蚀作用不能留下，必须要上交……

他把这些信同样写给陈小燕，可惜都原封不动地退回来，可他还写——写是一种思念呀。在这些信中，他略去与战友们在海滩上传阅美女照，并钻进被窝中联想饶有回味的事。这些流氓行为，他认为不能向母亲与她透露，奇怪的是，她在他的梦中，也经常是赤身裸体，像照片中的美女一般地搔首弄姿……

那时他想得很天真，转业后，必娶陈小燕这样的女人，至于为何，他也说不上来，现在明白了，不仅为当年欠下她的情债，主要还是在他内心深处，比堂兄更想为她负责任，这是兄弟间，在家族亲情上的一种竞争。

陈小燕得知儿子被骗走，在启明叔侄俩上火车时拦住他。她是骑马赶来的，身穿蒙古袍，手里拿着马鞭，娇喘吁吁、气急败坏，在额头上闪烁着晶莹的汗珠。见到他，狠狠一甩马鞭说：张启明，知道你在干啥吗？他微笑着说：我没干啥呀。她蹬足恨道：你哄骗孩子，说你是他亲阿爸？巴图，回来，他是你叔，不是你阿爸。继红听到她用蒙名召唤，扑闪着黑亮亮的大眼睛，敏捷地挣脱开他，奔向她的怀抱……

他讷讷地解释道：我没说是他阿爸，是他的叔呀，这儿环境艰苦，我想让他回去读书哩。她咬住薄薄的嘴唇，目光恨恨地注视着他道：不管你是他啥，我都是他直接监护人，他的事，不要你管！

他说：可是我爱着你呀，想尝试着做他的亲阿爸……

混蛋——她用力甩个响鞭，他的亲阿爸不是你，而是张建国。

启明没有说服陈小燕，让小继红跟他回家读书，决定把情报提供给父母。他的想法很简单，张家是礼仪传统之家，不能做辱没祖宗的事，必须认下继红这个孙子。无论如何不能让母子俩，再留在草原上受苦了。

他回家那天，夫妇俩还在做公路的扫尾工作。这次张永成没搞大会战，把款项弄到后承包给工程队做，自己当甩手掌柜，省下许多麻烦事，但最后工程结算却出现诸多后遗症。好在李纹懂会计，搁好久才帮他料理清楚……

在初夏落日的余晖中，杨金香像五十几年前的秀才娘子一样，坐在祠堂门口石凳上纳鞋底。这仿佛是一道百年不变的风景，只见她两鬓白发随风飘拂，佝偻弯曲起瘦弱的身子，在膝上盘着个鞋藤箱，左手拿着垫成的鞋样，右手用顶针把针扎入鞋底，再用拇指食指拈住拔出来，滋滋嘶嘶地响着，高高扬起手肘，抽出搓成股的洋线，然后在发髻上摩擦针尖，保持再次扎入鞋底的锋芒……

他的心里荡漾起久违的温暖，问：阿婆，爸妈去了哪儿？杨金香放下鞋底，打量着他问：阿大，你很久没回家，有没有思念阿婆呀？他搂住她笑道：阿婆，您苦了一辈子，歇歇吧，现在城里谁还穿布鞋？她听了不高兴，让他脱下皮鞋，放鼻子下闻闻，唠叨道：你不知你的脚，有多臭，都是穿皮鞋的毛病，我每年给建国和你做鞋，他穿了，你咋不穿呢？当年你爸脚气病厉害，穿布鞋才断根……启明嘿嘿地笑着，在口袋里提出一串蒙珠来，挂在她颈脖上，说阿婆，这是我在五台山文殊道场带来的物什，开过光哩，菩萨保佑您老人家长命百岁。

杨金香摘下颈脖上的念珠看着，激动得直冒泪花，用手摸着他的头说：你终于想起孝敬阿婆了。说着就收拾起鞋藤箱，要入侧屋准备晚餐，说好久没吃阿婆烧的菜了吧？今天我还做肉炖蛋，小时候你与你哥夺瓢摔筷抢着吃哩。

天擦黑时夫妇俩才归来，启明已在厅堂门口等着，只见他双手抱膝坐在石凳上，脸无表情，眼睛向上望着前倾的屋檐，手上剥着炒花生，一颗颗地往嘴里丢。张永成把祠堂隔开，正屋是厅堂和夫妻卧室，侧屋由岳母住着，旁边做了厨房。看他这副吊儿郎当的模样，张永成的心里就来气，目光专注地看他一会儿，就黑着脸一头扎进卧室内，说我累了，先歇歇……

父子俩从启明转业后就不对劲，他原指望儿子留在部队，那儿有他年轻时的梦想，可启明急着转业回来，没凭实力进机关，选择进了企业。原本当工人也好，工人阶级在他眼里是崇高的，而他却不伦不类地管传达室，使他觉得很没面子。但启明却觉得没啥，认为职业只是人的社会符号，在家里咋咋呼呼的以长子身份自居，在弟弟妹妹中干涉取代他的地位。因此两人常为一些小事争吵，对父亲来说是为捍卫传统，而对儿子却为更新观念。

张永成常为这种不和谐向妻子抱怨，说他虽然在部队锻炼过，思想觉悟却没建国高。该他不成器，原因是他从小忽视了对他的教育。有时李纹会回应，说咋疏忽哩，你在赋闲时，不是每天训练他跑步吗？他说这只有一段时间，而且训练的只是身体，我说的是思想！不像建国，四五岁时，我就在贝母园，领他听林子的红襟鸟们唧唧咕唧唧咕地叫哩……

但李纹总维护着他，说老头啊，孩子大了，各人有各人的想法，只要大事不出规，小事就由着他们自己走路吧，你不能一辈子守着他们呀！当下李纹惊讶，问：阿大，你咋没打个招呼就回来了？启明笑道：妈，我是家里的长子，咋能不回来看您哩？您不是总唠叨老革命想抱孙子吗？我去了一趟内蒙古，孙子算是搞定了。她问内蒙古大老远的，与我孙子啥关系？他说关系大着哩，就看您两位老人家的表现，收不收这孩子？说着，站起来嘭嘭擂响房门，喊道：老革命，您不是捍卫家族传统吗？别躲着我呀……阿哥做下缺德事，您管不管？

张永成迅即从房内蹿出来，漆黑的脸上两道眉毛竖起来，闪烁着两颗绿豆眼珠问：咋不管？我副县长的位置退下来了，家长的位置可还没退哩。你兄弟俩的事，我不管谁管？启明点头说管就好，这事涉及到张家的声誉和道德哩，闹出去全家丢不起这脸！李纹见他如此张狂，拉下脸来，说我和你爸忙了一整天，没工夫与你嚼舌头，有事说事，别牵来涉去地故弄玄虚，他不累我还累哩……

杨金香已弄成几个菜，这时端上桌来：炒藕片、烤芋艿、煮花生、溪鳗鲞、醉毛蟹，当然还有一大盆肉炖蛋，几乎全是启明在食堂吃不到的好东西。启明虽喜与父亲顶嘴，以证明他已经长大，心里却惦念着这个家。知父母、阿婆年纪大了，兄弟仨都不在身边，妹妹们分散各处婚后忙自己的小家，没时间照料颐养天年的老人。如果身边有个孩子，日子就会过得有意思得多。

他断断续续地把陈小燕母子的近况说了一遍，说阿哥身为国家干部，有负这家族的传统精神呀。狗日的，张永成警惕地听他说完，脸色骤变，哇哇大叫起来，说这是一个共产党干部的作为吗？杨金香也焦急起来，说小东西刚接手开发区的差事，出了这种事，官还当得成吗？唯独李纹脸上仍平静，她似乎略知此事端倪，打心底说同情陈小燕，认为摊她头上不公平，却又为建国惋惜：这些年来，他都打着单身，如果没有她，也许早已娶妻生子，有一个温馨的家了……

启明坐在父亲对面，喝着自制的土烧酒，不时地斜睨观察着父母的脸色，在心里偷着乐哩，想你俩不是只关注阿哥忽视我吗？这次我带回来的，可是一枚亲情的重磅炸弹哟！他已在路上想好，通过家族亲情的回归，他要让父母明白，自己才是扛得起家族责任的男人。

李纹终于开口说话：你是他兄弟，你说该咋处理呢？启明先分析了堂兄与陈小燕的感情纠葛，然后客观地说：这是历史造成的悲剧，受伤害的是燕子，影响最大却的是继红，他是咱张家的长孙，却从小失去亲情的哺育。张永成听他说完，指责妻子咋教养建国的？李纹顶撞道：难道建国不是你儿子吗？张永成说是我的儿子，我在政治上培养他成为县处级干部……情感教育，是你的责任呀！

启明见父母争吵起来，心里得意地笑了，知自己此举，着着实实地把老革命给将住了，便乘虚而入，提出自己的主张来：爸、妈，你俩不要着急嘛，阿哥不认亲生骨肉又不犯法，对他当官也没影响，张家输的只是道义，人会指着祖坟骂咱家没良心哩。张永成悲哀地叹了一口气，目光转向妻子，说家事由你管，此事该如何处置呢？李纹想起当年建国与燕子的情分，低头无语。启明见时机成熟，提出了自己的想法，说妈，您是了解燕子的，她是一个好女人哪，只要您老人家承认儿媳与孙子，我张家就守住了一份信义。

李纹察觉他的意图，双眼紧盯着他问：他不认你认，你想当孩子的爸吗？张永成骨碌碌地转动小眼珠，观察母子俩的神色。启明知是该表态的时候了，咳嗽一声说：其实十四年前，我就与燕子相好，是你俩乱点鸳鸯谱，才使我失去她，如今阿哥把她弄丢了，我有责任……李纹追问啥责任？启明说：为家族的声誉，我娶燕子，就像当年你们收养阿哥一样，把继红当做儿子。

胡闹……张永成拍桌子站起来，把杯中的酒，泼在他的脸上道：人品即官品，婚姻又不是买卖。我说过离休后上山隔海观潮，不是不管你们这几个狗东西了。你给我睁大眼睛看着，我不会让小东西轻易过这一关的！

25

安排好小继红入学，建国还是没能回家来，夫妇俩心中焦急，把孙子交杨金香照看着，双双搭长途客车至沿海，找继子兴师问罪来了。

没几年时间，县城街市变得热闹起来，沿街都是摊贩，商品也琳琅满目，还有许多农副产品在街头卖。也不知从哪儿冒出来的人，满街上熙熙攘攘的，到处都是穿着奇装怪服、一大扎、一大堆的青年男女。女孩儿们都像身上没长骨头似的，不是同性勾肩搭背相互搀扶着走，就是倚靠着异性当街搂抱着亲热，嘴上也不消停，不是吃着零食就是说着话。

夫妇俩知道继子爱吃蒜，但他肠胃不好，买了一瓶醋浸大蒜。又知七房池老屋弄堂口，有他喜欢吃的黄桥烧饼卖，又买了一大摞。李纹嘟哝说粮票取消，钱却贵了，过去五分一个，如今卖两毛。问丈夫买这许多干啥？他说我隔海观潮，把启明给击败了，建国这仗，可比他要难打，都准备打持久战哩！李纹说：你还没与他谈，咋知这仗难打哩？他说我知这狗娘养的心思，人只要一当官，有一份事业，就会把家庭亲情、女人孩子淡忘掉。李纹笑道：你当年还不是这样？围海建塘当副总指挥，忘了我和全家老小，都不寄工资回家。他嘿嘿地赔笑说：不一样，狗东西见异思迁，攀老秦闺女的高枝哩，这次他不听话，我啃烧饼陪着他关禁闭，定要像恋槽的牛一样给牵回来。

两人先到办事处，也就是原先建国设在城里的开发办，同事们说他下村去了，具体去了哪儿，都不清楚，电话也没能打通。两人坐在会客室等过一会儿，李纹提醒说：莫非启明通风报信，小东西鞋底揩油溜了？他狐疑地打量着她说：不会，没从他话里，听出哥俩有矛盾吗？要报信，也是你打的电话！她生气道：你把我当啥了，叛徒特务呀？他说：你报讯他也走不成，有党组织的干部呀，躲得初一，躲不了十五。不见面，我还住下不走了。李纹提醒道：现在年轻人谈恋爱，好似患霍乱症，说不定与宋英一起哩。张永成想了想，点头说对，兵不厌诈，我俩先断其后路，包抄把障碍给清除掉……

两人立马去了农业银行，找到宋英。她正忙着处理建国公司贷款的事，见他俩高兴地招呼道：叔、婶，咋来了呀？张永成一对小眼珠精光四射，像侦察兵似的，在她办公室搜索了一遍，漆黑着脸不说话。李纹赶紧拉他在沙发上坐下来，问：大侄女在忙啥呢？宋英说：还不是开发区升格和公司转制的事，书记会议定下来，要在全县推广经验哩。张永成问：农行贷了多少款子给他？她警惕地打量他俩的神色道：加起来有几千万元了吧？具体数字规定保密。李纹担忧地问：如果建国有事，这贷款咋办呢？她一愣，随即笑起来，说他能有啥事？典型的吝啬鬼一个，公司都六个月没发奖金，还用着县府配的那辆旧桑塔纳车……

夫妇俩与她聊一会儿，见天色已近黄昏，宋英邀请他俩去吃馆子，说现在已进入新时期，经济开放搞活，许多内地人到这儿开饭馆，菜肴品种很多，湘菜、粤菜、江淮菜还有我山东老家的鲁菜，都老好吃的哩。张永成问：是不是你想孝敬我？她说对呀。您与我爸打天下不容易，流血牺牲的……爸没了，不孝敬您又孝敬谁呢？他摇头说：就你那工资，能上馆子吃几顿饭？她咯咯地笑起来，说我傻呀？当行长有业务费开支的。他讥讽地对妻子说：看你侄女多有出息，能用公款报销餐费哩！李纹对宋英说，叔与婶来城里说事，没心思在外面吃饭。她问啥事？她说：这儿不方便，到你的宿舍里说吧。

半小时后，夫妇俩黑着脸从宿舍出来，宋英砰的一声合上门，他俩听见屋内，有东西重重地摔在地板上，接着听到她的哭声。李纹想返回去，却被张永成拉住，说这丫头任性，由她闹吧……

两人搀扶着从楼梯下来，他叹息说：没想到小陈老师，文文静静的人儿，养出这么一个撒野的阿囡。她说她性格像秦书记哩，不管咋野，你也不能打她，姑娘家能受得了？他说当年老秦休发妻，我和四眼老陈也这般修理他，你听她多自私，说狗东西需要爱情，不是同情，还说狗东西不是我亲生的，不能干涉他俩的隐私，啥隐私呢？不就与小东西亲热睡觉……这丫头咋连一点儿人味都没有？她说她野，又不是你的女儿，轮得上你教训吗？他嗷嗷地叫起来：狗东西也不是我亲生，我能不管吗？狗日的，老秦还是我从孟良崮死人堆背回来的，咋没资格教训她？她提醒说：老张，这事有些复杂，我俩不能把局面弄僵，我可不想同时失去他兄弟俩呀。他哀叹道：我是老了呀，无权决定下辈人的命运，可我就是咽不下这口气！

当晚，夫妇留宿在城里。建国在机关革新楼有套房子，面积不大，也就五十多平方米，他回来时天已大黑，见夫妇俩又冷又饿地坐在石阶上，俯身亲切地喊爸妈。李纹没反应，张永成枯脸责问：你还有爸妈吗？建国在路上已和宋英通过电话，知两位老人家心里有气，边开门边安抚说：我咋没有爸妈呢？你俩就是我最好的爸妈呀。夫妇俩听这话才稍为消气，进门后他要去外面买吃食，李纹打开烧饼包说：不用，你爸要关你禁闭，我都给买好烧饼了。

这晚上夫妇俩与继子谈得很晚，内容只有一个，他有没有承诺陈小燕和那块土地？建国双手托腮，无语地坐在床前，听着他俩说话。床桌上方墙上，挂着一支垂下红缨子的洞箫，这是陈小燕留下的最后纪念……

他的思路，随着耳边响起的马头琴声，在宽广无垠的草原上驰骋。自从陈小燕领继红来过后，他的眼前，就不断晃动着那个饥荒年代，她抢走他手中的馒头，像一道闪电似的飞逝而去的往事，以及后来她随他在草原上度过激情澎湃的岁月。那时畜牧排驻地没电灯，晚上他和她并排躺在草地上，寂寞地数着天上的星星，她问他，如果神秘的仙人，让你我各实现一个愿望，你最想要啥？他说看不清的黑夜太可怕，我选择分散的蒙古包，能像家乡的屋子亮上电灯。转而他也问她选择啥？她说你的选择，就是我的选择，没有光明的暗夜，实在可怕……

现在她留在那里，实现他俩的承诺，而他却为家乡这块土地，返回故里。人生拥有无数次选择，每一次选择几乎都出于自然，实施却有无数个偶然。

天亮时，桌上代替烟缸的搪瓷碗里，留下张永成抽过的几十颗烟蒂，建国打开了窗户，让房内弥漫的烟雾散发开去，回头扑闪着晶亮幽深、睫毛浓密的猫眼说：爸、妈，你俩是不是觉得，我特别不守信誉？张永成点头说：是啊，组织部挑选干部，德才兼备，德放第一位，所谓德，就是干部能否说话算数，向百姓担负责任，人若无信，岂非禽兽？何况是一个为你付出青春代价的弱女子？

建国声音沙哑地问：如果我选择承认儿子，不与燕子复合呢？

张永成噌地站起来，威胁道：小东西，你还长能耐了？我说过隔海听潮，不是不管你了，这事涉及到人品和官品，我有本事推荐你上去，就有能力拉你……还有老秦那幺蛾子闺女一起下来。

建国反击说：这是我的事，与宋英有啥关系呢？

张永成说：幺蛾子引诱有妇之夫……那是犯法的呀！

三个月后，建国安排好开发区和公司的工作，专程搭车去了内蒙古。其时天气已转冷，草原上下过几场大雪，到处都是白皑皑的一片，进入冰天雪地的寒冷季节。

其实那次与陈小燕见面时，建国就想留下继红，小子长胳膊长腿的挺着一颗大脑袋，太像小时候的他了。他能让他重回自己迷茫孤寂的童年吗？凭良心说，小时候继父母待他不薄，但这种爱，与生身父母不同，总有着一种隔阂，他们越对他好，他就越觉得抑郁。在生身父母面前，可以撒娇撒泼、任何事无所忌讳，可以赤裸裸地面对，他行吗？他与堂弟最大的不同就是：启明在任何时候、任何地方，都可以与父母诚挚地沟通，而他虽对他俩心存感激，可那只是一种报恩，没真正打开过心灵的窗棂……

但是，陈小燕却拒绝回来，说她已把这辈子交给草原，是那儿的人了。这使他很无奈，他知他俩都是倔性子的人，会为实现理想赴汤蹈火不回头，需要有一方为另一方搭台阶屈服命运。他不甘心的是，这一方非得是他？放弃这儿的事业，去另一块土地上陪伴她？

那日夫妇俩到沿海找继子，谈得并不愉快。次日建国房间里的电话铃声，唧唧咕、唧唧咕地叫了起来，这是他设计规定与部属通话的时间，布置好工作后，他自驾着那辆桑塔纳轿车，把他俩拉到开发区去。说实践是检验真理的唯一标准，我向爸保证过给我四年时间，把这块土地上人均生产总值翻上四倍，如今还只三年，就已超过标准。

那儿是张永成祖母秀才娘子的娘家，也是他婚后带李纹看海的地方，他在那儿担任过公社书记和围海建塘副总指挥哩。夫妇俩开始并不想去，说不要以工作之名搪塞婚姻和家事。建国分辩说：这不仅是我的承诺，也是爸妈与祖先们的承诺，现在已是向你俩汇报的时候了。

他领着他俩实地参观他的工作，只见不到十万亩的盐碱地上，除保留原先的耕地和盐井外，已建成三十六个养殖场，拥有由村、个人承包大大小小的一百五十口鱼塘。最大的改革湖占地六千亩，水闸、饲艇、渔船、网箱、排灌设备一应齐全，中心屿还设有现代生态园与游览中心，站在鲤鱼背（过去叫沥网山）望去，一大片墨黑色的土地上，镶嵌着在阳光下宝石般闪光的湖泊，间或隔杂绿化带，犹如城市风景区一般美丽。

下午夫妇俩又去各村转，在秀才娘子娘家的下人渡村，已找不到一间旧时的草舍，进入夫妇视线的是各家都在兴建着新瓦房。在村后靠海闸口地段，奇迹般地竖立起几十幢工房和办公楼，一条宽敞的水泥公路通到工地。张永成询问这儿在干啥？建国说是开发区招商引资的化工项目，出年就可开工，还有配套的小水电项目也在洽谈引进中。令李纹感兴趣的是，村里新办起一座小学校，有六个班级哩，那些胸系红领巾、身穿体面衣服、皮肤晒得黝黑的孩子，正坐在宽敞的教室内，听老师讲述文化课和进行五讲四美教育哩……

这块贫瘠的土地，仅仅三年多，就已开始改变模样，再不见讨饭的孩子，与上访要求改革、落实政策的人群。

参观完，建国把他俩领进办公室里，像指挥打仗一般指着沙盘，介绍开发区的远景规划，说爸妈，我是承诺过燕子，但我也答应过你们，在我任内让这块土地改变模样，现在事业才刚开头，我能为一己之私的家事而一走了之吗？

李纹的心中有所触动，问：难道就没两全其美的办法？建国说不可能，燕子已铁石心肠留在草原上，何况她对吉库什有过承诺，我担负责任，就得放弃这儿的一切，与她一起，改变那块更为贫瘠的土地面貌。张永成沉默了，开始理解继子的执拗——他的心情，与他当年围海建塘时一样，这就是廿四房的男人啊！但是就为这理由，人就可以失信，逃避对一个女人、另一块土地的责任吗？

夫妇俩离开继子后，张永成要找县委韦书记商量。李纹劝解道：事情有点儿复杂哩，他要再想一想，你就让他再想想吧？我俩总不能逼着他抛下这儿的事业，回草原与燕子重新开拓呀。张永成沉思良久问：做人是事业财富重要，还是道德品质重要？李纹没答上来。他嘿嘿地冷笑着，说祖母秀才娘子说过哩，财富输净可以再造，道德沦丧万劫难复！他是个男人呀，处世做人得一诺千金……

夫妇俩坐在书记办公室里，说了事情的经过，韦书记也做不了主，问他想咋办？他说我没法子才来找你，小子有才华哟，能把这儿折腾起来，去那里也能折腾起来，这儿、那儿还不都是共产党的天下？改革开放政策，不就为让天下的老百姓，过上好日子嘛。韦书记犹豫许久，表态说：干部任免是一件大事，县委会在尊重你俩意见的前提下，作出合适的调整。

陈小燕很吃惊建国突然回归，说你疯了，大冷天跑到这儿来？建国板着脸道：我说过要想想，想好后告诉你。你却把继红交给爸妈了，这不是逼着我回来吗？陈小燕笑起来，说你又在骗我，人不能同时担负两块土地的责任。我已把儿子交还给张家，不需要你再负责任，我又不是未成年人。他叹息道：可我得对自己的承诺和行为付出代价呀。

说着，他与十四年前一样，上前挽住她的肩膀，亲切地用手拍她的脸。他知她喜欢这样，以前在那所旧敖包旁相会时，他就这样取悦她。陈小燕脸上的笑容忽然收回，奋力挣脱开他的怀抱，歇斯底里地发作道：张建国，你已经夺走我的儿子，我啥都不欠你了，你为何还来找我？吉库什死了，我啥都没有了……你还不让我安静地活着吗？他赶紧安慰说：你有的，很快都会有，包括我……我会把吉库什排长能给的幸福，全都补偿给你……

不，我不要了！她抽动双肩哭起来，眼前浮现与吉库什相处的日子……

她生继红是难产，羊水破时血在毡上流了一大摊，疼得浑身直哆嗦。那时她心里想着建国，嘴上却叫着吉库什，但无论怎样挣扎孩子却像在肚里生根似的生不下来。那夜在蒙古包外，同样飘着鹅毛大雪，助产的老额吉急了，问救孩子还是救母亲？当时她的意识尚清楚，说不救我，得留孩子。吉库什推开了老额吉，发疯般地吼叫道：不行，女人和孩子都得救，得对远方的亲人有个交代。说完旋风般地转身出蒙古包套马车。漫天大雪的寒夜，飓风把牛羊吹着跑，她躺在他怀里，随着马车的颠簸挣扎，心里只有一个念头：神勇的吉库什呀，帮我留下他的孩子！天亮时，她醒过来，见隔床躺着吉库什，两人身体由一条塑料管相连，蒙古族汉子的鲜血，通过这管子汩汩流入她身体内，浇灌出一朵美丽的格桑花……

她发疯般地嚷道：你得到了儿子，可当初你在哪里呀？我吞下巴豆堕胎抢救时，谁在我的身旁乞求留下孩子？为了你的前程，他含冤认下了孩子；我难产大出血，又是谁雪夜驾车输血浆挽救母子的生命？我的血管里流淌着他的血液，是他背着发疟疾的儿子，走遍锡盟所有医院求医，才使儿子拥有今天的健康……是吉库什，你战友吉库什排长，以一颗金子般的心，给了我母子光明与希望。他不是你儿子，他是属于吉库什的……

他没向她作任何解释，当年离开她就是一种错误的选择。他虽隐约猜到自己离开草原是战友吉库什的恩赐，却没想到这一切，竟引发那么多的灾难和事端。他仿佛看到吉库什排长在遥远的天国，独睁着一只怪眼眺望着他。他与他是出生在不同颜色土地的男人，他独自承担了责任与艰辛，而他却没有。相比之下，他感到了自己生命的渺小和猥琐。

他不再犹豫，在陈小燕去昭屯照料驻冬畜群时，与侏儒老人孤独地待在一处，蜷缩在密封的小木屋内，一边烤着炭火，一边吃羊肉、喝马奶子酒聊家常，了解蒙药的栽培与发掘，晚上还和着他马头琴节奏吹洞箫。老人不愧是这方面的专家，向他提供了不少有益的启示。这样大约只过了一周，老人就把他当做亲人了，冒着风雪领他去看吉库什留下的庄园，说他是条真正的蒙古族汉子，为出生江南的妻子能吃上新鲜蔬菜，开垦出这块绿色的园地。

冬天的庄园被积雪覆盖着，白茫茫的看不到被开垦的痕迹，但老人又固执地领他到山脚挡风处，在那儿出现一小块用塑料膜盖住的菜地，里面栽培着贝母和麦冬。他问：这也是吉库什留下的？老人摇头道：他走后，留蒙知青们看望燕子，提出成立蒙药公司。这是燕子搞的试验地哩，这儿有地热，可让生长在江南的植物，度过寒冬……

这发现使建国惊喜万分，原来江南的植物，也可在寒冷的北国存活。他问老人：这样的地方多吗？老人点头，说我采了大半辈子的药材，发现山泉坳边有许多地方，都四季常绿……

他没待陈小燕回来，就动身返回家乡。他知她在有意躲避着他，她还沉浸在对吉库什的思念中，不能完全地接受他。但他相信，她总有一天会接受他，因为他与吉库什一样，有一颗爱她和爱这块土地的心哪。两天一夜的火车，使他更觉得这块土地的遥远与宽广，贫寒是他离开草原的原因，却又激发他重新创造的激情。他想起当年继父围海建塘时的精气神儿，胸中回荡起一种前所未有的豪情。归途中的他享受孤独和无聊，拿出一本社会经济学的书一页页地翻看着，心头那逝去的青春年华在体内慢慢回归，想起毕业离校探望她母子俩的情景。

那是一个深秋的黄昏，陈小燕身穿蒙古袍、搂着四岁的儿子，坐在他俩约会的旧蒙古包拴马桩上晒太阳，清癯枯黄的脸上呈现出麻木的表情。那时已有文件下来，知青们正分期分批地返城，兵团在做着缩编的工作。

那座孤独的蒙古包外，有一辆他熟悉的简易货运车、一辆人力车和一大群牛羊。他走过去，默默打量着这个已经变得生疏的环境，吉库什没在家。她发现了他，眼神亮晶晶的，飘忽而又神往。他勇敢地迎住这目光注视着她，但这目光只在他脸上跳跃一下，就如受惊的小鹿一般躲避开去。

他满怀希冀地说：燕子，跟我回去吧？

她脸无表情地说：不可能……我回不去了。

他注目着她怀中的孩子问：你们过得好吗？她微笑起来，两眼却闪烁出泪花，说我有丈夫、有孩子、有草原、有牛羊……能不好吗？他问吉库什呢？她说去盟里送奶了。他又问他好吗？她说他有老婆、有孩子、有草原、有牛羊……有啥不好？他说他们都走了，我也要毕业回家，你真不打算回去了？

她苦笑着说：我还有家吗？这是我的家呀，你看，蓝天白云，风吹草低见牛羊。多美、多有诗意，你为什么也要走呢？当初都满怀豪情地来，说要建设塞北江南扎根一辈子的，如今却一个个地都离开了……

建国从草原归来，急吼吼地回白鹤桥老宅，来见属于他和她的儿子。已是一个雪后的黄昏，江南的天气也骤然冷下来，北风呼呼的，空气中飘散着凝固成雪花似的粉末，使他想起四岁那年，独坐亡父坟前的记忆残片。那时候他的人生孤独而无援，如果没有继母的出现，他不明白他稚弱的生命，将会变得如何？他在山南县城，搭出租车回家，看到小继红孤独地坐在门口，双手托腮，瘦弱的身子蜷缩着，那双忧怨幽深的眼睛，望着远处的群山，那神态，使他想起当年的继父从生母处领回的自己。

他放下行李袋，招呼说：继红……阿爸来看你了。

他仿佛没听见，眼睛继续望住远方，那是一座座被雪花蒙住脸庞的山岭，与草原雪山不同的是，在一片片积雪的朦胧中，尚有绿色的希望在萌生，犹如一盏盏的灯笼，照亮这块土地匆匆前行的脚步。他俯下身握住他的手，痴痴地注视着他。他的双手与他一样，五指细细长长，显得秀丽和优雅，脸庞脑门儿宽大，鼻梁坚挺，下巴狭长，形状粗犷，是一张典型男子汉的脸。那双略带忧郁的眼睛，使他小小年纪，就显示出岁月的沧桑感来……

他拉住他的双手问：在这儿读书，还习惯吗？他点头说能习惯。他又问：那你为何不高兴呀？他哀伤地说：阿妈走了，她答应不离开我，可她骗了我，我有爷爷、奶奶却不见了阿妈。他的心头震悚一下，继续问：你阿妈临走说了些啥？他说啥都没说，让我晚上与阿爷阿奶一起睡，我醒来她已不见了，不知她离开我后，晚上睡觉会不会孤单？他说阿爷、阿奶对你好吗？他说好的，每天大清早喊我起床，听屋后林子里的吉祥鸟唧唧咕、唧唧咕地吟唱哩，说只要这鸟儿叫着，亲阿爸就会回心转意，阿妈也会回到我的身边……

他心头涌上无尽的伤感来，十年，整整十年，他为他，血缘相连的儿子，又做了些啥呢？他知他的心里，有着与自己小时候一样的寂寞，这寂寞与生俱来，镌刻在人的骨髓里，唯一能排解的只有爱与亲情。他啥话也不说了，与他坐在一起，取出随身带的洞箫来，吹起吉库什用马头琴演奏的《草原之夜》……

他神往地竖起耳朵听着，脸上的忧怨之色渐渐消散。

他吹了一曲又一曲，在心中鼓荡起刚到草原时的那段艰难岁月。

那时东二团叫麻二团，驻地不在锡盟东乌旗而在麻池县，全连战士集中在雪地上垒营房。当时天很冷，拉出的小便会在雪地上竖起冰锥子，砖刚砌上去，水泥浆就被冰住。负责质量监督的吉库什，挥舞木棍提醒说：拼命敲，把水泥浆压结实，别垒废墙。大伙儿就用木棍儿使劲敲着垒墙，四周围冰天雪地，人的头顶上，却冒出腾腾热气来。到了晚上歇工，男女挤在泥垒木棚的火炉边，门窗堵不住风，根本没法儿睡觉。大伙儿敲着碗筷，唱呀跳呀地闹腾着取暖，待身体暖和后躺下去，不到半小时就被冻醒了，于是再唱再跳再睡觉，一晚上得闹腾好几次。到白天垒墙，懒洋洋地提不起精神来，又不得不拼命干，不干活冷风灌进棉军衣，刺得骨髓都会僵痛结冰……

好不容易熬到次年开春（草原季节反常，其实江南已近初夏），兵团党委因这儿靠近河套，有着大片的湖泊沼泽，下达引水垦田、种植水稻的命令。那时期，天没亮高音喇叭就唱语录歌，军号声召唤知青们起床。大家起早贪黑地修筑水坝和引水渠道、平整土地，结果田围垦不少，水稻也栽了，可收割时亩产才一百来斤，尽管这样，他们还是又唱又跳地沉浸在建设塞北江南的喜悦中。

在那两年里，他把理想种植在这块土地上，因有皮肤过敏的毛病，虽身上青一块紫一块发痒溃烂，可仍坚持住了。屋子垒成后，冬天生火炉暖和多了，但忽然间，兵团又下命令，改麻二团为东二团，调防东乌旗发展畜牧业。那由千军万马开垦出来的上万亩稻田，后来在知青返城后都荒芜了，他知就是不荒芜，在粮食市场充盈的今天，也失去应有的价值，而且破坏了草原上的生态平衡。

他吹过三首曲子，继红的脸上，终于没有了忧郁之色，那双与他小时候一样的猫眼中，渐渐亮起光辉，像两颗黑宝石般晶莹闪烁。他问好听吗？他点头说好听呀，吉库什阿爸不吹箫，拉马头琴哩。他说可我是你的亲阿爸哩。他说我知道你是我亲阿爸，阿妈讲过许多你的故事，但我总觉得吉库什阿爸没死，阿妈说他在遥远的天国里守护着我哩……

他说是的，儿子……他没死，在那儿遥望着我们……

继红高兴起来，双眼亮晶晶地看着他，小脸儿浮上两团红晕，他伸出两条长胳膊，紧紧搂住他的小身子，眼睛里冒出泪花来……

这晚上，建国与继父母在放置祖宗神主牌的厅堂内喝酒，建国告诉他俩自己找到草原经济发展的突破口了，说启明说得没错，东乌旗的许多地方，可种植江南的药材。李纹问：不是天寒过不了冬吗？建国笑道：山坳泉眼有地热哩，搭塑料大棚能够越冬的。张永成询问：你想好了，不再留恋这块土地？他点头说：对，好男儿志在四方，可惜已经迟了十年！不迟……张永成兴奋起来，黑脸上舞蹈着皱纹的豆豆，眼睛潮潮地说：爸支持你！只要你尽劳尽责，去哪儿都有你施展身手的地方，县委与韦书记能放你走吗？建国在挎包内摸索一会儿，找出海城与包头结为友好城市的文件来，说沿海县经济建设挤进百强县，正向民政部申报撤县建市，干部队伍要作调整，我去贫困地区交流的任职报告，已经批下来了。

李纹的眼睛有些湿润，焦急地问：马上要走吗？建国说：办完移交就走，只是继红……张永成搂住身边傍立的孙子，问：继红，你亲阿爸要变成唧唧咕唧唧咕的红襟鸟了，你说好吗？继红抬头望望祖父母，又看了建国一眼，认真地纠正说：不对，吉库什阿爸说是吉祥鸟，不是红襟鸟……

建国说对，是吉祥鸟呀，你吉库什阿爸叫它们为吉祥鸟哩。

张永成站起来，泪水长流地举杯道：小东西，放心走吧，继红有我与你妈哩。老太婆，你也站起来，共同敬我俩的儿子一杯。

小继红也跟着举杯，说：我长大，也要成为唧唧咕唧唧咕的吉祥鸟。

建国喝净杯中的酒道：爸、妈，儿子不孝，一颗心兼顾不了两块土地，不能留身边侍奉老人家……你俩有啥话吩咐吗？

张永成连说：屁话，我们养大你，是让你养老送终的吗？

建国办完开发区和公司的移交，向宋英告别，约在那家咖啡馆见面。他还坐在老位置上等她，先要了一杯不放糖的咖啡，喝一口觉得苦涩，不由皱眉自语道：怪不得这东西走俏，原来这么难喝。苦涩，也是一种滋味哪！他有些后悔当主任和经理三年多，竟没时间在这地方单独品尝人生……

宋英没有准时赴约，他看看手表，竟过去半个小时，他苦涩地笑了笑，认为她不会来了。正想打电话，却见她头戴黑礼帽，身穿黑风衣，脚踏高跟黑皮鞋，手捧一束洁白的百合花款款入内。

他迎上去说：这可不是你的风格？她勉强地笑问：我原先啥风格？他歉意地笑着，示意她入座，说：这是我在沿海与你最后的晚餐……

她脱下黑风衣，把百合花交他手里，说：任何事情都有最后一次！

他叫上一份那晚喝的法兰西红酒，点了两份意大利牛排，虔诚地为她点上摩尔女士烟，说对不起，这次我真要走了！她凄凉地笑着：是县委和你爸的安排吗？他摇头说：不全是……也算是……她问：那么你自个儿想离开我？他低头没回答，啜饮着苦涩的咖啡。

她忽然柳眉倒竖，双目圆睁，变得愤怒起来：是谁？是那个女人吗？她就这么狠心让你丢下正在发展的事业，作出那种无谓的牺牲……

他沉默一会儿，掏出继红的照片递给她看，叹息说：是他的决定——我儿子……他长大会回到草原去，我是父亲，得为他打下基础。

她横竖左右地欣赏一会儿照片，脸容慢慢平静下来，侧着头问：是那女人和你的儿子？他说是的。她咧嘴笑了笑，说小子像你哩，还蛮帅气的。他说他都十岁了，没人照顾他读书哩。她点点头，又掏出一支摩尔烟点上，深深地吸了一口道：小娘子，叶底花，无事出来吃盏茶。还记得那晚上吗？他说记得呀，凡经历过的事，我都不会忘记。她自嘲地笑道：你没忘记，可我忘了，从今天开始，我宣布在公众场合抽烟，像男人一样生活，我要告诉全世界：我不是一个懦弱、任人欺负的女人……

他赶紧赔礼道：对不起，是我使你变成一个男人婆。

她立马翻脸，把盘里的牛排泼翻，手指着他恶狠狠地说：张建国——你有这么大的能耐吗？是我毁了自个儿的生活，我是狗娘养的，毁了爱情、毁了婚姻、毁了自己的一切。说完，她伏倒在桌上大声抽泣起来……

又过几日，建国要走了，李纹和继红送他至火车站。张永成没过来，说他年纪大了，不喜欢这种婆婆妈妈的场合，但他却包了山地里的一抔土，要妻子捎上让继子带去，说这是祖宗脚下的老娘土，儿孙无论立足在哪儿，都要对得起在泉下的祖宗……

临上车时，建国返身抱住继母和儿子，说妈，您是我这辈子真正的妈，我把继红托付给您了。她凄凉地笑着问：小东西，你还会回来吗？他流泪说：儿行千里不忘娘，我有爸让我捎上的老娘土呀。她说：我知道，可我就是舍不得你离开，你爸昨晚未睡，抽了一晚上的烟哩。他问：他咋能抽得这么凶呢？她摇头道：在他心中，你是这家族的顶梁柱。还有你阿婆，哭着烧香求菩萨，保佑你一路顺风顺水。继红从他怀中探头问：爸，啥是顶梁柱？他含泪笑道：就是做一个说话算数的男人啊……

火车开动后，李纹碰见偎依在站台石柱上痛哭流涕的宋英。她问：你也来送他？她没理她，满脸泪水地拥住继红说：喊姑，我是你姑，你的姑呀……

26

建国走后没一年，启明也离开海城，去了一个叫深圳的城市发展。

他离开时没告诉父母，只给在北京读书的启东写了一封信。信上没提建国夫妇的复合，却引用曹植的一首诗：煮豆燃豆萁，豆在釜中泣，本是同根生，相煎何太急。启东看不明白，加了一行字寄回家来，说爸妈，阿哥咋了？为何人在海城，却是深圳的邮戳？

由于信封上只写李纹的名字，她收到后犹豫很久才拿给丈夫看。他看后也不明白，哀叹说：这家要散了呀，我越来越搞不懂他们，这在说些啥呀？

她指着信上的邮戳说：你还不明白吗？阿大走了，去了深圳哩……

他这才焦急起来，懊悔说：我望子成龙，逼得他太急，不会出事吧？李纹说应该不会吧，都三十出头的大男人了？是得由他去闯闯哩，总比下岗做鱼档生意强。他担忧地说：改革开放，政府把主战场放到经济工作上，这商海的凶险，远比政界复杂啊。她无可奈何地摇头说：是你把他给逼走的，既然我俩已啥都帮不上，他选择离开，是好是坏是他的命，你就别空操这份心了。

杨金香又在晚上，悄悄地哭泣，一把鼻涕、一把眼泪地独自伤心，连白天走路都没精打采，在腮上挂着亮晶晶的泪花。三十年前她哭，是撒气向倔女婿和女儿示威，舍弃她和儿女们；如今又哭，是她抱养大的小猢狲们，都似鸟儿般离开三位老人。守不住福哪……她独自讷讷道。她已吃素念佛多年，在乞求菩萨施舍来生的同时，保佑她一手扶养大的外孙们，能在外面平安康宁。

她对女儿说：我说过你会失去两个儿子，果真失去了吧？李纹抢白道：人都走了，您事后唠叨又有何用？她的泪水无声地流下来，像撞钟山的泉水日夜流淌，说：我事先唠叨有用吗？他是让老东西给逼走的。

启明是让父亲给逼走的，李纹清晰地记得，年前父子俩产生的矛盾：这年铸造厂转制，由外商出资注入股份重组。启明原想竞聘保卫处长，事情也有了眉目，执行董事亨利先生告诉他说如要留下，先为厂里办件实事。他问何事？他说我俩做个交易，你帮我联系上市资产评估中心的许再生，董事会考虑保留保卫部门的配设，选择你进班子。他说：我可不认识他呀？他说没关系，我了解过贵市干部履历，许再生原名许斌，又名许红卫，过去是你爸的部下，在“文化大革命”中犯事，没你父亲与兄弟的谅解起用，他到不了今天这位置。

启明回家，提出这事，说老革命，你不是盼我有出息吗？这是一次机会哩。李纹也在旁帮他说话：就这一次……你见见四眼老许吧？张永成嘲讽地看着他母子俩，说啥许斌、许红卫、许再生，不就是个漏网右派、卖主求荣的软骨头，没我，他能东山再起吗？我不会屈膝求他的。李纹说我们不求他，见面总可以吧？也算为改革开放贡献余热哪……

他没能拗过母子俩，答应进城与老许见面。

亨利在东福园酒店摆了一桌，上菜规格很高，鱼翅燕窝都齐了，启明小心翼翼地侍奉着老革命，生怕他有啥不高兴。没想到亨利刚表达完收购国有资产的开场白，张永成就黑着脸站起来，指着老许说：四眼，我告诉你，你是坐过牢的人，共产党重新用你，是你还能为人民服务，如果吃里爬外，出卖国家利益，我会把你重新送回监狱去。这话说完，老许与亨利都愣了一会儿，接着同时鼓掌。亨利问这饭还吃吗？老许摇头说不必了吧？我的评估报告一定客观公正。亨利用长毛的手，擂开自己脑袋，说对不起，我不了解贵国的国情，送客——

启明的事被搅黄后，李纹安慰说：你爸的脾气……启明说老革命没错，精明着哩，老毛子就想利用下岗员工，侵吞国有资产哩。她问：这下把亨利给得罪了，你打算咋办？他说下岗呗，别人能活，我也能活，就不信堂堂七尺高的汉子，挣不到一口饭吃？

待他夫妇俩走后，启明把老许约出来，揍了他一顿。他没挣扎反抗，也没问为何打他？待他发泄够了，才从地上爬起来，擦着鼻血点头说：好样的，张启明，这世道已能用金钱交换一切，却买不到你张家人的这副骨头……

老许说完，拍拍浅灰色西装上的尘土，把掉在地上的眼镜捡起来，用衣角擦净尘土戴上走了。启明独自喝着红星二锅头，脚步踉跄地走在秋雨后的水泥马路上，在心里悲愤欲绝地叫喊道：这家不要我了，老革命不要我了，从此我就是一个浪子、一个败类，浪迹天涯走自己的路。喊毕，他醉醺醺地迈开军人的步伐，一二一、一二一地自己喊口令，在空旷的马路上来回地走……

这个四眼老许，两月后被一辆急驰而来的皮卡车，撞死在回沿海的路上。启明参加评估师事务所举办的追悼会。有同事告诉他：老许的评估报告做得公正，没出卖职工们的权益。

这座美丽的港城，把启明给遗弃了。他没回工厂，那已是洋商亨利的市面；也没再回家去，那是父母最后坚守的精神家园。尽管时代不同了，父母的薪俸不薄，可他俩仍如苦行僧一般，过着简单原始的生活。这是启明永远不能理解的，为人一世，老革命到底想要的是什么？

四年多前的清明节，老革命把全家老小都带到白鹤桥老宅，那时他从部队转业、参加工作没多久，老革命就宣布告老还乡，带母亲回村务农，像孩子一般在大清早唧唧咕、唧唧咕地学红襟鸟叫，告诫家族成员要像此鸟一般尽责尽劳、泣血司晨，说都是这方土地的子孙，得守住这方土地的精魂，建国、启东、妹妹们和他，都跟着他学鸟叫，但他的心里，却觉得不以为然，想新时代了，就凭这传统的精神就能发达祖宗基业、发展家族精神吗？如果仅凭这鸟叫，就能改变这块土地的面貌，还要改革开放的政策干吗？

他下岗了，变成自由职业者。像一个孤鬼野魂，四处漂泊流浪。

不久，他决定自谋生路，在江厦桥下租下两间门面房，与人做起水产生意来。这时他结交了杨汝奎——一个容貌酷堂兄，却比他瘦弱矮小的男人。说不清他何时与他搭上关系，他也不知他的来历。只是他在保卫处时，西装革履、风度翩翩的他，常开着宝马轿车自由进出厂长老乔的办公室。开始他要求他登记，却被他拒绝。抬头眯缝起那双猫眼，望着巍峨雄伟的门楼说：贵厂不是装有录像探头吗？你只需打个电话，老乔就能看到我的光辉形象。他打电话进去，果然老乔说：小杨来了？快让进来，以后他没让他再登记。

开鱼档后生意兴隆，这得归功于退伍战友们。那个年代时兴民间群团组织，启明在海城参加战友会，虽没经民政局正式登记，会员却发展不少。这些人中有许多是渔村合作社经理，有些是城里开饭馆的私营工商户，当然也有在企业和行政部门的领导，人数不多却是实权派。他把会员通讯地址和电话记录下来，进货出货建立关系网，生意自然就好起来。

那时节杨汝奎常到这儿来，把水产品一车一车地运去上海。有一次他的车胎炸爆，被撞掉发动机，大修需要三万元钱，他说他使用信用卡车行不能刷，让现金给垫一下。这钱当时算是大数目，他为与他做生意，爽快地给垫了。他走后许久没音讯，他认为这钱捞不回来了，没想到三个月后，他又开着宝马车回来，不但还了钱，还给加上利息……

那天，他邀他上馆子喝酒，没谈别的，只谈女人。两人都打单身。他问他为何未婚？他说因为女人是老虎，结婚会被它吃掉。他也问他为何？他心里想着陈小燕，支支吾吾地说不上来。他说你不想说就不说。其实男人没结婚，不一定缺女人……我到一个地方，就有一个地方的女人陪睡。他吃惊地张大嘴问：你没结婚，是贪玩？他嘿嘿地笑道：对呀，五十六个民族，五十六朵花呀，我要折尽这些诱人的花后才结婚哩。女人婚前是绵羊，婚后才是老虎，我不想被老虎吃掉，却喜欢美味可口的绵羊……

他听这话后很震动，想自己拴死在陈小燕一棵树上，实在有些傻。他那么痴心，一心想对她负责任，补偿她的快乐和幸福，甚至爱屋及乌要把小继红当儿子养，可她没能爱他。现在堂兄与她复合，她会变成老虎吃掉他，他变成绵羊被她吃掉？而他不结婚，却还是吃绵羊的老虎。启明决心忘掉陈小燕，想既然堂兄自愿变成绵羊，去草原听她驱使，他就没责任再成为美味可口的绵羊……

那次后，杨汝奎不停地找他喝酒，说兄弟，做这鱼档生意，钱是能赚到一些，可太慢，你一个月收入，连我一天的花费都不够。他问他如何才能赚大钱？他得意起来，说改革开放改变人的价值观念，战争年代以成败论英雄，和平环境中以权势财富论成败。就说你哥和你，在他人眼中他是成功者，掌握管理国有资产的政府官员；而你无权无财，只拥有一家小小的鱼档，因此你竞争不过你哥。如果我是陈小燕，也崇拜你哥而不会跟随你……

这话他消化很久，觉得有道理，不是吗？陈小燕看他的眼神，只流露出同情惋惜，而她注目堂兄时却充满着崇拜。他知她婚后已变成老虎了，老虎是要吃人的，吃定堂兄这只肥羊，而他却是瘦羊。

他决定自立门户，独自创业，与堂兄一样成为一个有权势和财富的人，引起父母和整个社会的注意，自己才是张氏廿四房正统的传人。他在次年秋天，盘掉鱼档，离开海城外出创业，临走前与老革命父亲吵翻，向启东和陈小燕，各写了一封信，说他不想再做绵羊，要做吃绵羊的老虎。

启明跟杨汝奎下深圳时，尚不知其人的职业和来历，也不知其出身与根基。只听他说，那儿政策开放，就是乞丐也比内地的老板富有，做股市已经造就成千上万个百万富翁。他虽不全信他，但觉得自己留在这儿已没大出息，跟去闯荡未必是坏事。

其实杨汝奎做的是掮客，这职业起源于这儿江厦街钱庄的跑街，也有叫仙人跳和白相人的。五口通商后，这个城市由于历史上与诸洋通航，被开辟为通商口岸，那时江厦街已有星罗棋布的大同庄和小同庄，所谓“天下有银万万，江厦街独占其三，走遍天下，不如江厦”说的是城市的富庶和钱庄业的繁荣。改革开放后，这儿发展最快的是外贸企业，民间外币证券兑换市场，出奇活跃，出现不少以此谋生依附于各大银行的闲职人员。

他盘掉鱼档，跟他去深圳打拼，心里满怀着希冀和热情哩，觉得是男儿国为家，英雄何问出身？两人坐在飞机上，杨汝奎打着瞌睡，脑袋靠在他的肩膀上，嘴角有一条唾涎流下来。他想堂兄与陈小燕复合的事，这事他在理智上想尽快忘掉，可情感上却丢弃不下，建国去内蒙古交流挂职，不但夺走他心上人；而且在父母心中，树立起崇高的形象。两人间的竞争，他又输一筹。他不甘心也不明白：为何兄弟俩从小到大，工作如此，婚姻如此，总由堂兄压着他一头呢？

飞机遇到高空气流颠簸起来，杨汝奎醒了，擦着嘴角的唾沫问他在想啥？他如实相告，说人活得特没劲。杨汝奎哂笑起来，他问他笑啥？他说你才没劲哩？为一个结婚要吃人的老虎，这般神魂颠倒？他说你不懂呀，我爱她，这是我对她的承诺和责任。他嘎嘎地笑着，全不顾旁人感受，说兄弟呀，跟我上了这架飞机，就只有将丁克进行到底了，这世界自个儿都活得累，没人要你负责任！这次两人坐头等舱，钱是杨汝奎出的，说你以为哩，会有人白为你埋单？

颠簸过去后，两个空姐推服务车过来，送食品和饮料。杨汝奎问他，这俩妞靓吗？他点头说靓啊。他说你不是想负责任吗，我让她俩陪你实验一把咋样？他的脸有些红，摇头说不要哩。他说兄弟，你要的呀，我给你上男人处世第一课——商品社会中的男女关系和责任。他叫住她俩递上名片，说小姐，我有要事求助，下飞机后给我复电，好吗？他讪讪地问他干吗？他说我要让你知道啥是绵羊，啥是老虎？男女之间捅破金钱交易的窗纸，留下就是赤裸裸的人生了。

果然飞机飞至深圳，两个空姐请假，来陪两人吃夜宵，后来又到宾馆开房间。他选中的那个当晚就告辞，另一个却泡病假，次日陪杨汝奎去澳门玩。临走他悄悄问他：你那搭子搞定没有？他问啥搞定？他说男女之间有啥搞的，上床耍嘛。他摇头说没有。他说你有病呀？我付过定金了，咋让她溜走？他仍是一脸迷茫，他见他这样子，得意地笑起来，说嫩鸡呀，这不是你想要的情感游戏，而是商业行为，在现实社会中，你征服不了女人，女人就会征服你。他疑惑地问：你与她去澳门也是交易？他说对呀，她说三千不行，我说五千，她说五千也不行，我说好吧，再加一千，六千总可以了吧？只三天，不干就拉倒，就只这一次。杨汝奎又说，能只这一次吗？下次我出八千、一万，她就有了第二次！

杨汝奎走后，他住在宾馆内甚感无聊，又鬼使神差地给那空姐打电话。

电话开始关机，后来通了，问他又干吗？他说还想再聊聊。她显得不耐烦，说以为你是谁呀，无聊？说完又关机，后来就不通了。果然是认钱不认人的主儿！这使他心头极郁闷，想杨汝奎的那套狗屁理论，还真应验在这些女郎的身上？但世界毕竟很大，有幼稚必有成熟，有浅薄必有崇高，有无知必有渊博，不是每个女人都这样的……

次日外出散步，启明碰见一个类似陈小燕眉眼的女孩儿，模样很纯洁，背着双肩包，问他是否需要帮佣？他胸中升上验证杨汝奎谬论的念头，决定选这女孩儿娱乐一把，把她约进房间，女孩儿说她是大学生，打工赚取学费，他同情她，两人谈得投机，很快达成交易上床……

事还未毕，外面有人敲门，说不开门就报警。他无奈打开门，即冲进一壮汉和一老妪，揪住赖床上的女孩儿动手就打。他见义勇为上前保护，壮汉挥拳把他打倒在地，瞪起一双血红的眼睛吼道：青天白日勾搭我老婆，这世道还有王法吗？说着让老妪拨 110。他阻止说你俩弄错人了，她是这儿读书的大学生。老妪瘪嘴说啥大学生？是我十月怀胎生下来的幺女子嘛！他问她，她点头承认刚才撒了谎。壮汉问咋办？公了还是私了？他问如何公了如何私了？他说公了我叫公安处理，私了赔偿精神损失费。他用手擦着流鼻血的脸，见那女孩儿缩在墙角里哭泣，便说私了吧。结果赔偿身上一万现金和一架新置的大哥大手机。

杨汝奎归来，他实情禀告，说自己失财了。他坐沙发上，跷着二郎腿笑了，说这地方人称钓鱼岛，故事天天有上演，题目为悲情笨郎。你咋不拨 110 呀？他说这样我不就暴露了吗？他说暴露啥屁事，你又不是国家干部，罚款五千元，给公安战士发奖金。啥清纯女孩儿？狗屁，全是演戏！兄弟，商人最大的恶习是怜悯，记住是咱去征服人，不是被人征服！

在启明走后，很长一段时间，张永成总是心神不宁、坐卧不安，性格又变得粗野暴躁。那时他已有收听气象节目的习惯，晚年的他，所以持之以恒，是因为身上的陈伤发作。每当下雨天，他的全身就会筋骨疼痛，要靠止痛片才能压住。这时，他会坐在那把张振耀当年算账用的红木椅上骂人。说狗日的，这气候咋越变越不近人情？这期间，他特别注意内蒙古、深圳和北京三地的天气预报，那是他三个儿子分别实现梦想的地方。李纹观察到他这举动，却没说破，想他在思念着儿子们哩，老小孩儿老小孩儿，男人到老了，才变得多愁善感、合乎情理……

张永成到晚年，才悟出人生真谛，觉得人是为一张脸面而活着。他思索作为廿四房的第五代次子，在人生谢幕时能为这个家族留下些啥？想太祖张圣朝虽老来疯癫，却是村里第一个把药房开到南洋去的男人；曾祖张仲超虽懦怯无能，却还留下一张太乙丸的药方；祖父张友香，算是走出家族的疏狂与迷茫，在短暂的人生中找到孙中山民主革命党人开辟鸿宇；父亲张振耀为天下穷人吃饱饭，坚定地跟共产党人陈先生走上革命的道路。那么他呢？几十年弹指一挥间哪，他留给这世界的，又是什么？

当年的新四军是铁军啊，他如何把铁军精神传给后人呢？自回村后，夫妇俩每天早起，去屋后山林里观察红襟鸟们，在树枝上跳来跳去地吟唱。他在想如何使家族精神与铁军精神联系在一处，有个理论上的传承体系。这时已是作家的大女儿智云，正在帮他整理回忆录和续编家谱，经常回宅询问前辈们的事儿，说要把家族精神上升到时代精神的高度。他想：这个时代的精神又是啥呢？离休后隔海观潮的他，越来越感觉到下代人延续传统精神的必要，这就像一条淙淙流淌的溪流，自上至下绵延不绝，他不能让这精神至他这代人产生阻隔，流传不下去。

那年秋天，继红在天街小学插班读两年级，李纹每天用自行车接送，有时也会与丈夫同行。回家时，继红坐在车把上，她推车和他并肩而行，走五六里山路，三人边走边聊学校里发生的事。村里也有小学，但教学质量不如镇上好，他俩就让他选读镇小。现在张永成对继红亲哩，不像当年对待建国、启明一样，进行强制训练。这情况，杨金香称作隔代亲，说没一个男人不爱孙儿的。每天她早早地烧好晚饭，安详地坐在祠堂门口纳鞋底，见他仨有说有笑地回家，撇一下薄嘴唇讥讽道：我说得没错吧？人老了被子孙欺，你两口子，都变成孙儿的书童了。

继红语文成绩好，但算术不好。吃过晚饭后，李纹就教他练笃百珠训练脑子，双手拨算珠，从一加二加三地往上加，加满一百总数为五千零五十。她年轻时是竞赛的能手，每次比赛拔取头筹，说这样练习，不但促进算术还长脑子哩。

儿子们都离去后，夫妇俩生活重新平静下来，每日忙碌在祖宗开发过的贝母园，还把山坡上的大寨田无偿占为己有，现在村里的年轻人都往外跑，这般的荒地越来越多。他把它们都开垦出来，乐呵呵地对妻子说：这么多地，若在解放初划成分我都成地主了。李纹趁机打击他积极性，说现在经济开放搞活，人们都吃饱了饭，地多有啥用？再说我俩不缺钱，如此劳碌为啥？他说毛主席说过，备战备荒为人民，如果遇上打仗和荒年，这地就派上大用场哩。

夫妇俩种植出来的药材和粮食，由村合作社向外经销，村委会收取一定的管理费，其他都返还他夫妇。这些钱李纹不管，张永成却如宝贝般，存进农村合作银行内。几年下来，连同离退休工资，也有一笔不小的私款。他很得意，说：这得感谢四眼老陈，使我变成了有产者。

当年张永成接收贝母园，陈乾康夫妇并不乐意。说我俩打下江山，由你坐守其成，羞也不羞啊？他说不羞。叫花子坐金銮殿，我在城内住腻歪了，该轮到你去住了。陈乾康笑道：我一个摘帽右派，不改造思想，住城里合适吗？他指着他鼻子说：小心眼儿了吧？四眼你小心眼儿呀，你的事是阿爸打儿子，打错了，狗日的能记仇吗？他分辩说：我咋记仇呢？怕住城里享不了福呀。他瞪起眼睛道：谁让你享福了？国家经济建设需要人才，你有文化有能力，小车不倒只管推，还得上前线战斗哩。

右派平反时，陈乾康夫妇已积蓄一些钱，这钱不因种贝母所得，而是他写得一手好字，村人争相请他题墓碑。他在山里住了十几年，远近四邻都知名声，写过不少碑帖。他离休后，筹建新四军研究会，回乡请张永成出山，共同募捐建纪念馆。同行的胡月说：我与老陈苦了大半辈子，就这点儿心愿，你该出点儿血吧！他问出啥血？如今川菜馆，都开到天街上来，我请你俩去吃火锅涮羊肉。陈乾康笑着摇头：说我知你胃口，还是花生米伴家酿酒，在家吃得实惠些。他当即让李纹宰一只母鸡，由杨金香收拾了煲汤喝。

这夜里，两人喝至半醉，陈乾康嗟叹道：伙计，论年龄我俩都该谢幕，但我总还不甘心。我们从战争年代走过来，辛辛苦苦快一辈子了，在这世界上究竟留下啥哩？他说是精神与信念吧？他说对了，共产党的目标是：无产者只有解放全人类，才能最后解放自己。现在老百姓还没富起来，我们却狗日的三餐温饱，活得比过去地主老财还舒服呢。

次日夫妇离村，他交给陈乾康两万元钱造纪念馆，胡月嚷起来问：哎——我和老陈来打土豪、分田地，你才出这些钱呀？他说这是我在这土疙瘩里，折腾出来的全部收入呀。胡月惊问：你干了大半辈子，平时就没落下点儿钱来？他说我又不是贪官贪污受贿，哪来的钱呀？陈乾康笑道：三年清知府，十万雪花银，你这七品官，可当得有点儿冤呀！他问他捐多少？他微笑无语，胡月撇撇嘴说，也不多，整十万元吧。他跳起来：狗日的，看不出你夫妻，大大的万元户呀？

两人走后，张永成对李纹说：没想到老陈这右派，倒比我左派还有钱呀！李纹笑道：他靠脑子赚的是活钱，而你只守着祖宗的贝母园，挣的是死钱哪。

张永成自上七十岁，在继红升初中那年身体开始衰老，仿佛一棵丰润的大树被人刨去根须，枝叶枯萎凋零起来。杨金香最先洞察到女婿的变化，提醒女儿说：你老公老了，不要再由着他性子瞎折腾了。她不以为然地说：不会呀，每餐还是三碗饭，走路咚咚的，身子骨结实着哩！她撇嘴说：没见他撒尿断断续续，都撒到马桶外。她这才想起打扫卫生间时，那一汪留地上的尿渍。

杨金香又说，他在成团成团地掉头发哩。李纹观察丈夫，果然见他已改容颜，原先一根根竖起、油黑粗亮的头发，现在变得脏乱花白，还疏疏落落的不成形状，清晨起来，枕头上满是碎头发，连房间的地面上也是。花白不奇怪，李纹自己没到六十岁头发就变白，之所以还黑着，是去天街镇上理发店染的。继红放学不需要再接送，她还隔三岔五地去天街，除了染发，主要还做美容。过去年轻，皮肤不保养没关系；现在不行了，不做美容，脸上的皱褶会使自己都感到厌恶。李纹这辈子对吃食不挑剔，却注重容颜。她生有六个孩子，到老还身材苗条，脸上如同十几年前一般精神着，可见她在容貌上花的精力和心思。

但丈夫致命的是脱发，男人一脱发就会显老，她注意到他那原本并不俊俏的一颗黑脑瓜子，已在顶心与四周光秃一片，只剩周围稀稀疏疏一圈，像缠上一条脏乱的黑头巾；脸上的皮肤，也变得与村口那棵老樟树皮一般，坑坑洼洼地皱纹密布，在一条条的沟壑纵横的皱纹中，出现一颗颗的杂痣与老年斑来……

他老了，他这是在老了呀？她的心头浮上一层悲哀来。想一个活蹦乱跳、生命力强壮的男人，咋说老就老了呢？她开始观察他的行动，见他走路不再脚步生风，胸脯和胳膊、大腿上的肌肉，都在慢慢地萎缩，脊背开始佝偻，人也仿佛比以前矮了几公分。她开始从订阅的老年报中，为丈夫寻找养生秘方，从镇上配药材来，黑蚂蚁、田三七、锁阳、灵芝、枸杞连同自家贝母园种的麦冬，七大罐八大瓶泡酒里给他喝。张永成不屑，说人要老，天奈何？他还坚持年轻时的老方法，每天泡冷水浴，大冬天也如此，老调重弹地说：冷水淋浴，百病不侵。

对小便淅淅沥沥的毛病，她多次建议去医院检查，说反正有公费医疗卡，又不花钱。但被他拒绝了，说不痛不痒的，有啥好看？她说你是不痛不痒，我却要每日擦卫生间的地板哩。他问她用啥擦的？李纹拿出一块抹布来，果然以后地板干净了，拉完小便他自己擦。

每天黎明，夫妇俩照常会带着继红爬上屋后的小山包，倾听林子里的红襟鸟们唧唧咕、唧唧咕地吟唱。有时张永成忽然发兴，与孙子比赛模仿鸟们的啼叫，一老一少、一粗一脆的嗓音夹杂在群鸟的合唱中，变成一组雄壮的交响曲。爷孙俩叫得兴奋了，李纹也会参与，演变为男女声三重奏。

红襟鸟、吉祥鸟？吉祥鸟、红襟鸟……祖孙常会为这鸟的名字争论，鸟儿们已与他们熟悉，并不回避，竭诚地啼叫得更欢、吟唱得起劲。每至冬日，洁净银霜与皑皑白雪上，留下鸟儿们似梅花般的殷殷血迹……

全家人口又有增长。智云、智枫、智林、智群都有了孩子，计划生育只生一个好，连同继红就多了五个孙辈。这家族的儿辈中，除启东大学毕业又回沿海闲置孵豆芽外，余都风风火火干得不错。智云的丈夫曾根生，在沿海撤县建市后提拔为武装部副部长；智枫夫妇在电力公司工作；智林是教师，丈夫在公安局工作；智群夫妇继承了祖业，是市人民医院悬壶济世的医生。

每当春节来临，全家围坐一处吃分岁饭，儿子女儿女婿、孙男弟女的，也显得其乐融融。建国和陈小燕夫妇，因来去路途遥远不常回家，春节就给家里捎来年货，不是剔尽骨头的冻全羊，就是整条牛腿，那地方出产的好东西，也就这些。

只是启明，却像断线风筝似的失去联系……

卷五

心在远方

27

转眼到了20世纪90年代，在县城至撞钟山的天街镇与周围村庄，骤然间变得热闹起来，仿佛一夜间，鬼使神差般地换了面貌。不到半华里长的扁担街，像春日河塘旺发的螺蛳密密麻麻，出现了许多饭馆旅店、小吃铺、洗头房和洗脚店。许多烫着金黄色头发、穿喇叭裤、操着外地口音的年轻人，都聚集来这儿营生。小镇的周围，也竖立起许多厂房来，形式各异、高低不一地布满在山脚上。

李纹想想，自丈夫离休后，两人回村，也只有八九年的时间，这世界咋说变就变了哩？她动员丈夫，辞去村合作社监察委员的职务。说这世界变了哩，你别死猪拉硬屎地撑着，得让年轻人放开手脚干。他叹息说：是变了呀，但共产党是人民的政党，建设社会主义小康村，与让大家走共同富裕的道路不会变。

建国去内蒙古五年后，张永成鼓动村里也办个工厂，说山下都是办厂，才富裕起来的。张岩峰说办厂是好，可惜没人折腾。他向他推荐启东，说我有三个儿子，一个交流到塞北扶贫，一个下深圳当老板，还有一个脑筋进水的，大学毕业在家歇着哩。张岩峰问：办企业需有能力，他行吗？他得意地笑道：能力没问题，全省理科高考状元，只是犟头倔脑不听话。张岩峰高兴起来，说是人才哪，只要他愿意来村里，啥条件我都依。不听话也没问题，我有办法让他听话。

启东在启明走后第三年，从北京返乡回沿海，兄弟中数他长得秀气，与身材匀称、面目英俊的启明一样，他五官周正、皮肤白皙，一双酷似母亲的丹凤眼，还是双眼皮，眸子明澈晶亮，说话细声柔气，如姑娘一般腼腆羞涩。只不过他个儿略矮，身上啥部件都比启明小一号，但兄弟俩性格却迥然不同：启明遇事爱嚷爱吵，性急情烈；他却内心孤傲，文静典雅，遇事沉默寡言。

小时候，他和姐姐们生活在一处，厂里男工见他小鸟依人般黏李纹身上，开玩笑扒裤头检查性别。他认真责问：干吗扒我裤子？大伙儿笑着说：下面掉了东西。他问啥东西？回答是男人的东西。他扒下裤头让人看，说咋能掉？阿爸说是张家的根呀。众人便捧腹大笑起来。

这样的游戏玩多了，他见他们就躲，向姐姐们告状说：叔叔们是流氓。

少年的启东，胖嘟嘟的惹人喜欢，到了十五六岁，却瘦了下来。连李纹也觉得奇怪，建国和启明从小瘦得像猴儿，尤其是建国，一颗大脑袋衬着瘦长身子，身上的肋骨一条条地排列如手风琴键，可到发育年龄，立即吹气球一般地膨胀起来。启东发育的症状却不明显，脸皮光洁，没变嗓音，唇须也无变黑，只一个劲儿蹿高。到十八岁上大学体检，体重不到五十公斤，走路风摆杨柳似的，活脱脱地像一个女孩儿。

李纹为此着急哪，在他到海运大学报到前，熬了支野山参恶补。结果四年大学生涯中，个儿倒增高两公分，身材苗条仍如老样子，脸色红润，人长得更秀气了。见他如此纤弱，张永成责怪妻子说：都是你把他惯坏的，成了个太监身子，还咋为社会与家族担负责任？她反驳说：他出生时，连饭都吃不饱，我咋能把他养娇呢？他悲哀地分析说：建国、启明两个，从小我强制训练，才练出体格来，启东由你教养，我工作一忙碌，把他给疏忽了。

在第六代兄弟姐妹中，启东无疑是最聪明的，幼儿园时已能背唐诗宋词，读小学也没见咋用功，成绩在班上稳拿第一。到高中文理科分班开家长会，学校把李纹叫去征询意见。她要把他排到文科班去，他不愿，说我理科成绩比文科还好。她说文科分数线比理科低，出来分配工作也容易。他转悠着两颗水灵灵的大眼珠没顶嘴，却自作主张地插入理科班，待李纹发现，已是半学期读下来，问他为何自作主张？他拿出奥数比赛奖证给她看，说全省两个，全市只一个哩。她没再强逼他转文科，与丈夫谈及前途，张永成特高兴，说祖上是秀才嘛。后来他果然考入重点大学，起程赴京时，已办离休的张永成特地和妻子回沿海撒糖。众人都祝贺，说张家培养出栋梁之才，喜得夫妇俩脸上灿如桃花……

但结果，并非他俩期望的那般美好，启东毕业后不愿读研，对国家交通部海洋经济地理发生兴趣。这原本是好事，但他却没把心思用在研究上，参加所谓民主游行活动，穿着短裤背心被解放军战士遣送回乡。这下惨了，部里因政治问题不要他，这儿的单位不敢接收。但他心态依然很好，没事人一般，住进城里父母的房改房内，研究电脑装配维修，向姐姐们借贷资金，去德国进了一百台旧电脑，开出门市部来……

经营自然亏了，他的理由是市场经济机制不完善，高射炮打蚊子——大材小用。张永成心里焦急却没有办法，只每天向妻子唠叨自小宠坏了他，变得文不像读书人、武不像救火兵。后来才想起村里办企业来，说共产党革命，星星之火，可以燎原，走的是农村包围城市的道路，改革开放也一样，农村富起来，城市才能大发展。让张岩峰请他回村，接受村人们共同教育他。

他对妻子说：你这儿子呀，从小待他太好了，没吃过苦，不知上代人生活的艰辛，是牛魔王转世，我治不了他，由太上老君去治吧。她问谁是太上老君？他说岩峰兄弟呀，世间一物降一物，他有使他变为散财童子的仙丹哩。

张岩峰去沿海招募人才时，启东已踩了半年三轮车，爱惜面子的他，在市场经济大潮中，输完一百台电脑，算是交了学费，虽还强搭架子，认为舍我其谁？却不敢向父母兄姐要钱。张家的子孙，都有跌倒不甘认输的性格，启东虽长得文弱，个性却比启明还要狂傲。他脸上的皮肤，已没以前白皙细嫩，行动举止也变得成熟，与两位兄长一样开始露出岁月的沧桑感来……

张岩峰怀揣一本《易经》，与李纹一起到沿海城里见他。在房间还没坐定，他就拿出这书翻着。启东觉得奇怪，一个胡子拉碴、穿着由中山装改成的旧西服，农民不像农民、干部不像干部的半老头，学习倒蛮认真？便问阿叔，你看啥书？他把书合拢，递给他说：我读《易经》呀，这书讲的是国学，看你这屋内天干地支摆不稳，难怪满腹才华没处用。启东傲气地道：《易经》算啥国学，还不是封建迷信那一套？呀、呀，他叫起来，我的大侄子，这书过去说封建迷信，现在平反了不是？祖宗传下来的传统文化精华哩，连日本学者都把它视作经商宝典，没它我咋与你这做学问的人，说到一处去哩。

他问他想说啥？他拉起他手就要出门，说跟我走吧，我说得再多，不如你去看看，你爸妈都在山里修炼哩。他笑问李纹：阿叔让我去看啥呀？她说让你去老宅看风水，都说千禧年后那地方会有大发展，正向外招商引进人才哩。他问：这也是书上说的？张岩锋神秘地附耳说：不是明说，是暗示，天机不可泄露。你看过风水后再读此书，就全都明白了。

启东心动，将信将疑地跟他回村，他领他天干地支地看过一番，又拿出山南（已撤县建市）市志办编的一本书来：大侄子，听说你是有学问的能人，现在我考考你，明代江南行省出过几个状元？他想一会儿说，当时没叫行省，叫州府，按现今位置有七个。他点头说：恭喜你答对了，可你不知这方宝地就占两个哩。两个吗？他有些模糊，他说没错，是两个。一个是书呆子，不很有名；另一个你一定知道，就是天官李若水。现今越剧《碧玉簪》中，唱的阿林送凤冠中，就是李秀英的爸呀。你看到村口的晒帽亭，是百官进山脱帽之处。启东有些呆了，这些是他在书本上未见过的学问。他又问：你知清代这州府，又出过几个举人？这下他摇头说：我不知道呀。他得意地笑起来，说不知道我告诉你，共有一百八十七个，山南县占六十六个，这村里又出两个，不多是吗？但祖师爷在此设讲堂，举子大半是他的徒子徒孙。他忽有顿悟，问：你说的是南雷先生黄梨洲吧？他说对呀，浙东学派创始人，中国历史上又有几个学派呢？

这一圈绕下来，启东被绕了进去，说我明白了，你说的风水，就是风土人情吧？你把《易经》借给我读读……他说：好的好的，你读通这本书，就变成圣人，白鹤桥村也就有了盼头！

当晚住下，张永成与儿子喝酒，谈他小时候的往事和理想，谈这个村的远景规划，启东不置可否，只笑眯眯地听着，不插话，也不多喝酒，净吃花生米，把父子俩的对话，演变成独角戏。如此熬到后半夜，他实在熬不起了，腹中奇胀，饱嗝连连上噎，眼皮也沉重得架不住，可父亲，还是醉眼蒙胧地望着他，口中不停地说着，脸上还特得意。他想：哥喊他老革命，没错，还真是老革命哩，成篇的大道理。

他见他耷拉眼皮，没听他说话，站起来问：阿六头，我说了这许多，你还没答应我留下哩？启东很爽快，说你让我留下就留下，不过有一个条件。他问啥条件？启东心想怕你每天上课嘛，却不点破，只说不回家住。他问为何？他说我这人有毛病，喜欢开着电脑睡觉，这东西有辐射，影响您与阿妈休息哩。他警觉地问：那你不就中了辐射？他说我年轻，细胞分泌旺盛，不怕辐射……

这样，张岩峰安排他住村委会办公室。启东闲居无事，每天进山转悠，心情好了起来，可也奇怪，村里把他请来，还开工资，却不派活儿做，启东也不主动询问，搬来一台电脑，装上无线网卡路由器，虽然信号不大好，凑合着还能用，晚上沉湎在虚拟的网络世界中。这时美国的硅谷，名气渐渐大起来，他就发誓要做中国的硅谷，想：不管你们咋折腾，归根结底，我要做的是比尔·盖茨……

入冬农活闲下来，张岩峰与他商量说：大侄子，办事得先测验人，办厂的资金还没落实，你委屈一下，替阿贵叔看管山林，行吗？他说行啊，我正好上山潜读《易经》做学问哩。隔日取来衣物，住到山上去了，可惜山上没信号，电脑就不能用了，只得将就委屈一阵子。李纹不放心，说山里全是坟滩，你独个儿不害怕？他说都是同村的先人，有啥好怕的。

启东看管山林十分尽责，躲在石屋里寸步不离地研究《易经》。张岩峰便觉得他人品可靠，召集村人融资，一边走一边敲铜锣，嘴里喊着：要办厂喽……各家各户有钱出钱、有力出力，这次我请来的师傅，是永成哥的亲生儿子，大家放心地把钱放进去，借鸡生蛋，损一赔三。公路修通后，村里办过企业，结果失败了，把村人辛辛苦苦在山上栽果树、挖毛笋的钱给赔了进去，所以张岩峰做事特别谨慎。汇拢资金后，他提半斤猪耳朵和一瓶汾酒，来找张永成，说：老哥，我有几句话，要与您说明白。

这天杨金香患痛风，躺在床上，没人做饭。张永成让李纹煎了荷包蛋，又从雪花膏瓶中，倒出炒花生米来，筛酒放桌上道：说吧，我老了，儿子交给你教养，帮不上你啥大忙。张岩峰说：村里有您这尊活菩萨，已是大造化，办厂得乡镇局过堂，您得给疏通疏通。他说你都过了三次，还过堂？他说这次不同，我大侄子有技术职称哩。他说政策支持革命老区，我写张条，你尽管放心去办。张岩峰又笑问：还有件事，不知当说不当说？这次村里可是破釜沉舟，把家当全拿出来了。他问：是不是启东不行？他说不是不行，是他没扎根哩，二十年前，知青也到这儿闹腾过一阵子，后来都回城了，屌毛也没能留下一根。现在我让外甥囡，每天进山给他送饭搞后勤，如果他能把家安下来……张永成嚼着猪耳朵想一会儿，叹口气道：经历过小东西和阿大的波折，我接受教训，家事有三不管。一是儿女的工作不管，二是家里的钱不管，三最重要的，这儿孙的亲事，我断断不敢再过问了。你说的这事，我不反对，得由他自己拿主意……

张岩峰追问道：这话，可是您说的？

他点头说，是我说的，我与他阿妈，没门第观念。

几日后的一个清晨，启东看山的窝棚坡地，突然起了火。火势随风蔓延，很快烧到林子去，当时他坐在被窝内听收音机哩，棚内没电视，也不通电，吃饭由张岩峰外甥女刘霞送，每天送一次，床头桌上有煤油炉，可以加热。

刚住进来时，他有些不习惯，想村委会也太不上路，把人才请进来，搁这儿看管山林？转念又想，古人说成大事者，必先劳其筋骨，饿其体肤，不吃得苦中苦，何为人上人呢？这般想着，便把情绪稳定下来。听到外面有异响，他从床上迅即跳起来，蹿出窝棚去，见火势来得凶猛，回身拿起备用灭火器喷洒，四只灭火器很快喷完，火虽小一些，但还凶猛，他又拿床上棉被浸水，裹在身上蹿进火海里……

张岩峰带基干民兵赶来，很快扑灭山火。在村民大会上宣布：聘任保护集体财产的他为明光塑料厂厂长。这把火，启东后来知道是他遣人放的。他在支委会上说：宁可烧掉一片山林，也不能用错一个人。他果真是在考验他。

接着，张岩峰与启东带着一袋笋干菜上路，去上海塑机厂进压机。压机其实是以旧翻新，信息由张岩峰当工程师的远房表亲提供，要比成品便宜一半。路上他对他说：你只管技术验收，价格我与他们谈。这时启东已研究过《易经》，不再崇拜他，想由你谈，还不是天干地支地糊弄，能谈出子丑寅卯来？他心里明白，却佯装很虔诚的样子，天干地支地与他长谈了一路。

在上海住在地下室里，由张岩峰联系表亲约厂长，这事只有厂长能拍板，可人家事多不愿见，总算又联系上分管副厂长魏人杰，约下见面时间已在半月后。启东想先回去再来，张岩峰却不让走，说事在人为。他算过卦，星运在东北，出门必大利，没办成事不能回去。

两人坐房间内核算差旅费用，算来算去不够用，虽住在地下室，张岩峰还觉得亏了，与他合计着住浴室去。说一宿才二十元钱，洗澡又能睡觉，太划算了。他不乐意这般寒酸，却尊重他的意见，当晚搬过去，又商量见魏副厂长的事。张岩峰出主意，说不成我俩找他家去，冷脸孔不拒送礼人嘛。他说我俩又没啥东西送？他指着带来的笋干菜，说城里人肠胃装不下油腻，最稀罕这东西。说着要打公用电话问表亲地址，他问：你不会让他捎去？他有些不高兴，责怪说：娃呀，不是我说你，这人情世故你还真不懂，上海人小气，我让他捎他留下自用，我俩不是白跑一趟吗？这世上人心隔着肚皮，得不见兔子不撒鹰才是，再说礼得当面送，人家才会把你当块料。电话打过，表亲工程师也不知魏家地址，说阿拉上海人，有事勿在家讲，相互勿打听住处的。他说没关系，下班我在厂门口等。你告诉我魏老板长啥样子？我就有办法找到他的家。

此后几日，两人分工接力赛跑，一站接一站地跟着魏副厂长的轿车跑，果然很快找到他家……

谈判进行两天，价格被张岩峰又压下一万元。这次他没天干地支说《易经》，在谈判陷入僵局时，适时从口袋内掏出村民集资的一百五十张单子，说魏厂长呀，你是城里的工人，我是乡下的农民，我俩不在同一档次上。这买机器的钱，是村里的农民兄弟一元钱一元钱、把山上开发果树掘毛笋的收入，千辛万苦地拼凑起来的呀，你就开恩让乡下人奔个前程吧！他以为他这般表演，必被魏副厂长驳还——现在市场经济工人下岗，人都为了钱，自私地弹出眼乌珠来，哪还有菩萨心肠的企业家？没想到这招，还居然管用，魏副厂长说：我也从农村出来，我们在厂长会议上，再讨论一下吧。

这样业务谈成，装压机的运输车，由他俩押回来。开到村人修的公路道口停下，司机下车看了地形，说书记，不能往前开了。张岩峰赶紧掏两包红双喜香烟塞给他，说路不是通着吗？司机拒绝他的烟，说路是通着，可上山的路陡，大卡车开不进去。这时天快黑了，天空又飘着细雨，启东建议返回城关过夜，次日再上山。张岩峰站在细雨中，犹豫一会儿问：大侄子，这机器部件能卸下来吗？他说能的，我带回一套工具与图纸。他满意地拍一下他的肩膀说：张厂长，你行！他问他要干啥？他说这事你爸懂，打仗得一鼓作气，我要在当夜把这宝贝弄回去。说完，抛下他们冒雨走了。他戴上他留下的斗笠，叫两个司机和他开卸机器。司机说：你们厂长真够抠门儿，跑这么长的路，中午啃面包，连馆子都没上？他问谁抠门儿？他俩说厂长呀。他说我就是厂长，是你们魏厂长的学弟、海运大学工程机械系学士。两人这才不敢再吱声……

一伙人花了大半天时间，才把卸开的机器，大件搬上厂里的翻斗车，小件用箩筐装着挑上山去。待机器全搬上山，天已黑透，村子内外却灯光一片，平时玄暗的路灯，这时也放出炽烈的光来，照得一张张笑脸如鲜花般在雨中开放。令启东惊讶的是全村男女老少竟有五六百人集合在那棵大樟树下，村里小学校的学生娃，齐崭崭地敲着腰鼓欢迎他们哩。

他的眼中有些湿润，想这就是农村经济改革能成功的原因吧。

启东的村办厂，头年就打个漂亮仗，三车皮机装盒发出去，就有十几张支票汇进来，销售额一百多万元，刨去成本人工尚有十几万元利润。他认为事业成功了，想开发新产品大干一场，在父母面前抬头做人，实现超越两个兄弟的愿望。当年他参加游行返乡，张永成回沿海教育他，只威严地说了一句话：张家不出孬种，你有本事倒下去就有能耐自己站起来。此话凿刻在他脑子里，忽然明白作为个体的人，下半辈子的奋斗靠自己而不是仰仗别人。

表面温顺腼腆的他，其实内心世界从不孤独，还在他读大学时，就爱上一个叫温萌萌的姑娘。女孩儿出身将门，却生性活泼，喜交朋友，没高干子女那种唯我独尊的庸俗习气，原因是父亲在她如花朵般绽放的年龄时，去白洋淀“五七干校”，劳动改造了很长一段时间。那时的将门淑女陪伴父母身边，生活得如普通家庭的小姑娘，家里没保姆，一家三口人，靠父亲的基本工资过日子。父亲说是将军，其实做部队后勤工作，是抗战初期学生运动的领袖，只有一只好眼睛，另一只眼睛在建造港口码头时，被钢缆砸瞎掉。启东与温萌萌谈恋爱时，她父亲还在交通部工作，担任海城东方大港工程总指挥，听说女儿与当地一个干部子弟好上，让她在假期带回家，给他考察考察。这年寒假，海运大学工程机械系的大四学生张启东，与同系的温萌萌在京度过一个愉快的春节。温老将军对这个未来的女婿非常满意，两人谈到东方大港在世界经济发展中的作用及对未来海洋经济的畅想时，显得志同道合。临走女儿征求父母的看法，温老将军赞赏说：自古英雄出少年，你的眼光还不错，国家海洋经济开发后继有人呀。

可惜这门亲事没成为事实，温萌萌毕业后，分配在部属单位任图书管理员，她神通广大地通过关系，把未婚夫弄到部里编写教材，在万寿路一处公寓楼内安居下来。在宽敞明亮的办公室内，她俯在他肩上问：满意吗？内心疏狂的他摇头说：不很满意。她问为何？他说我没能自己创造，依靠你爸的权力哩。她说这有啥关系，我爸不就是你爸吗？他说太有关系了，我不愿活在别人的羽翼下。果然只过半年，他就因为上街游行被遣送回家；而这时温萌萌已有身孕，特地从京城赶来要他回去。他不愿再次赴京，罗曼蒂克的她为所谓的爱情，在李纹留在沿海的房改房内割腕未遂，由白发苍苍的将军夫人悄悄接走。这个多情的将门淑女，此后在他的感情视野中消失……

明光塑料厂办起来后，启东虽离开交通部直属单位，却与那儿的联络并无中断，与温萌萌也保持着同学间的联系，这样就轻松地把产品推销了出去。他在研发新产品时，引进一批业务人才，为鼓舞他们的积极性，开会动员说：我也是村办厂引进的人才，为使我安居乐业，村里给我买了一套镇上的商品房，大家干好了，我奖励每人一套别墅。

这话很有煽动力，众人的积极性焕发了出来，张岩峰知道后不高兴，皱眉想：每个骨干一套别墅，他奶奶个熊，村里还不把山地全卖光？小祖宗要拆我老骨头烹人肉煲哩。他抽个空找到他问：小祖宗，你前进的步伐太快了，吕敏芳的身价抵上我半个村的收入。吕敏芳是他在上海引进的大学生，算起来还是张岩峰表亲的那位工程师亲戚，到这儿聘任设计室主任，成为他的助手。启东说现在是知识经济时代，创利需要付出代价。张岩峰痛苦地拉下脸，口里犯牙痛病似的嘶嘶响着，说做人讲信用，你答应给她别墅，我哪付得出来？他知他为此犯愁，不由笑道：羊毛出在羊身上，我又没答应立即兑现。张岩峰这才缓过气来，拍脑袋笑道：原来你施的是缓兵之计呀。

有了人才，启东图谋把步子迈大迈开，接下交通部下属院校电信盒子的活，成立技术小组搞攻关，为资料扫描和印制方便，和吕敏芳躲进镇上公寓房搞设计，关系渐渐有些黏乎起来。刘霞发觉他俩暧昧，心里不是滋味。自张岩峰交代特殊任务后，她已把他看成她的人，处处照顾着他，可启东却浑然不知。

至夏日，吕敏芳皮肤过敏发风疹块，打葡萄糖酸钙针剂没治愈，在身上抓出一道道血痕来。当时天气炎热，公寓房内没安空调，下班时，启东没完成图纸，留下与她一起吃晚饭。饭后他想回村，才三公里的路踩自行车不要半小时，但天下起雨来，她让他雨停后再走。此屋原本还有三个外地员工住宿，遇雨还没回来哩，厂里实行计件制，延长工时可以增加薪酬，他不愿孤男寡女独处屋内。吕敏芳讥笑他，说都什么年代了？还老封建……启东受不了激将法，想这雨一时半会儿也停不了，既然你不怕，我又怕啥？

恰巧这时刘霞冒雨过来送夜宵，她经常这样做，不光为村里交代的任务，而是在心里真爱上了他。她还在路上时，待在屋子里的两个男女，先由启东冲凉，然后吕敏芳烧热水洗澡，后来他坐在房间备用床上，看捷克作家米兰·昆德拉的《生命中不能承受之轻》。吕敏芳洗完澡，穿着一件半透明的连衣裙走进来，说身上的风疹块痒得难受，让他帮助涂油膏。想不到这时刘霞闯进来，见两人如此也没说啥，只放下夜宵代替他涂。

这事启东很快忘了，刘霞却在心里留下疙瘩，村里要她汇报动向时，她支支吾吾地说了此事。张岩峰焦急起来，说傻阿囡，我要你管他，不仅让你处朋友，还得为村里留住人才，你咋连这点儿心机也没有？脑子整个进水……刘霞辩解说他俩没咋的。张岩峰跳起来，说还没咋的？真出事……你哭都来不及。这次，张岩峰没再征求夫妇俩的意见，在发货后召开庆功会时，动员大家敬酒把启东灌醉，送进村委会他的卧室，安排与刘霞睡在一张床上。天亮后，他叫来吕敏芳等员工和张永成夫妇，说都看到了吗？明光厂双喜临门哩，今天是我外甥囡与外甥女婿的好日子……

清醒过来的启东，觉得受到侮辱，自己像一头觅食的山麂子，不小心钻进猎人布下的陷阱中。但他啥也没说，狠狠地把刘霞睡了大半个月，就离开村子，临走谁都不告别，像当年张永发向伯父振宗复仇后，进山见祖母秀才娘子那样，向山里祖坟方向磕了几个头，说：对不起，列祖列宗，我不做关在笼子里的鸟儿！

他离开后，吕敏芳这些业务骨干都相继离去。张岩峰无奈，宣布收回企业自任厂长，让刘霞当副厂长，说：阿霞，这是你老公的单位，我俩得把它管理好。她红着脸提醒：他不是我老公，我俩还没扯结婚证哩。他说：啥结婚证？他都睡了你，就是你老公呀……

28

启明南下经商，说是杨汝奎的诱惑，其实还是被堂兄逼上梁山，心里窝着一口气哩。他自认不是一个度量狭窄之人，但这家庭发生陈小燕和继红的事后，他觉得兄弟俩是骡子是马应该拉出去遛一遛了。建国北上与陈小燕完婚，沿海供销公司在很长时间内，没合适的经理人选。当时启明开渔档欲发展，杨汝奎献计说：如果你能运作关系把这公司拿过来，就成为海城渔业的龙头老大。启明返沿海投标竞聘经理前，回村探望父母，希望他俩能在关键时刻出面助阵。

已是深秋的季节，山里的柿子树红了，村头的那棵千年古樟半棒枝叶中，也垂下一串串的樟果，有许多还撒落在地上，被行人踩过，路面都染成绛红色。启明在村口的大樟树下坐了很久，思想斗争激烈，不明白自己转了好久，咋转着转着又回到让父母庇护的老路上来？

他回家先见到母亲，她正坐在堂屋那把旧红木椅上看书。因建国已赴内蒙古，他与启东又不在身边，她的情绪有些抑郁，见到他，就在脸上显出伤感来，说阿大呀，树老分杈，业大分家。建国走了，你不会也离开妈吧？他当时还没有南下的打算，安慰说：我不会，会待在海城伴爸妈养老哩！

张永成知他下岗自谋生路还顺利，并没责怪他，反让岳母杨金莲炒了几个菜，与他坐下对酌，边喝酒边聊家族中发生的事。说智云在写家族史，写到我这代人就写不下去了，因为你与建国都没有定型。他问不是还有启东吗？他说这家族只出两种男人，一种是一朵云，脚踏彩云游走四方；另一种像一棵树，植根在脚下的土壤不挪窝。两种男人都敢于承担社会和家族的责任，许下诺言必要兑现。说这话不是他的创造，是祖母秀才娘子告诉他的。他问他属哪一种男人？他说我只能算是一棵树吧？但建国与你、启东都不是，应该是天上漂泊的一朵云……

他听后冷笑起来，想：我与阿哥、阿弟怎会是同一类人呢？

两人谈起老许的死，启明说那晚我把他给揍了一顿。他说你咋能揍他呢？他中年没守住贞操，晚节却保持得不错，没被招降纳叛。启明说因为他，我才下岗变成私营业主。他说下岗有何不好？人生总归有起有落。

接着他红着脸提出，让老革命最后帮一把，向韦书记说情，把供销贸易公司承包给他经营，说我会比阿哥做得更好。他心里便有些不乐意，问他共产党是私人党吗？他说不是，但我需要这舞台做事业。他的脸沉下来，一双小眼珠骨碌碌地转着，说儿子呀，你需要的舞台，不是我能给的，爸也没这么大的能耐，张家的子孙，能耐是凭本事给折腾出来的。你有几斤几两的骨头，自己心里最清楚，没能耐取代你哥承担这责任……

这话陈小燕也说过，只是说得婉转，说只有经历过艰辛和苦难的人，才知对这块土地的回报。他问她，你就这般轻视我？她说不是我轻视你，其实每人心里都有一块土地，好似天上每颗星星都有自己运行的轨道一样。

他恼了，认为老革命在关键时刻奚落他，把他视作朽木不可雕的庸才。这晚上，父子俩再次翻脸，张永成在妻子的劝解中，仍怒发冲冠地把杯中酒泼在他脸上，说：你有能耐就滚，滚得远远的，离开我折腾一番事业出来，不让我再看到你这不成器的狗东西……

次日离家时，他像小时候一样拥抱母亲，晨光明媚，映照在母子俩的脸上。她已预知他此番离去，不再回来，在心头充满着无奈与哀伤，但她抑制着不在脸上流露出来。雀儿喂大，会离开巢窝翱翔蓝天，这是自然界不可抗拒的规律，她没理由阻拦儿子离开，却希望他能够平安地度过一生。

他走了一程，见她眼里浮着泪花，不由也在心头发酸，真想抱着她大哭一场，但他同样抑制住了，没想到自己从部队转业时，胸怀天下，踌躇满志，回地方仅短短几年，就折腾为下岗开鱼档的私营业主。难道这就是他的人生，他的拥有？她看出他心头的忧郁来，试图安慰他，但他对她挥挥手，说：妈，你回去对老革命说，我会让他看到我的能耐，没出息不再进这家门。她打断他的话，说：阿大，你在妈的眼中，永远是个出息的孩子。社会职业有平凡与崇高，但人生没有。平凡的职业，同样可以承担崇高的责任。妈不想干涉你的人生，但有句话必须告诉你，不管以后遇上啥，别人可以看不起你，你不能看不起自己。他听了这话哭出声来，说：我明白，虽然我没阿哥的能耐，但这世界上谁都打不倒我！

启明走后的那晚上，杨金香小脑性高血压发作，吃了两颗药丸不能见效，由夫妇俩背去镇卫生院。一路上她都在嘀咕兄弟俩的名字，责骂女婿赶走儿子不近人情，会像她一样成为没人操心的孤老……

杨金香病愈出院，没像她兄弟杨金山一样落下残疾，仿佛一条枝叶枯萎的老藤，倔强而又柔韧地存活下来，但她对两个外孙的思念，却如淙淙流淌的山溪水，日复一日、年复一年地悠远绵长。她又使用老办法，踮着半小脚去滩涂娘娘庙，请来妈祖菩萨的令旗，置在堂屋日夜上香，祈求保佑他兄弟俩的平安。这事往常必遭女婿阻止，说菩萨灵验，当年就不必与日本鬼子和国民党反动派打仗了。这次却没阻拦，在他心里，也同样惦记着兄弟俩。但自他兄弟俩都离开身边后，李纹突然间变得沉默寡言，她的头发，就是在那年，都变白了……

启明南下创业，比启东顺利得多，原因是他遇上容貌酷似陈小燕的同乡梅子。到深圳仅一年，他就在老谋深算的杨汝奎帮助下，掘到人生的第一桶金。两人先合伙炒股，那时股市刚发展起来，管理不很完善。他用厂里买断工龄赔偿和做鱼档赚来的十几万元钱做本，由杨汝奎指点着操盘，自己查阅战友通讯录，在四面八方弄来钱，炒股套现购买体育彩票，没想到大半年就翻上几十倍。

有了钱，杨汝奎开始不安稳，每晚找女人喝酒娱乐赌钱，他原先是上海银行的信贷员，借贷出去的钱收不回来，被单位除名。名声不咋样，业务能力却不弱。但他可不是个蓄钱的主儿，在那些灯红酒绿的晚上，两人坐在有小姐陪唱的KTV包厢内，边喝啤酒边吹牛。他说明哥，我的眼光没错吧？这叫暴发户，靠大脑判断力，老子若有人举贤，当个银行行长绰绰有余。又说现代人讲实惠，只要能捞到钱，啥都干哩，行长、局长、董事长有许多也和凡夫俗子一样捞钱。钱是啥？只能买短暂的快乐，人生一世，草木一秋，再多的钱都带不走……

他比他大两岁，遵循这行当规矩相互称哥。他叫他明哥。他喊他为奎哥。

启明折腾开手脚，跟着杨汝奎也快乐过一阵子，但他肩头负有使命感，很快就厌烦这种昼夜不分的生活，觉得跟着他干不甘心也不放心：这人不知根底，亦摸不透他究竟想要啥。他从不投入本金，只打擦边球赚取外快，赚了钱就花天酒地，不作长期打算，不像个规矩做事业的商人。于是他欲撇开他另起锅灶，打起投资实业的算盘来，这时在报上，看到海南搞房地产有潜力，便把手中的股票套现，转移到三亚创建实业。

多年后他带着梅子，杀回海城发展房地产业，在公司注册登记法人栏中，总经理的名字叫陆梅婷，陆梅婷就是梅子的真名。当他西装革履地坐着轮椅，手携身穿红缎旗袍的她，金童玉女般出现在媒体的荧光屏时，整个城市为之沸腾喧嚣。七十六岁的张永成，与妻子在电视机前看到了这镜头，李纹兴奋地手指着他说：看，你儿子，多神气。他皱眉说狗屁，腿都废了，狗崽子钱从哪儿来的？现在许多都是骗子，弄不好要进监牢坐班房的，不知祖宗荫庇还是作孽？

她问：就因为他不回家，你就这样诅咒他？他说我咒他啥？他要做端正人，就不会这样雪地造楼的瞎忽悠。李纹说电视上宣传的，总不会瞎忽悠吧？他说你幼稚，电视上天天说廉政，贪官还不是一个个地抓进去坐牢？

那时启明非法融资案还没暴露，他到海城发展，是为铸造厂的那块地。当年老革命说过，下岗算屌？你有能耐，从亨利手里把厂子夺回来，做真正的主人。现在他果然费尽周折，以上亿元人民币购入。也不知哪根神经搭错，公司的基本投入，居然全由散额融资和市区下岗工人保险金组成，安排六百多名下岗员工再就业，分割为内部股，月息回报高达百分之十五。真正是雪地造楼和众人拾柴火焰高，成为海城暴发户的一面旗帜。

启明遇上梅子纯属偶然，那时他还没有发达，不像后来这般趾高气扬不可一世。创业初期的他，显得温文尔雅，颇有几分儒商的气质，足够吸引女孩子。

三亚的冬日温暖如春，各种热带树木郁郁葱葱，碧蓝的海水吸引着冬泳爱好者的目光。那几日，他都西装革履地坐在白色的太阳伞下，优雅地用勺子搅匀杯中加奶的哥伦比亚咖啡，然后一小口一小口地啜饮着，目光却紧盯在沙滩来回走动、穿各色泳装的陪泳女郎。来这儿已有半年，他对这地方并不陌生，这些来讨生活的女孩儿，有许多都是人中的精英，她们以自己的青春与美貌，索取掏空各地淘金者的腰包，然后各各返回故乡，懦怯者嫁人生儿育女，坚强者像男人一样叱咤风云，成为人所景仰的新一代女企业家。

他在另一块土地上，甩脱了陈小燕的幻影，唤回属于自己的自信，像猎鹰一般守候在这块沙滩上，物色他的异性合伙人。直到穿绿色米格泳装的梅子，戴着墨镜、幽灵似的出现在他的眼前。

她抖动着一条赤裸的美腿，礼貌地问：先生，可以请我喝一杯咖啡吗？他抬头溜她一眼，问何处产地的咖啡？她说与你的一样。他又问我喝的是啥咖啡？看这成色，是现煮的哥伦比亚加奶咖啡吧？她颇有经验地猜测道。他唤来侍者上了杯盏，让她坐在他身边，她撮起红唇尝了一小口，问先生贵姓？他回答免贵姓张，如果我没猜错，小姐也该说姓张对吗？我俩三百年前是一家嘛。她笑了笑道：恰恰相反，我姓陆，小姐妹们喊我梅子。他点头品味着说：梅子，很好听的名字，接下去你该邀请我下海伴泳？她说不对，我很想与你坐着说一会儿话，因为你的普通话中含有乡音哩。他愕然：你是江南一带的姑娘？她说是的，听你说话，我想起家乡叠翠的山峦和淙淙流淌的小溪。他越发惊讶：山妹子当陪泳教练？她又是莞尔一笑：奇怪吗？那我告诉你，我是地区游泳队运动员，退役后才出来打工。他坐直身子道：你能摘下墨镜，让我看看你的眼睛吗？她说不可以的，我长得丑，你看过后，就不会再付我小费，可我正等你的钱付房租哩！

他笑起来：看样子，今晚我得为你付房租呀？她点头说谢谢，这儿冬季生意很好，房租也就贵，所以我太需要先生口袋里的人民币了。

人与人相遇，其实是一种品位与气质的交流和验证，聊到这儿，他已心有所动，想与她共度这个美好的黄昏。她也似乎猜透他心思，催促道：走吧，先生，亲近大海是人类最原始的欲望。他说我没有与陌生人交朋友的习惯，你不摘下墨镜，我不会跟你走的。她听了咯咯笑起来，身材婀娜风摆杨柳，一脸的阳光灿烂。他问她笑啥？她说笑你像个不入流的电影导演，告诉你，这种把戏我见多了，不会轻易上当的。他问：我真是导演，你摘不摘墨镜？她说不摘，世上没有不付出代价的好事……

好吧，他被她说动，脱去浴衣道：丫头，大叔这黄昏就交给你打理了。

说着两人欢快地向海中跑去，下水前他敏捷上前，摘去她的墨镜，令他惊讶的是这个身姿曼妙、脸蛋漂亮的女孩儿，原来竟长着一双与陈小燕一模一样、略带哀忧弯月般的眼睛。天哪，他在心底呻唤起来，燕子呀，我已等你十多年，还犹豫啥呢？在温软的海水中，肌肉发达、身材匀称的他，几次动手袭击她曼妙的胴体，都被她打掉腥爪子，海豚般灵巧地躲开。他凭借在部队锻炼出来三千米武装泅渡的本领，奋击向前抱住她。她挣扎不开，愤怒了，张嘴一口咬住他的肩膀。他松开她喊起来：你咋咬我？她说：对不起，我只陪泳，不卖春。

他问：那有区别吗？她们都这样，为何你不行？

她说：她们是她们，我是我啊。

他赌气不游了，回换衣房用淡水冲洗完身子，又坐在太阳伞下纳凉。海滨的黄昏是最有意蕴的，他喜欢海滨，最美的就是黄昏，她穿着花泳衣、光裸着大腿过来和他坐在一起。他板起脸说：你都不愿陪我玩，为何还跟着我？她礼貌地说：对不起，先生，你忘记了付小费。这时太阳已下山，西天上还有霞光在跳跃，她把太阳镜摘下挂在腰间，身上湿漉漉淌着水，像一棵雨后的美人蕉……

两人在沙滩上坐了很久，夜色漫上来，大海在涨潮，浪花拍击沙滩，发出有节奏的哗啦哗啦的响声。他问她在想些啥？她说还能想啥呢？想家呀。她也问他在想啥？他说也想家。又问能谈家事吗？她望着他的眼睛说：你不会笑话我的贫困吗？他说不会。她叹息道：贫困会使一个女孩子失去尊严，如果我能有城里人一般的生活，就不会在这儿浪费生命……

闲聊中，他知道她家庭生活的拮据，父亲年轻时在矿上干活得了矽肺，一咳嗽就吐血，养病过悠闲日子，却让母亲下田打猪草，担负全家的生活。回忆对梅子来说意味着痛苦，在封闭的大山里，她像母亲和其他女人的过去一样，忙着田活、割猪草，除这些，还有就是采蘑菇。把鲜蘑菇采回家，在屋外道地上晒干，由进山的商贩销去城里。少年梅子几乎对生活绝望，却在母亲影响下坚持读书，从山里的小学读到山外的中学，成绩一直在班里占前五名。被生活艰辛压得抬不起头的母亲，总是默默地支持着她，一心想把女儿折腾到山外去。家里还有一个与她相差五岁的弟弟，尽管父母很想给他读书，但他却读不进书去，小学没毕业就被驱逐出校门。命运在她考上省旅游学校后有所改观，家里能按月给她寄上五元生活费，后来她知道那是母亲去医院卖血的钱，知道后她哭过几场，把钱退了回去，勇敢地到酒吧当了陪酒女……

他问：那年你几岁？她说十八岁。他感叹说不容易呀，十八岁你就赚钱？城里女孩儿，还坐在父母怀里撒娇哩。她理智地说：人与人不一样，我没有这命。后来学校却把我除名了……

他问为何？她说因为我是陪酒女呀！

启明很快迷上了梅子，她身上有一种独立、忍受的精神，深深地感染了他。他与她频频约会，有一日不见如隔三秋的思念，把当初追求陈小燕的艰辛与苦涩，逐渐转化为少年时代的梦幻，随着岁月推进和生活阅历淡出视野，他虽仍没忘掉她，却不再彻心彻肺地挂念了。梅子替代她，成为一团充满新鲜诱惑的烈火，把他潜藏在身体中本能的欲望唤醒回来。他躺在温暖潮湿的宾馆客房中，失眠了许多个晚上，不折不扣地成为昼伏夜出的两栖人。在这儿，凡是钱包还没充盈的小老板们，玩情感游戏时都这样，他们靠智慧做着空淘箩盛冷饭的生意，白天在商场上卖空买空地奋搏，花最小的代价获取最大的利益，晚上与成群的卖春少女们相拥厮闹在一处，相互逗笑取乐，满足、发泄身体内膨胀的欲望。这种人在当时的海南，有个响亮的名称叫做经纪人……

他与她一起吃饭一起游泳，大口喝酒大把花钱，梅子忍不住问：商人花代价为获利，你在我身上放的本钱不少了，要干啥事请明言。他却不急，说我俩先别谈生意，还是谈人生、谈理想、谈友谊，这样相处不是很美吗？她笑问：你不会是人贩子吧，把我骗到内地大山里卖掉？他说你估摸一下，能卖多少钱？她说山里人都很穷的，最多也就三四万吧？他笑道：这钱对我来说，挣得太少，因此我不干人贩子的活。我们要干，就得干大，每年起码也得赚个千百万元。她惊讶地问：这是啥生意，这么挣钱？他说以钱生钱的生意呀，国家那么多银行开着，挣的是中间的差价。她想了一会儿问：以钱生钱需要资本，你有这许多钱？他摇头说这是商业机密，在这社会里，人心有多大，事情就能办多大。他问她想不想一起干？她将信将疑地默然不答。

如此两人又纠缠半月，梅子终于解除武装，在一次共进晚餐后，她啜吸着橙汁问：张先生，我想做一件事，你能投资多少？他问她需要多少？她咬紧细牙，闪烁着那双哀忧的弯月眼说：不多，也只十万元。他问她想做啥？她说想把浴场承包下来当经理。他心想：小妮子还上档次，不愧读过旅游学校。做管理比陪泳女强。便问她是借还是投？她说我出利息，借吧。他又问借多久？她说只三个月。他笑着点头说：钱我有，不知你如何谢我？她的脸红了红，说我失约还不了，就嫁你做老婆。他说不行，婚姻法规定，老婆得分一半财富。她问那咋办？我又没值钱的东西，只能把身子押给你？他笑道：这方法好，我俩明天就签协议，还不了钱，你做我的情人。她的脸红了红，说如果我能把钱还你呢？他耸耸肩膀大度地说：你仍是自由的，我俩还是朋友，该咋处还咋处。

自体育彩票狂赚一票后，杨汝奎又跑去澳门赌钱，输了个底儿朝天。他的猫鼻子闻到他在三亚的气息，就谋算着要做走私轿车的生意，找到他说：猫教会老虎上树，猫就没饭吃了。我帮过你，你也得帮我呀。他答应了，帮他联系上在海关工作的战友，两人又合作顺利地捞上一票。生意做成后，那战友告诉他说：兄弟，这种顶雷的生意不能长做，抓进去血本无归。他不想再做了，杨汝奎还想做，说资本原始积累充满血腥，赚钱与打仗一样，须掌握稳、准、狠、快四项基本原则。于是冒险还干，如此又干了三个月，杨汝奎才急剧喊停，说物极必反，犯不着把自个儿搭进去。划走他名下的钱，仍回深圳去做长线，动员他撤回那儿炒股。他说他已迷上梅子，留下运作地产发展商业会馆……

这年启明已三十五岁，而梅子才十九岁，正是花容月貌、豆蔻年华的年龄。他开始考虑两人的关系，想既然鱼儿已上钩，主动权掌握自己手里，如果娶她，就得对她担负责任，她能一辈子拴在他这棵树上吗？当情人却不一样，只要有产业交她做，就能死心塌地捆缚在自己的战车上。杨汝奎告诫过他：婚姻犹如一桩生意，智慧的商人不能产生真情，生意如大海潮水有涨有落，婚后不仅有财产分割的风险，而且容易孤注一掷全军覆灭。因此他只需要梅子做合伙人，就像部队打仗招降敌方一样，只有让她输得彻底，才会心服口服地归伏麾下效忠自己。张家的子孙无论有否文化都有天生的领导才能，对女人的量才录用上，算得上一流的策划大师……

三个月后的海南，又是万紫千红的初夏，各种植物都疯狂地生长，启明在这个季节里，懒洋洋地打不起精神来。放出去的风筝很快就要收回，调查公司的报告，显示出梅子良好的业绩，她赢了就会溜走，他能放过她吗？

十万元钱不算啥？他要的是人，一个能为他的事业创造利润、被他征服唯命是从的女人。他开始收网，攫取自投罗网的美人鱼。

一场暴风雨落过，芭蕉树叶被吹得东倒西歪，空气中流淌着湿漉漉、甜津津的气息，他的精神为之振作，知道感情收获的季节到了。此时他的身体容貌已发生变化，体型剽悍，身架高大，戴一副浅度的玳瑁近视眼镜，标准的容长脸上衬着两道剑眉，挺括的鼻梁下，一张线条分明、唇角紧抿的嘴，浑身上下散发出一种成熟男人的魅力。坐在宾馆邻海的包房内，眼睛盯着落地窗外淌水的芭蕉树叶，胸有成竹地等待她前来缴械投降……

果然傍晚时分，穿着蓝色职业装的梅子，守约按响门铃，他谦恭地把她迎进房内。她有些气喘，胸脯一起一伏的，弄得他心跳。他问咋样？我的大经理，来向我报告喜讯吗？她沮丧地说：恰恰相反，令你失望，我输了。他微笑着说：不会吧？看你这副趾高气扬的模样。她哭了，说真的不行，我还不了你的钱了。他大度地说：钱没关系，只是几张纸。胜败乃兵家常事，你可以卷土重来呀。她紧张地坐在沙发上，摆手告饶道：不，不能再干了……我说过的，还不了钱……他说自己患健忘症，你说过啥话，我已经忘了。她红着脸道：如果你没结婚，我想嫁给你……可以与你签约不要婚后财产……

他笑问：你那么在乎妻子与情人的区别吗？她低头说：女人都在乎，虽然我从事这职业，但我还是个姑娘……他想了想说好呀，我满足你……你得先让我亲近亲近。她顺从地挨过身来，坐在他怀里流泪，嗫嚅着又提出要求，我俩先别领结婚证好吗？妈知道会打死我的。他问为何？她说她才三十九岁哩。

他大笑起来，心头充盈着猫鼠游戏的快感。

两人在海滨浴场举行简单仪式，梅子叫来几个小姐妹，吃过海鲜大餐后，与他携手步入婚房。婚房就是宾馆客房，前些天经理让人布置过，一应设施齐全。梅子进门后，坐在床上嘤嘤地哭了，他问她哭啥？她说我咋就结婚了？他说不是你要结婚的吗？她抬头泪水涟涟，说女人都盼结婚，可我这结的是啥婚呀？

启明继承母亲酷爱整洁的传统，上床前必冲洗身子，这日他喝多了酒，洗澡时间特别长。梅子先洗干净，已坐在床上看电视，一直看到中央台晚间新闻结束，还没见他出来，从床上跳起来冲进去，见他已趴在浴缸上睡着了。她唤醒他问：你咋了？他醉眼惺忪地抱住她，口里唤着燕子。可怜的梅子，此时才知在这世界上，还有个叫燕子的女人留在他的心里。她在他的内衣口袋里，发现一张他与另一家浴场签的协议，方知自己经营承包失败，是由他支付加倍的费用，买通对手低价竞争而造成。知道这秘密后，她觉得很害怕，想这才是一个商人哩，为达目的而不择手段。她恐惧地明白：他获得的财富中，充满着许多她不知道的秘密，有些还涉及到她这年龄的女人，所要遵守潜规则的道德底线。

但已经迟了，她已成为他的女人，确切地说是女俘。

收服梅子后，启明方才涉足三亚的地产业，由梅子出面注册商务会馆。在廿四房这代子孙中，启明无疑算得上是头脑精明、善于算计的男人。这时他开始不安分起来，分析思考张氏祖先为何不断出去、不断失败，又重新站立起来的原因。他开始轻视父亲与堂兄，认为他俩只是一棵树，思想上的树！而自己才是天上一片漂泊的云，真正代表衰落的祖业，能在另一块土地上重新崛起。

想到这些，他显得有些得意，又有些疏狂。认为父亲与堂兄的局限，建立在共同富裕的基础上，而市场经济恰恰由强者雇佣弱者、通过劳动产生剩余价值，而使强者率先富裕起来，再改造弱者的经济基础……

弄清这些后，他也渐渐地看不起梅子了。这个已被他征服的女人，显得格外的柔顺，尽管他在做爱时，口里还喊着燕子，尝试着报复被父亲和堂兄轻视的快感，可她还是小心翼翼地臣服于他。他注册的商务会馆，名义上由她管理，其实只是个幌子，由他掌握运行大权，为所欲为地扩大人脉资源，开通国内外的商务渠道，发展属于他能够控制的生意。他利用梅子的目的，这时已经昭然若揭，收容控制那些游荡的女孩子，对客户提供特殊服务，进行类似边缘的冒险生意。忠诚的梅子，对他的商业秘密一概不问，结婚后的她，仿佛成为他身上的一个部件，或是一个器官，不再拥有自我，却对所谓的工作全心全意竭诚努力，想为他和自己创造出更多的财富来。

有时梅子也会瞒着他打小算盘，悄悄地向家里汇些钱，这些钱的数额都很小，应该是她所得的一部分。但就这钱，全家已够花。她心里甚至有些窃喜，现在她已替代母亲，成为养家糊口的主力。她一直没敢回家，两人结合后，她没再提结婚证的事。开始她不想，对这钱来得太容易的男人不放心；后来她倒想，但他却不让了，说这样过着，不是很好吗？她说我没安全感呀。他问：打结婚证后，就有安全感了？你知我做啥生意吗？她说不是商务会馆吗？他说是会馆，但你不知这钱从何处来？说好听是融资，说难听就是扰乱国家金融秩序放高利贷哩，没准哪一天我被抓进去，你陪我坐牢呀？她说我嫁你，就是你老婆，坐牢也行。他说你傻呀，可以陪我吃、陪我睡，陪坐牢有意思吗？我与你结合，为让你有幸福感，而不是要你陪我坐牢呀。梅子虽然想不通，想这人咋如此薄情寡义？却忍让着屈从了，以后就没再提这事。

在日常生活中，她有些崇拜他，但更多的却是畏惧，他不想与她有孩子，每次做爱都采取措施，说不能拖累她。可梅子还是悄悄留了个心眼儿，不但把工资的大部分积蓄起来以应急用，还趁他不注意怀上孕。她已嫁与他，想与他天长地久地过日子哩，没孩子就更没安全感。

29

几年后，在世纪之星公司的经理室里，启东通过梅子求助于兄弟。这时启明已经关掉南边的公司，返回海城从事房地产项目了。令梅子没想到的是，三年前由她背着搀着坐着轮椅，到处求医，促使自己站起来的男人，竟有一个革命家庭和陷入困境的兄弟。兄弟俩容貌颇为相似，只不过哥哥英俊剽悍，更有男人的气质；弟弟外貌懦弱、文静秀气，像姑娘一般苗条的身子中，散发出淡淡的书香味道。这味道，她似曾相识，在当年旅游学校的老师身上，也体现出这种气质，是潜心做学问的书斋学者特有的气质。

她了解他的身份和动机后，问他为何找他？

他说他是我的兄弟呀，我有困难不找兄弟找谁？

梅子把这话传达给启明，他却不愿见，说我十年前被阿爸赶出家门，已没了这个兄弟。梅子把话传出来，启东笑了，说阿哥其实很幼稚，是不是兄弟由血缘关系凝成，不由他说了算。梅子又把话传进去，说他不肯离开非要见他。她处理这事上显得谨慎，只传话不添油加醋，生怕影响兄弟俩的关系，造成日后与自己生分。启明想：阿弟说得对呀，无论在哪里，这血管里流的是同父同母的血啊。但他仍不愿屈从，这时他已是一个凭借轮椅行路的残疾人，想我认了兄弟，也就认了父母，阿爸把我逐出家门，无非让我奋发图强有出息，现在这副模样，算有出息吗？自离开家门这日，他发誓要衣锦还乡，出人头地把堂兄比下去，可这在海城的事业才刚刚开头，在社会地位和身份上，都无法与堂兄相比哩。梅子又把话传出来，说启明还是不想见，说他没了家庭，也就没有兄弟了……

启东见他如此执拗，只得怏怏返还，想他咋了，连兄弟都不见呢？

启东从村里出走，并没返回拥有人脉资源的北京，他参与那事件的影响，早已过去，人们的头脑里堆着钱哩。他不愿返京，是他无颜面对失败和温家父女。他在海城市区，暂租一间农民房栖身，一边研究电子产品（他已认准这项有前景的生意），一边操老营生踩三轮车，过着饥一餐、饱一餐，冷一时、暖一时的清苦日子。尽管如此，他的精神生活仍是充盈的，身边留有一台最高配置的电脑，余暇时间沉湎在网络中。他看古今中外的电影，通过虚幻世界研究人类关系的大课题，把各式各样的女影星包括她们的身世、家庭和婚姻都下载下来，进行欣赏和分析。通过研究，他得出一个结论：人类所有的社会问题，无非男人和女人的总和，枢纽就是爱和亲情。

他一直认为他理解兄弟，其实并不完全理解，启明不见他，动机与他不返京见温家父女一样，觉得在他面前没有炫耀的资本。他是一条言必行、行必果的汉子，外表强大却内心脆弱，没做出成功的事业就觉得无颜面对亲人。他十年没与这家里联系，心里正窝着一口气哩。张家子孙都是一条道走到黑、不会回头的老牛筋，这口气，使他俩回归不了兄弟间的亲情。

启明返回海城后，曾向蜗居乡下的父母捎去十万元钱，想让他们感觉到他的出息，但夫妇俩原封不动地退回来，还捎来一句话，说十年音讯渺茫，我们已失去儿子，钱能买到房子和物品却买不回十年的亲情，你好自为之吧。这使他感到非常失落，知父母在埋怨他寡情的同时，真不认他这儿子了。

他在启东走后，手摇轮椅至窗前，从十八层高的立地玻璃窗中往下望，见启东颀长瘦弱的身影从新世纪大厦里走出去，踩上寒酸的三轮车，很快淹没在人流之中。他不由皱起眉头，凄凉地笑了起来……

两人在海南的公司，开始推进得很顺利。启明让梅子承包一家餐馆，改造为会员制度假俱乐部，对外称作商务会馆。把他在生意场的狐朋狗友，按企业大小赠送几万、几千或几百元的金卡、银卡和贵宾卡，约他们来看地产谈生意。梅子在他们频繁的会晤中，组织阿桂、阿美、阿菊、阿香这些小姐妹们，陪同在海滨浴场度假享受生活。

这些朋友大都是国营企业、银行系统的干部，也不知道他们如何联系并发生营业交易。启明在三亚市内，挂顺烽信托贸易公司的牌子，实际操作者只有他一人，这样会馆每月亏损，但公司账户上，却有上亿资金周转。精明的他花别人的钱，办自己的事，很快兴旺发达起来。但他却不事声张，独自海南、深圳两地飞，炒股充当操盘手，连老谋深算的杨汝奎都觉得惊讶，趁他不注意进入电脑数据库才明白后来者居上，明哥的生意已远远超过他奎哥。

两人相聚时，他再次失态地感慨道：猫教会老虎上树，猫就得歇菜。明哥呀，短短五年，你就成了我的师傅……

梅子知道这关系后，害怕起来，整夜地睡不着，说大先生，钱来得这么快，你……会不会坐牢？她一直喊他大先生。他微笑着问：你害怕了吧，明白我为何不与你结婚？她颤抖着嘴唇坚持说：可我俩有事实婚姻，这辈子我就是你的女人呀。他摇头道：蠢女子，别自作多情，自古华山一条道，走上这道就没退路。两人说这话时，他裸身躺在榻榻米上缓解精神压力，由穿内衣的她伸出两只如游鱼般的手，在肌肉发达的身体上按摩着。她想：一个多么会享受生活的男人，如果不让人担惊受怕能和睦相处地过日子，她将会是一个多么幸福的女人啊！

三年后，她生下一个男孩儿。怀孕时他就反对，说这是一件多么愚蠢的事啊，逼她去流产，但她保护住他，说你不要他，我就跳海去死。他冷笑道：是你的东西会是你的，不是你的东西永远不会属于你。孩子生下后，只喂了半年奶，就因他反对送回老家，临走她让他给取个名字，他犹豫好久说叫继根吧。她问为何叫继根？而不是土根、水根……他在心里想着小继红，却沉默无言。她没敢深问，他俩的结合保留了太多的秘密，致使两人无法进一步亲近。她在锁入抽屉的账册里，查阅到他向内蒙古一家公司的汇款单，这家公司从未有货到，也从未发生过联系，汇款却年年没中断，她同样保守住这秘密。后来她又在那抽屉里，发现一张长着幽深大眼睛、脸容与他有些相似的男孩儿的照片，后面赫然写着继红两字，她终于明白自己的孩子，为何名叫继根了。聪明的女人知道忍耐，保守住男人的秘密，也就守住了自己的幸福，她属于这种女人。

厄运几乎毫无预兆，在她生下继根两年后，降临这个家庭。

一场意外的车祸，使他躺进深圳第二医院。梅子在事发当天赶去那儿，情况比她想象的严重得多，躺在床上的他，已失去知觉。医生告诉她，如果他半月内没醒过来，就会永远这样躺下去。她傻傻地问：躺下去会咋样？医生冷淡地说：植物人呗。她伤心地哭泣起来，觉得自己实在委屈。这时她很想求助亲人帮助他，却不知他家在何方？家里又有些什么人？可怜的她，找遍他所有存放秘密的地方，都没发现他来自何处。连那张汇款单，也只有账号没有通讯方式。

梅子在心灵肉体的剧痛中镇定下来，提取账上少量的现金，坚强地守候在他的床前等待奇迹，想只要她虔诚地守候着，老天爷总会开眼的……

然而使她备受打击的是：他放在股市的巨额股票这时却莫名其妙地消失；远在三亚的商务会馆，也因债务拖累被法院封存。他破产了！残酷的事实使她变得一文不名，除了留在老家的孩子与眼前这活死人，她已经一无所有。

这事实，使她非常吃惊，他的富有来得突然，但失去更加突然。她在这些突然中，联想到车祸发生的非偶然因素，为此，她聘请私人侦探调查杨汝奎，果然他在事发后已神秘失踪。她想报案，也准备好材料。意外的是，昏迷一个月后醒来的启明，抓住她的手，瞪着那双抑郁失神的眼睛，有气无力地阻止她，说不能报案，我知是他……她问为何？他说放人一条路走，也留自己一条路走……他活着，这钱丢不了，如果死了，钱就全没有了……

两个月后，启东再来公司，启明还是不愿见。启东又要离开，梅子却拉住他，说能否陪我坐一会儿？他秀气的双眸似两汪清水，目光柔和而又清澈，盯着她问：有事吗？她说我有话与你说哩。他顺从地坐下，她泡上一壶铁观音来，还拿出熊猫烟请他抽。他不吸烟，她愣了愣说：不吸烟好，大先生也不吸。仅这回合，她就知他和启明一样，是个能够独自承受压力的男人，心里便有一种亲近感。

她开始不厌其烦地，向他诉说启明和自己的遭遇，说你不要怪他的心变得铁硬，他回海城再创业不容易。他问：他有没有说过父母和兄弟姐妹？她摇头说：没有，大先生的心，自发生那次车祸后，向外紧紧地关闭了。从那时开始，整一年半，我背着他不断地上火车转汽车，辗转各地求医。我俩到过广州、长沙、武汉、上海、郑州、天津，最后到了北京……

她说：那时，我俩已困难得连生活费都没有，也交不出医药费，我背着他在地铁口卖唱求乞。那年春节，总算有钱住进地下室，我俩一人一口，相互喂拾来的馒头和酸菜梗子，他说梅子，现在知道生活严酷了吗？我说挺好的，至少我们心上没负担。他说是挺好的，接着苦笑着问我，这儿为何有许多地道？我说不知道呀。他嘿嘿地笑得厉害：我糊涂了，你还是个丫头片子呀，咋会知道历史？我说：你都落魄到这地步了，还卖弄？他止住笑说：人们在那个年代虽很疯狂，但人之间的感情却真实，上级号召备战备荒防核武器，大家就齐心协力，用铁锹洋镐挖出这些地道，一直空置没用，想不到现在物有所值，改造成为宾馆给我俩住了。我问：你也挖过地道？他说是呀，我当兵时不仅施工挖地道，还住在坑道内，生活条件还没现在这般好哩。

她说：那时候呀，我俩够可怜的，他生活不能自理，大小便时我站在厕所门外喊：有人吗，有人吗？没人回应才背他进去。有一次遇上个聋子，我喊好久，他都没有听见，进去还挨了他的两个耳光……

启东问：你俩没想过向亲人求助？她说我家里没有钱，他这人倔，不说你家的联系地址，说梅子，我告诉你一个残酷的真理：人有钱时才有亲人与朋友，没钱人家躲你都来不及哩，至今我都不知道他有多少亲人。现在他终于站立起来，虽然还用轮椅，生活已能自理，只是他有洁癖，每天临睡前要洗澡，自己洗不来，又固执地不让我帮助他，我俩常为这事吵架……

墙上一道板壁，向两边开启，启明双手拨动轮椅，从里面出来。他身上穿着笔挺的灰色西装，胸前扣着绛红条纹领带，脚蹬一双三节黑色皮鞋，板着高傲威严、不露声色的长方形脸庞，架一副变色浅度近视镜，笔挺的鼻梁下留着唇须，风采依旧，仪表堂堂。可惜坐着轮椅，只是一个残疾了的英雄……

启东在见到兄弟的瞬间，几乎不相信自己的眼睛：他残废了？是个肉体上失败的男人，但英俊模样和企业家气质犹存。这就是他阿哥，从小叽叽喳喳、爱教训别人，吃不了一点儿亏的兄长，海城企业界传说中的融资天才吗？

他是在互联网上，获知兄长归来的信息，那则报道令海城人们扬眉吐气。

两年前，本市商人张启明吃下铸造厂的土地，房产项目尚没启动。在双方交割签字仪式上，董事局主席亨利握住他的手说：不错，小伙子，你没有食言，留下的六百三十名中方员工就移交给你了，我会把他们的劳动失业保险，一次性划到你成立公司的账号上。他摇头说：亨利先生，如果我没记错的话，你却食言了，记得你在合资改制动员会上说的话吗？他点头道：我是说过改革保障中方员工的利益，但我不了解贵国的国情，过高地估计德国专家的能力，没想到国际铸造业只短短几年就被日商占了风头，这是决策层策划上的一种失误……

他问企业迁址后，你打算咋办哩？他骄傲地挺着秃了半边黄头发的脑袋，闪烁着蓝眼珠说：我已加入贵国国籍，日耳曼与贵国民族本质精神一致，这世界上没有蹚不过去的河，也没有过不去的坎，我将领着这支三千人的精锐，去攻占新的高地。他点头说好呀，只要您承认食言，这些兄弟们我照单收下，祝您成功，不再有第二次食言。

亨利离开时脸色尴尬，启明却心情舒坦，践约报了十年前的一箭之仇。

兄弟俩相互注视对方。启明的脸色平静，眼睛中透出一种漠然的光，犹似一座没喜怒哀乐的雕像；启东的脸色同样平静，眼睛却水汪汪地闪烁出温情来。启明心里在想：那是他未经历过风雨的缘故吧？

想起兄弟仨小时候浓浓的亲情，他心头感到隐隐地灼痛。那次踢足球砸了水缸，父母打他，将他赶出家门说不要他了。天黑时堂兄和启东找到他，要他回家，他不愿意，说爸妈打我骂我可以，咋能不要我呢？启东赖地上，说爸妈不要我要哩，阿哥阿哥地大哭起来，他问他哭啥？他说没阿哥，就没人陪我玩了。他听了这话，就跟他俩回了家……

在乡间美丽的夏夜，四岁的启东骑在堂兄肩上，三人一起捉萤火虫，装进父亲的药瓶里，举着当手电筒照明。那时候的夜色多么清朗，他仨坐在草地上数星星。他问：大阿哥、二阿哥，我兄弟能永远在一起吗？堂兄说能的，我们是兄弟呀。他说不能，阿婆说过：人长大会各自分家讨老婆。启东哭泣起来，说我不要分家也不讨老婆，要与你俩在一起哩。堂兄说：讨了老婆我仨也能在一起啊。他问他真的吗？他说是真的，兄弟怎会分开？启东这才破涕为笑。

他当兵时，启东还没上小学，母亲领他去火车站送他。火车开动后，他哭着喊着要阿哥，他从车窗内探出头来，见母亲和阿弟都是一脸泪水，他含泪向他挥手喊道：阿六头，你要读好书，哥回来接你当兵去。

现在兄弟各自长大，都有了一份自己的事业，却相互亲情疏离、互不关照。想到这里，他望住兄弟的脸问：阿弟，你咋哭了？启东摇头说：长大真可怕，我失去两个阿哥，都不敢在家里待了……

他平静地告诉兄长他如何参加游行被遣送返家，如何回村办企业，又如何离村出走海城。启明的脸上也平静着，心头却风起云涌波涛起伏，想起自己赌气离家出走，十年漂泊异地的岁月，在心头涌上一份灌铅似的沉重，不由叹息说：张家的男人都是咱爸的种，啥苦都可以受、啥难都可以忍，就是没学会，讨饶认错回个头……

启东问：哥，这十年中，你过得快乐吗？

他摇头说：不快乐……人的快乐只停留在童年……

启明的办公室兼卧室，在梅子经理室的隔层内，是个与外界隔离、约有一百平米的大房间。来海城创业两年多了，除那次收购铸造厂土地外，他几乎足不出户，躲在这儿工作、读书和恢复体能。房间内除一张大床，余是健身器材和六架子书籍，这些书由梅子通过网站购买，公司注册房产公司后虽债台高筑，却已正常运转。摔倒后又重新爬起来的他，回海城后采取低调的做法，好似冬天密封的火炉，里面燃烧运行得轰轰烈烈，外面仍一如既往看不到燃烧的痕迹。

他总有能力弄到钱，虽然他明白，这是一场空手套白狼的游戏，但既然玩了，就必须玩下去。改革开放的外环境，提供智者一个施展才智的旋转舞台，戏由演员根据剧本唱，编剧只须精心设计一个与众不同的剧本。

公司的运转，无疑是成功的。没人知道他已与杨汝奎联系上，运作境外股金购置土地，抵押给银行解套，用别人的钱构筑和恢复自信，实现自身的价值。市区居民在媒体的推波助澜中，听说房子能保值增值，把辛苦挣来的血汗钱，放在尚在设计图纸中的房产权上，使他的资金链迅速由外资套引出内资，况且他还有这些年苦心经营的融资渠道，用高利息吸引各地散资，使资本规模蓬勃膨胀起来。连自己也觉得奇怪：他买下铸造厂土地原本为向亨利示威，接受六百多名下岗工人为政府排忧解难，经过所谓的资本运作，咋就一夜间暴富起来？

他知这里面有个巨大的资金漏洞，为弥补这漏洞，他不得不求助杨汝奎拨出大部分资金，参与境外股市套现和平仓。他同样知道，这样会把企业命运控制在曾置他于死地的宿敌手里，但他没办法，明知这药有毒却不得不饮。

现在，他把公司的事务全交给梅子，自己清晨健身洗完澡、吃过营养早餐后，一丝不苟地重复做着三件事：向融资的大客户报告财务运转情况，大客户有三十个，往往需要延续一小时才能完成。然后上网游览股市、期货行情与人民币和外汇牌价，从中分析人民币增贬值的年率。这些都是杨汝奎教会他的，他是金融怪才，在损害他身体的同时，也培植了他头脑中资本增值的金融风暴。中午用过梅子送来的中餐后，他一般要小憩半个小时，进行最后一项工作——阅读。他读书很杂，政治经济、文化艺术，几乎啥书都看。一边阅读，一边喝着不加糖与奶的哥伦比亚清咖，品尝人生乐趣。临睡前他不作安排，独自坐在落地玻璃窗前，看城市临江五彩缤纷的夜景，思考公司在市场经济战场上厮杀的命运……

他从不看电视，他的房间内没电视机，也不看报纸杂志，他反感媒体不说真话、为吸引读者的那些哗众取宠的报道。启东问他，为何这样过着与世隔绝的生活？他说新闻只满足人们的感官，使人在现实中失去思考能力，变得庸俗和愚蠢……说改革是社会财富的再分配，庸者与智者的区别，在于庸者随波逐流，而智者总是在追索事物发展的本质。

启东在他的房间内，坐了很久，兄弟俩的情感距离相隔得遥远，心灵却豁然相通。启东询问兄长，为何收编六百多个下岗员工组织公司，承担巨大的社会风险？说阿哥，你没必要逞能，与爸赌气做这冒险的事。

启明叹息着回答：你不理解，社会上大多数人也不会理解，但我相信爸妈能理解，从小到大，家庭、学校和整个社会都教育我们走向崇高，我在这种环境中成长，可现代社会正在丢失的恰恰就是崇高取而代之的是金钱的交易……

他向他讲了原先铸造厂同事窦团副的故事。说窦团副是 1957 年入伍的老兵，参加过中印自卫反击战，身上与爸一样有枪伤。厂子兼并改制时，他是工会副主席兼保卫处长。亨利的董事局做下方案，五千多员工下岗一千二百人。大伙哭爹喊娘不肯走，在厂门口静坐示威。领导没办法，动员窦团副做示范。说大家都挤上船，这条船就会沉，只有一部分人下去才能起航。你是工人阶级的头，得为企业解难分忧，厂里给政策搞三产养人。他照办了，可家里有五个子女，没工作，老婆肌肉萎缩瘫痪床上，靠他的工资过日子呀。

启东说：他够仗义，是个男人。启明点头：够仗义是吗？当时我也是下岗员工，窦团副把想法与我说了，要我共同承担，我不干，说这亏算是吃大了，厂里留下精锐上阵，你领老弱病残保饭碗？他说谁让咱是共产党员？党员就得担负责任！我说我不能跟你干三产，得出去干些实事，把自己搞强大才能承担责任。他没勉强我，要我答应他的一个要求。

启东问是啥要求？启明呜咽道：他在办公室里向我跪下了，说我不想问你出去干啥？只求你不要忘记这些兄弟姐妹们，许多人在这儿干了几十年，已把厂子当成家，现在家长忽然不要他们了，大家就失去了饭碗。你是党员得对社会负责任，如果有朝一日发达赏他们一口饭吃，把日子过下去……

启明抽泣着说不下去了，双肩在剧烈地颤动……

他问窦团副现在过得咋样？他的眼泪流得哗哗的，说没多久，三产公司被再次兼并，经营权复归董事局，那老毛子让他带员工自负盈亏回收废铁，也就是捡破烂。头两年还好，没奖金工资还能发，到第三年，厂里效益不好，亨利便指使人下套，说员工偷卖设备勒令解散。这次一刀切，拿钱走人。引起劳务纠纷打官司，员工自然输了，董事局有他们签的下岗协议。公司注销后大家各奔东西，窦团副没走，义务为厂里守护设备。经这些年折腾，他老婆死了、房子卖了、女儿嫁掉、儿子当兵，全家只剩他孤身一人，过两年熬到头可领退休工资了。去年秋天，他与一个偷铸铁盖的窃贼搏斗，莫名其妙地掉进窨井内死了……

他问启东，你知这窃贼是谁吗？启东说不知。他说你是不知啊，你没经历过这些事，可是我知……他是他徒弟、我的师兄呀，当年的反扒能手、市“五一”劳动奖章获得者……他声泪俱下地说：这些身无余银、足无寸地的贫民，我能撒手不管吗？启东沉思着问：你在困兽犹斗？他擦干眼泪，点头说：这就是战士的责任，我已走上这条路，就得继续走下去，坚守住这块阵地……

接着，他双目如炬地盯住兄弟瘦削的脸问：阿弟，你的阵地呢？

启东嗫嚅着说：我来见你，就为辞行……我得回村去了……

30

启明公司涉案的事，很快在海城流传开来。开始只是舆论，并无真凭实据。这个城市中许多事都这样，传着传着就变成真事。他已不在媒体上露脸，把身子蜷缩得如冬天的蛇一样，足不出户杜绝一切社交活动，却加快与杨汝奎在境外股市的步伐，企图平仓扼制亏空，维持公司正常经营活动。

那一年，建国从内蒙古锡盟卸任归来，任职海城市副检察长，已在检察院上班。正想放开手脚，熟悉和开拓他所管辖的领域，从法治的角度为立志改革的企业保驾护航，维护社会秩序，大干一番事业哩。

启明在网上获知堂兄任职的消息，本能地向启东发了个伊妹儿(E-mail)，说阿哥回来了，张家该有好戏看……要他注意老革命与堂兄的动向，随时把情况通报他。启东不理解，说未必吧？兔子都不吃窝边草哩，何况是大目标一致的父子和兄弟。他说这家族有捍卫信誉而六亲不认的传统，祖辈如此，父辈如此，子辈也必然如此。现在国家银根紧缩，正在整顿金融秩序，而他恰恰分管经侦这一块，估计必打遭遇战……

半年多前，启东回村竞选村长，实施十年磨一剑的发展规划，在村委会上提出建设东方电子城，提前实现收入翻十倍的小康村目标，受到村民们的拥戴，从张岩峰手里接过权力，正天马行空地为实施这目标忙碌着哩。他想：阿哥的担忧多余吧？堂兄虽为人古板些，却不至于新官上任就拿兄弟开刀。他走的是官道，他俩走的是商道，大路朝天，各走半边，兄弟仨应该说互不搭界。但是他还是小心行事，加强防范，这世界上就怕认真二字，改革开放诸事都在尝试着做，真较真起来，就有着许多的不规范……

那次回村路上，启东还为兄弟的话震撼，他在倾听梅子叙说他的遭遇时，已在心头泛起亲情的波浪，后悔不该与刘霞、张岩峰和村人们不辞而别，失去立足的阵地。他很早就有网上工作的习惯，张岩峰知道后，为他去电信局拉专线，在村委会安装了宽带，那期间他躲进小楼自成一统，深更半夜地不睡觉，刘霞和舅妈见他如此，包馄饨、煮汤圆送过来当夜宵吃……

逃婚出来后，他踩三轮车帮人拉货，沦落为普通打工仔，没人知冷知暖地关心他，尤其当他伤风感冒、卧病在床时，那种无边的寂寞，就会弥漫全身，在心头升腾起怀才不遇的颓唐感。他开始在心里后悔，张岩峰和刘霞们的做法虽然欠妥，但动机却为他能留在村里，帮助村民共同富裕起来。他开始理解村人们的善良和对他的厚爱，但碍于脸面又觉得不能轻易妥协。

他在离开世纪之星公司时，向兄长提出资金的要求，说：阿哥，你的资金还宽余吗？启明问：你想干啥？他说：我想回村重振旗鼓。他问需要多少？他说至少三十万，我得把厂办好。办不好厂子，爸和岩峰叔不会放过我。他坐在轮椅上没有回答，竟爽朗地大笑起来。他问他笑啥？他说我笑你幼稚呀，你在为爸和这年龄的人们办厂吗？你为自己和下一代人呀！农村的意识形态构成复杂，不仅是经济因素造成的贫困，还有许多复杂的历史文化原因，如果你要对这古老的村庄负责，就得把自己融入其内，使人们上千年形成的观念得以改变……

启东沉默了，眼前飞快地闪过翠绿的山峰、曲折的山道和肮脏缺乏基本设施的农居，以及支书张岩峰怀揣《易经》与手不离电脑的他联合作战的可笑情景，不由在心头惴惴不安起来。但他很快镇静了下来，说爸妈整个儿陷进去了，我也想陷进去，因为那是三百多户村民交给我的阵地呀……如果你的资金宽余，我需要有三百万元，才能完成父母和村人们的嘱托。

启明收敛住笑脸，目光威严地逼住他的脸，没问他要这钱干啥，却问他以后会离开村子吗？他想了想说：会，我不会永远待在那儿。他摇着头沉思道：兄弟呀，这就是你我的局限，人一旦上了路，是不能回头的呀！说完，他签下支票交给他，又说：当年毛主席和朱总司令创建井冈山根据地时，就有农村包围城市的目标。你我都是爸妈的儿子，要让他俩微笑着离开这世界……

建国在这年春天病愈复出，任职通知下来后，在心里有些疙瘩，回老宅找继父商量，说我咋就不争气？眼看都做出成绩来，检查出肝硬化，组织上安排我回来任市副检察长。张永成说：人算不如天算，你也到该保养的年龄，服从组织撤回来吧。他叹息说：时间过得真快，我都五十岁了。他嘲笑道：小东西呀，我都七十七了，你五十就充老吗？战争年代，战士听到冲锋号会奋不顾身地扑上去。现在的干部队伍不像我们过去，艰苦朴素的革命传统正在失去，群众意见很大，你回来，正好把这些腐败案件抓一抓。

这日父子俩谈了许久，中间谈到启明与启东，建国婉言批评继父做法欠妥，说对这兄弟俩，有压力是好的，但逼得太急就会适得其反、亲情疏离。张永成不以为然，说我也逼过你，你不是干得不错吗？张家的男人都是逼出来，不管他认不认这家，都是我廿四房的子孙。流淌在血管里的血，能改变得了吗？

建国在锡盟大草原上，度过九个春秋，开始任职蒙药销售公司经理，归来已是盟医药管理局长。他原打算在那儿扎根，实现吉库什的遗愿，但在这年冬天，被检查出肝硬化，由盟委送自治区医院治疗，耗去一年多时间。医生的诊断结论，告诉他一个严酷的事实：他的身体，已不适合再留在草原上，组织上把他交流回来，重新安排工作。他舍不得离开那儿，当官为民，在哪方土地说哪方的话，他身上带着继父给的老娘土，在任何地方，都不会忘记身上流着祖宗的血液。他知一个具体规划的实施，少则三五年、多则十几年，有时甚至耗费一辈子的精力，他在那块土地上的事业才刚开头，前景充满着光明，还有许多事情要做哩！

陈小燕却劝他回来，说：我俩共同完成吉库什的遗愿，你没做完的事，我可以帮助你做，这儿环境艰苦，你的身体不允许，我可不想再失去你做半截子夫妻。他悲哀地说：做人得守信用，我咋能半途而废呢？她批评说：你不要以这种舍我其谁的口气说话，其实这世界上没了谁地球照样转动……

临别前，他去看望战友们，这支基本队伍已经发展到四五千人，分布在国内省、市各地，自负盈亏发工资，是管理局下属企业。蒙药集团总部设在原东二团驻地，现在这儿建起现代化的药业加工厂，几十座鳞次栉比的新楼屋，背靠着一座侧面不留积雪赤红颜色的山麓，变成了一个车来人往的集镇。有国家地质勘探队测试过，这山坡的红色是因为地热，在这块辽阔的土地下面，蕴藏着巨大的煤炭和天然气资源，可供人们几代人上百年的开采。

郭晓明为他召开由央视主持人参与的文艺晚会，大家唱的都是知青怀旧歌曲，有《上海之歌》《北京之歌》《重庆之歌》《南京之歌》，也有他创作的《海城之歌》……这些歌曲，在当时几十万赴蒙知青中流行，但后来大家都回城，歌也就没人唱了……

送别宴会上，大家争着向他敬酒。他说：心意我领了，酒就真的不能再喝，医生关照过，我的肝病得戒酒。郭晓明不依，说：不管你以后戒不戒酒，但这碗酒代表着全公司职工十年的战友情谊，一定得喝！

他的眼里饱含泪水，接过酒一饮而尽，执空杯询问郭晓明：我是逃兵吗？郭晓明大笑起来，说：你是功臣，咋会是逃兵哩？

十年前，陈小燕陪他观看连队营房旧址，那些土屋子还在，可惜人已经走光，空荡荡、冷清清地招人心酸。两人在那些结着蜘蛛网的屋子里走着，陈小燕指着一排排空房间回忆说：那是食堂……这是仓库……女知青的宿舍……他摇头叹息着问：都走了呀？她说：是都走了呀！

他心头空落落的，眼前出现当年青春的誓言和济济一堂的情形，仿佛是一场春天的梦魇，显得遥远而又哀伤。

他没想到燕子和吉库什开垦的庄园，坐落在被兵团战士们称为死亡峡谷的山脚下。这儿原先很恐怖，因地理位置的特殊，冬天飓风卷起风雪，严密地封锁住峡谷；夏日冰雪融化，应是蓄水的季节，可山上的雪水流下来，山脚下的石窟群仿佛装有一个巨大的漏斗，会在一夜间渗漏得无影无踪。严酷的自然条件，使这块呈红色的山谷洼地寸草不生，一年四季充满着令人害怕的呼呼风声。现在由于志愿者植树造林与水土移植而改变面貌，山坡上重新长出绿草来，山脚下绿树婆娑，晶亮的湖泊镶嵌在草地上……

在这儿他又想起那个迷路的晚上，漫天的暴风雪中，羊儿顶风走进死亡峡谷，他与邵军追随着羊群，身子冻得如僵直的冰棍儿，弯腰都会听到骨骼的咯咯声。雪停住后风儿仍刮着，谷内到处白雪皑皑。他俩在这儿熬过两个晚上，这夜又遭到暴风雪袭击，气温骤降到零下三十多摄氏度，死去的羊群被雪埋住了，两人依偎在一起取暖。邵军说我们出不去了，没想到就这么光荣了。说着哭起来，说我连女人的奶子都没碰过哩。他想起在洗漱间的蒙眬中，看到陈小燕双乳间那颗红色的观音痣，也哭了，想活着多好，可以为心中的女人担负欢乐与忧愁……

正当两人绝望时，耳畔响起马蹄声，吉库什出现在他俩面前……

次日拂晓，暴风雪停住了。旭日东升时，吉库什开枪鸣警，召唤来畜牧排的战士们，把他与邵军如死狗般拖出死亡峡谷。他被抢救存活了下来，而邵军却永远长眠在这块土地上了。

这是一片遗落他梦想和感恩的土地，到处有当年知青奋斗过的足迹。他交流任职后，先找到郭晓明。他与他一样是工农兵大学生，上的是医大。他毕业后回了家乡，他却返回兵团，娶妻安家落户。几年后知青返城，他留下没走，说人不能忘恩负义，舍弃糟糠之妻自奔前程，留下来帮助蒙民办马背上的医疗队，研究写出开发蒙药的论文。在接下来的几年中，不管是寒冷的冬天，还是温差颇大的夏日，他带着郭晓明和陈小燕，在自治区和盟政府帮助下，走遍留蒙知青的每个蒙古包，把大家迅速组织动员起来，在旧东二团营房内驻寨扎营，复燃起心中理想的火焰，共同担负起几十万知青回报草原的责任。

每天晨曦微明，他都会唤醒新集合的志愿者们，列队倾听林子里吉祥鸟们唧唧咕唧唧咕的吟唱，告诉大家这块土地的恩典。他说十几年前迷路的冬夜，是吉库什杀死坐骑燃起篝火，学着吉祥鸟啼叫等待黎明才留下他这条性命。又说家乡江南也有这种鸟，俗名叫红襟鸟，他的祖先与父辈在它们永不停歇的啼叫声，创造和延衍如今变得富庶的江南文化。知恩不报非君子，他重回草原上，是为实现吉库什的遗愿和成为吉祥鸟的承诺……

他用海城市政府拨过来的扶贫款，为志愿者们配备大哥大手机，把铃声设置为吉祥鸟唧唧咕唧唧咕的叫声，说人能像这鸟儿一样，尽劳尽责、泣血司晨，就能给脚下的这块土地带来幸福和安康……

在那些寒冷的冬夜，他们在营房内燃起熊熊的篝火，一起喝酒吃肉，一起跳舞唱怀旧歌曲，回忆当年的峥嵘岁月，商量合作开发蒙药资源的大事。他说改革开放使内地农民富裕起来了，我们曾是兵团的战士，有过建设塞北江南的承诺，不能使这块土地再次沉寂。说畜牧排长吉库什，是一条心地善良的蒙古族汉子，为扶养他遗留的孩子付出了生命的代价。他说留守的郭晓明是大家的榜样，是来自另一块土地守信用的男人。还说留下的战友们仍是一支部队，为改变土质结构、维护生态资源，重建塞北江南打不散、拖不垮的志愿先遣队。

他鼓励郭晓明申请国家专利，发起注册成立知青药业经销公司，组织北京、自治区和国内专家队伍，对锡盟土地资源联合调查，作出蒙药开垦发展规划，继而到江南富裕地区招商引资，组织大大小小的经济联合体，建立地区性的销售网络。通过返城战友们的联络与合作，组建为跨省经营的集团型公司。

接着他以盟政府官员身份出面招商，带着投资企业的老总们考察合作项目开拓市场。采用江南富裕地区土地经营承包的办法，成立蔬菜销售总公司，由陈小燕担任经理，把可种植蔬菜的土地开垦成大大小小的庄园专人承包，联系呼和浩特、北京、天津蔬菜公司搞北菜南运的托拉斯……

这些年中，每逢夜深人静，夫妇俩偎依在烧热的土炕上闲聊。陈小燕问：有钱了，你最想干啥哩？他想起当年与她躺在草地上的夏夜，说：没有光明的黑夜太可怕，我要搞风力发电，让每个蒙古包都充满光明。她笑了，说：吉库什排长也有过这样的憧憬……

在自治区医院养病时，他仍不断地想：如果再有八年、十年……这块留在他和陈小燕心中的土地，就会变得像富庶的江南一般，人口稠密经济发达。那时他俩都老了，该像继母父一般退下来，由一大群年轻人来继承这事业。

而他俩，则会在芳草萋萋的草甸子上，拥有一间通电的阳光房，每天在吉祥鸟的吟唱声中，期待红日在东方喷吐而出，在蓝天白云、牛羊成群的优美环境中，邀上三两志同道合的战友，喝着马奶子酒、吃着烤羊肉、拉响马头琴、唱着蒙古长调，回忆过去，颐养天年……

那是一种多么令人向往的日子呀，可惜他得了肝病！

建国在上班半年后，调查副市长陈铁军的土地腐败案时，闻知与世纪之星公司有重大关联。专案组经过调查，初步断定启明涉及行贿与扰乱金融秩序罪。这使他深为吃惊，想怎么会是这样呢？难道当年继父大义灭亲、法办生父的旧戏，非得在自己眼前重演吗？

回来后，他很久进入不了状态，这块土地的工作环境，比起过去发生很大变化。现在的干部特别是乡镇干部，已不像他当年那样，做深入细致的工作，帮助群众脱贫致富。随着经济环境的变化，或多或少地有亲朋好友，参与各种经营活动，出现理不清、扯不断的潜在关系网络。这是改革开放后，干部监管出现的新情况，也是人们在富裕条件下，促进经济繁荣的顽症。他在努力适应环境的前提下，很想为群众办些实事，当办案人员把启明的案宗转到这儿时，他原想回避——党内纪律有亲族回避的条例。但检察长老龚对他说：陈铁军腐败案，你抓得很出色，案情已有重大突破，临阵换将不合适。你熟悉经济领域，这案子还由你督办吧。

接受任务后，他心里不踏实，又回家询问继父，说启明成立公司搞房地产，接手铸造厂下岗工人筹资的事，您知道吗？张永成说：知道一些，电视里还播报他的事迹哩，小子十年前做个体户开鱼档，是我使用激将法给逼走的。这次没凭我的社会关系，靠自己本领打开局面。他的眉头皱了起来，问：爸，您了解他吗？他警觉地用锐亮的小眼珠盯住他问：咋？你在调查他？他不置可否地摇头说：还没到这一步，但与我抓的陈铁军腐败案有牵连……

张永成脸露焦虑，说：怪不得狗东西，回海城不敢见我，原来有猫儿腻呢？建国郑重地问：如果启明涉案触犯法律，我该咋办呢？张永成一对浑黄色的小眼珠立马凸出来，竖眉说：共产党不是张家的私家党，你是共产党干部，按党纪国法办。建国的猫眼中，即刻涌上泪水来，说：我只有两个兄弟，不想失去他。张永成稀疏的头发根根竖立，如没头苍蝇似的在屋内转着，说：我知道你的难处，可那小子倔得像头牛，十年没与家里联系，都不认我这爸了。

建国坚定地说：他是您儿子、我的兄弟，我俩和妈一起努力，把他从违法的泥潭中拽回来。他可怜巴巴地问：如果拽不回来呢？建国沉默了，心里也在想着兄弟的任性与执拗，知他这样做是为证明给亲人们看——他是张家有能耐的男人。尽管被撞得头破血流，都不会因此而认输，就像小时候两人打架，吃亏也不向父母求援，只在没人处擦干血迹，爬起来继续战斗。如果还输，则把仇恨埋藏在心里，伺机再次进攻。那年启明在校园草坪上揍他，他没还手，知他对燕子的真情与自己内心的负疚，他没想到这场兄弟间恋人道义上的争劫，将演化为家族亲情的情仇故事……

张永成停止转圈，回头恶狠狠地说：小东西啊，不能手软，王子犯法与庶民同罪，党纪国法不容亵渎。你是有二十多年党龄的党员，是人民的法官，会像四十多年前我执行你亲爸那样，把他交给共和国的法律制裁！

建国在他烟盒内抽出一根烟，点燃吸一口，立即猛烈咳嗽起来……

这年秋天，陈小燕回海城办事，发现丈夫异常，知他卷入调查启明的案子中，不由也担忧起来。她问：你知我办庄园的资金从何而来？他说不知道。她说九年了！启明每年三十万先从深圳，后来在海城打过来的呀！他至今还捐助草原上失学的孩子，为千万个继红弥补由于历史造成的伤痕呀……

他说：我知道……但法律是公正的，我……没能力帮助他。她问爸妈知道这事吗？他说知道，爸的态度很坚决，说党纪国法不容亵渎。她忧伤地摇头说：做人得讲良心，这家庭对你恩重如山，怎忍心在两位老人家的心口……捅上一刀呢？他痛苦地用双手捧住头，嘴唇哆嗦着，说：我心里……比谁都焦急，可我是党的执法干部，不能以权谋私呀……

此时，随着公安部门的加入，建国已掌握兄弟在境外洗钱的情况，令他意外的是，促成这举措的线人，却是十年前与他相爱的宋英。他不再遵照医嘱，又像在草原工作时一样大口喝酒、大块吃肉。那个地方寒冷，酒肉可以去寒，可在这儿，他用来去除心头的寒意。

知启明犯案，张永成的心情变得烦躁，多次催促妻子与他联络，要进城把他拽回来，说：儿子是我生的，我对他负有责任，他不理我，我去找他，拽他投案自首向人民认罪。李纹负气说：当年你把他赶出家门，想到负责任没有？他气得哇哇大叫起来：这时候你还护犊子，是我把他赶出去的吗？他自个儿不成器，改革开放多少人下海，别人也像他一样犯案吗？

其实李纹在这时，心里比他还焦急哩。原先启明在电视里露面时，她还由衷地感到高兴，想他毕竟在部队锻炼过，历经艰辛，终于熬出个人样来，算是没辜负夫妇俩的期望。可忽然有人告诉她，这只是一座海市蜃楼，没基础的空中楼阁。那种欣喜之情顿时化成满腔的苦涩，如无数小虫一般，钻进心里，吞噬着她对亲生骨肉的思念。但她不像丈夫一样，喜怒形于色。她知这个家，随着子女们长大，已经分崩瓦解，唯独流淌在血液中的亲情，仍维系、联络着彼此的精神。可这仅仅是一种联络呀，儿大不由娘，路得由他们自己走哩！

李纹自参加工作，这位追求个性解放的新女性经过四十多年为人妇、为人母岁月的煎熬，逐渐变成忠于家庭职守的老妇人，把心思全花在了丈夫、儿女身上，力求成为贤妻良母，维护这家族的祥和安定。现在这家里，留下三位老人与一个孩子，她不仅要安慰急躁固执的丈夫，还得封锁消息不让卧床已久的母亲觉察，杨金香已病入膏肓，很快就要离开这世界了，之所以硬撑着没咽气，就是因为对外出的外孙还有盼头，如果让她知道事实，怕是死也闭不上眼睛。况且继红出年就要高考，正在拼搏阶段，不能让他卷入亲情的变故而分心……

她又整夜地失眠，眼前总浮现出儿女们幼时生活虽清苦却其乐融融的样子。那时启明也不听话，她总揍他，奇怪的是他并不躲避，歪着脖子由着她打，打过骂过还与她亲，可现在他长大了，十年不通音讯，变成她熟悉的陌生人。他还是以前那个有事嚷嚷，在心里存有个小九九，对任何事情都抱着热情的儿子吗？她怀疑在部队时，每周通信倾诉心迹的他，只是一个绚丽的幻觉，也许这世界上，根本就不存在这般的母子情深。

自两年前参加陈乾康追悼会后，张永成的身体已越来越虚弱，脾气也越来越暴躁。她的心头虽也因岁月的流逝而伤感，却充满着芬芳的宁静，甚至有一种淡淡的安定感。折腾大半辈子的丈夫，终于停止折腾，全身心投入祖先劳作过的贝母园里，像一个地道的农民，这于她来说无疑是一种解脱。他已彻底拉不净小便，每次总淅淅沥沥地在地面上残留尿渍，她不仅每天替他换洗短裤，还收拾卫生间。她曾异想天开地让他使用卫生巾与尿不湿，却被斩钉截铁地拒绝。他说：做了一辈子的男人，要我老来做女人吗？头脑中有封建思想的他，对女人下体用的东西有一种本能的抗拒，并阻止岳母和妻子，在外晾晒短裤和内衣。她只得任由他痛苦，两腿间因患湿气抓挠溃烂成疾……

没办法，她得顺着他，这辈子诸事她都顺着他哩。这些年来，战友与同事们都一个个先他谢世，她害怕稍有不慎，丈夫便会猝然离她而去……

陈乾康临终前还和人玩扑克，玩着玩着，身子缩到桌底下，胡月用手一试鼻息——停了，脸上却还浮着笑容。他八十岁时，还在街上摆牙医摊，拽无齿之妇胡月为人补牙齿，早上没练摊时，夫妇俩各拿着一把大扫帚，清扫街道做公益事业。临终前他迷上了赌搏，玩扑克牌也赌，参与者大都是子女有钱的老人。他别出心裁地在镇上搞了个老顽童协会，劫富济贫筹集善款。陈乾康过世后，张永成召集新四军老战士们开追悼会，对胡月说：我三个从部队下来，老秦最早走，四眼第二个，得热热闹闹地送他一程。胡月说：不必了，老陈前半辈子热闹，后半辈子却窝囊着，他嘱咐过，身后不办丧事。他接受建议，把大家集中在遗体前，唱了一首军歌：向前向前向前，我们的队伍向太阳……

半月后，李纹从启东的闪烁其辞中，获知启明的电话。她心里很矛盾，顺应丈夫进城探望儿子，犟牛般的启明能像当年继子一样，在恋槽的厩里给拽回头吗？如果父子俩闹僵，于启明可能变本加厉，增加案情复杂性；于丈夫这副身子骨，还经得住折腾吗？一旦铸成大祸，启明岂不成千夫所指的不肖子？

如此思前想后，她说服丈夫，让回城办继红转学的长媳陈小燕，先去探个虚实，了解启明的态度后再予定夺。她想长嫂代母，这家族该由她担责任了，何况儿子心里有她，说不定能使事态有挽回的生机哩……

陈小燕接受婆母的任务后，给启明打了三次电话，头一次没接，第二次还是不接，第三次通了。她说我是陈小燕。电话那头停了一下，回答我知道你是燕子。她问为何不接电话？他说他不处理公司事务，电话只是个摆设。她说爸、妈要进城来，先让我见你。他又停顿一会儿，说不合适吧？检察院在办我的案，领导夫人得避嫌……便咔嚓一声挂断电话，她再拨，一直忙音，后来传出一个清脆的女声：对不起，你拨的电话已停机……

正气恼间，她接到建国的电话，问：你在找启明？她说是呀。建国道：五分钟前，我接到他的电话。她问说啥？建国说：他不会见你的，不必再联络……她固执地问：我要你正面回答，他如何说？建国略微停顿：他说阿哥，两军开战，夺旗掠阵取上将军首级，有本事冲我来，不要为难爸妈，他俩老了，经不住打击……她又问你如何说？他说没法说，他停机了。

陈小燕决定去公司，想：你不愿见我，我还非要见你，谁让我们是亲人哪？爸妈上了年纪，你犯事，还不是在老人家心口捅刀子？

海城市的面貌变化很大，靠三江口的闹市区，街道被开辟成双向四车道，鳞次栉比地排满一幢幢高楼。三桥连通的诸马路上，各式商店林立，车水马龙人声鼎沸，晚上各幢大楼的霓虹灯亮起来，好像在放立体电影。这格局已与上海的外滩、香港的伊丽莎白大道一般。由于新建东方大港，货运量直追上海港，城市向东拓展，市井的繁华一直绵延到码头，成为东部最繁华的新兴商都……

海城人的骄傲，是这城市有着古老的商贸文化，秦、汉起就与外洋通商，上海外滩是仿照这儿造的，而香港伊丽莎白大道却模仿上海外滩。

启明的世纪之星公司，坐落在喧哗的江边，是一座镶嵌着有色玻璃墙面、挺气派的二十层商务写字楼。房子是租赁的，占了三层约一千五百平方楼面，隔江是新闻传媒集团，右边就是公司新开发的楼盘，建筑面积达两万平方米，比租赁的这幢大楼还大了一倍，属黄金地段的黄金楼盘。

陈小燕到公司，接待她的是梅子，她问启明呢？她说在美利坚合众国的旧金山哩。鬼话！她在心里骂着，脸上却仍平静地问：是他让你敷衍我的吗？梅子温顺地笑着，说咋会呢？你是他的亲人呀。梅子的总经理室，约三十平方米，布置虽不奢华，却有现代感：菠萝格的实木地板被擦得油光锃亮，四周的落地玻璃窗由深褐色的窗帘遮盖住，正中一张棕红色喷漆的大班桌上堆放着电脑和各种报表与资料，身后是一排码放着各种书籍的落地书柜。

在初见面的瞬间，梅子就意识到，她是启明的偶像。中年的陈小燕，身材保持得如少女一般，脸上肌肤白皙而富有光泽，穿一袭鲜红的滑雪衣，下身配牛仔裤，足蹬白色球鞋，走路富有弹性。见她打量自己，陈小燕也愣住了，这女孩儿身材高挑，容长脸形，弯月眼翘嘴唇，咋看都像当年自己的翻版……

两人站在办公室内，相互对视约有半分钟，各自把对方捉摸个透。陈小燕明白启明为何与她合伙，原来他还没忘记自己。这使她很感动，又觉得他的轻率。来这儿前，她已盘点过内蒙古药业和蔬菜公司属于自己的股份，欲助他一臂之力。对兄弟俩的情感纠纷，她心头存下一个死结。她一直没能弄清楚，自己究竟爱谁更多一些？两个都是死心眼儿的汉子，建国成熟呆板，处世目标明确，启明头脑灵活却任性得像个孩子。十年前盲目下海时，他给她写过信，说之所以离开这儿，是因为亲人的漠视，要活出个人样来，让大家知道他的能耐。她遗憾当时没劝阻他，下海经商是开拓一份事业，怎能任性赌气呢？

她知婆母因为继红读书，早想搬来海城住。继红十九岁了，暑期就要高考，海城重点高中比镇上强，建国有条件把他转过来，却忙于工作没办手续。公公的身体也不再适合住乡下，由于他的性格，晚年少有子女往来。这十年中他赶走启明，又与智林结仇较上劲，原因是她辞职下海后，为业务需要穿时装和高跟鞋，还经常与男人喝酒搓麻将，讯息传过来，他就不高兴，说这算哪个林子的鸟？每次她回家探望，他都皱眉对婆婆说：你看看成啥模样？穿双小鞋还带个跟……都几岁了？脸上涂厚厚一层脂粉，让人戳脊梁骨说我革命家庭没教养？小继红也早不听他讲革命故事，由婆婆踩自行车到县图书馆借书看了……

她坐下，梅子泡上一杯茶，说如果我没猜错，你就是嫂子陈小燕？

她点头：你是梅子吧？说着从随身所带坤包里，掏出一份存折，说你是公司经理，知这些年他一直汇款到内蒙古，连本带息有二百九十六万元哩，现在我把它带来物归原主。她笑着摇头说：这是私款，你应该退还给他，我只是他的管家，与他不是有法律关系的夫妻，没权利支配家族的财产。

为说话方便，两人驾车到江边日湖公园内，这儿依山傍水，风景优美。陈小燕的蒙药公司，在海城有业务往来，也常带人在这里聊天吃饭。

她开门见山地问：你爱他吗？梅子的眼里落下泪来，说嫂子，我可以喊你嫂子吗？她说我就是你嫂子呀。她犹豫一会儿，说你问这事，我的心头很害怕，大先生是个有能耐的人，他总有办法弄到钱，八年前他把公司交给我经营，但他从不把真相告诉我。我当经理只搞销售，不知资金来源与公司资产结构，他处世为人极为固执，只相信他自己，别人都不信。我知你还钱想要帮助他，可他不会接受你的好意，他从不接受别人的施舍……

她问他的身体，咋变得这样了？她的目光黯然下来，说四年多前，海南公司完成资本积累，大先生突然宣布，公司进入破产程序，于是就发生那桩车祸……那时，大先生操作着两个各不相干的公司，顺烽会馆的法人是我，只做融资和会员卡发放，资金由他转入另一公司暗箱操作，几年下来，顺烽亏损额达五千万元。债主纷沓上门，每天都有人搬东西砸门窗，法院的封条都没用，我很害怕，大先生却不闻不问，挟着个LV包包，移师至深圳炒股，后来就……

她问：银行借贷不是要凭资产抵押吗？梅子说问题的关键就在这儿，酒店的房子明明是承租经营，可到大先生手里，却变成固定资产重复抵押，购房协议是假的……梅子突然缄口不语，神色慌乱地打量着她。

陈小燕有些吃惊，问这就是他说的资本运作吗？梅子点点头，又顺着思路说下去：终于有一天，一辆车牌号为A10066的切诺基轿车，突如其来撞在大先生的奔驰车上。案发后他在医院躺了三个多月，出来时颈椎骨折，下身就不会动弹了……梅子眼睛红红地补充说：其实这会儿，他最想见的人就是你。可他不会见你，他不愿让亲人们见到他失败的模样。

她问如果公司倒闭，会落下多少债务？梅子想了想说：能拿回密斯宋放在国际金融市场的巨款，公司能转动就不会倒闭。她问密斯宋是谁？梅子说我也不知道。她只与大先生单线联系。她固执地又问：如果拿不回那笔巨款，需要赔偿多少？她目光游离地看她一会儿，低头说：起码有七八千万……

她听了这话，就知道启明摔倒了，在心头堵塞得难受。经过这些年的闯荡，她知道商界只是胜利者的舞台，靠的是众人拾柴火焰高，一落入困境就找不到朋友。她在离开梅子时泪流满脸，在心中叫喊着：启明呀启明，你这个傻瓜。我没有你想的那样崇高，我的心留在草原上，是因为我亏欠吉库什太多，建国有偿还的义务，他与我有继红，而你没有，你没必要把自己搭进去……

回来后，她给婆母打了个电话，说无论发生啥事，我和建国都不会丢下启明和公司不管，因为他俩是兄弟呀！接着，话筒里传出她的抽泣声：妈，无论如何您和爸得挺住……他兄弟最揪心的，就是家里的三位老人，这个家如果垮了，就啥都没有了……

李纹一句话也没说，放下话筒后，怔怔地坐了半天没动弹，知启明闯的祸，比她想象的还要严重……

31

张家兄弟们的重聚，在这年春节后杨金香的葬礼上，这时离建国调查世纪之星公司的经济案，已有大半年了。新年九十二岁的杨金香，在正月初二晚上终成正果。李纹在深夜两点打电话给启明（新号码又是启东告诉她的），说：阿大，你这没良心的杂种，阿婆临终时，声嘶力竭地喊着你的名字哩……

他悲哀地问：阿婆走了？

她说：走了，是人总要走的。

启明眼中的泪水，哗哗地流下来，如飞瀑不可抑制。又问：阿妈，她留下啥话？她说啥也没说，只喊着建国、你和启东的名字，你可以不认爸不认妈，也不能不认阿婆啊，她一把屎一把尿地把你们拉扯大，你总得送她一程……

手机铃声响起时，启明正与梅子搂在一起睡觉，残废后，他每晚须搂着她才能入眠。她见他握着手机只流泪不说话，便问咋了？他丢掉机子跳下床来，光脚踩在地板上，歇斯底里地抽打自个儿耳刮子。她上前搂住他问：你疯了？他流泪摇头说：为我每年寄鞋的阿婆，走了……她咋会没等我衣锦还乡，就走哩？

杨金香自在井边洗衣服时，摔过一跤，就没能再下床。李纹把她安置在厢房内，另装修了一个卫生间，开始由她服侍她，她不满意，说怪不得小猢狲们都离开你，你烧的菜也太难吃。她说难吃，他们不也都长大了？她问这是你的功劳吗？这几十年中没我持家，这些小猢狲们，会一个个地长成壮汉和婆娘？她没与她争执——人老了，都难伺候。杨金香早早吃素念佛，她知她喜吃酱腌食品，只在天街上买些花生酱、豆腐乳来下饭，她吃了一段时期，就不满意了，说你这阿囡呀，也太不孝顺，明知我口淡想吃鲜，只弄些便宜货糊弄我。她问您想吃啥呢？我去买。她瞪起眼睛说：我想吃山珍海味，你买得起吗？

到后期，杨金香的大小便不能自理，李纹雇保姆伺候她，她更挑剔，不是说人家太会吃饭，浪费粮食败这家；就说咋弄个只会画脸择衣的小姐来？花冤枉钱还找气受。后来她请来一个娘家侄孙女，她也不满意，吵着骂着把饭菜泼到人的脸上了，口口声声地说：自己是没儿女亲情的孤老，躺床上绝食让她滚蛋。这时杨金香已在晚上，哭喊外孙和外孙女们的名字，可惜大家都忙，没人回家陪她，那侄孙女又哭哭啼啼地要走，弄得李纹没办法，买来新衣服诱惑，还悄悄定制她爱吃的奶油蛋糕，好歹才把她给留下来。

杨金香临终时，瞪大眼睛喘息着不肯咽气，李纹问她想说啥？她挣扎着用手指着内衣口袋说：票，票……她帮她掏出来，见是用旧报纸裹住的存折和二百元现金，知这钱是建国年前给她的，存折却是启明在部队提干第一年交给她的工资。她问她干啥？杨金香喘息着说：钞票……还他们，我……用不着了……

这年启明已四十六岁，杨金香正好长他一倍，小时候她把他当儿子养，说只与女儿隔着一个肚皮。这晚上启明再也睡不着了，偎依在梅子怀里，哭得像个孩子，使梅子看到这个寡情的男人，也有内心柔软的一面。她不停拍着他的背，讷讷安慰说：阿婆活了九十二岁，是喜丧，不必过分伤心。他满脸是泪地喊叫起来：我咋能不伤心呢？这世界上最疼我的人走了……我都没来得及孝敬她，活着能算是个人吗？

天还没亮，他就让驾驶员华诚出车，梅子也要跟去，他凶狠地呵斥道：你凑啥闹猛？又不是张家明媒正娶的媳妇……

他走后，梅子伤心地哭泣起来，想自己跟着他已十年，忠心耿耿地照顾他，放在老家的小继根，也已经八岁，眼看就要读小学，却连个名分都没有……

启明返乡奔丧的途中，心里想着，幼时被外祖母搂怀入睡的情景。外面的世界很大，那时他心中只有这张慈祥的脸，她闪亮的眼睛，是他的日月星辰，她高挺的鼻梁和突兀的颧骨，是他的高山峻岭；她温暖的怀抱，就是他安全的港湾。她是他整个的世界。她扬起那双柔软的手，在他背上轻轻地拍着，嘴里哼着他至今记忆犹新的儿歌：

摇呀摇，摇到外婆桥，

外婆怀里睡宝宝。
睡醒阿舅摘葡萄，
宝宝吃了活蹦跳。
……

六十多公里的路程，不算遥远，但他已经等不及了，不时地催促华诚开快一些。他的心里只有一个念头，想再看一眼外祖母的遗容，想知道她临终给他留下了啥？他知老人头脑中有封建思想，只对堂兄和他还有启东特别亲。从小到大都这样，穿衣让他穿新的，有好吃的必留给他一口，风烛残年了，还每年给兄弟仨做鞋。这鞋他在部队收到过，离开这儿后没有收到，但自启东来过公司，她又整整齐齐地邮来九双新鞋。他知道这些鞋，都是她开始在山南三墩桥、后来在沿海七房池、最后在老宅祠堂，自言自语地哼着曲儿，一针一线纳出来的。

收到这些鞋后，他独自哭过几次，想她还与过去一样，不管他走到哪儿，都会在心头惦记着他，现在她走了，这个家还有人如此刻骨铭心地惦记他吗？

自陈小燕到过公司后，李纹又像以前他在部队时一样，每周给他写信，这些信他没读，读了就会受不了。他知父母也在牵挂着他，可这牵挂与外祖母不同，两者相比，外祖母的爱更为凝重、更多单纯、更加宽厚，对他只有付出，没有索取，是那么令人眷念与痴迷。路上他还想着堂兄与燕子，想着启东和智云、智林、智枫、智群四个妹妹，以及妹夫和外甥儿女们……他开始怀疑当年远走异乡、拼搏商海的价值，无非是向亲人们证明，他是比阿哥更有能耐、更能担当家族责任的男人。如今十年过去，外祖母没能见到他出息便撒手人世，在世的父母又能再活几年呢？他的所谓奋斗，在家族亲情面前算得上什么？十年的时间不算短暂，结果却令人撕心裂肺、肝肠寸断。多少年来，他都在憧憬着这刻的相会，可再次相见时，面对着逝去的亲人，他与父母兄弟姐妹们，又能说些啥呢？

华诚把他弄下轿车，推着轮椅进门时，张家祠堂内已挤满人。路上残留积雪，炽白的太阳挂在苍穹，拂脸的春风充满寒意，他穿着一身洁白的西装，脚蹬白色的进口皮鞋，满脸羞愧地手拨着轮盘，一步一泣地走向灵堂。身穿军大衣的父亲走过来，黑沉着脸，在他胸前戴上黑花，他生涩地喊了一声老革命，他没反应，脸色哀伤地退到一旁去了。他感到折腾一辈子、强壮而又自负的父亲，此时此刻，显得那么衰弱、那么疲惫，像一根经霜雪蹂躏、残留在田野里的老茄子。

他看到被妹妹们搀扶着的母亲，平素清秀俏丽、酷爱整洁的她，仿佛一夜间变老了，皓首苍颜，蛛网交织的皱纹爬满脸庞。他拨动轮椅，依偎在她身旁，见外祖母穿着老衣、枯萎得如孩童般的身子，直挺挺地躺在门板上，脸上蒙住一块白布，一双缠过放开的半小脚，像包裹的糯米粽，秀气而坚挺，在声声召唤着亲人们回归。她的身边，跪着身穿寿衣的启东……

他感受到一种庄严肃穆的气氛，心头酸酸地堵塞得难受。

吃过老年羹饭后，李纹脸容悲哀地走到他的身边，把一张旧报纸包住的硬纸片放到他的手里。他问这是啥？她说是阿婆留给你的，你自己看吧？他一层层地打开，见里面是一张存折，共二百四十元，存入时间在二十二年前。他饱含着热泪，回想起自己的童年，每当杨金香负气整理藤箱欲回老家时，建国带他与弟妹阻止她。她流泪问：现在阿婆照顾你们，以后老了，谁养？建国说我来养，他也说我养，阿二、阿三后来还有阿四、阿五都争着说：我养……那时还没启东哩。记得当时他豪迈地说：你们都不要争，等以后我长大，赚来工资全交给阿婆。她问你把工资交给我，不娶妻生子做阿爸了？他犹豫一下回答：我把第一年的工资交给您，再娶妻生子过日子。她流泪抱住他：好孩子呀，可惜那时……阿婆早成阎罗王嘴里的食。

他固执地追问：阿婆还留下啥？李纹含泪望着他说：难道你不明白？人死如灯灭，啥也留不下，你阿婆是个凡人，能留下啥呢？启明在这一瞬间，大彻大悟：阿婆啥都没留下，可留下建国和他这些兄弟姐妹们呀。他伏倒在她的身上，放声大哭起来：阿婆，您答应我活到一百岁，咋就走了呀？

他哭了很久，肝肠寸断，其声甚哀。启东走过来，把一件旧军大衣披在他身上，这大衣是张永成围海建塘时，向部队索取来的，跟随他已有三十多年，刚才还穿在身上哩，现在脱下拿给他，说天寒，你哥穿着西装单薄哩……

这时，建国和陈小燕赶在返乡途中，草原上正下着鹅毛大雪哩。天空灰蒙蒙的，大地却一片洁白，郭晓明驾着皮卡车，顶风冒雪地送他俩赶赴机场……

夫妇俩在春节前复返草原，那时天色还晴朗，气象预报并没预报下雪。

建国联系的一家外资公司老总欧立克，到海城找他搞环保项目，洋人不过春节，过的是圣诞，他就趁假期与陈小燕一起，把他引荐到这儿见郭晓明。

接到继母的电话后，建国就催妻子动身。平时生性爽快的她，这日却特别磨蹭。先是冒雪出门，在庄园小木屋外绕了一圈，又进马棚探看，用手摸着那匹骢花马流泪，后来回至房内，问丈夫穿啥衣服奔丧合适？他帮她选择了蒙古袍。她穿上对着镜子照了好久，把那些穿过的蒙古袍，全叠放进旅行箱里。这时她已下决心离开这儿，帮助启明把公司维持下去。整整二十多年，她对这座由吉库什搭建起来的小木屋，有着太多的东西放不下，那位侏儒老人已经辞世，她当经理的蔬菜公司也谈妥转让，小木屋和占地一百五十亩的庄园由新任承包者接管，这个异乡的家已没有亲人。她预感到这次离去，会永远地告别这块土地，在心中充满着浓浓的忧伤……

欧立克还留那儿考察一段时间，陈小燕却向郭晓明提出辞呈，让他买断她留在公司的股份。他问她，是否因为建国工作调动？她摇头说不是，是那块土地上，有我一段舍弃不下的亲情。至此建国明白，妻子已做好援手兄弟的准备。

陈小燕在确知启明公司的债务后，提出与丈夫离婚。他问她为何？她说不为何，只是觉得亏欠这家族太多。他知她的心里，放不下启明，胸口涌上一阵阵酸楚来，并不因为妒忌，而是惋惜让妻子替代他，为家庭承担更多的责任，他呆立在她身边，什么话也没有说，一双幽深晶亮的猫眼中，噙满了泪水。

她熟悉他的这种表情，每当两人出现情感分歧，他总是这般一副模样。现在启明的案情逐渐清楚，行贿陈铁军和挪用的保险金，已经部分归还，法律尚没执行，因为有境外资金的涉入，这是一个巨大的窟窿，为收回流向国际金融的散资，公安部门已联络国际刑警，寻找杨汝奎。

路上他问：你真要帮他把公司维持下去？

她说不仅仅是公司，我得把这个家的亲情，维系下去呀。陈小燕已不能生育，这些年有新政策出台，他想再要个孩子，可她无法满足。说要不我俩离了吧？你与别人再生一个。听她这般说，他很生气，说我是不负责任的人吗？她说我知你不是这样的人，我却是这样的人，亏欠人太多，觉得心里难受……

他悲哀地问：难道没更好的解决办法吗？她说你是执法的公务员，直系亲属不能在当地经商，所以我去他的公司，必得离开你。他说我能理解，可是继红呢？她说他也会理解的，鱼与熊掌不能兼得，就像你当年舍弃在沿海的待遇，千里迢迢地到草原和我一起创业，难道仅仅为了爱情吗？

建国许久无言，想起白发苍苍的继父母得知案情后，哀告长媳沟通、欲进城执法的残忍，在心中掀起巨大的感情风暴。讪讪地追问：是不是你心里，一直没能忘记他？她想了想，坦率承认说：我无法欺骗自己的感情，他孤注一掷走到这一步，有你与我的责任，可我，除了吉库什和你，啥都没为他付出过。他的心在泣血，想起二十年前，兄弟为惩罚他舍弃初恋，为她挥舞铁硬的拳头，两人复合后，他赌气南下淘金的桩桩件件，知她为维护家族的尊严，又一次牺牲安定走向艰辛。他问：你还像以前一样爱我吗？她说爱呀，我爱这个家哩，不能让白发苍苍的爸妈，为这事遭受世人冷眼。

他不再说话，眼中泪珠如豆，她发觉他的哀伤，猫儿般地蜷缩在他怀中，伸出柔柔的指头，抹去他的泪，讷讷地说：呆瓜，别多想了，我俩经历过那么多事，有啥说不明白？我还是你的燕子嘛……

在陈小燕的人生经历中，尝试过这种沉重之爱的滋味，她仍在想着吉库什哩，是这个鲁莽而又善良的蒙古族汉子，给了建国和她一张草原上最美的脸……

但那天，夫妇俩没搭上飞机，原因是呼市暴风雪机场停航。两人先乘火车到北京，原本下大雪火车也停开，但这天是初雪，铁轨尚没冻住，他俩买到一张坐票一张站票，就交换着休息，在北京站又耽搁，最终买到两张高价票飞回来。

至此他和她都知道：与那块充满理想和梦幻的土地断了联系。

建国夫妇赶回老宅，已经是初五了，全家人正为杨金香出殡。启东搀扶着泪眼婆娑的继母，与黑沉着脸的继父、推着坐轮椅的启明走在前面，继红捧着太祖母遗像紧随其后，后面是四个妹妹、妹夫、外甥、外甥女、张岩峰和村人们长长的送葬队伍……

启明回家了，外祖母的逝世使他似迷途羔羊，重回到这家族中。建国心头一热，双眼顿时湿润，在哀乐声中呆怔一会儿，眼前涌动起少年时，兄弟相亲相爱的家庭温情。接着，他似当年继父训练体能般地跑步过去，撕心裂肺地喊叫一声，阿婆——您咋不等等我哩？

陈小燕手拿着花圈，伤感地站在那棵偌大的柿子树下，像那次送小继红回家见公婆时一般，双眼弯曲眯拢，在眼角喷涌出泪花，脸上表情似笑非笑地看着这一大家子人，心想：多好，全家人为老人家喜丧，又团聚一起了。

送葬队伍停住了，家人们纷纷回过头来，望着跑步过来的建国与站在不远处的陈小燕，脸上涌动着家族亲情的波涛……

陈小燕也跑了过来，在口里喊着爸、妈，兄弟与姐妹……

杨金香的葬礼很快结束，张永成成全她土葬的意愿，在李传忠荒芜的墓旁，为她竖立一块大理石墓碑，碑上由他题字。他的字不漂亮，却自告奋勇地提出写碑，说阿姆走了，我得为她竖块碑，留给后人一个念想哩。

杨金香入葬时，建国看到启明坐轮椅上，用打火机点燃一沓钱烧，知这是他孝敬老人的零花钱。想起幼时两人依偎在逝者怀里的岁月，心里突然有一种冲动，想过去抱住兄弟，诉说童年的往事，但这念头只一闪，就很快熄灭。他从他冷漠的脸上，看出兄弟不会就此止步，只要脚下还有条路走，即使是悬崖峭壁，也会义无反顾地走下去。他不会接受他的亲情，更不会接受他的规劝。继父说过，张家的男人，都像拴在青草地上的牛，不知道回头……

他该咋办，咋办呢？

他忽然理解了继父当年任公安局长时，签名枪决他生父的行为。

回程路上，张永成还黑沉着脸，推着启明的轮椅车，父子俩见面后没说过话，心灵却已对应上，这种血缘相连的亲情，是不需要语言表达的。下山道路坎坷，他双手死死拉住轮框，身子后仰用脚铆足劲。启明同样封存着脸，扶住轮盘机械地转动着，眼睛里发出两道桀骜不驯的光来。建国很想上前替继父推车，却被兄弟的目光拒绝。他那双漆黑的猫眼中，闪烁出些许的忧伤来，但仅一瞬间，就出现坦诚与明亮。他努力地在阳光下瞪大眼睛，流露出凛然的光辉。

张永成注意到兄弟俩目光的交流与触碰，在那双锐亮的小眼睛中，出现半是赞许半是失落的幽光。他同样注目启东，发觉他的目光闪烁不定，似乎在判断两位兄长的善恶是非，又似乎在回避着什么东西。

杨金香的逝世，促使这个家族亲情回归。李纹与陈小燕的目光，也久久地交织在一处，交换着对亲人的理解和关切。心思缜密的陈小燕，知道这时婆母心中，更多的是对全家人亲情的担忧。小继红已长得比婆母高了，但他的目光仍洁净如水，带着还没涉世的孩童般的纯真，一路上，他的一双手汗津津的，始终拉着婆母和她的手，传递出关切的信息。陈小燕的心始终怦怦地剧跳着，这四个男人都是她的亲人，她和婆母有着同样的担忧：相聚未必是好事，一场暴风骤雨般的家庭亲情伦理大战，即将在张家的男人们中爆发。相互间目光的交流，只是战前短暂的平静，就像夏日晴朗的天空，刚刚还风和日丽、霞蔚云蒸，突然间响雷掠过苍穹，天色骤变，倾盆大雨立马席卷横扫大地。

但是没有，在过去的两天里，异常平静，全家人都笼罩在哀悼杨金香的沉痛中。大家和睦地坐到一起饮茶吃饭，谁都没提启明和公司的事。直到建国上班前的那天晚上，启明才主动挑衅，转动着轮椅过来招呼说：哥，下盘棋吧？建国愣了愣神，说好呀，正想与你手谈交流哩。两人便在堂屋摆开围棋，凶狠地厮杀起来。这兄弟仨的棋，建国教会启明、启明教会启东，建国与启明棋艺平平，高手却是启东。过了一会儿，启东走过来，沉默地坐在旁边看，观棋不言真君子嘛！

这局棋下了近两小时，还没到残局，启东摇着头走了，建国与启明却继续下。又下了十来分钟，启明抬起头说：哥，你是高手，赢了。建国用手比画道：四只角，我拿下三只，能不赢吗？启明笑道：我还有一只角嘛，你咋不赶尽杀绝？他没有回答，站起来摇摇晃晃地走开。你拿不下来哩，启明在他身后喊道：高兴吗？从小到大，我都没赢过你……

建国回头看他一眼，点了点头，知兄弟在向他挑战哩！

次日晨起时，检察院的公车到了，陈小燕带继红跟建国回城，她已和李纹商量妥，以家属的名义，进驻世纪之星公司上班。

他俩走后，启明也要回城。华诚把奔驰车开到门口载他，却被父母拦住了。他挣扎着要离开，说阿哥有工作，我也有工作呀。张永成说他的事是正事，你的事……启明说我的事也是正事呀！李纹冒着泪花道：阿大，你从小就犟头倔脑不听话，这次就听你爸一回，他都七十七岁，在这世上还能有几年？

他还坚持要走，说我身后有六百多下岗工人的生活，不回去公司就会垮掉。让华诚抱他到车上。张永成的脸色变了，沙哑着嗓门道：你要敢走，我就撞死在这里。说着，全身颤抖地坐在车前的地上，泪如飞瀑：儿子啊，十年前爸把你赶出家门，错了……

启明震惊了，年迈的父亲拉下这张老脸，决心与他厮杀到底了。他问：是阿哥要我留下……还是您二位老人家的决定？他说是我与你妈呀……张家人争气不争财，做任何事都要上对得起祖宗，下对得起后人……

他愣住了，知自己失去与堂兄下围棋的最后一只角。

父母软禁了启明，冷眼旁观的启东，判断出张家大义灭亲的历史悲剧，即将重演。自从高中毕业前一年，离休后的父亲，带领家人回老宅，宣布和母亲回乡定居，在山林里看过唧唧咕、唧唧咕吟唱的红襟鸟后，启东就明白这家族的亲情，维系在对祖宗承诺的基础上，聪慧的他虽没说一句话，心里早把自己当做这鸟儿了。想张家三兄弟，谁能吟唱到最后？历史将会作出郑重的选择！

这时期，他在网上搜集大量境外股市信息，经过分析，认为世纪之星公司，很快就会案发。他开始隔三差五地回家，观察父母的神色，发现建国与老两口似乎已形成默契，不会因亲情放过违法的兄弟。

外祖母出丧后，他曾悄悄提醒启明，离开这是非之地另作他图，但他没答应，坐在轮椅上苦笑道：谁叫我是站着撒尿的，男人做事得有个担当嘛。他知本性耿直的兄长，已打算为公司殉葬，在心里有些惋惜，觉得经济这玩意儿，真像一块巨大的魔方，旋转得越快，就越无法找到正确的答案。他感到自己，已到该冷静下来的时候了。

去年初，他回村没见父母，也没去看刘霞，拿着支票径直去张岩峰家报到，说书记，我回来了。张岩峰正端着一只大海碗，吸溜溜地就着霉豆腐喝稀粥。见他手提电脑包、风尘仆仆的模样，端详着他说：你走了快两年，有人说在城里踩三轮车……阿霞在等着你哩！他尴尬地笑问：听说她生了个女儿？他说是呀，我的外孙囡，取名叫旭晨。他问为何叫旭晨呢？他讨好地说：不好听吗？其实是你爸的主意，代表村庄美好前程，大侄儿，你还不知道哩，前山古越遗址被列入联合国遗产，去年新加坡派人拍电影，叫《文明的曙光》，把山林里的那些红襟鸟，也都拍了去，说我们的祖先越人部落，都是这些鸟变的哩。他愣了一下，知道双鸟昇日，是越人的图腾，这些在撰写交通部教材《海洋经济地理》时，他已经知道了，没想到还拍了电影。讪讪地问：厂子谁在弄？他抓抓头皮道：还能有谁？阿霞呀。他问效益还好吗？他说马马虎虎，总比在田里摸索强。

他发现他老得很快，变得越来越像父亲。张家的人，到老模样都差不多，脸型棱角分明，头发只留四周一圈，余全脱光，脸上的皱纹一波一波，像大海中的惊涛骇浪一样，显示出岁月沧桑变迁的无奈。他心里隐隐现出同情来，这是领着村里的小伙姑娘们扛机器办厂，炸山造路、竖电线杆换变电器的带头人吗？现在村里的青壮年，凡有些能耐的大都外出打工不种田，与城内下岗工人抢饭碗。他知大家这样，都想活得好一点儿，人生短短几十年，好过歹过都是过，活着总希望过得好些，现在农村的粮食已够吃，人们需要像城里人一样，使用电气化和实现现代化，改善生存环境和提高生活质量。

他把支票放桌上时，张岩峰吃惊地瞪大眼睛，如田螺一般滚圆，说三百万呀！大侄子，你不会做了啥对不起祖宗的事？他说放心，钱的来路正当，我投资村合作社发展做成本。他欣喜地点头，说孩子呀，我还真没看错人。他问您是咋看我的呀？我，嘿嘿……张岩峰用手又抓头皮：这村子是你祖籍，以为你属于城里人，不会与我们农民一条心，现在明白了，你还真是我的外甥女婿哩。

启东回村，凭兄弟的捐助款，被选为村长。张岩峰说：我知你廿四房风水好，会出大贵人，外甥女婿呀，现在你可以改造村子面貌了。他说您还没培养我入党哩？他点头说不急不急，男人先成家后立业呗，你得和阿霞结婚再生个胖男娃，你爸不大喜欢女孩儿。他说这不是破坏计划生育吗？他嘿嘿笑着，说是破坏政策，但凡事都有个特殊，你是村里引进的人才嘛。

经历过这些事，启东长大了，回村后思考兄弟仨的人生价值，即父亲提出：廿四房的子孙，做每件事都得扪心自问：待离开这世界时，为这块土地上留下什么？难道他留下的，仅仅是张岩峰所说，爸妈喜欢的男娃儿吗？自在海城见过兄弟，他已想脚踏实地办些大事了，这是他少年时在心头憧憬的愿望。人生一世，总得在这块土地留下一点儿痕迹。尽管有时他还会思念温萌萌，也想吕敏芳，上网与她俩聊天，在心里转着肮脏的念头，说些荤腥话，却不会再认真招惹她们，把心渐渐放在刘霞与企业上……

温萌萌已嫁人，并有了一个男孩儿，稳定的生活使她变得庸俗，在网上与他聊孕妇装、丈夫和性感短裤、婴儿奶粉品牌的琐事，流露出小妇人胸无大志的幸福感。有一次他心血来潮，问：你还像过去那样爱我吗？她犹豫一会儿说：还爱哩。他开玩笑道：我想知道你生孩子后，体形的变化，能把裸照传给我吗？她骂他无聊。他想他是无聊，你不也无聊吗？现在他聊得来的还是吕敏芳，问她身上还过敏吗？她就扯开衣服，通过探头让他看，说你看有没有呀？这样他觉得开心。在工作之余逗逗女孩儿玩，还真是人生一道景观哩，就像闷热的夏天，汗流浃背，四周又密不透风，突然天降甘霖，气温骤降下来……

他开始习惯山里的新鲜空气，觉得以前的想法很幼稚，互联网使这个世界变得窄小，繁华风景和人生美丽不一定亲身经历，他要做的是，眼下这村子婆婆妈妈的琐事。但他仍没与刘霞结婚，张岩峰几次催他把证办了，他却含糊其辞地说工作忙拖着。他在网上与吕敏芳保持联系，寂寞了就到刘霞处过夜，她守在镇上的商品房里，开摩托车到厂里上下班，知他的心还在犹豫、还在飞翔，也不再催促办证了，反正已有了小芭比（他对女儿的爱称），你又跑不到哪里去，就这样不明不白地过着，总有一天你的心不再野了，会与我厮守终生……

启明即将东窗事发，使启东感到天地的狭小，警觉地联想起从兄弟处拿来的发展资本，找张岩峰问：我交村里的三百万，您想不想变成六百万元？他狐疑地打量着他，嘴里像害牙痛病似的咝咝响着，说你有这能力吗？他再问：六千万、六亿元呢？张岩峰摇头道：我们农民有句话，种在田里的禾稻是老天爷的，谷子收进仓才算自家的。他笑了起来，提醒说书记，知道比尔·盖茨吗？不到三百万元起家的哩。他听这话立即崩溃，说三百万元，还放在银行里没动哩……

临走前晚，启东回镇上商品房，把屋内的电灯全拧亮，开大音响，在DVD中放着流行歌曲，与刘霞轰轰烈烈、淋漓酣畅地做了一次爱。刘霞有些激动，问今晚咋啦？他说与你生男娃儿呗！做完爱，他坐在被窝内抽烟，刘霞去冲洗了。这位村办厂的女厂长，个人消费极其苛刻，房内不安装空调，也没热水器，用冷水冲浴，时天还冷着，她边洗边在口里嘘嘘响着，两条白嫩的长腿，如舞厅跳快三似的跺着。小女子的心头，洋溢着幸福哩，他虽说没与她扯证，但小芭比已三岁，爷爷奶奶、舅公舅婆都认，一张纸片真那么重要吗？

她做梦也没想到，准丈夫明日就将要离开她母女，再次展翅高飞……

启东谁都没打招呼，进城买张机票飞走了，他得留住兄弟的三百万元钱，为公司再次崛起，保留财富的火种。这念头，在启明被父母亲情感化时已萌生，他不愿城门失火、殃及池鱼，明白这场战役出奇制胜的关键，在于兄弟俩的心灵相通和神秘联系。他给刘霞留下一张字条，写在大红鹰的烟盒上：

别理会别人说啥，我会信守承诺回来的！

启明在村子里，被囚禁了三个月，不知启东已提走三百万元钱溜之夭夭，还在心里责怪，兄弟不讲义气，也不回家探望他。他知专案组已进驻公司，电话指示梅子配合调查，也知陈小燕已上班，协助专案组清理资产结构，心里反倒平静下来，想你们就查吧，最多是操作失误，只要杨汝奎那笔境外资金不丢失，就是入狱，也有东山再起的一天。

夫妇俩没提公司涉案的事，老革命每天蜷缩身子，坐在西屋角一把老藤椅上，向他喋喋不休地讲述家族前史。李纹也端条矮凳坐在他俩的中间，补充着他兄弟俩幼时的淘气故事。初春的阳光很好，天气还寒冷着，山里的空气非常滋润。遇上天阴时，老革命会犯腰背痛，这是战争馈赠给他的礼物，使他不能忘怀那个年代的刀光剑影和血雨腥风。这时候，他会把藤椅移进屋，漆黑着脸在靠窗一角坐下来，和他面对面地相互凝视一会儿，那对浊黄色的小眼珠就死死盯咬住他，仿佛怕他在眼前消失似的，又继续昨天的故事。

这种泛黄的老故事，于启明来说，没多大兴趣，这个时代已经历了一种伟大的变迁，就像一部沉重的大书，翻过去就成为历史，由学者们躲在书斋里研究，而他是个冲锋陷阵的战士。这样，他就有一种被关进笼子的感觉，心头甚为不畅，但他知道，这亲情教育课才拉开序幕，如果他逃课，会使父母感到伤心，而且从阵势上看，他俩也不会轻易放虎归山。他真不明白没爱好的父母，是如何与外祖母、小继红相伴度过这漫长的十年时光？开始他认为人老话多，无非是上课，就算尽孝心，也让老革命过过教育儿子的瘾，但时间一长，他发现在情感上承受不了。这是一个什么样的家族呀？竟构筑出一幅共和国的百年史。这个家族为何因亲情疏离内讧，又如何被外族欺侮奋发图强，不断地出走与固守，难道不是因为国家羸弱和贫困造成的吗？这历史知识，他应该在上小学时就知道呀，可为何今天还需要父母重复……

这使他想起自己所担负的社会责任来，明白父母把他留下，是为明确这代人应尽的义务，就像一条河流，水流向大海时，必要冲决层层阻隔……

现在李纹搬来铺盖，晚上与他睡一床。他惊讶地问：妈，我都这么大的男人了？您还……她笑着抽他屁股，说还大男人？小时候我每夜给你换尿布，怕你尿床还在你屁股上包灰袋哩，长大知道嫌烦我了？他睡觉时脚趾冰凉，整夜地暖不过来，她把他的脚抱过来，暖胸口焐到天亮。他含泪问她为何这般？她说你不听爸的课，该听我的课呀，你都离开妈多少年了，欠下的情该还给我哩。你爸身上也有伤，这些年的冬天，我都用这方式，为他疗伤哩……

他很感动，知母亲凭借最后的体温，在温暖着他的心哩。

如此过了半月，军训课开始了。每日东方泛白，窗外红襟鸟们唧唧咕、唧唧咕地啼叫起来时，夫妇俩相帮着，把他从被窝里拽出来。他俩的脸上都露着满足的笑容，在清晨的第一缕霞光中，似大力神一般，把人高马大、不能行路的儿子，扛进卫生间里用冷水沐浴。启明受不了这虐待，说爸、妈，干啥呢？张永成说：最孬的男人也应该站着走路，你一天没站起来，我就一天不让你走。启明问：我一辈子站不起来呢？张永成说：那我让你一辈子窝在山里面，别去外面丢人现眼了。夫妇俩手里，各拿着一块毛巾，拼命搓擦他的双腿和身体，边擦边问他：有没有知觉？直至全身皮肤变得通红，他大声喊痛方才停住。

这时窗外林子里的红襟鸟们已喧哗成一片，启明还在冷水中泡着，身子麻木着。张永成问：记得当年实施军训，我向你兄弟俩讲过红襟鸟的故事吗？他点头说记得哩，你离休后带全家来这儿，我见过这鸟儿……他推开窗户，指着那些在晨雾中，上下穿梭、犹如陨星闪亮的殷红斑点，说：这就是红襟鸟呀！他顺着他手指的方向，抬头望去，见这种麻雀般大小的鸟儿，鼓腮鸣叫，折腾在林子的枝丫间，不由问：千百年来，它们每天都这般啼叫着？他说是的，千百年来每天都这般啼叫……

张永成问：现在你明白了吗？我为何逼着你离家出息，又为何非让你站起来？启明落泪了，心如一团乱麻，在额角沁出一颗颗的汗珠来。说：明白了，我张家的祖先，是这鸟儿变成的哩。他叹息道：儿子，你是个男人啊，这世界允许男人犯错，却不允许男人躺下变成尿包，靠别人的搀扶和恩施活着……

这般折腾后，始用早餐，李纹端上掺入铁皮枫斛的药材粥。张永成在这方面无师自通，在老宅这十几年中，研制出许多保健养生的药粥，虽没治好自己小便淅淅沥沥的毛病，却控制住身上陈伤的发作。现在，他把这创举贡献给后人。

饭后，夫妇俩推着轮椅车，来到洒满露珠的山道上，搀扶他爬山恢复体能。李纹知他好面子，专挑山后隐蔽的道上走。到了坡下，张永成命令说：你要使自己站起来，就得尝试着往山上走。他痛得大汗淋漓，哀告说爸妈呀，饶了我吧，我站不起来了。他虎起脸骂道：站不起来就爬，当过兵的男人就这点儿出息？战争年代就是逃兵。他哀伤地问：爸，您以前不是不要我了吗？他说：你傻呀，这世界上的人，有开除党籍国籍的，能有开除祖籍、父籍的吗？李纹也噙着泪花鼓励说：坚持住，你爸老了，别的已帮不上你，只想让你站着做一个人！

启明感到脚下的土地，变得渐渐坚实起来，心头充满感恩之情，想我就是这辈子站不起来了，也得看父母这番苦心每天爬着……

这样说着练着，他的腿竟慢慢恢复活力。每当他大汗淋漓站不稳时，夫妇俩便拖负着他的身子，艰难地爬行在山道上，张永成说：以前老乡们在战场救护伤员，都爬着上前线的，只要你在爬着，就有希望站立起来。

这期间，启明心头仍挂念着公司，刚住下时，梅子天天向他汇报工作，现在却很长时间没有电话。他打手机过去，她有时不接，接听也心不在焉，他问她为何？她不正面回答，说在电话里说不清楚，等他回来再说。他问是不是专案组进驻，你不方便主持工作？她说这倒没有，专案组只查问题，不干涉经营活动。有一次在电话中，她吞吞吐吐地告诉他，说陈小燕在审核融资的账本。他问谁给的权力？她说有爸妈的委托书哩。他显出忧虑来，不明白她想干啥。

在村里妇孺老少忙着插秧时，启明已经能站起来，依靠拐棍走路。他想回公司去了，张永成没阻拦他，说公司的事，我不懂，由你哥按法律程序办哩，只嘱咐一句话，如果你还是山林里的一只红襟鸟，就是粉身碎骨，也别忘了泣血司晨的责任。他点头答应，说我会的。接着他问他还是不是中共党员？他说是的，我没退过党。又问有多久没过组织生活了？他说都中断有十年了。他叹息道：我和你妈都是党员哩，党员得守党的纪律，回去向专案组报到，参加组织生活。启明说：可是，我是私营企业主呀。李纹补充道：共产党是执政党，只要你是中国公民，就得接受党的领导。

回城前，张永成叫上张岩峰为启明辞行，介绍说：这是我在城里经商的儿子。张岩峰说你好福气呀，三个儿子，一个当官，一个经商，一个办企业。张永成干涩地笑道：是好福气，可惜儿大不由娘，操心着哩。说着把一对小眼珠盯住了启明，说他可是搞国际大公司的经理啊。张岩峰附和道：山旮旯内飞出的金凤凰哩！询问公司有多少注册资金，他回答：五千万元吧？他瞪大眼睛，似仰望神明般地注视着他，说比村里启东的公司大几十倍哩。

启明的脸，陡地红了，不知如何向亲人们解释他这公司。

32

刚过端午节，启明归案进拘留所，被国际刑警追缉的杨汝奎再次掐断音讯，使公司抛在国际金融市场的巨额资金，成为无本之木、无源之水……

回城后，建国认真地找堂弟谈了一次话。说公安部门的材料我看了，性质很严重。他说我知道，只要公司的资金链不断，还能东山再起。建国摇头说：兄弟呀，等不住的，法律不徇私情，你找个好律师吧。他问公司咋办？他说这世界没有救世主，离开谁，地球都照样转动，你准备承担个人的责任吧。

他愿意承担责任，却想保留公司，有责任保护受害者，特别是那些孤独无依、把人生信念寄托在谋生的下岗工人和城市贫民。如果公司进入破产程序，这些人就变得一无所有。经过冷静思索后，他召来合伙人宋英谈判，说：我把你融资的钱，放到境外做股票亏损，现在这条船要沉，我俩没必要捆绑在一起……

她变脸问：你这是在同情我吗？他黯然摇头说：恰恰相反，我为这家族的声誉，决定不使自己继续沉沦。她冷笑道：你就这么信赖我吗？他说天下没有不散的筵席，你没必要与我一起殉葬，我与人合作，最长的友谊只保持三年。她问杨汝奎呢？他笑起来：正因为他，才使我有今天的走麦城，我俩最忠诚的友谊在深圳，一瓶啤酒两个喝，他一口、我一口，比兄弟还亲，但有了钱，哈哈，性质就发生变化。我的不义在于贪欲和利用梅子，他的回报则更为贪婪——残忍地雇凶撞车，卷走我的全部家当。现在旧戏重演，这里面没你的角色，但你必须帮我做一件事，出国找到他……

宋英哭了起来。当年建国绝情去了内蒙古，她辞职离开沿海，嫁给北京部级干部子弟、中小企业投资公司的经理，帮他建立业务渠道做投融资，两人貌合神离敷衍了七年。三年前她才在网上认识启明，两人一谈如故，回海城与公司合作重操旧业，没想到这座被她视为下半辈子依靠的大厦，即刻将倾？

他见她抽动肩膀哭得伤心，讪讪地问：你认识我的堂兄建国吗？宋英坦率承认是她的初恋情人。启明笑起来，说我忘了你是我爸战友的女儿，两家是世交哩。宋英还是哭，他安慰说：要奋斗就会有牺牲，你的事我会承担责任。她抽泣道：其实你兄弟俩并不欠我啥，我为我老公、至今还有婚约的狗东西哭哩，他骗走我的人脉资源，淘空我对他的情感，却在感情上背叛了我。他说经济社会中，人会变得势利，你把心交给我与堂兄，不也同样背叛他吗？不一样的，她咬牙切齿地道，这狗东西，先后利用三个女人挣钱，知道真相后，我选择离开他，他却不肯与我离婚。他问为何？她恨恨地道：因为我掌握着他没发觉、却能感觉到的财富资源和人际关系。他无言以对，书上说，现世中的女人是一座城堡，男人能占领城堡，却不能拥有全部。他从保密箱中，拿出融资账本，摊在她面前说：政府保护投资者利益，如果因我犯案停止项目，企业就会面临破产，你有能力另起锅灶，请帮我保护梅子，共同担负道德与良心……

她惊讶地问：一个三陪女，也值得你信任？他说人无分贵贱，人格上都是平等的。她悻悻地问：她是乡下女子，懂得爱吗？他说：我爸你爸，都来自乡下呀，人非草木，岂能无情？她说我明白了，会尝试着帮助她。

他犹豫一会儿说：还有一个女人，需要得到你的谅解。她又问是谁？他说就是你当年的情敌，我嫂子陈小燕呀，我已暗恋她二十几年。不可思议是吗？我们都从那个时代走过来的，这段记忆对我来说，很残酷，可是美丽。宋英若有所思，点燃一根摩尔烟问：你要我如何帮她？他叹息说：她纯洁着哩，公司这样子，不知天高地厚地插手进来，无疑是参与一场身败名裂的游戏。说着，他伤感地搂住她，说宋英呀，我俩算是走到头了，你在我的眼里，是一只喜欢储食过冬的田鼠，我不喜欢你的小肚鸡肠，可你却是我可以信赖的女人。如果你能逃过这劫，我劝你去邪归正，不要被这些不义之财，迷惑视线，这社会，毕竟还有道德和良心，就像我的父母，像一面镜子般地，竖立在我的眼前……

她有些感动，说我会帮你储食的，但如果找不到杨汝奎咋办呢？他说不会的，他手里捏着这些游资，比我去蹲监牢还焦急哩。宋英没再说话，绵羊似的伏进他的怀里，泪汩汩地流着，心头荡漾起对他的爱意。她不明白为何爱上他？结识三年自始至终、无怨无悔，效忠于他不遗余力，但她还能帮他渡过难关吗？他见她如此，轻描淡写地说：别哭了，傻猫，这世界最难说清恋情，我所谓的爱你，其实和那男人一样，只是利用你……

她不信这话，心里有想大哭一场的念头，但忍住了，面对这个理智仗义，在时势挤压下，不得不走麦城的男人，觉得心中的情感，犹如蚕儿吐丝一般，一缕缕地被现实抽空，变成一具空荡荡的躯体。她曾经努力过，想与他的灵魂与肉体都结合在一处，可失败了，他只把她当做一个朋友、一个红颜知己，却没有在灵与肉上接纳她。以后她还会尽这努力吗？为他，为建国，为陈小燕和梅子，为这世界上尚存在的亲情与友谊，作没有任何代价的苟合吗……

她把头埋进他的怀里，啜泣着问：你以后会想我吗？他说会，我会想你的。她残忍地笑起来，说我不会，我选择忘记你，不想再承担责任。他冷笑道：你不会的，你和我，是同一类型的人！

启明很快办完这些事，坐在那间与世隔绝的大办公室内，召见他的偶像陈小燕，说现在你放心了吧？老同学，不要总以怀疑的眼光看我，我就要入狱，你可以走了！她说既然来了，我就没打算走，留下帮你处理公司债务。他说：我知道你会这样，你能满足我一个愿望吗？她闪烁那双弯月眼笑道：你说吧……

他推开靠江的大玻璃窗，抬头神往地望着蓝天，似诗人朗诵自己的作品：夏天的草原美丽无比，草儿青青牛羊遍地歌声飞扬。你答应过我，去探望一位唱长调的艺人，我真想听他唱曲呀。她与他站在一起，问他还想去吗？说这事呀，隔了二十年，他都快九十岁，住在阿拉善沙洲上，仅喝奶茶不吃饭，接连唱三天三夜哩。他伤感地说：想去喽，真想与你在那儿过一辈子，可惜没这福分！

说着，他眯缝眼睛，用手遮挡住强烈的阳光，眺望着城内这些年建筑起来鳞次栉比的高楼。在水泥城堡的间隙中，流淌着三条美丽的江，一条从西而来，一条由南至北，在这儿汇合成另一条江，日夜向东奔腾流入大海。千百年来，就这般流淌着，组合成旖旎瑰丽、区别于中原文明的越文化交响曲，延衍着居住在两岸人们的精神情操，世世代代地为这块土地艰辛劳作着……

他自言自语地说：海城……真美……她问：你在想什么呀？他说：想我阿爸讲的家族故事哩，这故事以前飘香在乡村，如今传承在城市，在这三条江上缠绵吟诵，历古至今，永无穷尽……

启明的案子，关键证词取决于原副市长陈铁军，建国希望兄弟没大事，但这时陈铁军已像疯狗一样咬人，提供的线索，许多是这城市的企业家。启明的经济犯罪浮出水面，性质远比他想的严重，他在资本的原始积累中，模糊政府与企业界限，严重地扰乱社会金融秩序。这使他很痛苦，心如刀绞一般，想：这还是三十年前，闹饥荒吃不饱饭，跟在屁股后面声声凄凉、叫唤哥哥的兄弟吗？

建国的心在颤抖，双手痉挛着合上卷宗，在批捕启明前的那些晚上，他整夜整夜地失眠，满脑子都是兄弟小时候的影子。他知道这时全家人的心头，都不会轻松，继父母在启明留家的日子里，帮助他在肉体上站起来，希冀他精神上同样能够站立，与他保持电话联络的继父，每天禀告兄弟的状况，说我在后方稳定他的情绪，你抓紧时间核实材料。他说爸，你告诉妈别伤心，请原谅我这样做。他说她没你想的那般软弱，是非观念清楚得很，相信你会秉公断案……

他的床头，放着陈小燕交给他的信件，这些都是启明写给她的情书。她在离开他时说：看看你兄弟写的信，知道他为何走到这步？他与你，是打断骨头连着筋的亲人哪！他没看这些信，知兄弟为了爱，啥事都敢做。他比她更了解这个家族的血缘亲情，知兄弟从小对他的眷念与竞争，也知她对这个家族的忠诚。他知道这家族的每个成员，都在疯狂地热爱着这片土地，延续着祖先的尊严与操守。张氏廿四房，就靠着这两样东西，生生不息、世代繁衍……

启明收审后，他回家探望继父母，仅几个月，张永成就神情委顿脱了人形，沮丧地问他：你说过要找个好律师，有用吗？他说没用，他都认了。唯一的要求是保留公司，归还无辜者投入的资金和债务。李纹问会判几年？他摇头道：法律量刑，看造成的社会后果，估计轻不了……

张永成哭了，用巴掌抽自己的脸，说报应呀，我打你这不会当爹的狗东西，把儿子教养成这样，有何面孔见祖宗？李纹抱住他，死攥住他的手不放，哭喊道：你打我呀，是我太纵容，没教育好他！建国跪在继父母面前，说爸、妈呀，是我的责任，我和燕子都忽视了他的感情，没尽到对家庭的责任……

次日临走，建国见继父母的眼睛，都有些红肿，问：爸妈，还有啥话嘱咐我吗？李纹无语，张永成梗着脖子说：法律是公正，谁都无法改变狗东西犯罪的事实，就让法院量刑判吧。只是……他欲言又止，建国说：爸，您说。他才揉着眼睛说：我想见见他……

出门时，两位老人送他，张永成一个趔趄倒在妻子怀中，建国回身搀扶住他，他挣扎着推开他，呼呼地喘着粗气说：该来的，终于来了呀，小东西，这儿是张家祠堂，祖宗在天上看着我们哩。老宅祠堂内，中间铺着斑斑驳驳的青石板，这是秀才爷张友香大喜前，祖父张圣朝逼着张仲超给铺的。说你不要脸，我要脸哩，孙儿成婚，义传百世，不能让子孙们见笑祖宗，穷得连石板都铺不起……

建国走了，回到他繁忙的工作去了。在这个新兴的港口城市中，政治、经济、文化，每天都在日新月异地发生变化，检察干部最头疼的就是三件事：上级犯案、亲属求情和下岗工人闹事。他知道共产党改革的目标，是让老百姓过上好日子。但这好日子，却是由一部分先富起来的人们创造的。

他担忧的事终于发生，没过几天，继父就病倒了，血压升高压迫脑神经，引起间断性休克。接到继母电话后，他立即赶回老宅，与司机七手八脚地扶他上车，先在天街卫生院降压，后又接来海城特护医院输液。如此忙活两日，继母也病卧在床，症状是重感冒。两人都躺在床上不吃不喝，仅靠输液过日子……

他心里明白，老两口同为兄弟的事儿伤心哩。

夫妇俩住进市医院，众女儿女婿及儿媳陈小燕、梅子都聚在一起，唯独不见启东，这使大家感到奇怪，责怪留父母身边的他没尽责任。纷纷往村里打电话，张岩峰回电，说人找不到了，让刘霞带女儿旭晨进城来。众人七嘴八舌地追问他去了哪里？她也不知道。问急了就哭，她一哭，小芭比也跟着哭。母女俩哭得梨花带露，很见风情。张家姐妹们问：旭晨呀，你咋连爸都管不住？她眨着像芭比娃娃那样、长有浓黑睫毛的大眼睛委屈地说：爸从小不管我，我只管阿妈，妈才管爸，是她管不住阿爸……

建国每天下班，由驾驶员送来，整夜陪在继父母身边。话题转到启明身上，陈小燕责怪丈夫道：叫你不要告诉实情，你以为还是年轻的爸妈呀？爸都七十七了，能承受这般失子之痛吗？姐妹们有责怪启明的，也有怪罪建国的，说这事，咋会弄到这地步？把家族的脸面都丢尽了。叽叽喳喳的抱怨声不绝，建国都不作解释，像小时候受继父责骂一样，双手捧着头，瞪着那双漆黑幽深的猫眼睛，撒开两条长腿，孤独地坐在走廊的长圈椅上，一语不发……

他在心头痛骂着启明：你逞能，冲我来好了，咋闹得全家鸡犬不宁？现在你在里面倒安宁，害我招亲人们的责骂，心神不定。

如此持续了三天，躺在病榻上的张永成，在窗外下起暴雨那夜，眼睛开始活泛起来，独自骨碌碌地转动一会儿，挣扎下床，拿起便盂撒了一泡尿，还站在床前旁若无人地，伸了个懒腰。陪侍的建国，正在地板上睡得迷迷糊糊，他已经几夜没合上眼，白天上班困得很。他怜惜地看了看他，推醒邻床的妻子轻声问：老太婆，你睡着没有？李纹说你打呼噜，我能睡得香？他说醒着就好，窗外下大雨哩。1947 年打孟良崮也下雨，我都累垮了，一下雨精神特好，几个冲锋一打，仗就赢了。她无力地说：这故事，你都说过多少回了？启明在拘留所中，我思谋给他捎条棉絮去，转季得换春被哩。他说不用，那儿会有春被的，我俩明天回村吧？省得儿女熬夜陪伴。李纹说这儿我也不习惯，如果你没事了，我俩就撤……

他睡不着了，见继子和衣躺地板上，揭下毛毯盖在他身上。对妻子笑道：你看这睡相，与小时候一个猴样。建国张开眼睛，一个鲤鱼打挺坐起来，泪涟涟地抓住他的手：爸，您醒了？他说我没事，你别把身体熬垮了。

天亮后，张永成让建国召集全家人，紧急召开家庭会议。说小东西呀，爸真是老了，已上不了前线，但这仗还得指挥打，这些天，我躺床上寻思，启明的事我们输了，可张家是啥家庭？革命家庭呀，输钱不能输理，我得指挥全家，把公司欠下的债务还清！

爸，您说啥呀？建国几乎不相信自已的耳朵，帮公司归还债务？

对！张永成手指着李纹说：存钱生息，欠债要还，是千年传承下来的老规矩，张家的子孙是堂堂正正的汉子和婆娘，不欠人情，此事我与你妈合计过，启明进去，张家还有两个儿子、四个女儿，连同女婿、孙儿、外孙加上我与你妈有二十一口人在外面，可以组织队伍继续战斗呀！启东呢？咋不来见我？张家这次的脸丢大，他是他的兄弟呀！他的一对浑黄色的小眼珠，骨碌碌地转着，寻找起启东来。建国解释说，爸，别急，燕子回村找他哩。他点头道：新的战斗即将开始，你得让他归队入列，我要作战前动员哩，谁溜号谁就是逃兵呀……

建国问：燕子协助专案组收拾残局，您知公司亏损多少吗？他想了想说：你不是说两个亿吗？老太婆已给算过一笔账……这两亿中，房产出售权评估价为一亿四千万，得由银行背着，卖完房子再还；余下六千万元，除债权追回和国企借贷，约有三千六百万元民间集资，都让龟儿子糟蹋净了。这是老百姓从牙缝里省下来的血汗钱哪，张家就是砸锅卖铁，没隔夜粮，也得凑全数还上。不能让老百姓指我子孙的脊梁骨，骂共产党不仁义。

建国说这是他个人的行为，只能由他负全责。他苦笑着摇头道：小东西，你也浑呀，他负责得了吗，能负责也不会进去了。现在党群关系紧张，社会上一些不法分子，老有事没事地，往政府撂尿盆子。狗日的启明成立公司，上蹿下跳地筹资，手里拿的是政府文件呀！建国又问，刚才您与阿妈，在商量还款的事吗？李纹补充道：老头说得在理，共产党得天下，以诚信为本。张家连同女儿女婿，有九个共产党员哩，你说丢得起这人吗？

张永成说对，这口气，我就是咽不下，共产党奋斗几十年，为的是取信于民，服务大众，我们得守住这条底线，此战非赢不可！

启明在拘留所内写交代材料，心头也不轻松，这杯由他酿成的苦酒，啜饮起来异常沉重。十年中马不停蹄地奔波，并没仔细回味与咀嚼，如今静下心来，心头翻滚起道德伦理的浪花，原来他一直视为成功的事业，因为杨汝奎的背叛，顷刻瓦解，即使侥幸成功，背后又隐藏着多少算计、利用和邪恶呢？

他的公司是靠融资运转发展的，原始资本只是六百二十名下岗工人赔偿款，该死的亨利利用他的投机心理，巧妙地以厂房用地为诱饵，把这个担负社会责任的大包袱丢给他。他用这钱做百分之十的利息吸储，每月发工资维护他们的基本生存，然后扯起房地产公司的旗帜，向银行借贷并广纳社会资金，像亨利一样利用政府某些官员的贪婪，钻政策漏洞，致使公司迅速膨胀。为了使公司资产增值，他利令智昏地联系杨汝奎，前亏后空地移资境外投机炒股。可惜杨汝奎并没像他想的那样，为了利益关系而重归旧好，在短短两年中输掉公司大半资金。

启明在父母搀扶下，挣扎站起来时，曾想把在建的世纪之星房产预售，归还下岗工人的集资款。他们是城市中的赤贫阶层，社会的弱势群体，他与他们曾经是一条战壕的战友；他们诚挚地相信，改革开放能给他们带来实际利益。他不能使他们失望、困惑乃至走投无路，丧失人生的信念。但是他没能成功，他的房价偏高且由于公司犯案，信誉度下降，使他没能在拘捕前，完成这个夙愿。

既然事情由他做下，他就得承担责任。他知由于他的疏狂和放纵，地狱的大门正向自己洞开。他原本还想继续拓展，像输尽资本的赌徒一样作垂死挣扎，但专案组没给这机会，迅速起诉将他归案。这时他眼前，已不再浮现陈小燕的倩影，发觉这个梦魂萦绕的女人，其实不需要他担负责任。自己以前那么在意她，是因为她生存条件恶劣和亲情的缺失，她的少年不幸处在动荡之中，家庭又是那样不堪。堂兄的追求，没使她得到温暖与亲情，在异乡草原牵强人意地嫁给吉库什。他曾经那么想保护她，使她幸福，可她并没有接受他。这十年中，她在堂兄的呵护下，已变得比以前坚强，甚至比他还要强大，他并不嫉妒她的强大，而是觉得在过去的许多年中，他的所谓爱情，准确地说是怜惜，显得多么幼稚与渺小。

现在她已不再需要他的保护，他觉得，这是一个男人成长付出的代价！

他在陷入失望时，眼前会时常晃动梅子一双白皙、粉嫩、柔顺游动的手。遗传母亲洁癖的他，每天要洗澡更衣，不允许在房间的地板上有一丝灰尘，他知这是一种小男人的恶习。自经历过梅子后，他对待性的态度变得严肃，没人能在他的心中，再燃起激情，他也不再染指其他女人，当然宋英是个例外。两人在冷静与平等中生活了十年，这女人与他一样固执，可以在任何事情上顺从，唯独为儿子继根，不肯离开他，不折不扣地维护着家族门楣的正统。归案前，他曾思考是否正式娶她为妻？可惜迟了，几十年浪迹天涯，像流星陨落似的惯性，使他无法回归正常人的生活。入狱后他担忧梅子的能力，陈小燕的加盟，打消他的顾虑，毕竟是六千多万元应付款，与那么多复杂的社会关系呀。他知宋英会帮助她俩，但宋英，又能否顺利地逃过这一劫呢……

他同样揪心着年迈的父母，是他的所谓的超越父辈与兑现祖先的承诺，血肉模糊地撕裂家庭和睦的面纱，以离经背道的反叛，让复返平静、安享晚年的老人重返战场，厮杀血拼人生。这是他的不孝，也是留在心头最大的死结！他在再次离家时，砸碎与他几年来朝夕相处的轮椅，艰难地移动双脚，祭祀过祖坟后，才走向来接他返城的大奔。自那一刻始，他心头特别悔恨，古人有云：父母在，不远游，如果不是出于自尊，离开父母南下淘金，不为燕子与堂兄的事怄气，安分守己地守着那个小鱼档，他能有今天的失败，致使全家骨肉分离吗？

那次在车上，他先后拨通宋英和梅子的电话，说：我站起来了，可是将失去一切。她俩都问为何？他说：我不能战胜这家族流淌在血液中的亲情啊。

她们，能理解他说的这话吗？

陈小燕去探望启明的路上，心头还为公婆举家还债的话震撼着。经过十余年亲情的孕育，她已与这家庭融为一体。令她敬佩的是，不管社会如何变迁，这个家族的成员，都生活在平淡和俭朴中，呆板的建国平时不抽烟，也不喝酒，穿衣吃饭都不讲究，生活得如苦行僧。回海城后，单位分给一套房子，他婉拒没接受，原因是她与继红的户口还没牵来这儿。在内蒙古时购买日用品，他只拣便宜货，习惯使用两元钱一沓的粗草纸，她说你用草纸，我呢？他说你要用自己买。她说我俩办公司回报社会，凭个人节约，能省多少钱？他说每个人的付出与索取都联系在一起，索取越多，付出就会越少。她也知启明尽管支配许多钱，除使用奔驰车摆派头外，个人生活也极简单。梅子告诉她：大先生除上网与喝咖啡，爱在傍晚坐落地窗前观看风景外，没啥奢侈的饭局和休闲娱乐活动。

自公爹开过家庭会后，医生不准他出院，每天手上吊着盐水瓶，黑着脸坐在床上吸烟，把整个房间弄得烟雾腾腾。她知他在思考，如何运用家族的能力，帮她和公司走出困境。他三次戒烟、三次重吸，原先吸红双喜，现在换吸红塔山，比起工作时吸劳动牌香烟，算是提高了档次，至于中华烟不管软硬从来不碰，说：发神经呀，一根烟抵两棵大白菜，我没地主老财的命。一年四季身穿洗得泛白列宁装的婆母，戴着老花镜，坐他旁边平静地看书，尽管发生这样天崩地裂的大事，她的脸色仍然安详。她知她把痛苦埋在心里了，她已经走过这家族太多的沉重，经历过太多的磨难，没有啥再能压垮她。她对她说：燕子，做人得经得住熬，无论发生啥事，都会熬过去，出院后我与你爸去公司，我们一起走出困境。

她看得出来，公婆的心头，在惦记着启明哩。那日，李纹见她神志恍惚地收拾账簿，忽然提出：你去看看他吧，告诉家人们不会放弃他。她以为公爹会反对，没想到他在烟缸内揿灭半颗烟，回头嗓音沙哑地说：去吧，孩子，你代我，捎给他一句话，说张家的男人，有被陷害、被镇压，但没有服软变屃包的。他是军人出身，跌倒了爬起来，舔好伤口重新站起来，除非他不是我张家的儿子……

这是她的第二任公婆了。前任公婆没见过——吉库什是孤儿，在草原上吃百羊奶长大，收留他的那位残疾牧民，在养子成为兵团战士时，被一场残酷的暴风雪埋葬在雪地中。她没见过这位公爹，婚后曾向丈夫索要亲人，他指着毡墙上挂着的成吉思汗像说：我没亲人，他就是你的阿爸。她望着这一代枭雄，想起历史课本上曾占领过地球四分之一版图的伟人，心中升起无限崇敬的向往。现任公爹没有成吉思汗这般的丰功伟绩，却长着一双如他一样鹰隼般的眼睛，眼珠小却明亮而精光四射。使这个家族成员无法违背他的意志……

这时在她的耳边，又响起与吉库什结婚那天晚上，失魂落魄的建国在蒙古包外，吹了一夜的洞箫。箫声悠扬绵长，抑扬顿挫，把一个男人对女人的爱恋，通过那哀忧的曲调，传送到草原的每个角落……那是一管生父吹过的洞箫，母亲说是他的箫声，引出心中的魔鬼，才与他结婚生下她。她还只五岁，他就被遣送老家劳改，母亲没随他去，那是一个打死她也不愿去的更穷的地方，后来父亲又被揪回游斗，没多久就自杀了，才留下这遗物。她知父亲的箫声很美，否则母亲就不会嫁他，但母亲，却为生活的不堪在无望中永远地离开了她……

是什么让她放弃那块生活半辈子、付出过青春血肉代价，充满瑰丽梦想的土地呢？为一个单恋她半辈子、性格疏狂、却有着男人气息的混蛋，为刚正不阿、视理想为生命的丈夫和他的家族，为公爹那双成吉思汗般充满权威的眼睛，与婆母仁慈安静耐人寻味的胸怀？

都不是，也都是？是这块她曾经熟悉、却已离开的土地，在发生剧变时所散发出来声声激越、声声慈祥的呼唤，使她身上的热血，又一次激荡起来。她觉得这声音，其实只有简单的几个字：挚爱和诚信。她得为这家族，守住人间的一份真情！

在拘留所里，陈小燕平静地告诉启明，她决定承接公司担任法人，全家协力处理债务。她说：你在这里放心住着，帮助专案组把事情搞清楚，外面的事由我与爸妈顶着哩。她要他在法人栏中签名，说这是爸妈的决定，让我代替你担负责任保留下公司。

身穿囚衣的启明，在见到她时，脸上表情有些迟钝，颀长的身体也不如以前灵活，目光却仍犀利，闪烁着张家男人不服输的光辉。听了这话，他吃了一惊，难道过去的二十几年中，为使她得到幸福，他竭尽全力拼搏人生耗尽心智，现在却倒过来，在未来的几十年中，她将为他的鲁莽付出后半辈子惨重的代价？仿佛一个美丽童话的宿命圆环，沉重地套在良心的底线上，使他的胸中无可名状地，涌上一种男人无以报偿的大悲哀来……

他嗓音沙哑地问：你想好了？这要付出代价的。

她点头说：我能为你做的，也只有这些……

他刻薄地冷笑道：这世间，可没有后悔药吃，如果没能力，还不如申请破产，难道你真要为我这𡿨人殉葬吗？

破产……你以为破产，就可以赖掉这些贷款？你祸害的群众，有许多是家徒四壁的城市贫民，这些是他们的活命钱呀。她有些恼怒，想你这不知好歹的东西，把爸、妈和全家兄弟姐妹都拖进去，还神气活现地扮酷玩深沉？于是，她便说：爸妈召集开了家庭会，组织全家支援你打赢这场战役。爸说启明顺应时代潮流搞公司没错，错的是他走失方向，不懂战略战术，瞎打莽撞打了败仗。他古怪地笑了笑，想老革命还有一套哩。说爸都七十七岁的老人了，为何非蹚这浑水呀？她说还不因为你是他的儿子。他追问说：那你又为何呢？放着安逸的日子不过，自愿往火炕里跳？她涨红脸道：我是张家的媳妇，你这狗东西的嫂子呀……

他仰脖笑起来：你不怕连累我兄弟，影响他的仕途吗？她瞪起那双弯月般明媚微笑的眼睛，恶狠狠地盯住他问：难道这不正合你的心愿？你兄弟俩不是明争暗斗，想一决雌雄吗？现在好了，全家二十一口人都陷进去，妈已经计算过，如果没有特项资金，凭家里每年实际收入，归还欠款需要五六十年哩。他苦笑着点头问：这是爸妈的决定吗？她说是的，爸说了，张家宁可输钱，也不输道义，就是全家街头求乞，也要把这钱还清！

他听这话后，呆了一会儿，忽然脸色骤变，跃起来用头撞向墙壁，却被身边看守扑过来拉住。他躺在她的怀里双眼紧闭，在头上渗出鲜血来，她似慈母般地怀抱着他流泪，梦幻似的说道：你去死，死呀？以为你坐牢面对，爸妈和全家就能解脱吗？他疲惫地睁开眼睛，讷讷说：这家为了我，要破了哩……又问：阿哥大义灭亲，没受到牵累吗？她没回答，自启明进拘留所，她的心一直为离婚的丈夫痉挛着，债主们知建国是他的兄弟，集中在检察院门口静坐示威，要他替公司还款哩。他知真相后，又笑起来，说建国是我兄弟、你丈夫、爸妈的继子，他把我抓起来，由你接管公司，爸妈举家还债，债主静坐示威？太荒唐……搞笑了，简直像一部拙劣的电视连续剧……

他终于平静下来，她向他核实启东提走的三百万元钱——

自接管公司后，她每天马不停蹄地处理债务，很少再有余暇，连继红高考都没过问。公司总部原有一百多名员工，出事后树倒猢狲散，已经走了大半，连启明认为忠诚的华诚也走了——不走也不行，由他经手上千万的建筑施工款没着落。留下的人员，大多处在观望状态，看她如何收拾残局呢。她在公司里，唯一能说上话的，也只有梅子和为数不多的几个业务骨干。现在公司的流转资金已非常困难，她从内蒙古拆资带回六百万元钱，归还了下岗职工的失业保险金，家族捐助入股的三百六十万元，支付部分拖欠的工程款，公司账户上一直缺钱。为此她询问梅子，说事急了，还有没有其他应收款？梅子指着账本，犹犹豫豫地提醒她，这笔款子，好像是小叔启东给提走的，大先生不让说。可是启东却找不到了，她保守着这秘密没声张，公司到了这地步，资金当然得回拢，没声张是怕两位老人再受到刺激……

启明问：是梅子告诉你的吧？她说是的，公司情况已很不堪。他脸上表情迅速变换着，说对不起，我记不得了。接着，他怏怏地叹息道，你也真是，我是疯子，你也是疯子，谁让你接收这摊子？现在后悔了吗？

为弄清启东这笔资金去向，陈小燕又约梅子在日湖公园聊天。眼下这儿开出一个游乐场来，让大家玩碰碰车。两个女人坐在咖啡吧内，看着红男绿女那么起劲地相互开车撞着，笑声与闹声地响成一片，在心里埋怨着自己的命运哩……

两人不约而同地聊起了美容，梅子说：附近新开一家精油开背按摩房，还不错，姐姐工作累了，我带你去开开眼界。她摇头道：我与你相差十多岁，都老娘儿们了，不凑年轻人的热闹。梅子说你这年龄，有很多都做保健的，姐姐皮肤好，只是内蒙古那边风沙大，硬把脸给吹糙了，如果做张卡定期保养，谁能看出你是四十多岁的人呢？她问：你那么水灵，定期做保养吧？她说我倒想，他不让，说喜欢看到我从内到外的真实。她问：你很爱他是吗？她点头说：其实大先生也爱我，只是他心理负担重，心思都在公司里，现在进去反不必再操心了。她叹息说：做女人真可怜，爱就得负责任，张家男人都是一根筋，很难伺候的。她连连摇头，说大先生是好人，交友不慎才把事情给弄糟了。

她问启东那笔钱，到底是咋回事？梅子讷讷反问道：你去探监，大先生没告诉你吗？她说启明没了记忆。梅子便咬住嘴唇不吱声了。她有些急，摊牌说：你知为了留下公司，我把资产搭进去，全家人都豁上命了，启东也是这家族的人，应该有个交代呀。梅子低头说：我知大家都为大先生好，留下公司就留住他一条命，可这是他俩的约定。我只管公司的账，不缠张家的是非。陈小燕发狠道：你都为启明生了儿子，就是张家的媳妇，为这家，也该把事情说清楚呀。她犹豫一会儿说：这事大先生不说，我也不知当说不当说。她问为何？她说大先生说过，兄弟俩不能都倒下，城里不成了，还有乡下。原本他让我注销这笔钱，我不敢，怕钱洗得越多，大先生的罪孽就越重……

陈小燕确证此款，不由在心里焦急起来，想启东糊涂呀，如果投资村里搞建设，公款须得入账，没花掉还能追回。若他假公济私自作主张，专案组追查立案，麻烦就大了。张家兄弟三人，一个已进去，另一个不能再进去了。她知此事不能与建国商量，更不能向公婆道明实情，那次家庭会议上，公爹已暴跳如雷，逼着婆婆把启东给找回来。现在老两口出院后，留城内帮她处理债务，多次要她寻找启东下落，她只推说忙搪塞着。

为此，陈小燕又回村找启东。张家三兄弟，唯独对这小叔子，她捉摸不透。她与启明同学时，他还小，她从内蒙古回来找建国，他已去北京上大学，毕业回来，她又和建国返回内蒙古。从小到大，她只与他见过几次面，建国说他很优秀，但她觉得他，把自己包藏得太严密，每次见面，他只对她腼腆一笑，算是打过招呼。她几乎没听他叫过嫂子，仿佛也不喊建国和启明为哥，只喊老堂和阿大。有一次她帮婆母包水饺，他进来像女孩儿般地，偎依在母亲身旁，连妈都没喊，却指点她如何选料如何烹调，滔滔不绝地讲粤菜、川菜、江淮菜与东北菜，仿佛一个精通此道的宾馆大厨。他离去后，她问婆母：阿弟会做菜呀？李纹笑道：都是网上看的，只练嘴巴皮子，会吃哪会做啊！

回村还是没见启东，她又在厂里找到刘霞，问她联系上没有？刘霞眼睛红红的，从工作衣兜内，把那只大红鹰的烟壳拿出来，说：他这人很难估摸准，走前还很开心，说要与我再生个儿子哩，第二日就没见人，只留下这张字条……

陈小燕无奈，拿这字条回来，悄悄告诉婆母，想与她分析线索。没想到张永成嗅觉灵敏，发现婆媳俩嘀咕便心生疑窦，在旁边竖起耳朵听个明白。他原本就怀疑，启东与案子有牵连，恍惚听到他拿走三百万元钱，不由气从胆边生，两条黑眉毛直竖起来，立即打电话找张岩峰核实，终于纸包不住火。知情后他一巴掌拍桌子上，向婆媳俩咆哮道：狗日的都敲牢监门呀？快喊建国回来。李纹还欲阻止，说大白天的，小东西忙工作哩。他一把推开她，说如果建国不过来，张家连这个儿子也没有了……

陈小燕只好拨通前夫的电话，说爸让你立即过来一趟。

没多久，建国那辆旧桑塔纳车，就出现在巷口。张家在海城临时租房，老两口与陈小燕住一起，建国下车后，先打她的手机，埋怨说你搞啥名堂？又惹爸妈生气，我有任务，只能耽搁半小时。她小声说：爸知启东携款失踪，气得把房内的坛坛罐罐都打烂了。建国便有些心慌，想这事启东做得过分了，怕惹急继父又去住院，停住车匆匆入内。他知老人平素生活简朴，老宅装了抽水马桶，为冲洗污物节约用水，把旧砖放进水箱内。如今启明出事，更是晚上连电灯都舍不得开，陈小燕不回家时，把半斤米饭掰做两顿吃，仿佛又回到“暂时困难”年代，恨不得身上的一元钱，就抠出一张银行支票来……

他进门时，张永成正如没头苍蝇似的，手抓着头发转着圈，口里还念叨着咋办哩，他的头发本来就稀少，这一抓更找不着了。客厅内打破的碗碟碎片到处都是，李纹坐在门口旧沙发上，脸上细密的皱纹似秋风吹皱湖面丝丝颤动。他剜了陈小燕一眼，责怪说：看你把爸妈给逼的？她没理睬他，却喊道：爸，建国回来了。张永成停止转圈，目光可怜兮兮地望住继子。他问：爸，咋了？他抬手又抽打自己的耳光，哭喊道：叛徒，我咋教养出一个甫志高来？他上前抱住他，说别这样，这样我心里难受。他把那烟盒字条递给他：狗日的拿走三百万哪，潜逃溜了？建国说您别急呀，这事得调查取证才能定性。他暴跳起来，说取证个屁？把钱腐败完就没了，赶快报案，让公安下通缉令抓起来……

建国犹豫着正想打电话，李纹冲上来拉住他的手，说这事你不能全听老东西的，没调查就没发言权，张家三个儿子，一个已蹲监狱，不能把另一个也弄进去。张永成瞪着充血的小眼珠，默然注视她一会儿，突然扑过来攥拳打她，说：我让你护犊子？都是你把他娇惯的，狗东西我教养不了，交给政府去教养。

陈小燕见状惊呆了，用身子护住婆母，任公爹的拳头落在她的身上……

33

通过陈小燕与全家人的努力，没使公司进入破产顺序，但企业的信誉度已经毁损，接下去的路极难行走。夫妇俩决策指挥打的第一仗，清理债权债务，恢复公司的名誉。张永成说：做公司与做人一样，人若无信，枉为世人。但钱呢？钱成为公司运转的第一大难题……

梅子决定帮陈小燕留住公司，这在启明入狱前已决定，但此时她心里充满矛盾。经过十年的风浪，她虽不相信公司就这样垮了，却也觉得气数已尽。令她惊讶的是，这个与她有着同样容貌的女人，外表柔顺如水、笑口常开，做起事来却风风火火，说话一言九鼎，显示出那个年龄的职业女性身处危局，却胸有成竹、居高临下的风采。这使她自感不如，她在公司里不是能人，跟随启明多年，却对融资业务一窍不通。也正因为此，启明才信任她，如果两人都能干，反为具体事务分歧，公司就无法运转。那段时期，她常会在心里叫喊：她与宋英不同，完全不同。想如果启明的继任者不是她，而是自己，公司结局又将如何呢？如果是宋英，而不是陈小燕，她选择走还是留？思考的结果，这局面已是最好选择，就像她心头企盼的，让狱中的老板和员工都有个盼头。

梅子对宋英有成见。宋英不仅从她手里夺走所爱，而且欲主宰公司，但启明却信任她。这个与她存在事实婚姻、却无婚约的丈夫，连做爱都想着别的女人，她宁可相信狼，也不会相信他。但她却在爱着他，爱到底是啥？她也说不清，不明白怎会跟他整整十年，任黄金般的青春岁月不知不觉地在身上悄悄流走？她从没想过离开他，是他满足她作为女人的虚荣呢，还是自己架设了一条雨后的彩虹？可怜的梅子，明知虚荣是女人心中的恶魔，彩虹是少年不着边际的幻觉，但她就是喜欢，就是热衷地追随他。她同样不明白自己，究竟是良家女子，还是不安分守己的浮躁女人？这世界存在太多的诱惑，使许多女孩儿无法把握自己。她知道心中的贪欲，是由为之钟情的男人引诱、挑唆出来的。现在这个男人离开了她，将在狱中度过人生最为绚丽的时光，可她为何还在公司留下来？是为他，还是为自己、为儿子继根？如果选择离开他，那么她的生活，将会发生怎样的变化呢？

梅子在与这男人相处的十年中，喜欢他在生活中表现出来的各个细节。他不抽烟，思考问题时嚼薄荷型的口香糖，在标准的五分钟后（梅子准确地记录时间），会小心翼翼地把嚼过的糖渣吐出来，用餐巾纸包住丢进垃圾箱内。这个男人每天要洗澡。永远是西装笔挺，内穿洁白条纹衬衣，系着鲜红的领带，在身上散发出种青橄榄似的香味，即使残疾后她领他求诊时也这样。他和她一样喜欢吃甜食，在每年情人节时，会陪伴她到面包店闲坐，吃一天的奶油蛋糕，然后打包回来，放进冰箱第二天当早餐吃……

梅子与陈小燕相处熟悉了，喜欢在工作的余暇，向她说一些陈年往事。陈小燕总是静静地倾听，不插嘴也不提问，直到她把心里的话都说尽。这样她的心头就会好受一些。不像宋英，趾高气扬地不屑理她，来了就像幽灵一般出现在他的房间里，进门出门都不理睬人。有事来她的经理室，颐指气使发号施令地摆派头。宋英与她是两种不同类型的女人，从不说些女人间感兴趣的话题，一旦别人提及，她必把身子挺得笔直，说话阴冷尖刻，脸挂秋霜地变成一具僵尸；可在启明面前，又立即变成一张灿如朝花的笑脸。她和他总有说不完的话，两人躲在密室里，卿卿我我地聊个亲热……

梅子深信启明把大楼封顶的那笔资金，通过宋英，转到他俩认为安全的地方去了，为使公司继续运行，她向陈小燕报告了她的发现……

梅子担任公司总经理，只管销售，不管财务。世纪之星房产的销售证批下后，在宾馆大堂做了一个沙盘开始预售，她主管着一个由市模特公司租来的销售团队，对外称公关部，其实只有她与三个固定员工，其余的人都是临时拼凑起来的。销售策划是报社的栏目编辑，主办会计由市一家财务公司派员兼任，出纳是启明的司机兼保镖华诚，从深圳炒股时就跟在他身边。这些人在公司拿工资，却不上班，许多已在启明出事后逃之夭夭……

公司大多数员工都做融资和工程，他们由启明直接管理，连她都不清楚到底有多少人？仅开工资就有一百多名。许多人养着，她知道没用，可启明就喜欢养人，说养兵千日，用兵一时，说不定何时，这人就用上了。但梅子懂财务，私下记了现金日记账，原为防备被启明炒鱿鱼，特地留了个心眼儿，现在成了陈小燕追讨资金的重要线索。专案组封存账本时，公司的人已走了大半，那时梅子还是自由的，接到宋英一个神秘的电话，所谓神秘，就是没号码显示，约她在沿海相公殿的一座别墅谈话。她去了，怕有人监控，没开那辆红色的QQ车——这已是她眼下唯一的财产，启明出事后，连房子也是租的。她先在新世界商场服装柜试衣，然后进厕所化妆出来，才跳上一辆出租车。她做这套很在行，也有经验，在三亚时，启明与黑势力结怨，诸事由她经办，嗅觉锤炼得十分机敏，安全起见她中途又换车，深信无人跟踪才放心地去见那个她最不想见的女人……

两人在滩涂养殖场会晤，别墅其实是老板的卧室兼办公室，屋内挂有许多字画，收拾得如同名人故居一般。宋英穿着宽松的睡衣，趿着一双绣花拖鞋从房间出来，在蓬松垂肩的长头发上，散发出与启明身上类似的青橄榄香味……

在见面的刹那间，她感到迷茫，好像启明就躲在房间某个角落里看着她。

她猜出她的心思，微笑问：想进去看看吗？她摇头，知她找她，必有事要说。她指着绛红色的皮沙发说：坐吧，这位老板的一切，由我和建国副检察长共同创造。梅子唯唯诺诺地点头，说你与他兄弟熟，有本事把他捞出来？我跟着讨饭也就认了。那时她还相信她，真有能力把启明捞出来哩。宋英一反常态地微笑着，显得很有风度，但在她眼里，却如暗夜猫头鹰那般冷酷无情。她问公司树倒猢狲散，别人都走了，你咋不走呢？她说我无路可走呀。她的脸沉下来，说启明让你当经理，我就知在身边安了颗定时炸弹，现在他进去了，我还在外面，警告你留在公司可以，但得管好嘴巴，别乱说乱动。她说我知道，用不着你吩咐。她打量着她的脸，说如果再出事，倒霉蛋就是你自己……

那次见面，使她确信宋英心虚，也有事儿，回来便查阅现金日记和银行支票对账单，果然查出疑问，但她没把这事告诉专案组。陈小燕接手公司后，梅子仍当总经理兼管销售，外面把公司非法融资案炒得沸沸扬扬，但楼盘预售还不错，启明虽不懂房地产，但他融化在血液里的工作责任心与对当地居住文化的理解，致使楼盘的设计理念、外形和质量，均达到标准且符合销售理念……

公司基本稳定后，陈小燕和她配合专案组归还债款。她俩把债主分成三类：一是社会散户，有许多是城市贫民，原则上归还本金扣除利息。如果债主同意续还重签协议，按略高于银行利率计息。这一条由建国协调市银监会特批，期限只有两年。为的是维护金融市场秩序。这些钱还有七八百万元。二是私营企业主。她的办法是把临街商品房转商铺写字楼。动员债主以债权购房，分散公司流动资金的压力。三是银行、国有企事业单位，陈小燕笑脸如花，话说得好听，却无钱归还，向市政府申请政策，作递延资产处理。尽管这样，房子封顶和工程队的欠款，还是没有着落。企业正常运转，此款尚可欠支时日，现在这情况，承包商打死也不干，只等转账支票，没见银子不封顶，让你搁着烂尾楼销售不成。

这样只过了三个月，公司的资金状况就日渐恶化。陈小燕问梅子有无办法？她想起宋英还在国内，说钱我也弄不到，只是公司账户封存前，有笔款子不明不白地划走，而且数额很大，估计还没流出境外，如果能弄回来……

几天后，专案组查封了宋英丈夫公司驻海城的办事处。

陈小燕处理公司债务时，常坐在办公室内心神不宁，这时期都忙工作，像陀螺一样旋转着，不得清闲，静下来心里却很乱。她没弄明白，自己为何愿意戴上这副心灵囚徒的枷锁？尽管理智一再否认，但她知自己心里，仍在爱着他。十八年前，年轻的解放军排长张启明，知她与堂兄分离冲动地示爱，使她心中充满感激之情，有一种分身乏术的遗憾，如果她能分解为两个燕子，那么另一个就是他的。可惜生活使她选择别人，就无法满足他的情感需求，但在她心里，却记下他真诚的爱意。后来他得知吉库什亡故，从部队转业再次向她示爱，每星期写信表明心迹，如果不为完成吉库什遗愿，与一枚属于他堂兄的苦果，她也许会成为他的女人。她坚定地拒绝了他，其实那不是拒绝，她没能接受，是不忍心向他挑明心迹，辜负一份朋友和同学间最纯洁的关切。

她知道自己，在心里从没拒绝过他，她保留了他的信，关心他的行踪，在心灵隐蔽的角落内，保留着他的位置。在这个庞大的家族中，只有她知他为何离开这座城市，又突然返回。他给她的信中，说得明白：我走了，燕子，为你，我必须混出个人样来。当时她就很失落，知他这是在证明给她看。如果说十年前她拒绝时，他身上尚有转业军人的光环，仪表堂堂的容貌，与在改革中雄鹰展翅般的前程，而她外貌仍如艳花，却经历过太多的世事沧桑，不忍心在他心口撒盐，开拓一份新的情感，那么，现在……然而，她没有忘记他，仍把他视作亲人，这些年间，她与建国过上平安的日子，却仍在心里思念着他。她明白这是一种超乎同学、超乎嫂子的思念，虽然时时警告自己必须忘掉他，可她就是没能忘掉，使他的放荡不羁又带有几分洒脱的浪子形象，时时在眼前浮现，清晰常新。

她开始寻找宋英，公司在网上交易境外股市，大多由她实施，建国和启明乃至全家，都与这女人，有着剪不断理还乱错综复杂的关系。

此时此刻，与陈小燕心灵对应的是，宋英也在城市的某一个角落，睁大眼睛观察事态发展。根据启明的安排，她应该在遥远的国度，寻找杨汝奎追回那笔游资，但她却没有出去，原因是她对兄弟俩和这块土地，有着太多不能割舍的东西。十几年前，她与建国产生恋情，帮他对滩涂盐碱地进行成功的改造，那时他是她心目中的英雄，当建国犹豫着欲与陈小燕复合时，自信的她，认为他只是一时糊涂，男人总会在这事上犯糊涂，就像一块干涸的土地，被无情泛滥的河水浸润一般。她固执地认为，他俩并不相配，他上过名牌大学，又被选送到省党校深造，年轻轻地成为县处级干部，有着丰富的人际资源，可谓前程不可限量；而她虽经历草原风沙，蒙汉结合的爱情干涸后仍貌美如花，但充其量只是一介农妇，而且与他两地分居，多年没有联系……

如果说婚姻是一场战争，她感到自己就像运筹帷幄的将军，甚至天真地制订出欲擒故纵、坐观其变的战略战术，但结果却出人意料，建国去内蒙古考察后，闪电般地与陈小燕复合。接下去他的仕途，在她看来有些荒谬，撤县建市最有希望担任副市长的他，让贤去草原挂职锻炼。她恨铁不成钢，却努力说服自己等他，如此耗去足足三年，熬成三十岁的老姑娘，为此她憎恨生父秦大泉，如果他还活着，凭两家世交，这愿望能不实现吗？她终于失望，认识了戴军，与他结婚去北京创业。她明白这样做，只为赌气，可那男人不会做生意，也不是纯高干子弟，只算个外戚，公司资金实力远不如他吹嘘的那样，能为全国中小企业排忧解难。生性好强的她，与他吵过几架后，借鸡生蛋回海城，建立自负盈亏的营业部，做起承兑汇票的金融生意来。此时她身上女性意识开始苏醒，要让爱过的、恨过的男人，都拜倒在她的石榴裙下。她开始创造自身的价值，为企业发展运作资金平台，三教九流地交朋友，成为海城商界的催生婆与阿妈妮。

启明与她在网上认识，开始不定时地聊，后来聊得高兴，就定时聊，聊着聊着变成朋友。那时流行网上结婚，两人也玩这游戏，先谈各自人生的经历，启明说我喜欢真实，不喜欢听女人说故事。她回应道：难道男人就不会说故事吗？他晒出身份证，说我从不说故事。她也晒出身份证，说如果你喜欢听真实的，那么我告诉你，有一个傻女人，在她二十五岁青春妙龄时，去引诱一个当官的男人。这男人没接纳她，倒与一个三十五岁的老女人，结为夫妻远走边疆。结果小女人失望，与一个融资公司的经理结婚，婚后发现这男人是个痞子，便想起第一个男人种种好处来，变成这城市的信托经纪人。他问这男人是谁？她说他叫建国……这使启明大吃一惊，为何兄弟爱过的女人，他都喜欢？他不敢再晒真实，没把自己的秘密告诉她，但他却作为一桩乐事来玩，建议两人见面做生意。他腿脚不便，她就在周五、周六晚上过来，谁知一来二往，两人便不想再分开……

这天，陈小燕与梅子睡在办公室里，这房间原是启明的起居室，现由梅子用着。转眼至立秋，后半夜下起大雨，天气仍闷热，屋内蚊子很多，两人都睡不着，躺床上，聊这家族的男人和女人。聊着聊着，陈小燕忽然想起建国来，两人形式上离婚，情感却仍联结一起，她常会有事没事地思念他。这时继红考上北京的大学走了，这家只留下他一人，她担忧着他的身体哩，这病最忌劳累，医生配了许多药，但她知他是工作狂，事一多就忘了服药。

次日是周末，她回他住的市府招待所房间，拿出他积聚的脏衣服洗了。建国不如启明爱整洁，生活上表现得很随意。她检查他服药和身体状况，把梅子的发现告诉他，说宋英没有移居境外，躲在滩涂相公殿水产养殖场。

建国听了，出神地想了一会儿，说我知道，她也只有这地方可去，启明的案子与她有牵连，专案组也正在找她哩。

半个月后，建国去沿海寻找宋英时，突然晕倒在路上，满头大汗淋漓，身子蜷缩成弯弓状。众人七手八脚地把他弄到人民医院，检查出来的情况非常不好，化验单上载明CA阳性，解释是肝癌晚期。

陪伴身边的海产品公司董事长严雄，要打电话通知家人，清醒过来的他坚决不让，坐在病榻上认真地与他说：严大哥，我知这病，你得把化验单交给我。严雄不忍心告诉他真相，说我把单子撕了，是脂肪肝哩，现在人们生活条件好了，中年人都有这病。他残酷地笑道：告诉我，还能活多久？他掖着病床上的被子，好言安慰说：兄弟，别想歪哪，人的病不能全听医生，也不能不听医生的，这只是一个信号，你这般拼命地工作，身子骨就会顶不住……

见他的情绪还稳定，严雄又去找主任医师详问病情，问还有救吗？主任医师摇头说没救……他急问还有多少日子？他叹息说：最多也就三个月。他抓住他的手臂摇晃道：大夫，你得想办法，救救我的兄弟呀，他可是一个为人民服务的好官！那主任医师悲哀地摇着头说：人类在宏观世界的探索上天入地，但对微观世界，许多领域还无能为力，比如人的身体，至今科学尚无法解决许多疑难杂症，我知他是个好官、清官，但是科学使我冷静，只能说对不起。

严雄跑到院子外面，双手掩脸失声痛哭。

十几年前，建国帮助滩涂十万农民，开塘兴渔走上富裕的道路。使严雄从一个吃不饱饭的渔家汉子，成为如今富甲一方的私营企业家。这中间走过的路，不仅依靠党的政策，还靠像他这般不求索取、勤勉工作的干部……

几天前，建国到滩涂办案，严雄在生态园垂钓台摆了一桌。全是活蹦乱跳的海鲜鱼虾，还有城里人视作珍肴的黄蛤蟹哩，他叫上几个当年贫穷的靠海人、如今已是身价上亿的老板凑席，说恩人来了，大家都得一醉方休。他见此场景，有些诚惶诚恐地说，这么大的排场，严大哥你干啥呀？严雄笑道：今晚我不把你当检察长，你也别给我们上艰苦朴素的党课，吃水不忘掘井人，这块土地是你父子两代人开拓出来的，权当我兄弟们给你过个中秋节……

现在开发区中心镇相公殿，又扩大了面积，到处高楼林立，一层层铺面闪烁着霓虹灯，镇周围是一家家的工厂和企业，繁华得如沿海市城关一般。

餐前建国与他说了家事，说兄弟呀，我来寻找宋英哩。他问你找她干啥呢？他如实说，检察院在办案中，发现她与我弟启明合作，涉及赃款与洗钱。严雄开玩笑说：如今难得有你这样大义灭亲的好官了，你把兄弟抓起来，想把她也抓起来吗？我可提醒你，如果这世界上有两个最爱你的人，小宋行长是其中一个，另一个是你的妈了。他说没办法，组织上分配我做这工作，就得依法办案，捍卫党纪国法的尊严。你呀，严雄长声叹息，就是活得太累，改革开放的动力是啥？就是钱呀，是钱把人的积极性调动起来。小宋行长也够惨的，她想嫁你，你又不要她，为北京一个不着边际的男人辞了公职，现在又与你弟的案件纠缠一起，他们都是你的亲人，难道你不能放她一马吗？他摇头说兄弟呀，你如今算是大款了，如果你见过城里那些拖家连小的下岗工人，为挣几元钱不再过食不果腹、冬无寒衣的日子，就会明白我为何维护党纪国法的尊严！你和我都尝过挨饿的滋味，难道就忘了那年月，不想让他们与你一样过上共同富裕的日子吗？

严雄听了这话，脸色迅速变化，烟抽得很猛，致使建国大声咳嗽起来。他捻灭烟蒂说：对不起，我知你不抽烟。他问你能告诉我，她在哪儿吗？我想让她跟我回去。他沉默一会儿才说：她确实来过，知你会追到这儿来，又走了，有件东西，让我转交你哩。说着，从口袋掏出一块绣着并蒂莲花的手帕，与一封信交给他。他仔细地看那块手帕，想起那次他喝多酒，她把他送回宿舍后，他吐了，她服侍他躺下，拿出身上的手帕替他擦脸。他讷讷地说：夜深了，你回吧。她摇头说：你这样子，我能回吗？他说我没事的，你明天还有工作哩。她说是有工作，可不能看你醉成这样子不管呀。这晚上，她没回去，在他身边和衣躺了一夜，天亮时她走了，却把这块手帕留下。他醒后把手帕洗净，晾干后找机会交还于她，记得当时她脸上隐有不快，说：就一块旧手帕，犯得着这么认真吗？

可就是这块旧手帕，十多年后她还保存着？建国感觉到有些胸闷，眼前闪烁出她那双似怒非怒、似嗔非嗔，瞳仁有些棕色的眼睛。想宋英呀宋英，你对我的情义，这辈子怕是还不上了……

海边汉子豪饮，六个人叫了七瓶茅台。他欲阻止，说我又不是贵客，自家兄弟聚聚，喝这酒干啥？严雄挡开他的手说：兄弟，今天你得听我的。都十几年了，兄弟们难得聚聚，不办案你也不会过来，我已与大伙儿打招呼，既然嫂子接手公司偿还债务，我们立个规矩，一盅酒十万元钱，一瓶茅台二十盅，你喝下我就当捐助城里的兄弟。他摇头谢绝说：不行，钱我是想要，却不能这样给，我只管办案，要捐钱你直接找公司。严雄看一眼众人说：大家都是粗人，场面上的话不会说，知恩图报四字还知道，干吧，兄弟……

他望着这些仗义的朋友们，眼里溢出泪花。哆嗦着手举起酒杯，一瓶五十三度的茅台很快见底。

躺在病床上的建国，疲惫地回味着人生。他知自己要离开这世界了，这是每个人都要面临的事，只是时间过得太快了，继父母领养他的童年时光，仿佛还是眼前的事，转瞬间，就有了这一大家子的人，启明、启东、燕子、宋英、四个妹妹、妹夫，梅子、刘霞、继红……一个个地从他眼前闪烁而过，他们都是他的亲人哪，他从每个人身上获得亲情，却觉得好像亏欠下啥。

他的那双曾在暗夜能看清东西的猫眼，熠熠地闪烁着光亮，这时他已经恢复少年时的特殊功能，能穿透黑暗，看到物体发出的些微光明……

几天前，他拆开严雄交给他的那封信。仿佛看见以前那个衣装得体、浑身光彩的宋英回到身边，脸露哀忧、红唇微颤地说：

亲爱的，你没有成为我亲爱的，但我还是这样称呼你。在你绝情离我而去的十年中，我自暴自弃，做下许多你这辈子想都想不到的事。简言之，这社会分三等九级，一等红色，你与我过去都属于这阶层，你现在还是，我已经不是了；二等为蓝色，即普通的人生，饱尝生活的艰辛，你我都不是，但我俩都在努力为这阶层服务；三等是黑色的，充满血腥、仇恨、恐怖和挣扎，是政府打击的对象。现在我属于这阶层，我并无沾上血腥，却明白已经不能回头，这是我回避不见你的原因……

我要告诉你的是，你兄弟的事，我只能说对不起，为了双方的需要和利益，我俩促使他走进监狱。这三个月中，我观察着你和家族的一言一行，很使我感动，为此留下你以前的电话号码，由你选择组织或家族，凭此得到公司需要的部分赃款，这已是你兄弟最后的资产，好自为之……

对不起，我走了，二十三号从上海起飞加拿大，航班是……如果你需要我留下，我俩会在这城市的监狱中见面……

永远爱你、却没资格爱你的宋英

信封里还有一张沿海农业银行的信用卡。

他把这信，从头到尾看了三遍，每看一遍，心头就悸动挣扎一次，一双炯炯有神、恢复在晚上看清东西能力的猫眼内，溢满着遗憾和感伤的泪水。想：傻妹子，你咋走到这一步？对得起你爸秦大泉吗？他泉下有知，该有多伤心呀？

他拨通市公安局的电话：目标明日晚上十点离开，航班为……接着又打电话给继父母，说爸、妈，我找到秦书记的那个丫头了。张永成情急地问：钱、人，都截下没有？他哭道：都在我手里哩……

他离开沿海时，要求严雄对病情保密。严雄问为何？他说我们都是成年人，明白人总会有这天，我的大限到了，得把想做的事办完。严雄问：你回海城，不打算治疗？他说来不及了，兄弟，如果有来生，我还想与你们聚在一起，痛痛快快地喝几瓶茅台酒哩，那酒，入口真好……

建国没过完五十岁的生日，就猝死在办公室写字台旁。这已是一个深秋的黄昏，秘书小安拿法院判决书请他过目，他展开，兄弟的非法融资案判决如下：

张启明：男，四十六岁，案发前为海城市世纪之星房地产投资公司法人、执行董事，因非法融资与行贿罪……判处有期徒刑十五年……

宋英：女，三十九岁，案发前为北京龙腾企业投资信托公司驻海城营业部主任，因扰乱金融秩序罪……判处有期徒刑六年……

小安把这案宗交与他时，他头上正冒着虚汗，脸色蜡黄，手紧按腹部，神色有些不大对劲……

小安把案宗放桌上，迟疑地问：检察长，您是不是病了？

他说是有些累，我想休息一会儿……挥手让他离开办公室。

谁都不知他临终时，有没有看完那份材料？次日上午，小安上班，推开办公室门时，他已经咽气。桌上那份案宗的签发单上，留下一个模糊的张字，都没签日期。案宗旁有一本党费交纳卡和二十元人民币……

市委通知家属召开追悼会，在遗体推进火化炉的一瞬间，白发苍苍、脸容憔悴的张永成，失态地扑了过来，痛哭流涕地喊道：

小东西呀，你咋这样走了？以后我有事，又找谁商量呀……

34

世纪之星公司被债主围堵时，已到了年底。海城市六百多万人口，有近三分之一，都是外地来的民工。火车站的票贩子，已把票价提高好几倍，许多人望票兴叹，背着被铺行李，准备在车站过年了。

债主大都是工程队的民工，也有一部分集资的市民。公司拖欠工程款已有大半年，陈小燕接手后，用家族集资和卖掉内蒙古农场的钱，加上追回宋英的流资，只归还部分集资款。公司在运转中，严雄带滩涂上的民营企业家，又资助了不少流动资金，说是知恩图报哩，建国的兄弟，就是他们的兄弟，但都是杯水车薪，无济于事。世纪之星的房产已售三分之二，房款却被困在国外股市，市民要房，银行追贷，工程又停不下来，公司的资金链条，早已断裂，该找的关系都已找了，筹资却无下落。陈小燕早知年底会出事，要出大事哩，却束手无策。

她和梅子，与公司几个员工，被困在办公楼里。向公爹通电话说：债主闹起来了，把我围堵在办公室里，不让吃饭睡觉，房子的玻璃窗也被砸了……

两个月前，张永成动完心脏搭桥手术，正在祠堂老宅里调养。公司早成为战场，原本他出院时，并不想回村，说在关键时刻，战士不能擅离岗位。陈小燕与梅子，好歹把他哄回去，说城里空气没乡下好，事情也一下处理不完，养好身体再帮公司决策吧。他终于妥协，说好，你俩顶着，张家全成了杨门女将！

那时建国逝世不久，全家人的心还都乱着，遭受失夫之痛的陈小燕，半个月没咽下一粒米，由梅子泡麦乳精送进办公室喝，人也一下子瘦得失形，挣扎好长时间，才又恢复工作常态……

张永成拿话筒的手，有些颤抖，问：你不是叫派出所维护秩序吗？大家有话好好说，都是人民内部矛盾，不要动粗。陈小燕喘着气说不行，您说过对民工不能动用公安。我没敢报案，只让保安维持秩序。我知年底是道坎，大家都要回家过年，公司欠的是人家的血汗钱哪，还不了钱就急，有人威胁说要跳楼，原先签约的十几家特困户，也反悔了，非要见到现金才撤退……

他又问：相公殿的渔业公司，不是刚汇过钱吗？陈小燕说：全用在工程上了，爸，我已经弹尽粮绝，这道坎如果过不去，公司还会解体……

他安慰说：好媳妇，你冷静，每临大战有静气呀。我与你阿妈、还有村里的张书记，马上赶过来，对待群众不能急躁，要和风细雨地讲道理……

陈小燕说：爸，您与妈赶快过来，我已经坚持不住了……

张永成说别急，任何事的成功，都在再坚持一下的努力之中！

傍晚时分，他带李纹和张岩峰火速进城，距陈小燕求援仅隔三小时。

接到城里电话，张永成去找了张岩峰，现在这盘棋已近残局，唯一能动的只剩这颗子。说你把我的小儿子放走，现在城里出了事，你得跟我走一趟……

这半年多来，张岩峰四处找不到张启东，心头正窝着一腔气哩，后悔当初心里存了个小九九，放他卷款溜之夭夭，不知后果如此严重，把张家全拖了进去。想为引进你这狗屁人才，我为你买商品房，把外甥女许配与你，每日好酒好饭招待，你他妈的，六年中跑掉两次，第一次留下一个小芭比，还算有良心，带回三百万元，当村长发展集体经济。我以为你会像老子一样守信用，你年轻人嘛，总比我这代人有知识、能力强，只要你在村里落户，迟早还不是你们去折腾？可没想到是你兄弟的赃钱，仅才半年又带钱跑了，害我不仁不义担负恶名……

他吧嗒吧嗒地抽着旱烟说：阿哥，不是看在您一张老脸，我早向公安报案，我他妈的遇上他，真算晦气。钱没闹到，村里倒成了他的饭店旅馆，想来就来，想走就走，弄出个小芭比来，上幼儿园都没户口簿。张永成问：你有这狗日的音讯没有？他说废话，我要找到他还不早来报告，谁愿背这窝藏赃款的罪名？现在阿霞也被他弄得神经兮兮，半夜三更地抱着小芭比，一把眼泪、一把鼻涕，跑到我家里号丧。这次出事，要不是看您是老革命，村里会卖厂抵债？您还要我咋样？他嘿嘿地笑道：我不要你咋样哩？只要你带上村里的公章，跟我到城里跑一趟。他问城里又咋了？他有气无力地说：我大媳妇被人堵在办公室里，有人威胁说要跳楼。张岩峰连连摇头道：我说您何必呢，稳稳当当的清福不享，偏要折腾管闲事？当县太爷退下来都十五年了，别村要摊上您这宝贝，厂都办好几个。我可是啥光没沾上，送我一个儿子，还是个鞋底板揩油的滑头货，如今又摊上这等破事，还不知何日熬出头？大阿哥呀，我真没想通，您为何必这样……

他听他这般说，一把拽住他的手，说狗日的，你想当逃兵是不是？我说过把村子建成小康村，非兑现不可，只要我还有一口气在，这债一定还上，我死后还有儿女哩，你不要给脸不要脸，今天说句明白话，跟我走不走？张岩峰无奈地说：我又没钱，跟您走有何用？张永成不无得意地笑道：兄弟，我知你有钱哩，村里每家每户都在翻楼屋。张岩峰说我咋有钱呢？这些年村民是折腾富了，可合作社还是个空架子。

张永成把李纹拉过来，说老太婆，他这榆木脑袋不开窍，你给说说资本增值的道理。李纹拿出一个小本子来，说我和老头回村十五年，为村里算过一本大账。我俩刚来时三百二十户人家，只有二十一家有楼屋，一百八十家瓦屋，余还是草舍棚；现在除一百三十户还住着瓦屋，全盖上二三层的楼屋，草舍棚没有了，人均居住面积六十七平方米，比城里的工人阶级住得宽敞多了……

张岩峰苦笑着说，现在人都往城里走，山里的房子又不值钱。

李纹说是不值钱，这些年来，村人把地包给外地人种，办起大大小小十六家副业加工厂，还有十三家的茶园和果园，按平均每家百分之十五年增长率算的话，不出五年，就是户均收入十万元的标准富裕村。这步伐，比起滩涂渔业供销合作体的托拉斯，是慢了一些，但不像你向老头哭穷这般贫困。张永成补充说：你这是藏富于民哪，如果没有政府帮你修通那条路，这村子的变化能有那么快吗？人为何都向外走？就因为城里的屋子，比村里的值钱啊。

张岩峰低头嘟哝道：村人是有钱了，可我不能为您儿子的破公司，家家户户地捐钱呀？农民的事，钱进去好说，出来就难了。张永成说：谁要你捐钱了？是做投资呀，拿狗东西的房产抵押，不要房子的，按银行利率的双份还给你。他问：启东不回来，您拿啥还哩？

他沉下脸来说：他敢？祖宗在南山坟里躺着哩，就是上天入地，逃到天涯海角，也要把他找回来！

三人急吼吼地来到公司，果然陈小燕、梅子和几个姑娘被堵在办公室里。

楼层内大灯被关掉，小灯的灯光有些幽暗，债主们在走廊上坐的坐、站的站，可怜兮兮的，大冷天还有穿单衣的哩。有人在呼呼地睡觉，这儿可比外面暖和多了，也有人在就着榨菜丝啃大饼，头颈一伸一伸的，连瓶矿泉水都没能喝上。

见来了救兵，大伙儿的眼睛活泛起来，纷纷站起来让道，待走近一看，才知是三位老人，目光又暗淡了下来，后面的人也不肯再让道了。张永成举手喊：大家让一让，我是董事长，进里面现场办公，解决大伙儿的事。众人不情愿地把路让开来，眼睛里却透露出不信任的目光，有人嘀咕：不管董事长还是总经理，今晚上光说好话唬人没用，非见到真金白银才散场。

待他们进了办公室，大家又围堵拢来，在门口扬着手中的欠款单，乱哄哄地嚷起来。张永成两颗绿豆眼珠，活泼泼地转动着，打量陈小燕与梅子一会儿，脸上布满歉意，抽动嘴唇咧嘴笑道：人说雌马上不了战场，我的两个儿媳妇，今天成了穆桂英挂帅哩。陈小燕与梅子委屈地扑过来，投入他的怀抱，小声啜泣起来。他像哄孩子似的，拍着她俩的肩膀，安慰道：别哭别哭，有话好好说嘛。战场上的女兵，再严峻的局面都不哭鼻子，一切都会过去的呀。

陈小燕说：爸，我和梅子，这两天困这儿净啃方便面。他点头说：吃方便面好，比饿肚子强呀。说着推开她俩，拉着李纹的手走到门口，跪倒在众人面前……

陈小燕惊叫起来：爸，妈……您俩干啥呀？

张永成嗓音沙哑地对大家说：养子不教，父母之过，我参加革命六十年，这副祖宗给的膝盖没跪过日本人，没跪过国民党，也不跪共产党，专跪穷人，跪老百姓……为啥呢？因为你们是这国家的主人。

外面吵嚷的人们静谧下来，大家的心里有些许感动，但手中的账单却不会因下跪而废掉。改革开放，按经济规律运行，把大伙儿的心运行得硬了。

他说我夫妇先向大家赔个罪，再商量如何归还债款，你们有气、有恨、有冤、有仇，全对着我俩撒，是我们没教养好儿子，欠下大伙儿的情。

有位脸上长青春痘的年轻人说：老人家，我们不想干啥。也不想参与您的家事，欠债还钱，是自古留下的道理。我是个川伢子，出来打工十年，女朋友已等我六七年，一直没有钱结婚，年前爹娘用嫁妹子的钱垒了新屋，逼我回去成亲，不发工资我连买火车票的钱都没有，狗东西害苦了我们，如果没抓进去，我恨得真想揍他……

张永成含泪说：我就是狗东面的爹嘛，他不在，我代他受过，你揍我吧。年轻人还真推开人群挤上来，但看到伏在地上两颗白发苍苍的脑袋，又把手缩了回去说：老人家，我们是来讨钱的，不是来打人。只要您把钱还给我，我立马走人，我真的需要钱回家过年呀。

一位手肘缀有补丁、穿工装的妇人，拉着一个小姑娘挤过来，跪在他俩对面哭道：大伯大妈呀，我与老公都下岗了，连女儿的学费都交不上，如果这钱没着落，还不知以后日子咋过呢？不会的……李纹握住小姑娘的手，回头对陈小燕说：记下，公司给她交学费。陈小燕说我知道，梅子已把她的QQ车卖掉了。李纹干涩地笑道：对不起，公司实在没钱，把我与老头的离退休工资卡给你，政府每月都往里面打着钱哩。你要把书读好，长大做个对国家有贡献的人，好吗？

小姑娘拉住他俩的手，扭动着身子流泪道：爷爷、奶奶不要跪了，老师教育我们要尊重老人，您俩这样，我心里难受。张永成和李纹都没动，陈小燕和梅子跟着跪了下来。张岩峰看这阵势，黑着脸也跪下来，办公室的工作人员，相互打量一会儿，都一个个地先后跪下了……

张永成的眼前，出现孟良崮那场恶战，一个班的战士冲上去，倒下了，他又指挥一个排冲，又倒下。他看到被炸得寸草不生的阵地上，晃动着支前民工担架队员匍匐爬行、冒死抢救伤员的身影，狗日的，他红了眼，抱起那把从日本鬼子手里缴过来的歪把子机枪，带头往前冲，说老子拼了……

如今五十几年过去，他手里没有了歪把子机枪，眼前也已没有张灵甫。这颗心脏，才两个月前搭的桥，连小便都淅淅沥沥地拉不干净了。他老了，身上的血已不会再沸腾，但他依然是个战士呀。他浑身颤抖地说：对不起，今天各位已累了一天，很辛苦，我让老家的村支书，带来十几条民兵值班室的棉被，还算干净……我张家的男人，蹲狱的蹲狱、死的死了、溜的溜了，只有我这老不死，在这儿陪大家喝几杯解个乏。说着，就和李纹站起来，从一只坏了拉链的旧旅行包里，掏出几瓶酒和一大捧炒花生来，又让陈小燕和梅子去买夜宵。

气氛缓和下来，众人解释说：我们也是被逼得走投无路了，才这样……他说明白，这事搁谁身上都急，改革开放原本为大伙儿都富起来，没想到让狗东西这一折腾，把你们都折腾了进去。都坐下嘛，大伙儿商量这事该咋办？他让李纹拿纸笔记录，指着张岩峰对众人说：我老头儿，享受离休干部待遇，刚在医院做过手术，听儿媳说公司有事，就与老太婆、村支书跑过来，来了就没打算走，今晚住下与大伙儿喝酒解闷。

大家心头的气消了一些，有人说做生意诚信为本，我们大都是进城的民工，耗不起时间在这儿陪过年，您老人家说句明白话吧，这钱年前能还，还是不能还？他斩钉截铁地说：能还，但只能先还一部分，全还，还不了，现在公司这只瓷瓶还完整，如果大家把它打碎，就啥都没有了。我这人哪，当过四十多年共产党的基层干部，知缺钱的苦衷，张书记带村委会的图章过来担保，明日挨个儿兑现。又有人问：您老人家大老远赶过来，说话能算数吗？张永成高举起村委会的图章道：共产党执政为民，如果做不到这点，我和老太婆撞死在这儿……

众人又有些感动，虽然还没拿到现钱，但有承诺总比没承诺好。排队拿出公司的还款协议，让他夫妇签字盖章确定还款日期，说大伯、大妈，酒就不喝了。我们听您的。行，张永成边签字边说：君子一言，快马一鞭，我与老太婆约定，这钱一天不落到实处，我两人就押这儿一天，为大家做牛做马也不失信用。

那脸上长青春痘的小伙子，仍然满脸苦恼，说这样，我还回不了家过年。李纹把他拉一边说，特事还有个特办哩，明天你第一个办，好吗？

后半夜下起雨来，是冬天少有的阵雨，还夹着雪沫子，气温骤降下来，天又转冷了。人散去后，夫妇俩在办公室里铺床，正想睡觉，张岩峰摸到他俩的床前，愁眉不展地问：阿哥，不是说好我给您助威的吗？咋把我也扯进去，我又没这许多钱。张永成狡黠地笑道：扯你，想好事？我是把全村都扯进去哩。他说村里也没钱呀。他问狗日的启东姓啥？他姓张呀，是白鹤桥村长？回家不还钱来，我就灭了他。张岩峰说：可您要的是现金呀。他说是现金，你回去以他村长的名义，家家户户去借，两天内拿这儿兑现。

张岩峰拉长着脸，坐在地铺上，愁眉不展地道：这几百万元的钱哩，先还部分也上百万元，村里哪承受得了？张永成说现在是承受不了，村人也没那许多现金可借，有多少算多少。说着他手指着李纹说，你嫂子退休前干啥的？经济会计师，算过一笔大账哩，企业是滚动式发展的，靠负债经营。现在滩涂相公殿设开发区，严雄的公司资产几十倍、几百倍地增值发展，靠的海产品加工项目。如果十几年前没银行贷款，能这样快速地发展起来吗？

他嘟哝说：他们有海涂养殖，我有啥呢？李纹说你有茶叶、果树、毛竹和药材和大大小小的家庭副业厂呀，不缺原料，缺的只是加工业和资源的整合。

张岩峰皱起眉头，嘴里又如害牙痛病似的嘘嘘响着，心里拨开资源整合的小算盘，认清这是一条快速发展的路，但他仍愁眉苦脸地说：加工业和资源整合也需要钱呀！张永成把陈小燕、梅子都拉到身边，指着她俩数落他说：你猪脑袋呀，我要你来干啥的？让你长本事嘛，当年燕子在内蒙古、梅子在海南，创业时都赤条条地没有资产，凭啥？人的精神呀！现在她俩坚守住这块阵地，已不是我张家的私产，是全体加盟者的希望所在。农村资源整合，只有与城市流通联盟，才能让村民走上富裕道，你山里的房子每平方多少？这儿的房产又值多少？差异的只是人气呀。狗日的，你还吹嘘读《易经》、懂风水，把启东骗得一愣一愣的，啥是风水？我告诉您，人气就是风水！为何五十年前吃不上饭的滩涂渔民、盐民，都成了大款、进入了小康村，就因为那儿聚集了人气。我就不信祖上有田、有山的白鹤桥村，没能耐打赢这一仗……

张岩峰担忧地说：如果打败，村民们还不把我给杀了？

他坚定地摇头道：这世界上没有如果，时代在向前发展哩。当年井冈山的红军才几条枪、几个人，钻在破山沟里打游击，不也星星之火可以燎原地打下天下吗？靠啥？还是人的精神，靠共产党为人民服务的人气。“二野”的邓政委厉害呀，抓住提高人们生活水平的人气，提出改革开放搞活经济的政策，当年我卸任时向小东西办移交，还不放心哩，现在咋样？相公殿开发区的人均产值，比我当书记时翻了上百倍，你村里的那些小楼屋算啥呢？人家都置小轿车满世界跑哩。这就是改革，目标不是以前的楼上楼下、电灯电话喽，是四个现代化……

张岩峰把脸转向李纹，问能行吗？李纹点头说能行，把村民资产和城里公司重组，就可以资源互补，盘活这本大账。启明负债经营的理念没错，只是资金来源有问题。燕子懂经营，接下公司楼盘核算过一笔大账。只要十年内房价上涨幅度超过还贷利息，公司的资金链不断，加盟者就拥有发展的黄金商机……

陈小燕和梅子听了这番话，鼓励说：岩峰叔，爸妈说得对哩，做生意讲的是信誉，只要守住企业道德底线，吃一堑，长一智，公司一定会出现转机……

次日晨起，雨停了，太阳复从云层里钻出来，楼顶和马路上有些积雪，城市的空气变得清新。夫妇俩一起在阳台上打太极拳，李纹的动作流畅舒展，张永成却显得呆板和笨拙，毕竟年龄不饶人呀。

张岩峰咬着旱烟管走过来，站他俩旁边观看，从豁牙的嘴里，吐出一团团的烟雾来。这晚上他没睡好，老兵要动真格了，不但倾全家所有，还倾全村所有，他这村支书听不听这转业营长指挥呢？

陈小燕与梅子，穿着大红色滑雪衣，打着呵欠开门出来。梅子说：爸妈一大早，在这儿打太极拳哩？陈小燕的双眼，眯拢成一对弯月，仔细观察着两位老人，在心里赞叹道：真美，像草原上冬天开放的雪莲花哩！

35

两年后，启东躲过风头，从深圳回来了，原先如姑娘般清秀的一张脸，由于蓄了胡子，又养长头发，变得粗粗拉拉，人也胖了不少，还有小肚腩哩。带走的三百万元本金，经他挖空心思地一折腾，已翻了好几倍。

回村第一天，他就把支票交到村里，张岩峰问：啥生意，这么挣钱？他笑眯眯地从旅行包内，摸出几只接插件来，说就是这东西，北京中关村形成一条街哩。张岩峰拿在手里，反复端详，竟然不懂。摇头又问道：这一只只像溪虾似的，啥玩意儿呀？启东笑着，拿出随身带着的手提电脑来，接上线头打开，说搞现代化建设，没这玩意儿，就干不成大事。

张岩峰望着他的脸，说你别骗我，这玩意儿，有那么大能耐？启东笑道：现在这社会变了，中央号召发展科学生产力，智者靠脑子挣钱，没脑子，忙死也没用。这些年我单干做个体户，把这东西交别人加工，付款后装旅行袋乘飞机跑北京，一月两趟，每趟一万个，每个十二元，当场装一旅行袋现金回来。两年下来，你说我挣了多少？张岩峰听后，眼睛睁得铜铃大，又像害牙痛病似的嘘嘘响着，说那你咋还回来？你爸都恨不得把你撕碎吃了。启东说我还是村长呀，你不是说，要发展我入党当书记吗？不回来，就失了信用嘛……

张岩峰连说看不懂，这廿四房的子孙，脑子都进水，村支书有老板值钱吗？启东笑了起来，他问他笑啥呢？他说你才知道，是脑子进水的呀！十八年前，老爸离休，把全家人都带来这儿，观看山林子里唧唧咕、唧唧咕啼叫的红襟鸟，说此鸟是张家祖先变的，泣血司晨，是为唤醒人们对足下的土地承担责任，都尽劳尽责地吟唱了几千年，那时我还在读高中哩，就知道我以后也会变成这鸟……

他将信将疑地打量他一会儿，说算我求你，小祖宗，你把我害得还不够惨吗？办塑料厂赔了几十万元集资款，这回把你哥的钱又带走，村里把贝母园、林场和塑料厂抵押过去，都贴进去几百万元，把全村整苦了。小芭比要读书了，连户口都没给报上，你一走两年没音讯，我外甥囡为她都去城里当服务员了，你还算是个人吗？他笑着赔罪道：你告诉我读《易经》，我大隐隐于市呀，阿哥的灾难过去，这不是又带回新项目吗？他讥讽地说：厂子都转让了，还搞啥项目？我告诉你，村里在海城控股世纪之星宾馆，准四星级哩。启东摇头说：宾馆属旅游消费产业，没这东西值钱，这次我把塑料厂赎回，开发东方硅谷，你知道硅谷吗？他摇头问：啥鬼谷，《易经》没这名堂。他说你不知道吧？我告诉你，美国首富比尔·盖茨，就是硅谷的主人。他迟疑地问：这东西，个头儿还没电信盒子大，真能赚钱吗？启东神秘地笑道：你想呀，目前国内有三千万台电脑，每年递增速度为百分之二十,五年后有多少台？张岩峰又问：你说的可是真话？他掏出那张六百万元的现金支票，说这钱归村里了，你把塑料厂拿回来，我还当厂长。赚钱把阿哥捞出来，他有的是办法弄到钱……

张岩峰又像害牙痛病似的，嘘嘘响着，这次他接受教训，寻思一会儿才说：不行，你爸说做生意要讲信用，还是先把公司的款给还清。

启东问为何？他说你哥这次动静闹得太大，你爸、妈全在那儿守着哩，说宁输家财也不失信用，让燕子和梅子归还欠款。那些下岗工人和民工，也真够可怜的，去年闹大动作要砸牌子，亏得你爸英明，用村里的固定资产抵押给银行，才渡过危机，人却至今还在闹着。那时你爸仿佛疯了，把全家二十一口人和村人的资产全押了进去，现在公司勉强保住，家和村子却守贫了。

他问：村里不是有控股的星级宾馆吗？张岩峰说也只是个摆设，用于集团公司招商引资，实际挣不了钱的。启东落泪了，感叹道：我知他会这样做，他是我爸嘛，他这只老红襟鸟的叫法，与我这稚鸟不同哪！张岩峰说都是红襟鸟，又为何不同？启东说他只知尽劳尽责，叫得声嘶力竭，却缺乏智慧和机巧，没能尽智啊。说着，又慢慢地从口袋里，掏出另一张支票来，说这钱哪，得靠机遇与智慧挣……你把这三百万元交给他，就说我当儿子的尽心意……

他有些不解地问：挣了钱是好事，你咋哭了哩？他动情地说：我咋能不哭呢？为了大河水满，小河十年截流，这次阿哥的事，把全家老少的红襟鸟们嗓子都唱哑了……

张岩峰问：你走后，大阿哥死了，你知道吗？启东点头说：知道，所以我就一定要回来……

城里的房产，开盘卖得很好，因为公司在偿还债务的事上，坚守住了商业信用的底线，但资金漏洞还是很大，民款还掉，银行的贷款可还欠着哩。按启明的企划方案，总共有两万平方米房产，八千多平方米预订了出去，钱却由宋英转走投境外股市，套在国际金融业的一头大黑熊上，这漏洞够大，足有上亿元。房产卖得最好，房款却被强制还贷，政府留下这公司不破产，还政策性扶助发展，目的就是不让银行贷款变成死账，因此往往房款还没到位，银行业务员已盯在这儿了。要让剩下的一万二千平方房子，补两万平方的房款，这个异想天开的张启明，把玩笑开得有点儿大。

梅子曾提议：公司摆脱债务困扰有两个办法，一是突击提高房价，这几年房价上涨很快，公司尽管遇到这样那样的问题，但质量与地段都是一流的，提高每平方米的单价，市场尚能接受。还有一个办法是向政府要政策，降低首付款门槛，尽早汇拢资金，力争开发新项目，争取贷款平仓填补漏洞。陈小燕把这主意向公婆商量说：只有这办法，才能过去这个坎，还说打好这场战役，公司就偿还债务脱离困境。张永成看了方案，拉长脸不说话。他这时虽戒酒，烟却还抽得凶，抽的是五元一包的云烟，常咳嗽。李纹说你不是说多抽一盒烟，缩短一小时寿命吗？他说我一天少活两小时，一年七百多小时。戒掉又可多活几年呢？她听他这般说，是死猪不怕开水烫哩，就不再干涉。陈小燕催促道：爸，您说话呀？他丢掉烟蒂，脸上表情严肃，一双鹰隼一样的眼睛盯住她的脸，说我不同意这样做，原因很简单，以前打仗，敌方是日本鬼子和国民党反动派，要打就打得狠，越狠，胜利的把握越大。现在销售对象却是群众，梅子的方案是能搞到钱，但钱赚到，公司在信义上却落败了，这是我最不想看到的事……

陈小燕不敢再吱声，只好把方案撤回来，次日在办公室商量工作，梅子还欲坚持，说信义与钱财不能兼得，问咋办？陈小燕无奈地说：还能咋办？部队打仗，指挥听司令员，决策得听政委的。爸是董事长，在路线方向上把着关哩，除非你不想在这儿干了？梅子顺从了，只是觉得公司要解脱困境，路漫漫其修远兮，何时才能把这漏洞补平？

张永成在继子离世后，牯牛般的身架一下枯萎，现在他是彻底地老了，在心中流淌着一泓泪泉，常会有事没事地对着他的遗像落泪，那双鹰隼般锐亮的眼睛，在平时失去了光辉，脸部的表情几乎是麻木的。那次他伏在建国的灵柩上，哭得一塌糊涂，人劝都劝不住，李纹心力交瘁地陪伴着他，老两口都几天没吃饭。她悲哀地对身穿丧服的陈小燕说：对不起，燕子，我没想到花大半辈子精力，倾注心血哺养大的三个儿子，会在改革开放洪流中高空折翅。那段时期，李纹常躲在房间内独自哭泣，说会像太婆一样，为这家族的男人，流干泪水变成瞎子。

继红接到清华大学录取通知后，陈小燕为把公婆从对建国的思念中拖回到现实中来，与梅子商量说：老小孩儿、老小孩儿，身边不能没孩子，既然你决定跟启明过了，把继根接过来同住，让爸妈有个盼头吧。梅子摇头说：孩子名不正言不顺，爸妈能接受吗？她说是你名不正言不顺呀，孩子又有啥责任？

梅子就把刚读小学的儿子接过来，尝试着先度暑假，如果他与老人家融洽不到一处，再送回去免得惹是非。这年继根才十岁，生得虎头虎脑的，与张家历代男人抑郁的性格不同，喜欢扎人堆凑热闹。见爷爷、奶奶和继红都绷脸不理他，白天在附近工地上疯玩，晚上自个儿找乐子在床上翻筋斗。张永成坐下欣赏一会儿，问谁教会他的？他跳过来捧住他的脸，用那双与梅子一样的弯月眼，盯着他问：阿爷厉害，是老革命哪，会翻筋斗吗？他说会呀，我像你这般年纪时，能在牛背上翻哩。他便学电视主持人模样，说翻得好，我为您鼓鼓掌。他问翻不好呢？他说失败是成功的阿妈呀，可以再来一次。他高兴起来，摸着他脑袋说：真好，可惜我年纪大了，翻不动喽。他便问年纪大，与翻筋斗啥关系？他感叹道年纪一大，啥都不得劲。他侧着脑袋想想说：那我得抓紧玩，长大就玩不动了。

继根生性开朗，小小年纪就有表演天赋，会唱各种各样的流行歌曲。一天清晨，梅子骑自行车上班，看到公婆带继红、继根晨练归来，由继根吹口哨伴奏，公婆和继红排队哼着军歌：向前、向前、向前 // 我们的队伍向太阳 // 脚踏着祖国的大地 // 背负着民族的希望 // 我们是一支不可战胜的力量……梅子知小继根已融入这家庭，不由心头一热，眼睛也潮湿了。她卖掉 QQ 车后，每天踩自行车上班，公司启明那大房间已抵债转租，原本陈小燕想让她住一起，说可以相互照顾热闹些。她不愿意，说习惯一人住。上班后她欣喜地告诉陈小燕，说继根不怯生，与老人家相处得蛮好。陈小燕说这样，他俩可以忘掉建国了。

这日陈小燕回家，把公婆屋内建国的照片，悄悄藏了起来。过几日，她发现丈夫的照片，又被放回到原处，知公婆仍在惦念着丈夫，不由捧着照片哭了一场，想死者已逝，不能让活着的人，永远沉湎于悲痛。不久，继红开学去北京，临走她征求他俩的意见，让他把父亲的照片给带走了。

这座坐落在城郊的农租房，也被她找个理由，给退掉了，把老两口和继根接到楼盘的工地住，说要重振旗鼓，开始新的战斗。

建国猝死在办公室里，启明在狱中听到这消息，哈哈地狂笑一阵，又用头撞墙壁。这已是他第二次寻短见，看守把他送进监狱医院急救。醒来时他还躺在陈小燕的怀中。一双温柔而又灵巧的手，正用药棉小心翼翼地擦抹他脸上的血污。他问我在哪儿？她说在家里呀。他打量四周，知仍在狱中，说是家吗？她说爸妈从没把你放弃过，不是家又在哪儿呢？他问你丈夫没有了，就不记恨我？她流泪说：我恨你，爸妈才更恨你哩，衰年失子，说多伤心就有多伤心，你又这般，启东也下落不明。一个好好的家都四分五裂，但有啥办法？是亲人哪！你要是没有了，爸妈才更伤心哩！他含泪狂笑道：阿哥都没有了，我活着又有啥意思呢？她用陌生的眼光打量着他，扬手给他一巴掌。他吃惊地问：你咋打我？她瞪起似笑非笑的那双弯月眼，说我就打你这缺人性的东西，难道没想过你的所谓责任，已经伤害太多的亲人，你的这辈子是为你哥活着吗？

她走后，启明在狱中情绪很不稳定，常独处面壁自言自语：阿哥，我对不起你，咋不让我代你去死哩？说着说着又用头撞墙壁，看守和狱友无法制止，用绳子把他捆起来，实行一级监管。这时他的陈伤发作起来，膝盖关节红肿，又站不起来了，监狱长专程到公司找陈小燕，说他神经兮兮的，有自虐倾向，家属能否配合做些工作？陈小燕说他就是个长不大的孩子，他兄长是我老公，死了我比他还难受哩。监狱长说这是心理疾病，如有他敬畏的人出面阻止，就能恢复常态。陈小燕知他敬畏的人，只有爸妈，便领他来见公婆。

张永成低头寻思一会儿，自告奋勇地提出来，说如果你们没法治，就把这狗东西交给我吧。监狱长说他是重犯，不能在监外执行。他又问：是否由他住监狱教训儿子？监狱长犹豫一会儿，终于答应试试。他立即兴奋起来，一对小眼珠通红，当机立断，就让妻子打背包，说我这就跟你走，让狗东西站起来接受改造。李纹犹豫着要与他同去，被他摇头阻止，说狗东西通过前番调教，我一个人对付得了，你月底得做账，还是留在公司吧，老将出马，一个顶俩哩。

捆绑在床上不会走路的启明，见到父亲特别惊讶。问：老革命，你咋来了？他仔细端详一会儿，俯身蹲在地上，学着红襟鸟唧唧咕、唧唧咕地叫了起来，启明的脸色变了，泪珠汹涌澎湃地冒出来，他让人给解开绳子，问他还是不是个军人？他说是，犯了罪的军人。他的脸容变得严肃，大喊一声立正。他即受惊似的下床站立起来，他说：不错嘛，狗东西，还没垮掉哩。他听他这般说，身子一软又倒下来，他打量着他问：咋又倒了哩？他还想挣扎站起来，腿骨酥软地不听使唤，张永成见状蹿上去，伸出蒲扇般的大手把他打翻在地，说我揍你这不负责任的杂种，啥是军人？打不倒摧不垮的特殊群体呀，冲在前面的战士倒下了，后面的战士不是趴下，而是继续往前冲锋。启明问：我还能冲吗？他说：只要还有一口气，你就得往前冲，这是军人的品质……

父子俩共居一室，度过半个月狱中时光，每天晚上，张永成把从家里带来的田七粉，涂在他肿胀的膝关节上，清晨由设计成红襟鸟吟唱的手机铃声司晨，洗冷水浴恢复他的体能，然后跑去操场训练，又像以前小时候一样，用巴掌揍他、用脚踢他，让他坚持跑步。这手机，是建国从内蒙古带回来的，逝世后由检察院交还给张永成。父子俩在这段相处的日子里，没谈公司的事，却说着由智云整理的家谱，张永成老调重弹，重说祖先和他这代人的奋斗，奇怪的是启明不再抗拒，变得爱听了，还补充堂兄与他小时候的故事。这时启明发现他小便失禁的毛病，问多长时间了？他说阿姆去世前就这样了，现在心脏搭过桥，这辈子要完结了，之所以坚持着，想看到你出去，补充续写家谱哩。启明眼中的泪水，常流得哗哗的，没想到意志坚强的老革命，外表仍还刚着，身上的机件已然老化。

如此站起来，被打倒，打倒又站起来，半月后，启明的状态全面好转，膝盖上的红肿随之消退，跟父亲在铁窗内一二一、一二一地跑步了。

临走他带着他见监狱长，说我把儿子完整地交给你了，以后需要配合，我会再来。接着，他叮嘱道：儿子呀，这次你的祸闯得够大，欠下这家族的情哪，人欠债要偿还，欠情同样需要偿还，所以你给我好好在这儿待着，你妈捎来几本咋做人的书，我都放在你床头哩，你啥都不要想，我与你妈会活着等你回家，在哪里摔倒，就得从哪里站起来，活出我张家祖宗的精气神儿来！

他泣不成声，说爸，我判了十五年，您等得住吗？他斩钉截铁地说：这是做父母的一番心意，等得住要等，等不住也得等。你听懂我的话吗？他点头说：听懂了，我不会再让你失望！

继红考上大学走后，夫妇俩和孙儿继根住在工棚内。张永成自封董事长，干的却是仓库管理员的活，每天穿着工装、戴着个草帽在工地上拾破烂。这活儿，他三十几年前围海建塘时就干过，把那些认为不该浪费的废铜烂铁、电线插头和建材木料都搜集起来，能用的还用，不能用的卖给废旧商店。不要小看这些钱，都能给管理人员和保安发奖金。李纹在工地上陪伴着，料理一对老小的生活，与帮助公司进货发料，这些都要登记造册。他做不来，得由她做，以前她在棉花加工厂当副厂长，也主管这些细米碎账。

夫妇俩除了做这些外，还照顾上小学的继根。小家伙现在玩疯了，用废钢筋与自行车内胎，自制三把弹弓，一把交给祖父，另一把交祖母。爷孙仨常在黄昏落日的余霞里，在水泥电线杆上，设定目标比赛，相互用手指刮鼻子，连雨天也在棚内玩。李纹怕他惹事，上学时把弹弓给收起来，下课才还给他。每逢星期天，继根会在工地上乱窜，不怕陌生地与民工们交朋友，平时对人直呼其名，玩高兴了喊叔叫伯，玩不好，称人狗东西、龟儿子。待小学毕业升初中，他对玩弹弓没兴趣了，帮祖父捡破烂换钱，钻进网吧玩电子游戏。他读书成绩不好也不差，堂兄继红永远是前三名，他进不了前十名，却也不会落到后十名，不温不火地保持中游。梅子教育他，向堂兄学习，苦口婆心地没效果，便使用家庭暴力。没想他比她跑得还快，边跑边阿爷、阿奶地乱嚷嚷，一忽儿钻进祖父怀里，一忽儿又躲进祖母的床上，没挨着打就大喊救命，惹得老两口战战兢兢、似稀有动物一般保护他……

梅子望着这种血浓于水的亲情场面，常心中发酸感慨万分，含泪数落公婆把他给宠坏了，她没想到仅短短几年，还没长大的儿子已经不服她管教。

这时陈小燕把探监的任务，交还给了梅子，说你得多与他接触，夫妻感情不接触，就会生疏。她探监时，把儿子的情况告诉启明，说：到底是你张家的孩子呀，在这家里，一点儿也不觉得陌生，我真担心爷爷奶奶会把他宠坏了。他听后，在眼里噙满了泪水，说他是张家的孩子呀！梅子也说些公司的情况，说爸、妈和嫂子，都在竭尽全力维护公司声誉，现在经营的势头比以前要好了。入狱久住的启明，渐渐承认犯罪的事实，不再寻死觅活地瞎折腾了。他经常向梅子询问父母的近况，惊异地说：爸妈变了呀，宠着你与继根哩，以前对我可不是这样的。梅子问是咋样的？他说你没见过我留屁股上的疤吗？这是爸的杰作……

三年后，公司步入规范化管理，在张永成倡导下，建立党支部和工会组织，由他任书记，李纹是工会主席。出事后公司没有党组织，二十九个人才七个党员，组织关系还是临时转过来的，但张永成坚持建，说毛主席说过：红军之所以艰难奋战而不溃散，支部建在连上，是决定因素哩。

这时公司也在经济上，缓过一口气来。陈小燕和梅子劝慰老两口可以歇歇了，说事是做不完的，不必那么较真。陈小燕说：您俩每天上班，让我与梅子的脸，往哪儿搁呢？李纹说：事由张家的儿子做下，我俩不承担谁承担呢？张永成也说：做企业与部队打仗一样，入编就是战士，不分老少，攻占敌人山头就赢了，攻不下就输，我俩总不能在战斗没结束前，就撤出战场呀？她俩听了这话，心里更觉难受，说：那您俩也该做点儿体面的事呀，不要让人说公司虐待老人。张永成哂笑道：我和你们的妈都几岁了？能干体面的事吗？打仗分工不同，后方的厨子，与前线指挥司令员一样都是战士，你不要小看捡破烂，我作为党的书记带头倡导艰苦朴素的精神，在为你俩争面子哩。不管以后物质条件多好，只要共产党还执着政，这精神必然要发扬下去。

宋英刑满释放时，已四十三岁，沿海撤县建市十年庆典，向她发来请柬，里面有书记徐锋的一段话：跌倒不要紧，重新振作起来。你是我在党校研修班的同学，是老书记的女儿，人们不会忘记你父女对这城市作出的探索。她原想参会，不为自己，为生父秦大泉哩！入狱后母亲亡故，姐姐去美国为儿子伴读，继父也移居去那儿，想应该代表这家族回去一趟。这时她出狱还未满一月，由严雄在海城买房子安顿下来，邀请她当公司顾问，她婉言谢绝，说让她再想想。后来她没去参加庆典，因为徐锋的信里，有两个字刺激了她，啥不忘父女的探索？探索是啥？就是没贡献嘛，她没贡献认了，谁让自己倒霉，伙同启明去境外洗钱？但徐锋这忘恩负义的家伙，咋能诋毁父亲？他被造反派折磨至死那年，她刚进小学，而他已是壮小伙子，大学毕业在县委办当秘书，他应该了解父亲，“文化大革命”初期，他还给陈淑贞传递信息哩。啥党校同学？他比她大十六岁，是叔父般的前辈，所以觉得这邀请不够诚意，甚至有诋毁父亲的成分在里面……

宋英被判了六年，其实只在里面待了四年就提前释放。她入狱前，已打探到杨汝奎的信息，这家伙是条狐狸，闻知国际刑警查案，早躲之夭夭。她没把这消息告诉启明，却通过伴读的姐姐，联系读计算机专业的外甥，通过网络摸清杨汝奎的蛛丝马迹，弄回一些钱来，又让他找在深圳的启东遥相呼应，帮监狱办生产接插件的企业，这样就立功受奖，把自己弄出来。她做这事，实行严格保密，嘱咐启东，不告诉启明和他的家族，与启东联络，是因为启明告诉过她，在兄弟这儿留下三百万元钱，如果她进去，这钱能帮助她重出江湖哩。

宋英进去后，那个在北京瞎混的丈夫来信要与她离婚，说允许你的肉体背叛我，不允许在精神上离开我。她回信说：我在肉体上背叛了你，但精神从没属于过你，结婚原本就是一桩交易，现在这交易不对等了，离婚我很高兴。丈夫又来信，这次是快件，寄来协议问财产如何分配？宋英签了字，说我早知你把房产给了别人，有啥财产可分？我的财产已作为赃款交了，既然离婚，别相互惦记钱。丈夫没再来信，很快由中院民事庭寄来离婚判决书。

宋英没去沿海，却到山南找启东，她的心中，对这世交的家族充满歉意，想动用关系把启明捞出来，帮他东山再起。自入狱前他独自承担责任那刻起，她心里铭刻下他的影子，啥是男人？男人就得为女人挡风遮雨。她想：如果她能……只要他稍有暗示，就会为他赴汤蹈火不计后果。她知他不会娶她，可她已把他当做心中的男人，今后无论身置何处，只要他一声召唤，她将勇敢地出现在他眼前，心甘情愿地听从他的使唤……

宋英找到启东，说了此计划，他说没那么简单。她说我咋出来的，就让他也咋出来呀。他笑了，说你没了爸管，可以随心所欲；可我爸还活着，我在深圳躲了两年，他差点儿没把我剥皮。如知道法律可用钱买通，他不就疯了吗？她说启明是他亲儿子，丢了建国，还想再丢掉他吗？他还有十年……多宝贵的十年呀！他连说不行，反正我不敢干这事。她问你不干，我干呢？他说哥也不会同意，他现在狱中已待成了绵羊，不再干藐视法律的事。

宋英很失望，百无聊赖地游荡了几个月，离开海城去美国旧金山投靠姐姐，但她的心里，仍没忘掉启明，临走她原想去探狱，可见面又能说些啥呢？花无隔夜香，她这朵带血的玫瑰，已经枯萎了四五年，还有芳香吸引心上的男人吗？蹲过监狱的她，比以前变得理智，知诸事可遇而不可求。在机场上，她望着这个曾工作生活过的城市，不由泪如雨下，讷讷道：启明呀，原谅我，只要你呼唤我，我就回到你的身边！

启东在宋英走后探望启明，兄弟俩又都相互愣住了。铁窗内的启明仍气度不凡，虽脸庞变得清癯，却收拾得挺干净，那双晶亮有神的眼睛锐气不减，熠熠闪烁着光亮。相比之下，铁窗外的启东胖乎乎的，虽戴着一副博士眼镜，打扮穿戴却宽松随意，像一个久离家庭和亲情的流浪汉。令启明没想到的是他蓄了长发，脑后还缀有一绺鸭屁股，在脸上养着与鬓发相连的胡须，弄得艺术家不像艺术家、企业家不像企业家。他说：你咋也不收拾收拾，这样子还在外面瞎跑？他嘿嘿赔笑着，不无得意地说：我现在想通了，搞事业先挣钱，这两年的心思，全用在工作上了，哪有时间收拾？启明有些伤感，讪讪问：你以前蛮清秀的，小时候爸妈把你当女孩儿养哩。他说旧貌改新颜，变成男子汉不好吗？

他与他说了宋英，说她想把你捞出来哩。启明说我把自己折腾进去，就有能耐折腾出来。他说她走了呀，去了旧金山。他说走了好呀，走了就没了牵挂。

接着兄弟俩谈论这城市变化。启明忧伤地说：我都关了五年，不知外面世界的变化。启东点头说：我知道你牵挂的，就是这块土地在这些年中的变化。说着递给他一张统计表，说当新世纪钟声敲响时，城市市民人均年收入已达到三万四千八百元，比二十年前增长七十六倍，农村户均年收入二万一千八百元，二十年同比增长一百零二倍。阿哥，你进来受憋屈，社会却向前发展了。接着他补充说，据可靠资料分析，欧元整合面市，美国将在新世纪爆发金融危机，如果那些股票在杨汝奎手里，不是大发就是大惨……

启明对杨汝奎没多大兴趣，倒关心启东，不由感叹道：是啊，二十年过来了，我在里面很好，你得给爸妈长脸，不要像我一样也折腾进来。

不会的，启东说，我注意着哩，狡兔三窟，我会让哥在人前抬起头来！

36

岁月荏苒，悠悠八年过去，沿海滩涂上建造世界上最长的跨海大桥，选点距张永成原任公社书记的相公殿三公里处，离当年白鹤桥村的秀才爷张友香，为娶滩涂大脚女杨秋英造上山的辘轳车，竟已过了整整一百二十年。

年轻的工程师张继红，弯腰蹲在工地上，用S1S化学剂测试数据，指挥工程队打桥桩。桩是巨大的钢管架，内灌水泥，因海水有腐蚀作用，需使用防腐性能强的特殊涂料，他所服务的世纪之星集团公司，承担工程科技攻关的业务。堂弟张继根，是工程队里最帅的小伙子，站他身后嘻嘻地窃笑。他回头问：阿弟，你笑啥？继根说：笑你婆婆妈妈的，工程队都铺了九百五十根桥桩，每根你都捣鼓大半天，浪费多少时间？他说公司保障桥桩百年不被腐蚀，我得担负责任啊。

他漫不经心地问：你能活过百年吗？

他认真地道：是人都活不了百年，可我得向后人交代呀……

继根吹起口哨，是香港歌星张宇唱的《用心良苦》：你说你，想要逃，偏偏注定要落脚……十年前，梅子把他从山村带出来，交给公婆教养，李纹满心希望，再培养出一个继红出来，可没能如愿。他在学校功课都居中流，音乐却极富天赋，各种乐器一摸就会，每次文艺汇演都捧奖品回来。那些奖品零零碎碎，有 DVD、U 盘、586 手提电脑、随身听，还有电饭煲、电炒锅之类的，她把它们都收起来保管好，说这些纪念品，以后你长大，看到会特高兴。继根不屑，说阿奶真是老脑筋，电器这玩意儿图新鲜，现在不使用，过几年新产品出来，就淘汰了。她奇怪地问：你脑子这么聪明，咋就读不进书去呢？你继红哥，可是高考状元，公费保送剑桥大学留学。继根不置可否地笑，说阿奶啊，您没见报上说，造原子弹不如卖茶叶蛋吗？待我考上中央音乐学院，不会比阿哥没出息。

结果，继根没考上音乐学院。他专业课拔尖，文化课却差劲，原本还有希望报省艺术院校，招生条件中规定专业得奖，可匀为文化课成绩，但他非中央音乐学院不上，这样就失去机会。两年前他沦落街头跳街舞，梅子鄙视，说要赶走他，他便主动离家出走，扬言说崔健大叔，是中国第一摇滚歌手，他是摇滚舞者。提前出狱的启明，找到他劝说他回家，说爸刚出狱，别惹我生气。他扭着脖子，瞪起一双像梅子一般的眼睛，指自己鼻子道：现在管我了，小时候你在哪儿？你和妈又没扯证，才不是我爸。启明讷讷道：我是没尽职教育你，可我是你爸呀，跟我回家好吗？你是我爸吗？继根大笑，我还真不知有爸哩？后来祖母闻声赶来，才把他拖回家去。

一路上他都指责父亲，说他是势利的小人，为私欲抛弃他与阿妈。启明忍受着，不会像年轻时一样，为陈小燕与堂兄的事拔拳相打，连自己也觉得奇怪，他才五十出头，咋就没了火气呢？启明出狱后，没与梅子扯结婚证，致使儿子的户口，还留在乡下，不是他不爱她，而是习惯成了自然。他入狱后，梅子定期探望，十年来从无间断，他已把她视作亲人，好似身子与四肢浑然连成一体。经继根这一闹，他才想起该担负家庭的责任。

继红从剑桥大学拿到硕士证书，因生母突发事故返家，就没再出去，继根在家补习再考，由他辅导英语。兄弟俩有许多共同语言，也常为一些小事争吵，两人争论不休时，继红会拉他到祖父面前，说阿爷，他逃避责任哩，您得补上革命历史课。张永成便嘿嘿地笑着，习惯地把继根搂入怀中……

张永成的外貌，仍是几年前的老模样，脸色黝黑和颧骨高耸、顶心脱发留四周一圈，只是瘦得不成形状，神态憔悴，身架整个佝偻下来，比年轻时足足矮了三公分。以前走路昂首挺胸，脚步咚咚的，现在低头弯腰，蜷缩着身子，动作更加迟钝缓慢。他小便淅淅沥沥的毛病，锻炼洗冷水浴也治不了，已在李纹鼓动下自觉地使用尿不湿。

夫妻俩还常为穿衣吃饭的琐事争论，他仍喜欢穿四个口袋的干部服，而她觉得老派，捐给了灾区，说人越老，越得穿光鲜，给他买了许多五颜六色、出口转内销的衬衣和西服，连那件冬日永不离身的军大衣，也当做破烂卖了。他不乐意，说你这老太婆，真是江山好改、本性难移，咋老了还搞小资情调呢？她说你是我老公呀，把你打扮年轻显出气质来，我就觉得有面子。他哀叹道：我都老成这模样，还用得着打扮吗？丢掉艰苦朴素的传统，我就失去军人本质了。现在两人，不会再像以前那样吵架，吵了那么多年，都吵不动了。外貌依然年轻、肢体也开始衰老的李纹，对外介绍丈夫时，总抱怨说：男人的命比女人好，老到一定程度，就不会再老了。女人不行，涂脂抹粉，也遮盖不住脸上的皱纹……

她这一辈子，都不使用脂粉，老来也清水出芙蓉般脸色娇嫩，被继红、继根兄弟俩，称作漂亮阿奶。但面对镜子，脸上皱纹却无法抹去，这使她深为伤感。她走路的步态，也显得年轻，连自己都觉得咋七十多了，咋还身板笔挺、手脚麻利？年轻时还闹个小病小灾，如今伤风感冒都不发热，身子骨比以前还壮实。

兄弟俩都需择业，李纹让征求祖父的意见，说老人是宝，你们阿爷是家庭的顶梁柱哩！这使张永成有些小小的得意，说廿四房从老三房分出来，另立祖屋，到这代人，已是第七代，我都活了八十五岁，有件事一直遗憾着哩。兄弟俩问啥事？他说从我阿爷起，全家就跟共产党干革命，但自继红他爸离世，大女婿小曾退休，一大家二十几口人，除你们阿叔算个村官，居然没再出一个干部。兄弟俩问：阿爷想让我俩考公务员吗？他摇头说：过去想，继根他爸出事后，就不想了。他俩又问为何？他叹息道：社会发展了，行行都出状元，我虽遗憾却不保守，你俩喜欢干啥就干啥。男人只要能承担社会责任，干啥都一样哩。

两人听这话后，不再在网上寻觅薪金优惠、出人头地的职位。继红帮助大桥招标的叔父，参与桥桩防腐蚀材料的研制开发；继根也不再考中央音乐学院，说天涯何处无芳草，条条大道通着罗马哩。继根乖乖地跟继红进工程队造桥，又说：百行都出状元，我就不信，会比阿哥孬。现在世纪之星的房产，已销售一空，所欠债务，经十年消化，偿还略有盈利，公司已经转型开发做新项目。

两人去工地报到时，李纹拉住他俩，说你们的阿爷呀，当面不说，背后却在嘀咕着，还有一桩心愿未了哩！两人问啥心愿？李纹知丈夫左耳聋，右耳可没聋，转身至左边道：老头啊，不久要去见马克思了，想四代同堂抱玄孙子哩。继根说姑姑们，不是有孙儿女吗？李纹笑道：他老封建哩，只认你俩生的种。继根嘟哝道：这不又把责任，压我俩肩上吗？说着推搡继红，说哥比我年长，该为家族把根留住，我不尽这义务哩。张永成听明白了，蹿过来欲打，说狗日的，小赤佬又恶心啥？继根缩头向李纹讨救兵：阿奶，阿爷打我哩。张永成把扬起的手放下，严肃地说：在这社会上活着，每个人都得尽义务，不能耍滑头逃避责任。在孙辈中，继红算比继根出息，可他却一如既往地，偏爱着继根。

继根挣脱开他，站门口摆个范儿，唱道：多少脸孔，茫然随波逐流，他们在追寻什么？

现在这块土地，彻底改变了模样，几十家国内著名企业，因为这座大桥的建造，与连接东方大港的自然优势，纷涌入驻当年张永成围海建塘的开发区，原本贫困的渔村里，星罗棋布地办起乡镇企业，那个破旧的妈祖庙和徐福东渡留下的秦渡庵，被开辟为国家级旅游景点，各地游客纷至沓来。到处建起高楼大厦，厂房鳞次栉比，商店如螺衔岸，成为沿海新兴发展的商业区域。有消息传，大桥通车后，民政部将批准取消开发区，建立省属经济特区，行政级别比沿海市还高一格哩，这样此处的地价，将比原先翻几十倍，成为海城市的交通核心区域。

张永成在检查出患食道癌后，受继红继根两个孙子的邀请，约王安故地重游，原本李纹也随同成行，却因犯心口痛留下。启明让她去医院检查，她不愿意，说人与机器一样，老了就运转不灵，没灾多费劲，有灾也躲不过。张永成欲为她推缓行程，说你年轻时，不是喜欢我陪你看海吗？她说老头儿，饶了我吧，我都陪你大半辈子，让我留家清静几天吧。自兄弟俩工作后，她改变生活习惯，喜欢躲进房间看书，说年轻时，想看都没时间，现在老了正好补上。

工程副总指挥吴斌杰，接待两位老人。他长得高大帅气，五十岁左右，身穿笔挺的西服，足蹬铮亮的名牌皮鞋，在白色安全帽下，戴一副黑色玳瑁眼镜。一路上，他滔滔不绝地介绍大桥科技含量与民营企业投资结构，显示出这时代知识型干部的博学。王安介绍说，他是幸福公社原书记吴伟的儿子，在交大毕业后，任职省交通厅，听说家乡造桥，主动请缨回来作贡献。张永成问吴伟退休后咋样了？他说他患肥胖症和高血压，退后次年就亡故了。王安一直没离开沿海，离休前最后的职务，是老干部局局长，对这一茬干部的归宿，门儿清。

两人站在新下桩的桥南端，看到昔日张牙舞爪、波涛汹涌、后浪翻腾冲击前浪的潮水，已比以前变得和缓平静。张永成叹息道：狗日的，没想到这块土地，变化那么大，当年我与小李同志，在村口碰到乞儿们，给钱都不认识，如今都住上楼房、开上轿车了。这日子过得呀，还真如我阿奶说的，山林里的红襟鸟叫着叫着，就全变了哇。身旁的继根问：啥是红襟鸟？他说：就是我给你讲的，那种颈脖上长着红羽毛、身子比麻雀大不了多少，会在天亮时，唤醒人们对足下的土地，担负责任的神鸟啊。继根问：这儿没有吗？他说没有，老宅山林里才有，我在这儿当建塘副总指挥时，让你大伯把这声音，装进有线广播里司晨，为大家鼓气哩。王安说老首长，您有福气呀，您仨从部队转业，秦书记、陈主任都没了，只留您子孙满堂享后福哩。他瞪圆浑浊的小眼睛笑道：我是一员福将嘛，整个“三野”，陈司令、粟副司令、江部长、谭政委都没了呀！说着，那泪就顺着他沟沟壑壑、糙树皮般的脸上汩汩流下，瘦削的双肩颤抖得厉害。继红和继根问：阿爷，您咋哭了呢？他抹一把泪水道：狗日的，我也要没了呀？陈司令作诗说：此去泉台招旧部，旌旗十万斩阎罗。老秦、四眼老陈，都在那里等着我哩！

桥墩下桩后搞庆典，吴斌杰邀请两位老人观摩，说内有继根自创自演、与市歌舞团台柱谢娜联袂登台，定名为《村庄》的舞蹈。晚饭时，继根戴着安全帽，身穿鲜艳的演出服，跑过来报告：阿爷，我要让您感觉全新的我。说着拿出谢娜的照片，说您布置的任务，阿哥这洋硕士没动静，我却把她给拿下了。他问啥拿下？他说就是那个什么什么的凯司。张永成把照片递给王安看，说这女娃儿，比当年的小李同志咋样？王安说差不离俊，只是衣服穿得太少，也不怕冷。他点头道，没准她像我两孙儿一样，每天洗冷水浴锻炼身体哩。继根笑起来，说阿爷背了，这是眼下最时尚的露脐装呀。

继红斜睨着照片上的靓女，心里思念他丢在剑桥的图书管理员珍妮。照片上的谢娜，与她都是金发飘洒，只不过谢娜是染的，而珍妮却是真的。她是爱尔兰贵族的血统，在那块土地上的姑娘，大多有着飘洒的金发和蓝色的眼睛，他没像继根那般坦率地向祖父泄露心迹，爱情需要独享，并不为炫耀。他平静地握住继根的手说：祝贺你，兄弟，祝你演出成功。

次日祖父走后，继根追问继红，啥是红襟鸟？说你在老宅待过，一定见过那种神奇的鸟儿。继红想了想，认真回答：我在网上查过，此鸟学名知更鸟，生长在欧亚大陆贫瘠的山区……

两年前，启明减刑出狱，以为家人会开车来接他，这是梅子探监时的约定。出狱前几天，他经常独自呆坐，想象着与亲人们团聚的瞬间，这一刻他盼了十年，不仅在梦中，大白天也会在眼前出现：生性执拗的父亲，也许会颤巍巍地，扬起瘦骨嶙峋的大手，当着家人的面抽他的脸。他知这巴掌，十年前他就该抽，父亲忍耐着没抽，是怕他破罐子破摔，从此站立不起来。他愿意挨这巴掌，已等了十年，挨过这巴掌，父子俩就消除了隔阂。

他知这一刻中，与他生命紧密相连的三个女人（真是三个好女人啊），李纹、陈小燕和梅子都会哭泣，是她们支撑着他的信念，在监狱中挨过十年寂寞的时光。他知启东与继根都不会哭，男人流血不流泪呀。他是多么思念继根，自梅子探监告诉他，把他从外婆家接回，还把照片交给他，他心中已开始思念了，把他的照片放进贴身口袋里，每在寂寞时，拿出来反复地看。照片上的他，几乎与他小时候一个模样，高高的发痕、挺括的鼻子，一双俊俏传神的眼睛——这是他的儿子呀，在狱中反复思念、朝夕惦记着的儿子。这时他的心中，就会升腾起快乐的希望，同时又充满着惆怅，每当看到这种希望和惆怅，似一缕缕袅袅飘散的青烟，在监狱外那片晴朗的天空里翱翔时，他就有一种出去再次创业的冲动……

监狱离海城市不远，对外称作农场，头几年，陈小燕几乎每个月都探视。她来了，他还拿架子与她看。老两口只来过两次，一次是父亲单独为他治腿，他发现了他的苍老与无奈，还有一次，是在中秋节，两位老人一起来的，父亲注视着他的脸庞，啥话都没说，却轻轻哼起他小时候熟悉的军歌：向前、向前，我们的队伍向太阳……母亲也跟着他唱哩，唱着唱着，他俩的泪就流下来。他也不说话，含泪参与唱，唱完，李纹取出随身带的食品和生活品，交给了他。三人都没说话，但彼此心里明白，同为一种叫做希望的东西挣扎活着。他从老两口越来越蹒跚的步履中，看到一种亲情的力量，胸中充盈着悔恨与责任。

以后，老两口没再探监，陈小燕也不来了，只有梅子坚持每月探望他，在监狱开夫妻房间过夜，带给他生活的必需品。儿子继根，她竟一次也没带来见他，他说想他哩，为何不来？梅子生硬地说：你以为这儿是上甘岭呀，有意义吗？他哑然了。不到四十岁的梅子，头上已有依稀白发，他知她在外面拼搏辛苦，可仍想念着儿子，他是他的骨肉嘛，身上流淌的是廿四房男人的血液呀！

启明在狱中已住习惯，这儿与部队一样，过着半军事化的生活，部队可比这里还艰苦哩。记得有一次塌方，半个连队被堵进坑道内，连长也被压进去，那时他当军械员，指导员带剩余的战士掏坑道口，让在大雨中点导火索引爆，他手哆嗦着点不上，指导员让人取来干柴直接烧。后来洞口被炸开了，他们扒了一天一夜的乱石，手指鲜血淋漓，身上流淌的汗水与雨水合一处，才把搁在里面的战友们，一个个地背出来。可连长，那位在他训练投实弹时，捡起拉开弦的手榴弹丢到战壕外的山东大汉，却永远地被埋在坑道内……

启明走出监狱大门时，感到一阵眩晕，炽烈的阳光照耀下来，使他浑身燥热，心口怦怦地跳个剧烈。此时已残春，前几天还穿棉袄，这日却热得如夏天一般，他犹豫着换上梅子捎来的大红花格子衬衣。他已有十年没穿这样的衣服，在试衣时问她：我还能穿这衣服吗？她说咋不能？你立功减刑，全家高兴着，还是原来的你嘛。他问：原来的我，是咋样呢？她撇嘴道：不是总穿奇装怪服摆谱，炫耀臭美吗？是呀，往事不堪回首，十年的监狱生活，使他脱胎换骨，以前的绅士派头已离他远去，好似随风飘散的一缕尘烟，消失殆尽不见踪影……

他算是站起来了，这些年，远在海外的宋英与在村里的启东，总在努力游说监狱搞活经济，让他立功赎罪，他不愿意，说要靠自己的力量，走出这道厚实的大门。他立功减刑，是做了两件事，一是由他负责的犯人军训项目，获得由省司法局评定的第一名，他曾是部队作训处的参谋，参加过对越自卫反击战，这事于他来说，只是小菜一碟。二是与他同监、因受贿入狱的姜舒，因妻子离婚两次自杀，均被他救护下来，姜舒与他一样，成为当年的劳动标兵……

他走出大门时，深深地呼吸了一口新鲜的空气，浮想联翩地等待着家人。这是他恢复自信和亲情的尊严，也是十年中无数次憧憬的一刻，但从清晨等到晌午，都没见他们的踪影。这不可能，是不是出了事？他讷讷自问着，心头升起不祥的预感来……

监狱长开车出来，从车上探头问：兄弟，咋不想走呀？他说是有些留恋，可我不能再回去。他点头笑道：这地方，没人再想回去的，我去市司法局开会，顺路送你一程吧？他机械地挪动脚步，搭上他的车。

启明的预感没错，即将亲人团聚的张家，再次出现令人扼腕之事。风华正茂、担任世纪之星集团总经理的陈小燕，在与梅子接他出狱的高速公路上，那辆价值百万的奔驰轿车，突然气胎爆裂，在一百四十迈高速疾驶中失灵，撞在路旁钢护栏上……

被撞后车子翻了两圈，冲出栏杆掉进路旁深涧，正在驾驶的梅子，因为轿车气囊张开保住生命，而坐在副驾驶位置的陈小燕，却由于气囊的原因，永远地离开了这个世界……

陈小燕在抢救现场，已停止呼吸，医院急救时，又醒了过来。整个头颅血肉模糊，那双平时俏俏的弯月眼、挺括秀气的鼻子、两侧往上翘笑笑的嘴唇，歪裂得不成形状，可她竟说话了，虽然声音模糊，医护人员却能清晰地听见，她说：爸……风车……吉库什的风车呀……

启东在事发一小时后，才赶到医院。他也来接启明出狱，兄弟俩早约定，在监狱大门口相逢，为盼这时刻，他早早就作准备，把那辆北京吉普洗净涂蜡。前些天，他还在北京中关村谈电子项目，提前舍弃生意回来。现在他已把白鹤桥村开辟成东方硅谷，形成政府项目补助的动漫基地，常独自驾着那辆心爱的吉普车，行驶一千二百公里开进京城向朋友们炫耀。他在头天晚上，就赶回村里，只是由于爱睡懒觉的习惯，早晨没起得太早。这日，陈小燕和梅子，是从海城市区出发的，启东从山南白鹤桥村出门，三人约定，在监狱大门口集中。他闻讯赶到医院时，陈小燕已停止呼吸，医护人员把遗言告诉他，他不知何意？直至梅子苏醒过来，他把这话转告，梅子也不明其意，只重复嘀咕着：爸，吉库什与风车……随即流泪吩咐说：别琢磨了，快喊爸妈和全家人过来，见嫂子最后一面吧……

约莫又过了三小时，启明才赶到医院，看都没看梅子一眼，就屈膝跪在陈小燕床前，大哭起来。梅子见他如此悲伤，心头发堵，却深感其诚。

已至耄耋之年的张永成，再次遭受命运的残酷打击，但已没十年前继子离世时那般悲伤，遂吩咐启东发电报唤继红回国。处理完丧事，他带着启明，启东和继红，与李纹同去内蒙古锡盟草原，把建国和陈小燕的骨灰撒到那片广袤无垠、辽阔无疆的土地上。事毕，他让启明和继红留下来，统计没通上电的蒙古包。继红问为何？他流泪说：是你妈的嘱托啊，她十年前回来接手公司，我问她亏欠那块土地啥？她说要帮助散居在蒙古包内的牧民，使用上风力发电的风车。继红这才想起，吉库什阿爸的临终愿望……

启明和继红在草原上待了三个月，回来接手世纪之星集团，扩充资本，跨行业联盟横向发展。为此，启明电告启东，让合股的白鹤桥村再作增股，被启东婉拒，启明问为何？说你的村庄，不是世纪之星留下的三百万才折腾出来的吗？启东在电话里说：NO、NO，路归路，桥归桥，那三百万元早在八年前归还了。你说过中央号召走中国特色的社会主义，城市有城市的搞法，农村有农村的搞法，不能一刀切。启明没再勉强，问村里的经营情况如何？启东回答说：鱼有鱼路，虾有虾路，阿哥，说句见怪的话，现在村里的集体经济规模比你的集团公司还大哩，不需要别人再怜悯……

启东在兄弟出狱前两年，异想天开地开发以电子产业为龙头的旅游业，通过在美国的宋英，结识了浪漫 e 家宾馆连锁业的董事乔治·张。

此人是日籍华人，却旅居美国做生意，总部设在旧金山，在世界许多著名风景区有连锁产业。宋英在网上介绍给他时说：你一定得逮住这头猪，他以前做过金融，现在搞实业做旅游，在世界各地有十几家连锁宾馆打同一个品牌。他问啥品牌？她说叫浪漫 e 家，是家上市公司，在香港设有分部。启东在网上一查，果然是家有名的宾馆旅游企业，广告语是：为了忘却的纪念。他不懂何意？又与宋英联络，说这广告语咋怪里怪气的，啥意思呀？她说我咋知道，大概有段伤心的故事，难以启齿吧。他问：他做成规模，为何还到这儿发展？宋英笑得咯咯出声，他在视频中看到她花枝乱颤的镜头，问你在笑啥呀？她说他是头猪嘛，你也是猪吗？做生意不就为挣钱？你这儿在建世界上最长的跨海大桥，蕴藏着巨大的商机呀！启东想对呀，我还真是头猪。旅游讲三层服务圈，重要的是投资环境，咋把这么重要的事给忘了呢？这儿是大桥生态区的后花园呀！于是就把东方硅谷的录像挂在网上，向乔治·张伸出合作互利的橄榄枝。

启东早在几年前，就把村子折腾成亿元村，由党员选举，继承张岩峰担任书记当家。他还是老样子，不喜欢说话，不善与人交流，内心充满孤寂与哀伤，喜独自坐在荧屏前遐想。他的电脑里，除了设计方案，余都是美女的裸照。他会在夜深人静时，通过QQ与她们聊天，享受网上的情爱。他又旧病复发，一年四季神秘地失踪，天南海北四处漂泊。由于情感与其他因素，他食言没娶刘霞。但村人们仍信任他，在他任职的十年中，这个村的资产规模，已折腾到十亿元，村民的收入，也翻了好几倍。温顺的刘霞为此非常伤心，却也没咋埋怨他；张岩峰送她一本《易经》，说这世间的东西，是你的就是你的，不是你的强求不到。她承认自己的命不好，会摊上这样一个主儿，却不甘心就这样失败，塑料厂收回改做接插件后，她没再留在村里，跟女儿到海城，在自己持有股份的世纪之星宾馆当服务员，不久被提拔为总助兼领班——这个宾馆的总经理，就是梅子。

几个月后，乔治·张前来考察，下榻在她服务的世纪之星，说是考察，却指名道姓地，要去山南会晤启东。启东与村委会商量后，决定隆重地接待他。这是盛夏的一日，乔治·张由市旅游局吕副局长陪同，坐一辆豪华的林肯车过来。出发前，吕副局长打电话给村里，说旅游产业是一锤子买卖，务必使投资者一见钟情。为示接待规格与地域文化氛围，启东仿照当年办厂拉塑机的做法，发动联村小学三百多名学生，穿一式的唐装、身系红绸、敲响腰鼓在村口迎候。唐装是他花六万元赶制，腰鼓通过市文明办向邻村租借的。以前启东忽视这种上规格的接待，他搞的电子城，生意只在网上交易。

林肯车至村，已近正午。时值盛夏，炎日当空，天气很热，学生们已站了两个多小时，都快坚持不住了，启东一声令下，腰鼓还是喧天动地敲响起来。车子开到村口，就停下来，他看到一行人轻车简从，一个长瘦条儿、穿西装戴墨镜、像女人般迈着碎步的男人，与吕副局长脸容肃穆地走在前面，身后跟着由一个文质彬彬的洋老先生搀扶、身穿和服慈眉秀目的老太太。他赶紧迎上去说：欢迎，我是东方硅谷董事长张启东。那男人伸出一只五指欣长白皙的手，象征地与他握一下，用略带上海腔的汉语说：久仰，承蒙张先生大驾恭候……

令他大跌眼镜的是，此公身上的西服并不是国际品牌，而在手肘上打了两块补丁、由普通面料制成的旧衣裳；低头再看他的脚，穿的也不是名贵皮鞋，而是一双他熟悉的、从小外祖母在灯下千针万线缝纳的圆口布鞋。不由在心里犯嘀咕，密斯宋咋搞的，给送上这等一个货色来？

一行人踌躇着没进村，见那老太太在路边站下，手里捻着佛珠，注目这些系红绸、敲腰鼓、汗流浃背的孩子们，颤巍巍地走过去，身子弯成如煮熟的大对虾，一个个地向欢迎的人们鞠躬致敬，神色谦恭虔诚得如同顶礼膜拜。那洋老先生搀扶着她，金发飘逸，也把头点得如同鸡啄米一般。乔治·张见她俩如此，返身回来，走到一个孱弱的小姑娘面前，抱起她注目一会儿，掏出手绢擦她脸上的汗珠，说：对不起，小阿妹。接着放下她，摘墨镜擦拭自己的眼角，吕副局长走过来问：乔治先生，你咋了？他摆摆手说没啥，沙子吹进了眼睛，你不该称呼我乔治，应该按中国人的习惯，喊我张先生……

村委会内已置酒席，启东把镇上领导都邀请过来，满满当当地摆了一桌。现在办公室已改建，在塑料厂旧址上，矗立起一座约有五千多平方米的三层洋楼。厂扩资后，搬去山下，生意比生产塑料配件红火得多，有一千多名外地民工。

主人们都吃得尽兴，不是称道山鸡、溪鳗美味，就是赞美肉菇鹿鞭养人，但客人却没多动筷子。老太太食素，菌菇和树衣内都有荤腥，她用餐时手执佛珠，眼看着众人吃得豪放，不住在口里念阿弥陀佛。乔治·张没摘去墨镜，竖起双耳，听大家海阔天空地闲聊，脸上微笑着不插话。他使用筷子技法娴熟，却也少动荤腥。启东用美式英语问他为何？他用汉语回答，说是素食主义者。这使启东感觉到由于自己的疏忽，造成接待上的纰漏，他在网上查到，他是全美动物保护委员会的理事哩，却忘了准备一顿素餐。

次日晨起，启东破天荒早起，探望在村委会留宿的客人，见乔治·张已做完健身操归来，笑呵呵地向他打招呼。他问他昨晚睡得好吗？他指着院子外枝头上喧哗的鸟儿，说我这人犯贱，听到鸟叫就睡不着。接着，他问他可知此鸟名？启东端详着那种红脖子、翠绿色翅膀的鸟儿，回想三十年前，父亲离休后领全家回村，聆听山林里红襟鸟啼叫的往事，说：是红襟鸟哩，人们说它泣血司晨，旨在唤醒人们对脚下的土地担负责任。他笑起来，说学名叫知更鸟，在日本也有这鸟，有人称它为勤奋鸟。接着，他收住笑容，说可惜现代化的发展，村庄开发为城镇，这鸟儿已越来越少，没想到在这儿，我还能看到它们哩。启东望着枝头喧嚣的鸟们，心里觉得怪怪的，想他是动物保护委员会的理事，原来懂鸟哩。他说得对，由于山林的开发，这种鸟儿越来越少了……

这时，穿着和服的老太太，拄着拐杖，由洋老男人搀扶着出来，清秀的脸上凝挂秋霜，眼中依稀有泪。乔治·张赶紧蹽开长腿迎上去，母子俩站着嘀咕一会儿，老太太即用拐杖，指向对面的山坡。山坡上碧绿青翠，草木已葱茏蓬勃成一片，接着，她和他回过头来，屈膝躬身，对着那些在枝头上跳来跳去、声嘶力竭吟唱的红襟鸟们，虔诚地跪下来……

这下启东明白了，乔治·张母子不远万里，来此考察，似乎与这块土地有着一种扯不断理不清的关系。

乔治·张赴村考察后，两年没见讯息，启东耐不住，在网上问宋英咋回事？她说你告诉我，启明出来没有？他说快了。她说我找到杨汝奎了。他问在哪儿？她说就在美国，把日本的母亲接过来同住。他打断她的话，说我对杨汝奎没兴趣，乔治·张咋连个准讯都没有？她收线道：查查吧，可能你那儿出了啥问题？

启东找吕副局长询问情况，他说他不是留下十万美元，让你修小学吗？他说现在都独生子女，生源变化招不到学生，还修啥学校？他问钱去了哪儿？他说这些钱能干啥呢？我让村干部出国考察长见识。吕副局长很生气，说旅游文化注重细节，倒应该你长见识？此事你询问刘霞，她与他还有联系……

启东就去海城找刘霞，这些年东方硅谷项目招商很成功，商家看中这儿的山林、溪水和空气，村里已谈成三四个亿的合作项目，同期开发的高档宾馆业，作为配套设施，已被提到村委会的议事日程上。刘霞还当领班，在大堂坐下后，交给他一本关于浪漫 e 家的书，说这会儿在上班，你先喝咖啡，下班后说话吧。他坐下看书，心里却想着他俩的事，村里启动新项目，他曾让她回去做管理。她却不愿回村，说我在这儿蛮好的，为何又回去呢？他说，我想你能照顾我哩。她说我俩没扯证，算你什么人哪？他说是我的员工呗。她笑起来，说你与别的员工，也上床生小芭比吗？他无言以对，只把这事给拖着。那次他俩说了许多话，说他其实是欣赏她的，却不爱她，女儿的事只是个意外。又说做事业的男人，不能有拖累，就像飞机在飞行中不能超载行李。她说这些不用你教，我全明白，自你携款离开那天起，我就知道自己该咋做了……

他趁她离开的空当，坐在咖啡吧里，迅速翻阅浪漫 e 家这本书，知道乔治·张白手起家，靠做股票证券业发达，二十年中从事过银行业、汽车制造业和旅游业，与人合作开发浪漫 e 家的连锁宾馆业、周末自驾游活动的株式会社。他经营的宗旨是：哪儿有活着的动植物，哪儿就有人类的浪漫。这本书上印有老太太的照片，说人的一切都由母亲给予，经历世间艰辛，只为回报她。

刘霞下班时，他在打着瞌睡，与父亲年轻时一样，晚上不睡觉，白天在任何地方能补觉。她推醒他说：你咋睡着了？他说这几天，我尽忙着量地卖地，考虑合作项目的事了。刘霞开门见山地说：他不叫乔治·张，叫龟田一郎。他把书交还与她说：那你得告诉我，咋与他搞到一起去了？她拉他去商务会所吃饭，说了她与他的故事。她说：做宾馆这行，与做其他行业不同，讲究个人情味。两年前母子俩来这儿考察，下榻在世纪之星，当时天热，我帮老太太房间开空调，白天调至二十二摄氏度，晚上是二十六摄氏度，每天开一小时窗户，流通空气。按规定，服务员不在房间侍候，但他俩是外国人，我便做得周到些。他发现后，问我为何大热天的，晚间温度开得高？我说老太太年事已高，怕不适应温差。老太太在这儿过八十大寿，我按日本人的习惯，奉送礼物准备寿宴……

他打断她的话问：你送了什么礼物？她说：一人一双圆口布鞋呀，他可比老太太还高兴，因为他有脚气呀，那些天他在宾馆内，穿着我送的布鞋到处走，夸我通人情世故，是个搞宾馆的人才。他问：就凭这些，他能来村里投资宾馆？她摇头道：也不尽然，他在意的不是钱，而是人。离开后我在网上联络，按传统廿四节气转达问候；他与老太太生日时，我还给寄去布鞋和窗花当礼物。最近他还在网上问，如果在这儿投资，我能否在他的宾馆当经理？

他问：这布鞋与窗花已绝迹，你从哪儿弄来的呀？

她说：你错了，这东西现在城里时尚着哩，山里不值钱，妈和阿奶都会做……

他听后唏嘘：我知道咋办了，你还真是个做宾馆业的人才哩！

37

从大桥工地回来后，张永成的病情迅速恶化，由癌症引发肾功能衰竭，双脚肿得挪不开步，可还坚持每天拄着拐杖，一步一移地挪出屋门，坚守着公司拾破烂的岗位。这时他的外貌已全然脱形：身子瘦骨嶙峋，行动颤颤巍巍，彻底挺不起腰板来；那张原本上窄下宽的鸭梨脸皱纹密布，如蛛网密布的一间老屋，写满着这个世纪的人间沧桑；两颗浊黄色的小眼珠，也不再顾盼有神，神情沮丧地黯淡了下去；那张唇宽吃四方的大嘴，由于门牙的缺落和脸上肌肉走形，变成一个幽深的黑洞，一开一翕地，呼吸出游丝般腐烂的气息。

困扰他十余年小便淅淅沥沥的顽疾，已发展至完全失禁，长治不愈的下体溃烂，在大热天散发出恶臭来，致使他在人前失去尊严抬不起头来。男怕穿靴、女怕戴帽，李纹知他留在这世界的时间已不会太长，动员他住院治疗，又被他拒绝了。说医院治得病，却救不了命，我不会再住院的，那地方空气不新鲜，我俩回老宅去吧，或许我还有兴头，多活几天哩。

李纹把读初中的孙女，交还给刘霞，带丈夫重回村子住。小芭比越长越漂亮了，容貌不像生母，倒像年轻时的李纹，漂亮阿奶带着漂亮孙女在街上走，常被人误认为是母女。临走时，张永成忽然留恋海城，说这辈子的憾事，就是没亲眼看到公司修成正果。启明归来后，债务缓解，正做着发展规划。梅子劝慰说：爸，公司在发展哩，政府又新批一块地给我们，没特殊情况，转年就可整合开发，您老要不放心，可用手机联网指挥。她已教会老两口使用手机，能上网发短讯，联系医院送药和网购，那只建国设计成红襟鸟吟唱铃声的机子，虽换过机型，老两口当宝贝似的还珍藏着哩。现代通信业的发达，缩短了城市和农村的距离，张永成很稀罕这宝贝，说比他当年安装的收音机强，战争年代有这玩意儿，可以少牺牲几个通讯员……

他在这城市居住快十年了，附近学校与街道居委会常请他去做传统报告。孩子中有一大批人，都是他的粉丝，亲切地称他为老革命爷爷。

住回村里旧祠堂的张永成，由于身体衰弱变得沉默寡言，不再与外界接触，他再次戒烟，说都是这东西害的，抽出一身的毛病。生活又回到旧的轨道上，每天黎明，他都与李纹一起，聆听屋后山林里红襟鸟们唧唧咕、唧唧咕的吟唱，情绪好时，还会像以前一样，学着鸟儿啼叫哩。他从海城回村，就是想听到这鸟叫声，说听到这声音，精神就会振作起来。整个白天，他都坐在父亲张振耀算账的那把太师椅上，呆呆地思考，回忆祖母秀才娘子给他说过的家族往事，与他自己波澜壮阔、不甘平静的一生，在孤独和回忆中，消磨一天的时光。那本智云编辑的家族史，很快就要出版了，有些地方他还得补充哩。现在村子，已悄然发生变化，越来越多的乡村别墅拔地而起。人们贪图这里的空气质量，落榻在红砖褐瓦的平屋与楼群内，在临马路的院子中，开出大大小小的超市和娱乐中心来，门口还泊着轿车和摩托车。至晚间，各式霓虹灯五花八门地亮起来，繁荣的景象竟与城内相差无几。次子张启东，就拿着以此为景、定名为东方硅谷的画册，到处招商，上面赫然印着北京中关村科研项目的合作条款。

张永成不明白啥是东方硅谷，询问妻子，她也说不明白，只解释说由美国富豪比尔·盖茨创造、能使全球一体化的联络工具。老两口都有些想不通，说全球一体化，没有城市与乡村的距离，活着连个散心的地方都没有，多没劲……

此时他的心态渐趋平和，喜怒不再形于色。每至黄昏，他会坐在轮椅上，由同样年迈的妻子推出来透气，蹒跚而行在那条新砌的柏油马路上，观察这村子角角落落的变化。这轮椅是十几年前启明的遗物，离村时被他砸了，她把它修理好重新使用。离休整二十六年的张永成，这次重返故乡，已没有当年带着廿四房第六七代子孙，在祠堂门前向祖宗盟誓，要活出家族尊严来的雄心壮志。岁月使人衰老，诸事皆在人生的无奈中发生、转折和碰撞，日日常新，结局却使人无法预料，在人生无奈中，像一页一页的书一般翻了过去。世界上任何物质，都无法留住被岁月荡涤过的痕迹，只有这块日新月异、蓬勃发展的土地，才万古长青与天地同在与日月同辉哩。

天气好时，老两口会在落日的余晖里，留连在村口挂上千年古树木牌、劈去半丫枝杈的大樟树下，怔怔地坐上半个时辰，他嚅动缺牙的瘪嘴嘟哝说：当年我阿奶秀才娘子，就从这儿乘着辘轳车，被阿同爷爷的爹一辘轳一辘轳地摇上来，才延衍出如今一大家族子孙满堂……这时候，他会看到张氏廿四房的先人们，在满头白发、裙裾飘飘的秀才娘子引领下，像唧唧咕、唧唧咕啼叫的红襟鸟一般，飞翔到他的身旁。她指着这些鸟儿们，向他不厌其烦絮絮叨叨地介绍：这是上代太公张圣朝，这是西药店倌张仲超，这是秀才爷张友香，伯父张振宗、你爸振耀和你哥永发……他问小姑婆西妹子去了哪儿？她瘪陷着嘴说，她没找着洋妈李瑞娜，孤魂在舜江上飘着哩……

李纹知他在与先人们交流，告诉他们离开后这世界发生的变化。仿佛一场风风光光、热热闹闹的大戏，在锣鼓声结束后，戏中的演员还沉湎在故事里。她知道这一切，不会因他与她的消失不复存在，就像先人们离开后这场戏仍在继续一样，只是岁月流逝，换了角色而已……

天哪，我从哪里来？该回哪里去了啊。他终于无奈地发出嗟叹。

现在坐落在撞钟山坳的一千五百亩耕地，被村支书启东合作开发得差不多了。那块埋有张氏先人的坟地，已是最后的一块。从此这个被改造成东方硅谷城的小康村，子孙后代们将坐在打开空调的写字楼内、吃着高价的东北大米和附近家庭农场的大棚蔬菜，享受与城里人一样的生活。按村里的远景规划，坐落在南山的上万亩山林，也将逐步开发为隐没在天然氧吧与狩猎园风景区内的一幢幢别墅群落……

现代人在创造未来的同时，留给下代人太少的想象空间。

夫妇俩重回村居住期间，启东没回过家。在过去的八年中，他以他的智慧，领导创造了东方硅谷城的辉煌，声名远在堂兄建国和兄弟启明之上，被誉为海城可持续发展产业之父。他总有事情在忙，三天两头地出差，一会儿到深圳，一会儿上北京，很少有休憩的日子。有一次李纹逮住他责问：你爸回村快半年了，你咋不回家，陪他说说话呢？他说妈，您让我说些啥呢？她说啥都可以，他已经老了呀，再不与他说说话，以后就没机会了呀。可启东没能回家，繁忙的工作，使他似机器人般应对事务，所有的脑细胞燃烧殆尽，变成了冷绷绷的硅钢片。

这年秋天，张永成的双腿奇迹般地消肿，人也显得精神些。李纹向启明报告喜讯说：你爸的病情有好转。启明说爸真行！都奔九十的人了，还耐得住折腾？父子俩的感情，自启明出狱后彻底改观，不管工作多忙，他总替代母亲，在临睡前伺候老革命洗脚。见父亲双脚由于肿胀变形，小指甲灰白外翻，大脚指变成灰指甲，启明总是边洗边流泪，嗟叹岁月流逝的无情。

但智群却泼了一瓢冷水，说：不可能，爸这是回光返照，您还是准备后事吧。李纹说有你这般埋汰爸的吗？智群在电话里，半天没出声，却小声地抽泣起来。

张永成回村时，从工地带回一副畚箕和一把洋锹，放在老屋祠堂门背后。待能下地行走，他叫上妻子一起，拿上畚箕和洋锹，在山道上捡石块，还一锹一锹地把泥土装进畚箕内，然后夫妻俩一步一步地挪着，把这些石块和碎土挑到坡上去。这坡是撞钟山的余脉，山腰有潭，名撞钟潭，溪水每天从山顶流下来，叮咚叮咚地流进潭内，潭水幽深黝黑，望下去墨沉沉的，是他童年与兄弟张永发玩耍的地方。在民国三十四年，这儿还发生过一场酷烈的战斗，正开会的中共沿江区委九位领导人和通讯班，由于当地伪保长告密，被城内的日伪宪兵队团团围住。战斗只持续短短两个小时，待他带自卫队通讯排赶到时，日伪军已撤走，留下被打得千疮百孔的十六具尸体……

山上建有革命烈士纪念碑，前有一大片林子，植有红松、刺杉与毛竹，还有一个植有花木杂树的花坛，多少年来，这片林子里聚集千百只的红襟鸟，在永不停歇、尽劳尽责地吟唱着，使寂寞的山林变得喧嚣和热闹，现在林木与毛竹变得稀少了，吟唱的红襟鸟也就越来越少。张永成说：我要让这鸟儿，千秋万代地唱下去哩！李纹叹息说：仅凭我俩植些树，能保护这片林子吗？他说多一个人，就多一份力量呗，我俩作表率，后人就会跟上来。老两口挑着石块和碎土上山，在碑前重开垦出一片小小的花坛，栽上杜鹃、月季、秋菊和冬兰，说到了春天，这儿就会变得热闹，让战友们也享受享受改革开放的成果。

李纹感到惊奇，这时候他的话特别多，晚上躺在床上，常絮絮叨叨地说个不停。他忏悔说：小李同志（他这辈子除晚年喊老太婆，都这般称呼她）真对不起，刚结婚那会儿，我把你插在盆内的花踩烂了。她问有这回事吗？他说太有这回事了，当时我还批评你小资哩。她又问：明白我为何那样做？他说不知道呀。她感叹道：花是情感的传达，我当时崇拜你，可你没懂这份心呀！

他说现在懂了呀，你那是叫爱哩，可那时我真不知啥是爱。她说晚了，如果当时你明白，该有多好。他说还没晚哩，老年报上说，男人遇事首先想到战斗，女人会寻求倾诉。那时我把你当战士，没想到你还是个女人哩，现在向你道歉嘛……李纹哭了，说别说了呀，我心里难受……他还说，说这辈子，最对不起的人，就是你啊……

入冬张永成的脚，又肿胀不会走路了，李纹询问智群还有没有办法，让他再站起来，智群说没有，火焰烧尽最后一片柴薪，当应自然熄灭。

这以后，张永成就孱弱得不能再出屋去。李纹无奈，只得取消在村中巡视的惯例。每天黄昏，夫妇俩都坐在置放畚箕和洋锹的阳台上，看绚丽多彩的晚霞时若奔马疾奔驰骋，时若海潮涨落起伏；那霞光下的这块饱经风霜的土地啊，缓缓地镀上一层渗透着先人鲜血的绛红色来，与茫茫无际的苍穹融汇成一体。许多许多的陈年往事，就会在这对心灵相通的夫妇眼前，猎猎浮现、联想翩跹。张永成的头耷拉了下来，心里却在那片耀眼的红光中，固执地询问着，自己完成人生的使命没有？这时他已明白一个道理：在这个五彩缤纷的世界里，每个活着的人都是一片土地，这个人亡故，就是这块土地的消失……

他知他的生命结束后，会有无数生命在这块土地上繁衍，他们会有自己的工作和生活方式，他能留给他们的，只是一种融洽在社会进程中传统的精神。

这年底，张启东迅速为乔治·张办妥手续，在村里划地开发浪漫e家宾馆。在京的将门之女温萌萌离婚后蓦然回首，伸出上亿项目的橄榄枝，邀他在京共建新世纪电子村，在发给他的QQ中幡然醒悟说：流星划过长空，都给这世界留下光亮，何况你我都是革命的后人。

她与他同样不适宜平凡的人生，这些年的折腾，使她明白一个道理，即人活着怎样才算有意义。她又对他说：兔头（启东网名花花公子的标志），你想过没有？父辈谢幕时留下一份坚定的信仰，我们又为后代人留下啥呢？看到她这段宣言似的网文，他如电击似的流下泪水，终于明白自己不再年轻，该回北京去做他这辈子想做的大事了……

然而悲剧发生了。当三台重型推土机，机上喷涂着浪漫e家文化投资公司的标志，轰隆轰隆地沿着当年张永成开拓、又由启东加宽成四车道的公路进村时，村人们都没思想准备。张岩峰气急败坏地跑到被乡村别墅包围的祠堂老宅，上气不接下气地告诉他夫妇：哥、嫂，不得了，祖坟地要被踏平开发宾馆了……

此时，张永成已接近人生的终点，正无欲无求地等待生命的逝去。夫妇俩过着近乎原始的生活，白天李纹用硬山柴搭缸灶为他煮饭吃，晚上用胸脯焐热他冰冷肿胀的双脚入睡。她的乳房干瘪了，但胸口仍然滚热。她曾想把子女召回身边照顾，却遭到他斩钉截铁的拒绝，说有你在身边，我啥都不缺，这辈子值了。老两口躺在硬木床上回忆往事，神志开始模糊的他仍讷讷地追问：当年我说过，会让你喜欢我，现在告诉我，你爱过我吗？李纹含泪说爱了。他仍锲而不舍地追问：何时开始的？她说从我与妈把你从干校背回家时，就觉得这辈子再离不开你了。他叹息道：那年的雪够大，一片片的像鹅毛，现在见不到这么大的雪了。她问：你在我背上醒着呀？他嘿嘿地笑起来，说我啥时候糊涂过？考验你的革命意志哩！老太婆唷，我这辈子没伤害过人，怎忍心伤害你……

听了张岩峰的话，他的脸变得像擦上锅灰一般漆黑，从床上跳将起来：狗日的不孝子孙，连祖宗坟地都敢换钱卖？

李纹奇怪病入膏肓的丈夫，咋刹那间出人意料地鲜活起来？她把他搀扶上轮椅，三人跌跌撞撞地来到山前，见村民——青壮年得到赔偿躲开了，大都是老人与孩子——三三两两地围成一堆，束手佝偻着背，像看西洋景似的远远站着。冬天的太阳，像软柿子似的挂在天空中，旁边罩有一圈橘黄色的晕云，山头与旷野衰草枯萎，呈现出冬日萧瑟的气息。三台推土机攻击山坳，把黄土沙石摊平，堆放在寒风呼号的稻田里。远处山包坳口，由原木搭成一个精致的瞭望台，乔治·张和他母亲——一个裹着大红绸披肩、身穿和服的老女人，坐在玻璃恒温的敞篷里，远远地观望，身边站着刘霞与公司外方工程人员……

红襟鸟——千百年尽劳尽责、泣血司晨，永不停歇吟唱着的红襟鸟啊……要在这代人手里，毁了哩！张永成望着眼前这景象，在脸上凄凉地强笑着，手指着乔治·张的方向，问张岩峰说：他是谁？张岩峰说是个日本鬼子，您儿子和我外甥女，瞒着我们召开村民大会，把这块地的六十年使用权，转让了。他问他想干啥？他说他开豪华宾馆，为他老子造坟竖纪念碑哩……

纪念碑，是外族的纪念碑哩？张永成哈哈地狂笑起来，在心头升起民族的大悲哀来：我张家六代人奋斗，几代共产党人前赴后继、流血牺牲，就为这区区几千万元的外汇，在这儿降下五星红旗吗？

七十年前他参加抗日队伍，五十多年前他领着部队解放这片土地，几十年中他和他的家族、他的亲人们，为这片土地的繁荣富强而奋斗，咋忽然间说没有就没有了呢？他狂笑着，由李纹扶下轮椅，与张岩峰相互搀扶着，走向那块埋有祖宗尸骨，如今却由一个日本人坐镇指挥的山坳走去。耳边是轰隆轰隆的推土机声，脚下是凹凸不平的山道。他仿佛看到当年自己为这块土地与日本鬼子拼刺刀，打孟良崮战役时举着红旗冲锋向前。仿佛听到秦大泉在干部会上，斩钉截铁地动员：谁对这块土地不负责任，狗日的我撤谁的职，捋下他的官帽。仿佛回到围海建塘千军万马的大会战中，你一挑我一担堆起这块土地美丽憧憬的人生基石……

他由张岩峰搀扶着，黑沉着脸，那双锐亮的小眼睛中，发出两道要杀人的寒光，如果，没有如果了！八十七岁高龄的他，当年在战场上幸免于死，比他的战友，已在和平环境中多活了五十多年；有幸看着他的子孙在五星红旗下，替他担负起对这块土地的责任；繁华的东方大港，开发屹立的楼盘，星罗棋布的国道线、高速公路和即将建成世界上最长的跨海大桥……

一切的一切，都在叙说他脚下的这块土地，这些年中发生翻天覆地的变化。

这面浸润着前辈战士们鲜血、猎猎飘拂着的红旗，能在下代人手里改变国籍与颜色吗？他不会接受这奇耻大辱，也不能接受这大耻辱……

他踉跄着脚步，走到乔治·张的面前吼道：你把工程停下来，这里是中国的土地。乔治·张一愣，询问刘霞这位老先生是谁？刘霞飞快地溜了一眼张岩峰和李纹，低头说：龟田先生，是我娘舅与公婆，这块土地的主人……

他从轮椅上，奇迹般地站立起来，一个箭步蹿过去，一巴掌抽在她脸上，骂道：你还知道自己是小芭比的妈？乔治·张摘下墨镜，瞪起与他一样鹰隼般的眼睛。两人足足对视有半分钟。他问如果我不停下来呢？他说我会一头撞死在你面前。乔治·张谦恭地笑了起来，说这个国家文明数千年，靠仁义诚信治国，咋会出现出尔反尔的事呢？张永成愣住了，问：我想知道你干啥？乔治·张重新戴上墨镜，脸上的肌肉一棱棱地抽动着，却仍温和地回答道：对不起，我有与政府签订的协议。说着，他回到那遮阳伞下，拿来与村里合作开发的文件，说老先生，您看看，这是啥？

张永成瞪大眼睛，看到由张启东签名、盖上市人民政府土管局鲜红公章的协议，口里吐出一口鲜血，身子斜斜地倾倒在李纹的怀中……他的眼前，重现出祖母秀才娘子和父亲张振耀、伯父张振宗、兄弟张永发和无数先人们的身影，他们在叫着喊着，率领着无数只红襟鸟，从远处漫天盖地向他飞翔过来……

观看的村民们骚动起来，老太太在洋老男人和刘霞帮助下，坐着另一辆轮椅车过来，拨开人群疑虑地问：你……是永成兄弟吗？他头枕在妻子的身上，双腿被张岩峰抱着，鼓起绿豆眼珠反问：你是谁？老太太的眼睛湿润了，说：我是樱桃小丸子呀，你没忘记五十七年前，在这儿枪决你的兄弟？我还给你一个儿子，另一个留在我肚子里……说着，她向乔治·张招手道：过来告诉叔，你的中文名字叫杨汝奎……

张永成的嘴角流出两道鲜血，一对绿豆眼珠渐渐失去光彩，颤抖着失血的嘴唇讷讷道：你们……终于回来了……

启东接到刘霞的电话，在半夜里搭上飞机，与温萌萌从北京赶了回来。这是村里最后一个合作项目，开发完这项目，他就要走了，两人合伙在北京开电脑城。他不知道所谓的乔治·张，曾是与兄弟同事过的杨汝奎。与建国、启明一样，表面文静、独往独来的启东，在心里始终埋藏着一种天降大任于斯人的想法。他知张氏廿四房经历过世事沧桑，在父亲兄弟手里才算有了声色，却远远没达到他想象的目标。虽然他不能说清这目标具体是啥，但他却感知到在父母心中，有着普通人难以理解的哀伤，促使他承担起这家族的使命，如夸父逐日般地长途跋涉，锲而不舍地追寻理想的境界……

他想：这就是做人，活着就得折腾出事业来。

他心中还有一个美丽的愿望：年迈的父母在这块土地上生活一辈子，竟没到过北京游览。当年他考上大学，父亲得意地在人前炫耀：那是啥地方？祖国的心脏，毛主席、周总理和老帅们住的地方呀！每次暑寒假回家，夫妇俩都会询问那儿的市政建设状况。那时他就发誓，一旦有了出息，便接父母定居。可后来，他被打发回来，老两口离退休后也都忙着，就把这事耽搁了，但他知他俩在想。这事兄弟和姐姐姐夫们都有责任，他们与北京有联络，建国、继明全在那儿上的大学，启明也为生意和身体原因，多次逗留北京，可全都忽视了老人的感受。原本他已安排好，等忙过这一阵，把病入膏肓的父亲带去北京，用残疾车推着他，看天安门广场上的升旗仪式……

也为这原因，在父母回村后，他竟然没回家探望，可父亲，却没能等到这一天。这些年忙于奔波，他始终没有认真想过，一代人只担负一代人的责任，人最后都会死的……

在飞机上他泪眼蒙眬，撕心裂肺地想着与父母同样年迈的岩峰叔和村人们。是他们的率真与纯情，使他完成对人生的追求，他们于他恩重如山，他们促使他从狭窄的山道上走出来，成为时代大潮中的风云人物。他后悔为完成祖先的承诺，忽视村中老人们的感情。自担任村支书后，他总在思索建设与破坏的关系，人们在竖起创造脚手架获得财富的同时，消失了多少祖先为之奋斗的土地和传统。他知父亲这个岁数的老人们，在脑海中铭刻着关于饥饿的记忆，对脚下的这片土地怀有深情，但现代科学发展、经济繁荣和交通物流的畅通，致使那个年代离我们远去，大批农民由于产业结构调整，离开传统的环境转型为城市新居民，这是人们追求高品质生活的需要，却留下一个沉重的社会问题。整个国家随着改革的深入，正在时代大潮中蜕化成蝶，漫天飞舞的彩霞与人们脸上的笑容，说明这代人已到了物质丰沛的收获季节。

他知自己错了，错的是在大张旗鼓的建设中，忽视了应该保护的传统。白鹤桥村由于所处地理、环境等综合因素，已被市政府列入卫星城的规划，将在共和国版图上永久消失。这个城市在以后几个五年计划中，将有更多的村庄变成城市，而城市也会变得如美丽的乡村一般，处处鲜花锦簇、空气清新和风景优美……

可父亲，一辈子生性执拗的父亲和岩峰叔们，他们只担负他们的责任，能看到未来吗？邻座的温萌萌递过一块纸巾来：兔头，你哭了？他呜咽道：我咋能不哭哩？是我害死了阿爸！温萌萌跟着抽泣，说我爸也死了，我俩都没爸了，以后靠自己走路……

当生命明白存在的意义，死亡也就跟着来临，张永成在妻子撕下年历本最后一页时，走完他的人生之路。李纹扳着指头算一下，丈夫还差五个月零七天，就满八十七岁了。

昏迷不醒的张永成，因腹腔大出血急救，躺在天街卫生院的病床上。黎明时分，窗外林子里的红襟鸟们，唧唧咕、唧唧咕地喧哗起来，告诉人们新一天的到来。天气很好，霞光透过玻璃窗，似猫爪子一般，柔柔地抚摸着房间的每个角落，天地一下子亮堂了许多。房间内充满着浓浓的药味，这家族的亲人们，又一次聚集一起。李纹悲切地坐在床榻上，她的头发全白了，沮丧的脸庞上布满皱纹，昔日美丽的容颜在丈夫病危中荡然无存，像一朵枯萎的玫瑰。启明站在父亲床前，脸容哀忧，高大的身子不时神经质地痉挛着，在心头翻涌着阵阵寒意。继红、继根、旭晨、梅子、刘霞、张岩峰和张家女儿女婿、外孙外孙女们都赶过来，在走廊上或坐或站，同样脸呈悲伤。乔治·张没进房间，也没人招呼他进去，只西装革履地肃立在门口，身旁是坐在轮椅上打瞌睡的樱桃小丸子……

张永成忽然睁开眼睛，说天亮了，红襟鸟在叫着哩！李纹点头说：是红襟鸟在叫着。唧唧咕、唧唧咕、唧唧……他轻声学着鸟们的吟唱，脸上意外地出现红晕，眉眼随之鲜活起来，嘴唇上下翕动，示意妻子拉熄房内的电灯，这是他五十多年中形成的习惯，白日点灯瞎费电嘛！

启东赶到这儿，身后紧随艳若鲜花的温萌萌，在众人责怪的目光中，他入内伏在父亲的床榻边，轻轻地喊了一声爸，温萌萌也在他身后跟着喊叔。张永成没理会，插在鼻孔上的氧气管，却随之挪动，李纹示意他俩出去，说你爸现在最忌激动哩。启东在床前屈膝跪下，学着窗外的红襟鸟，唧唧咕、唧唧咕地啼叫起来，张永成疲惫地睁开眼睛，直呆呆地望着他。启东哽咽说：我错了，为了目标忽视了保护传统。他摇头叹息道：你没错，人在尽责向前走时不丢有错……你兄弟乔治·张……他是动物保护专家……懂鸟哩，不会让神鸟……在这儿消失……还有小温哪，是共和国将军的女儿哩……你爸……也是这鸟啊……

乔治·张听到这话，挤开人群冲进来，与启东同跪在他床前，也含泪唧唧咕、唧唧咕地啼叫起来，说叔，我不是日本人，是中国人哪……旋而，取出随身所带的一卷图来，说浪漫 e 家是农业生态宾馆在这里开发，就为保护祖先的神鸟，推平山头是为继承亡父遗志，种植中草药，让国药走向世界。张永成牵动嘴角，点头微笑道：我知道，你……是这家族的男人嘛……他招呼启明也跪下，你们兄弟……团结……一起往前走……

这时，樱桃小丸子的轮椅车，也被推至床前，他握住妻子和她的手，小眼珠骨碌碌地转着，干燥的双唇蠕动，仿佛在寻找什么。李纹柔声问：你找啥呢？他说日记本……帮我写上战士张永成……与儿子、侄儿们的名字……李纹答应：我会帮您写上名字的。他的呼吸变得急促，手掌的余温渐渐消失。李纹紧张地捏住他的手，老两口的手坚实地握着，相互传递着信息和力量。她问：老头，您还有啥交代吗？他那对浊黄色的小眼珠变得呆滞，望着一屋子脸露悲色的亲人们，继续牵动那张没血色的大嘴讷纳道：真好，都在哩……老太婆，你好福气呀……我的日记写完了，你们……得继续写……李纹和樱桃小丸子的眼中，落下泪来，屋内外，抽泣声响成一片。张永成猛然挣脱妻子的手，拔掉鼻翼上的氧气管，拼最后的力量撑起身来，对着床前的子孙们，缓缓地敬上一个军礼，睁圆眼睛、咧开大嘴道：记得风车吗？草原上的……风车呀……

窗外林子里的红襟鸟们，突然像受到上苍启示似的，唧唧咕唧唧咕地喧哗着，扑闪翅膀向蓝天飞去。满屋子的亲人们，都清晰地看到一个不屈的灵魂，和鸟们一起啼叫吟唱，扇动着翅膀归去……

李纹双眼湿润，站起来与大家说：他走了！

半年后，世纪之星和浪漫e家承继祖业，与蒙药公司合资成立世纪浪漫药业集团。在签字仪式上，郭晓明郑重地把张永成、张建国和陈小燕的遗像放在正中，对启明和乔治·张说：他们是这个时代，最值得纪念的人。

启明迅捷与梅子完婚。乔治·张娶美利坚籍的宋英为妻，恢复中文名字杨汝奎。宋英回来了，担任融资部经理。两对夫妻的婚宴，办在世纪之星的宴会厅里。席间，启明询问杨汝奎：兄弟，啥时候去邪归正的呀？杨汝奎赔笑道：在你和密斯宋入狱前，继父在日本病逝，我继承遗产，把妈接到旧金山，听她讲过我的身世，与这神鸟家族的故事后，就发誓要做规矩的商人了。启明嗟叹一会儿，又问：二十多年前在深圳，你知道我俩的关系吗？杨汝奎摇头说：扯淡，知道我还雇车撞你呀？那时我对干部子弟有仇恨，认为都是靠爸妈余荫、不劳而获的窝囊废。而我，却是在上海暗弄堂亭子间长大的，我继父是国民党军需官杨定益，解放后一直被共产党专政着，你正好撞到我的枪口上……

启明哈哈地笑了起来：兄弟，现在你算是认祖归宗，认识我一家人了。

宋英和梅子心头充盈着幸福感，如绵羊般偎依在他俩身旁。听了这话，宋英吃吃地笑。启明问她笑啥？她说你俩斗了这么多年，没想到还是兄弟。经历过这些事后，宋英像变了一个人，没以前那种咄咄逼人的锋芒和哀怨之气，在脸上洋溢着温顺平静的微笑……

浪漫的启东，辞去村支书和东方硅谷城总裁的职务，带上刘霞携资闯北京中关村，与温萌萌合作组建电子科技公司，实现他是天上一片彩云的愿望。临走前刘霞不放心，要与他扯结婚证，问他会不会故伎重演丢下她与女儿不管？说难道我只是你的性伙伴？启东笑着反问：时至今日，你还需要这张纸吗？她说需要，妈说过为小芭比，我俩需要制约。他说妈不放心，就为女儿补一张吧！

小芭比十七岁了，出落成一个亭亭玉立的大姑娘，现在天街中学被确立为省重点，高校录取率比城里还高，她在这儿报的户口，就转学回来，陪伴祖母在镇里上高中。李纹接到小儿子的结婚证，独自唏嘘很久，最后还是郑重地告诉旭晨，说现在啥都不缺，是有了爸妈的孩子了。旭晨说，我有爷爷奶奶，就是有家的孩子嘛。原本启东要携母亲赴京安享晚年，启明和几个妹妹们，也要接她在城里住，都被她拒绝，说现在村里菜场、水电、煤气啥都有，与城里有区别吗？你们爸的坟在这儿，祖宗的尸骸也都在这儿，这辈子我不会再离开……

六十年前的美姑娘李纹，虽然还把托尔斯泰的小说《安娜·卡列尼娜》放在床头研读，却已不再浪漫。她把那张结婚证，端端正正地镶嵌进镜框里，放在张永成的遗像下面，说他爸，只要山上的红襟鸟仍在吟唱着，山涧的撞钟潭水还在流淌着，这家族的精神就会流传下去。

2010年夏末，江南的天气还炎热着，草原上已出现皑皑晨霜。一支由集团总部派遣的援蒙志愿队三四十辆卡车，由启明、梅子夫妇率领，在兵团原知青、现蒙药公司总经理郭晓明引领下，浩浩荡荡地，满载着由继红设计的风力发电车，开往边远地区为散居四处的牧民蒙古包送上光明。

酷爱音乐、放弃考中央音乐学院的继根，在那块宽广浩瀚的土地上施展出才华，和着马头琴和江南洞箫的节奏，自编自创唱起跳起一曲名为《光明》歌谣，内有吉库什当年吟唱过的四句长调：

为什么草原上的草儿枯萎了，
因为冬天的雪花就要绽放；
为什么我老了眼里还饱含泪水，
因为我想起少年时母亲的怀抱……

2010年12月宁波锦诚花园初稿。
2011年11月北京四方景园二稿。
2012年12月宁波锦诚花园改毕。

图书在版编目（CIP）数据

红襟鸟 / 车弓著. -- 北京 ：作家出版社，2013. 6
ISBN 978-7-5063-6937-4

Ⅰ. ①红… Ⅱ. ①车… Ⅲ. ①长篇小说 - 中国 - 当代
Ⅳ. ①I247.5

中国版本图书馆CIP数据核字（2013）第123345号

红 襟 鸟

作　　者： 车　弓
责任编辑： 贺　平　周　茹
装帧设计： 田杰华
出版发行： 作家出版社
社　　址： 北京农展馆南里10号　　**邮　　编：** 100125
电话传真： 86-10-65930756（出版发行部）
86-10-65004079（总编室）
86-10-65015116（邮购部）
E-mail:zuojia@zuojia.net.cn
http://www.haozuojia.com（作家在线）
印刷： 三河市华业印装厂
成品尺寸： 170×240
字数： 454千
印张： 27.75
印数： 001-20000
版次： 2013年6月第1版
印次： 2013年6月第1次印刷
ISBN 978-7-5063-6937-4
定价： 38.00元